服务作者，为作品赋能

大唐扶龙传

九罗迷局

〈上〉

王健霖——著

图书在版编目（CIP）数据

大唐扶龙传 / 王健霖著 .—杭州：浙江文艺出版社，2020.7
ISBN 978-7-5339-6098-8

Ⅰ . ①大… Ⅱ . ①王… Ⅲ . ①长篇小说—中国—当代
Ⅳ . ① I247.5

中国版本图书馆 CIP 数据核字（2020）第 075837 号

责任编辑 瞿昌林
封面设计 果 丹
内文版式 谢 彬

DATANG FULONG ZHUAN
大唐扶龙传
王健霖 著

出版发行 浙江文艺出版社
地 址 杭州市体育场路 347 号（邮编 310006）
网 址 www.zjwycbs.cn
印 刷 三河市嘉科万达彩色印刷有限公司
经 销 浙江省新华书店集团有限公司
开 本 710 毫米 ×1000 毫米 1/16
字 数 626 千字
印 张 35.5
版 次 2020 年 7 月 第 1 版
印 次 2020 年 7 月 第 1 次印刷
书 号 ISBN 978-7-5339-6098-8
定 价 78.00 元（全二册）

祝由之术流传千年，自成体系，分为天、地、人三脉。

“人脉”乃是世间受过祝由恩惠，且相信此术的万千信徒。

“地脉”分为符、金、兽、甲、奇五门，各有千秋，地脉五门不懂祝由，却各自掌握着施展祝由之术的关键物品。

至于“天脉”，才是祝由之术的根本。它分为三条支脉，姓氏随着朝代更迭时常改变。现今延续时间最长的便是张家。从汉代张良开始，到如今的张少白，张氏祝由掌握的乃是“扶龙术”。

扶龙术最擅移精变气，比如“望气之法”，传说张良当年便是凭借此术望得刘邦一身龙气，方才尽心辅佐。

另外两脉则隐于暗处，极少露面，只知道他们分别掌握的乃是“登龙术”和“屠龙术”。

至于登龙术，自贞观年间还尚未有传人现世，但根据前人经验，登龙术一脉重在一个“奇”字，行事毫无章法，却往往有奇效。

屠龙术则另辟蹊径，擅长杀伐之道，据说隋朝名臣杨素便是此道，先后平定北齐再灭陈朝。

之前张氏祝由当道，故而这两者受到压制，可随着张云清的惨死，他们终于开始浮出水面……

目录 Contents

序　章　遁去的一　001

“大衍之数五十，其用四十有九。
原来这破局之法，在于……遁去的一。”

第一章　蒙心祝由　004

众目睽睽之下，灼灼的雪背之上逐渐生出八个血红大字：
牝鸡司晨，天下大乱！

第二章　双魂奇症　023

灵芝体内有两个“灵芝”，一个睡着时一个苏醒。
这正是传说中的“双魂奇症”！

第三章　牝鸡司晨　039

关于鬼车的传闻极少，这东西又叫“九罗鬼车”。
还有一种说法——它是上古时期的姑获鸟。

第四章　灼灼其华　058

她伤感地看了一眼白龙上的八个字，忽地发出一声轻叹：
“世人在意吉兆，也胜过人命。”

第五章　天煞孤星　078

世人欢喜之事大多相似，洞房花烛、金榜题名……
然而悲伤却不尽然。

第六章 左道旁门 094

白衣少年就像是一阵春风，不知不觉滋润着少女的心灵，让她干涸已久的内心终于有了几分生机。

第七章 牡丹伏龙 110

洛阳的确是一方棋盘，而且其诡谲程度远非黑白二子可以囊括。

第八章 鬼车再现 125

“是我克死了姐姐，所以她现在想要占据我的身体……”
“或许，我应该把身体让给她。”

第九章 紫气东来 143

茅一川终于现身，看见白袍少年微微有些疲惫。
“或许是我不对，从一开始就不该让你入局。”

第十章 咫尺生亡 158

火焰不是火焰，而是接他去见爹娘的小船。
月光也不是月光，而是一条孤苦伶仃走不完的路。

第十一章 如梦如烟 173

余处幽篁兮终不见天，路险难兮独后来。
数息过后，武后终于迷失在这铃声和山鬼的交错声中。

第十二章 彼采艾兮 187

那一刹那，张少白莫名感到眼前的世界开了许多花。
薛灵芝在花团锦簇中，却比花更加恬静、秀美。

第十三章 杯弓蛇影 204

“我看到这上面画着……李贤驾着九罗鬼车，似是在追赶太子弘。”

第十四章 医者仁心 218

“我……我苦苦活到现在，不是为了经受这些！”
武后声嘶力竭地喊道。最远的别离不过生死，最苦的别离不过骨肉。

第十五章 恶紫夺朱 234

“可是感情，本应是干干净净的啊。”
赵道生喃喃自语着，不知不觉间思绪回到了很久很久以前。

第十六章 生死两茫 253

对他来说，大多时候活着比死掉还要痛苦。除非，这一生能与明允相伴。
只可惜，他终究还是害了他。赵道生喃喃自语：“明允，你我此生，两不相欠。”

序章｜遁去的一

上元二年（675年），四月，长安夜雨纷纷。

唐皇李治风眩之症愈演愈烈，武后设北门学士干涉朝政，太子李弘贤名远播，深得民心。盛世大唐看似安稳，实则暗波汹涌。不久前帝后出行洛阳，还一并带走了太子李弘，据说是生了易储之心。

粉饰太平，可见一斑。

长安城中偏僻一隅，有间不起眼的茅屋，传闻此地曾是乱葬岗，常有鬼魂作祟，故而废弃多年，极少有人靠近。实际上屋里空荡荡的，只安置了一张小桌，桌上放着一块围棋棋盘。

棋盘之上散布着许多棋子，上面积了一层薄灰，看模样是个残局。

或许是为了避雨，有两位老人急匆匆地逃进了这间草房。一个穿着朴素白衫，眉毛极长，天生苦相，却总是在笑。他还牵进来了一头驴子，那驴毛色和主人倒是有七八分相似，通体雪白。另一个则穿着华贵黑衣，满头白发，发根却转为黑色，嘴唇极薄，显得淡漠。他看了一眼驴子，蹙紧了眉头。

白衣老者席地而坐，轻轻吹了一口棋盘上的灰尘，笑道："这么多年过去了，这局棋居然还在这里。"

黑衣老者坐在对面，神情淡漠，说道："雨水一时半会也停不下来，不如你我将它下完如何？"

"善。"

随即白衣持白子，黑衣持黑子。

黑衣手中拈着一枚脏兮兮的黑子，说道："国之气运盛极必衰，大唐危矣。"

“啪嗒！”他挑了个位置放下黑子，引得棋盘上的积灰随之动了起来，颇有方寸之间风云变幻的感觉。

与此同时，千里之外的洛阳宫，李治忽然犯了头疾，痛不欲生，险些昏厥。

白衣默不作声，只是微笑着回了一子。旁边的驴子明显对这棋局没什么兴趣，无聊地打了个响鼻，算是自娱自乐。

“魑魅魍魉横行无忌，皇室危矣。”黑衣又落一子，屋外一道闪电如银蛇般掠过，合璧宫忽传太子李弘暴毙而亡。

白衣仍不说话。

“听闻你们祝由出了个不世奇才，叫张云清，居然用‘望气之法’在武后身上窥到了一条五爪金龙？呵，旁门左道妄议朝堂，祝由危矣。”

黑衣再落一子，长安城随之燃起一场大火，火势凶猛，雨水居然对之无可奈何，祝由世家张氏满门死于火场之中。

白衣脸上的笑意一转，变得悲伤不已。

黑子白子交替落下，于棋盘之上纠缠不清，局势也变得愈发诡谲莫测。谁也想不到，在长安最为破旧的一处茅屋之中，两个年迈老者的一局棋，居然在演绎着大唐气数。

黑衣老者落下最后一粒子，戏谑道：“我有‘九罗’谜局，何人可破？”

说罢他便拂袖离去，屋外早已云收雨霁。

白衣耷拉着两条长眉，喟然一叹：“九罗，九罗！你这是要毁了大唐啊。”

他深知两人之间的这场对弈，面前小桌并不是真正的棋盘，长安、洛阳，乃至于整个大唐才是！“九罗”既是棋中谜局，也是潜伏于大唐暗处的一股力量，不知何时便会将这人间搅个天翻地覆！

可他不是仙人，阴天下雨也需要找个地方躲避，免得成了落汤的泥菩萨。他只是活得久一些，知道的事情也多一些。

至于在“九罗”的计划之中，李唐何去何从，祝由又何去何从……他也无从知晓。

白衣无计可施，痴痴望着棋盘。驴子见外头雨已经停了，想要赶紧离开这间茅屋，于是咬住主人衣袖往外扯去。

“松嘴，你这夯货！”白衣气急败坏地拍了拍驴子的脑袋，拉扯间不留神碰掉了棋盘角落的一枚白子。

老人捡起地上的白子，吹了吹上面的灰土，原本枯槁无神的面容忽然绽放出一缕光彩。

“大衍之数五十，其用四十有九。原来这破局之法，在于……遁去的一。”

随后他衣袖一抖，大手一挥，白子脱手而去，向着东边飞去！

那里正是，东都洛阳！

第一章｜蒙心祝由

调露二年（680年），春末时分，天皇天后同治大唐，天下太平。

洛阳南市千肆，有个隐秘之处名叫“鬼街”，其中售卖之物千奇百怪，奇花异草、兽爪鸟喙，甚至还有人眼人皮。而今日，鬼街之中格外热闹，竟是有人带了一枚仙丹来此地出手。

王元宝乃是家中独子，家里开了间裁缝铺，日子过得倒也殷实。只是前些日子父亲不知为何患上了一种怪病，郎中找了七八个，要么就是无计可施，要么就是随手甩个无用方子走人。眼看着父亲日渐消瘦，精神头也一日不如一日，胖乎乎的王元宝急得头发都白了几根，体重也瘦了好几两，直到有天偶然听说南市之中藏有鬼街，其中有人在卖仙药。

都说酒壮㞞人胆，听到消息后，王元宝喝了二两小酒，不顾父亲劝阻，居然真就单枪匹马地杀入了鬼街。

出乎意料的是，所谓仙药不过是一枚看起来再普通不过的药丸，通体呈深红之色，嗅起来带着一股非比寻常的甜香之气。至于卖药的人则穿了一身白袍，面容也藏在白色兜帽之下，看起来神神秘秘。但也并未让人觉得有多么奇怪，毕竟鬼街中人大多都是这类打扮。

白袍卖家开口说话，声音清澈，带着一股让人情不自禁去倾听的魔性：“这枚仙丹源自蓬莱，说起蓬莱你们可能不熟，但说起秦始皇一生苦苦追寻的长生不老药你们肯定听过……”

听白袍人说了半天，王元宝将信将疑，心想：既然有这种神药，为何始皇帝不自己吃了？

正在他犹豫不决的时候，有个粗犷汉子声若洪钟地说道："啰啰唆唆没完没了，这仙丹五十贯钱爷爷要了！"

白袍人听后微微一笑，"也罢，想必这位兄台必定是位有眼界的高人。这仙丹只此一枚，今日便卖给……"

旁边有人一听仙丹这就卖出去了，顿时大急，吼道："且慢，我出六十贯！"

"徐瘸子你半只脚都过奈何桥了，还跟爷爷抢仙丹干什么！"

"你懂个屁，有了这仙丹，老夫不仅断腿能长出来，连迈进阴曹地府的那只脚也能收回来！"

"我呸，这药爷爷势在必得，七十贯！"

"我出八十贯！"

王元宝目瞪口呆，听着那节节攀升的价格，看着周围人一脸狂热，忽然觉得这仙丹应该不会作假，不然这么多人肯定早就识破了卖家的阴谋。

"一百贯！"

"我出一百零一贯！"

王元宝眉头拧巴在一起，犹豫着要不要出手。倘若那仙丹是真的，自家父亲就有救了，可这一百贯小数目，真要花出去还是有些心疼。结果几个眨眼的工夫，仙丹的报价又高了不少。

"一百九十贯！"

"爷爷和你们拼了，二百贯！"大汉气得一跺脚，仿佛地面都抖了三抖。

从五十贯到二百贯，仙丹的价格翻了数番，但也到了尽头。这次再没有人往上抬价，大汉冷哼一声，虎目扫过王元宝，带着轻蔑之意。

眼看着白袍人就要将仙丹交给大汉，王元宝一咬牙，狠下心来喊道："我出三百贯！"

此价一出，顿时无人作声。不过鬼街的买卖向来讲究一锤定音，既然王元宝出了价，就再也没了反悔余地。

"我随身带不了那么多钱，这块家传玉佩先放在你这里做个抵押如何？"王元宝从腰间解下一块成色上佳的云纹玉佩。

白袍人眼前一亮，点头道："也好，既然如此，仙丹你先拿去救人吧，稍后我自会去贵府取钱。"

王元宝颤颤悠悠地用玉佩换过仙丹，然后将其揣在心口，一想到父亲能够健健康康，这心里便热乎乎的。

在那之后发生的事情，浑浑噩噩的王元宝已经记不大清了。他只记得鬼街阴森森的，周围人看向他的眼神大都不善，仿佛盯着一头嗷嗷待宰的肥豚。王元宝越走越急，路上还摔了一跤，衣衫破了不说，脸上都挂了彩。

王元宝一路跌跌撞撞，身后隐约有人跟踪。他回到家后，立刻冲到父亲床前，跪在地上说道："父亲，孩儿为您求来了仙丹，您吃了之后病一定……"

话还没说完，就被父亲开口打断，声音虚弱，"我都知道了，老仆怕你出事，一直在暗中护着你呢。他把你的事全都跟我说了，三百贯买粒仙丹，居然还用家传的玉佩做抵押！你啊，简直胡闹！"

王元宝取出仙丹，眼中含泪，"以往是孩儿不孝，忙着赚钱，忽略了父亲的感受。前些日子父亲倒下的时候，孩儿终于明白，比起您老人家的健康，什么钱财通通不重要。从今往后，只要您身体安康，孩儿一定常常侍奉在您左右。"

老爷子已是老泪纵横，艰难地点了点头，然后在儿子的服侍下将仙丹一口吃掉。许是这仙丹真有奇效，老人家的脸色居然顿时红润了许多。

而后父子二人又说了许多贴心话，渐渐地倦意涌上老人心头，眼睛一闭，老人昏昏沉沉睡了过去。

王元宝为父亲掖好被角，悄悄离开了屋子。他拭去眼角泪痕，径直向着自家宅子门外走去。

想不到在门外，身穿白袍的神秘人负手而立，仰头望天，看样子已经在此等候多时。

王元宝恭敬地说道："张先生果然守信。"

白袍人闻声缓缓转过身来，摘下兜帽，露出真实面容，居然是个唇红齿白的少年郎！他的眸子极亮，笑容中带着三分老到七分天真，让人一看便会不由自主地心生亲近。

张先生微笑着问道："老人家可好些了？"

王元宝答道："好多了，与我说了许多话，脸色也好了不少。"

"那我就放心了。"少年从怀中掏出玉佩，原封不动地递了回去。

王元宝接过玉佩，随后取出一贯钱递给少年，只是脸上神情变了又变，似乎有话想说，犹豫许久之后终于咬牙说道："张先生，您一枚山楂丸卖一贯是不是太贵了些？"

少年一抖衣袖，那一贯钱不知道被藏到了哪里，瞬间消失不见。面对王元宝的讨价还价，他不慌不忙，仍是一副世外高人的模样，“第一，在你看来那枚仙药不过是再普通不过的山楂丸而已，但在我的咒力加持之下，已然成了仙丹。再说了，你明明喊的是三百贯，其实却只花了一贯，这简直是捡了天大的便宜。

“第二，祝由之术治病救人向来分文不取。你那一贯钱给的不是我，而是我家祖师爷，这个咱俩要说明白，免得坏了我的名声。”

王元宝才不管这笔钱到底给了谁，面露难色道：“要不……五百文？”

少年翻脸如翻书，气呼呼地说道：“休想！你以为我雇了一大堆人在鬼街跟你演戏，硬是把山楂丸说成仙丹很容易啊！”

“真不能便宜些了？”

“不可能！可别怪我没提醒过你，这心诚则灵丸乃是历经七七四十九天由我亲手炼制而成，虽然不是真的仙丹，但也不是普普通通的山楂丸子。你这般反复无常，当心药效失灵！”

王元宝慨然一叹，“罢了，之前找了许多庸医都没能治好父亲。张先生的祝由之术虽然贵些，但也值得了。”

少年一抖衣袖，长发不羁于风中轻摇，“对令尊而言，再灵验的丹药符咒也比不上子孙承欢膝下。我言尽于此，咱们就此别过。”

说完，少年伴着春风离去。王元宝怔怔地看了许久张先生的背影，表情先是疑惑，显然不明白张先生说的最后一句话是什么意思。突然，一道灵光闪过，王元宝猛地想起了一件往事。

那时他仍是孩童，患了风寒之症。因为父亲在外行商，家里只有老仆，他又是煎药，又是喂药，可王元宝却始终没有好转迹象，直到有天父亲急匆匆地赶了回来，亲手喂了他一碗水，风寒居然不药而愈。

他至今仍然记得那碗水的滋味，如闷热傍晚的一缕清风，沁入心脾。

王元宝似懂非懂，眼眶有些发热，他冲着张先生离去的方向行了一礼，随后便赶紧转身回了宅子，想着好好陪伴父亲一番。

许是感到身后传来的目光已经不见，方才还春风得意仿佛得道高人的少年顿时面目一新，只见他咧嘴露出几颗牙齿，眼睛笑得眯成了两道月牙，每走一步，便从白袍里传出一阵悦耳的铜钱声，“一贯钱啊一贯钱，哈哈！”

※

青石路，杨枝簌簌。

白袍少年伴着春风前行，脸上带着笑意，说不尽的潇洒。

少年正盘算着今日去哪里好好消遣一番，忽然看到有一人影正由远处走来。

那人一袭黑衣，腰间佩刀，刀身细长，尽管锋芒锁于刀鞘之中，却依然透着几分压抑。

他缓缓向少年走来，在两人距离约莫十步远的时候突然停下，说道：“一粒山楂丸卖了足足一贯，张少白你可真有出息！”

白袍见到黑衣，顿时如临大敌，双手紧张地护着腰间，“茅一川！又是你这棺材脸，小爷在哪儿你就在哪儿。这洛阳乱七八糟的事情一大堆，你却偏偏咬着我不放！”

少年名叫张少白，对面的人则叫茅一川，乃是洛阳县衙的人。这两人一个眉清目秀，一个横眉冷眼，之前已经打过数次交道，每次都是难解难分。

茅一川冷着脸说道：“我公务繁忙，若不是有人告你涉嫌欺诈，我是懒得理会你的。”

张少白心思流转，顿时把事情的来龙去脉想明白了。他和王元宝演了一出三百贯买仙丹的好戏，目的是把假药做成真药，治好老爷子的怪病。但这期间王元宝要将传家玉佩抵押给张先生，他定是不放心，于是把此事告上了衙门，这才引来了茅一川。若是张少白想要带着玉佩跑路，那必定是跑不了的。

想到这里，他啐道：“王元宝这个阴人！”

茅一川悠悠说道：“王元宝的确多疑，但你这番行骗，做的也不是什么好事。”

张少白怒道：“什么行骗，我用的是正统祝由之术！”

茅一川：“祝由？我看你是猪油蒙了心。”

张少白：“王元宝的父亲身患怪病，七个大夫都看不好，你以为这说明什么？这说明他患的不是寻常伤寒一类的小病，而是心病！”

茅一川明显不信：“他家境殷实，儿子也算争气，能患上什么心病？”

“王元宝这些年一直无后，自己又忙着打理铺子赚钱，久而久之就冷落了自家父亲。他爹这口气上不来，就是想让自家儿子多关心关心自己罢了！尤其王元宝又是个吝啬鬼，花钱小气得很。他这次愿意花三百贯买仙丹为父治病，父亲知道之后自然老怀甚慰，病也就好了一大半！”

“胡说八道，你所说的心病看不见摸不着，如何证明？”

“正因为心病看不见摸不着，才需要用寻常人同样看不见摸不着的祝由之术来治。那山楂丸子，呸，那心诚则灵丸我炼了足足七七四十九天你知道吗！我为王元宝的父亲念了多少‘祛病咒’你知道吗！念得我嘴唇都秃噜皮了！”

茅一川看了眼少年嘴唇，红彤彤的且富有光泽，脸色不由变得更差。

张少白越说越来气，转身拂袖便欲离开，心想这次他大人有大量，就不斤斤计较了。

没想到仅仅一息时间，茅一川便跨过两人之间十余步的距离，一把抓住了张少白的手腕，“想走？没那么容易，把那一贯钱交出来！”

“要我说多少遍，祝由治病分文不取，否则药效就不灵了。”

“我再说一遍，交出来！”

“没法交，那钱是王元宝孝敬我家祖师爷的，我用祖师爷传下来的祝由之术救人，总要有所回报吧？”

茅一川懒得和他纠缠不清，用手中刀鞘轻打张少白腰间，结果发现白袍中空空如也，稍一受力便瘪了下去。

“你什么时候把钱藏起来的，藏到哪儿了？”

张少白梗着脖子，一副死猪不怕开水烫的样子，“这是祖师爷显灵了！”

茅一川冷着脸：“既然如此，那就给我去牢里住上几日，看看你家祖师爷能不能再显灵把你救出去！”

说罢，茅一川便拖着张少白往县衙大牢走去。路上张少白仍不安静，一个劲吵吵“衙门错抓好人”之类的话。茅一川板着脸，我行我素，丝毫不把周围百姓的反应放在心上。

“衙门又乱抓人啦？”

“嘘，你说话可小点儿声，让那帮活阎王听到了有你好受。”

“被抓那人我认得，是住在修行坊那边的祝由先生，据说有几分本事的。”

张少白耳聪目明，周围人群低声轻语被他听了个一字不落，终于停止了吵吵嚷嚷，他向着茅一川问道：“你们衙门的名声居然这么臭？”

茅一川说：“律法不严，何以治国。”

张少白一副世人皆醉我独醒的模样，“律法严明应该名声极好才对，只怕你们是少了一个‘明’字吧……哎哟！”

手腕之处传来一阵剧痛，原来是茅一川的那只大手在暗中发力。

“你这人真是毛病，听不得真话不成？”

巨力突然消失，张少白看了眼茅一川，发现他依旧是棺材脸，只是眼中似乎多了些东西。

“你是属鸭子的吗？”茅一川快步前行，“聒噪。”

张少白嬉皮笑脸：“错了，小爷我属鸡。”

眼看着茅一川耳朵都要被唠叨出茧子，总算到了县衙大牢。穿过阴森暗道，茅一川寻了间偏僻安静的牢房，把张少白一把扔了进去。然后又对身旁的牢头嘱咐说：“三日之后放人，平常时候不用理会他。”

牢头恭敬领命，张少白眼珠一转，终于意识到茅一川应当不是寻常捕快，怕是在县衙有着一官半职。想到此处，少年顿时觉得前途一片黑暗。

这牢房阴暗湿冷，而且容纳之人大都不是善类。张少白忽地打了一个冷战，发觉旁边有人看着自己。他扭头看向隔壁牢房，只见有个大汉蓬头垢面，一只手正掏着鼻孔，双眼色眯眯地盯着自己。

张少白顿时心生悔意，心想自己若是在这里待上三天，怕是清白不保。正想着，大汉把鼻屎往这边用力一弹。

张少白忍无可忍，大声喊道：“要不我还给王元宝五百文如何？”

茅一川懒得回头：“晚了。”

张少白一屁股坐在地上，重重地叹了口气，看样子是听天由命了。

已经走到门口的茅一川忽然觉得那只大白鸭子出奇地安静，心中略有不忍，于是身影微微停了片刻。

他刚想回头看眼张少白，随即便听到一阵撕心裂肺的喊声。

“我冤枉啊！”声音洪亮，于阴暗地牢中久久萦绕不散。

茅一川额头青筋猛跳，一手搭上刀柄，花了好大工夫才按捺住心头杀意。

张少白心想反正豁出去了，张嘴就又要再吼一声。结果刚喊出第二声，对面牢房忽然传出一阵更加可怕的……

“我们也冤枉啊！”

张少白顿时愣住，张大嘴巴看着对面，心想这是有多大的冤情，居然比自己还冤。

茅一川转向那间牢房，只见里面关了四个人，他想到这桩案子，无奈地揉了揉眉心，说道："你四人当中必有凶手，一日找不出此人，你们便一个也别想走。"

那四名男子一听神色各异，有个直接蹲在地上哭了起来，呜咽道："我家中有八十老母，若是我一直未归，只怕无人照顾啊……"

有个蹲在墙角，沉默不语，神情悲伤。

有个抓着铁栅栏，吼道："我不服，你无凭无据凭什么抓我们！"

还有一个努力挤出一张笑脸，恭敬道："烦请快些破案。"

茅一川深感焦躁，回想起这四人所牵连的那桩案子，却毫无头绪。

另一头，张少白看着那四人的一举一动，忽地想出个两全之法，于是喊道："我有法子破案！"

茅一川问道："你能有什么法子？你那祝由术说白了不过是个'骗'字，难道还能骗得凶手自首不成？"

"你先放我出去！"张少白站起身来，一甩衣袖，"区区小案，我祝由术定能助你一臂之力！"

少年这般姿态，脸上神情云淡风轻，倒也真有几分让人信服的意味。

茅一川略加犹豫，还是让牢头把人放了出来，然后带着张少白去了牢房外面。

隔了约莫一炷香的时间，终于重见天日，张少白伸了个懒腰，不由得赞叹道："还是外面舒服啊！"

茅一川说："你若是信口胡说，还是要被关回去的，而且这次不是三天而是三个月。"

张少白轻轻一笑，胸有成竹道："我便让你见识见识真正的祝由术，你且去取来那四人的鲜血，不多不少，一滴即可。"

"你要做什么？"

"问那么多干什么，以后和我抢生意啊！"

茅一川瞪了白衣少年一眼，但还是乖乖去牢房取了四滴鲜血回来，分别放在茶碗之中。牢头把茅一川送出牢房，脸上尽是无奈，应是在心疼自己的杯子。

张少白将茶杯放在地上，呈"一"字排列，然后从怀里掏出来一枚火折子和一根怪模怪样的树枝。

"你这是要……？"

"嘘。"

张少白忽然原地转了个圈，然后面向北方，嘴里念念有词：“咸天广祝，不问来由。气血之精，瓷木可留……”

茅一川挑起眉毛，很想打断那个装神弄鬼的白袍人，但心底又隐隐觉得他并非胡闹，于是便按捺着性子，看他能耍出什么花样。

念完咒语，张少白蹲在地上，点燃了手里的古怪树枝，吹了吹，然后将树枝烧出的灰烬分别点在四个茶杯之中。

下一刻，茶杯中的血液一遇见草木之灰，瞬间起了变化。

第一个茶杯，血液隐隐有了流动之意，发出轻微颤动。

第二个茶杯，血液仿佛沸腾，如同火苗。

第三个茶杯，血液无任何变化，只是散发出一股浓烈的苦味。

第四个茶杯的异象则与第二个茶杯相同。

张少白仍低头仔细观察着血液变化，说道：“给我讲讲案情。”

正午的阳光有些晒人，茅一川略微往前走了半步，为张少白遮住些许灼热，然后开口讲道：“这四人都是刘郎的家仆，昨日刘郎因琐事心情不好，将他们通通责骂了一顿。今日巳时，其中一人发现了刘郎已经死于卧房，然后报案。仵作判断刘郎的死因乃是颅后受到重创，结合现场来看，刘郎应是与凶手有过肢体接触，过程中颅后撞到桌角。这期间宅子里只有四名家仆，再无他人进出。故而我认为这四人当中必定有个凶手，于丑时和刘郎在卧房中发生冲突，结果失手将其杀死。”

总而言之，就是无法确认凶手。

张少白说道：“第一个茶杯中的鲜血来自四人中唯一保持些许理智的那个，就是劳烦你尽快破案的那个……第二个对应着大喊大闹的那个，第三个对应着哭啼不休的那个……至于这第四个，只能是蹲在墙角不说话的那位仁兄了。”

茅一川瞪大双眼，没想到张少白的推论居然丝毫不差。

张少白站起身来，揉了揉发麻的双腿，得意道：“这是祝由术中的‘望血之法’，可根据血液形态推测人之秉性。”

“怎么讲？”

“人血分为烈、沛、黏、苦四种，第一杯乃是沛血，第二和第四杯则是烈血，第三杯是苦血。”

茅一川追问道：“那黏血是什么样子，身有黏血的人又是什么样子？”

张少白深深看了茅一川一眼："黏血一遇瓷木灰便会变得更加黏稠，直至凝固。至于黏血之人是什么样子，你看看自己就知道了。"

茅一川听后一愣。

"不信？要不要试上一试？"

"不必了，我还有最后一个问题，你觉得谁才是凶手？"

张少白用脚尖点了点第四个茶杯。

茅一川又问："为什么？"

张少白答道："刘郎是在与人争吵的过程中发生意外而亡，按理来说四名家仆都有嫌疑。不过血液呈现烈性的人嫌疑最深，烈性血者性子直爽，但也大多急躁，在争吵或是悲伤之时往往失去理智，会更容易做出伤人的行为。"

茅一川边听边点头，但还是有一丝怀疑："可是呈现烈血的人有两个，哪个才是真凶呢？"

张少白故态复萌，再度做出一副世外高人的模样，说道："这四人都是普通人，杀人之后不可能保持正常心性。这么说来，墙角不说话的那位应该就是杀人凶手了。他明明是烈性血，但表现得却十分反常，与另一位烈性血截然相反。事出反常必有妖，好好查一查他吧。"

茅一川心中已经大致有数："我这就去提审一番，希望你所言非虚。"

张少白："虚又如何，实又如何。你打心底觉得祝由之术乃是骗术，却不知有上古神医，以菅为席，以刍为狗。人有疾求医，但北面而咒，十言即愈。"

茅一川看着白衣少年，说道："我并非怀疑祝由之术，我只是怀疑你的祝由之术。"

少年撇嘴："那我不管，按照祖宗规矩，刚才我用祝由之术助你破案，你得给钱！"

"给钱？"茅一川的目光中满是难以置信。

"这是规矩，既然受惠于古人智慧，就要付出一些代价，才能常怀感恩之心。"张少白说这话的时候十分正经，绝没有半点开玩笑的意思，"方才我点燃的那根瓷木可谓一两千金，不过看在你破案心切的分上，就不和你计较了……给我一文钱，咱俩两清。"

茅一川没兴趣和一个财迷纠缠不休，从钱袋掏出一枚铜钱扔了过去，"钱给你，但还不到两清的时候。你在修行坊给我老实待着，若是找错凶手，我定要把你抓回来。"

少年接住铜钱，笑嘻嘻道："随时恭候！"

※

张少白住在洛阳南边的修行坊，不知何时开始便传言此地闹鬼，不过这事在张少白看来，无非是有人借着“鬼祟”名头暗中兴风作浪罢了。难道谁家鬼就喜欢偷刘三娘的肚兜，或是拿李老汉家里一只鸡吗？

不过倒也多亏了这些流言蜚语，使得修行坊的地价大不如前，这才让他捡了便宜，居然只花了五百文就在坊南租了间“闹鬼”的宅子。

大摇大摆地离开洛阳县衙后，张少白并未按着棺材脸的叮嘱立刻回家，反而是沿着原路返回，找到了一棵大杨树。

张少白站在树下，看着脚下泥土湿漉漉的，且散发着一股臊气，不由得在心中骂道：“哪个杀千刀的随地尿尿！”

原来他早就发现茅一川一直跟踪自己，于是得了一贯钱后便立刻将其埋在树下，等着打发掉那个瘟神之后再回来取钱。

可谁能想到……

张少白撅了根树杈，用力刨着自己埋钱的那块地方，脸上的表情时而厌恶，时而欣喜，要多精彩有多精彩。

忙活了半晌，他感觉树杈子戳到了一个坚硬的物什，心中大喜，终于要把那些浸过尿的铜钱扒拉出来了。

张少白正喜滋滋的，没想到忽然眼前一黑，随后身子一轻，双脚离地，居然是被人套了麻袋！

“好汉饶……”他本能地想要张嘴叫唤，结果屁股挨了重重一脚。

有人说道：“要想活命就把嘴闭上。”

张少白赶忙闭嘴，只不过头上虽然套着麻袋，耳朵和鼻子却依然好使。听呼吸声给自己套麻袋的应是两名男子，脚步声沉闷有力，多半都是练家子。不过他们身上没有汗臭，反而有股香火味道。

这般说来，这俩来路不明的人多半不是匪类，那又会是谁呢？张少白想了又想，也不记得自己什么时候和大门大户扯上过关系。

他俩把张少白扔上马车，顺手将他双手也打上死结，随后马车便动了起来，不知要把车上的祝由先生带去哪里。

马车颠簸，张少白的心随之忐忑。这种心情持续了足足一炷香的工夫，少年郎终于冷静下来，想到自己七岁便随着父亲四处行医，什么大风大浪没见过。

所谓抢劫，无非劫财、劫色、劫命。自己一贫如洗，他们肯定不是劫财，如果劫命的话又无冤无仇，这么想来也就只剩下最后一种可能了。

马车走了将近一个时辰，终于停了下来。张少白端端正正地坐好，面不改色，可惜脑袋让麻袋套着，别人看不见他装出的镇定模样。

还是那二人把张少白抬下马车，然后左右架起，走了许久，方才把人放下。

一道苍老的声音响起："你们怎能如此无礼，还不快快松绑！"

双手一松，紧接着脑袋上的破麻袋也被人拿去，张少白感觉有些刺眼，赶忙眯起眼睛。他简单地打量了一下四周，发现自己被带到了某处宅院，而这间客厅布置精美，看来不是寻常百姓人家。

面前有位老者抱拳作揖，语气中满含歉意："用这种方法将张先生请来，实在是无奈之举，还望先生恕罪。"

张少白揉了揉手腕，衣袖一甩，说道："祝由不似医师那般高调，他们治好病人之后喜欢四处张扬，我们祝由则比较低调。所以关于保密一事，你大可不必如此。"

老者眼前一亮，没想到面前的少年心思如此通透。"只是这次的病人身份太过特殊，实在是不得不出此下策。"

身份特殊？难不成是皇亲国戚？

看张少白有些疑惑，老者解释说："病人乃是我家小娘子。"

张少白恍然大悟，高门大户中女子患病自然是隐秘之事，若是不小心传了出去，恐怕以后不好嫁人。所以才要给他套上麻袋，以免他记住路线，从而找出病人的真实身份，坏了人家名声。

不过他还有一个疑问："既然你们找祝由先生帮忙，说明病人患上的肯定不是寻常疾病。可洛阳城的祝由先生又不是只我一个，为何偏偏要大动干戈将我绑来？"

老者面上虽然带着微笑，回答的话里却透着冰冷："之前请过几位，全都见过小娘子真容，但最后没能治好，所以被主人下令沉塘了。"

张少白脸色一变："既然如此，估计我也治不好，你们还是另请高明吧！"

老者话头一转："玩笑话而已，先生莫要当真。"

狗屁玩笑，这老头一看就是城府极深的那类人，话里半真半假，狡猾得像只狐狸。

“对了，还未给先生做过介绍，老仆乃是府上管家，先生唤我一声石管家即可。”说着，老者微微欠身，示意张少白跟上自己。

不愧是活了大半辈子的老人精，石管家一番举动便堵死了张少白的退路。可怜张少白只能跟在管家屁股后头，去了后院的花园。

“三年前，小娘子曾失足跌入池塘，”石管家伸手一指，“醒来后便仿佛魂不附体，时而发呆，时而发狂，先生可知这是为何？”

张少白看着池水莹莹，答道：“应是受到凉水所激，寒气入体，患上了失魂症，之前难道没请医师看过吗？”

“看过，他们说小娘子心肾两伤，于是开了舒魂丹和归魂饮。可是服用许久，却丁点效果都没有。”

“这倒是奇怪，再和我仔细说说你家小娘子的病情。”

石管家看向花园那头的一间雅室，叹道：“小娘子时常彻夜不眠，只在屋中点根蜡烛，门窗紧闭，也不让丫鬟进去。而且我发现小娘子时常像变了个人一般，样貌虽然还是老样子，但脾性却和小娘子完全不同，不仅毫无规矩，而且对下人恶言恶语，甚至是大打出手……给人的感觉就像是，小娘子被鬼怪附体了一样。”

石管家啰啰唆唆说了许多，全都关于小娘子平日里的种种异常，他还说现在后院鬼气森森，家里的下人甚至都不愿意来。

张少白脸上神情愈加严肃，他弯腰掬了一捧水，发现不甚寒冷。他又仔细打量了一下花园布置，也并未发现什么疑点。

他问：“落水那日，头部可曾受过重创？”

石管家答道：“额头撞了一下，还见了血。不过医师说那只是外伤，好好休养一番即可，伤口也早就结痂脱落了。”

张少白：“如果我告诉你，你家小娘子不是什么心肾两伤，而是头颅受创导致，你可相信？”

石管家愣了一下，“治好便信。”

“那就走吧，带我去见你家小娘子。”

没想到石管家一动不动，“今日怕是不妥。”

张少白眼睛一瞪：“不妥你还派人套我麻袋！”

石管家一边将人引回客厅，一边解释说：“事发突然，今日早上小娘子忽然发病，在家里闹个不停。之前听说修行坊来了一位年轻先生，我便让人赶紧去请，只是没想到他们扑了个空，经过一番打听才终于找到张先生。结果把您带回来的时候，小娘子已然筋疲力尽，此时应该已经休息了。”

张少白无奈道：“那就改天再看，先派人把我送回去吧。”

“这是当然，”石管家微笑道，“先生放心，只要您能治好小娘子，我家主人必有重谢。”

“有多重？”

“在修行坊买间宅子肯定是足够的。”

张少白听后一窒，亲娘嘞，谁都知道洛阳城寸土寸金，置办间一进的宅子就至少要两百贯。

两百贯是个什么概念？当朝宰相的月俸也就不过十数贯而已！

张少白顿时如同打了鸡血，挺起胸膛说道：“劳烦石管家跟你家主人说一声，小娘子的病就包在我身上了，我这就回去好好准备一番。”

石管家躬身行礼，说道：“好嘞。”

话音刚落，张少白眼前一黑，居然又被套了麻袋。

“哎哎哎！我说你就不能换个法子，只在眼睛上蒙块布子也行啊！”

“是老仆疏忽了。”

老家伙滑溜得像条泥鳅，让人发不出脾气。

与此同时，洛阳温柔坊，正上演着极为热闹香艳的一幕。

此处人声鼎沸，众人皆是仰着头，望向北边那座红纱掩映的高台，口中不住发出阵阵叫好声。

高台名为“桃夭楼”，高逾三丈，通体覆着轻红丝纱，而且点缀着朱红灯笼。红楼映着月色，一边清冷，一边火热。

桃夭楼上，有个妙龄女子穿着一袭赤羽霓裳，露着雪背玉足，轻歌曼舞。晚风袭来，吹皱红纱一角，露出的刹那春光便已是国色天香。

她叫灼灼，五年前便来了洛阳，凭借着一身舞技和一张姣好面容博得了花魁的美名。今夜乃是她初次登顶“桃夭楼”，为的是跳一段新学的无色天罗舞。

随着一记沉重的鼓声响起，灼灼轻盈地打了个旋，一枚铜铃铛忽地滑出衣袖，落入台下的人群之中，砸到了一个满脸迷茫的青衫男子。众人先是一窒，随即爆发出更加热烈的呼喊声，靠近男子的人更是将其一把扑倒，纷纷伸手抢夺铃铛。

灼灼望了一眼台下的骚动，咬着嘴唇笑了一下。紧接着她好似看到了什么恐怖之物，脸色忽然变得煞白，脚上的动作也变得乱了起来。

桃夭楼的乐师们发现灼灼有些异常，心中极为好奇，毕竟和灼灼合作许久，还是头一次见她出错。

其中有个少女负责击鼓，身穿水绿襦裙，样貌秀丽，若是再过两年定能出落成一个绝色美人。她叫夭夭，乃是灼灼的妹妹，两人自小便在一起，感情深厚。就在灼灼脚步杂乱的那一刻，夭夭便心神不定，总感觉即将有不好的事情发生……就仿佛天要塌下来一般。

此时此刻，一座平安喜乐的洛阳城，没人知道灼灼看见了什么。

在她眼中，红纱帐变成了一面朱红宫墙，那是一方逃不脱的囚牢，更是无数红颜的坟墓。最可怕的是，月光在“红墙”上留了一道影子。那影子一身九头，长颈尖喙，好似鸟首。影子于墙上缓缓走动，发出阵阵车轮滑过的声音。

灼灼绝望地旋转着，目光掠过那面无穷无尽的红墙，看见九首怪影穷追不舍。她心中止不住惊恐，可双脚仍然不由自主地转着，身子已然到了楼台边缘。

台下众人只见灼灼的身影在红纱之下呼之欲出，一个个屏息凝神，激动不已。

下一刻，灼灼的身子竟然真的突破了红纱的束缚，她仿佛一只折了翅膀的雀儿，只在半空中停留了瞬间，随后便重重落下。

她看着漆黑地面距离自己越来越近，就像是一头张开了嘴巴的巨兽，但无论如何，自己终究还是逃过它了。

灼灼听到一声闷响，那是她的额头与地面撞击发出的声音，这声音在她的体内回荡，仿佛要碾碎每一寸骨骼。

她的视线变得模糊，隐约看到有人哭喊着“姐姐”跑到了自己身边。

灼灼想要用力地说些什么，却如同人在梦中，无论如何都喊不出口。她握了握抓着自己的那只手，用尽最后一丝力气说道：

“鬼车，快逃。”

话音落下的时候，灼灼随之香消玉殒。

周围人群终于回过神来，一窝蜂般向着这边涌来。众目睽睽之下，灼灼的雪背之上逐渐生出八个血红大字。

牝鸡司晨，天下大乱！

※

这边乱作一团的时候，张少白刚好上了马车，一番颠簸过后，总算赶在坊门关闭前回到了修行坊。那两个壮汉收起麻袋，也不理会张少白，复又驾着马车离去。张少白迷迷糊糊好一阵子，方才回过神来，原来自己已经回到了家门口。

“车接车送，倒还算体贴。”张少白一想到那份报酬便心动不已，可随后便又气得跳了起来，“坏了，我那一贯钱还没拿呢！”

可惜天色已晚，洛阳城又实施宵禁，自己若是跑上这么一趟，怕是赶不上净街鼓响之前回家。

想到这里，张少白只能作罢，他打开门锁，进院复又反手将门闩挂好。

月色如故，宅子也如往常，并无不同。但张少白却如临大敌，他的目光落在院子东南角，那里栽了棵石榴树，乃是房东种的，如今已长得足有墙面高。

为了防止夜里遭贼，张少白在院内布了不少坠着铜铃的长线，石榴树到墙边也应该有一根才对。

只是现在，那边的铃铛已然不见，而且墙下的青草显然被人踩过。

张少白的脸色在月光下白得发亮，他早已没了平日里嬉笑戏谑的神情，转而变得面无表情，整个人仿佛一口古井，深不可测。

“出来。”少年郎站在屋外，冷声喝道。

“我再说一遍，出来！”

屋里初时没什么动静，随后油灯居然亮了起来，却映不出丁点影子。

“少在那里装神弄鬼，修行坊里闹事的是人是鬼，我比你清楚得多。”

有个少女款款走出屋子，看似不过二八年华，长得灵动可人，只是现在却有些狼狈，身上沾了不少泥土，发髻也是散落大半。

张少白冷冷盯着面前的少女，说道：“原来还是个女贼。”

少女气鼓鼓地瞪着张少白，只是语气却透着心虚：“我不是贼！我只是……只是无处可去，才借你这个地方歇脚而已。”

“寻常盗贼哪有穿着裙子翻人家墙头的，我看你是逃难的还差不多。”张少白细细地打量了一番少女，发现她穿着水绿衣裳，身形如小荷初露尖角，“我不管你为什么躲在这里，既然这间宅子的主人回来了，那便请你出去。”

“不行！我不能出去！”少女的语气虽然着急，但声调依然压得很低，仿佛是在害怕被别人听到。

张少白挑起眉毛，“既然如此，那我就去报官了。”

少女一听顿时慌了，只见她猛地冲到张少白面前，一记擒拿手便将其牢牢制住。

张少白没想到少女力气颇大，挣扎两下居然不得脱身，反而两只胳膊被扭在身后，几乎快要断裂。

少年终于不再淡定，骂道：“小爷今天真是倒了血霉，先是牢狱之灾，然后是被人套了麻袋，现在又被你个丫头片子欺负！”

少女着急地解释说：“我真的不能出去，你就行行好，收留我一阵子好不好？”

“收留你？万一你是个正被通缉的江洋大盗怎么办，到时候我还要落一个包庇罪犯的罪名！”

“我才不是江洋大盗！”

“不是江洋大盗，你怎么无缘无故翻别人家墙，现在还胆敢挟持人质！”

“我……我就是力气大一些而已，谁想到你居然打不过我……反正我绝对不是歹人，你相信我。”

“那你倒是把我放开，这样我就相信你。”

“我又不傻，不放。”

两人僵持不下，少女的语气终于软了下来，恳求道：“求求你，我不在这里白住，我把我的钱全都给你。”

“谁稀罕你的臭钱！”张少白口不应心，指间不知何时夹着一根银针，透出瘆人的凉意。

少女带着哭腔：“我看屋子里面乱七八糟，你肯定尚未成亲，只要你愿意把我留下，我就照顾你的饮食起居好不好？”

张少白先是愣神，随后艰难地扭头问道：“给暖床不？”

少女霞飞双颊，手上稍一用力，张少白顿时痛得把头扭了回去。

“只要你肯帮我，什么都好商量。”

就在张少白龇牙咧嘴的时候，一阵敲门声突然响了起来，在清冷的夜晚显得格外突兀。

“家里有没有人？”

少女慌乱至极，掐着张少白的两只小手也不住颤抖。张少白趁机用指间银针在她手腕轻轻一刺，少女吃痛顿时松手。

张少白终于挣脱，他看向少女，只见那边的小娘子哭得梨花带雨，正用脏手笨拙地擦着豆大的泪珠。

少女不敢出声，只得用嘴型说道：“求求你。”

此时此刻，月下少女的身影忽地自行闯入了张少白的回忆之中，与他脑海中的某一道身影逐渐契合于一处。

那年张少白十岁，有个妹妹小他两岁，总是喜欢跟在他屁股后面，甜甜地叫他“哥哥”。有天张少白爬上了院里的老树，妹妹也想上去，但她的少白哥哥就是不愿意帮忙。女娃赌气，干脆学着哥哥的样子爬树，结果爬到一半就摔了下去。

这一摔就掉了两颗大门牙，从那之后一笑就漏风。

出神半晌，回忆里忽然燃起了一场大火。若她还活着，现在也该这般大了吧？

“有没有人？”敲门声再度响起。

张少白看着少女，表情复杂，然后眼神闪过一丝莫名的神采，仿佛做了什么决定。

他打开门闩，只把门打开到足够露出脑袋。

敲门的人恶声恶气地说道：“怎么这么迟才来开门？”

张少白解释说：“方才在出恭，大半夜的吵吵嚷嚷，你又是哪位？”

“瞎了你的狗眼，我乃是此地新任的里正！”

张少白仔细一看，来人果然穿着里正的那套衣服，态度顿时变得恭敬起来：“不知里正有何贵干？”

里正问道：“你可有看到一名少女，十五六岁？”

张少白微笑道：“没有。”

里正闻言死死盯着张少白的双眼，许久后方才一言不发地转身离去。

“有毛病，里正了不起啊。”张少白骂了一句，随后重新把门闩好。

离去的里正耳聪目明，他听到了张少白的那句话，气得双拳紧攥，不过还是按捺住火气没有回去找麻烦。抬头看了眼夜色，里正骂道：“该死的小丫头，若是落到爷爷手里，定要让你求生不得求死不能！”

张少白细细检查了一下门闩，仍是心有余悸。他曾给修行坊的里正看过病，两人关系相当熟络，故而一下子就发现方才的里正是在撒谎。

那人定是借着里正的身份挨家挨户寻访，为的就是找出张少白面前的这位少女。

少女感激道："谢谢你。"

张少白依然冷着脸："你叫什么？"

少女犹豫了一下，回答说："天天，我叫天天。"

张少白当然知道这个天天真名肯定不叫天天，但也懒得纠缠，他径自往屋里走去，边走边说："我只留你一晚，明早儿你就赶紧走人，少给我惹麻烦。"

天天点头答应，不过看模样压根没把张少白的话放在心上。

天色已晚，外面净街鼓开始响起。总是点着油灯实在费钱，于是张少白一口吹熄了火苗，翻身上床打算休息。

张少白租的宅子只花了五百文，要多简陋有多简陋，院子里只有一间卧房，一间灶房，还有一间放满杂物的柴房罢了。少女天天杵在卧房里，不知道自己何去何从。

想了半天，为了自己的清白之躯，天天还是打算去灶房将就一宿。

张少白仿佛读到了少女的心思，幽幽说道："灶房有老鼠。"

天天顿时打消了这个念头。

她可怜巴巴地蹲在墙角，想着实在不行就这么凑合一下，反正自己绝对不能睡着，免得那人兽性大发。

正想着，张少白把被子扔到了少女这边，还说："明早把被子洗干净了再走。"

天天用被子把自己裹了起来，身子仍然蜷缩在墙角处，努力和张少白保持着距离。只不过心里却觉得，那个翻脸如翻书的男人倒也没之前那么可恨了。

她心思复杂，使劲盯着床榻上的张少白，那头稍有动静她便吓得一个激灵。身处"险境"之中，再加上姐姐死得不明不白，少女越想越难过，泪水颇不值钱地扑簌落下，打湿了干净被子。

张少白才懒得揣摩小娘子的心思，他和衣而眠，翻了个身，回想起今日发生的种种，忽然轻声嘟囔了一句。

"上钩了。"

第二章 双魂奇症

天色刚亮，洛阳城便随之缓缓苏醒，修行坊也逐渐热闹起来。起得早的喜欢沿着坊周走上两圈锻炼身体，稍微懒些的迷迷糊糊起床，洗漱之后赶紧开灶，免得耽误了活计。

今儿一大早坊里又传出了闹鬼的消息，据说昨晚修行坊的里正着了鬼魂的道，居然光着屁股在某个犄角旮旯睡了一宿。醒过来的时候，身上一丝不挂，脑袋和屁股还隐隐作痛，也不知道造了什么孽才会遇上这种怪事。

小宝住在张少白家正对面，本来做着美梦，结果被娘亲提溜着耳朵硬是揪了起来，此时此刻正往嘴里塞着一根柳枝条子，无精打采地清理着牙齿。

他眯着小眼睛，隐约看见对门出来一道人影，那人把自家大门仔细关好，又检查了数遍方才离开。

咦，这人倒是有些眼熟……貌似是张先生……

小宝情不自禁地瞪大双眼，嘴巴也逐渐张大，口中的柳枝“吧唧”摔在地上。

“娘呀，今儿张先生又把自己打扮得怪里怪气！”

不仅是孩子这副模样，不远处的刘三娘刚出来倒完水，一见张少白便痴痴傻傻的，还不小心摔了手里的盆。

张少白和街里街坊打了个招呼，脸上笑嘻嘻的，然后便大摇大摆地往北边走去，一路上不知道惊呆了多少眼球。

少年今日穿的依旧是昨天的白袍，只是外面挂了不少零碎东西，有鸡毛、铜铃、小鼓，还有根奇模怪样的骨头。而且不知抽了什么疯，居然把头发绑成了无数细长辫子，乍一看脏兮兮的。南市的胡人有不少也是这个发型，甚至还有人把胡子也编了起来，据说这样不长跳蚤，真是一帮不讲卫生的懒蛋，这可让唐人鄙视不已。

“先生怎么打扮成这样？”有街坊好奇问道。

张少白故作高深，伸出一根手指放在唇前，“嘘，天机不可泄露。”

“还能正常说话，看来没中邪……没中邪就好啊！”有个老汉宽怀大笑，他还以为张少白这是和里正有了相同遭遇，所以才变成这样。

张少白翻了个白眼，继续招摇过市，没过多久终于到了病人家里。

据说这家人的宅子不太干净，所以那三个月大的婴儿总是哭闹不停，尤其是到了半夜，哭喊声简直响彻方圆一里，在这原本就鬼里鬼气的修行坊显得瘆人无比。

小娃娃这般哭闹，不仅家中父母睡得不好，就连邻居都受了牵连，据说旁边那户的老母鸡都被孩子哭得不下蛋了，真是邪门。

张少白身为祝由世家传人，自然是相信鬼神的，却不信邪。他抱过娃娃，仔细检查了一番，发现娃娃身体健康，没什么毛病。

“张先生，都说咱们坊闹鬼，我家孩子该不会是看到鬼魂了吧？”孩子他娘小心翼翼地说道。

“肯定是看到了，那天吹进来一股怪风，然后咱家孩子就开始哭个不停。”孩子他爹一拍大腿。

这一拍不要紧，又吓到了原本安安静静的孩子，结果小娃娃咧开大嘴又开始哭号起来。

张少白哄了几下，然后将孩子放回床榻，“你家宅子的确不太吉利，婴儿含着一口先天之气而生，对这些自然比较敏感。”

孩子他爹是个急性子，粗声粗气地追问：“那可咋整？”

“好说，给你家请个神仙。神仙一来，孩子自然也就不怕了。”张少白从身上解下一枚铃铛拿在左手，又解下小鼓拿在右手，“来来来，给我腾个地儿。”

孩子的爹娘一看先生要作法了，赶紧退到屋外。

下一刻，只见张少白居然跳起舞来，舞姿笨拙，却透着一股玄乎意味。他身上挂了不少鸡毛，随着身子晃动而左右轻摇，显得整个人越发像只大白鸭子，而且他跳得越欢，手中的铜铃和拨浪鼓就响得越大声。

襁褓中的娃娃顿时止住了哭声，瞪大眼睛看着面前的铃铛，心想，这是个什么东西，怎么响个不停？

他正看铃铛看得起劲，忽然又听到了一阵鼓声，于是微微转头看向另一边，又发现了一个圆滚滚的小玩意儿，更加好奇。

张少白时而摇铃铛，时而摇鼓，小娃娃左看看右看看，忽然打了个大大的哈欠。

见到此情此景，张少白蹦跶得更加来劲，没多久终于把孩子给哄睡着了。

孩子他娘轻手轻脚进屋，抱了抱娃娃，眼中满是慈爱。孩子他爹则在屋外给张少白行了一礼，说道："多谢先生，多谢先生。"

张少白擦了擦脑门上的汗，然后递过去两枚铃铛："一个挂床头，一个挂床尾，孩子若是哭闹，你便依次摇响铃铛，记住一个一个地摇。"

孩子他爹又问："我用跳舞不？"

"胡说什么，那可不是寻常舞蹈，而是我祝由与神灵沟通的密咒。"

"哎呀，瞧我这张破嘴。"

张少白懒得计较，接过孩子他爹递来的钱袋子，放在手上掂了掂，差不多有四五十文吧。

他衣袖一抖，钱袋便消失得无影无踪，随后便颇为神气地走出了宅子。孩子他爹一路送到门口，脸上满是恭敬和感激。

"行了，别再送了，以后孩子若是睡着你便动静小些，免得连孩子带神灵全都吓着。"

"记住了记住了，多谢先生。"

张少白逐渐走远，孩子他爹目送到看不见先生背影方才回屋，还用力拍了拍自己的嘴巴，念叨着："以后说话可小点声，冒犯神灵了那可咋整。"

昨日套麻袋的两个汉子不知何时也来了修行坊，把这一幕看在眼里，然后跟在张少白身后。张先生倒也是个聪明人，找了条隐秘的巷子，转身便对那二人说道："说好今天不许套麻袋了啊！"

为首的大汉依然冷着脸，不爱说话，但看向张少白的眼神里却多了几分信服，他抱拳说道："今日准备了黑布条子，还是要辛苦先生了。"

张少白极不乐意，但也没别的法子，只能老老实实被绑上双手，遮住双眼，然后再一次被扔到了马车里。

※

马车一路颠簸离开了修行坊，驾车的人没料到螳螂捕蝉黄雀在后。他们盯着张少白一言一行的时候，还有个人同样盯着他们的一举一动。

一袭黑衣的茅一川摸了摸腰间佩刀，脚下生风，居然寸步不离地跟在马车后面。

跟了十几里路，马车终于停下。茅一川深深看了眼那个宅子，发现没挂门牌，估计是某位达官显贵在偏僻处置办的别院。这么看来张少白应该没什么危险，想到这里茅一川放下心来，转身便走。

与此同时，张少白已然被带到大厅，摘去眼罩，迎面而来的依旧是老管家。

石管家恭敬道："今日小娘子心情很好，我觉得是个治病良机，所以便派人早早请先生过来。"

老人家明显是见过大风大浪的人，对于张少白的一脑袋辫子丝毫不多看，也不觉得好奇。他只觉得祝由之术高深莫测，先生如何打扮都是有玄机的。不过话说回来，如果治不好病，那么下场也都差不多是一样凄惨的。

张少白整理了一下衣衫，说道："既然如此，那就带我见一下病人吧。"

他说的是病人，而不是小娘子。少年虽然心性跳脱，有时看起来不太靠谱，但是在治病救人一事上却出奇地认真。

石管家一边引路，一边说道："先生也要做好准备，此番见到我家小娘子，可就抽不了身了。"

"瞧你这话说的，就好像我不见你家小娘子就能抽身一样。你倒是和我交代些实情，那些没治好病的医师最后都是个什么下场？"

"沉塘自然是不可能的，我家主人面慈心善也做不出这等事来，无非是花些钱财把人打发到偏僻乡下，换个地方度过余生也是好的。"

"总而言之就是不能让他们留在洛阳城呗，以免坏了你家小娘子的名声。"

石管家："先生肯定知道，有些医师一旦遇到治不好的病，往往不喜欢说自己医术不精，而更喜欢夸张病人的病情，算是给自己找个台阶，若是让他们在外面肆意宣扬，恐怕我家小娘子的名声算是彻底毁了。"

张少白撇了撇嘴，他自然知道石管家说得没错，而且自己也打心底瞧不起那类医师。他张少白就从来不做这种事情，遇到治不好的病，他无非是埋怨两句祖师爷罢了。

又一次来到后院，其中景致和昨日没什么不同，有假山、池塘、凉亭，还有数不尽的花花草草。

唯一的变化，是一抹鹅黄色的衣裳。

她蹲在池塘边上，把裙摆抱在怀里，还挽起了一只衣袖，正饶有兴致地拨着水花。池塘里养了些许小鱼，纷纷聚在指尖，痒得她脸上笑意盈盈。她的容颜不算惊艳，更谈不上绝美，却透着一股韵味，夹杂着灵动与温柔，让人见了便想到两个字，那就是“和美”。

最为特殊之处，则是她的一对眼眸。不知为何，她的眸子泛着碧蓝之色，眼中仿佛蕴着一池春水，分不清是池塘倒映进了她的眼中，还是她眼中的池水化成了外面的春光。

望着那道身影，张少白竟出奇地愣了一下，自诩见过大风大浪的少年郎情不自禁地出神，有那么一刹那脑海中全是鹅黄衣裳和那双称得上是“勾魂摄魄”的眼眸。

但这种心思无关欲望，只是欣赏。张少白隐隐觉得，那位出身高贵的小娘子并不是寻常意义的名门闺秀，反而在许多方面和自己相似，所以才会有种亲近感。

石管家轻轻咳嗽一声，那道身影被吓了一跳，急急忙忙站起身来，赶紧放下衣袖，又整理了裙摆，脸上满是羞涩，仿佛一个偷吃灶糖被人抓个正着的孩童。

石管家对张少白再三叮嘱：“实不相瞒，我家小娘子身份实在是太过特殊，主人把她安排在别院，一来是为了养病，二来也是为了掩人耳目。这院里的下人不多，但都是亲信，先生在此处给小娘子治病不必拘泥，有什么需要随时说。但您若是做出伤害小娘子或是有损小娘子名节的事情，也休怪老仆不客气。”

说完，石管家便转身离去，不愿在这后院中多待一刻，就好像这里真的有邪祟一般。

张少白觉得有些好奇，偌大一个后院，旁边还有小娘子的卧房，居然没有丫鬟在此伺候。这户人家的奇怪之处真是数不胜数，到处都透着诡异。

不好意思让病人多等，张少白先是行了一礼，然后说道：“张少白见过小娘子。”

她仍然有些紧张，回了一礼，犹豫半晌方才说道：“灵芝见过先生。”

灵芝？是个好名字。她不愿意说出姓氏，自然也是为了保密，张少白能够理解，故而也不放在心上，只是觉得“灵芝”二字有些耳熟。

他觉得名字耳熟，灵芝却看他有些眼熟。

灵芝盯了张少白许久，小脸红扑扑的："我似乎见过先生。"

张少白疑惑不解："什么？"

"应是五年前的上元节，我在灯会上见过先生。"

"怎么会，五年前你我不过十多岁，就算见过也不可能是现在的模样，更何况我以前从未来过洛阳。"

"不是洛阳，是在长安。"

"长安？那我就更没去过了。"

灵芝仔细想了想，无奈说道："虽然样貌有变化，但总有很多地方是变不了的。不过先生既然这么说，那个人就肯定不是先生了。"

张少白有些好奇："你怎会对那人记得如此深刻，难道是之前认识？"

他到底有没有去过长安，或者压根就在长安土生土长，只有谎话连篇的自己心里清楚。当灵芝说他似曾相识的时候，张少白心跳有些加速，这倒是相当罕见的事。即便昨日他被套了麻袋，在车上担心自己清白不保的时候，也未像现在这般。

灵芝摇头说："我只是记性好些，并不认识他。"

张少白既失落又惊讶："五年前的陌生人也能记住，你这怕是过目不忘！"

两人你一言我一语聊得还算投机，后来站着说话太累，干脆在凉亭寻了个地方坐下，亭子里有石桌石凳，还有事先备好的热茶点心。张少白边吃边问，他的问题很多，几乎把灵芝爱吃什么，喜好何种颜色，甚至是爱用哪家的胭脂通通问了个遍，给人的感觉更像是个头上插花的老媒人，而不是一位祝由先生。

故而灵芝看向先生的眼神透着古怪。

张少白以为她是在好奇自己的一脑袋辫子，于是解释说："这只是一种装扮，将自己弄得像古人一些，也好效仿古人和神灵沟通。"

灵芝说："我不是好奇这个，我只是觉得先生和之前请来的先生都不太一样。"

"哪里不一样？"

"他们大多严肃，不会问我这么多事情，而且也不像先生这般……随意。"

张少白咧嘴一笑："这你就不懂了，你家的那个老仆可是个人精。他把你我孤男寡女扔在这里，看似完全不在乎男女之防，甚至不安排个丫鬟小厮过来盯梢，却让人感觉更加紧张，认为这是一种考验，所以那些给你看病的先生也就更加谨慎了。可惜这招对我不管用，我给人看病向来随心所欲。"

“或许石管家他们是真的不在乎。”

张少白的笑意顿时凝固，灵芝却露出一丝苦笑，似有难言之隐。

“咱们还是说一下你的怪病吧，我听说你是三年前落水，而且就是脚下的这方池塘，之后便患上了怪病？”

“是的，那次落水之后，我变得嗜睡，经常一觉醒来不知时辰。”

“我还听说你的脾气古怪，经常变得异常暴躁，甚至有时候还会打骂下人。”

灵芝面露难色：“这个是最奇怪的地方，我丝毫不记得自己生过气，只是偶尔会做梦，梦见自己仿佛变成了另一个人，她和我长得一模一样，但行为举止却大相径庭。”

张少白神色严肃：“之前请过的祝由先生，是否有人说你这是邪魂入体？”

“有的，我记得他做了三天三夜的法事，甚至还请了道士帮忙作法。可我没有任何感觉，只是依然困顿。”

按照灵芝的描述，那日落水之后，她便时常不分昼夜地嗜睡。可是按照石管家所说，小娘子经常彻夜不眠，屋里点着油灯不知道在做什么。

张少白将这二人的话稍一结合，忽然有了一个大胆的猜测——难道在这个灵芝睡着之后，便会有另一个灵芝苏醒，占据并使用这副躯体？至于发疯还有打人之类的事情，都是那个灵芝的所作所为。

他隐约记得曾听父亲说过一种异症，名为“双魂奇症”。说的是人有三魂七魄，本是一团和气。当躯体受到重创之时，三魂七魄便有可能分离，甚至外泄，一旦发生这种情况便会患上“失魂症”。然而还有另外一种情况，那就是躯壳破损，自身三魂七魄依然完整，却有游荡在外的孤魂野魄从破损处侵入人体，这样一来身体之中便藏了不止一副三魂七魄，被称为“邪魂入体”。

父亲还说，“双魂奇症”，可遇而不可治。不过张少白就是不信邪，好不容易遇见这样的病人，他很想通过治好她来证明自己……证明自己的祝由之术。

张少白曾见过邪魂入体的病人，时而冷静，时而暴躁如雷，然而这类病人并不嗜睡，也不会忘记自己的所作所为。父亲说那是有一魂或是一魄借着邪风进入了病人身体，只要借助药石之力，或是用祝由之术借神力将其驱散即可痊愈。

唯有灵芝与众不同，她在睡着的时候会忘记自己做过什么，取而代之的另一个她也不仅仅只是一味地发疯发狂，而更像是变成了脾性完全不同的人。这便应了“双魂奇症”的描述，在灵芝额头受创的时候，有一副完整的三魂七魄进入体内，故而灵芝现在是一具身子两副魂魄。

张家世代行医，祖父留下的笔记中曾记载过一位病人。那人在夫人去世当日以头撞梁，想要生死相随，但被医师救了回来。男子醒来之后，居然把自己打扮成夫人模样，言行也与夫人生前一模一样。时而一觉醒来，便又恢复了正常，再度陷入失去爱妻的痛苦之中。从那之后，他说不准何时便会发病。最后祖父并未将其治好，并不是治不好，而是男子不让治。

仔细想来，灵芝和那名男子的症状相似，且更加严重。她既不是寻常医师口中的“失魂症”，补一补精气神便能恢复，也不是普通祝由先生所说的“邪魂入体”，把邪魂赶走便大功告成。

在灵芝的体内有两个“灵芝”，一个睡着时一个苏醒，两者除了样貌相同，处处不同，这正是传说中的“双魂奇症”！

生平头一次遇到这种怪病，张少白的神情中不禁多了一些紧张，还有一丝微不可查的……狂热。如果父亲遇到这双魂奇症，该如何去做呢?

灵芝生于庭院深深，自幼便没有朋友，平日里说话也很少。这还是头一次遇到年龄相仿的少年，并且相谈甚欢。两人你一言我一语地聊了很久，还一起用了午膳，仿佛有着说不完的话。

张少白走南闯北许多年，也算是见过大风大浪的人，脑袋里装了不少趣闻，让灵芝听后不禁哧哧发笑。出乎意料的是，灵芝居然还懂医术，故而在听过趣闻之后还能提出许多自己的独特见解。

比如今早张少白用祝由之术止住小儿哭啼一事，在灵芝看来并没有什么神奇之处。她不认为张少白是借助了神灵之力，那纯属无稽之谈。灵芝记得自己曾在医书上看到过一段描述，说婴儿天性好奇，凡是有动静的东西都会引得他们聚精会神。然而婴儿精神有限，一旦出现多个新奇事物，婴儿便会目不暇接，不久后更会感到困倦异常，于是睡去。

所以说，张少白的一手铃铛，一手小鼓，正是起到了让婴儿目不暇接的作用。听完灵芝的话，张少白苦笑着回复道：“假如你是个男儿身，出身再低微一些，让那些祝由世家遇到肯定会抢破头。”

“为什么？”

“收你做传人呗！”

灵芝坐姿乖巧，受到夸奖之后脸颊微红，但眼眸中仿佛有星光闪烁："这么说来，先生认为我说得有道理？"

"岂止是有道理，你说得已经八九不离十喽。"

"既然道理这么简单，为何先生不把它直接传授给他人呢？"灵芝刚一说完，就意识到自己失言了，于是补充说，"是灵芝唐突了，它看似浅显，但其中蕴含的道理却是至深，自然不能随意传授他人。"

张少白倚在亭边，轻轻摇头道："你看过医书所以懂得这个道理，但世人没看过医书的却更多。他们没读过医书，可是内心却对神灵敬畏，所以我借助神灵的说法帮助他们，效果反而更好。"

灵芝想了片刻，终于恍然大悟："先生之所以绑了一头辫子，又在身上挂了许多奇怪东西，就是为了让他人不解，而他人一旦不解就会把答案托付给满天神灵，从而认为先生能够与神灵沟通。先生这是假借着神灵的旨意，实际上做着治病救人的事。"

"嘘！"张少白看着晶莹池水，似乎想起了什么，嘴角噙着笑意，"可不能乱说，我自然是相信鬼神一说的。只是除此之外我更相信一点，那就是鬼神即便有神力，也需要通过人来施展。"

张少白还记得父亲第一次传授自己祝由之术的时候，贪玩的他不愿学习，故而对父亲说，世上没有鬼神，祝由之术只是打着鬼神的名头招摇撞骗罢了。

父亲听后重重地揍了他一顿，边打边说，做人最大的忌讳就是狂妄自大，你以为你什么都懂，你以为你知道的就是对的。总有一天，你会发现你原本以为的神灵根本不是神灵，你鄙夷的祝由也压根不是祝由。

他不服输地问，那到底什么是祝由？

父亲没有回答。

张少白假装眼睛酸痛，用手指揉了揉眼角，在灵芝看不到的那侧脸颊，一滴清泪不小心逃过指尖，滑落，滴入池塘。

"叮咚"一声，小鱼以为是有人投食，纷纷聚拢过来，萦绕在水花旁，久久不肯散去。

灵芝用衣袖遮住脸庞，似是打了个哈欠，忽地悠悠说道："先生，灵芝有些倦了。"

张少白回过神来，看向灵芝说道："那就休息一下，说不定你睡着之后我就能碰到另一个灵芝呢，正好有些事情想要问问她。”

“希望她不要伤到先生……”灵芝不好意思地笑了下，随后感到倦意如潮水涌上心头，自己居然毫无阻抗之力，就这样趴在面前的石桌上，渐渐失去了知觉。

张少白盯着她的一举一动，发现灵芝之前所言非虚，她的确嗜睡，即便身边有个尚不能完全信任的陌生男子，她也能趴在桌上睡着。

亭外风声窸窣，偶有鸟鸣，张少白发现灵芝的睡容有种静谧之美，不知不觉看得痴了。那一刻他回忆里的大火终于熄灭，他那颗一直笼罩在过去阴影之下的心脏得到了短暂的清凉与安宁。

可惜这样的舒适只持续了片刻，灵芝的身子依然趴着，但眼睛却忽然睁开，与正看着她的张少白四目相对。

刹那间，张少白如临大敌。

他难以形容灵芝的眼神，与之前的羞涩完全不同，这对眸子冰冷且深邃，居然令他的后背惊出了不少汗水，被春风一吹凉得仿佛渗入骨髓。

张少白知道，此灵芝，已非彼灵芝。

灵芝懒洋洋地伸了个懒腰，就好像睡了许久终于醒来，顿时鹅黄色的衣裳勒紧，勾勒出一副曼妙身躯。张少白厚着脸皮看着，也不知道避讳。

灵芝忽然问道：“你是谁？”

张少白微微一笑：“你又是谁？”

“我当然是我，不然还能是谁？”

“那我也是我，不然还能是谁？”

灵芝的眼中闪过一丝诧异，应是从来没见过张少白这种无赖，不禁有些生气。她站起身来，活动了一番手脚，又望了一眼天色……嗯，天气大好。

“外面有点冷，你跟我进屋吧。”说完，灵芝便离开了凉亭，向着自己的卧房走去。

张少白觉得脑子有点乱，一时间还无法接受现在的灵芝，他能够感受得到，这个灵芝是真的不认识自己。这说明两个灵芝进行交换之后，她们不会记得之前的事，就像是过着两段截然不同的人生。

可是既然如此，灵芝为什么还要张少白去她卧房？这是女子极为隐私的地方，尤其是对尚未出阁的女儿而言。

张少白心中经历了一番不为人知的斗争，最终还是“色”字战胜了理智，哪怕是龙潭虎穴他也决定去闯上一闯。

灵芝已经回了屋子，而且留了一条门缝，说明里面没锁。张少白走到门前的时候，莫名的一阵紧张，不过还是鼓起勇气推门进屋。

“麻烦把门关紧。”

“哦。”

“没想到你还真敢进来。”

张少白转身看着灵芝坐在床边，忽然有种不祥的预感。

灵芝脸上带着戏谑，冷冰冰地说：“现在好了，你信不信只要我喊一句非礼，石管家能把你当场打死，埋在后院当肥料。”

张少白心里顿时“咯噔”一下，心想果然色字当头一把刀，自己这番算是中了圈套。

“我再问你一遍，你是谁？”

张少白乖乖回答道：“张少白。”

灵芝眼睛一瞪：“谁想知道你叫什么，我问的是你来我家干吗！”

张少白委屈巴巴：“我是你家请来的祝由先生。”

“哦？又是个好玩的先生。”灵芝上下打量着张少白，只是神色不善，仿佛小猫玩弄着老鼠。

“我都和你说这么多了，你是不是也应该告诉我……你又是谁？”

“明知故问，我当然是薛兰芝啊。”灵芝不以为然地说道。

原来她姓薛，张少白赶忙在心中记好。

等等！

她刚刚叫自己什么？薛兰芝！

张少白心中惊骇不已，一时间竟不知该如何是好。

外面艳阳高照，屋里却门窗紧闭，甚至透着一股阴森寒意。两人一个坐在床上，心思千回百转，一个站在门边，随时准备夺门而逃。

沉默许久，自称薛兰芝的她眼睛一亮，心中想出了一个绝妙的主意，开口说道：“你要是愿意帮我个忙，我就放你一马。”

张少白一听赶忙答应：“你尽管说。”

“我可以配合你的治疗，甚至可以装成被你治好，这样你肯定能领到不少赏钱，但你必须按照我的指示行事。”

“我好歹也是个祝由先生，杀人放火的事我可做不来。”

“放心放心，你绝对做得到。”

张少白进退两难，只能点头，“你先说说看。”

薛兰芝“嘿嘿”一笑，说道：“我要你告诉石管家他们，后院闹鬼闹得厉害，叫他们平时尽量不要过来。就算来了，只要我不应声，谁也不许进屋！”

张少白撇嘴，“就算我不说，你这后院也没啥人愿意靠近吧。”

“那是因为我经常扮鬼吓唬他们，如果你帮忙再说一下，他们肯定更不愿意来了。”

后院闹鬼的始作俑者竟然就是自家小娘子?

张少白恍然大悟，“我明白了，你平日里装疯卖傻就是为了让他们远离你这后院，然后你就可以……”

薛兰芝拍了下掌，“和聪明人说话就是舒服！”

张少白心中顿时有数了，又做出世外高人的模样，“既然如此，要我帮忙没问题，但你也要配合一下。”

薛兰芝爽快地说道：“怎么配合？”

“一会儿你在屋里继续装疯卖傻，顺便再砸点东西，然后假装被我治好，我会跟他们说是我用了祝由之术让你昏睡，并且勒令他们不许过来打扰。”

“妙极妙极，石管家肯定要问你是怎么治好我的，正好你再解释一番，帮我拖延一些时间。”

两人四目相对，居然生出了一丝知己难遇的感觉。

随后，薛兰芝忽然拿起枕头往地上重重一摔，同时大声骂道：“滚出去！”

张少白吓得一个激灵，赶紧大声喝道：“何方孤魂野鬼，安敢在此作祟！”

“滚啊！”薛兰芝一边骂着，一边随手扔着屋里的东西。

外面的石管家等人听到了这边的动静，纷纷聚到后院，有些胆小的只敢远远看着，还是老管家胆子大，居然站在门外，时刻留意着里面的动静。

屋里“叮叮咣咣”闹腾了好一阵子，伴随着张少白的一声怪叫，终于停歇。

许久，只见张少白潇洒之极地走了出来，他反手将门关好，还不忘在门缝上贴了一道符箓。

石管家赶忙问道："请问先生我家小娘子情况如何？"

张少白挺起胸膛，回答道："方才邪魂作祟，又欲占据灵芝小娘子的身体，现已被我镇住。只是灵芝小娘子沾染上这等邪物时间已久，若想驱除得干干净净绝非一日之功。"

石管家闻言心中大定，连连说道："镇住就好，镇住就好。"

张少白又说："我在门上贴了'清心凝神符'，你们勿要摘下，只要按时将饭食放在门口就好，等到灵芝小娘子清醒之后，此符自会脱落。"

"记住了，老仆一定叮嘱下人。"

"既然如此，咱们换个地方说话吧，以免打扰到灵芝小娘子。"

石管家原本还有几分倨傲，怀疑张少白是个假把式，现在算是彻底服气，赶紧带着先生回到了客厅，又是上座，又是奉茶。

张少白说后院有邪祟之物兴风作浪，乃是被镇压在水中的一只鬼魂。后来灵芝小娘子坠入水中，这才惊动了邪物，使其附身。此病名为"双魂奇症"，治疗起来极其困难。

老管家忙说，只要治好小娘子，酬金便涨到三百贯。

张少白继续说着，这只水鬼本就是后院主人，赶是赶不走的，只能把它分离出灵芝小娘子的身体。这段时间闲杂人等尽量少靠近后院，否则孤魂受到惊吓，便会导致小娘子发狂伤人，事态更糟。

这边张少白侃侃而谈，那边灵芝卧房早已空空如也，只留一地狼藉。

吓唬完石管家，张少白忽然问道："还有一事要请教管家，那个邪魂自称为薛兰芝，这是何意？"

没想到"兰芝"两字刚说完，石管家的脸色变得比刚才更加糟糕，他说："这事不是先生可以打听的，您只管治病驱邪，别的就莫要管了。"

这也不说那也不说，这病可怎么治？张少白腹诽道，但看石管家神情惊恐，知道自己追问也得不到答案，只好作罢。

可怜石管家打破脑袋也不会想到，自家小娘子居然会和祝由先生联手设局骗人。他千恩万谢地把张少白送上马车，还事先支了一百贯钱作为诊金，生怕先生治到一半便突然反悔。

张少白的眼睛依然被布条遮住，不过双手却再没被绑起。车厢里头只有他一个人，所以他也不必继续装高人，不停用手摸索着那口沉甸甸的箱子，龇牙咧嘴笑得极其难看。

这可是足足一百贯啊！

活了小半辈子还没见过这么多钱咧！

不过财物带来的喜悦总是短暂的，张少白的思绪很快回到了薛灵芝的身上。那个性情温婉的薛灵芝一旦睡去，便会变成性格截然相反的另一个人，且自称为薛兰芝。这其中一定藏着不可告人的秘密，不然石管家也不会露出那种神色。

可是，若要治好双魂奇症，他就必须弄清楚薛兰芝是谁，以及她为何会在薛灵芝头部受创之后出现。

※

人逢喜事精神爽，时间也仿佛过得快了不少。黄昏时分，依然是那两个大汉驾车，将张少白平平安安送回了修行坊，还帮忙将钱箱子抬到了院子里，然后才风风火火地离去，连口水都没喝。

五百文租的小破宅子空空荡荡，张少白坐在钱箱子上，看见院里绑了一根麻绳，上面晾着昨夜自己“施舍”给天天的被子。

忽然间，心头的愉悦一下子被冲淡了不少。

也不知道那个穿着水绿襦裙的小丫头怎么样了，早知自己今天能赚这么多钱，其实多留她住上几日倒也无妨。张少白心想自己也算是“腰缠百贯”的富家翁了，找个丫鬟伺候自己的饮食起居不算过分。而且天天力气奇大无比，还能当半个护院。

那个小娘子看起来水灵灵的，应该不是穷苦人家出身，更不可能是什么穷凶极恶的暴徒。张少白还记得昨夜敲门的假里正，一看就知道是个练家子，天天若是落到他手里肯定下场凄惨。

少年郎叹了口气，掐指算来自己孤身一人在洛阳城闯荡也有大半年了。

还真是，有些孤单。

张少白正忙着顾影自怜，不料突然有人推门进来，还挎着一个菜篮子，里面装了不少食材。

少女面露为难，语气中带着哀求，“以后我给你做一日三餐，你多收留我几天行不行？”

张少白面色严肃，罕见地说了重话，“你怎么敢出去买菜，若是让那些对你不怀好意的人抓住怎么办！”

天天吐了下舌头，“没事没事，我这一路上很小心的，而且我换了身新衣裳，就是真的撞见他们也不一定能认得出来。”

张少白脸色稍缓，“做饭去吧，我正好肚子饿了。”

“对了，我还有件事想要和你说……”少女的目光左右躲闪，一看就是心虚。

“说。”

“我买了一床褥子，铺在柴房了。”

张少白看了眼柴房那头，发现里面的杂物收拾得整整齐齐，还有很多东西被挪到了院子里。他知道天天这是要睡在柴房，所以没说什么。

天天又说：“可是我出来的时候太急，没带钱。”

张少白一瞪眼睛：“新衣裳、床褥，还有那一篮子菜，是你赊的？”

“唔……我在你枕头底下摸到了一个钱袋……”

张少白顿时气得好似一只胀气蛤蟆。

“你别生气嘛，等我避避风头就回去取钱，姐姐给我攒了好多嫁妆呢！”

“少在这儿胡吹了，赶紧滚去做饭！”

“哦……”

张少白屁股底下坐着三百贯，却还是止不住心疼那几十文钱。天天心里虽然嫌弃张少白小家子气，但也知道自己现在寄人篱下，受点气也没什么。把饭做好才是要紧事，姐姐说过，要想拴住男人就要先拴住男人的胃。

事与愿违，天天不仅没能拴住男人的胃，还差点气炸男人的肺。

两碗黑黢黢的面，上面撒了一大把嫩绿葱花。

张少白老脸拉得比面条还长，脸色比锅底还黑。

“我记得姐姐就是这么做的啊。”

“你姐姐到底怎么做面的我不知道，但我确定你是个没脑子的！”

眼看着两人又要展开一番唇枪舌剑，突然一阵敲门声响起，天天顿时想起了昨晚上的事情，吓得俏脸煞白。

张少白倒是淡定，先是打开一条门缝，一看外面的人长着一副棺材脸，这才把门完全敞开。

“案子破完了？”

茅一川板着脸，“破完了，凶手就是你说的那个。”

“那你还来找我晦气！”

茅一川没说话，只是眼睛往院子里一扫，一下子就看到了那口钱箱子，还有一个从未见过的少女，于是问道：“她是谁？”

天天赶忙喊道：“表妹！”

张少白同时说道：“丫鬟！”

茅一川单手扶刀：“嗯？”

张少白赶紧解释说：“远房表妹过来投奔我，这些天在我家当丫鬟用。”

茅一川松开佩刀，深深看了张少白一眼，然后便自行进了院子。张少白一边关门，一边不出声地说了几个词，看嘴型不是什么好话。

棺材脸用刀挑开那口箱子，顿时露出一堆铜钱，还没等张少白主动交代，他便说道：“这是诊金？薛家倒是大方得很。”

“岂止是大方，这只是三成而已……”话说到一半，张少白忽然回过神来，“等等，你怎么知道是薛家？”

“你也知道是薛家了？”

张少白和茅一川说话没头没脑，天天听得一头雾水，完全搞不懂两个人在聊什么。她只是很认真地看着那个捕快打扮的男子，心想这人长得可真俊。

“张少白，我好心提醒你一句，这个薛家可不是寻常人家，和他家打交道有掉脑袋的危险。”

“用不着你猫哭耗子假慈悲，”张少白把箱子重新盖好，然后一屁股坐上去，生怕茅一川又找个理由要没收财物，“比起薛家，我觉得你才更让人怀疑。你既然知道我是去薛家看诊，那说明你肯定在暗中跟踪。”

茅一川大大方方地承认：“没错，我的确跟踪那辆马车了，而且还花了一天时间调查那户人家，这才知道他家姓薛。”

“为什么要这样做？你千万别说是因为担心我的安危！”

“有事找你帮忙，仅此而已。”

第三章 | 牝鸡司晨

仅此而已，茅一川把这四个字说得云淡风轻，但是落在张少白耳中却重逾千斤。

他和茅一川算不上至交好友，只打过为数不多的几次交道。即便如此，张少白深知茅一川内里是个极度骄傲的人，他有着属于自己的做人准则，任何人都不能强迫他改变。这一点两人其实是有些相似的，所以才会有那么一丁点的惺惺相惜。

如今他居然放下身段，直接说有事相求，那就说明他肯定遇到了难题，而他的请求也绝对不是简单的事情。

想到这些，张少白果断说道："不帮！"

茅一川似乎早就料到张少白会这样回答，脸上神情没有丝毫改变，只是低声说道："五年前，太子弘离奇暴毙于东都洛阳。"

张少白眸中有光，亮得瘆人，"你什么意思？"

茅一川语气平缓，语速不紧不慢，"事发之后，太医署的咒禁博士因办事不力下了大狱，而后死得不明不白。"

"是啊，不明不白……"

"如果我没记错，咒禁博士名叫张云清。"

张少白闻言深深吸气，努力平复心情，但攥紧的双拳还是暴露了他的情绪。

"世人都说太子弘乃是死于鬼祟之事，而张云清身为当时最擅祝由之人，居然都对案子无可奈何，只可能有两个原因。其一，害死太子弘的那股力量太过强大，以至于张云清都对付不了。其二，张云清作为祝由传人，本身就和太子弘之死有所牵连。"

茅一川继续说道："张少白，我不知道你是如何逃过那场大火的。不过既然你现在活着，而且还来到了洛阳城，就会有很多人在暗中盯着你。包括薛家找你治病，看中的也不是你张少白，而是张氏一脉的祝由之术。”

“我知道，所以我要治好很多人，我要重振张家的祝由之术，我还要查清当年的真相。”

“可是这条路并不好走，事到如今太子弘之死仍是皇家秘辛，至于你们张家为何惨遭劫难更是无人知晓。你这次来洛阳，或许还没来得及弄清楚这些，就会先把自己的小命也丢了进去。”

张少白松开紧攥成拳的双手，指尖仍有些发白，他说：“有些事总要有人去做。”

茅一川盯着面前白袍少年的眼睛，一字一句地说：“你帮我，我也帮你。”

张少白摇了摇头：“你把我的底细查得清清楚楚，可我却对你一无所知。”

“能让你知道的，终归会让你知道。你现在只需要明白一点：我和你一样，都是对真相异常执着的人。”

白袍和黑衣四目相对，展开了一场看不见的交锋。此时天色已晚，天空仿佛蒙了一层黑纱，一下子便暗了下来。有了黑夜的帮助，最终黑衣稍占上风。

张少白瞪了半天眼睛，终于重重地叹了口气，“说吧，你要我帮什么忙？”

茅一川也仿佛松了口气：“昨日，舞女灼灼于温柔坊坠亡，你应该知道这件事吧。”

话音刚落，一只碗便坠地了。天天赶紧蹲下身子，收拾着地上的一片狼藉，只是脸上的泪珠不停落下，和那些没人吃的黑面条混在一起。

张少白回答：“当然知道，而且灼灼的背上还显现出了‘牝鸡司晨，天下大乱’八个大字。”

“没错，若是没有这八个字，她的死也不至于搅动整个洛阳，可那八个字的意思实在是太过沉重。”

“如今天皇天后同治大唐，看似两者相辅相成，但其中有多少钩心斗角只有自己知道，”张少白戏谑道，“牝鸡司晨……恐怕武后现在已经坐立难安了吧。”

茅一川点头：“不少官员士大夫早就认为武后插手政事有违祖制，现在已经借着此事陆续发难。原本灼灼的案子只是交给洛阳地方的县衙处理，今天便又转给了刑部。”

张少白摆了摆手，“你凭什么认为我有办法破了这桩案子？”

“在场有很多人目睹灼灼坠亡，说她貌似失了神智。刑部的人已经查勘过桃夭楼，并未找到什么机关之类的东西。这般看来灼灼要么是自杀，要么是失误……也可能是中了邪。”

“嘿嘿，居然能从你口中听到‘中邪’二字，看来你们是真的拿这个案子没有办法。”

茅一川说：“此案疑点众多，一个是捡了灼灼铃铛的许见鸿，据说他回家之后便重病不起，终日疯疯癫癫的，嘴里一直念叨着灼灼。另一个则是灼灼的妹妹，名为夭夭，灼灼死前只和她有过接触，或许留下了些许线索。”

“啪嗒！”又有一只碗壮烈牺牲。

张少白没好气地喊道：“家里总共两只碗，你全都打坏了拿什么吃饭，明儿就给你买只出家人化缘用的铜钵，让你总是摔摔摔！”

茅一川对杂事毫不在乎，又说：“可是在灼灼死后，夭夭便不知所终，似乎是遭人追杀，这更加说明灼灼之死大有蹊跷。当务之急，是找到夭夭并且保证她的安全，其次是治好捡了铃铛的许见鸿，他或许知道一些事情。当然，如果你能直接找出灼灼的死因，以及背上八个字为何凭空出现那就更好了。”

这边刚说完，夭夭突然跑了过来，“扑通”一声跪在地上，开始不停地磕头。

“民女夭夭，求两位恩人找出谋害姐姐的真凶。”

茅一川早已看穿夭夭身份，站在原地如一尊雕塑，一动不动。张少白则看着心疼，赶紧把少女拉了起来，埋怨道：“夭什么夭，记住你叫天天，是我表妹。”

夭夭知道张少白这是要她隐瞒身份，以免引起那些恶徒的注意，于是抽泣着点了点头。

张少白转而问茅一川：“你早就知道她逃到我这里了？”

茅一川摇头：“我也是刚刚知道，看来老天都认为这个案子应该找你帮忙，把最关键的线索全都给了你。”

“屁，这哪里是什么线索，压根就是个大麻烦！”

夭夭抓着张少白的衣袖，泪水涟涟。

茅一川罕见地说了句安慰人的话：“还请放心，我定会找出真凶。”

夭夭一听泪水顿时止住，攥着衣袖的手也立刻松开，看向茅一川的眼神中满是崇拜。

张少白用两声咳嗽来表达不满，可惜没人理会。

茅一川问道：“你应该是最清楚案发当日状况的人吧，能否仔细描述一下？”

天天努力地回忆着，她记得那天温柔坊灯火通明，热闹非凡。台上只有跳舞的姐姐，台下距离最近的是一众乐师，那些乐师大多专心致志地演奏曲子，自己则目不转睛地盯着阿姐一举一动，这样才好击鼓配合拍子。

后来，姐姐不小心扔出去一枚铃铛，再后来，姐姐就好像看到了什么恐怖至极的事物，打着胡旋儿坠了下来。

如今回想起来，当时灼灼坠落的画面仍历历在目，天天的身躯情不自禁地打着战，声音中也带着哭腔。她用力咬了一下嘴唇，这才止住了眼泪。

待到天天说完，茅一川又问："除了灼灼，你还有没有发现其他可疑的人或事？"

天天摇头，"没有……但是姐姐死前曾对我说过四个字。"

"她说了什么？"

"其中两个字是快逃，还有两个字貌似是……龟车。"

茅一川紧皱眉头："龟车？"

张少白更正道："是鬼车。"

茅一川和天天全都疑惑道："这是什么东西？"

"一种不祥之兆，鬼车一现，小则家宅不宁，大则天下纷乱。"

茅一川冷声说道："又是天下大乱的征兆！"

张少白意味深长地笑了两声，"关于鬼车的传闻极少，只有少数古老家族才听说过，这东西又叫'九罗鬼车'，还有一种说法，说它是上古时期的姑获鸟。"

茅一川说："这世上当真有鬼车？"

"不知道，反正我没见过。我之所以知道鬼车，还是因为一段故事。"

茅一川和天天顿时把心思全都转到了张少白身上，少年郎明显很享受这种感觉，悠悠讲了起来。

传说有一个怪人，他不喜欢和人打交道，每次遇见生人就会瑟瑟发抖。后来这个怪人为了逃避外面的世界，便隐居在一个极为偏僻的地方。整日捕鱼、劈柴，自给自足倒也活得自在无比。

有天他在林子里射杀了一头长脖子巨鸟，还找到了巨鸟的巢穴，没想到里面有九只小家伙嗷嗷待哺。或许是因为寂寞太久，怪人把九只鸟儿带回了自己的家中，每日悉心照料，居然把它们养大了。

那九只鸟儿也非凡物，竟然还会模仿人语。它们本身并不会说话，但是怪人每说一句，它们便会学上一句。怪人开心不已，他没法和人交朋友，却可以和鸟儿成为挚友。从那之后，怪人便和九只鸟儿一起生活。

直到一日，有个身受重伤的人不请自来，晕倒在怪人的家门口。怪人虽然害怕和人打交道，但也不愿意看着那人就这样死去。于是他又是上山采药，又是熬鱼汤，总算是把人救了回来。

怪人花尽心思照顾，怪鸟陪着说话解闷。受伤的人很快便痊愈了，他叫罗，非常感激怪人的救命之恩。然而罗看似无害，实际上却动了将九只鸟儿据为己有的心思。在他看来，若是带着九只会说话的鸟出去演出，定然能够挣到不少钱。

可怜怪人丝毫没有察觉，有天罗在饭里下了迷药，将怪人迷晕。然后他用绳子把九只怪鸟绑在一起，扔到了一辆木车里。罗走了几步，忽然担心怪人醒来之后会追出山林，为了杜绝后患，他一把火点着了怪人的屋子。

火势越烧越旺，屋里的怪人因为中了迷药却醒不过来。鸟儿们看到大火，仿佛一下子有了智慧，它们知道自己的亲人还在屋里，而且马上就要被烧死。于是它们大声地叫着："死！死！死！"

罗听后害怕不已，推着车打算离开，但鸟儿脖子颇长，虽然颈部全都被绑在一起，却依然灵活。它们发疯般地攻击着罗，让罗完全无法靠近。罗知道自己已经没法带九只鸟儿离开了，所以他干脆一把火又点燃了木车。

大火越烧越旺，最后还是蔓延到了鸟儿身上，罗慌乱而逃，他回头看了一眼，只见九只怪鸟的身子已经与木车融为一体，变成了一道黑色的影子。九只头颅狂乱地左右摇摆，口中还不住地发出"死"的叫声。

讲到这里，张少白便停了下来，重重地叹了口气，"这就是鬼车的由来。"

天天听得又伤心又愤怒，追问道："那个罗最后怎么样了？"

"他回家之后，每到夜里耳边都会响起车轮滚过的声音，还有仿佛从遥远之处传来的'死'声，而且罗经常能够看到一道怪影，下半部分像是木车，上半部分则是九个长颈鸟头。没过多久，他便被活生生吓死了。"

天天小脸煞白："难道姐姐她……就是因为看到了这个，所以才会失足掉落……"

张少白和茅一川对视了一眼，茅一川说道："今日天色已晚，我明早再来找你，你今夜可以再好好想下案情。至于天天，请你务必藏好身份，我会尽力将你是张家表妹的这个身份坐实。"

“怎么破案那是你该操心的事，我才懒得想。”张少白打了个大大的哈欠，天天则满脸感激地行了一礼。

“若是此案借助你的祝由之术破解，远比你治好百十人更能重振张家名声，说不定帝后也会有所耳闻。”茅一川知道对方的脾性，也不再叮嘱，提着刀便离开了院子。结果他在外面刚走了两步，突然停下脚步，侧身看向张少白家墙头，方才那里隐约有道黑影一闪而过，没入了旁边的老槐树中。可惜现在夜色如墨，实在是看不清树上是否藏了人。

他拾起一枚石子，手腕一甩，石子便如离弦之箭射了出去，重重打在墙边的槐树上，然后惊起了数只飞鸟。茅一川心想看来是自己多疑了，若是真的有人在那里藏身，一定早就吓得鸟儿飞走。于是他摇了摇头，向着修行坊外走去。

老槐树上，有道身影借着枝叶藏匿身形。他手里提溜着一个酒壶，懒洋洋地坐在一根颇为粗壮的树枝上，背后靠着树干。有只雀儿落在他的膝上，滴溜溜的小眼睛甚是可爱，他轻轻地“嘘”了一声，没想到雀儿丝毫不怕他，反而无比亲近。他看着茅一川身影渐渐消失，却丝毫没有离开槐树的意思。

事实证明他没有任何行动是正确的，因为茅一川忽然去而复返，站在不远处又深深看了槐树一番，方才真的离去。树上的男子喝了一口酒，又看了一眼张少白居住的院子，里面密密麻麻布置了不少牵线铜铃，看来昨日家里进贼之后，张少白便又加了些新鲜玩意儿。

他打了个酒嗝，雀儿嫌臭，飞走了。

男子的声音低沉且富有沧桑感，他感慨道：“现在的年轻人都这么谨慎吗？”

谨慎，当然谨慎。

张少白费了好大的劲才在石榴树下挖了个大坑，将那口钱箱子埋了进去，正在箱子正上方蹦蹦跶跶，努力把泥土踩实。

藏好之后，他看向仍然杵在院子里的天天，大声说道：“这箱子藏在哪里只有天知地知你知我知，要是丢了就是你拿的！”

少女终于回过神来，懒得和那个穷酸样子斗嘴，开始整理地上摔碎的碗，还有硬邦邦的面条。

张少白跟在天天身旁，也不帮忙干活，只是没完没了地唠叨：“以后家里开销一人一半，你也不能只花别人的钱，自己一分不掏吧。”

天天没理他。

张少白又说："从明天开始，你就和街里街坊说你是我表妹，他们全都热心得很，有什么事我不在家，你就找他们帮忙。"

天天忽然放下手里的东西，说道："我想回趟温柔坊。"

"你疯啦，别以为你换身衣服就没人认得出来了，连茅一川那个蠢货都能认出你是天天！"

"我要去取姐姐的东西，她还给我攒了不少嫁妆呢。"

"哦？那倒有必要回去一趟，"一听"嫁妆"，张少白顿时来了兴趣，"不过要找个苦力护送一下，我看茅一川就不错。"

天天想起姐姐的死，实在是没有和张少白斗嘴的兴致，收拾完之后便去了柴房休息。

张少白仍不死心，总想着逗一逗小丫头，"柴房也有老鼠！"

天天恍若未闻，"咣当"一声关上了门，听声音里面还上了锁。看来她还是没法信任张少白，尽管现在那个人名义上是自己的表哥。

张少白自讨没趣，只得撇了撇嘴，自行收起院里晾晒了一天的被子，抱着它回屋睡觉。

费了好大工夫终于解开满头辫子，张少白疲惫至极地躺在床上，想到今天遇到的薛灵芝和薛兰芝，还有茅一川带来的牝鸡司晨案。

他想着想着便睡着了，在梦中发出轻呓："爹……孩儿一定会……重振张家……"

※

张少白做了一场梦，算是美梦。

那是五年前的上元节，不在洛阳，而在长安。那夜长安百姓走街串巷，到处玩乐。张少白只有十三岁，他紧紧拉着父亲的大手，生怕自己被拥挤的人流冲走。

张云清是个严肃的人，比茅一川还要严肃。他一手牵着儿子，肩膀上扛着张小丫，即便是一夜鱼龙舞的长安城也无法让他露出笑容，这个男人的眼中仿佛只有无尽的哀、无限的愁，没人知道他到底是为何郁郁，即便是最亲近的夫人晏柳苏对此也一无所知。

张少白伸手指了指一方红灯笼，上面缀着蝴蝶的花纹。张云清摇了摇头，显然不打算给儿子买一个玩耍。张少白早已习惯了父亲的脾气，也不着急，只是冲着小妹挤了挤眼睛。

忙着左顾右盼的张小丫一下子就明白了哥哥的意思，于是也伸手指了指那方红灯笼。张云清把两个孩子的举动全部看在眼里，只能无奈地叹了口气，去买来灯笼，直接塞到儿子手中。

张少白把灯笼提溜得老高，脸上满是欣喜。透过红色灯笼，他隐约看到了一道鹅黄色的身影，她似乎也在看向自己这边。

父亲也看到了那户人家，牵着张少白向着那头遥遥行了一礼，便不再理会。

张少白碎嘴问道："爹，那是谁呀？你认识他们吗？"

张云清面无表情地回答说："那是薛家，他家主人蒙大赦回朝，一番劫难之后身上居然带着金紫之气，颇有宰辅之相。"

"哇，好厉害！"

"不过那个女儿不太对劲，身上竟然有玄黄二色萦绕不散，且玄色被黄色牢牢压制。真是奇怪，一个人身上怎会出现两种大相径庭的颜色……唉，平日里叫你勤加练习'望气之法'，你就是不听！"说着说着就成了训斥。

张少白瘪着嘴："可是孩儿真的看不出颜色啊，我只能看到一个个大活人。"

"唉……"张云清叹了口气，不知道是不是为了不争气的儿子。

玩乐了一夜，小丫抱着父亲的头居然打起了呼噜。张云清这才带着孩子回家，他家住在长安城的永和坊，一座三进的大院。

这就是张少白的家。

他提着灯笼站在门口，看着父亲扛着小丫进去，不知为何自己却迈不动步子。忽然一阵邪风刮来，吹掉了张少白手里的灯笼。

灯笼落地摔出一捧火花，随风渐涨，最终成了一团野火。

初是孩童的张少白悄然长大，手里拿着一根光秃秃的灯笼杆，他眼中含泪，目睹冲天大火。

回忆里的那场大火转移到了梦境之中，将这场美梦烧得干干净净。张少白站在空荡荡的朱雀大街上，在他面前，仿佛整座长安城都化成了灰烬，在苍白无力的天空下盘旋不去的，也只剩灰烬。

他至今都记得那些灰烬的味道，那是一种混杂着人肉、脂肪、木头以及数不尽的腐朽之气，最奇怪的是，这味道中竟然还藏着一抹异香。

张少白闭眼，再一睁眼。

已经天亮。

梦醒之后，少年又变成了那个没心没肺的张少白，那个嬉皮笑脸的张少白。

茅一川来得很早，张少白洗漱完毕之后，原本打算在修行坊里溜达两圈，顺便逗逗小宝。没想到院门刚一打开，就看见茅一川在门前站得笔直，身上挂着露水。

“醒了？”闭目养神的茅一川睁开双眼，“很好，那就走吧。”

张少白当然不乐意：“一大清早就出去破案，你脑子是不是有毛病？”

话还没说完，身后便传来一道声音：“我也准备好了。”

张少白扭头一看，只见天天已经装扮整齐，顿时无奈：“又一个有毛病的，好吧好吧，你倒是说说咱们先去哪里调查？按理来说，应该先去大牢看一眼灼灼的尸体，或许我能有些发现。”

茅一川摇头：“不行。”

天天抢着问道：“为什么不行？”

茅一川面露难色，忽然抱拳行礼，“这……实不相瞒……朝廷喜欢重赏祥瑞，即便是一头猪身上挂满金银也能说是麒麟，但也相应地对凶兆极为看重，毕竟这会影响皇家在民间的名望。你姐姐死后背上出现那般凶兆，‘牝鸡司晨’，傻子都能看出来这是在说谁，更何况这事儿一传十十传百弄得尽人皆知。”

张少白抢过话头，云淡风轻地说道：“所以说啊，现在灼灼的尸体更代表着大凶之兆，早就被严密控制住了，咱们这种小人物是不可能想见就见的。”

天天将信将疑：“真的是这样？”

当然不是“真的”。灼灼背上的那八个字影响恶劣，谁都害怕受到牵连，所以刑部的人早早就烧掉了灼灼尸身，这也是茅一川感到为难的原因。他不想说谎，但也不想伤害到好不容易振作起来的天天。

幸好张少白擅长察言观色，帮着茅一川说了个善意的谎言。

张少白瞥了茅一川一眼，后者脸色铁青，只是眉毛抽动了两下，没有说话。

天天拍了下手：“茅大哥这是默认了，那咱们就先把案子破了吧，说不定破了案子就会允许咱们去看姐姐了。”

穿着水绿衣裳的少女看起来天真无邪，脸上找不到丁点亲人故去的悲伤，只是悄然攥紧了一只拳头。她强忍着心头的酸楚，想着为何姐姐明明已经死了，自己却依然不能看她一眼。突然，她感到有人抓住了自己的手，强行掰开拳头，露出掌心的指甲印。

张少白笑着对她说道：“那就先去找许见鸿吧，我倒要看看他捡到的铃铛到底有什么古怪。”

这与茅一川的想法不谋而合，于是他在前头带路，张少白和天天则跟在后面。走了许久，终于到了许见鸿的住处。

许见鸿是个穷酸书生，家中只有老母亲健在，苦苦盼着孩子中举光耀门楣。只可惜，穷书生今年又落榜了，从那之后便时常出入温柔坊，然而兜里没几个钱的他压根无人理睬……毕竟身在洛阳，温柔坊的小娘子们眼界不是一般的高。

至于灼灼，更是不可能认识许见鸿，铃铛落在他的手里也不过是个巧合罢了。

茅一川亮出洛阳县衙的身份，老妇人便赶忙带路去了儿子的房间，只见许见鸿只穿了一身里衣，披头散发，状若疯魔。

妇人行礼之后便匆匆离去，似是不忍多看儿子一眼。张少白则把天天护在身后，让她躲在屋外偷看两眼就好。

茅一川冷声问道：“你就是许见鸿？”

许见鸿恍若未闻，嘴里不知道嘟囔着什么，他时而痴痴盯着某处不放，时而目光左右摇摆不定。

“我问你，你是否认识灼灼？”茅一川连珠炮般地发问，可惜许见鸿一个问题都没有回答。只有听到“灼灼”二字的时候，书生的眼中会掠过一缕神采，但也转瞬即逝。

尝试了半天一无所获，茅一川只得转而问张少白：“这是什么病？”

张少白双手插在袖子里，一脸的无所谓：“色授魂与，心愉于侧所致的中邪之症。”

“什么？”

“俗称相思病，”张少白懒洋洋地解释道，“他早就倾心于灼灼，那夜他接到了灼灼扔下去的铃铛，自然以为灼灼这是对自己芳心暗许，于是大喜。可是没想到下一刻心上人便坠落而亡，这样便又成了大悲。大喜大悲之下，心神难免受创。”

“能不能治好他，我有话要问。”

“好说，你先去屋外，把你想问的话全都告诉天天。”说罢，张少白抽出一只手，向着门外的方向一指。

茅一川瞪了他一眼，可是有求于人，只能无奈遵从。

屋里顿时变得清静且宽敞下来，只剩下许见鸿粗重的呼吸声，以及张少白的哈欠声。

他缓缓走到许见鸿面前，说道：“看着我。”

许见鸿当然不听话，脑袋晃晃荡荡，就是不愿意看着张少白的眼睛。

“唉，麻烦。”张少白伸手从怀中掏出一张古怪面具，将其扣在自己脸上，整个人的气质瞬间变得阴森起来。

面具似是木质，通体呈幽蓝之色，头上双角，双眼处留有两个黑漆漆的小洞。除此之外，面具上画着七七八八的线条，乍一看乱糟糟的，仔细看来却发现隐隐透着规则。其中有两条猩红竖线最为显眼，从眼睛孔洞开始，向下流淌，直到嘴角。

这个面具名为“山鬼”，乃是张家世代传下来的治病法器。戴上“山鬼”的张少白仿佛换了个人，一袭白袍搭配上蓝幽幽的面具，恍若从传说中走出的，一尊真正的山鬼。

看到“山鬼”的那一刻，许见鸿变得更加惊恐，他一下子跳到床榻之上，蜷缩在墙角处瑟瑟发抖。他害怕山鬼，却不得不去看它，因为如果不亲眼看着山鬼，心头的那份恐惧就会变得更加深刻。

这次张少白不用说“看着我”，许见鸿便已经看着他了。

当许见鸿表现出一种恐惧的冷静，痴痴看着“山鬼”一动不动时，张少白再次有了动作，只见他又从怀里取出一方巴掌大的龟甲。也不知道他的白袍之下到底藏了多少东西，就像是百宝袋一般。

龟甲上面拴着一根银索，但表面已经有些发黑。张少白握着银索一端，龟甲随之坠下，待到银索伸直之后方才停下。他轻轻弹了一下龟甲，于是龟甲开始旋转，他又左右晃了一下银索，龟甲便跟着摇荡。

许见鸿的视线逐渐发生改变，从令人恐惧的山鬼面具上转移到了……不停移动着的龟甲之上。

张少白面向北方，轻声说道：“咸天广祝，不问来由。魂兮魄兮，神人静候……”

龟甲分为阴阳两面，阴面镶嵌着一枚滴溜圆的珠子，不知是何材质，隐隐透着紫色。阳面则刻了一个杏核状的标记，比珠子要大上一圈。

当龟甲旋转起来，阴阳两面的图案便巧妙融合，仿佛杏核状的标记里面装着一颗珠子，仔细看去竟像是只栩栩如生的眼球！

许见鸿先是看到一个古怪的龟甲在眼前晃来晃去，随后便发现那不是龟甲，而是一只人眼。那眼睛中蕴含着紫气，仿佛可以洗涤他的心智，让他前所未有地清醒……也可能是，前所未有地糊涂。

他的身子逐渐放松，整个人无力地靠在墙上，双眼紧盯着龟甲，透着说不出的神采。

张少白摘下面具，重新揣好，然后转头给门外的茅一川使了个眼色。茅一川已经把自己想要问的通通告诉了天天，看到张少白挤眉弄眼之后便将天天送入房中。

“一会儿他可能会说些奇奇怪怪的话，你别害怕，我和棺材脸会保护好你的。”张少白在天天耳边轻声说道，随后手中银索一收，龟甲顿时没入袖中。

许见鸿微微张开嘴，表情痴傻，他不明白那只邪异至极的眼睛为何凭空消失了。

然而下一刻他便来不及继续思考这个问题，因为他看到了一抹再熟悉不过的身影。那道身影就俏生生地站在门口，她的背后溢满阳光，恍若重返人间的鬼神。

灼灼！

许见鸿哪里还有病恹恹的感觉，他一下子站了起来，却并未太靠近那道身影，担心唐突佳人。

他痴痴说道：“灼灼……你穿红衣还是这般好看。”

茅一川瞪大双眼，他和张少白都站在屋外，屋内只留有天天一人，哪里来的灼灼？更何况天天穿的是水绿衣裳，哪里来的红衣？

难道许见鸿不辨红绿？

天天初时有些慌乱，不过随即便冷静下来，轻声说道：“听闻许郎心神受损，所以我来看看。”

许见鸿自以为盯着的是灼灼，实际上看着的却是天天，他连眼睛都不舍得眨一下，说道：“我就知道你不会死的，你最擅长跳舞，怎么可能真的从台上坠下。”

天天微微一笑，用手拨弄一下额前散落的发丝，举手投足间居然真和灼灼极为相像。她并没有说自己是否真的坠亡，转而问道：“那日我给许郎扔了一枚铃铛，不知许郎可还留着？”

听到“铃铛”二字，许见鸿的表情忽地变得极其狰狞，他努力挣扎了一番，表情方才重新变得正常下来，“不瞒灼灼，我没能保护好铃铛，只是拿了片刻便被别人抢去了。”

屋外的茅一川和屋里的天天有些失望，他们原本以为铃铛之上会有些线索，毕竟灼灼死后，捡到铃铛的许见鸿便随之疯掉。这种惊人的巧合之下，往往掩藏着一些不为人知的事情。

没想到许见鸿忽然又说："不过你藏在铃铛里面的纸条，我是发现了的，而且看完之后就把它吞入了腹中，这世上再也不会有第二个人知道它的内容！"

铃铛里面竟藏有纸条！

天天的声音一下子拔高许多："纸条上面写了什么？"

许见鸿若有所思："当时我被铃铛砸得七荤八素，不过好好的铃铛却发不出声响，这让我颇为好奇，于是我便看了一眼铃铛内里，发现塞着一张纸条。可惜不久周围的人便回过神来，发疯般地抢夺铃铛。待到铃铛被他们夺走，没人再注意我之后，我才偷偷打开纸条，看见上面只写了两个字……"

"救我。"

天天忽然泪流满面。

"我当你是厌倦了温柔坊的生活，想要嫁到好人家相夫教子，所以心中无限欣喜，只想着等你跳完这最后一支舞便带你远走高飞。"许见鸿说着说着整个人仿佛被抽干了力气，眼中神采不见，变得愈发空洞，"可我没想到，你居然会从桃夭楼坠落，死得那样……不明不白……这都是我的错，既然是我捡到了铃铛，看到了纸条，便应该由我救你！"

他忽然变得激动，伸出手臂想要抱住天天，"若不是我捡到铃铛，而是由他人看到纸条上的字，会不会真的就能救你一命呢？说白了，还是我许见鸿没用，我读书不成，连心爱的女人也救不了！我活着还有何用啊！"

眼看着许见鸿理智不再，张少白和茅一川赶紧冲进屋里，吩咐茅一川从背后抱住许见鸿，使其动弹不得。随后张少白用手蒙住许见鸿的双眼，轻声说道："人世凡尘，如镜中花，水中月，望其朦胧，欲求不得。好好睡上一觉，醒来之后便忘掉灼灼吧。"

话音刚落，许见鸿脑袋一歪，居然真的沉沉睡去。

将昏睡的许见鸿安顿好，张少白又和许母说了许多，嘱咐说家里这些日子尽量避免红色，免得许见鸿触景生情。还顺手开了一副安神定心的药方，让许母按着方子去抓药。

许母手里攥着药方，表情却有些为难。

张少白叹了口气，掏出一个钱袋塞到了年迈妇人手中。

“多谢恩人！”妇人扑通一下跪倒，开始用力磕头，没几下额头就隐隐有了血色，看得出来是真心实意地感激。

张少白侧身避过妇人的大礼，说道：“祝由向来不沾银钱这些俗物，治好许郎君的是我家祖师爷的神通，这钱也是祖师爷给你的。你若是要谢，便谢谢他吧。”

“敢问祖师爷尊姓大名？”

“黄帝轩辕。”

※

在老妇的千恩万谢中，一行三人缓缓离开，各怀心事。

走了许久，茅一川终于率先开口问道：“你平日里恨不得一枚山楂丸子卖一贯钱，怎么今天却大发善心，不仅分文不取还倒贴了不少？”

张少白面带微笑：“我是按照祖训来做的，用个不恰当的比喻，这叫‘劫富济贫’。”

茅一川心思复杂，一时间也分不清对错，他心想，所以你在王元宝那里使劲骗钱，到了许书生这里又大方慷慨吗？

“这就是祝由的规矩，套用佛门的话说，祖师爷是为了让我们不沾因果，所以和银钱有关的事情都由他老人家大包大揽，当然恩情香火也都算他的。”张少白看了眼远方，心神也随之飘远，仿佛回到了和父亲出外行医的那段时光，“祖宗说了，只有这样祝由才能一身逍遥。”

茅一川从不知道祝由的条条框框居然还有如此深刻的用意，即便他依然有些看不起张少白，却不得不为祖师爷的广阔心胸而赞叹。

不过感慨归感慨，茅一川最为在意的，还是张少白用了什么手段，居然能让疯疯癫癫的许见鸿开口说话，“你方才做了什么，为何许见鸿会将天天看成灼灼？”

张少白伸了个懒腰，悠悠说道：“那是‘摄魂之法’，借由我张家传下来的龟甲神器施展。许见鸿害的是相思病，一旦中了摄魂，眼前便只能看得到自己最想见的人了……当他的眼里只有灼灼，也就会对面前日思夜想之人知无不答喽。”

茅一川仍是将信将疑，他总觉得张少白说得简单，可实际却远远不止如此。事实也的确如他所想，祝由术中的“摄魂之法”看似轻巧，实则蕴含着无数玄机，其中但凡出现丁点差错，许见鸿都不可能将天天看作灼灼。

张少白叹了口气，说道：“其实许见鸿也是个可怜人，本就对灼灼心生爱慕，奈何一直只能仰望。想他接到铃铛的时候一定欣喜异常，尤其是发现纸条的时候，他甚至一度以为自己就是能够帮助灼灼脱离苦海的人。可惜，灼灼从台上坠下的那一刻，许见鸿就像是炎热夏日里被人泼了一盆冰水，大喜大悲交替刺激，再加上心中对自己的无能的愤恨，终于一病不起。”

说完，他转头看向天天。

天天从得知纸条上的信息之后便一直魂不守舍，脸上的泪痕也没有擦干净。

张少白问她：“怎么蔫头蔫脑的？咱们这次也不算一无所获。”

茅一川也看出了天天的低落，附和道：“没错，至少可以确定灼灼绝非自杀，而且她早在遇害之前就已经有所察觉。”

天天眉头紧皱：“温柔坊开始建桃夭楼的时候，芸娘便让我专心练鼓，姐姐专心练舞……”

张少白不合时宜地说道：“原来你会击鼓，难怪力气大得吓人！”

天天没理会他，继续说道：“我与姐姐几乎形影不离，姐姐到底在我不知晓的情况下经历了什么？而且如果她早有不祥预感，为何不告诉我呢？”

茅一川说：“因为你一旦知道此事便会引火上身，甚至可能有人利用你的安危威胁灼灼。”

天天想到姐姐临死前让自己快逃，而后又有神秘人追杀自己，认为茅一川说得的确有理。姐姐一定是不小心落入了某个圈套之中，为了保护自己才一直不说，从而越陷越深，最后还丢了性命。

她犹豫了一下，说道：“我想回玉脂院看看。”

张少白一听来了兴致：“去温柔坊？是要拿你姐姐留的嫁妆吗，好呀好呀！”

※

温柔坊是洛阳城极为别致的一个地方，这里的空气混杂着脂粉气与女儿家的泪滴，所以呈现出一种湿润的香味。如果说洛阳城的每一处街坊都是一个妙龄女子，那么温柔坊绝对是名副其实。

与往常一样，白日的温柔坊是冷清的，街道两旁的楼院就像是带着倦意的小娘子，慵懒地躺卧在床榻之上，眼神迷离，若是有人试图靠近想要一亲芳泽，便会有一道妩媚至极的声音回复说，别急，天还没黑。

张少白也得到了这样一句话，但兴致丝毫不减，忙不迭地左顾右盼，简直看花了眼。

天天的脸色很差，没想到“表哥”这么丢脸，但是一看到茅一川目不斜视，甚至腰板挺得更直，心情便好了几分。可惜尚不够了解男人的天天并不知道，有时候男人越是克制就越是紧张。

温柔坊有三个大院，分别名为“玉脂”“春风”和“怡红”，三者之间的关系颇有当年魏蜀吴三足鼎立的味道。玉脂院乃是魏国，兵力最盛，尤其麾下大将灼灼更是名满洛阳。

只可惜，灼灼不仅死了，而且雪背之上还带着大凶之兆。玉脂院受到牵连，只能闭门停业，静静等候上面发落，就连斥巨资建起的“桃夭楼”也因此被封，除了灼灼之外再无第二人能够在上面跳一支舞。

天天看见玉脂院的前楼大门紧闭，牌匾上甚至落了一层灰，以往芸娘每天都会让人把它擦拭得干干净净。少女的心情不禁有些忐忑，她知道是姐姐连累了大家，或许那些平日里和姐姐本就关系不好的人，现在会更加痛恨姐姐和自己吧。

不过当她绕过前楼，敲响众人栖息的后院大门之后，便被一张憔悴的面容彻底抚平了情绪。

天天哇的一声哭了出来，“芸娘！”

叫作芸娘的是一个四十多岁的女子，穿了身华丽且暴露的衣裳，脸上的妆容也甚是厚重。她把天天的小脸放在露出的胸脯处，用手不住地轻轻拍着少女的背，嘴上不停地安慰道：“平平安安的就好……”

张少白看着眼前一幕，很是感动地咽下一大口唾液。

天天哭了半晌，终于平复，脸上满是愧疚：“芸娘对不起，是我和姐姐害了你们。”

芸娘用力地摇了摇头，白花花的脂粉簌簌落下不少，她说：“不怪你，灼灼她死得莫名其妙，这事怎么能怪你们呢。”

天天瘪着嘴，眼看着又要哭出声来。

“别哭了，好孩子。是福不是祸，是祸躲不过，当年流落到这温柔坊的女人哪个没遭过罪，这世上的无妄之灾太多太多，所以才苦了咱们女人家。现在院子破落了，据说这里面的人还有可能会被当成制造凶兆的恶徒，那些小娘子们一听就全都跑了，”芸娘啐了一口，“倒是便宜了那两家！”

“对不起，对不起……”

芸娘早就看见天天身后还带着两名男子，她的身子一转向男人，脸上的笑容便瞬间变得风情万种，“这两位郎君是……？”

张少白一咧嘴，“我是她表哥！”

“您可真会开玩笑，天天和灼灼都是我从雪地里捡回来的，哪里会有表哥。”

“嗨呀，这就是缘分嘛！”

茅一川懒得看张少白扯皮，冷冰冰地开口说道：“查案！”

芸娘一听顿时眼眶含泪，“您是官家的人？终于有人要还灼灼一个清白了吗？”

“她到底是否清白，现在谁说了都不算。”

芸娘赔着笑脸，“灼灼这孩子心地打小就好，一定是清清白白的人。您说怎么查吧，只要是在这玉脂院里头，我一定全力配合。”

茅一川转头看向张少白，后者赶紧说道：“我要看一下桃夭楼。”

“好，跟我来吧。”说完芸娘便带着张少白往桃夭楼走去，后院有道门可以直接通往那里，原本是为妓子们演出准备的，谁想到只用了一次。

天天依然很低落，自行去了姐姐的闺房，一来整理一下遗物，二来取走姐姐给自己攒了许多年的嫁妆。

唯有茅一川哪里也没去，只是站在门口，抬头仔细观察了一番玉脂院。发现玉脂院分为前楼、后院和桃夭楼三部分，这里的空气中仍留有散不尽的余香，他大概能想到数日前的喧哗热闹。

如今桃夭楼上缀满的红纱尽数撤去，前楼的灯笼也没了颜色，玉脂院就像是一个卸了妆的女子。褪去红妆之后，徒留的只不过是冷冷清清。

突然，一道声音不合时宜地响起，打断了茅一川的沉思。

“哟呵，这玉脂院眼看着就要查封，桃夭楼更是会被烧得干干净净，你居然还有兴趣来这里寻欢，难道是有老相好不成？”

茅一川抬眼一看，三个穿着刑部官服的人正向着自己走来，为首的那人长得滚瓜肚圆，笑起来就像只胀气蛤蟆，极其恶心。

“卓不凡。”茅一川轻声说出那人的名字。

卓不凡似是自言自语：“可我听说玉脂院的姐姐们已经逃得干干净净，只剩下老鸨一人，难道茅兄喜欢的便是此人。”

说罢，三人哈哈大笑，左右两人笑得尤其大声，简直震耳欲聋。

茅一川不羞不恼，握刀的手也没有攥紧，在他看来，旁人的冷言冷语并不足以让自己失态。只有张少白是个例外，卓不凡这人只是恶心，没什么大不了的。但张少白却是可恶，明明胸有锦绣却偏要装神弄鬼，明明是一头猛兽却非要扮猪。

越想越生气，真是可恶。

“茅兄不要生气嘛，小弟也不是针对你。你现在虽然已被大理寺革职，但好歹还是个县衙的捕头，娶个老鸨也没人敢说三道四。”卓不凡不依不饶地取笑着，不过随后便发现茅一川似乎并未听到自己的话，于是问道，“茅兄？你生气了？”

茅一川抬头看了一眼桃夭楼，隐约看到一袭白衣已经走了上去，居然还蹦了几下，似乎在测试楼顶结不结实。茅一川心中暗道，真是个十足的蠢货。

卓不凡就像是蓄足力气的一拳捶在了豆腐上，把自己气得脸色煞白，他本以为茅一川会被气得雷霆大怒，没想到从始至终那个棺材脸都好像没有在意过某些“无关人等”。卓不凡也是奇怪，别人生气是脸红，他生气却是脸白。

他怒喝道：“茅一川，你现在只是个捕头而已，这个案子不是你能碰的，给我赶紧滚蛋。”

茅一川摇头：“虽说刑部和大理寺向来不和，但我现在已经不是大理寺的人了，你为何还是咄咄逼人？”

“你当大理寺丞的时候可没少让刑部的弟兄受气，如今你落了难，我们不踩你两脚已经不错了。”

茅一川轻拍刀把，说道：“原来在你眼里，方才的冷嘲热讽不算是……踩。”

看到茅一川握着刀把，卓不凡吓了一跳，赶紧藏到两名属下身后，那两名属下脸上也没了笑意，吓得瑟瑟发抖。

卓不凡指着茅一川，小声说道：“你敢公然袭击刑部官员？没坐过大牢是不是！”

这话越说越没有底气，因为卓不凡知道，茅一川真的敢拔刀，他不是没做过这样的事。如果不是做过这样的事，他也不至于沦落到县衙。

茅一川没理会他，转而问道："这个案子刑部作何打算？"

谈起案子，卓不凡变得严肃起来，他用肚皮拱开身前的人墙，回答说："此事陛下已然知晓，且天后听闻后雷霆大怒，下令要刑部尽快解决。"

"天后说的是解决，而不是破案？"

"是，在你眼里这是个案子，但在天下人眼里，这就是个针对天后的不祥之兆。"

茅一川叹了口气："我明白了，所以你们要做的事就是尽快销毁和灼灼有关的所有事物，最好让洛阳百姓尽快地忘记她。我今早去过刑部，听仵作说灼灼的尸体已被焚为灰烬，看来就是你的手笔。"

卓不凡说："没错，而且刑部会说灼灼贼人乃是自尽而亡，死前在背上刻下了那八个字，意在玷污武后圣名。"

"她一个人怎么自己在背上刺字？"

"灼灼有个妹子，名为夭夭，一定就是从犯，可惜现在不知逃到了哪里。"

茅一川脸色铁青："第一，我已经见过了许见鸿，得知灼灼死前便有预感，于是扔下铃铛求救，里面暗藏着写有'救我'二字的纸条。第二，灼灼之妹遭歹人追杀，下落不明，怎么到你嘴里就成了从犯。"

卓不凡有些心虚，但随后一咬牙，理直气壮地说道："天后要的真相是灼灼蓄意中伤，而绝对不是无辜。现在我只要查封玉脂院，一把火烧了桃夭楼，然后在暗中抓捕逃犯夭夭，这案子就算结了！"

"若是我不许呢？"

第四章 | 灼灼其华

茅一川堵在门口，仿佛一尊门神，将刑部的人通通拦在门外，不得寸进。

黑衣人握着刀，刀鞘也是黑色，虽然面无表情，却透着令人胆战心惊的气势，仿佛这人的背后便是一方雷池。

双方僵持许久，卓不凡脸色忽白忽黑，终于下定决心，“我这就一把火将整个玉脂院全都烧了，烧它个干干净净，想必天后也会认可！至于你茅一川妨碍公务，死在火里也比入狱遭罪要好得多！”

一个懒洋洋的声音响起：“你确定这么做不会弄巧成拙？全洛阳的人都知道灼灼死后背上出现了凶兆，你现在一把火烧了玉脂院，岂不是坐实此事？”

张少白看完了桃夭楼，故而过来找茅一川说说自己的发现，芸娘则去寻找夭夭，说些私密话。

卓不凡对茅一川是有些畏惧的，但对张少白这种无名小卒丝毫不惧，他语气凌厉，“你是何人，竟敢私自议论这等谋逆之案？”

张少白看着茅一川，对某只跳蚤理都不理，只是问道：“这人谁啊？”

“刑部主事卓不凡。”

张少白一听赶紧换上一副恭敬面孔，“原来是卓主事啊，只是不知放火烧院的计谋是哪个缺心眼出的，这可真是要置你于死地啊。”

“缺心眼”气得说不出话来。

“卓主事的想法是止住坊间流言蜚语，所以要以雷霆手段解决案子。可惜民间舆论绝难遏制，只能引导。若只是想要人们不再议论此事，放把火，然后再杀几个人，我保证他们全都闭上了嘴……可这样一来，天后的名望却伤得更重！‘牝鸡司晨’这四个字，更是字字见血！”

卓不凡不是傻子，自然也想到了这一关节，可是灼灼死得莫名其妙，案子一日拖着不解决，坊间的议论便会越离谱。今日已经传出仁和坊某户人家养了七只母鸡，清晨居然都在打鸣这种传闻。

所以他别无选择，只能用雷霆手段将此事了结！

茅一川问道：“你到底发现了什么？别卖关子了。”

张少白微微一笑，说道：“我方才在桃夭楼上用了‘招魂之法’，关于灼灼为何坠亡，以及背上血字从何而来，差不多已经知道个八九不离十了。”

茅一川才不信什么“招魂”，于是选择性地忽略掉了前半句话：“怎么死的，你倒是仔细说说。”

“呵呵，不急不急，我还有笔交易想和这位胖主事谈一谈。”

卓不凡没好气地说：“爷爷姓卓不姓胖！”

“我记得，卓尔不凡嘛，”张少白这话不知是奉承还是嘲讽，“我有一计，可化凶为吉，不知卓主事是否愿意一试？”

“什么计划？”

茅一川看见张少白笑得眼睛眯成一弯月牙，便知他又在动坏心思，但也不说破。

张少白说：“只要在桃夭楼做上一场法事，我有把握天降吉兆，一定可以化解灼灼造成的影响。卓主事什么也不必做，你只需要派人四处传言灼灼死而复生，今日会在桃夭楼演出，我想一定可以引来许多人。”

卓不凡疑惑道：“为何要这么做？”

张少白凑近卓不凡，在他耳边轻声说了几句话，然后又退回到茅一川身边，“天降吉兆这等祥瑞，看的人自然是越多越好。”

卓不凡的脸色翻书般来回变化，又问了一句：“若是此事失败了怎么办？”

张少白一抖衣袖：“主事可用我的项上人头了结此案，也不必找什么夭夭了，我就是灼灼的那个同党。”

“唔……”卓不凡仍是犹豫不决。

张少白话锋一转：“不过此事若是成了，这玉脂院便重新开张吧，桃夭楼也不要烧了，我想只要天后满意，倒也不会在这些事上浪费心思。”

卓不凡见张少白胸有成竹，且茅一川也并未对其质疑，终究是咬牙点头，“好，但若是失败了，也休怪我不讲情面！”

“那是自然。”

张少白回头喊了一声：“天天，陪我走一趟！”

天天和芸娘早就看到了刑部来人，躲在屋里不敢出来，直到听见张少白的喊声才敢出来。

卓不凡一看到天天，眼睛瞪得溜圆：“逃犯天天！”

张少白笑眯眯的：“什么天天，这是我表妹。”

芸娘也扭着腰款款走来，胸前波涛一通乱晃，晃得张少白和卓不凡有些眼晕。

“这位小娘子可不是天天，您可万万不能乱说，会污了女儿家清白的。”

卓不凡看了眼芸娘胸脯，咬了下舌尖，振作精神又要看向天天，直觉告诉他那个少女一定就是天天……有了她，牝鸡司晨案就可以按照自己的想法直接解决了！

张少白却说：“我表妹可是和茅一川有婚约的，卓主事这么说实在是不妥啊。”

卓不凡心里“咯噔”一下，只见茅一川臭着张脸，便果断选择了沉默。

没事还是不要惹那尊煞神的比较好，那位可是查案查到皇亲国戚头上，最后还能全身而退的狠人。

吩咐芸娘准备数匹绢布，还有大量竹筒，里面灌好井水。之后张少白便带着一头雾水的两人离开温柔坊，往洛阳南市走去。

他相信只要传出灼灼死而复生，要再度登楼献舞的消息，那么今夜的温柔坊一定会人满为患。有人想要一睹灼灼风采，更多人则想要知道她如何“起死回生”！

到时候，哼哼。张少白从鼻腔发出一阵得意的笑声。

茅一川忍不住问道：“张少白，你到底打的什么算盘？”

“张什么白，没大没小的，叫大舅哥！”

张少白屁股挨了一脚，疼得脸色发青。茅一川脸色发黑，显然对某人的遮遮掩掩十分不满。天天则是俏脸通红，在心里又默念了几声“大舅哥”，觉得这称呼真好听。

三人原本毫不相干，如今却被谎言纠缠，成了便宜亲戚。张少白觉得有些好笑，心底也有一丝暖意。上一次有这种感觉，应该已是五年前了吧。

※

洛阳城头上的白云蓝天其实和长安没什么区别，云该散就散，雨要落也没人拦得住。张少白轻嗅着空气中的腥味，意识到不久后将会下场小雨，心道真是天助我也。

到了洛阳南市，他没有去胡人的商铺寻觅东西，反而对各个墙头颇为留意。没去过鬼街或者只是偶然去过一次鬼街的人不会知道，鬼街虽然就在南市，但它的位置却不是固定的，规模也时大时小。

它今日还在一条小巷子里，明日便有可能在某户人家的宅子里。所以鬼街的下落算得上是神出鬼没，无论洛阳县衙出动多少人都没法摸清鬼街底细。

茅一川把张少白的一举一动全都看在眼里，也猜到他是在找鬼街，所以不多言语，只是跟在后面寸步不离。直到张少白忽然停下了脚步，脑袋转向某处一动不动。

顺着他的眼光看去，茅一川只看到有个穿着鹅黄衣裳的女子刚好被人潮吞没。

这是什么意思，那个女子和鬼街有关吗？茅一川正疑惑不解的时候，张少白已经回过神来，继续寻觅。

找了小半个时辰，张少白总算在一面破墙上找到了一枚鬼脸印记，于是便沿着墙往深处走去。

他嘱咐身后的两人道："把眼睛闭上，用手扶着墙往前走。"

茅一川疑惑道："这是为何？"

"不怕跟丢的话，你也可以不这么做。"

茅一川没有生气，反而一手扶墙，另一只手则揪住了张少白的腰间丝带。

张少白打了个寒战："你居然这么胆小？不就是闭着眼睛走几步路嘛，至不至于！"

茅一川摇头："我是怕你跑了。"

正说着，天天小脸通红，也伸出手想要揪住茅一川，却不知道如何下手，毕竟自己是女儿家。

张少白看到这一幕，帮忙出了个主意："你牵着棺材脸的刀鞘就行，这人刀不离身。"

天天还是有些害羞，茅一川看了她一眼，便将刀的另一端主动递了过去。

张少白在前面开路，茅一川揪着他的腰带，天天则牵着茅一川的刀。三人闭着眼睛，全靠手边的墙来寻找方向。

走了约莫百步，张少白终于说道：“好了。”

茅一川和天天闻言睁开眼睛，只见天色已黑，自己居然被带到了一条阴森的小巷，巷子里挂了不少灯笼，只是里面却泛着绿光。

张少白从怀里掏出三块方巾给每个人分了一块，然后把脸遮得严严实实，“不想招惹怪事就赶紧戴上。”

两人乖乖照做。

茅一川回头看了眼，尚能看到入口处的阳光，还有南市的人来人往。

“方才那段路若是不闭着眼，我保证你要花上个把时辰才能真的走进来。”张少白边说边走，看模样早已轻车熟路。

茅一川问道：“为什么？”

“那里下了障眼法，你从外面是看不到鬼街的，具体是怎么做的我就不解释了，反正都是些小把戏。”张少白找了片刻，终于看到了一盏写着“金”字的灯笼，赶紧往那个方向走去。

“金”字灯笼底下，有个老汉正昏昏欲睡，和其他摊贩不同，他的身前没有铺满出售的物件，反而是屁股下面坐着一口大缸。

张少白走到老汉面前，轻声说道：“咸天广祝，不问来由。”

老汉头上发丝稀少，只有寥寥数根，尽数为白色，蹊跷的是发根处却又透着黑色。他脸上皱纹密布，在绿灯笼下面一照显得仿佛恶鬼。

他打了个盹儿，睁眼仔细打量了张少白一番，终于张口说话，嘴里牙齿已不剩几颗，仅剩的一颗门牙更是孤零零的，显得格外寂寞。

“买啥？”

张少白收起了玩世不恭的模样，“石菇粉。”

“要多少？”

“多多益善。”

老汉翻身下缸，把上半身全都探到那口大缸里，在里面翻腾了许久终于掏出来一个瓶子，随手扔给了张少白：“就这些了。”

张少白把瓶子收入袖中，随口问道：“怎会只剩这些，难道之前有人来此买过？”

老汉重新坐回缸上，大屁股把缸口封得很是严密，说道：“鬼街的规矩你又不是不知，问我也没用。”

张少白撇了下嘴，懒得多费唇舌，扔了个钱袋子就转身准备离开。

老汉出口说道：“小娃娃留步，老夫有个问题。”

“您说。”张少白嘴上虽然这么说，却连头都没有回。

“家中可还有亲人尚在？”

张少白笑了一下，抬步离去，“没了。”

“一个都没了？”

“一个都没了！”

老汉叹了口气，然后便闭上眼睛，蜷缩在缸上好像睡去。

直到离开阴森鬼街之后，天天才终于松了口气，将脸上的布巾摘下来还给张少白，问道：“你的爹娘呢，怎会家里没人？”

张少白只是笑，却不回答。

“难道你和我一样，也是被抛弃的孤儿？”

张少白脸上的笑意终于敛去：“滚蛋，你才是孤儿，你全家都是孤儿。”

“你说得没错呀，啦啦啦！”天天没心没肺地笑着，丝毫不在乎张少白的话，她只是觉得“表哥”此时此刻的愤怒表情，比起刚才假惺惺的笑脸要好看得多。

难过就要表现出来嘛，何必要藏在心里呢。就算是姐姐死了，自己不还是活得好好的嘛！

茅一川瞟了眼身边二人，心想都是可怜人，于是开口把话题岔开，“你似乎认识那名老者？”

张少白带头向着温柔坊赶去，“当然认识，祝由术的很多材料都是从他手里买的。”

“看来你们祝由之术的门道还不少，居然和鬼街中人还有来往。”

“那是自然，祝由之术博大精深，三言两语和你说不清楚的。”

“你多说些倒也无妨，我刚好有空。”

“想得美，教会你这些东西，让你来抢我饭碗吗？我巴不得这世上的祝由先生少一个算一个。”

说完这句话，张少白就像是用针线缝上了自己的嘴巴，无论茅一川问什么都不回答。一个破案子的，干吗对祝由术那么上心，肯定有诈！

茅一川不甘心地又问了许多问题，没有得到任何回复，也不气恼，只是兀自想着，偶尔会再蹦出一个疑问，最后不了了之。

回到温柔坊的时候，天色已晚，乌云遮住月色，显得夜晚格外漆黑。

玉脂院重新挂上了灯笼，前楼的大门也敞开着，只是里面却没有歌舞。桃夭楼也被精心布置了一番，红纱帐再度挂满，一如灼灼献舞那日。

而在桃夭楼下，已有无数人聚拢过来，对着楼顶指指点点。

“我当日亲眼见到灼灼小娘子失足跌下，死得那叫一个彻底，怎么可能再活过来呢？”

“估计是芸娘设的局，这几日她这玉脂院走的走散的散，她定是想再搏上一搏。”

“可那灼灼背上是有凶兆的啊，这对天后可是大不敬！”

“嗨，谁能说得准呢，那凶兆可不是平白无故出现的……今年关中雨水少得可怜，日子怕是要不好过喽。”

众人七嘴八舌地正说着，只见芸娘带了不少竹筒子出来，里面盛着水，依次发给靠近桃夭楼的人。至于离得远的就没有份了，为什么这么做芸娘自己也不清楚，她只是按照张少白的吩咐行事而已。

外面忙得水深火热，里面却吵得不可开交。

夭夭看了眼张少白手里的火红霓裳，说什么都不肯穿：“我死也不穿！”

张少白笑眯眯地引诱道：“这衣服漂亮得紧，你穿上肯定能让茅一川魂不守舍。”

“真的？”夭夭一咬牙，“那我也不穿，我根本就不会跳舞，没法假扮姐姐的！”

“女人家就是麻烦，难不成你要我穿上这身衣服上去搔首弄姿？到时候出了丑，你姐姐生前艳冠洛阳的名号怕是保不住啦。”

“你这人怎么这样……一定要跳舞吗？”

见夭夭让步，张少白赶紧把衣服塞到少女手里，嘱咐道：“不跳也行，反正台上都是红纱帐，你只要穿上衣服往那儿一站，剩下的就交给我！”

说完张少白便拂袖离去，率先登上了桃夭楼，蹲在一个没人注意的角落，往下面看了一眼。

哟呵，人还真是不少。张少白眯起眼睛找了找，终于在人群中找到了两道熟悉的身影，一个黑衣带刀，一个胖得溜圆，这才松了口气。

台下人群熙熙攘攘，等候许久已经有些不耐，开始呼喊着灼灼的名字。

在千呼万唤声中，夭夭穿着一袭火红霓裳缓缓出现，雪背暴露在空气中，让她微微感到有些寒冷。但皮肤之下的鲜血却在沸腾着，紧张的天天情不自禁地想道，原来姐姐当时的心情就是这般。

姐妹两人长得本就相似，身形大小更是如出一辙，区别只是姐姐更加丰满一些。天天出场的那一刹那，整个温柔坊顿时鸦雀无声，她仿佛可以听到夜风拂过红纱帐的“沙沙”声，待到被欢呼声唤醒的时候，方才发觉自己已经泪流满面。

天天并不喜欢这种感觉，她觉得自己就像是市集上待售的驴子，每当有人来看，主人便会强行扒开自己的嘴巴，把一口牙齿暴露出去，让买家辨识好坏。

她知道姐姐也一定不喜欢这种感觉，所以姐姐才会执意让妹妹去学习击鼓，而自己则日复一日年复一年地展示着艳丽，只为给妹妹积攒一些嫁妆，将来嫁个好人家。

天天的心情从悲伤低落逐渐变成绝望，她觉得桃夭楼就像是一座红颜坟墓，只等着把自己装进去。她向下望了一眼，居然莫名生出了一分想要一跃而下的心思。在最痛苦的时候，一只手把她拽到了幕后。天天离开了无数人的目光，终于喘上来了一口新鲜空气。

张少白什么都没说，只是摸了摸天天的脑袋，然后便白衣飘飘地走到了刚刚天天站着的位置。

“你谁呀，灼灼小娘子呢！”

“赶紧滚下去，我们是来看灼灼的，谁稀罕看你这个小白脸啊！”

愤怒在人群中不断蔓延，甚至有人差点忍不住把竹筒砸向张少白。

张少白面带微笑，面对群情激愤，只是用力地拍了三下手掌。桃夭楼的红纱帐随之尽数落下，将楼台的骨架显露在外，方才旖旎暧昧的氛围顿时散得干干净净。

出乎张少白意料的是，老天爷居然刚好在此时此刻出手相助。

一道惊雷轰然落下，人群之中顿时鸦雀无声。张少白站得极高，白衣在电光中显得格外耀眼，恍若神人。

待到雷声余响散尽，张少白悠然说道：“我有一言，请诸位静听。

“三日前，舞女灼灼在此处坠亡，背上随后现出‘牝鸡司晨，天下大乱’八个大字！一时间天后大怒，百姓也都议论纷纷。每个人都想知道那八个字到底代表什么，说的又是谁。有人茶余饭后笑着谈论此事，也有人选择闭口不谈，但唯独……

“没有人为灼灼说上一句公道话！区区一介舞女，怎么就担负起了这等大凶之兆？只是台上跳一支舞，怎么就莫名其妙地掉了下去？

“由此可见，世人在意凶兆，胜过人命！”

前来观舞的众人面面相觑，他们本是来看灼灼“死而复生”的，没想到却被人指着鼻子教训了一通。

这时，混在人堆里的卓不凡站了出来，高声喊道：“既然你为灼灼鸣不平，那你倒是说说她到底是怎么死的，背上的凶兆又从何而来！”

周围的人纷纷附和道：“没错，你倒是说个明白啊！”

张少白抬头看了一眼夜色，墨色浓郁，一滴雨水悄然落在他的眉心。

他说：“先不着急说，既然灼灼死时显现出了凶兆，搅和得人心不宁，那我今夜便献上一道祥瑞如何？”

卓不凡显然不信，讥讽道：“你能弄出什么祥瑞？”

张少白答道：“此祥瑞名为……白龙蘸水。”

说罢，他走到高台边缘，那里早已备好一卷绢布。

绢布宽约三尺，长逾六丈，乃是芸娘费了好大力气才弄来的，而后张少白又在其上动了些手脚，重新卷成扎扎实实的圆筒状。

张少白用尽全身力气，将卷成筒状的绢布一脚踢下。绢布的一端系在桃夭楼上，被张少白这么一踢，另一端顿时滑落，且在半空中散开。

待到绢布披散成一匹瀑布似的白练，茅一川忽然从人群中一跃而出，抓住白绢坠下的一端，然后猛地往远方跑去。

微风拂过白绢，掀起层层波澜，远处看去竟真的像是一条从天而降的白龙。

待到茅一川止住脚步，张少白大声说道：“请诸位将竹筒中的水泼在白龙身上。”

众人听后纷纷照做，绢布稍一沾水，顿时变得沉甸甸的。茅一川皱了下眉，手上更加用力，这才稳住身形。

“我的天哪，白布上面好像有变化！”

“那可不是什么布，那是真的龙啊！是白龙！”

众目睽睽之下，绢布之上，触碰过清水的地方居然隐隐透出一抹淡红色。

与此同时，雷声又起，这次随之而来的还有瓢泼大雨。雨势极大，不消片刻便将绢布彻底浸湿，上面的红色变得愈加鲜艳，最后终于现出了完整的八个大字。

这八个大字比起灼灼背上的字要更大，颜色也更深，如果说灼灼的背上是凶兆，那么这八个字所带来的祥瑞和其相比无疑是云泥之别。

“这是龙王爷在降雨啊！”

“你们快看，那上面有字！”

“什么字？”

帝后同心，天下大吉！

人群仿佛一壶烧了半晌的茶水，终于到了火候，咕噜咕噜沸腾起来。

“这条白龙乃是真正的神灵化身，此番借助洛阳百姓的一捧无根水显露真身，降下祥瑞。”张少白说完这句话，意识到自己的声音早已淹没，怕是无人听得到了。

他只能颇为无奈地笑了一下。

豆大的雨点完全没能触碰到张少白的衣衫，因为他早在第二道雷声响起的时候便撑开了一把小伞。

张少白伸出手接了几滴雨水，触手冰凉。只是一场这样冰冷的夜雨，也完全无法浇熄百姓对祥瑞的热情。他目光远眺，看向那边的皇宫，若有所思。

天天不知何时站到了张少白旁边，还把他往伞外挤了挤。她弯腰解开拴在桃夭楼上的“龙尾”，白龙顿时失去束缚，飘摇着落入人群。

最爱穿水绿衣裳的少女如今打扮得火红，她伤感地看了一眼白龙上的八个字，忽地发出一声轻叹。

“世人在意吉兆，也胜过人命。”

混在人群中的卓不凡亲眼见证了“白龙蘸水”这等祥瑞，简直欣喜若狂。他只想着张少白能够用些手段转移洛阳百姓的注意，让他们不再揪着灼灼背上的“牝鸡司晨”不放。

可他没有想到，张少白居然是用一场大祥瑞彻底洗去了灼灼带来的影响！

这样的结果，天后一定会满意的！要知道，去年有人发现了一麦三穗，立刻将其当成祥瑞送到宫里，最后居然连升三品。

如今自己发现了这白龙蘸水，岂不是要一飞冲天？

卓不凡亮出刑部身份，疯疯癫癫地抢过茅一川手中的“龙头”，小心翼翼地将白龙重新卷好，然后便驾着快马往洛阳宫赶去。

雷雨落得急，去得也快。云收雨歇，夜雨洗过的月亮显得格外清亮。

张少白收起伞，抱拳作揖，说道：“既已见过这等祥瑞，还请诸位再听我一句话。”

茅一川仰头看着张少白，此时的他已经成了落汤鸡，狼狈不堪。他看向张少白的眼神复杂，一时之间感到些许迷茫，不明白张少白是如何做到此事的。

天天也转过头看着张少白，眼中满是感激，她知道从明日开始，姐姐再也不是什么妖女，也和凶兆再无关系。

洛阳的百姓同样看着张少白，眼神狂热，他们不仅见证了祥瑞的诞生，还有很多人亲手为白龙献上了无根之水。这可是大功一件，日后必定是有赏赐的。

万众瞩目的张少白悠悠说道：

“在下名为张少白，乃是祝由先生，如今就住在修行坊。各位若是遇到疑难杂事，不妨来此找我，诊金……唔……”

话还没说完，面红耳赤的天天赶紧揪着表哥离开了桃夭楼。

※

一卷白龙蘸水，快马加鞭送入朱红宫墙之中。

偌大的贞观殿内，胖墩墩的卓不凡跪在地上，额头紧紧贴着地面，丝毫不敢抬头。豆大的汗水早已布满全身，和之前的雨水混在一起，让整个人看上去就像是只落汤的蛤蟆。

不过蛤蟆本就靠水而生，此番落了汤，倒也是件如鱼得水的好事。

他没想到皇帝居然会在贞观殿召见自己，此处乃是皇帝内寝宫殿，可不是谁都能进来的。

宦官小心翼翼地将白绢展开，露出上面极为刺眼的八个血红大字。

卓不凡的呼吸有些粗重，他努力地控制着心中的忐忑，只是不知帝后二人看到这个祥瑞之后会作何反应?

皇帝李治打了一个大大的哈欠。

坐在身旁的武后见到此景，轻声细语地说道：“陛下既然乏了，不如早些休息吧，这些杂事就由妾身处理如何？”

皇帝用力地挤了一下眼睛，发现脑袋昏昏沉沉，似有头疾复发的征兆，于是也不坚持，径自离开了贞观殿。

卓不凡几乎把头杵进地里，鼓起勇气说道：“微臣恭送陛下。”

待到“陛下”二字的回声在殿内散尽，卓不凡只觉得身上更冷，或许是方才淋雨受了风寒。也可能，是因为那人正看着自己，于是自己便感到了彻骨的寒。

“抬起头吧。”武后的声音乍一听清脆悦耳，仿佛凤凰啼鸣，可仔细一回味便感到其中还透着一股威压，让人生不起半点忤逆的心思。

卓不凡的身体比脑子更快做出反应，他抬起头，看到武后站在祥瑞前，正低头看着上面的字迹……她似乎从未看过卓不凡，却让卓不凡更加敬畏。

武后甚爱牡丹，头饰衣裳多是牡丹花纹，衬托得整个人贵不可言。她伸手轻轻拂过白绢，又嗅了下指尖气味，方才问道：“这就是你解决那件事的方法？”

卓不凡恭敬答道：“回天后，微臣想着用一场祥瑞压过凶兆，坊间的那些传言也就不攻自破。”

“倒是个聪明的，可是百姓的嘴能用这个堵住，士大夫、朝堂百官的嘴却还是不消停啊。”

卓不凡赶紧把头重新低下：“是微臣想得不够周到。”

武后示意宦官收起这卷“白龙蘸水”，又说：“这法子是你想到的？”

“回天后，是一位民间的祝由先生献出此计，并且请来了白龙显灵，这才有了这等祥瑞。”

“人造的祥瑞吗？”武后微微笑了一下，再未看过那卷白绢一眼，“自陛下登基以来，祥瑞见过不少，每次都会大喜，可这次却偏偏没有，你可知为何？”

“微臣不知。”

“一只生了两个头的鸡、一束长了三支穗的麦子，都会让陛下欣喜。可陛下欣喜的不是这些，陛下欣喜的是……”武后的目光看向贞观殿外，穿过了高大的宫墙，“民间能有鸡长两只头，说明不缺鸡鸭，百姓能吃上肉。麦子能长三支穗，说明今年收成很好，百姓能吃得上粮食。呈上吉兆的那些人，也是晓得这个道理的，图的是一个吉利罢了。”

卓不凡吓得忘了呼吸。

“可你呈上来的这道祥瑞，毫无意义。关中今年隐有大旱征兆，若是白龙蘸水真能解了这等危机倒也还好。只可惜，这偏偏是个人造的祥瑞。”

武后瞧了眼几乎趴在地上的胖子，略微觉得好笑，于是说道：“起身吧。”

卓不凡麻木地站起身来，只觉得自己前途未卜，心中惴惴不安。

“若我记得没错，你应是刑部主事一职。”

卓不凡的小心脏简直跳到了嗓子眼：“回天后话，是的。”

武后把手遮在口前，似乎也打了个哈欠，然后摆了摆手：“我知道了，你退下吧。”

这是要升职了吗？卓不凡欣喜非常，恭恭敬敬地磕了个头，然后便离开了贞观殿。

武后看着那圆滚滚的身影走远，便挑了个角度，举头望月，不知在想些什么。

※

同样的月光，照着不同的人。

温柔坊的事情已了，芸娘心情无比愉悦，因为前些日子纷纷离去的姐儿们今夜便回来了不少。

桃夭楼有了献上祥瑞这等大功，这温柔坊里还有谁能斗得过玉脂院？

茅一川把灼灼尸身已被火化之事告诉了夭夭，原以为少女会悲伤得不能自已，没想到夭夭竟好像早已知道了这件事情，平静得简直不像话。她只有一个请求，那就是取回姐姐的骨灰。

这让茅一川完全没法拒绝，于是他带着夭夭去了刑部，临走时告诉张少白老实待在修行坊，他还有许多问题要问。

张少白一副事不关己高高挂起的模样，大摇大摆地往家里走去。他原本想在玉脂院休息一下，毕竟自己今夜出了大大的风头，前来自荐枕席的小娘子可谓数不胜数。

可他想起南市见到的那道鹅黄身影，便瞬间没了心思。像双魂奇症这等怪病，对于祝由先生有着天然的吸引力，医官总是以破解疑难杂症为乐趣。

薛灵芝温婉如水，薛兰芝古灵精怪，如果真能把她治好，又会是什么样子呢？

正专心想着双魂奇症的张少白走进一条无人的窄巷时，忽然被两道身影挡住了去路。

“不好意思，走错了。”白衣少年面不改色，转身打算改道，结果发现身后也被两人堵住。

前后一共四人，全都黑纱遮面，身上透着杀气。

张少白恍然大悟，这些人便是之前追杀夭夭的人，更是灼灼一案的始作俑者。如今张少白坏了他们的计划，让武后的名誉不仅没有受损，反而贤名更盛，这自然是大大得罪了他们。

看着那些明晃晃的刀尖，张少白不由得想到，当中的某个是否就是那夜假扮里正的人，自己可是看过他的真正面目，于是少年仔细地瞅了瞅每一张脸，果然从中找到了一个眉眼极为相似的人。

生死关头，张少白却不慌不忙，甚至连反抗的心思都没有。一阵尖锐的鸟鸣声忽然从他口中发出，做完这些他便再也没有任何行动，似是认命等死。

随即便有一股极为熟悉的酒臭飘来。

洁白月光掠过刀尖，拂过刀身，四个人，四把匕首动若雷霆，没人说一句废话，他们只打算瞬间要了张少白的小命，然后拂衣而去。

可有片乌云偏偏遮住了月光！

乌云带着酒臭从天而降，弹指间四把匕首便分别插入了自己人的心脏。

张少白看着面前的那道高大身影，嬉皮笑脸地打了声招呼："五叔。"

邋里邋遢的中年男人喝了口酒，脸色不善："亏你还记得有我这个五叔！"

"小侄哪敢忘呀，正想着这两天挣了钱请你喝酒呢！"

"那你干吗跟鬼街的老金头说你家里一个人都没了？"

"这不是希望他能同情一下我，以后拿货也方便些嘛……再说了，你的名字压根不在家谱上，谁都知道我爹他们是兄弟四人，凭空冒出来一个五叔，谁会信啊。"

"扯淡！"被称为五叔的男人打了个嗝，深深看了眼张少白，"这条路不好走，你一旦把自己放在明面，像今夜的这种刀光剑影只会越来越多。"

张少白收起笑意："爹娘小丫不能白死，你吃的苦也不能白吃。"

酒葫芦砸了一下少年脑袋："说谁白痴呢！"

张少白揉着颇为疼痛的额头："你能讲点道理不？"

"若是世人都和你讲道理，二哥能死那么早？"五叔就是张少白的克星，你没法和一个不讲理的人胡说八道，少年郎只能瘪嘴受气。

"胡闹也要有个限度，当心你的身体……唉，算了，当我没说。"

五叔又喝了口酒，身形一晃便没了踪影。

张少白早已习惯这样的分别方式，他懒得低头看地上的死尸，不紧不慢地离开了这条小巷。至于明天四具尸体会被发现，然后引出什么麻烦，他不在乎。

派人来刺杀的幕后黑手才会真的在乎，而且会继续派人过来收拾残局，免得留下痕迹。而五叔就会守在那几具尸身旁，抓住那条尾巴。

五叔就是这样，他是从尸山血海里走出来的人，什么风浪没见过？

张少白不由得想起了曾经的家。

张家有四个孩子，老大叫怀璧，老二叫云清，老三老四叫大仁大义。后来爷爷又在乱葬岗捡了个娃，没给起名字，只给了姓氏——张。没名字的人肯定上不了族谱，但老五丝毫没有不满，他只知道自己的命是老太爷捡的，这是恩情，一定得报。家里的人都叫他张黑子，他谈不上喜不喜欢，只是后来外面的人也叫他张黑子，全都被他打碎了牙。

张家的祝由之术一直以来有个规矩，那就是兄弟之中只传一人。那一代中张云清是佼佼者，于是学了祝由，成了张家的主人。而且张云清也的确没有辜负长辈的期望，在大唐闯出了极大的名堂，甚至有人说他是五百年一遇的祝由奇才，一时间就连佛道两门都对祝由礼遇有加。

可是身为长子又未能习得祝由之术的张怀璧对此深感不满，于是离家出走，不知道去了哪里。只有大仁大义是安分守己的人，老老实实过着日子，不骄不躁。

至于老五，则为了报恩做了一个不算是人的“人”。祝由明里看着光鲜，暗中却有不少门门道道。老五学了一身好武艺，一辈子只活在暗处，与酒为伴，帮着家里处理一些不好放到台面上去讲的事情。

比如父亲治死了某个病人，然后病人的亲戚开始闹事，五叔便会让他们安静下来，以免伤害张氏祝由的美名。

哎呀，净是瞎想，父亲怎么可能把人治死呢。

少年掏出一枚贴身收藏的龙形玉佩，脂白色，圆雕，龙首居中，龙身盘绕一周与龙足相缠。这东西是当年老太爷仙逝前亲手交给张少白的，叫作“扶龙玉”，乃是张家传承的信物。据说原本这块玉佩给了张怀璧，之后又被爷爷收了回来，却不知为何一直没给张云清。

那日张老太爷送完玉佩之后便牵着头白毛驴离开了家，说是临死前要再看一看大好河山，若是没回来家里当他死了就好。

可是爷爷不知道，在他离去之后，张家竟遇上了一场灭门之火。

张少白摇了摇头，脑海中的那些个身影纷纷被一团无名大火吞噬殆尽。那场大火烧过之后，只有因为某个原因愤怒离家的自己和一直躲在暗处的五叔逃过一劫。

爷爷曾经在家谱上烫掉了离家出走的张怀璧的名字，可他没想到，有一天会有把火烧掉整个家谱。

死了，都死了。

没啦，都没啦。

长安城的家被一把火烧得干干净净，孤魂野鬼般的少年只能徘徊在洛阳。

张少白用力吸了一下鼻涕，身影落寞。他不太愿意回家，于是漫无目的地逛了许久，看着万家灯火。

他听到有对夫妇在吵架，院里的恶狗也叫个不停，吵架声和狗叫声交相呼应，让人心烦。他看到有道人影映在窗上，似是在低头绣花，绣花的人儿不小心刺痛了手指，令人心疼。

直到路过某户人家的时候，里面先是传出婴儿响亮的哭声，紧接着又传出一阵铜铃响声，孩子的哭闹随之渐渐停止。

这一刻，张少白的心思前所未有的宁静。

心思通透的少年终于回家，没承想推开宅门便看到那两人已经率先一步赶回。

他俩坐在院里的石凳上，天天把一口小坛子放在面前，痴痴地盯着。茅一川则抽出了腰间的刀，正专心致志地擦拭着。

见到张少白回来，茅一川依然低头擦刀，但嘴上却说："每次让你老实待在修行坊，你就是不听。"

张少白换了个话题："还是头一次见你把刀抽出来。"

"嗯，很久没有用过'无锋'了。"

"无锋？这把破刀居然还有名字！"

无锋不是破刀，而是一把绝世好刀，仅从刀身上的花纹便可看出，那是经过千锤百炼才能锻造出的纹路。只是许久未用，花纹上藏了些许灰尘，茅一川费劲地清理着它们，头也不抬地说道："上一个说无锋是破刀的人，是大理寺少卿的儿子。"

张少白微微挑眉。

茅一川又说："有次破案时他有所疏漏，于是我借机撅断了他的一条腿。"

张少白抽了口冷气："我现在道歉还来得及吗？"

茅一川没有回答，他已经擦完了刀，把无锋的刀尖对准张少白，眯起眼睛看了眼刀尖上的人影，方才收回鞘中。

他说："我带天天去刑部的路上，感觉一直有人跟着，看来牝鸡司晨案的始作俑者已经按捺不住了。"

"那是自然，他辛辛苦苦设下这么一个局，结果现在没人记得那个凶兆，不生气那才奇怪。"

"你不该在桃夭楼抛头露面的，这样一来你会成为他们首要的报复对象。"

"比起赚钱，这些都是小事。"

茅一川瞥了一眼院外的那棵大树，心想既然张少白说得这般云淡风轻，看来是心里有数，也就不帮着瞎操心，于是说起了案情："你之前说你用'招魂之法'已经弄懂了灼灼的死法，以及背上的血字如何生成。"

天天终于把目光从骨灰坛转向了便宜表哥。

张少白回答道："'招魂之法'是我骗卓胖子的，我可没有和鬼魂直接对话的本事。至于弄出血字就简单得多，石菇粉再加上一些小东西可以调制出一种无色无味的颜料，写在绢布或是黄纸上基本看不出痕迹。可是一旦遇到了水，便会呈现出血红色的痕迹。"

茅一川又问道："你说的这种颜料也可以用在人的皮肤上？"

"当然可以。"

"如此说来，鬼街卖石菇粉的老人很有嫌疑，害死灼灼的人也很有可能是你的同道中人了。"

"饭可以乱吃，话可不能乱说。鬼街的规矩向来是不问买家来由，甚至连买家长什么样都看不清楚。"张少白只说此事与鬼街老头无关，却不否认祝由一事。

茅一川盯着张少白："还有一个问题，灼灼到底因何坠亡？"

"这个问题的答案就要问一问天天了。"张少白见天天一脸茫然，于是问道："你还记得站在桃夭楼上的感觉吗？"

天天略微回想了一番，不由得打了个寒战，说道："记得，我觉得很难受，甚至有些喘不过气来。"

"如果当时有人怂恿你跳下去，你会不会照做？"

"我……不知道……"

张少白微笑着说道："桃夭楼的台子很高，周围又挂满了红纱帐，这会让里面的人找不到方向，继而产生极为不适的感觉。在这种情况下，会让人容易变得失魂落魄，甚至是产生幻觉。我记得你曾经说过，灼灼死前说起过‘鬼车’二字，所以我猜测她应是在桃夭楼上出现了幻觉，误以为鬼车在追赶自己，这才失足坠楼。”

茅一川紧皱眉头，立刻提出了自己的疑问：“可是这样说来又有了新的问题，凶手是如何让灼灼产生幻觉看到鬼车的？”

“既然‘摄魂之法’可以让许见鸿将夭夭看成灼灼，为何不能让灼灼在桃夭楼看到鬼车？”

茅一川猛地瞪大双眼，他对“摄魂之法”并不陌生，因为今日张少白还对许见鸿用过，并且成功套出了许多信息。

张少白悠悠说道：“除此之外，还有一点，灼灼是怎么知道鬼车的，又为何对其心生畏惧？”

茅一川说：“灼灼知道鬼车肯定是听来的，背上的血字是石菇粉弄的，她坠楼而亡也很有可能是中了‘摄魂之法’。张少白，既然凶手也懂得这些，那么八成和你是同行。”

张少白的目光冰冷：“治病救人的术法居然被他拿来装神弄鬼害人性命，真是不可原谅。”

“如果说凶手是个祝由先生，你心中可有线索？毕竟洛阳城里会祝由之术的人不多，你总应该认识一些吧。”

“第一，不是所有会祝由之术的人都是祝由先生，有很多人并不以此为生，正所谓大隐隐于市，兴许街头买西瓜的老汉就会一手深藏不露的法术。第二，就算我真的知道这人是谁，抱歉，我也不能说。”

茅一川颇为不满：“张云清因太子弘一案入狱之后，也说过‘不能说’三个字，你们父子二人还真是一模一样。”

张少白的脸色也不好看：“这是因为你们不知道祝由到底是什么，它不仅是简单的术，它还是一份传承。既然是传承，就一定有它流传千年的缘由。”

“我的确不懂什么传承，我只知道杀人就要偿命，否则我大唐律法形同虚设。”

“那你就继续去查，我又不会拦着你。”

“张少白，你到底什么意思？”

“没意思……我是说，既然已经知道了杀人方法，还知道了凶兆来源，这事就已经变得没意思了。”

黑衣和白袍，大眼瞪小眼，茅一川显然在压抑怒火，而且相当用力，以至于握刀的那只手的骨节都发出“咯咯”轻响。张少白则是毫不在意，仿佛没有什么事情值得他放在心上。

两人僵持许久，只听到天天忽然轻声说：“裴家二郎。”

茅一川一头雾水：“你说什么？”

天天解释道：“裴二郎那些天一直缠着姐姐不放，姐姐登楼献舞那日，他也始终赖着不走，直到姐姐去了桃夭楼方才摆脱了这只癞皮狗。”

“裴二郎。”茅一川反复念叨了几次这个称呼，问道：“也就是说，灼灼死前一直和这位裴二郎在一起？”

“没错。”

“这么说来，裴二郎是最有机会在灼灼身上动手脚的人。只是他既然缠着灼灼，便说明他是灼灼的恩客，为何又要下此毒手？灼灼为何宁可扔出铜铃寻人求助，也不愿意找他帮忙？灼灼坠亡之后他又去了哪里，为何置身事外，毫无与他有关的消息？此人……疑点甚多。”茅一川低头想了许久，“天天，你可知这个裴二郎到底是何许人？”

天天似乎有些为难：“我听说……他的父亲乃是……裴炎。”

茅一川听后猛地瞪大双眼：“裴炎！”

裴炎，今年刚刚加授黄门侍郎，位极宰相！牝鸡司晨案怎会莫名其妙地和他扯上关系？

张少白在听到这个名字的时候同样眼前一亮，重新来了兴致。

茅一川又问了一遍：“你确定？”

天天回答说：“我也只是听别人说的……”

此时张少白忽然插嘴打断：“八九不离十，都知道裴相次子裴彦先是个大淫棍，灼灼艳冠洛阳，他不去一亲芳泽才是怪事一桩。”

茅一川沉吟片刻，心中已有计较。他拿着刀转身出门，头也不回，只不过看其架势，定是不把案子查个水落石出绝不回头。

明明可以回玉脂院了，但天天偏偏不走，抱着姐姐的骨灰坛就去了柴房，还不忘把门闩好，生怕张少白翻脸赶人。

张少白原本只想着利用牝鸡司晨案结识茅一川，让他帮忙寻找一些五年前太子疑案的线索。可没想到牝鸡司晨案居然又和裴家这等庞然大物有了瓜葛，想到这些他也是心思复杂。

雨后的晚风似是绕指柔，吹拂过身躯初时没什么感觉，可随后便感到冰冷刺骨。张少白忽地打了个寒战，他今日经历了不少事情，桃夭楼上呼风唤雨，回家路上又遇刺客袭击。

三番四次地折腾，让他备感疲惫，只感到喉咙一痒，发出一阵撕心裂肺的咳嗽。待到痒意好不容易退去，他便赶紧回屋休息了。

只是有一点朱红落在地上，刚刚被雨水打湿的泥土微微有些膨胀，与那一滴红色稍一碰触，便立刻将其吞到了自己的肚子里。

第五章　天煞孤星

世人欢喜之事大多相似，洞房花烛、金榜题名，然而悲伤却不尽然。

张少白在梦中与家人相会，先是重温美好，随即又被空虚填满，他的悲伤源自生离死别。

薛灵芝在真实中与家人相见，先是无言，随即便是冷言冷语到恶语相向，她的悲伤源自血脉相连。

十数年前，还是孩童的薛灵芝学到的第一件事，就是自己只是这世上的一个过客。

偌大的后院，只有她孤零零一个人住在这里，一盏油灯，非但没显得温暖，反而在空旷中透着阴森。

这段时间她还是会时常感到困顿，然后便沉沉睡去，变成了另一个人。薛兰芝与张少白合作得很好，下人已经不敢来打扰自己，于是她便可以经常偷偷溜出别院。可前些天那个久未谋面的父亲突然来到别院，据说是薛家遇上了大事，可能会有麻烦。父亲没说事情具体是什么，只和她讲了许多没有意义的话，无非就是指责罢了，离去时还不忘嘱咐石管家把她看得再牢靠一些。

薛灵芝看了眼父亲的背影，没什么特别的感情，只是有些失望。

习惯了，早就习惯了。

她被关在闺房之中，门窗全都紧闭着，这实在是件太无趣的事情。薛灵芝打了个哈欠，然后看到有只飞蛾也被困在了屋里。

那只蛾子还未长大，只有指甲盖大小，如今正没头没脑地乱飞，可惜无论如何都找不到离开樊笼的办法。

飞了许久，或是累了，飞蛾向着屋子里唯一的光亮冲了过去，在刹那间变成了一撮灰烬。

在飞蛾扑火之前，薛灵芝终于不忍，赶紧打开了窗子，只可惜晚了一步。窗外的石管家轻轻咳嗽了两声，便帮她把窗子重新关好。

薛灵芝无奈地坐回桌旁，吹了一口灰烬，心想屋外的世界便是一盏更大的油灯，自己是宁愿死也要自由呢，还是留在这方囚牢中虚度光阴?

她宁可孑然一身，只要能够真正地活上一些时间，即便是死也值得。

想着想着便累了，她趴在桌上睡了过去。

待到重新睁开眼睛的时候，天已经亮了。丫鬟战战兢兢地打来一盆冷水，然后便头也不回地逃走，她只好自己洗漱，又认认真真地绾好发髻。

看着府上下人的表现，以及梳妆台上的崭新梳子。薛灵芝便知道自己昨夜睡熟之后一定又被鬼魂占据了身体，大肆喧闹了一番，甚至还把自己最喜欢的那把玉梳摔碎了。

唉，我到底是谁呢，如果我就是我，她又是谁?

如果她就是我，那我又是谁?

是否死了就能一了百了，自己便再也不必烦心这些?

薛灵芝推开房门走了出去，用力地感受着阳光的温暖，希望心中的阴霾能够减少一些。

一道熟悉的声音响起："睡得怎么样？"

她循声看去，只见一袭白衣的张少白站在凉亭中，今日的他没有把自己装扮得怪模怪样，看上去多了几分可靠。

薛灵芝先是行礼，然后才回答道："还好，有劳先生费心了。"

张少白颇为潇洒地摆了摆手，说道："今儿天色不错，要不要出去走走，一直憋在家里对你的病情可没有好处。"

薛灵芝为难地摇了摇头。

张少白偷偷看了眼守在花园门口的石管家，低声问道："他们不让你出去？"

"原本我自己住在这边的时候是没人管这些事情的，不过三年前我得了病，家里就下了禁足令。而且最近家里发生了一些事情，看管也变得更严了些。"

张少白大感疑惑："你刚才说，以前你就住在这里了？这不太对劲吧，偌大一个薛家，干吗把你一个未出阁的小娘子赶到这么个偏僻地方？"

"嗯……"薛灵芝沉默良久，没有回答。

“我知道这或许是你的难言之隐，只是你的双魂奇症着实奇特，我需要了解你的方方面面才有可能将其治好。”

“其实也不算是什么难言之隐，先生你相信命数吗？”

薛灵芝说这句话的时候直勾勾地看着张少白，她似乎在渴望着什么，或许是一个自己想要的答案。

张少白答道：“信，但不全信。”

“有位高人为我做过批命，说我是‘天煞孤星’，会引得家破人亡。”

“噗，这种批命也敢到处胡说，是谁在胡说八道？”

见到张少白的笑容，薛灵芝忽然觉得心里舒服了不少：“我还以为祝由之术也相信命数一说的。”

“该信的时候自然相信，不该信的时候还是算了。话说回来，前两年有个叫温玄机的道士为我摸过骨，说我是‘灵乌萃于玄霄者，扶摇之力也’。结果呢？狗屁扶摇直上，我只知道我的家人让一把大火烧得干干净净，”张少白洒脱一笑，“所以说啊，命数这东西不能不信也不能全信。人这一辈子几十年的寿命，岂是一句话就能说清楚的。”

“居然是温道长，我的批命也是他做的。”

“那你就全当他是放了个屁吧。”

薛灵芝的神色忽然变得有些古怪，似乎是在憋笑，但眉间还隐隐藏着一些恼火。

“我说错话了？”张少白最擅察言观色，自然看出了不对劲之处。

“不瞒先生，早些年温道长曾在薛府暂住过许多时日，而且他算是有恩于我，还传过我医术……”薛灵芝轻轻咬着嘴唇，显然觉得有些尴尬。

没想到张少白却是个脸皮极厚的，瞬间便换了一副嘴脸，说道：“哎呀，温道长在大唐颇有名气，据说是药王孙思邈的徒弟，一身医术可谓通神啊！”

话说到一半，张少白突然闭上了嘴，因为他反应过来自己越是吹嘘温玄机，就等同于自己也在认可那道“天煞孤星”的批命。

一时间，他竟然有些手足无措。

薛灵芝久居深闺，这些年来从未见过或是听说过他人的生活，今日得知张少白的家人尽皆死于一场大火之中，忽然感到自己的处境原来也不是那么糟糕。她觉得自己有些矫情了，不过是父亲说了几句重话，以前又不是没有说过，何必为之寻死觅活呢。

反倒是张先生，看他年纪与自己相仿，却已经历过那么多的事情，现在依然可以笑对风云，实在是令人钦佩。

故而她对张少白并不恼火，主动说道："没关系的，其实温道长为我做那道批命也是为了薛家好。"

张少白疑惑道："为何这么说？"

"自打我出生以来，薛家就连连遭难，先是爷爷被罢官流放，全家人被迫离乡。然后是母亲自从生下我后身体欠佳，早早便离去了……类似的事情很多很多，所以温道长说我是'天煞孤星'，建议家里将我安置在别院中静养，这样便可不再伤害周围亲人。"

"这么说来，你从小便一个人生活了？"

"嗯，来这里照顾我的石管家和仆人大多是在薛府犯过错的，安排给我算是对他们的一种惩罚吧。"说完薛灵芝颇为无奈地笑了笑，其中满是辛酸。

张少白却是一点都笑不出来，只觉得那道批命真是害人不浅，义愤填膺道："我还是不信命数，薛家人把你送出来之后转运了吗？"

薛灵芝稍稍回忆了一下过往，讲道："和我保持距离之后，我家就像是枯木逢春，爷爷更是蒙大赦重返朝堂。"

张少白重重地叹了口气，骂道："这是什么狗屁世道，人活着难免有旦夕祸福，怎么能偏偏把全部的祸都给了命数一说，却把福给了自己！"

他是真的为此感到愤怒，无法理解薛家为何要为难区区一个女童。天知道薛灵芝从小遭了多少罪，一个没有朋友，甚至很少与亲人来往的女娃，能够长成现在的模样实属不易。虽然张少白对她的了解尚不深刻，却可以肯定她是一个善良的人。

为何世间多磨难，且善良之人往往首当其冲？

薛灵芝感到张少白是真心为自己打抱不平，心中不免有些感动，毕竟这还是头一次有人这般，而且还是一名年轻男子。

但她很快就收拾起了这些闲杂心思，问道："先生已经见过她了？"

张少白自然知道"她"指的是谁，点头道："见过，简直和你判若两人。说实话我对你的病情愈发好奇了，两个截然不同的魂魄怎么可能装在同一具躯壳里？"

其实张少白自己也说不清灵芝和兰芝哪个更好一些，灵芝虽然性格温婉却一直给人一种疏离感，反而是心思活泼、行事毫无章法的兰芝更让人觉得亲近。

薛灵芝又问："能和我讲讲她是什么样子吗，我只知道院里的下人都很惧怕她。"

"怎么说呢，算是个狡猾的人吧。而且做事很没规矩，和你截然相反。"

薛灵芝怔怔看着张少白，又问："那她……过得开心吗？"

张少白想到曾在南市瞥到的那抹身影，答道："应该还算快活吧，实不相瞒，我和她做了笔交易，我帮她做掩护，她则可以借机溜出去玩。"

"原来她是一个这样的人，如果先生有办法的话，不如把这身体完全给了她吧。"

张少白顿时大惊，赶紧说道："你怎么会有这种想法！"

薛灵芝神情有些失落，"先生不必担心，我只是觉得既然她活得比我好，占了这副身体也未尝不可。"

"愚蠢至极！"张少白忽然颇为恼火地骂道，吓得小娘子一个激灵，"生而为人本就不易，怎能不用心珍惜？我家祖师爷曾说过，祝由一脉子孙若有自尽者，不入族谱，不进祖坟！"

薛灵芝乖乖点头认错："先生勿要生气，灵芝知错了。"

"那就好。"虽然嘴上这样说着，但张少白的心里却丝毫没有放松，他只觉得心有余悸。还记得第一次见面的时候，她悠然逗弄着池水中的小鱼，那样的薛灵芝为何会被折磨到心生死意？

张少白脸色稍缓，主动问道："不过她占据你的身体之后，一直自称为兰芝，你可知道这是为何？"

"兰芝"二字刚刚脱口而出，气氛随之变得凝重起来，薛灵芝脸色剧变，其中既有惊恐也有内疚。

遗憾的是，薛灵芝的反应和石管家一样，都不愿提及此事，她说："对不住先生，关于她的事情……不能说。"

张少白心知兰芝必定是薛家的一桩隐秘，而自己现在还没有完全得到薛灵芝的信任，就算追问也是枉费，于是便不再追究此事。

他抬头看了眼天色："唉，这么好的天不出去转转实在是太可惜了。说实话，你想不想出去看看？"

薛灵芝眼前一亮，随即便又黯淡下来。

"薛兰芝可是经常出去的，难道你就不好奇，外面到底有些什么值得她这般着迷？"张少白想起了在洛阳南市偶然瞥到的那抹鹅黄身影，应该就是出来玩耍的兰芝了。

其实薛灵芝在得知那个兰芝的事情之后，不仅对她觉得好奇，对外面的大千世界更是心生向往。上次出去已是数月前的上元节了，从那之后她便再也没有迈出过别院半步。她的确想要化身为一只飞蛾，却又缺少扑火的勇气。

张少白笑得像是南市的人贩子："只要你点头，我们可以偷偷出去。"

"啊？"薛灵芝惊讶得险些叫出来，赶紧用手捂住小嘴，轻声说道，"怎么出去，不会被发现吗？"

"山人自有妙计。"

薛灵芝想了想，终于轻轻点了下头。

故技重施总要有些新意，否则难以见效。先是让薛灵芝安安静静地待在房里，然后张少白便主动找上了守在花园门口的石管家。

数日不见，老管家似乎苍老了许多，精神也不如往日那般抖擞，看来薛家真的是发生了不少事情。

张少白说道："小娘子已经倦了，接下来我打算做一场法事，还请配合。"

石管家回应道："先生需要什么，我这就去准备。"

"一支毛笔足矣。"

他只稍候了片刻，管家便取来一支毛笔，笔杆木质奇特，透着清亮，毫毛刚柔兼顾，拂过手背感觉如春风轻扫却又略带刺痛，看来不似凡品。

于是张少白提醒道："事先说好，我作过法后这笔可就要不得啦。"

"无妨，先生尽管取用就是。"老管家面不改色，连眉毛都没抬。

果然是大户人家，早知道就应该再多要几个金饼子用来"作法"。张少白一边痛恨着自己的缺心眼，一边来到了池塘旁边，脱下靴子，双脚光秃秃地站在水中。

石管家身后来了不少人，别院的仆人都想亲眼看看祝由先生是如何作法的。老管家本要发火，不过看张少白没说什么，便也按捺下心头怒气。

张少白自然不会觉得不满，他巴不得看热闹的人越多越好，这样才方便自己建立权威，在薛家多捞好处。

然而仆人们却大失所望，因为祝由先生既没有跳舞，也没有念咒，他只是从怀中掏出一张黄纸，然后便用毛笔在上面写写画画。可那毛笔压根就没蘸墨水，画了半天什么也看不出来，不知道是在弄什么名堂。

过了许久，张少白总算画完，若无其事地将那支名贵毛笔揣入了自己怀中。他抖了抖手中的黄纸，示意石管家过来帮忙。

石管家不敢推托，心中有些忐忑，问道：“不知先生需要老仆做些什么？”

张少白把黄纸塞到管家手中：“符箓已然画好，接下来需要一人镇宅，老管家年纪最大，对这别院也最为了解，所以这人由你担当再合适不过了。”

“这个……我年纪大了，会不会有些不妥？”

“管家放心，对身体绝对无害。”

石管家闻言心中稍定，只不过还是有些紧张，毕竟他还从未接触过怪力乱神的事情。按照张少白的吩咐，老管家弯腰将符箓浸入水中，他的指尖不小心也触碰到了池水，感到异常冰凉。

下一刻，那张空白的符箓顿时有了变化，上面居然隐隐浮现出了一张鬼脸。

石管家发出一声惨叫，吓得将黄纸扔了出去，幸好张少白眼疾手快，将半空中飞舞着的符箓重新抓回手中。

“邪祟退散！”他冷声喝道，与此同时手中一搓，一股火焰凭空出现，将那张锁着鬼脸的符箓烧得干干净净。

别院的仆人尽皆看到了这一幕，一个个瞠目结舌，至于亲手摸过符箓的石管家更是吓得魂不守舍。

张少白脸色惨白，说道：“好厉害的水鬼，此番作法险些遭其反噬。这后花园可有厢房供我休息，我需要调养一番再与它争斗。”

石管家忙不迭地点头，伸手一指：“厢房早已备好，就在此处。”

张少白顺着看去，嘱咐道：“接下来的时辰说不定会发生什么，这后花园最好不要有人进来。当然进来倒也无妨，只是那水鬼大怒之下或许会伤及无辜。”

话音刚落，原本聚众围观的仆人们轰然散去，石管家也是狼狈而逃，似乎在此处多待片刻便有性命之忧。

张少白看了眼花园门口，确定再也没人监视此处之后，脸色便又浮上了些许红润，也不知刚才他一副病恹恹的模样是如何装出来的。

“出来吧。”张少白在灵芝房前说道。

薛灵芝小心翼翼地开门走出，看向张少白的眼神有些复杂。

“怎么这般看我，难道是我脸上沾了脏东西？”

“那支毛笔名叫‘松针’，父亲喜欢得紧。”

“嗨呀，这玩意儿沾过鬼魂，最好还是不要再用了，等我找个地方把它一把火烧了。”

薛灵芝知道张小先生这是在耍无赖，只能无奈地叹了口气，转而问道：“你是怎么做到的？”

张少白一脸无辜：“你说什么？”

“那张鬼脸，你肯定在毛笔上动了手脚。”

“胡说，这手‘水中捉鬼’乃是我祝由千年不传之秘，可不敢亵渎祖先的智慧哟。”

薛灵芝不再追问，不过看表情明显是不相信的。敏感的她确定张少白一定用了某种手段，凭空出现的鬼脸和指尖的火焰，这些古怪之处肯定都有答案。

说来也是荒唐，被鬼魂附身的人偏偏不信鬼，那些安然无恙的普通人却怕得要命。

张少白从怀里掏出一块怪模怪样的石头，上面有不少孔洞，不知道是做什么用的。他在池塘的假山上寻了个位置，然后将石头放了上去。风儿吹过，石头顿时发出“呜呜”声，仿佛鬼哭。

薛灵芝不由得瞪大眼睛，没想到那块石头竟有这种作用。

“别乱动啊，就把石头放在这里就好，他们听到声音肯定更不敢靠近这里了。”

“你这……”薛灵芝纠结半天，也不知道如何评价张少白。

这人简直是个骗子，但也有着真本事。相处得越久，就越难看透他的想法，不知道他的哪些话是胡闹，哪些话又是当真。

张少白走到花园角落，那里种了一棵老槐树，树干粗壮，树身高大，刚好越过别院高墙。更让他欣喜的是，高墙那头也有一棵槐树，这两棵树应是一同种下的，只是修建别院的时候才被分隔开来。

毕竟一院不种二槐，这是大忌讳。

张少白说道：“走，咱们爬树出去，我带你好生看看洛阳风光。”

薛灵芝和张少白并肩而立，抬头看着槐树，面露难色：“我从未爬过树。”

“那兰芝是怎么出去的？”

“我不知道。”

“罢了，”张少白忽然蹲下，“你踩着我的肩膀，然后我再站起来把你送到树上。

那根树枝比较粗，你就顺着它攀到墙上去。”

薛灵芝仔细看了看逃出别院的路线，既觉得为难，却又不愿放弃这样的大好机会。她的内心纠结许久终于做了决定，轻嗔着跺了下脚，然后便双手扶着树干，双脚踩着张少白的肩膀。

她一心向往着外面，已然忘记了男女之防。可张少白却没有，他努力地站直双腿，强忍着抬头往上瞧一眼的冲动。

张少白你丢人不丢人！他在心里反复骂着自己。

虽然什么都没有看到，但少年还是鼻腔一热，幸好没有鼻血流出，否则可真是丢了大脸。

薛灵芝把脚迈到树枝上，攀着它爬到了墙头。她坐在墙头，往下看了一眼，不仅不觉得晕眩或是害怕，反而有些激动。

张少白手脚并用，麻溜上树，然后来到薛灵芝的身旁，只见她正对着远方怔怔出神，仿佛看到了绝世美景，迟迟不愿转移视线。张少白自己也往那头看了一眼，没发现有什么好看的，他知道自己看腻的许多风景，对灵芝来说却弥足珍贵。

两人顺着院外的槐树溜了下去，总算是逃出了令人备感压抑的别院。

张少白回头看了眼那两棵大树，又想到方才灵芝踩在自己肩膀上，两人可谓前所未有的亲近，不由在心里赞叹这树种得真好，真妙！

薛灵芝不知道身边男子的鬼心思，她的精神完全集中在洛阳之上。她这些年跟着家族往返于长安、洛阳两地，可无论去了哪头，大多时间都被幽禁在别院之中，似乎还从来没有这般认真地观察过、感受过院子外的世界。

※

他俩由东往西走了好几里，路上薛灵芝感到有些口渴，张少白便从街边为她买了一碗醪糟，喝起来酸酸甜甜，而且解暑提神。

不好意思和店家说话，她将空碗递给了张少白，让他还碗顺便付钱。

张少白笑得眯起了眼睛：“好喝吗？”

薛灵芝刚想说话，便不小心打了个嗝，满是酒味，她一下子就红了脸，什么话也说不出。

张少白颇为识趣地装作没看到，转而说道：“那边还有家桂花糕，味道相当正宗，你肯定喜欢！”

灵芝点了点头，然后便乖乖跟在后面，距离保持得不近不远。

卖桂花糕的地方是个笼饼铺子，他家笼饼那是祖传的手艺，据说隋炀帝吃过了都说好。只可惜传了三代人，笼饼味道越做越差，估计是里面肉馅越来越少的缘故。后来他家娶了个江南女子，贤惠得紧，还做得一手美味的桂花糕，铺子这才渐渐热闹起来。

不少人就爱吃他家的桂花糕，于是店家在铺子外头搭了个棚子，只要不遇到刮风下雨，棚子下面总是坐着三三两两数人，一边吃糕一边聊天。

有两个书生打扮的年轻人正在棚下坐着吃糕，其中一人忽然说了句“晦气”。原来有个小乞儿讨饭讨到了这边，两只眼睛滴溜溜地看着桂花糕，双脚已然是挪不动步了。

小乞儿身子瘦瘦小小，看上去不过五六岁的年纪吧，不知为何沦落至此。他蓬头垢面，指甲缝里满是泥土，嘴唇更是干裂出好几道口子。

“行行好吧……行行好吧……”估计小家伙刚当乞丐不久，对于乞讨一事还不甚擅长，说起话来结结巴巴。

那两个书生谈笑了数句，其中一人忽地皱眉，用手掩住了鼻子。他深深看了小乞儿一眼，眼中满是厌恶，于是便随手扔了一块桂花糕出去。

可他并未将桂花糕扔向小乞儿，而是扔到了道旁。

小乞儿眼中只有桂花糕，肚子不争气地咕咕叫着，赶忙追着桂花糕冲了过去，模样像极了一条饿犬。

书生哈哈大笑，笑声爽朗，不愧是读过圣贤书的人。

与此同时，一人鲜衣怒马奔腾而来。

洛阳城内向来不许纵马，但此人身披甲胄，看样子绝不普通，故而道上行人纷纷避让。

唯独没有让开的，是一道小小的身影。

他弯腰捡起桂花糕，小手抹了抹上面的尘土，可惜抹不干净，反而更脏。小乞儿盯着桂花糕看了好几眼，内心不知做着怎样的挣扎，最后还是没有将其一口吃下。

或许心中仍在牵挂某个人吧。他想把桂花糕揣在怀里，一想到小妹看到桂花糕时一定很开心，自己的心里也就乐和了起来。

偏偏此时，那匹大马呼啸而来，重重地撞在了他的身上。

小小的身子瞬间飞出，像是一个破破烂烂的麻袋，摔在地上发出一声闷响。他仍瞪着双眼，不明白发生了什么事情。鲜血从他的口中、鼻孔和耳朵里涌出，但他仍然紧紧攥着手，手里的桂花糕已然稀碎。

小乞儿瘪了瘪嘴，疼得想哭，可发现自己就连流泪的力气都没有了。

骑马的人只是淡淡地看了小乞儿一眼，然后便纵马离去，他应是有着天大的事情，和这事情比起来，一个街头的乞儿死了不算什么。本就是洛阳城的垃圾。

张少白和薛灵芝刚好往这边走来，目睹了这一幕，张少白赶紧往小乞儿的方向冲去，刚跑了两步就感到身旁有道身影和自己擦肩而过。

原来是薛灵芝，她跑得居然比张少白还要快些。

她毫不在乎衣服染上血渍，跪坐在地上将小乞儿抱在怀里，眼眶中含着泪水，却强忍着没有流下。她仔细地检查着孩子身上的伤势，发现他的肋骨有错位迹象，内脏似乎也受了伤，所以才会往外吐血。最糟糕的是头部，方才重重地撞在了地上，结果七窍都在往外淌血。

张少白蹲下身子，先是翻看小乞儿的眼睑，又伸手试探了一下鼻息，颇为严肃地说道："应是头部和内脏受了伤，若不及时医治恐有性命之忧！"

不料薛灵芝却一反常态，竟然自行按住了孩子的膈俞穴和地五会两处穴道，顿时鲜血便被止住。

小乞儿艰难地把眼睛睁开一条缝隙，隐约感到自己躺在一个温暖的怀抱中，又香又舒服。

他嗫嚅着，似是梦呓："娘……漱儿好痛……"

薛灵芝眼中满是怜爱，安慰道："没事，娘亲在这儿呢，漱儿不怕。"

张少白见状也赶忙施展祝由之术，一通忙活之后，小乞儿的情况终于稳定了下来。他将孩子的小小躯体抱了起来，动作尽可能地轻柔，避免碰到胸腹处，以免错位的骨头伤到内脏使得情况更糟。薛灵芝则问了路人最近的药铺在哪儿，然后两人便带着孩子匆忙赶去。

或许是漱儿命不该绝，药铺离得不远，最厉害的医师也刚好正在坐诊。老头子把孩子从头到脚摸了个遍，费了一番工夫才将肋骨归位，又在胸前背后套上夹板。

实在是万幸，小家伙除了肋骨错位，五脏六腑受伤不重，只是头上的问题有些麻烦，不知醒过来之后会不会遗留什么症状。

张少白付了大笔诊金，却不心疼，只是恼火。他见漱儿迟迟不能醒来，便打算再回笼饼铺子一趟。

薛灵芝放心不下，跟在后面问道："先生这是要去做什么？"

张少白没有回答，只是走得怒气冲冲。

只可惜，两人重返笼饼铺子的时候，往外扔桂花糕的书生已经离去。张少白一肚子火没地方发泄，只好买了一大包的桂花糕，往嘴里塞了一块，用力地大嚼特嚼。

仿佛他口中嚼着的是那个纵马狂奔的恶徒，也是那个扔糕的狗屁书生。

薛灵芝看着这一幕忽然觉得有些好笑，没想到张少白也有这般孩子气的时候。于是她也伸手取了一块桂花糕，小口地轻轻咬着，觉得味道着实不错。

待到张少白吃了个半饱，心头怒火终于消散，他想起了之前薛灵芝果断救人的模样，赞叹道："看起来你的医术造诣不低。"

薛灵芝有些脸红："温道长毕竟是孙神医的徒弟，医术高超，其实我只从他那里学了一些皮毛。"

"太过谦虚就没意思了啊，行走江湖这么多年，不是吹牛，我可是一眼就能看出谁是庸医。"嘴上说着不是吹牛，但其实少年就是在吹牛，"对了，让我来考考你，《难经》第六十一难曾提过医之纲领，知道是什么吗？"

薛灵芝微笑道："经言，望而知之谓之神，闻而知之谓之圣，问而知之谓之工，切脉而知之谓之巧。简单来说，便是望闻问切。"

"其实我祝由也有类似的纲领哦。"

"是什么？"

张少白故作高深道："坑蒙拐骗。"

薛灵芝忽然愣住，好久才反应过来，憋着笑意不知说什么是好。

两人提着桂花糕回到医馆的时候，漱儿终于悠悠醒来，感觉脑袋昏昏沉沉，他已经记不清之前发生了什么事情，只记得自己弯腰捡了一块桂花糕，然后再一睁眼就成了现在这副模样。

"我的糕呢？"孩子的声音有些嘶哑，但透着一股狠劲，好像谁跟他抢桂花糕他就要咬谁。

张少白笑着晃了晃手里的小包："别急，没人和你抢！"

看来伤得不重，居然还记得吃，之前只是看着吓人罢了。

叫了辆马车，按照漱儿口述，七转八转便拐到了一条破旧的小巷中。

张少白抱着孩子，灵芝手里拎着桂花糕和药材，一起走入了一间破院。这里之前修过寺庙，不知为何如今已经荒废了，成了洛阳城众多乞丐的栖身之所。

破院里横七竖八躺了不少人，看到有陌生人便都纷纷转头看去，一个个眼珠仿佛带着钩子。

张少白皱了下眉，觉得把漱儿安置在这里极为不妥。他刚想开口建议把孩子带到修行坊住上一阵，便有个比漱儿还要瘦小的女娃跑了过来，她看着哥哥稀奇古怪的打扮，眼中满是好奇。

漱儿费了好大力气才站稳身子，明明痛得龇牙咧嘴，但还是努力挤出一丝笑容："哥哥给你带了桂花糕吃！"

"哇！"妹妹的眼中仿佛有星星一般。

薛灵芝摸了摸妹妹的小脑袋，将手里的东西递了过去。随后院子里的乞丐们仿佛发现了什么，居然向着这边靠拢过来。

张少白虽然紧张，但还是微微往前挪了半步，挡在薛灵芝身前，同时抓住了她的手腕，打算见势不妙便溜之大吉。

反倒是薛灵芝面色如常，只是看向张少白抓着自己的那只手，皱起了眉。

乞丐纷纷聚拢，他们先是交头接耳一番，有个鼓起勇气向着薛灵芝战战兢兢地问道："若小老儿没看错，您就是给不少乞丐看过病的女神仙吧？"

张少白已经完全弄不清楚状况："女神仙？"

他转头看向薛灵芝，后者只是冷淡地说了句"认错人了"，然后便转身离去。张少白仍抓着她的手腕，便跟着一同离开了破院子。

乞丐们没有追上去，只是纷纷跪在地上，目送着薛灵芝走远。其中有些人还号啕大哭起来，口中呼喊着"女神仙"，有些则喊着"女菩萨"。

两人一前一后走了约莫半里路，薛灵芝忽然猛地停下脚步，低头看着手腕处不言语。张少白满肚子的疑问，一时间倒也不知道应该从何说起，他只是感觉身边有股杀气，而且愈来愈烈。

待到他回过神来的时候，发现薛灵芝已经盯着自己看了许久。此时此刻的灵芝换了个人一般，脸上挂着平常从未有过的嫌弃表情，就好像全天下的人都欠她钱一样。

薛兰芝冷声说道："还没抓够？"

张少白这才悻悻然地松手，脸上带着尴尬的笑容，不知道收回来的手应该放在哪里。放在前面觉得扎眼，放在后面觉得不妥，最后干脆把两只手踹到了衣袖里，整个人看起来透着一股滑稽。

他仔细回忆了一番，不记得之前薛灵芝打过哈欠啊，怎么就莫名其妙换成了兰芝？

这个女人让人愈发地看不透，原本以为她只是个大家闺秀，性情温婉，没想到她还精通医术。而且后来出来个古灵精怪的兰芝，还装疯卖傻骗了许多人。直到今日，她在危急关头的冷静态度更是让张少白刮目相看，尤其是身处破院的时候，被众多乞丐团团围住，她居然能面不改色。

想到这里，张少白忍不住开口问道："他们怎会叫你女神仙，难道你之前还帮过他们？"

薛兰芝快步往别院的方向走去，漫不经心地回答道："关你屁事。"

"哎，我说你这个人能不能好好说话。对了，你是什么时候醒过来的？"

"我倒想要问问你，你是怎么带着我偷跑出来的？"

"俗话说有问有答，先来后到，你不回答我的问题，我凭什么解答你的疑惑？"

薛兰芝"哼"了一声，脚下生风，走得更快："爱说不说。"

张少白算是遇到了克星，这个兰芝在第一次见面的时候就用美人计把他收拾了一番，今日又玩起了欲擒故纵的招数。因为薛兰芝知道这个祝由先生是个话痨，自己压根不需要追问，只要表现出一副了然于胸的模样，他迟早会把事情全部交代出来。

可怜茅一川就看不破这一点，总是跟在张少白屁股后面，求爷爷告奶奶才换来几句无关紧要的话。

张少白一路上都没说话，似乎是和兰芝置气，只是老脸憋得通红，眼看着就要忍不住开口说话。薛兰芝懒得搭理他，她觉得这具身体好不容易出来一趟，但自己却不知道，这种事情实在让人恼火。

天色越来越晚，眼看着就要到了响净街鼓的时候，两人刚好回到了别院。张少白自行蹲在老槐树下，等着薛兰芝踩着自己的肩膀爬到树上去。

没想到等了许久身后也没有动静，张少白扭过头，看到薛兰芝似笑非笑的表情。

她问："你这是干什么，等不及要解手了吗？"

说完，薛兰芝终于忍不住笑了起来："哈哈哈哈！"

真是毫无淑女风范！

张少白在心中腹诽着，没好气地重新站起身来："我倒要看你怎么翻墙进去！"

"等等，你和她之前是翻墙出来的？"

"不然呢？"

薛兰芝翻了个白眼："真是一对蠢货。"

薛府的别院坐落在洛阳城的东南角，叫作嘉庆坊，这里地处偏僻，几乎挨着城门，所以住的人家不多。嘉庆坊本就人少，别院又刚好建在坊里最偏僻的地方，若非府上下人出去采买东西，恐怕一整天也不会有人路过这里。

故而谁都想不到，在别院的高墙之下，居然有一条地道将闺房和外界连在了一起。

洛阳城是个神秘且富有魅力的地方，历经多次磨难，如今依然屹立不倒。故而嘉庆坊出现一条密道也就不是没法接受的事，或许这间别院之前的主人为了自己逃命故意挖了条地道吧。

不知道在他抛弃别院之前，这密道有没有派上过用场，不过可以肯定的是，薛兰芝没少利用它为自己大开方便之门。

地道只有半人高，长度大约二十步。薛兰芝习惯性地摸了一下绣包，发现自己没带火折子，幸好张少白掏出一个，不然两人就要摸着黑往前走，那感觉实在是不舒服。

走到尽头处，薛兰芝小心翼翼地推了推头顶处，将木板挪开，顿时有光线照了进来。张少白熄了火折子，爬出密道方才发现原来它就在床底下。

薛兰芝拍了拍身上的灰，又对着衣服上的血迹发了会儿呆，那是救治漱儿的时候留下的。然后她对张少白下了逐客令。毕竟天色已晚，赖在女儿家的闺房里还要不要脸。

张少白有不少话想问，可惜薛兰芝不给机会，他只好偷偷摸摸地溜出房间，看到后花园里没什么变化，只有那块怪石仍在发出鬼叫，心中大石这才落下。

看来自己之前玩的一手"水中捉鬼"还是很有威慑力的，居然把石管家和一干仆人全都唬住了，整整一天都没敢踏足后花园半步。张少白哪里知道，石管家不仅不敢去后花园，甚至受到惊吓之后患了风寒，现在正流着鼻涕喝着姜汤。

白衣翩翩的祝由先生收起怪石，鬼哭狼嚎之声戛然而止。然后他又去厢房大肆翻腾了一番，努力做出一副自己在这里休息了一整天的景象。

不过做这些就实在是多余了。

张少白本打算就此向石管家告辞，不料连石管家的面都没见到，只听说管家生了病，正在静养，实在是不宜见客。

所以那两名脸熟的大汉便把张少白扣了下来，以时辰太晚，净街鼓响之前送不回家为由强行留在别院休息一晚。

张少白被关在厢房，外面留了仆人看守，不过看其胆战心惊的模样，恐怕张少白打个喷嚏都能把他吓个半死。

“看来薛家摊上事儿了……而且是大事。”张少白仔细回忆了一番白日里石管家的种种举动，想到这间厢房是早就事先备好的，便明白打今早他被请到别院里的时候，他们就没打算让自己再出去。

只是不知道，到底是什么事会让薛家这般如临大敌。

第六章 | 左道旁门

张少白出身于祝由世家，父亲又是咒禁科的博士，虽然官阶不高，但在当时的长安也算是声名显赫。然而他却从未过上几天好日子，作为家中独子，张少白自小便学习祝由之术，更是从五岁起随着父亲浪迹天涯，四处治病救人。

少年起初不明白父亲为何不留在长安，过上几年太平日子。张云清却说，若是一生只在长安行医，一旦有天长安不再、大唐不再，张氏一脉的祝由也就消失了。

当时的张少白撇嘴不信，他觉得父亲多虑了，大唐怎么可能消失呢？张云清知道儿子不服，但也没多作解释。他只是想起了千年祝由的兴与衰，夏商丘，商安阳，再到秦咸阳，多少都城在磅礴岁月下化作齑粉，祝由之术在这般更迭之中早已发生了翻天覆地的变化。

他张云清唯一能做的，就是选择一条正确的道路，把张氏祝由传承下去。这个道理，是张家老祖宗们从无数次国破山河亡中领悟而来的。可张云清唯独没想到，自己没能随着都城的更迭化为历史的灰尘，反而是在东都洛阳丢掉了性命。

张少白从家破人亡中也领悟到了相同的道理，只是他不明白五年前到底发生了什么，父亲惨死于洛阳，而他在长安的家也同时被一把无名火烧成灰烬。

这背后到底发生了什么？

张少白早就知道薛家的现任家主是何许人物，更知道薛灵芝从小就隐有患病之相。如果他想要在洛阳查明父亲死因，就要借助这些达官显贵的力量。

所以张少白在薛家住得“心安理得”。

薛灵芝则完全相反，她早就适应了独自一人居住在别院的生活，未曾想突然有个年轻男子就这么闯了进来。就好像张少白闯入的不仅是薛府的大门，还是某个人的柔弱心扉。

这两人虽然相处时日不多，却有着一种天然的默契，对于那日偷偷溜到外面玩耍的事情都是只字不提。薛灵芝没有说过自己是何时被兰芝取代的，这是因为她在有意避开关于兰芝的话题。张少白同样也不去问，更不说家里有密道一事，他只是更加肯定了一件事情。

那就是薛灵芝和薛兰芝都知道彼此的存在，但并不知道彼此做了什么。

除此之外，薛府应是真的遇到了大麻烦，封锁别院已有整整七日。这期间石管家害了风寒又痊愈，从那之后便一直对张少白敬而远之，生怕一个不小心又被先生抓去做些奇怪的事。这样一来倒是成全了张少白和薛灵芝，两个人不受打扰，乐和自在。

几乎整日十二个时辰都在“监视”薛灵芝，张少白发现这些天兰芝从未出现过。或许是他起到作用，居然让病情变得稳定下来。

薛灵芝对此也是感触颇深，从小便受到家人孤立的她没有朋友，甚至很少说话。而自从张少白来到自己身边，他俩时常会聊起医术，一个观点传统，一个观点奇特，偶尔也有争执却从未有过争吵。

白衣少年就像是一阵春风，不知不觉滋润着少女的心灵，让她干涸已久的内心终于有了几分生机。

只是这几天薛灵芝变得多梦，她在梦中看到了很多乞丐叫自己“恩人”，也见到了许多从未见过的风景。它们都无比真实，仿佛真的在她记忆中发生过。

张少白说这是一件好事，可好在哪里他却不说。

薛灵芝看着先生的微笑，自己也情不自禁地扬起了嘴角，她觉得只要有张少白在，自己的怪病有一天一定可以被治好。

或者说，只要有张少白在，双魂奇症治不治好，也不是那么重要了。

当了十多年的“天煞孤星”，她头一次知道有人陪伴的感觉竟是这般奇妙。

可惜好景不长，有天夜里一个带刀的黑衣男子出现在薛家别院门外。他的身上带着杀气，看来心情很差，以至于月光和晚风都不愿靠近。

茅一川的心情当然不好，他等了张少白很久，又四处打听找了许久，换成谁心情能好？

他原本觉得线索已经转移到了裴二郎身上，那么无论张少白在或不在，应该是没什么区别的，自己之前不也是独自一人破了许多大案吗？

然后他就发现自己错了。

茅一川重重叩响大门，可迟迟没人开，直到他按捺不住火气打算一脚踹开的时候，石管家总算开了门。

“你是何人，深夜打扰所为何事？”

“把张少白交出来。”

石管家当然不肯，即便茅一川露出官家身份也是无济于事。

薛家如今惹上了大事，知道茅一川只是个县衙捕头之后又是畏惧又是瞧不起，更不可能乖乖开门放人了。石管家是何等人物，就算薛灵芝就住在别院，他也是这里当之无愧的一把手。

于是老管家大手一挥，就打算给面前不知天高地厚的男子递上一碗闭门羹。

谁想到怒火上涌的茅一川是个不讲道理的，只见他一脚踹出，别院大门顿时敞开，后面顶门的仆人更是人仰马翻。

石管家风寒刚好，气火攻心险些又要晕倒，指着茅一川骂道：“你！你！无理至极，来人给我拦住他！”

结果茅一川刀都没拔，地上就躺了一片。他就站在前院，冷着脸喊道：“张少白，给我滚出来！”

不久，张少白终于出现，看着一地狼藉，忽然觉得有些头疼。

我在这儿治病治得好好的，你来捣什么乱？

薛灵芝本是站在张少白身旁，一看到石管家躺在地上哼哼唧唧，赶紧过去扶起老人家。

茅一川只是微微看了薛灵芝一眼，觉得有些眼熟，似乎和南市见过的那道鹅黄身影有些相似，随后便冲到了张少白面前，紧紧拉住了他的手腕。

“跟我走。”

张少白面露难色，拒绝道：“不走。”

“有事找你帮忙。”

“非我不可？”

“非你不可。”

张少白叹了口气，转而对石管家说道：“我不知道薛家近来遇到什么事，不过你大可放心，我的嘴巴很严，不会在外面说一句关于薛家的事情，更不会败坏你家小娘子的名声。至于接下来这病如何治，我也需要仔细想想，这段时间你们照顾好小娘子，但尽量不要去后院打扰就好。”

薛灵芝扶着老管家，眼睛却看着张少白，眼中隐约透着……不舍。

她的眼神明明柔得像水，却偏偏刺痛了某人的心。

张少白低声问茅一川：“能不能多带个人走？”

茅一川反问：“不带走她，你就不帮忙了吗？”

“倒也不是。”张少白叹了口气，他知道这种想法也只能想想罢了。

“那就不能。”

张少白被狠狠噎了一下，有些无奈地看了灵芝一眼，挥了挥手当作告别，然后便被茅一川拖着离开了别院。

仆人躺在地上哭天喊地，石管家面若金纸，看来被气得不轻。他不着痕迹地退了半步，不愿让小娘子继续扶着自己，虚弱地说道：“还请小娘子回房歇息，今日之事老仆自会禀报主人。”

薛灵芝知道他们的心里都在怨着自己，认为是“天煞孤星”害了他们。可她并不为此觉得难过，只是看着张少白离去的方向，轻轻地说了两个字：“保重。”

那边张少白被茅一川拖着走了很远，当然是听不到这两个字的，他很是恼火地埋怨道：“以你的功夫，想找我帮忙干吗不直接翻墙把我带走，非要踹人家大门！”

“如果我用这种方式，薛家发现你不见后只会觉得蹊跷，以后肯定不会找你治病了。”

“合着你以为，你踹门把我劫走之后薛家还会再来找我治病？”此时此刻，张少白很想杀人。

茅一川面无表情：“案子破了之后，我自会去负荆请罪，或许有用。”

“负荆请罪？你知不知道这个薛家是何等人家，当朝重臣薛元超就是他家家主，你今夜擅闯别院还打了人，到时候负荆请罪就完了？”张少白越说越不对劲，问道，“茅一川，你到底是什么人？”

茅一川冷着脸，没有回答。

“你原本是大理寺丞，后来犯事被贬到了洛阳县衙。可为什么卓不凡还是那么怕你，而且你又有胆量得罪薛家。”

茅一川终于开口：“我不能告诉你太多，但是看在你帮忙的分上，我只能和你说三个字……‘金钍阁’。”

金钍阁?

张少白一头雾水，可无论他再怎么纠缠，茅一川都不回答。

他只是忽然一反常态，说了一句软话：“我说过的，你帮我，我也会帮你。你父亲牵连的那桩旧案，我已经着手在查了，只是目前没有什么发现。”

从某种角度来说，其实张少白和茅一川有很多相似之处，他们都有自己的底线，绝对触碰不得。他们也都很会保守秘密，不该说或不能说的事情，谁也没法逼着他们说出来。

※

回到修行坊的时候，天天做了三碗面，颜色不再是黑黢黢的，而且隐约能嗅到香气。

张少白心里有些感动，觉得便宜表妹总算开窍了，知道疼人了。可是当他得知茅一川已经在自己家里待了数日之后，这份感动便荡然无存，尤其是他发现自己碗里的牛肉要比另一碗少了至少五成的时候，他非但不感动，而且来气。

原来天天的厨艺精进和“表哥”没有半点关系，只是为了讨好某个棺材脸罢了。

茅一川说，这几日洛阳风云动荡，他担心那个和“鬼车”有关的组织阴魂不散，所以便住在这里保护天天。

说得好听，张少白腹诽道。虽然他自己也很清楚，把天天一个人留在家里是极为不妥的，如果没有茅一川坐镇，或许真会发生一些不好的事情。

两个男人很快就吃完了面，只有天天仍一根一根地吸溜着，小手托着下巴，视线几乎没离开过茅一川。

看到此情此景，张少白顿时觉得自己才是那个局外人，是这栋宅子的客人。他越想越是气不打一处来，正打算开口赶人。

茅一川主动说道：“我打听了关于裴彦先的事情，灼灼坠亡那日他就在玉脂院，只是不知为何，在亲眼看见灼灼死亡之后他就匆匆回了家，而且也没有表现出多少悲伤。除此之外，灼灼死前还经常被接入裴府，不知道是去做什么，连天天都不清楚。”

天天没有插嘴，明显已经听过这些消息了，她只是倒了杯茶，递到茅一川的面前。

张少白瞪了天天一眼，问道："这么说来他身上的疑点很多，你有没有试着接触过他？"

"试了，但没成功。裴彦先整日躲在裴府，偶尔出去饮酒，却再也没去过温柔坊，就好像突然转了性子。"

"你连薛家都敢得罪，怎么不再去得罪一番裴家，直接抓他出来拷问多省事？"

"不一样，我可以去薛家把你劫走，这样一来目的就已经达成。可我若是擅闯裴家，就算打趴下再多的人，裴彦先不肯配合调查我也没辙，毕竟他爹是当朝宰相。"

张少白总算明白，茅一川这是拿纨绔子弟没办法，于是又想到了自己，"既然你都拿他没办法，找我能有什么用？"

茅一川说："我也不知道，但我觉得……你能搞定此事。"

天天又给张少白递过来一杯热茶。

张少白看了这两人一眼，低头喝茶，心中早已打起了自己的如意算盘。先前被茅一川一通搅和，想要通过治好薛灵芝接近薛家的计划怕是泡汤了，而且薛灵芝身为"天煞孤星"在薛府没什么地位，这本身也是一件出乎意料的事情。

如今牝鸡司晨案和裴家扯上了关系，据说裴炎那是出了名的护犊子，尤其二儿子又是老来得子，更是被宠得无法无天，或许裴彦先又是一条出路。

想到最后，张少白把茶碗往桌上一磕："想办法带我接近裴二郎，你跟踪了他这么久，总能想出办法。"

"好！"

茅一川这几日一直在跟踪裴彦先，发现那位裴二郎经常去雁栖楼喝酒，每次只带两个下人，也不约上狐朋狗友，就只是一个人喝酒而已。

这事就有些奇怪了，裴彦先之前可不是这样的人，全洛阳的纨绔子弟都和他有着交情，整日寻欢作乐，更是夜夜流连温柔坊。现在怎么却变成了这副模样，难道他也和许见鸿一样，被灼灼之死打击得不轻？

一夜过后，张少白一行人早早来到了雁栖楼，在二楼挑了个视野开阔的地方，要了一些精致菜式边吃边等。

不过三人之中也就张少白还算有胃口，下筷如飞，几乎从未停过。

张少白边吃边问天天："灼灼在裴府到底做了什么，难道一点都没跟你透露过？"

天天仔细想了一番，回答说："没有，只是姐姐每次回来都很疲惫，而且第二天起床也无精打采的。”

“咦，想不到裴二郎还有这般本事！”张少白笑得有些猥琐。

“你别乱想，姐姐向来卖艺不卖身，而且……”天天气得小脸通红，“而且我偷偷看过姐姐，没发现她有不对劲的地方！”

张少白揶揄道：“小丫头片子能看出什么，你又不懂床笫之欢。”

“我怎么就不知道，从小在玉脂院长大，我早就见得多了……哎呀，没法跟你说，反正姐姐不一样！”

“嘿嘿。”张少白见天天急眼了，终于闭上了嘴，不再继续逗弄。

这时茅一川眼前一亮，轻声说道：“来了。”

张少白闻声看去，嚯！好一个油头粉面的郎君！

裴彦先穿了墨绿丝衫，腰间系着玉坠，一看就知价值不凡。这些倒还算正常，只是脸上扑了厚厚一层粉算是什么情况？还有那张嘴，不知涂了多少口脂，看起来油腻得有些过分。

张少白眯起眼睛，仔细盯着裴彦先看了许久，直到裴家二郎上了楼，去了自己包下的包厢，这才收回视线。

“天天，我要向你道歉。”

“嗯？”

“灼灼和裴二郎之间一定是清白的，而且你姐姐的疲惫也与他毫无关系。”

天天听得一头雾水：“你到底什么意思？”

张少白忍不住“扑哧”笑了出来，“裴彦先对灼灼怕是有心无力啊，哈哈哈！”

茅一川也不禁好奇：“怎么看出来的？”

“裴二郎眼眶发青，涂了那么厚的粉还是能隐约见到，而且他脚步虚浮，一看就是气血两虚，应是被酒色掏空了身体。”

“可有心无力又怎么说？”

张少白微微挑眉，露出一个惯常微笑，若是熟悉他的人看到这个笑容，便会知道少年郎又想到了鬼主意。

他说：“你想想看，裴彦先怎么就突然转了性子，江山易改本性难移，更何况他爹平步青云，他理应更加放纵才对。”

茅一川推理道：“或许就是因为这点，他才要收敛一些，以免给家里引来麻烦。”

“你觉得裴彦先像是会顾忌这些的人？”

“唔……”茅一川轻轻摇头，“不像！”

“这就是了，他忽然疏远狐朋狗友，去温柔坊的次数也少了许多，肯定是因为患上了一些难以言说的毛病，所以只能来此借酒浇愁。”

天天觉得不对：“可这么说的话，他为什么又要三番五次地请走姐姐呢，说不通啊。”

“那就需要找他问上一问了。”说完，张少白又夹了一筷子肉塞到嘴里，美滋滋地往另一头的包厢走去。

茅一川和天天对视了一眼，都不知道张少白这是打的什么主意。

张少白站在包厢门外，被那两个家仆态度恶劣地拦了下来：“什么人敢来打扰我家主人，还不快滚！”

张少白也不生气，只是朗声说道：“在下略懂祝由，今日见你家小主人恶疾缠身，恐有丧命之危，故而心有不忍先来提醒一番。唉，谁想却是热脸贴上了冷屁股，罢了，在下告辞。”

“告辞”二字还没说完，只见包厢门忽然打开，裴彦先一把抓住张少白的衣袖，喊道：“大师留步。”

哼哼，还是被我贴上了你的冷屁股！

张少白露出一脸高深莫测的笑容，他苦学祝由多年，说起来这脸笑容还是精华所在，他人一旦看到这个表情，就会生出一种自己已经病入膏肓的错觉，同时又觉得眼前这人便是救命良药。

裴彦先的态度极为恭敬，把张少白请进了包厢，落了座，又亲自斟满酒杯，一副虚心求教的模样。外面的茅一川看到这幕神色复杂，他绞尽脑汁都没能靠近的人，如今竟被张少白手到擒来。

张少白没碰酒杯，只是盯着裴彦先说道：“你呀……你摊上大事儿了。”

说罢张少白视线下移，在裴彦先的下体云淡风轻地瞟了一眼。

裴二郎顿时激动得发抖，一口一个大师：“大师看出来了？”

“哼，你本就被酒色之气熏染，患上隐疾。前不久定是又受到了惊吓，这才使得病情加重，长此以往，你的小命怕是不保。”

裴彦先一听先生说得丝毫不差，甚至连自己受惊一事都说得一清二楚，心中顿时更加信服。要知道，那件事他可是从未和他人提起过。

张少白忍住笑容，眼中闪过一丝精光，心想自己想得果然没错，一个酒囊饭袋亲眼看见灼灼坠亡，不吓得丢了魂儿那才奇怪。

裴二郎抓着张少白的手，说什么也不肯放开，只是一个劲儿地说道："大师一定要救我啊！"

"你我相遇即是有缘，放心吧，我会救你的。"

"多谢大师，多谢大师。"

"只是关于你的病情我尚有些许疑惑，还望你不要多作隐瞒。"

"这是一定！"

张少白问道："我问你，你在得知自己患有不举的隐疾之后，都曾向什么人求助过？"

裴彦先略一思索，便回答说："我瞒着父亲找了不少医师，不过都没起到什么作用，他们有些开的是虎狼之药，有些开的是补气益血的方子，可我吃后都没啥反应。"

张少白摇了摇头："我再问你，你身后有个孤魂野鬼是从何而来？"

此话一出，裴彦先突然感到一阵寒意，脖颈处更是阵阵发凉，他想要回头看上一眼，却又没有勇气。

张少白继续说道："那鬼魂是个女子，穿着艳红。"

"灼灼？她的死与我无关啊！"裴彦先吓得几乎抓狂，脸上的粉都被抖下来不少。

张少白问道："你既然已经患有疾病，为何还要与她接触？"

裴彦先犹豫了半晌，一副欲言又止的模样。

"你难道不知道自己的身体状况？若是继续沉迷女色只会让你病情加重，甚至一生无后！"

"大师听我解释，我接触灼灼为的并不是这个……"裴彦先吞吞吐吐地解释道。

张少白知道其中必有隐情，于是咄咄逼人地问道："那又是为了什么？你若有所隐瞒，我也只能有心无力了。"

裴彦先重重地叹了口气，"是庞先生。"

"他是谁？"

"庞先生是我偶然间遇到的一位异人，他和大师您一般神通广大，也是一眼就看出了我有隐疾在身。"

“所以你求他给你治病了，此事和那名女子有何关系？”

“庞先生说我这是因为常年接触美色，故气大衰而不起不用，只需找一绝色女子，为我跳上一段秘传的‘无色天罗舞’，便可使我重振雄风。”

“无色天罗舞？”张少白猛地瞪大双眼，他听说过这支舞蹈，据说此舞乃是天女所创，更是道门的不传之秘。

那神神秘秘的庞先生居然还会这个，到底是何许人也？

裴彦先把事情的前因后果说得颇为详尽，原来他将灼灼请到裴府，就是为了让庞先生传授她“无色天罗舞”。灼灼起先有所疑虑，但后来想到自己一旦习得此舞，便可在桃夭楼上一鸣惊人，便也就全心全意地开始学起舞来。

说来倒也蹊跷，灼灼的舞艺逐渐精进，裴彦先看了那舞之后居然隐隐有了反应。这样一来他就像抓到了救命稻草，缠着灼灼不放，只想着等到自己痊愈之后定要将这等尤物收入房中。

到了灼灼登楼献舞那日，庞先生说只要最后看上一次“无色天罗舞”，难言之隐便可痊愈，随后他便翩然离去，不知去向。裴彦先只当自己遇到了世外高人，倒也没多想，于是赖在玉脂院不走，一心想着今夜之后自己便又是一条铮铮铁汉。

灼灼的身影在红纱掩映中颇为诱惑，裴彦先看得兴起，只觉得浑身燥热，恨不得冲到台上一展雄风。

可谁能想到，就在他兴致勃勃的时候，灼灼的身子忽然坠了下去，在地面上摔成了一摊血花。

仿佛有一盆凉水从头到脚淋下，裴彦先打了个寒战，然后就发现下面又没了感觉。

这可如何是好？

裴彦先无暇理会灼灼坠亡一事，赶紧派人出去找庞先生，却发现他已经消失得无影无踪。

张少白越听越是心惊，他隐约觉得自己已经找到了真相，虽然没有任何证据，但他就是觉得自己没错。

灼灼一案的核心关键，就是庞先生！

他的语气不由自主变得紧张：“庞先生长什么样子，身上又有什么特征？”

裴彦先答道：“说来惭愧，庞先生这等异人自然没兴趣和凡夫俗子结交，他始终戴着一个青铜面具，把脸遮得严严实实……”

青铜面具？张少白的怀里揣着“山鬼”，那是张氏一脉流传下来的宝贝，据说已有数百年历史，不知道张家老祖是用何物做了这个面具，居然过了这么久的时间依然完好如初。

那么庞先生的青铜面具是否也有古怪，抑或是如同张少白戴上“山鬼”那般……只为了故弄玄虚？

张少白已有十足把握，他认为庞先生就是在灼灼身上动了手脚的那个人。他既然可以传授灼灼舞蹈，便可以顺理成章地靠近她，在她身上用石菇粉留下“牝鸡司晨，天下大乱”八个大字。而且也只有他才有机会使用类似“摄魂之法”的手段控制灼灼，令她在桃夭楼上看到九罗鬼车，继而坠亡！

只是，洛阳城何时来了这么一个神通广大的异人，张少白甚至认为他可能也是一位祝由先生。

大唐太平了一甲子，难道那些人又按捺不住了，打算出来搅弄风云？

裴彦先把老底交代得干干净净，随后哀求道：“大师，我这把该说的全都说了，可有妙法救我？”

张少白将心思从庞先生转回裴彦先：“当然有办法，只是……”

裴彦先虽然窝囊，但也在市井里混迹多年，一下子就反应过来，却面露难色：“大师不知，最近家父对我管教甚严，尤其是在钱财方面。”

“非也非也，我并不是在意钱财，只是救治的法子有些特别，怕是要遭不少的罪。”

一听不是钱的问题，裴彦先立马拍着胸脯说道：“无论吃多少苦，我都认了！等到我病情痊愈，定会亲自为大师奉上诊金，包您满意！”

张少白摸了摸下巴，可惜那里光秃秃的，没有什么胡须：“这法子表面看上去十分简单，可内里却暗藏玄机。”

“大师请说！”

“你找家寺庙剃度出家，可不吃斋，可不念佛，也可不熟读佛经……”

“大师是要我当个酒肉和尚？”

“听我说完，你唯一需要做的事情，就是撞钟。只要到了夕阳西下之时，你便需要撞上五百下，当然你也可以多撞一些，撞得越多，病情痊愈后也就越威风。”

裴彦先的眼睛亮得瘆人：“此言当真！”

张少白笑着说道："绝对当真。"

裴彦先哈哈大笑，脸上脂粉如冬日里树杈上的雪花，稍一震动便簌簌坠下，真是好一场"天女散花"！

祝由先生治病向来只教方法，不讲缘由，因为讲了法子也就不灵了。裴彦先早已对张少白无比信服，毕竟比起一个藏头遮面的异人，眼前这位能够通灵的大师显得更加可靠一些。

他当下便结了账，草草离去，看样子已经迫不及待地要给自己剃个光头。临行前还往张少白手里塞了一枚玉佩，说着来日必有厚报，这玉佩就暂且当个信物吧！

张少白目送裴彦先走远，便又回到了茅一川和天天所在的食桌，坐下之后阴阳怪气地笑了两声。

将方才自己打探到的所有信息通通说了个遍，天天听后脸色惨白，茅一川则和张少白有着相同的想法。

他也认为那位庞先生或是真凶！

只可惜，此事既无人证也无物证，最关键的是庞先生早已不知去向，当初着急治病的裴彦先动用裴家力量都找不到他，那么如今张少白一行人就更是没有办法了。

天天忽然开口说道："我……我有一个法子，或许可以把他引出来。"

"什么法子？"

"他既然一直都在派人追杀我，若是将我作饵，他们会不会上钩呢？"

张少白觉得这的确是个办法，但茅一川却断然拒绝了，他坚持认为庞先生来路不明，那"鬼车"也是神神秘秘，绝对不能以身犯险！而且如今灼灼背上的凶兆已被张少白用白龙蘸水替代，或许对方会另有计划。

这点倒是让张少白刮目相看，他眯起眼睛看着桌上的一只鸡腿，心想不知五叔是否已经顺着藤，摸到了那只大瓜。

茅一川扒拉了几粒豆子，放在桌上随手摆弄，不消片刻便把牝鸡司晨案梳理得差不多了。庞先生利用了裴彦先，以"无色天罗舞"作为诱饵让裴二郎请来了灼灼。之后他策划了灼灼一案，为的是让灼灼死于众目睽睽之下，用一名舞女的死玷污武后的名声。从头到尾付出的也只是一条与己无关的人命，这个庞先生真是好算计。

只是他没有想到，灼灼死前便有不祥预感，故而向外扔了铃铛求救，更是在从高台坠下之后，用最后一丝力气向妹妹说出了"鬼车"这个关键线索。除此之外，还有张少白从半路杀出，利用白龙蘸水化解了他苦心弄出的凶兆。

事已至此，他接下来又会有什么动作呢?

天天托着香腮，只觉得案子实在复杂，想不明白，反倒是张少白的另一件事更让她感兴趣，于是她悄声问道：“你让裴彦先去撞钟，真能治好他的病吗？”

张少白露出一个怪异笑容：“这可是我家不传之秘，把撞钟比作那事，撞得越多，自然就越雄壮。”

“那事？”天天先是疑惑，然后忽然醒悟过来，俏脸通红，恶狠狠地瞪了“表哥”一眼。少女心想自己这样会不会被茅大哥取笑，便偷偷瞧了那边一眼，结果发现茅一川压根没有理会这里。

茅一川单独拨弄出一粒豆子，放在局外，当作庞先生，正在苦思冥想。

不料这豆子却被张少白忽然拿走扔进了嘴里，他把豆子嚼得嘎嘣响，“我总觉得牝鸡司晨案并没有看上去那么简单。”

茅一川点了点头，“你认为凶手的目的并不只是给天后泼脏水？”

“既然咱们能查到裴彦先，上面的那两位肯定也能查到，如果他们知道了这件事的前因后果，那你觉得这个屎盆子实际上是扣在了谁的头上？”

答案显而易见。

※

贞观殿内，裴炎正独自承受着来自天后的雷霆怒火。

裴炎在官场浸淫了大半辈子，当然知道灼灼一事有多么恶劣，所以从二儿子口中得知事情始末之后，他便匆匆进宫求见皇帝。

为了表达歉意，他今日未着官服，只是穿了身粗布麻衣，头发也散乱着，整个人看起来狼狈不堪。似乎皇帝还未发落他，他便早早将自己打扮成了囚犯。

可没想皇帝居然正好犯了头疾，只让武后独自接见。

裴炎跪在地上，哭得那叫一个凄凄惨惨，好像恨不得自刎当场。

幸运的是，天后的反应也如裴炎所料……雷霆大怒!

裴炎虽然挨了一顿臭骂，但实际上却没有受到什么责罚。他清楚天后若是不动声色，那才是真的恐怖。

当年上官仪参与废后一事，下场凄惨无比，那时薛元超只是与其有些交集，也被顺带着流放出去，这可是活脱脱的前车之鉴啊。

皇威浩荡，震慑人心。皇恩却如雨，武后将裴炎痛斥一番过后，总算解了气，又将这位老臣好生安抚，甚至亲自送出贞观殿外，看模样非但不怪罪，反而更加恩宠。

只是送走裴炎之后，武后重返贞观殿，忽然向着珠帘之后行了一礼，柔声说道：“妾身谢过陛下。”

珠帘后面传来一道有气无力的声音：“此事本就是冲着你来的，由你解决也算名正言顺。”

武后站在珠帘之外，看不清李治的面容，她想要掀开帘子进去说话，但不知为何还是停下了动作。

夫妻二人隔着一张珠帘，可帘子上缀着的却好像不是明珠，而是一颗颗棋子。

武后说：“可妾身还是有些不安，此番贼人用计离间我与裴相，心机不可谓不深沉……而且薛相那边也出了麻烦事，不仅针对妾身，甚至还暗指陛下，可谓诛心！”

李治问：“这些事的始作俑者是谁，是否出自同一人的手笔，皇后可有想法？”

“妾身认为，离间陛下与妾身的关系，以及让我对裴薛二人产生反感甚至恨意，谁能因此受益，应该就是幕后之人了。”

李治忽地冷笑一声：“既然如此，此事便交由皇后全权处理吧。”

“多谢陛下，只是薛家一事，妾身想向陛下借个人。”

“刑部、大理寺全都听你调遣还不够吗？”

“此事有些古怪，怕是他们应付不来，还需此人协助才行。”

李治揉了揉酸痛的眉心，“说吧。”

“正谏大夫，明崇俨。”

※

与此同时，一处幽静居所，有个白衣男子正与一个道士装扮的中年人对弈。穿白衣的长袖潇洒，不梳发髻，满头乌丝随意散落，看上去恍若仙人下凡。他的肤色很白，和裴彦先那种涂脂抹粉的惨白不同，他的白更像是一块美玉，晶莹剔透，令人生不出半点亵渎之心。

而且他的眼眸也是灰白的，仿佛蒙了一层纱，遮住了他的视线，让他再也看不见人世黑白。

若是细细看去，竟会觉得此人与张少白有些相似，说不清到底是哪里，只是他的神态比张少白更加从容淡定，而且毫无做作之感。

在寻常人看来，这是一位流落人间的谪仙。

可在对面的道士眼里，他不过是个手段高明的骗子而已。

道士是个邋遢的中年男子，头顶的五岳冠扎得歪歪扭扭，领口衣襟处更有污渍。他长得也不好看，眉眼都往下耷拉着，唯独嘴角却是上扬的，给人一种又哭又笑的感觉。

似是悲天悯人，又似是嘲弄众生。

他眼看自己就要落败，便若无其事地从棋盘上拈走了一粒棋子。

白衣男子叹了口气，开口说道："温玄机，对你来讲老老实实下盘棋就这么难吗？"

原来这个道士就是曾经为张少白和薛灵芝做过批命的人，据说他师承袁天罡，天分极高，只可惜心性跳脱，不适合修道，这才到红尘之中历练一番，磨炼心性，谁想这一磨炼就是三十年，转眼年少轻狂的天才就变成了邋遢大叔。

温玄机抠了抠耳朵："有时候我真怀疑你是不是瞎了，怎么什么风吹草动都瞒不过你？"

"我没有看到你偷拿棋子，我只是感觉你的心乱了刹那。"

"那万一是我放了个屁呢？"

白衣男子皱了下眉，随后无奈地摇了摇头，叹气道："我没嗅到。"

"哈哈，明崇俨啊明崇俨，你这人自打瞎了之后就有意思多了，不像以前跟个闷葫芦似的！"

明崇俨也不生气，似乎早已习惯温玄机的口无遮拦，他伸出手指开始收拾棋盘，居然将黑白二子尽数分开，无一错漏！

一边挑拣着棋子，他一边问道："你此番来找我不会只为下棋吧？"

温玄机把座椅往后一蹭，脚丫子搭到了桌子上："当然不是，我有件事情要和你说。"

"那就说吧，说完快走。"

"你的死劫将近，早点准备后事吧。"

明崇俨头也不抬，"谢你吉言。"

“喂，这可是死劫啊，不是吉言，你怕不是弄瞎眼睛的时候也顺便弄坏了脑子？”

“你做的批命向来不准，你说这是死劫，那在我看来就是吉兆。”

“凭什么说我不准？”

“张少白。”

温玄机的语气变得认真起来：“我做的批命从未错过，当初我给张少白的批命是‘灵乌萃于玄霄者，扶摇之力也’。他归根结底是个好命的，只是年少时多受些苦难罢了。”

明崇俨的动作停了一下：“张氏祝由就只剩这一根独苗了，希望你对他的批命能够灵验。”

“这巍巍洛阳城就是一方棋盘，有皇帝、武后、太子，有朝堂老臣、北门寒子、东宫幕僚，还有道门、佛门、旁门左道，比如你们祝由。你我全都是洛阳的棋子，就看谁能跳出去，从棋子一跃龙门，变成棋手。”

温玄机说这话的时候紧盯着明崇俨，希望能从他的表情变化中找到蛛丝马迹。

可惜明崇俨只是云淡风轻地说了一句：“我一个快死的旁门左道，何必想这么多。”

第七章 牡丹伏龙

温玄机说得没错，洛阳的确是一方棋盘，而且其诡谲程度远非黑白二子可以囊括。

皇帝与武后貌合神离，前者身后站着的是朝堂老臣、诸多世家，后者则扶持了大批寒门子弟，以修书为名染指国事。除此之外，还有东宫太子李贤，贤名远扬，其东宫幕僚自成一派，代理政事之时雷厉风行，比起朝堂毫不逊色。

可是皇帝已经老了，且头疾愈演愈烈，所以棋盘即将迎来清洗，最后谁会留在上面，谁会被一口吃掉，没人说得清楚。李治因身体原因逐渐不理政事，大多交给了天后和太子，于是依附天后还是东宫，变成了一道难题。

当今朝堂上有三股不可小觑的势力，分别是薛、裴、高。高智周性子恬淡，无心名利，三番四次地请辞都被拒了，如今年近古稀，对皇位归属一事毫不在意，只在乎民苦民生。裴炎则是个左顾右盼的老狐狸，分不清到底是何立场。

唯独薛家不同，薛家老太爷薛元超曾受上官仪废后一案牵连，削官罢爵，在常人看来薛元超定是反对武后的那一派了。可说来倒也奇怪，薛元超不仅与武后保持距离，居然和东宫也无往来，不知是怎么想的。

薛家原本以为自己可以保持着当今立场，直到皇帝驾崩。可没想到，早早便迎来了一番大劫难。

灼灼一案发生之后，武后气愤异常，甚至还组建了推事院，抓捕民间散播谣言的恶徒。

偏偏在这等紧要关头，薛家陷入了一团泥泞之中。

世人皆知武后甚爱牡丹，而洛阳牡丹甲天下，于是洛阳人便纷纷种起了牡丹。比如薛家便开辟了一片极大的牡丹园，每逢开花之时，美不胜收。

尤其今年的牡丹，更是长势喜人！

可花匠有天打理牡丹的时候，却从牡丹丛下发现了一些奇怪的东西。出于好奇，他便将那片全部查看了一番，最终居然从地下挖出来一具奇形怪状的尸体。

这尸体长约一丈，身子细长，体尾不分，生有三足，身上覆着一层鳞片。头部长着两支鹿角，上唇略长，长髯后卷。

花匠挖出此物的时候吓得尿了裤子，虽然从未亲眼见过，但他一眼就认出来，自己挖出来的……是一条龙。

而且还是一条死了的龙！

如今皇帝正患着头疾，这条死龙意味着什么不言而喻。

薛家得知此事之后立刻封锁消息，可惜还是有一鳞半爪透露了出去，虽然没有传得尽人皆知，但也有了千奇百怪的说法。

最让薛家恐惧的，是这具龙尸另外的一层含义。它死在牡丹花下，而武后又喜爱牡丹，这分明是武后害死皇帝的含义，可谓诛心！

与灼灼背上的血字比起来，伏龙牡丹更为恶毒！

自打这伏龙牡丹出现，薛家便前所未有地低调起来，恨不得把全家人埋到土里，只为了不引起别人的注意。只是皇帝武后已经知晓了此事，他们等的是薛元超的反应，薛元超可以像裴炎那般进宫请罪，也可以暗中调查此事，还自己一个清白。但薛元超什么都没有做，他就像是一只老乌龟，在这种生死关头把自己龟缩起来，不知做的什么打算。

武后下令明崇俨负责调查伏龙牡丹一案，并令卓不凡全力配合。于是这二人便出现在了薛家，对着那具龙尸面面相觑。

明崇俨是看不到龙尸的，但他嗅到一股腐烂之味的时候，脸色瞬间变得极差。卓不凡则冷汗涔涔，只觉得此事异常棘手，如何交代是个大难题。

薛元超有三个儿子，现在只有长子薛曜和次子薛毅身在洛阳。他对外宣称自己重病在床，让长子处理伏龙牡丹一事。

薛曜是个性子软弱的人，除了写得一手好书法，对于其他事情通通不太上心，反而是薛毅生了一副火暴脾性，办事风风火火，更像是一位家主，努力帮助薛家渡过难关。

薛毅在一番调查之后，终于找到了伏龙牡丹的始作俑者，那人便是薛家的“天煞孤星”，薛曜之女——

薛灵芝。

他们将薛灵芝从别院带回薛府，面对来自薛曜、薛毅，以及明崇俨和卓不凡的审问。

她孤零零地跪在屋子中央，周围全是自己的叔伯姨娘，甚至还有自己的亲生父亲。她依次看过每个人的眼睛，可只能从中读到厌恶、憎恨，还有浓浓的失望。

薛毅语气严厉道："说！你为什么要这么做，又是谁指使你这么做的？"

薛灵芝被无数目光包围着，显然有些不适，摇头说道："我不知道二叔在说什么。"

"自然是薛府的那具龙尸，真是想不到啊，薛家对你这个'天煞孤星'已经算是仁至义尽，你却用这种诛心手段加以陷害！"

"二叔，这件事和我无关，这些日子我一直待在别院，从未回过薛府。"

"哼，还敢狡辩！我告诉你，如今人证物证俱在，你休想抵赖！"

所谓人证，乃是一名花匠，他说自己曾见过薛灵芝去过花园。至于物证，则是龙尸现身之处找到的一枚珠花，正是薛灵芝所有。

薛灵芝简直百口莫辩："我真的没有。"

可是没有人愿意相信她，只是对着她指指点点，议论纷纷。

"早就说她是个'天煞孤星'，只有逐出薛家才能不影响咱们。"

"就是说啊，她和她娘一样，都不是什么好东西，从她出生的时候我就看出来了。"

"她先是克死了自己娘亲，又克死了自己姐姐，现在连整个薛家都要受她连累。"

薛灵芝低下了头，再不看任何人，她觉得有些害怕，然后恐惧又被绝望漫过，变成了无穷无尽的深渊。

这一刻她仿佛回到了十数年前，那一次也是在薛府，也是和现在相同的处境。

每一个人都在问她："到底发生了什么事，为何你姐姐死了，你却没事？"

"明明已经把你送到了别院，你却还要回来祸害薛家的人！你看，这次你又害死了你的亲姐姐，难道你心里就没有一丁点内疚吗？"

"唉，早就说双生儿中必有一个是妖孽，为什么偏偏死的不是你这个妖孽啊！"

薛灵芝的身子微微颤抖着，努力从回忆中抽离出来。

其实她知道，伏龙牡丹需要一个背黑锅的人，但这人不能是薛家之外的人，因为那样会显得太过敷衍，难以平息武后的怒火。制作伏龙牡丹的人，必须是薛家的人，而这个人将会受到千刀万剐，并且从家谱上除名。

这就是她要面对的将来。

薛灵芝轻轻闭上了眼睛，觉得天旋地转，恍惚之中居然看到了张少白。少年微微笑着，她踩着他的肩膀，努力往墙外爬去。若是就那么离开了，是否就不会有今日了呢？

她突然好想好想和张少白说一句话，就只有一句话。

对不起，再也不能让你治病了。

连薛灵芝自己也想不到，在这样的紧要关头，她满脑袋想的居然会是张少白。

伏龙牡丹的案子轻易告破，薛曜转过身去不看女儿，薛毅脸上带着谄媚笑意，明崇俨微笑作为回应，但眉头紧皱。

胖乎乎的卓不凡不知为何，就是说不出“抓下此人”的话。直觉告诉他凶手不是薛灵芝，这只是个替罪羔羊。一边是交差，一边是真相，到底哪个重要些呢？

僵局之下，忽然有人敲响了薛府的大门，随后有仆人前来禀报，说有个穿黑衣服的背着一捆荆条，就在门外。

薛曜问道：“此人是谁？”

仆人恭敬答道：“他说他叫茅一川，曾去别院闹过事，所以前来负荆请罪。”

薛曜还没说话，薛毅便冷着脸说道：“让他赶紧滚蛋，此番算他命大，我薛家放他一马。”

卓不凡一听到茅一川的名字，顿时打了个寒战。

明崇俨忽然开口说道：“我听陛下说过茅一川这个名字。”

薛毅脸色一变：“陛下居然知道此人？”

明崇俨笑了笑，继续说道：“不只是陛下知道，就连先皇也和他家有段渊源。若是方便的话，不如还是见上一面吧。”

薛毅一听有些为难，这时薛曜终于做主让仆人将茅一川请进来。

只是来的却不止穿黑衣服的一个人，还有个穿白袍的。

茅一川背着重重一捆荆条走在前面，向薛家诸位行礼赔罪。张少白没有听清茅一川说了什么，在他看到薛灵芝跪在地上的时候，心便彻底乱了。

她为什么跪着，她的脸色为什么那么差，是谁欺负了她？

张少白情不自禁地走到薛灵芝面前，轻轻蹲下身子，却一言不发。

薛灵芝已经心如死灰，她在永无止境的深渊中下落，早已放弃了对外界的所有感知。直到她觉得黑暗的世界里忽然有了一道光，于是她睁开眼睛，抬起了头。

发现那道光是张少白看着她的眼神。

张少白用尽全力压抑着怒火，挤出一个难看至极的微笑。

薛灵芝用尽全力控制着泪水，咬破嘴唇挤出了两个字。

“先生。”

张少白回了句：“哎。”

然后他便站了起来，重新回到茅一川的身边。

薛曜好奇地看向张少白，问道：“不知这位是……？”

张少白行了一礼，“小子张少白，先前曾为灵芝小娘子看病。”

薛曜恍然大悟：“哦？原来你就是石管家请来的祝由先生。”

“正是。”

“不知你这番前来所为何事？”

“自然是治病。”

薛曜叹了口气，这时薛毅又说：“已不需治了，你这便退下吧。”

张少白攥紧双拳，他觉得自己竟是这般渺小，自从张家没落之后，他便时常被这种无力感纠缠。他扫视了一番在场众人，目光落在了卓不凡身上。

卓不凡毕竟受过“白龙蘸水”的恩惠，于是帮着说道：“诸位不知，张先生曾在破获牝鸡司晨案上立过大功，更是引来了‘白龙蘸水’这等祥瑞。”

薛毅不吃这套：“原来如此，可我薛家的案子已经找到真凶，就不劳这位祝由先生费心了。”

张少白仍不知道发生了什么，但他看到了薛灵芝眼中的绝望，知道这事绝对不是什么小事，于是说道：“灵芝小娘子身患‘双魂奇症’，更被幽禁于别院，她怎么可能来到薛府惹是生非呢？”

“我没必要和你解释这些，还请你速速离去吧！”

张少白看了眼跪在地上的薛灵芝，忽然低声在茅一川耳边说道：“该你帮我了。”

茅一川说：“这是薛家的家事，而且你什么都不知道，插手此事对你没有好处。”

“你不肯帮忙？连卓不凡都来了，这事绝对不简单。”

“我不是不肯，只是……”

"茅一川，我告诉你，张家还没亡呢，把我逼急了我不介意把事情弄大。"

张少白嗅到了一股熟悉至极的酒臭，他已下定决心，如果茅一川死活不肯帮忙，他就让五叔出面抢人!

一个令人作呕的薛家，留在这里有何意义!

茅一川的脸上没有表情，一如既往。张少白帮了他许多忙，展现过许多闻所未闻的手段，所以他认为张少白不是在虚张声势，他说要把事情弄大那就绝对有办法。

最关键的是，茅一川身份特殊，对于薛家发生的事情早就有所耳闻。而且他此番前来负荆请罪，也不只是为了给张少白争取重新治疗薛灵芝的机会。

他早知道伏龙牡丹一事，而且隐约有种预感，牝鸡司晨案和伏龙牡丹案是出自同一人的手笔。如今庞先生下落不明，那么伏龙牡丹便成了唯一的线索，所以他来这里也是为了查案。

茅一川忽然解开了绳索，将背上的荆条扔在地上，他的后背已被刺得伤痕累累，衣服上染了不少血迹，就连空气中也弥漫着一股血腥味。

众人都看向这边，唯独卓不凡如临大敌。他和茅一川打过多次交道，太了解这尊煞神的脾性了。

脸色黑如锅底，怕是有人要倒霉!

只见茅一川忽然亮出令箭模样的金牌，开口喝道："金钺令箭在此，此案由我接手！"

说完便收回金牌，他盯着薛毅，一字一句地问道："你，可有异议？"

无锋尚未出鞘，却透着杀意。

被棺材脸的一双眼睛死死盯住，任谁都不会好受。薛毅身为薛家次子，更是东宫的太子舍人，可在此时也不禁冷汗涔涔。

这种感觉让他尤为屈辱，继而愤怒："金钺令箭算是何物？你又凭什么接手此案？"

说罢，薛毅伸手指向明崇俨，又说："而且武后已派明大夫调查此案，你无缘无故插手此事就不怕冒犯天后吗？"

好一个拉虎皮扯大旗的家伙，可惜茅一川似乎生来就是个天不怕地不怕的性子，他面无表情地说道："看来你不了解金钺令箭的含义，罢了，看在你年少不懂事的分上不与你计较，还是让你家老太爷来做决定吧。"

薛毅已是不惑之年，如今却被人说成不懂事的孩子，顿时气得浑身发抖。

可就在他要发作的时候，有个老仆忽然出现，只说了一句：“金钺令箭既出，全凭阁下做主。”

薛元超终于发话了！

明崇俨在心中默默地叹了口气，他来薛府许久，最主要的任务就是等待薛相的一个态度。如若抱病在床的他见了自己，那便说明他与天后亲近一些，可老太爷并没有这么做，他从头到尾一言不发，眼睁睁看着自己的乖孙女被人一步步推入虎口。

直到茅一川带着金钺令箭现身，薛元超终于有了动静，这相当于他表明了自己的态度。金钺令箭极为隐秘，只有皇帝才可直接下令，那么薛元超的意思不言而喻……只要皇帝还在，薛家就只忠于皇帝。至于天后或是东宫，还是莫要打扰的好。

天后吩咐的第一个任务算是有了答案，那么接下来就剩下第二个任务了。明崇俨眼睛瞎了，可心里却亮着，他从一开始便知道薛灵芝是清白之身。区区一个小女子，怎么可能懂得“血肌嫁接”这种手段。

那具龙尸当然不是真龙，而是有人用了“血肌嫁接”将各种兽类拼接而成。

此人，绝不简单！

他要做的第二件事，就是揪出此人，查清此案，并且想方设法挽回武后名望，安抚老臣。

可没想到茅一川和张少白莫名其妙入局，让局势显得更加扑朔迷离。明崇俨“看”向张少白，心中隐隐有种预感，这位与自己有着莫大渊源的少年将会成为左右局势的主要力量。

只是不知，他会如何搅局。

茅一川站在原地，身上透着一股横刀立马的气势，他扫视在场诸位，最终定格在卓不凡脸上：“卓主事，你来把案情说上一遍。”

卓不凡早就在心里默念了无数遍“别看我”，可没想到还是被揪了出来，他和茅一川向来不和，只是在牝鸡司晨案后关系稍微缓和，如今他知道了对方的真实身份，吓得心中着实忐忑。

“卓主事？”

卓不凡仿佛看到茅一川拍了拍刀鞘，于是赶紧出列，将案子从头到尾讲了一遍。

数日前，薛府花匠打理牡丹花丛，从地下挖出一具龙尸，其寓意不祥，可谓诛心。

于是天后派明大夫前来查案，薛府上下全力配合，终于让薛毅找到了线索。他先是审问花匠，得知薛灵芝经常偷偷跑到花园玩耍。他还搜索了花园，从中找到了一枚珠花，乃是薛灵芝时常佩戴之物。

案子破得就是这般简单，且敷衍。

张少白扶起了薛灵芝，两人站在一起，宛如一对璧人。

之前被愤怒蒙蔽心智的少年郎终于冷静下来，露出天真的笑容："疑点之一，薛灵芝是如何造出龙尸的？诸位该不会认为这世上真有龙死了，然后刚好被薛灵芝捡到，埋在了自家的花园里吧？"

卓不凡轻轻摇头，显然这个疑点并未得到解答。

"疑点之二，薛灵芝为何要害薛家？就算她是'天煞孤星'，你们也不能没完没了地扣屎盆子。"

张少白看向薛毅，又说："据我所知，灵芝小娘子一直被困在别院，石管家看得那叫一个严严实实，怎么就跑到了薛府的花园呢？而且这么一个大活人溜了回来，居然只有花匠一人看到，真是荒唐。"

薛毅大怒，骂道："你算是什么东西，这里哪有你区区一介祝由说话的份儿！"

茅一川和明崇俨不约而同地清了清嗓子。

张少白有了靠山，笑得那叫一个灿烂："不如把花匠叫上来吧，既然他是第一个发现龙尸的，肯定知道不少信息。可惜受了某人指令，他光顾着栽赃薛灵芝，结果关键信息一个没说。"

茅一川眼睛一瞪："不知薛家管事的到底是大郎还是二郎，劳烦叫一下花匠吧。"

薛毅还想张嘴说话，被薛曜一把拦住，这位声名不显的薛家大郎深深看着自家女儿，然后开口叫人带来花匠。

这花匠只是个寻常的中年男子，一直负责打理薛府的花园，他刚一进屋便"扑通"跪倒，然后微微抬头看了眼二郎的表情，又赶紧重新低下头来。

薛曜说道："这就是发现龙尸的花匠，张小先生有什么想要问的就尽管问吧。"

"问就不必了，想来这人也不愿意说实话。"张少白从怀中取出龟甲，显然打算直接动用祝由之术。

这帮浑蛋居然要置薛灵芝于死地，不直接下猛药实在是难解心头之恨。

就在此时，明崇俨似有所觉，忽然走到了张少白身边，问道："你要用'摄魂之法’？”

张少白没什么地位，一进薛府便遭到各种刁难，而且全部心思都放在了薛灵芝身上，所以并不知道大堂内的众人各是什么身份。他只认得一个卓不凡，可惜看起来没什么话语权。

至于明崇俨，他没见过，更没听说过。

于是不知天高地厚的少年开口就是一句：“你是谁，怎么知道‘摄魂之法’？”

明崇俨也不生气，淡淡地回复说：“咸天广祝，不问来由，明崇俨。”

张少白脸色剧变：“天脉的？”

明崇俨附耳说道：“你姓张，学的一定是扶龙术。”

祝由之术流传千年，自成体系，分为天、地、人三脉。“人脉”乃是世间受过祝由恩惠，且相信此术的万千信徒。“地脉”分为符、金、兽、甲、奇五门，各有千秋，地脉五门不懂祝由，却各自掌握着施展祝由之术的关键物品，比如鬼街中的老金头，他的手里便有石菇粉这种罕见物什。

至于“天脉”，这才是祝由之术的根本。它分为三条支脉，姓氏随着朝代更迭时常改变。现今延续时间最长的便是张家，从汉代张良开始，到如今的张少白，张氏祝由掌握的乃是“扶龙术”。

另外两脉则隐于暗处，极少露面，只知道他们掌握的乃是“登龙术”和“屠龙术”。之前张氏祝由当道，故而这两脉受到压制，可随着张云清的惨死，他们终于开始浮出水面。

这三家贵为天脉，各自掌握着“扶龙”“屠龙”“登龙”三术，而且有着属于自家的独特术法。其中扶龙术最擅移精变气，比如“望气之法”，传说张良当年便是凭借此术望得刘邦一身龙气，方才尽心辅佐。屠龙术则另辟蹊径，擅长杀伐之道，据说隋朝名臣杨素便是此道，先后平定北齐再灭陈朝。至于登龙术，自贞观年间还尚未有传人现世，但根据前人经验，登龙术一脉重在一个“奇”字，行事毫无章法，却往往有奇效。

张少白知道自己的底细被人摸得清清楚楚，可他却对明崇俨一无所知。他修的是登龙术还是屠龙术，与自己是敌还是友？

明崇俨“看”出了少年的敌意，解释道：“放心，我很敬重云清先生，你既然是张氏留下的唯一血脉，我只会护着你，断然不会相害。”

张少白见他光明磊落，知道是自己多疑了，于是说道：“是我多虑，对不住。”

“无妨，如今祝由受道门、佛门压制，你我应当携手共渡难关才是，你若不介意，叫我一声兄长就行。”

“这……”张少白隐隐觉得有些不安，可看着明崇俨时却又觉得他绝对可以信任。

明崇俨摸了摸少年的头，罕见地露出一丝真诚的笑容，张少白看着他灰蒙蒙的眼睛，忽然有些失神，只觉得自己的全副心神都要被吸了进去。幸好明崇俨眨了下眼睛，这才让张少白回过神来。

张少白眯起眼睛，心中又是惊讶又有畏惧，只觉得山外有山，天外有天。这个明崇俨的眼睛虽然瞎了，可祝由之术却更加高深莫测。

“少白，你我一同施展‘摄魂之法’吧，尽量让他回想起关于龙尸的一切。”

明崇俨坐在地上，与花匠面对面。以往张少白若要施展“摄魂之法”，肯定要用龟甲相助，想不到明崇俨却什么都不需要，只凭一对灰白眼眸便起到了同样的作用。

花匠微微抬起头，看到面前有个白衣先生正瞧着自己……不对，他的眼睛是灰白的，或许他瞧的不是自己。花匠心里这样想着，却不由自主地盯着那对眼睛，说什么都转移不开。

与此同时，张少白悄然走到花匠身后，将龟甲置于花匠面前，开始摇晃。龟甲前后翻转，再度形成了一只妖异眼眸。

花匠只见眼前有三只眼睛，其中一只还在左右摇晃，他已不知道应该看哪个，只能彻底放空心思，让自己的身体自行去做选择。

突然，张少白将龟甲一把抽走，花匠心神大震，猛地回过神来，却发现对面的那对灰白眼眸忽然变成了黑色！

明崇俨悠悠说道：“咸天广祝，不问来由。魂兮魄兮，神人静候……龙尸！”

与此同时，花匠仿佛听到远方传来一道声音：“龙尸。”

紧接着，他便从对面的眸子中看到了龙尸的倒影，心神一下子回到了数日之前！

天空响起一道惊雷，花匠吓得打了个哆嗦，他抬起头看了看天色，口中念叨着：“坏了坏了，这是雷公要下大雨，再把牡丹打坏了咋办？”

花匠回屋戴上斗笠，手里拿着锄头，心想多挖两条沟出来，免得积水太多烂了花根。他弯腰忙活许久，没想到那道雷声之后雨水却迟迟不下……这不是糊弄人嘛！

正暗自腹诽着，大雨便哗啦啦地倾盆而下，花匠赶忙收起心思，专心刨弄水沟。他看了眼被雨水砸得稀里哗啦的牡丹花，发现掉了不少花瓣，顿时心疼无比。这牡丹今年长得这么好看，真是可惜了。

刨着刨着，花匠感觉锄头碰到了一个有些奇怪的东西。按理来说，这土地受到雨水灌溉，应该变得松软才对，再不济里面也就是有些又臭又硬的石头……可无论如何，都不应该是这种“软且富有弹性”的触感才对。

花匠皱着眉头，把手中花锄一钩，一下子便把土里的怪东西掘了出来。他眯起眼睛仔细一看，是条类似鱼尾巴的东西。

大惊小怪，或许是谁埋在这里的畜生尸体吧！

可花匠越想越不对劲，好奇心一旦作祟，就很难停下。花匠用手扯了扯那条滑腻的尾巴，发现这东西很长，还有不少埋在地下。

他也想过不要多管闲事，把这玩意儿再埋回去就好，可心中就是莫名徘徊着一个念头，想要看看这东西的全貌。

于是他挥舞着花锄，顺着那条古怪尾巴继续挖，终于见到了此物的真容。

又是一道雷声在耳边炸起，花匠惊讶得张大嘴巴，手中锄头也摔在泥里。

那是……一条龙！

张少白的声音悠然响起：“这条龙，是谁弄出来的？”

花匠仍跪在地上，双眼无神，仿佛被抽离了魂魄，他低声回答道：“我不知道……”

薛毅一听顿时来了怒火，猛地站起身来，张口就要说话，却被茅一川一个眼神制止。

张少白又问：“既然你不知道是谁鼓捣出这条死龙，为何之前却在指认薛灵芝？”

花匠似是神志不清：“是二郎让我这么做的。”

屋内众人顿时七嘴八舌地讨论起来，花匠微微皱眉，看样子马上就要醒转。明崇俨挥了挥手，想要让众人安静下来，但并没有多大作用。薛曜瞪着自家二弟，薛毅则早已喊叫出声，痛骂这花匠胡说八道。

眼看花匠就要被这些声音吵醒，无奈之下，明崇俨只好赶紧问了最后一个问题：“除了你之外，可还有别人时常来牡丹园，而且照料过牡丹？”

花匠先是缓慢地晃了晃脑袋，然后好像想到了什么，可还没来得及张口说，他的一张脸便突然变得惨白。

张少白预感大事不妙：“你看到了什么？”

可花匠却没有回答，他只是盯着明崇俨，身子开始止不住地颤抖。没人知道他看到了什么，居然会变成这样。

明崇俨叹了口气，他知道若是继续“摄魂”，会对花匠的心神造成难以挽回的创伤，于是只好轻轻闭上了眼睛。花匠只感觉面前那对妖异至极的眸子不见了，随后他便看清了那对眼眸的主人，接着又看到了脸色铁青的薛毅。

花匠忙不迭地“咣咣”磕头，“二郎饶命，二郎饶命。”

薛毅强忍着把花匠格杀当场的冲动，大声喝道：“滚下去！”

“带下去吧，派人把他看好。”茅一川没有反驳，他觉得花匠留在这里也没什么用了。

薛曜点了点头，派人将花匠拖了下去仔细看守。那花匠离去的时候表情痴傻，看上去仿佛丢了魂儿一样。

“少白。”明崇俨伸出了一只手，表情有些痛苦。

张少白稍加犹豫，还是帮忙扶起了明崇俨，他发现这位正谏大夫的身子很轻，手掌也很凉。

明崇俨站稳身子，向着张少白微微笑了一下：“多谢。”

张少白松开手，转而似笑非笑地看向薛毅：“您觉得，花匠说的那些话是否可信？”

薛毅怒道：“当然是一派胡言！”

“所以说灵芝小娘子是无辜的喽？”

薛毅这才发现自己掉入了圈套之中：“可薛灵芝偷偷离开别院你怎么解释？遗落在牡丹园的那枚珠花你有何借口？”

张少白环视了一番人群，从中找到了石管家的身影，于是对其说道：“石管家要不要也来试试这‘摄魂之法’？”

石管家之前就被“水中捉鬼”吓得患上了风寒，之后又被茅一川气得够呛，一听张少白这么说顿时吓得抖若筛糠，赶忙看向薛毅寻求帮助。

在场众人也都不是傻子，一看石管家这番模样，便已猜出事情真相。

明崇俨无奈叹道：“薛舍人不必如此大费周折，我想天后要的也不是这种结果。”

卓不凡站在一旁想了半天，终于明白这是薛家想要尽快结案，所以薛毅和花匠、石管家串通栽赃薛灵芝，演了一出好戏。

张少白功成身退，回到薛灵芝的身边，冲她挤了一下眼睛。

薛灵芝瞧了他一眼低头不语，眼角滑下了一滴泪水。

“嗯？这是怎么回事，我不就是挤了挤眼睛吗，怎么还哭了呢？”张少白大感疑惑，实在是搞不懂女人心思。

这时薛灵芝看到少年一头雾水的模样，忽然忍不住又对他笑了一下。

雨过天晴。

经过张少白一番折腾，薛灵芝总算平安脱身，而薛毅则成了众矢之的，臭着一张脸不知应该说些什么。本以为茅一川会揪住薛毅不放，没想到他只是淡淡地看了薛毅一眼，便将视线重新转回了张少白那里。

茅一川问道：“为何花匠听到那个问题的时候，会突然惊恐异常？”

张少白说：“我也不清楚，但这里肯定是个疑点，晚些时候可以再试一次‘摄魂之法’，方才大堂人多嘴杂，换个安静的地方或许有用。”

说完，他抬头看向明崇俨，没想到明崇俨居然点了点头：“好，找个时间我和你一起。”

似乎是因为张氏后人的身份，明崇俨对张少白格外亲近，可张少白却觉得古怪，不想和他多接触。

两个互相抢饭碗的人，怎么可能做得了朋友！

茅一川打算将案子重新查起，于是让薛曜屏退了自家仆人，一时间堂内只留下寥寥数人。茅一川亮出了金铋令箭，说明此案和他一直追查的那件事有些关系；张少白一直站在薛灵芝身旁，能够为她洗脱罪名就已达到目的；薛曜和薛毅兄弟二人明显不是一条心，各有打算；明崇俨也要查破此案，洗掉武后蒙受的不白之冤；至于卓不凡则更像是个摆设，他一时间也不知道应该如何去做，只好把茅一川当成了主心骨。

众人先是来到了花园，茅一川蹲在花匠之前挖出的沟壑旁，瞪大双眼看着其中的事物，忽然感觉心脏好像被一只无形的大手攥了一下。

发现这具龙尸之后，薛毅本打算直接烧毁，结果却被父亲拦了下来。薛老太爷认为这具尸体留着有用，否则薛家还真就是哑巴吃黄连，有口也难言了。

事实证明，老太爷的这番举措是绝对正确的。龙尸暴露在日光之下数日，却丝毫没有改变，不仅没有腐烂，身体反而呈现出一种诡异光泽。

张少白蹲在茅一川旁边，伸出手指捅了捅龙尸腹部，手感冰凉且富有弹性，感觉像是一个活物。

茅一川的脸色十分古怪，轻声问道："真的是龙？"

张少白笑着说道："当然不是，明大夫之前已经看过这东西了，应该比你我都了解。"

明崇俨微笑着点了点头，解释道："我曾听闻过一种叫作'血肌嫁接'的手法，可以将不同活物的身体部位嫁接到一起。所以说这不是龙，而是一条由多种动物组合出来的怪物，只可惜我的眼睛瞎了，具体是什么看不清楚。"

"蟒蛇作身体，末端续虎尾，"张少白摸了一下龙尸的身体，"身上还覆盖着鱼鳞，这可是个精细活，鳞片全都是一片一片接上去的。"

自打这龙尸出土以来，还是头一回有人敢对其动手动脚，一时间众人看向张少白的眼神都有了变化……这个祝由先生不简单。

张少白把手探入龙尸身下，揪出来一只爪子，"这是虎掌，共有三只。"

少年说完随手扔下爪子，又把龙头抱了起来，仔仔细细地盯着上面的特征，然后说道："牛鼻、驼头、龟瞳、虎口，还有鹿角。"

他站起身来，拍了拍手上的泥土："能做出这种东西的人，我估计大唐没有几个。"

明崇俨边点头边问："除了体型体态之外，可还有其他疑点？"

"尸体上下全都涂了一种药粉，我没见过，但应该是延缓腐烂的作用。"

"可否把手借我一用？"

张少白虽有疑惑，但还是听话地把一只手伸到了明崇俨面前。

明崇俨细细地嗅了一下，说道："药粉里有丹砂，而且尸体应该被酒泡过，不过时间不长。"

"这你都能闻出来？我只能闻到一股臭气。"

"眼睛瞎了，自然鼻子就灵通一些，"说着，明崇俨还压低声音在张少白耳边又说了一句，"我还嗅到一股酒臭，似乎一直跟着你。"

张少白脸色顿时变了，深呼吸了数次方才平复心情，赶紧离明崇俨远一些，免得被他发现更多秘密。

这世道是怎么了，瞎了眼的比没瞎眼睛的还要厉害？连茅一川都没能发现的五叔，居然被他用鼻子闻了出来。

薛灵芝看到张少白的表情变化，于是取出一块香喷喷的手帕递了过去，张少白仔细擦了擦手上的污渍，然后便将手帕揣到了袖子里。

茅一川也将龙尸仔细检查了一番，并未发现其他疑点，于是站起身来说道：“这么说来，是有人造了这条尸体，故意埋在薛府，想要栽赃嫁祸。”

薛曜点头道：“没错，父亲与武后本就不和，此番伏龙牡丹一现，想必武后对薛家猜疑更重。”

说完他就看向了明崇俨，后者则一言不发。

茅一川继续说道：“朝堂局势我不关心，既然这案子是有人栽赃，我只管揪出龙尸的始作俑者。卓主事，有劳你陪我仔细查看一下这片花园，或许某处还有遗漏的线索。”

卓不凡的胖脸纠结成一团，显然不想和茅一川共事，却没胆拒绝。

第八章　鬼车再现

查案是件费心费力的事情，茅一川没有放过薛府的任何一个角落，希望能从中发现些许线索。可惜事与愿违，他什么都没有找到，仿佛那具龙尸是凭空变出来的。

转眼间黑夜已至，薛府准备了不少厢房供众人休息，张少白和茅一川被安排在了西侧，明崇俨和卓不凡则在东侧。查案查得身心俱疲的众人草草吃了顿饭，然后便回到各自屋中休息。

只有茅一川是个例外，他赖在张少白的屋子里，扯了个凳子一屁股坐下，看样子是有话要说，不说完就不打算走了。

张少白衣服都懒得脱，一轱辘翻到了床上，感慨了一句："不愧是大户人家，床榻都比我家的软和……对了，就这么把天天一个人留在家里会不会太危险了？"

"我料到薛家的案子会比较棘手，所以事先把她送回了玉脂院，芸娘会照看好她的。"

"也对，牝鸡司晨案已经破解，他们揪着天天不放也是屁用没有，还不如对你我下手。"

茅一川微微眯起眼睛，盯着油灯火苗："我到处找线索的时候，你有没有发现什么异常？"

"你不问也就算了，问的话……还真有。"

"别卖关子，赶紧说。"

"我和薛曜说了几句话，是关于灵芝病情的，说来蹊跷，那个薛二郎就站在一旁听得清清楚楚，却一句话都没有说。这可不是他的风格，他应该咬住薛灵芝这个'天煞孤星'不松口才对。"

茅一川问：“会不会是因为之前栽赃陷害一事被拆穿了，所以变得这般沉默？”

张少白摇了摇头：“这人是个嚣张跋扈的性子，背后又有薛老太爷撑腰，应该是有其他事情才会让他变成这样。”

“嗯，我知道了，”茅一川站起身来，“明日我会提审薛府的每一个人，薛毅会是重头戏。还有那个话说了一半的花匠，就要劳烦你了。”

“知道了知道了。”张少白不耐烦地挥手赶人。

茅一川站在门口，犹豫了片刻，回头又说：“有句话不知道当不当说？”

“既然不知道那就不要说！”

“你觉得薛府的大门……大不大？”

张少白一头雾水：“当然大啊。”

“比起你家的门呢？”

“简直没法比，”张少白顿了一下，老脸顿时垮了下来，“你到底什么意思？”

茅一川纠结了一番，想说的那句话愣是没说出口。

反倒是张少白先猜出来了他的意思：“你是不是想说我和薛灵芝门不当户不对？”

“薛老太爷颇受皇帝信任，可能晋升至中书令一职。”

“我明白你的意思，薛家这棵大树我张少白高攀不起……但你想过没有，薛灵芝今年已经十八，却无人来娶，都是因为她这‘天煞孤星’的命格害的。否则按照她的性情、家室，甭说洛阳，就连长安的年轻小子也早就抢破了头！”

茅一川知道张少白说得没错，据说之前薛家曾给灵芝看过两门亲事，结果新娘还没过门，那两家的男人便遭了殃。虽无性命之忧，但亲事却就此搁置了，薛灵芝也因此愈发遭人嫌弃。

“再说了，我现在没闲工夫想这些乱七八糟的事情，我一个连家都没有的人，想这些等于自寻烦恼。”

张少白不再说自己的事情，开口反击道：“不过嘛，如果你把门当户对看得那么重要，我也要早点告诉天天，让她死了这颗心算喽。”

“嗨，我一直把她当成妹妹。”

“可是人家可不把你当哥哥看啊。”

茅一川罕见地红了脸，开门就走，他从来心中只想着金钺阁，哪有心思放在情情爱爱的事情上。

结果刚一开门，就看见薛灵芝俏生生站在门外。

她手里拎着一个精致食盒，主动说道："我看两位晚膳用得不多，可能是不太可口，所以送来一些点心。"

"不用了，我……吃饱了。"茅一川摆了摆手，连自己的房间都没回，相当识相地直接离开了西厢房，他觉得心里有些慌乱，于是打算去看看花匠。

张少白听到声音，赶紧坐起身来，摆了个极其做作的姿势。

薛灵芝又在门外问道："先生，我可以进去吗？"

"嗯，进来吧。"少年装得一本正经。

薛灵芝走进屋子，将食盒放在桌上，稍微犹豫了一下，轻声说道："今天的事情，多谢你了。我睁开眼睛看到你的时候，很……唔，反正就是谢谢先生了。"

张少白颇为洒脱地摆了摆手："小事小事，毕竟你是我的病人，为你仗义执言也是我的分内事。"

这对年轻男女相视一眼，忽然全都不好意思地笑了笑。

原本薛灵芝和先生相识不久，还带着几分戒备，所以有些事情从未告诉过他。而他今日不顾千夫所指站在自己面前，无疑打动了少女的心。

她坐在方才茅一川坐过的位置，鼓起勇气说道："有些事情，我想和先生说一说。"

张少白赶紧下床穿鞋，坐到桌子另一边，认真道："说吧，我听着呢。"

"其实我还有一个双胞胎姐姐。"

"什么？"张少白顿时大惊。

"我俩长得一模一样，看起来没有任何区别。只不过，我和姐姐的性格却有着天壤之别，她从小就是个活泼的人，而我则有些笨拙。有人说，双生子乃是天降灾祸。或许这话是真的吧，母亲生了我俩之后身体便一直虚弱，没多久便撒手西去了。"

张少白安慰道："这不是什么灾祸，只是女子十月怀胎本就不易，更何况怀上了两个，分娩时对身体的损失自然极大。"

薛灵芝的眼中满是伤感："假如没有我，只有姐姐，母亲也就不会那么早就离去。而且不仅母亲身体不好，我和姐姐自打出生起也有许多毛病，后来是温道长救了我们，还传授给了我们医术，希望我们可以医者自医，借此强身健体。"

"看来这个法子效果不错，你现在并无疾病缠身。当然，双魂奇症和寻常病症不一样，算不得数。”

“是啊，可是我的命数太硬，总是给薛家引来祸患。最后是温道长看出了我的问题，提议将我安置到别院当中，只要不回主家就不会影响到身边的人了。”

“这是个馊主意。”

“我也曾这么想过，可直到姐姐死了，我才知道温道长其实是在保护我们。”

张少白眼睛一瞪：“你姐姐她……死了？”

薛灵芝极不愿意回忆那段悲伤至极的往事，就连呼吸都仿佛透着内疚，她说：“姐姐和我的关系很好，小时候我俩一个喜欢鹅黄衣裳，另一个则喜欢海棠衣裳，家人也通过我俩穿的衣服来分辨。后来我被送到了别院，差不多半月才能回主家一次，变得更加郁郁寡欢，姐姐看不过去便提出和我互换衣裳，偶尔还会代替我去别院住上一阵子。”

张少白赞叹道：“她是个不错的姐姐。”

“她是这世上对我最好的人，可我却……害死了她。”薛灵芝的声音不由自主地颤抖起来，她用力闭着眼睛，继续说道，“有天薛家的女眷约好一起出去踏春，姐姐便提议带我一起出去玩……”

薛灵芝永远也忘不掉那天，却又有些记不清那天。她记得同行的婶婶对自己颇有不满，一直数落个不停，于是姐姐便拉着自己偷偷去了另外一边玩耍。

可奇怪的是，无论薛灵芝如何努力去想，都不记得那天到底发生了什么。为何最后姐姐倒在了血泊之中，而她却安然无恙？

张少白叹道：“有些时候人们会忘记一些对自己伤害太深的事情，其实这是一种自我保护。因为你每次回想起那时的场景，都是对自己的又一次伤害。”

薛灵芝重新睁开了眼睛，眼中含着泪花：“从那之后，家里将我彻底扔到了别院，也没人和我说过姐姐到底因何而死。”

当她说到这里的时候，张少白已经隐隐察觉到了薛灵芝到底想要告诉自己什么。

薛灵芝说：“我姐姐的名字就叫薛兰芝。”

昏暗灯火下，少年静静抱着食盒，他隐约嗅到了其中的香味，却丝毫没有食欲。此时此刻，他心中满是薛灵芝和薛兰芝的事情。

一直以来，薛家都有意隐瞒着兰芝的存在，将其视为秘密，故而张少白始终不明白兰芝这个名字从何而来，又为何会出现在薛灵芝的体内。直到现在，他终于有了答案。

薛灵芝在落水头部受创之后，心中对姐姐的思念和内疚之情借此机会出现，成了能够占据身体的另外一副灵魂。她越是为此难过，兰芝也就越容易出现。

既然找到了双魂奇症的病因，那么剩下的问题就是如何医治了。

张少白苦思冥想许久，开口问道："灵芝，你自己是如何看待双魂奇症的？"

薛灵芝回答说："是我克死了姐姐，所以她现在想要占据我的身体……或许，我应该把身体让给她。"

"其实是你一直内疚，想着那一天死的人若是自己该有多好，所以现在兰芝才会经常出现，"张少白劝导说，"可是啊，生死是这世上绝不可能调换或是反悔的事情，你活着这件事是不可能更改的，即便你死了她也不会回来。"

先生的话说得残忍，让薛灵芝有些伤感："那我该怎么做？"

"答案很简单，就是代替兰芝好好活下去。"张少白话锋一转，脸上也有了笑意，"我偶然发现兰芝对于治病很感兴趣，甚至外面有不少乞丐都叫她'女神仙'，看样子她每次偷偷溜出去不是为了玩耍，而是在做善事。"

薛灵芝有些惊讶："姐姐曾说过她长大后想做一名医师……"

"而她现在占用你的身体，就是为了实现这个愿望，"张少白胸有成竹地道，"相信我，只要有一天你不再被'天煞孤星'牵累，而且兰芝能够行医救人，你的双魂奇症一定会不药而愈。"

"先生，我有些不懂。"

"治病的事你不需要懂，只要相信我就足够了。"

薛灵芝看了眼烛光中的白衣先生，忽然觉得张少白就像是一团火，而自己则像是一只飞蛾。

时辰已晚，心乱如麻的薛灵芝起身打算离开，临走前她说："我相信先生，可是薛家这边恐怕会有许多阻拦。"

张少白洒脱一笑："这事就交给我了，成与不成，你等着就好！"

或许被少年的自信与乐观所感染，薛灵芝心头的伤感与内疚被一扫而光，她露出一个感激的笑容，随后身影便被黑暗吞没。

张少白目送灵芝走远，突然肚子发出了一阵咕咕声。于是他回到屋里打开食盒，看着里面颇为丰富的饭食，心里既忐忑又欣喜。欣喜的是薛灵芝愿意主动提起薛兰芝，这说明她终于真正信任了张少白，而这是治好双魂奇症的重中之重。忐忑的是，张少白也没有把握说服薛家配合自己进行治疗，甚至他们对于薛灵芝的偏见只会让病情变得更糟。

除此之外，少年心中还有一种微微异样的感觉，这种感觉极其陌生，他也不知道代表着什么。张少白也不知道这是为何，他初次遇见薛灵芝的时候觉得惊艳，之后看到兰芝的时候觉得有趣。后来他看到薛灵芝救治漱儿，觉得可敬。今日他又看到薛灵芝遭人陷害，觉得可怜。

当一个男人觉得某个女人惊艳、有趣、可敬且可怜，往往已经到了情愫缠身的时候。

张少白托着腮，烛火旁的少年显得有些忧郁。他零七碎八想了许多，直到一个古怪的声音打断了他的思绪。

那是车轱辘滚动的声音！

谁会大半夜的在薛府驾车？

张少白猛地惊醒，他继续竖起耳朵倾听，却发现古怪声音又消失不见了，难道刚刚只是幻觉？

可在下一刻，张少白便看到有道恐怖至极的影子从窗外一晃而过！

九个头颅于空中乱舞，那是……九罗鬼车！

到底是谁在装神弄鬼！张少白虽是祝由先生，却打死都不信这荒唐的鬼神之事，他一下子冲到门口，结果发现屋房门被人从外面锁了起来，无论如何都打不开。

“坏了！”少年意识到事情不对，转而想要从窗子脱身，却发现也被锁死。

随之而来的是滚滚浓烟！

竟是有人将张少白困在屋内，然后点火想要将他活活烧死！

张少白刚想开口呼救，不小心吸了一口浓烟，便开始止不住地咳嗽起来，声音撕心裂肺。他用力捂住口鼻，鲜血顺着指缝溢出，整个人虚弱至极，一下子就坐在了地上。

他身子本就不好，此番已是身陷绝境。张少白眼睛微红，他想着五叔暗中跟了自己一天，此时肯定寻摸地方买酒去了。茅一川也不在西厢房，或许是看花匠去了，偏偏这两人刚好都不在自己身边，便发生了这等祸事。

这些日子四处奔波查案积累的疲惫一股脑地涌了上来，张少白呼吸困难，口鼻之中尽是鲜血混杂着烟火的味道。他仅仅坚持了一会儿，身子一歪便倒了下去，彻底陷入昏迷。

片刻后，终于有个仆人发现了西厢房起火，大声喊着“走水啦”，一时间薛府众人纷纷赶往西厢房。

火势愈演愈烈，纵然薛府的家仆在豁命扑火，却完全无法控制火势。薛灵芝也闻声赶了过来，她瞧了一眼火场，挽起袖子就要往里冲。

生死关头，她脑海中莫名浮现出了许多张少白的身影，有初次见面的时候，也有私自离开别院的时候，还有今日他挡在自己身前的时候。

突然，一只手拉住了她，薛曜摇了摇头：“不许去。”

月光下的薛灵芝是温婉轻灵的，可是此刻火光映亮了她半边脸庞，整个人的气质顿时起了翻天覆地的变化。

“松手！”性子向来温和的薛灵芝居然对着父亲说道，“我再说一遍，放开我。”

薛曜惊讶地张开嘴巴，竟是不知不觉放开了女儿。

薛灵芝也从未见过这般火势，不知道应该如何救人，她想着水能灭火，于是就把一桶冷水浇在自己身上，然后便湿答答地冲入火场。全身上下都被凉水浇透，可她并不觉得寒冷，只觉得胸口处无比滚烫。

泪水还未来得及流下便被蒸发，视线也被烈焰阻碍，好不容易终于看到了屋门所在，她抬起步子就要猛冲过去，不料有道身影去得比她还快。

只见这道黑影避开了所有火焰，只身来到房前，一脚便踹开了带锁的房门。碎木头伴着火焰于半空中飞舞，擦过茅一川的脸颊，他却丝毫不觉得疼痛，似乎面前哪怕是无穷无尽的阿鼻地狱，他也要闯上一闯。

厢房受到火焰侵蚀，已然不堪重负。房梁发出吱吱呀呀的声音，眼看就要倒塌。

生死存亡之际，黑衣抱着白袍冲出了火场。在他脚步停下的那一瞬间，屋子终于垮塌，火焰先是一窒，随即便迸发得更高。

茅一川将张少白轻轻放在地上，薛灵芝也赶了过来，看见张少白手里攥着一方脏兮兮的手帕，正是自己白天递给他的。

薛灵芝赶紧用手帕浸了水，然后轻轻为张少白擦拭着脸庞。

少年险些葬身火场，本应是狼狈不堪的样子。可说来蹊跷，在张少白身上却感受不到刚刚经历生死的气息，反而只有淡然。他闭着眼睛，没有什么痛苦神色，甚至给人一种不忍唤醒的感觉。

谁也不知道，少年多么希望自己能在五年前和家人一起死于长安的那场大火之中。

所以他被浓烟呛得瘫倒之后，并未觉得绝望，心中反而隐隐有些欣喜。

他在朦朦胧胧之中看到了娘亲和小丫在对自己挥手。

这是他莫大的心愿。

少年的每一个梦里都是爹娘，都是小丫，他多少次宁愿活在梦中再也不醒来。刚刚只有十八岁的他，唯独在睡梦中才能得到片刻的安宁。

见过张少白睡着模样的人，只有天天。那夜她裹着被子，蜷缩在墙角一夜未曾合眼，张少白以为她是害怕清白不保，所以不敢闭眼。然而事实却并非如此，天天是看着张少白的微笑，听着他的梦呓，这才迟迟不睡。也是因此，天天第一天就认定张少白是个好人，心甘情愿地做了他的“表妹”。

只是，恐怕就连少年郎自己都不知道，原来他的心中早已生出了死意。

火焰不是火焰，而是接他去见爹娘的小船。

月光也不是月光，而是一条孤苦伶仃走不完的路。

张少白忽然感到有只柔软温暖的手正抚摸着自己的脸庞，他轻轻舒了口气，想起自己幼时患上风寒，那时候娘亲的手也是这般感觉。

娘亲说：“少白别怕，娘亲会陪着你的。”

可是娘亲骗人，她已经没陪自己好多年了。

张少白想着想着便哭了，泪珠从脏兮兮的眼角溢出，然后被那只手温柔抹去。

“人生最大的苦，莫过于求生得死，求死却生。”张少白心中想道，随后终于睁开了眼睛。

第一眼看到的人，是满脸担忧的茅一川。

张少白顿时不乐意了，骂道：“把你的臭手拿开。”

茅一川听后一愣，傻乎乎地不知道自己做错了什么。这时张少白侧过头又看到了薛灵芝，发现之前抚摸自己的手是她的，脸色顿时红润起来。

“我……”茅一川看着自己那双脏不拉几的手，之前正是这双手把张少白从火场救出，怎么现在却备受嫌弃？

薛灵芝一下子就看出了张少白的小心思，她咬着嘴唇，轻嗔道：“看来是没事了。”

张少白龇牙咧嘴地笑了下，颇为费力地坐起身来，又重重地咳嗽了两声，仿佛是要把肺里的浊气通通吐出来。待到咳完了，张少白总算冷静下来，对着茅一川说道：“我刚刚看到了鬼车。”

茅一川眼睛一瞪："什么时候？它和这场大火有没有关系？"

"肯定有，看见它之后我就发现自己被锁在了屋子里。"

"看来伏龙牡丹也和鬼车有关，可它为什么偏偏要对你下手？"

张少白有些沮丧地摇了摇头："这我怎么知道……"

茅一川却突然灵光一闪，他推测道："伏龙牡丹已经出现，武后本就对薛家颇为忌惮，此事一出忌惮更深。九罗鬼车在这种时候现身，要么是在防备你像破解牝鸡司晨是一般再破解这个局势，要么是另有所图，为了激化矛盾，让整个局势变得更加混乱。"

说到这里，茅一川和张少白四目相对，不约而同地说道："调虎离山！"

茅一川的身形如大雁一般疾掠而出，张少白也在薛灵芝的搀扶下勉强站了起来，对着众人说道："快去东厢房！"

※

与此同时，东厢房弥漫着浓郁的血腥气息，地上也是一片狼藉。

明崇俨站在房间门口，眉头紧皱，他虽然看不清外面发生了什么，却可以通过声音和味道把外界情况推测得八九不离十。

卓不凡一手持刀，另一只手则捂着腹部，那张胖乎乎的脸上如今满是血污，看上去恍若恶鬼。

而在这二人的面前，已经躺倒数名刺客，只剩一个持剑的黑衣人。此人最为棘手，卓不凡身上的伤口便是他留下的。

"娘的，薛府的人都是聋子吗！"卓不凡虚弱地骂了一句，然后更加用力地按住伤口，他知道只要自己不再按压那里，肠子什么的怕是要流一地。

明崇俨在生死关头依然淡定，说道："真是好算计，居然用西厢房的一把大火引走了所有人的注意。"

黑衣刺客与以往的神秘人有所不同，他的身上透着一股令人窒息的气势，仿佛连身边的空气都变得黏稠起来。黑纱把他的脸遮得严严实实，只露出一对细小狭长的丹凤眼，眼中精光闪烁。

他的左臂也受了些伤，是卓不凡豁着肠穿肚烂的代价留下的，这倒是让他有些刮目相看，没想到那个胖墩墩的废物居然还有这等手段。

刺客哪里知道，卓不凡浸淫官场多年，心里清楚得很，若是明崇俨死了，自己也不会有好下场，所以还不如豁出性命搏上一搏。

万一那个棺材的发现情况不对，及时赶过来了呢？

卓不凡心想，这个刺客虽然剑法高超，但也绝对不是茅一川的对手。

正想着，黑衣刺客察觉到了卓不凡在走神，人剑合一便冲了过去！

卓不凡堵在门口，想着就算自己死了，也要帮明大夫多拖一段时间，只是心中不甘就这样死去，于是用破锣嗓子喊道："茅一川你个王八蛋！"

话音刚落，一把刀横空而出，刚好挡住了黑衣刺客的剑尖。

茅一川来得可谓恰到好处，若是再晚上一息时间，恐怕卓不凡的小命就真要交待于此了。

卓不凡看着面前的身影，忽然觉得这尊煞神就像一座大山，用来挡风挡雨真是再好不过。然后他松了口气，一屁股坐在地上，手里的刀也掉落一旁。

"莫慌。"明崇俨及时点了卓不凡几处穴道，却发现胖子没了动静，他伸手探了一下鼻息，发现卓不凡已经昏厥过去，只是双手却依然死死按着腹部伤口。

另一边，茅一川如临大敌，居然直接拔出了无锋。直觉告诉他这次的对手很不简单，绝对不敢托大。

两个黑衣，一刀一剑于月下碰撞，叮叮当当打得极为激烈。黑衣刺客无心与他恋战，却发现茅一川如附骨之疽，如影随形，每当他想要抽身去杀明崇俨，便会被那把破刀刚好拦住。三番四次尝试下来，他终于明白，想要杀掉明崇俨就要先杀死面前的这个棺材脸。

东厢房外传来人声，薛府众人终于意识到了不对劲纷纷赶来。黑衣刺客知道今夜必定无功而返，于是抖了个剑花逼退茅一川，身影掠到墙角，双脚一蹬，顿时整个人轻飘飘地"飞"了起来。

茅一川自然不会让刺客轻易逃走，他双腿用力，想要一跃而起把那道身影扯下来。不料黑衣刺客却突然往下撒了一把古怪粉末，茅一川担心有诈，只好用衣袖掩住口鼻，可这稍加分心，另一只手便抓了个空。

他重新回到地面，用力地挥了挥手，待到粉末散尽发现刺客早已逃之夭夭。

薛曜等人姗姗来迟，一看东厢房的惨状心中忐忑无比。幸好明崇俨安然无恙，否则薛家还真不知道如何面对武后的滔天怒火。

“下令封城搜捕，那人左臂有道刀伤，”茅一川收起无锋，又伸手指了一下卓不凡，“还有，立刻找人救治卓主事。”

薛曜将此事赶紧安排下去，随后又派人去救治倒在地上的卓不凡。今夜之事太过突然，令他有些手足无措。

张少白蹲下身子，依次检查了一下院内的三具尸体，并未从中发现熟悉面孔。不过从刺客的穿着打扮来看，和自己之前遇到的那群人一模一样。

看来这些人都和“鬼车”有关，也是他们一手炮制了牝鸡司晨和伏龙牡丹两起凶兆，只是不知刚才那个身手颇为不凡的刺客是否就是藏头露尾的庞先生，如若不是，庞先生又和他们有何关系。

茅一川刚刚经历了一场大战，身上的杀气还未散去，眼神中透着一股子凌厉。他扫视众人，忽然开口问道：“薛毅呢？”

众人听后一愣，这才发现从始至终都没见到过薛毅的身影。

这时候，有个仆人跌跌撞撞地跑了过来，呼哧带喘地喊道：“花匠死啦！”

茅一川握刀的手蓦地攥紧，终于醒悟今夜的刺杀一环套着一环。放火烧死张少白只是一个幌子，为的是暗中刺杀毫无防备的明崇俨，因为刺客知道明崇俨患有眼疾，定然不会大费周章地去西厢房帮忙，只是他们没料到还有个卓不凡守在东厢房，居然真就保住了明崇俨。

然而刺杀明崇俨一事也并非他们的真正目的，杀死那个或许知晓重要信息的花匠才是关键！

而杀害花匠的人，可能是分身乏术的刺客，也可能是一直没有露面的……薛毅！

花匠到底知道什么？薛毅今夜又在做些什么？

茅一川气势汹汹地去了薛毅的庭院，结果发现这位薛二郎昏倒在院里，身下是冰凉的青石板，若不是尚有鼻息，看那副样子和死人也差不了多少。

花费了好一番工夫终于把薛毅唤醒，他仍迷迷糊糊不知今夜薛府发生了何等大事，直到茅一川告诉他“花匠死了”这件事情，薛毅仿佛被一盆冷水从头浇下，顿时清醒过来。

薛毅慌乱至极地解释道：“人不是我杀的，我今夜回屋之后莫名觉得很困，很早就睡下了啊！”

只可惜，西厢房着火的时候所有人都去救火了，无人能够证明薛毅在那段时间的清白，更没人知道他怎么从卧房睡到了院子里。只是院内足印杂乱，看样子曾进来过不少人。

茅一川说道：“老实交代吧，花匠到底是为何而死？他的死与你栽赃陷害薛灵芝有关，还是和伏龙牡丹有关？”

薛毅再无往日嚣张跋扈的模样，结结巴巴地说不出话来。

就在这时，一道声音忽然响起，这声音饱经沧桑，中气十足，带着一股不怒而威的气势。

“逆子，还不说实话吗？”

众人闻声望去，只见白日里传过话的那名老仆正扶着一名老者缓缓走来，老者手里拄着拐杖，双眼仿佛带着钩子，令人不敢直视。薛府家仆顿时跪下大片，茅一川和明崇俨也行了一礼，恭敬说道：“见过薛相。”

薛曜赶紧迎了过去，搀着父亲：“父亲息怒，二弟莫名其妙晕倒，怕是现在还有些糊涂。”

薛元超没有理会儿子，转而看向乖巧地站在人群边缘处的薛灵芝，又瞧了一眼旁边的张少白，方才开口说道：“糊涂？我看你们是把我当成老糊涂了吧？”

张少白也躬身行礼，随后便面色如常，他只是觉得薛灵芝前所未有的紧张，似乎随时可能晕倒。其实不仅薛灵芝如此，院内众人大多都有这种感觉，不知道薛相那句话是对谁说的，又是否另有所指。

薛毅低着脑袋，嗫嚅道：“父亲，孩儿……”

薛元超打断道：“说实话！”

见到自己父亲，薛毅如同耗子见了猫，一下子就把事情和盘托出。

“孩儿想着洛阳牡丹甲天下，今年就想在家里种些名贵品种，花开的时候也好赏心悦目……后来我偶然间遇到一位戴着青铜面具的奇人异士，父亲不知，此人居然可以让一粒花种直接盛开，我心想只要他肯指点一二，咱家牡丹一定远胜别家。”

茅一川忽然开口说道：“此人姓庞？”

“你怎么知道？”薛毅先是惊讶，随后表情便变得惊恐，“难道这个庞先生真是故意害我薛家？”

薛元超用拐杖杵了几下地面：“继续说。”

“孩儿千求万求，庞先生终于答应，他说他用的乃是秘法，不能让太多人知道，所以薛府上下也就只有我和花匠见过庞先生。但是孩儿也不知道庞先生到底对花园施了什么法术，不过今年的牡丹的确长势喜人……”

话已至此，茅一川和张少白总算弄明白了薛府的伏龙牡丹是从何而来。又是那个神神秘秘的庞先生，他利用薛毅种牡丹一事接近薛家，然后借机将龙尸埋在了花园之中，同时应该还用了些其他手段，使得牡丹花长得极其茂盛。

花匠是见过庞先生的，他打理后院牡丹多年，自然对这个前来作法的人极为上心。庞先生应是对花匠也动了些手脚，故而明崇俨施展“摄魂之法”的时候，花匠一想到庞先生便会恐惧得说不出话来。

后来伏龙牡丹被花匠发现，薛毅这人大大咧咧，倒也没往庞先生那头想，反而是一心琢磨着如何让薛家脱罪，于是就把薛灵芝当成替罪羔羊推了出去。如果不是张少白和茅一川出现搅局，伏龙牡丹一事现在怕是已经草草结束。

“父亲，府上刺客和花匠之死真的和孩儿无关啊！”薛毅急得火冒三丈，恨不得抱着老父的大腿哭天喊地一番。

薛元超无奈地叹了口气，向着明崇俨说道：“我家二郎虽然性格暴烈，不讨人喜，但他有没有说谎，老夫是一眼就能分辨清楚的。”

明崇俨微笑道：“下官明白，伏龙牡丹乃是那名姓庞的贼人栽赃陷害，今夜出现的刺客和其应是一丘之貉，杀害花匠为的是杀人灭口。只是恶徒来势汹汹，卓主事更是险些丧命，下官想要尽早进宫禀报此事，以免事态恶化，不知薛相觉得如何？”

“去吧，也好让天后早点放下心来。”薛元超回复了一句没头没脑的话，然后轻轻推开身边的薛曜，由老仆扶着走向薛灵芝。

老人对着孙女轻声说道：“委屈你了。”

薛灵芝泫然若泣：“爷爷……”

薛元超深深看了乖孙女几眼，忽然转向张少白说道：“你随我来。”

张少白一脸莫名其妙，不知道薛相这等大人物找自己做什么，但主人发话不得不从，也只能硬着头皮跟过去了。

待到薛元超带着张少白离去，这间院子的空气仿佛重新流动起来，之前的压抑感一扫而空。

薛曜赶走了无关人等，薛毅瘫倒在地，满脸茫然。

明崇俨对着茅一川感激道：“今夜多亏阁下出手相助。”

茅一川却说："无妨，只是此案还有众多疑点，不知明大夫打算如何处理。"

"我会将整件事情原原本本地讲给天后，至于天后会如何做，我等不敢擅自揣摩。"

茅一川站得笔直，身影被月光拉得很长，他沉默许久，终于说道："我明白了。"

另一边，忐忑无比的张少白随着薛元超去了书房，老仆守在门外没有进去，只是冲着张少白咧嘴笑了下，这才发现他是个豁牙。

宰相的书房说白了也就只是个书房，和别人家的没什么不同，不过里面是否暗藏玄机那就不清楚了。张少白眼观鼻，鼻观心，始终低着脑袋，努力收敛起好奇心，以免惹祸上身。

"坐吧。"烛火映着薛元超苍老的脸庞，此时此刻的他和方才院子中的严父形象截然不同。

老人叹了口气，透着深深的疲惫。他微微抬起眼眸，瞧了眼局促不安的张少白，轻笑道："别怕，怎么说你也算是故人之子，我不会害你的。"

张少白疑惑道："您认识我爷爷？"

"未曾见过，我只是和你父亲打过一些交道。"

张少白猛地想起五年前，长安的上元节，张云清曾经向着人山人海中的那个身影行礼。原来张家和薛家的缘分，早在那时候便开始了。

薛元超似是在追忆往昔，不胜唏嘘："当年老夫受上官仪牵连，削官罢爵，更是险些丧命于流放途中，后来又受圣恩返回长安，人生大起大落也不过如此……说来有趣，我与你父亲本不算熟络，平日里更是没什么来往。朝堂百官如芸芸众生，什么样的脸皮都有，偏偏到了最后我反而记得张云清最深，倒也蹊跷。"

"我父亲不过是个从九品的咒禁博士，居然能入得了您老法眼？"

"你还年轻，尚不明白。在你落魄至极的时候，有人既不嘲笑你，也不同情你，他只是一如往常地待你。这份真性情，弥足珍贵。"薛元超呵呵一笑，"而且张云清可不仅仅是一个简单的咒禁博士啊，你又何必这般谦虚。他在庙堂上的地位不算高，可他却是天下祝由第一人，就连佛道两门都对他颇为敬重。"

张少白脸上透着感动，内里却在暗自腹诽，若不是父亲望到你身上的金紫之气，恐怕他才懒得和你结交。

薛元超好生感慨了一番，接着忽然说道："你接近灵芝的目的……恐怕不太单纯吧？”

张少白神色一滞，随即恢复如常：“您老说笑了，当初可是石管家主动把我绑过去的，我还被套了麻袋呢。”

“你小子鬼心思倒是不少，老夫知道你想通过灵芝攀上薛家这棵大树，然后助你查出太子弘暴毙一案的真相，”薛元超不愧是人老成精，三言两语便说出了张少白的真实目的，“只可惜，你的如意算盘怕是要落空喽。”

张少白赶紧站起身来，恭敬道：“还请薛相赐教。”

“五年前的那桩案子如今依然悬而未决，外界传言乃是武后与太子弘政见不合，于是将其鸩杀，陛下也因此与武后间隙愈深。你若是想要查这个案子，老夫是帮不上什么忙的，毕竟天后对我疑心甚重。”

“那小子应该如何去做？”

“很简单，尽人事，听天命。”薛元超伸出手指，指了指头顶。

张少白若有所思：“您所说的尽人事，是指牝鸡司晨和伏龙牡丹两桩案子？”

薛元超没有直接回答，转而说道：“圣上深受头疾困扰，朝堂局势也透着股诡异味道。这两起案子看似小事，却有可能酿成大祸。前者针对裴家，后者针对薛家，不知到底是何人在暗中布局，下一步又会怎样去走。”

“您打算怎么处理此事，就这样忍气吞声吗？”

“不然还能怎样，武后忌惮薛家，本就没有丝毫信任可言。无论我如何应对，在武后看来都不过是在装模作样罢了，所以倒不如安心躺在家里，当作什么都没有发生过。只要我什么都不做，武后自然就会对薛家放心。”

张少白仔细想了一番，摇头道：“我不太懂……”

薛元超的眼眸深处仿佛闪烁着精光：“皇室心思本就难测，更何况武后的心还是一颗女人心，你不懂也实属正常。”

老人说着说着许是有些无聊，于是翻开了手边的一本书，一边眯着眼睛读书，一边说道：“你想知道的事情老夫已经给了答复，接下来就要换你为我解惑了。”

“小子知无不答。”

“灵芝患的到底是什么怪病？你最好不要说是什么水鬼附身。”

张少白知道眼前这位老人不能糊弄，只好坦白交代：“灵芝小娘子患的是‘双魂奇症’，此病世所罕见，患病者体内有两副三魂七魄，交替后便会判若两人。”

“两副灵魂？”

“没错，其中一副是她自己，另一副则是薛兰芝。”

薛元超微微有些惊讶：“你居然已经知道兰芝的事情了。”

张少白答道：“是，而且我认为兰芝之所以出现，是因为灵芝心中对其满是内疚。”

薛元超想了想，又问道：“这病对她的身子有多大害处？”

“难说，若是长此以往下去，灵芝小娘子的两副魂魄之间或许会有冲突，继而发生互相伤害的怪事。除此之外，灵芝小娘子的身子本就单薄，也是无力承担两副魂魄的。”

“你有多大把握治好她？”

“不好说。”

“看来你没能得到你父亲的真传，一涉及治病的事不是难说就是不好说。”

张少白犹豫了一下，说道：“有个问题薛相若是能够回答，或许我会更有把握一些。”

“什么问题？”

“薛灵芝是薛家的‘天煞孤星’，人人嫌弃，那您对她的态度又是怎样？若是今日我没有来到薛家，您是否会眼睁睁地看着她蒙受不白之冤，然后为薛家挡去此番劫难而死？”张少白越说越来气，语气也变得重了起来。

薛元超眼皮子都懒得抬：“薛家的男人还没死光，尚且轮不到她。”

“可您的两个儿子不像是这么想的，薛二郎一心要把灵芝置于死地，灵芝的亲生父亲薛大郎又是个懦弱无能的人。”

薛元超轻笑道：“一说起灵芝就急赤白脸，你小子是不是对我孙女有非分之想？”

张少白顿时面红耳赤，窘迫得几乎想要找条地缝钻进去。

薛元超很喜欢少年无地自容的模样，饶有兴趣地看了好久，继续问道：“现在有几分把握了？”

“七分，若要把握再大些，就要看您能否接受我的治疗方法了。”

“你先说来听听。”

一旦说起病情，张少白迅速恢复常态，说道：“据我观察，让灵芝最为困扰之事便是‘天煞孤星’的批命，因为这道批命让她只能居住在别院之中。”

薛元超叹道：“这也算是对她的一种保护，当年温道长与我说过，若是继续留在主家，她的处境只会更加艰难。”

“这些可以理解，但薛家人对她的态度您也看见了。毫不客气地说，您其实并没有保护好她，而且您也没办法保护她一辈子。”

“小子，你到底想说什么？”薛元超有些恼火。

“我认为若要治好薛灵芝，关键有两点。第一，取消她的禁足令，恢复她的自由身，让她与外界多做接触，但又要与薛家保持距离，最好不要有任何往来，这期间我会尽力让她淡忘批命一事。第二，我偶然间发现灵芝对医术颇感兴趣，若是能够让她多做一些与医术有关的事情，比如出外行医，想必会对病情有不小的帮助。”

薛元超面色一冷，书页也被他攥得发皱：“你说的这些听起来可一点都不像是治病的法子，我本以为你会用祝由之术，毕竟你父亲最擅长这个。”

张少白与其对视，没有丝毫怯懦：“双魂奇症本就不是寻常病症，治起来也肯定用不上普通法子。而且我用的正是祝由之术，您只需要知道一句话，‘心病需用心医’。薛灵芝的病因在于对姐姐的内疚，以及家人对她的嫌弃，让她时时刻刻觉得自己还不如死掉一了百了。若要治好她，就要彻底扭转她的这种想法！”

“可薛灵芝毕竟是薛家的人，怎么可能弃之不理？至于行医一事……她只是一个弱女子，此事更无可能。”薛元超斩钉截铁地拒绝道。

张少白不慌不忙，而是又问了一句：“虽然薛家大多数人都非常反感灵芝，但其实您却十分疼爱她，换言之，其实她才是您的软肋，不知我说得对不对？”

薛元超放下了手中的书，终于开始正视面前的少年：“为何这么说？”

“我是张家的独苗，但说来有趣，爷爷在世的时候明显更疼妹妹一些。而且他看妹妹的眼神，和您看薛灵芝的一模一样。”张少白的眼神坚定不移，“薛家这些年经历了不少大风大浪，所以您将最为疼爱的孙女安置到了别院，希望若有一天薛家倒了，不要牵连于她。可是现在已经有人知道了这件事情，而且开始利用灵芝做文章，今天的事情就是证据。”

薛元超用沉默表示承认。

“这种情况下若是薛灵芝没有受到任何‘惩罚’，更是证明了您其实十分宠爱她。但如果您假装不再理会她，以此作为处罚，不仅可以起到迷惑幕后之人的作用，还可以让她彻底离开薛家正难以摆脱的旋涡之中！”

薛元超苦笑道："你小子真是长了一副伶牙俐齿，我几乎快要被你说服了。"

张少白继续说道："说服您的不仅是我，想来这些年那道'天煞孤星'的批命对您来说也是一种折磨吧？而且灵芝在医道一途颇有天赋，如今天后临朝，宫中有些女官甚至比男官更具权势，如若您口中的弱女子能借助医术与其攀上关系，不仅可以自保，更可以反哺薛家！"

薛元超不得不承认，面前这位祝由先生的话就像刀子一样，刀刀戳在心头最为柔软处，并且捅破了一切伪装，直指人的内心最深处。

"嗯，"老人稍一沉吟，忽然说道，"你所说的事情我会好好考虑的，不过丑话说在前面，如果有天你治好了灵芝的病，我希望你能从此远离她，再也不要靠近。"

"您这是什么意思？"少年的脸色忽然变得惨白。

薛元超用手指轻轻叩打着桌面："你是注定要进浑水里摸爬滚打的人，迟早会牵连身边的人。"

"这……"

"等你有朝一日放下仇恨，变得干干净净，或许我会改变想法。不然我害怕长安的那场大火没能烧死你，你心头的怒火最后却会烧死你自己，顺带着害死所有和你有关的人。"

张少白无力反驳，因为他知道薛元超说得没错。在他看出老人心中极为重视薛灵芝的同时，这位老人同样一眼就看穿了少年的底细，更看到了他心中磅礴的恨意。家破人亡的大仇，必须用鲜血才能洗刷干净，至于要用谁的血来祭奠，张少白尚不清楚，可是有天一旦他知道了，绝对会不惜拼个鱼死网破。

即便那个人高高在上，抑或是深不可测。

第九章 | 紫气东来

一个月的时间匆匆而过，春尽夏来，洛阳城多了几分恼人的炎热，满城的牡丹花也蔫头蔫脑，唯独叶子绿意盎然。城南的香山寺来了个怪里怪气的施主，说是要出家，但打死也不肯剃度，而且还要喝酒吃肉。住持大和尚当然不同意，以为这是谁家的纨绔子弟前来捉弄他，本打算让小沙弥用棍棒将其赶出，最终却还是向那一箱子黄金低下了光头。

于是香山寺便有了一个奇怪的现象，每到黄昏时刻，便有一个不是出家人的男子疯狂敲钟，毫无章法，更无规律，偏偏敲得极为畅快。

洛阳城的趣事很多，怪事也发生了不少。

先是花魁灼灼坠亡，背后出现“牝鸡司晨，天下大乱”的字样，之后有祝由先生在桃夭楼登台作法，引来“白龙蘸水”，龙身现出“帝后同心，天下大吉”的吉兆。一时间街里街坊议论的全是此事，有人说武后干预政事太多不好，也有人说没什么大不了。

后来又传闻薛府挖出了一具龙尸，埋在牡丹花下，其寓意简直令人发指。不过据说此事乃是有人故意栽赃，薛二郎也因此受了牵连，如今被停职禁足家中，寸步不离薛府。

除此之外，还听说谁家的老母鸡大早上突然打鸣，然后全都喷血而死。还有洛阳城的不少阴森小巷传出了闹鬼的消息，据说是大唐阴气太重，已然压制不住邪祟之气。

这些流言蜚语就像一条条肉眼不见的线，交织错落布成一张巨网，居然将皇宫也包裹其中。而被困在巨网中心的，就是那位母仪天下的武后。

长安已经半年未曾见过雨水，许是要发生旱灾。相反洛阳这边则是风雨欲来，一片粉饰太平，摇摇欲坠。

张少白身处其中，这段时间却罕见地安稳，因为他记着薛元超的那句话，“尽人事，听天命”。

他已尽了人事，接下来只要耐心听候天命就好。

由于之前在桃夭楼出了风头，原本声名不显的祝由先生突然变得炙手可热，连带着居住的修行坊也热闹起来。一大早便有不少人闻风而来，等候在张少白的家门口，各自都怀揣着“难言之隐”。

若是以往，按照张少白的性子定会早早开门接客，赚他个盆满钵满。不过病人来得多，他反倒摆起了臭架子，说什么一日只看十个病人，否则法力便不灵了。

当然，灵与不灵都是祝由先生自己说了算。张少白心知肚明，只看十个病人是为了下午能够抽出时间去做另一件事。

而这件事，又与薛灵芝有关。

说来蹊跷，或许真是当初张少白和薛元超的那番夜谈起了作用，伏龙牡丹一案完结后不久，便传出了薛灵芝被逐出薛家的消息。

薛家将洛阳和长安的两间别院，以及一处名为“济世堂”的医馆通通给了薛灵芝，并说以后吃穿用度家里不再过问，也不再管。不过石管家以及若干仆人还是留在了别院，算是事情没有做得太绝。

这一切对薛灵芝来说就像梦境一场，她对于离开薛家并未有多少伤感，更多的则是激动，以及面对未知生活的恐惧。最后一次离开薛府的时候只有薛曜一人送她，一副恨铁不成钢的表情，更是彻底断了她仅存的那份眷恋。

遗憾的是，她想要见一面老太爷，却没能见成。

就这样，薛灵芝从“笼中鸟”变成了“林中雀”，她在别院的生活并未有什么变化，但接手的济世堂却是个烫手山芋。

济世堂原本是二爷薛毅的产业，不过一直打理不当，没有多少油水。薛灵芝虽然懂得医术，却对经营丝毫不通，一时间也不知道如何是好。幸好这时张少白及时出现，帮忙稳固了医馆内外，如今薛灵芝经常来此坐堂行医，水准比之前请来的乡野医师强了不少，竟然渐渐将医馆声望振作起来。

今日张少白早早便看完了十个病人，关门谢客。

天天把院子拾掇了一番，又给便宜表哥下了碗葱花面，然后就在一旁看着张少白吃得一脸嫌弃。

“跟你说了多少遍了，多放肉，少放葱，你就是不听！”白衣少年一边嘟囔一边大口吃面。

这些日子天天往返于修行坊和温柔坊，已然有些分不清哪里才是自己的家，抑或是自打姐姐离世之后，她就随之没有了家，所以如今只能孤魂野鬼般四处飘荡。幸运的是，张少白一直没有赶她离开过，茅一川时常也会来家里做客，而且对她颇为关心。

若是日子就这么一天一天地过下去，自己就此忘记天天的身份，以天天的名字一直活下去倒也不错。天天想到这里，顿时笑眯眯的，冲着张少白说道："我记住啦，下次肯定给你放好多好多的肉。"

张少白打了个寒战，一脸的不可思议，"你没事吧？"

天天收起脸上的笑意，转而臭着脸骂道："爱吃不吃！"

"哎，这才对嘛。"张少白放下心来，端起碗把汤一口喝尽，然后起身伸了个懒腰，说道："我去济世堂一趟。"

天天笑道："又去找你的薛小娘子啊？"

"哎呀，什么你的我的。"张少白可不愿意跟天天聊这些事情，保准会被她一顿嘲讽，以报平日里他用茅一川调侃天天之仇。

午后是日头正劲的时候，张少白赶到济世堂时出了一身的汗。结果刚一到，便发现济世堂外挤了不少人，大有要把门槛踩烂的架势。

"劳驾让让，我是这儿的医师。"张少白又花费了好大一番力气，才算是挤进了医馆，结果一进去便发现两拨人正面对面站着，剑拔弩张。

其中一拨人是济世堂的医师和学徒，正将薛灵芝牢牢护在身后，生怕她受了委屈。另外一拨人其实也是熟人，张少白之前也与其打过交道。

为首那人是个中年男子，姓韩，乃是洛阳城内有名的医师，大名鼎鼎的仁和堂就是他开的。只是这人向来骄傲，完全不把济世堂放在眼里，却没想到这些日子竟有人说济世堂比自己更胜一筹，于是一气之下便来找麻烦。

薛灵芝原本心慌意乱，完全不知道如何是好，毕竟她从小长在庭院深深，哪里见识过街头巷尾的那些龌龊事情。不过见到张少白之后终于放下心来，开口说道："先生来了。"

医馆众人也都认识张少白，让开了一条通路，白衣少年笑眯眯地走到薛灵芝面前，说道："早就和你说了，有麻烦就让人去修行坊找我，我马上就赶过来。"

"我怕耽误你治病救人……"薛灵芝脸色微红，"而且韩医师也是刚来。"

“瞧你这话说的，他又不是客人，他可是来找麻烦的。”

说完张少白转头看向那边的韩医师，“您还真是阴魂不散啊！”

韩医师身材矮小，五官也长得拧巴在一起，站在张少白对面反倒把对方衬托得更加仙风道骨。他伸手指着张少白的鼻子，微微抬起头看着少年的眸子，大声骂道：“济世堂一介庸医，你张少白也是个江湖骗子，都不是什么好东西！”

张少白也不生气，只是无奈叹道：“自打济世堂开门以来，您都过来好几次了，每次来都要大闹一场。您骂我没关系，毕竟您是长者，我被骂两句也死不了。不过您说薛医师是庸医，我是骗子，这可就没意思了，如果我们治不好疾病，为何还会有这么多人过来求医？”

“世人大多愚钝，受了你们蒙骗而已！”韩医师此言一出，周围人的目光顿时变得不善起来。

“算了算了，我懒得和你争论。你来这里无非就是看济世堂生意太好，想要打压一下，顺便抬高你仁和堂的名望，”张少白打了个哈欠，“早就和你说过了，你若是不服大可和我比试一番，看看是谁医术高明。”

人群中传出不少附和声：“就是，不服就比一比嘛，成天堵在济世堂门口干什么，你不看病我们还看呢。”

韩医师气得脸红脖子粗，前几天他就说过比试医术一事，但张少白那个无赖却说要想比试，必须找来两个年纪体质相仿，而且所患疾病也必须一模一样的人。这可就愁坏了韩医师，他上哪儿找这种病人去?

但张少白说得也不无道理，若是不找来两个相似的病患，又如何能展现出谁在治病救人一途上更加精进。

韩医师苦思冥想数日，或许是苍天有眼，终于让他遇到了一对双胞胎男子，何大何二。这兄弟二人应是吃错了东西，故而腹胀、胸闷，难受得很。韩医师赶忙花重金请来二人，然后便带人来找张少白。

“等的就是你这句话！”韩医师气冲冲地指了指身后的两个年轻人，正是何大和何二。

张少白顿时目瞪口呆：“你还真找到了两个一模一样的病患！”

“正是，这两人所患疾病完全相同，今日你我便来试试谁能最先治好他们。”韩医师一副胜券在握的模样，“要哪个，你先挑吧，免得说我以大欺小。”

一直以来张少白都没把对方当回事，所谓的比试也不过是刻意为难而已，没想到如今却真的摊上了事。

薛灵芝见先生面露为难，于是轻声说道："要不我来吧，万一输……嗯，我不想你受到牵连。"

张少白却笑道："放心，我们不会输的，我刚才只是在想怎样才能让他输得更惨一些。"

韩医师一听大怒，破口大骂道："叽叽歪歪这些干什么，你赶紧挑，今天我就要让你一败涂地！"

张少白伸手一指："我要左边那个。"

何大见状便走到了张少白身边，看他穿着打扮应是出自穷苦人家，所以有些拘谨，生怕做错了什么惹人嫌弃。

张少白不急着看病，先把医馆里的无关人等通通清理出去，虽然门外挤得水泄不通，但屋内反倒显得空旷起来。

那边韩医师显然是有备而来，连药材和煎药的锅子都带了过来。小药童已经开始煎药，韩医师则老神在在地坐着，一副胜券在握的模样。可怜何二本就身体不适，却只能站在韩医师身后，面如金纸。

这边何大被安置好，随后薛灵芝取来一块布子搭在他的手腕处，将自己的两根葱白手指轻轻点在上面，闭眼沉思片刻后，说道："胃中积食。"

张少白站在一旁，问道："严重吗？"

"有些严重，若是恶化下去，怕是脏器会因此受损。"

张少白一听面色一冷，冲着韩医师说道："何必，就为了意气之争，硬是让他二人吃出了积食之症！"

韩医生冷哼道："与我何干，是他俩没见过世面，吃起东西来犹如恶鬼，完全忘了分寸！"

"呸，原本看你是个医师，而且年长，尚且敬你三分，现在看来你不过是个连医德都不懂的败类！"张少白罕见地骂了人，用手指着对面人的鼻子，声音严厉，仿佛老师在教训弟子一样。

韩医师一听哪还坐得住，起身便回骂道："你又算个什么东西！"

"我张少白自幼跟随家父学习祝由，七岁出外行医，除了年纪比你小，啥不比你强！那位薛医师熟读《内经》《神农本草经》《针经》《脉诀》《甲乙经》，放到太医署那都是名列前茅的女医官，不比你强？”张少白所说并非虚言，这些日子他与薛灵芝相处越久，就越为她的医术感到惊叹。

“我不和你个牙尖嘴利的东西说话，你倒是赶紧治病啊，看看何大何二谁先治好！”韩医师心想，爷爷这边药都要煎好了，你小子还有空与我废话，真是脑子有病。

没想到薛灵芝却是从始至终未曾理会过那头的斗嘴，全副心思都放在了病患身上，望闻问切依次做完之后她便去了药堂那边取药。

与韩医师的方子不同，薛灵芝挑好药物之后没有生火熬煮，而是将其通通碾成粉末，又让人烧了一壶开水备好。

待到韩医师煎药完毕的时候，薛灵芝也刚好完事，取了个碗盛上药粉，又用热水冲了一下。

两碗药一碗黏稠，味道腥臭难闻，另一碗则清汤寡水，闻起来还有些清凉。

韩医师看了一眼那碗汤药，讥笑道：“不经熬煮药性如何激发，真是可笑。”

薛灵芝面不改色，解释说：“病人胃中积食，服用药剂虽能治病，却难免雪上加霜，不如减去一些药性，只做引导用途。”

“哼，我不与你争吵，效果一试便知。”

这时，张少白却阻拦道：“且慢！”

韩医师面露不悦：“怎么，想认输了？”

“我家治病喝药只是其中一步，尚有一步我还没做。”

“我倒要看你耍什么花招！”

张少白站在何大面前，仔细盯着他的眼睛，何大舔了舔嘴唇，显然有些紧张。

“之前听说过我吗？桃夭楼的‘白龙蘸水’就是我引来的。”

“听……听过。”

张少白又问：“那你信不信祝由之术？”

何大立刻点头：“我信！听我娘说隔壁许书生的癔病就是您治好的！”

“很好。”张少白仔细打量了一番何大，忽然伸手摸了摸他的肚子，发现肚皮胀得溜圆。他衣袖一抖，不知何时手中多了根银针：“把右手无名指伸出来。”

何大乖乖照做，然后感到指尖一凉，随后手指又被张少白用力一捏，伤口处顿时出现了一颗豆大的漆黑血珠。

这血怎会是黑色的？韩医师不禁瞪大了双眼。

张少白收回银针，笑道：“好了，你体内的邪气已被我逼出，喝药吧。”

话音一落，何大和何二同时开始喝碗里的药汁。韩医师本是胸有成竹，可在见过张少白的手段之后心里也有几分忐忑，他紧张兮兮地盯着何二，嘴里不住地念叨着，“快喝快喝。”

可惜事与愿违，何二本就胃中积食，肚子里哪还有地方再装一碗腥臭药汁，刚喝了两口便忍不住吐了一些出来。韩医师颇为恼火，大声骂道：“酬金还要不要了？要就赶紧全都喝下去！”

何二一听只好强忍着恶心将药尽数喝下，腹中胀痛难忍。他看向兄长那头，却发现何大正小口啜饮着那碗清汤寡水的药汁，看起来味道不错，没过多久就喝尽了。

除此之外，何二也见过许见鸿犯病时痴痴傻傻的模样，所以同样对祝由之术深信不疑。方才张先生只给哥哥扎了一针，却没给自己施法，这让他觉得自己体内的邪气尚未排出。

反倒是何大看到指尖滴下的黑血之后，还没喝药就觉得自己已经好了七八分，结果喝完药汁没多久便跑到屋外弯腰吐了个痛快。

顿时一股令人作呕的气息开始四散蔓延。

何二被这股味道一熏，也忍不住冲出去开始大吐特吐。

韩医师已经气得不知应该做出什么表情，五官挤到一起，显得既可怜又滑稽。他忍着臭气看了看何大何二吐出的东西，确定只是些食物残渣之后，便神色复杂地看向了张少白。

这下惨喽，费了老大力气找病患上门挑战，结果却落得个如此下场。

想到这里，韩医师心若死灰，想着自己不如一头撞死在这里算了。

没想到张少白却抢先说道：“‘仁和堂’的药物真是立竿见影，佩服佩服！”

韩医师目瞪口呆，他本以为自己会受到张少白的无尽奚落，怎么却变成了吹捧？

“这场比试算是让张某开了眼界，韩医师的医术可谓精湛，佩服佩服！”

韩医师那团纠结在一起的五官总算舒展开来，而且还红了老脸。

“正所谓不打不相识，输赢咱们就一并忘掉如何？”张少白风度翩翩地行了一礼，“本就是同道中人，今后这济世堂还需老哥多多照拂啊！”

韩医师赶忙回了一礼，说道：“张小先生说得有理，之前是韩某失礼了。”

“哈哈哈，我之前那些无礼的话，韩医师也切莫放在心上啊！”

“哈哈哈，那是当然，那是当然！”

一场比试忽然变成了商业互捧，屋外群众看得倒是兴起，他们亲眼见到仁和堂的药效立竿见影，也见到了济世堂的神通广大，纷纷想着以后看病就找这两家了。

何大何二更是满怀感激之心，赶紧把污秽统统收拾干净，之后便心满意足地跟着韩医师离去了。

张少白挥手说道：“韩老哥有空常来啊！”

薛灵芝看到此情此景，觉得有些疑惑，问道：“你怎么突然改了性子？”

张少白意味深长地道：“这叫处世之道。”

张少白的处世之道，或者说是张氏祝由的生存之道，就是他无论面对什么事件，首先想到的都是妥协和让步，从而息事宁人。牝鸡司晨一案中，如果不是张少白用“白龙蘸水”挽回了武后的名声，想必武后绝对不会对裴家善罢甘休，裴彦先更甭想去寺庙撞钟。伏龙牡丹一案中，也是他巧妙周旋，让薛灵芝平安脱身。

或许在很多人的眼中，这样的张少白算不上什么好人，然而至刚易折的道理谁都明白，祝由传承千年靠的就是说弯就弯，这才能够把不算昌盛的香火流传下来。

茅一川暗中观察张少白已有一段时间，两人算是对方屈指可数的朋友。但和张少白越是熟络，茅一川就看他越是不顺眼，明明是个胸有锦绣的少年，有必要在这般年纪表现得如此老成吗？

他深知张少白做的这些都是为了重振张家，他需要表现出足够的力量，这样才能被那些高高在上的人多看两眼，继而生出让他入局成为一枚棋子的心思。

可是这么做，最后会引来多大的危险呢？薛家的那场刺杀，张少白就险些命丧其中，被大火活活烧死，茅一川每次想起都心有余悸。

“或许是我不对，从一开始就不该让你入局。”

看着韩医师和围观人群离去之后，茅一川终于现身，看见白袍少年微微有些疲惫。

薛灵芝与他有过两面之缘，不算熟络，但还是主动打了声招呼：“茅阁主来了。”

茅一川板着脸，“我找他有事。”

张少白一脸不快，“又有啥事儿？”

“还需找个僻静之处细细与你说。”

“唉，麻烦！”

薛灵芝见状说道："后院有间屋子平时用来存放药材，若是不嫌弃就去那里说话吧，我会嘱咐其他人不要靠近。"

茅一川洒脱地抱拳："多谢。"说完便拖着张少白往后院走去。薛灵芝看着那个一脸无奈的白衣少年，不由自主地轻笑出声。

这些日子张少白帮了她许多，虽然看起来通通与治疗双魂奇症无关，但薛灵芝的确不再如往日那般疲惫嗜睡，薛兰芝更是只出现过寥寥数次。而且离了薛府之后，不再有人嫌弃她是"天煞孤星"，反而更多地叫她"薛医师"，似乎一切都在往更好的方向发展。

黑衣拖着白袍到了药房，两人并排坐在板凳上，张少白主动问道："案子查得如何，依然是一无所获？"

"嗯，线索实在太少，那些人的身上又没有什么标志，就算他们藏在洛阳城里，我也认不出来。"

"庞先生找不到，'九罗鬼车'的线索也找不到，我总觉得哪里怪怪的。"

茅一川眼睛一亮："你也有这种感觉？"

"这感觉就好像，有一条无形的线在牵着我们，让我们不由自主地去调查它想要让我们调查的事物……"

"是啊，牝鸡司晨案从灼灼查到了裴彦先身上，扯出了神龙见首不见尾的庞先生。伏龙牡丹案一番周折之后，线索的另一端也落在了庞先生那里。可是这个人到底是谁，他始终戴着青铜面具，从没有人见过他的真面目，我有时候甚至怀疑，庞先生会不会压根就不存在。"

张少白沉思片刻，忽然用力拍了一下茅一川的大腿，大声说道："我忽然有个大胆的想法！"

茅一川没什么表情，只是伸手默默推开了张少白的手："下次激动的时候打你自己就好，说吧，什么想法？"

"既然找不到庞先生，我们为何不干脆从局中跳出来，回到案子本身，换个角度重新梳理一下？"

"你说。"

"全洛阳乃至整个大唐，谁最想往武后身上泼脏水？"

"当然是那些和武后政见不合的人，可能是某些大臣，也可能是暗中兴风作浪的某些势力。"

张少白眯起眼睛："后来牝鸡司晨案和裴家扯上了关系，伏龙牡丹案又和薛家扯上了关系，这总不是巧合吧，凶手为何要这般大费周章？"

"到底是不是巧合，我也觉得十分困惑，幕后之人怎么就知道裴彦先会患上难言之隐，薛毅又一定会迷信鬼神之说，还往自家院子种了许多牡丹？"

"这没什么值得困惑的，是人就会有弱点，裴彦先就算没有阳而不举的毛病，沉迷酒色迟早也会发现其他毛病。薛毅就算不相信鬼神，也总有其他相信的东西。那位庞先生是个高人，以有心算无心，他总能得手的。"

"唔……你说得倒也有几分道理，"茅一川继续说道，"这么说来，这两起案子如果没有你我二人插手，造成的影响将会极为恶劣。武后会查出裴彦先和牝鸡司晨案有关，并因此怪罪裴家，薛家摊上了伏龙牡丹，和武后之间的间隙也会更深。所以说，玷污武后名望只是凶手的目的之一，他更深一层的目的则是离间武后和裴、薛二人的关系。"

"没错，凶手是故意把裴、薛二人卷进来的，也是他故意让我们查到这些！"

"武后性子本就多疑，发生了这等事情之后，即便她知道裴薛二人是无辜的，却也无法全盘信任了。"

张少白找了根树杈子，蹲在地上开始比比画画。他在地上画了两个圈，一个圈里写着"裴"字，还画了一只鸡，另一个圈里则写着"薛"字，还画了一朵花。同时两个圈里分别还写有"灼灼""天天""花匠""灵芝"等名字。

看得出来，张少白正在努力把这些人联系起来，尝试从中找到最关键的那一点。

只可惜，或许只有治病救人才是祝由先生的强项，破解谜案实在不是张少白所擅长的。他苦思冥想许久之后，突然气呼呼地用树杈抹去了地上的字和画。

茅一川看到此情此景，居然露出了一丝笑意。

张少白气愤道："想嘲笑我就尽管来吧。"

茅一川却说："别装了，张少白。"

"你啥意思？"

"我说你别装了。"茅一川的目光仿佛能够穿透人心。

张少白被看得一阵心虚，"这事儿太大了，我碰它就等于惹火上身，我还年轻呢，不想像我爹一样死得不明不白。"

"大火已经烧着你的屁股了，你装傻是没有用的。"

张少白把手里脏兮兮的树杈扔掉，叹道："如果说幕后之人是当今的太子殿下，这两起案子居然全都说得通，你说奇怪不奇怪？”

茅一川笑着摇头：“不奇怪，太子李贤与武后早就势同水火，这种时候损伤武后名誉的最大受益者也的确是他。”

“茅一川，我怎么觉得你一点都不惊讶呢，而且好像早就知道这两起案子和太子有关了？”

“你对朝堂局势一无所知，所以有件事你不知道。”

“什么事！”

“裴彦先和薛毅都是太子舍人一职，从属东宫。”

张少白仿佛遭了一记晴天霹雳，顿时愣在当场。短短的几息时间里，他在脑海中重新整理了一番案情，发现许多之前从未留意过的信息，比如裴彦先和薛毅都是自家二郎，按理来讲不能继承父亲爵位，又比如伏龙牡丹一案中见过庞先生的花匠死了，同样见过他的薛毅却安然无恙……

他越想越恐惧，难道这两起案件，真的是东宫一手策划，乃是对武后的一次进攻？当武后和裴、薛二人离心离德，那么这二人便只能偏向另一方……也就是太子。

张少白腾地站起，说道：“我这就收拾铺盖离开洛阳。”

茅一川问：“五年前的案子不查了？”

“不查了，小命要紧。”

“晚喽，我估计宫里的人已经快要到了，你还是收拾收拾准备进宫吧。”

“你说啥！”张少白气得简直发狂，双手狠狠掐住茅一川的肩膀，骂道，“茅一川，你他娘的坑我！”

茅一川盯着张少白的眼睛，严肃道：“别怕，我会护着你。”

怕什么来什么，药房外突然响起一道尖锐嗓音：“传张氏长子张少白入宫觐见。”

※

与此同时，东宫。

一处幽深宫殿，门窗紧闭，不见天日。四周墙上点着油灯，映得殿内一片昏黄，只是分不清这昏黄是日出还是日落。

有个高大男子站在其中，身材修长，肤色略黑，眉眼透着英气。他穿了一身黛紫轻衫，灯火下衬托得整个人贵不可言。

在男人身前约莫一丈处，挂着一道红纱帐，其后有道曼妙身影若隐若现，似是在整理衣物，许久后终于停下，俏生生地喊道："明允明允，我要开始了。"

这人的声音雌雄莫辨，透着一股子妖异感。

被称为明允的男子不耐烦地点了点头，只是目光却始终落在帐后的身影上，一刻不离。

宫殿里空荡荡的，那道身影忽然动了起来，虽然没有鼓乐声伴着，却依然惊艳至极。仿佛"她"足尖的每一次落下，便是看者心头的一记重锤。"她"双臂的每一次轻摇，都是古琴的一次拂扫。

若是明允看过桃夭楼的那场盛宴，便会发现此时此刻的这支舞和灼灼跳的如出一辙。只是"她"的无声，已然胜过了灼灼的有声。

红纱后的"她"轻轻跃起，落地的时候发出"咚"的一声，听得他皱起眉头。然而这还没完，"她"的身躯稍稍停顿，随即猛地爆发，开始不住地旋转。

那日灼灼便是跳到此处时离奇坠亡。

"她"不是灼灼，没有看到什么鬼车。"她"在天旋地转中恍恍惚惚，似乎已经置身无穷星空，而明允就是"她"眼中最亮的那颗星星。

人儿转得太疾，带起一股香风，就连红纱帐也被吹得轻晃，露出了丝丝缕缕的春光。

明允看着这等绝色，不知为何却攥紧了双拳，眼睛也微微蒙上一层红色。

或许是那层红纱的倒影吧？

"她"转得越来越快，像是一颗已经到了极致的陀螺，终于在某个时刻，迎来了戛然而止的结束。

周围的红纱帐忽然落下，露出掩藏在其中的那道身影。"她"的身子蓦然停顿，就连衣裳都没能跟上"她"的速度，仍旋转着将"她"包裹起来，就像层层花瓣护着花蕊。

下一个瞬间，花瓣绽开，凋零，落了一地。

露出了真真正正的"她"。

不，应该是真正的他。

他的脖颈长而雪白，不过上面却有微微凸起。他赤裸着上身，之前只用一匹血红色的绸缎将自己层层缠好，当作衣裳，但随着这支舞到了尾声，那匹绸缎已经彻底松开，散落在地。

“刚才的舞好不好看？”他笑起来的模样就像个孩童，天真且不带丝毫忧愁。

明允站在他的对面，整个人显得更加深邃、漆黑。

“你还是不愿意和我说话？”

明允沉默许久，还是叹道：“只是有些倦了。”

“也是，太子哪里是那么好当的。”他的笑容变得有些悲伤，“明允，有时候我真希望你不是太子，咱们就像小时候那样，可以天南地北地玩耍，我昨晚还梦见咱俩在大明宫放风筝来着……那风筝飞得好高好高，真想让它带我出去啊。”

当今大唐的太子，名贤，字明允。

李贤看着对面那人的双脚：“如果你想出去的话，随时都能出去的，我从未下过将你幽禁此处的决定。”

他洒脱地笑了笑，说道：“可我就是要让天下人知道是你把我关在了这里，只有这样那些人才会放过你，不再给你扣上喜好声色、豢养男宠的帽子。”

世人都知道，太子李贤养了一个男奴，叫赵道生，长得国色天香，比长安和洛阳所有美人加起来还都要美丽。

然而世人不知，其实赵道生并没有那么美，他只是一个有些瘦弱、肤色惨白的普通男子罢了。除了长相阴柔，男生女相之外，他并不似外界传言中的那般妖艳。

李贤说：“外面的大好江山，难道你就不想出去看看？只要离开了东宫，你就是自由身，我可以向你保证，没有人会拦着你。”

赵道生却说：“我当然很想去，可一想到你不去，我也就不太想去了。”

“废物！”

“我不是废物，我能做到的事情很多，”赵道生解开腰间红绸，重新穿上青衫，颇像是一个女扮男装的俏公子，“有朝一日你愿意同我一起出去走走，就会知道我不仅会做野味，还会做木筏……”

他扳着手指头边说边算，后来居然发现两只手已经不够用了。

李贤依然皱着眉头：“你从哪儿学了这些，还有这支乱七八糟的破舞？”

赵道生笑嘻嘻的：“是人就有秘密，再说了我从小就进了王府，你还怕我跟别人学东西害你不成。”

“可不敢这么说，当初王府下人近千，唯独你一口一个‘我’，丝毫没有做下人的觉悟。”李贤的脸上稍微有了些许笑意。

“怎么就没有觉悟了？你让我跪着我不敢趴着，你要我死了我不敢活着，这还不算绝对的服从吗？”

李贤叹道：“是啊，你肯跪着，王府上下就你跪得最好看，恨不得把头杵进地里，要多卑微就有多卑微。可你偏偏心比天高，比我还要更高。”

“你生于皇家，我生于泥泞。你的心本就在天上，自然没法更高了。可我总觉得人生下来总要留口骨气，我愿意把命给你，可我就是不愿意把管自己叫‘我’的权利也扔掉。”

“那次我打了你二十九脊杖，你奄奄一息的时候，也是这么说的。”

“哎呀，说起那天就觉得心有余悸，要是你心狠手辣再多打一下凑个整数，我怕是真就死喽。”

回忆起了往事，李贤忽地笑了起来，他的笑声爽朗，回荡在殿中许久仍萦绕不散。

赵道生看着李贤的笑脸，眼睛弯成了两道月牙。

然而下一刻，李贤便突然不再笑了，他的表情重新变得阴郁，令人望而生畏。

他问赵道生说：“你说，若是有天我当了皇帝，是不是就可以变得自由？”

赵道生仔细想了想，摇头说：“不会，到时候天后变成了太后，你依然飞不出她的手掌心。”

李贤咬牙切齿道：“如果她也不在了呢？”

赵道生没有接话，因为无论他说什么都是大不敬。李贤待了一会儿，觉得无趣，于是离开了这里，临走时说了一句，“那舞以后别再跳了。”

赵道生蹲在地上，收拾着地上的红色绸缎，轻声念叨着：“明明喜欢却说不喜欢，你这别扭的性子还真是一点都没变。”

红绸拂过地面，收入他的怀中，然后露出了那双洁白如玉的脚……还有脚下的血迹，脚趾也以一种不可思议的角度弯着。

无色天罗舞，飞得越高，转得越快活，停下的时候就越痛。

正如贪恋流连无上权力的俗世众人。

洛阳宫原本是叫作紫微宫的，后来在贞观元年被改了名字，这便是权力的魅力所在。东宫比起洛阳宫很小，只在东南一角占据了些许地方，宫里没什么值得一说的地方，或许只有马厩还算有些许生趣。

就连李贤自己也说不清，到底是曾经的王府住着舒服，还是这东宫更加舒坦一些。

离了那所凄凄切切的宫殿，他身在洛阳宫的角落，向着另一头远远眺望。那边休憩着一头年迈的老龙，还有一只不可一世的凤凰。只要他们还在，李贤这只幼兽就永无自由。

他觉得自己就像是白日里的月亮，时时刻刻想着太阳何时落下；也像是黑夜里的太阳，苦苦煎熬期盼着月亮的离去。

这种痛苦如永昼或是永夜那般持续着，他渐渐觉得有些腻了，不知道自己还能坚持多久。

此时此刻，李治同样不知道自己还能坚持多久。

偌大的洛阳宫，他最喜欢的便是贞观殿，所以只要得了闲暇都会待在这里养病。或许是因为“贞观”这个年号会让他想起先皇，继而在回忆里重温一下皇室难得的骨肉亲情。

一张珠帘，仿佛将贞观殿隔绝成了两个世界，他在后面静静躺着，明崇俨则轻轻为李治按压着头部，还点了一支味道奇特的香。

嗅到这股香气，李治感到头部的疼痛减弱许多，他缓缓睁开眼睛，眼白上竟布满了赤红血丝，看起来十分可怕。可明崇俨没有丝毫变化，双手的力度依然均匀，因为他早已看不到这一切了。

李治舒了口气，叹道：“有时候朕在想，若你当初没有双目失明，是否真的可以治好朕的头疾。毕竟整个大唐的名医朕都见过了，唯独你的法子最有用。”

明崇俨恭敬道：“可问题就出在这里，既然只有臣能治疗陛下的头疾，那么，如果陛下的头疾是有人在暗中毒害，臣的嫌疑也就最大。”

李治笑道：“呵呵，自古帝王最是多疑，朕也是老了之后才忽然明白这个道理。”

珠帘内的气氛是温馨且宁静的，大唐的皇帝终于摆脱了疼痛，不知不觉打起了轻鼾。明崇俨闻声缓缓停手，跪坐在地上，将心神转向了珠帘之外。

是他举荐张少白入宫，有心助他重查五年前的案子。可这“一入宫门深似海”的话不只是随便说说，在皇宫行事可谓是一步一危机。

而从未和宫里打过交道的张少白，能走到哪一步呢?

第十章｜咫尺生亡

珠帘之外，一片肃杀之气。

武后高高在上，正饶有兴趣地打量着下面的那个少年。在她眼里，那是个油滑如同泥鳅一般的小子，入宫之后礼仪得体，举止落落大方，就连跪倒的姿势也比普通人更合乎规范。

看来有人曾经教过他这些，那人是谁，张云清吗？

想到了张云清，便会再想起曾经的太子弘，武后的神色没什么变化，可是空气却仿佛瞬间寒冷了不少。

张少白跪得双腿有些发麻，却丝毫不敢动弹，脑袋也是乖乖低好。不知为何，他入宫已有些许时辰，可他跪下行礼之后，却迟迟不见天后说话。

是自己做错了什么？

洛阳宫是不少人的伤心地，武后思念李弘的时候，张少白也想起了自家父亲。犹记得年幼的时候，父亲抱着自己走街串巷，和形形色色的人擦肩而过，为的是让自己从那些人身上看到一些“气”。

这便是张氏祝由的不传之秘：“望气之法”。只可惜，张少白险些看瞎了眼睛，却什么都看不到。

父亲对此不急不躁，只说是火候未到，就算是榆木疙瘩也迟早会开窍的。

张少白不服气地顶嘴道，“望气之法”能有什么用？就算是看到那些人身上的气，也无法改变他们的命啊。

父亲却说，若是有朝一日你能进宫面见圣上，就会知道“望气之法”的玄妙之处。

张少白没想到，父亲口中的“有朝一日”居然真的来了。虽然高高在上的那位不是皇帝，但她这些年做的事情却和皇帝差不了多少。

贞观殿外明明是炎炎夏日，殿内却透着一股阴冷气息，张少白感觉后背已被汗水打湿，随即便又成了瘆人的寒冷，让他不由自主地战栗起来。终于在他忍受不住的时候，武后开口说道：“你就是张少白？”

这可真是一句废话。

但张少白可不敢把心中所想表露出来，只低着头恭敬答道：“回天后话，草民就是张少白。”

“我听闻，一场大火烧了你们张家在长安的宅子，你的母亲和小妹全都葬身火海。”

不知武后为何提起此事，张少白双手猛地攥起，随后又强忍着心头怒火将手指一根一根舒展开来，沉声回答道：“是。”

武后轻叹道：“唉，我的一儿一女死于非命，你却年纪轻轻就没了母亲，和我倒也有几分同病相怜之处。”

天后的这番话可谓出乎意料，武后辅政多年，极少露出这等软弱之态。似乎自打她接触政事，再到与李治平起平坐，便再未回忆过那段苦不堪言的往事。可她越是如此，张少白就越谨慎，因为屠夫在杀猪之前偶尔也会表现出些许温柔。

事实证明张少白想得没错，武后并没有和他叙旧讲故事的心思，她轻轻地拍了下手，便有一个身披甲胄的人走入殿内，他的脚步结实有力，落在地上发出重锤般的响声。这人走到张少白的身旁，然后向着武后扑通跪下，重重地磕了一个响头，却没有开口说话。

武后缓缓坐下，一副看戏的模样：“认识这个人吗？”

张少白抬起头看了一眼，随后瞳孔便紧缩如针尖大小，他赶忙低下头回答道：“回天后话，草民见过此人。”

他当然记得这个人，那日张少白与薛灵芝偷偷溜出别院玩耍，结果亲眼看见一个军卒纵马险些撞死小乞丐漱儿。虽然那人走得很急，但张少白还是记住了他的面容。

可为何武后却要让此人进殿？张少白心思一转，顿时明白这是武后在向他传递一个信息，那就是“关于你的一切我都知晓，不要说谎，更不要动歪心思”。这便是一国之母的力量，她只是在见过“白龙蘸水”之后对张少白有些好奇，想要查一查少年，结果就把少年的底细掀了个底朝天。

想要逃脱帝国的监视，要么让自己成为一个死人，要么让自己活得不再像是一个人，就像五叔那般，也像时刻戴着青铜面具的庞先生那般。

武后悠悠说道："此人身份特殊，乃是宫中禁军，他那日纵马洛阳是为了传递军报……张少白，你觉得我应该如何处置他？"

珠帘之内的明崇俨听到这句话，脸色微微有了些许变化，他知道，杀机已经显露，就看张少白如何应对了。

张少白虽然年纪轻轻，但这些年四处行医早已练就一副玲珑心思，他也瞬间觉察到了危险。可到底应该如何回复武后的问题呢？那个军卒身份特殊，甚至可能是密谍一类的职务，他手中的急报或许牵扯到整个大唐，那么他为此险些撞死一个小乞儿便算不得什么。

若是从漱儿的角度去看，事情又有所不同，军卒虽然没有延误情报，却触犯了大唐律法，公然于闹市纵马。而且小乞丐能够活下来乃是因为遇到了略懂医术的薛灵芝，假如他没有遇到好心人呢？一定是必死无疑了。

在寻常人眼中，一个军卒的命肯定远远大于一个小乞丐，可是在武后眼中，两者其实没什么区别，都是大唐的子民罢了。

这个问题看似简单，实则暗藏玄机，无论张少白如何回答，都相当于间接表明了自己的立场和心境。他可以认为军卒是无罪的，也可以认为小乞丐是值得同情的，但这些全都不是正确答案。

张少白回答道："天后如何处置此人，草民万万不敢多嘴。"

武后的脸上顿时有了笑意："原本以为你就是个滑头，现在看来倒还知道天高地厚。"

"草民叩谢天后教诲。"话说得轻巧，只有张少白自己清楚，刚才他在鬼门关徘徊了多少次。

可能是张少白的答案令人满意，武后重新打量了一番少年，发现他和明崇俨乍一看有许多相似之处，一大一小两个白衣，难道这是祝由的规矩？不过再仔细看看，便又发现两人实则天差地别，明崇俨是个温润如玉的君子，而张少白更像是一颗圆滚滚的石头。

圆即是圆，不守规矩，或许这个少年真的可以给人带来一些惊喜。

武后说："我再问你一遍，此人如何处置？"

这次她没有说“我”如何处置，那么张少白的回答也就不算是不知天高地厚。少年略微想了想，回答道：“他虽然闹市纵马，但也有其缘由，而且被撞的小乞丐现已安然无恙。草民认为略施惩戒，让他长长记性即可。”

武后轻嗤一声：“你张嘴给他看看。”

那名军卒把头转向张少白，张开血盆大口，张少白这才发现此人的舌头竟是连根不见。

“满意吗？”

张少白没有答话，而是立刻把头叩在了地上。他的身子有些颤抖，一半来自恐惧，一半来自愤怒。

军卒在武后的示意下离开了贞观殿，武后笑着叹道：“说白了终究还是个孩子，你同情他了。”

“草民……回天后话，是。”

“懂得同情是件好事，但不一定是对，”武后盯着张少白说道，“抬起头吧。”

张少白乖乖抬起脑袋，视线与武后交错在一起。

可能是等这一刻等了太久，张少白鬼使神差地施展起了“望气之法”，紧接着脸色剧变，赶忙将视线转移到了其他地方。

武后并未觉得惊讶，这世上敢于和她对视的人已经不多了，只是不知道是不是出现了幻觉，她刚才隐约从张少白的眼中看到了一道光。

这时张少白的心里已经掀起了滔天巨浪！

在他施展“望气之法”的刹那，他居然从武后的身上看到了一条金灿灿的盘龙！

“父亲教的‘望气之法’果然不靠谱，我一定是看错了。”张少白坚定不移地认为是自己眼花了。

一个女人身上怎么会有龙气？这绝对不是真的！

张少白在心里嘀咕了许久，终于将烦乱压制下去，确定自己还是技艺不精，所以“望气之法”才会出现那么大的差错。

武后自然不知道张少白在想什么，她只是觉得这个少年长得还不错，看起来也像是个乖巧的。想必张云清为了培养后人，花费了不少的心血。

关于祝由之术，武后从明崇俨那里听说过许多，早年在后宫的争斗中更是见识过不少。故而她也知道太子李弘之死大有蹊跷，而且张云清也的确无辜，但是太子死得不明不白，那么天帝天后的怒火总要有个可以宣泄的地方。

于是在查案一途毫无用处的咒禁科就成了那个地方，张云清因此下了大狱，口中反复呢喃着“不能说”三个字，最后含恨而终。

对武后来说，如果有人能够破解太子弘的案子，揪出真凶，她鸩杀长子的流言也就不攻自破，这无疑是一件好事。但是谁能破掉这个案子成了另一个难题，明崇俨早年瞎了双眼，行动太不方便，而他所举荐的张少白又太过年轻，且立场不明。

若想重用此人，便只能……

武后忽然开口说道：“我此番找你乃是有事请教。”

张少白赶忙回复：“草民不敢。”

“这些天来，我被梦魇缠身，夜不能寐，每次闭上眼睛就恍惚见到恶鬼，实在是心烦得紧，你可知道这是何故？”

“回天后，梦魇这等邪物并不罕见，不过弄清它为何纠缠天后不放乃是解决的关键。”

武后微微挑眉：“哦？你起来说话吧。”

张少白闻言乖乖起身站好，身子微微有些摇晃，因为双腿已经失去了知觉。这刚开始倒勉强还能撑得住，可是到了后来渐渐有了感觉，酥酥麻麻如同蚂蚁在上面来回爬动，实在是无法忍受。

少年咬着嘴唇，屁股和双腿极其轻微地扭了扭，却是隔靴搔痒，没啥作用。

“难受就动一动吧，本就是跳脱的性子，却在这里跪了许久，也算是难为你了。”武后掩唇轻笑，她觉得此时此刻的少年才是一个真正的“少年”。

隐忍，从来都不应该是少年的品质。

张少白一听武后这么说，便赶紧做了两个蹲起，又用力甩了甩两条腿，然后有些犹豫地看向武后。

天后只是淡淡地瞧了他一眼，没说什么。

于是张少白又跳了两下，这才感觉双腿的酥麻感全部退去。

“真是个得寸进尺的小猴儿，”武后轻轻骂了一句，“舒服了就好好说话，再敢乱蹦乱跳，我就把你丢进热锅里，让你蹦跶个够。”

“草民不敢了，”张少白站得笔直，面色也恢复如常，身上那种“得道高人”的气质再度出现，“请问天后，您是否看清了那个梦魇的模样？”

武后摇了摇头："没有，但我隐约记得她有长发，应该是个女鬼吧。"

"草民斗胆，请求去天后的寝宫调查一二，或许能找到些蛛丝马迹。"

"你心里有数就好，"武后的手指轻轻敲打着龙椅扶手，"此事便全权交给你了，明大夫对宫中较为了解，就由他来助你解决此事。"

珠帘之后的明崇俨闻言缓缓走出，武后问道："陛下怎么样了？"

明崇俨弯腰答道："还在睡着。"

"唉，陛下的头病发作越来越频繁，我又遇上了梦魇这等邪物，看来这大唐的太平日子……"武后并没有把话说完，而是去了珠帘之后照顾李治。

这样一来，贞观殿里就只剩下张少白和明崇俨二人。

明崇俨双目虽盲，行动起来也比较迟缓，但步伐却稳定且准确。他带着张少白走到殿外，随即向后宫走去。

※

一出宫殿，顿时阳光洒了满身，整个人终于暖和起来。两人自打薛府一别，已是半月未见，明崇俨笑意如故，仿佛把张少白当成了自己的亲人："我刚在后殿听见你与天后的对答，真是为你捏了把汗。"

张少白对明崇俨却始终保持着距离，不知为何他就是觉得同行应当相轻，明崇俨越是亲近就表示越有古怪："我也吓得够呛，差点就中了圈套丢掉小命。"

"幸好你机灵，"明崇俨道，"对了，卓主事现在怎么样了，伤势可否好些？"

"好得很，他现在带伤休养，每天也不去刑部办案，反倒是赖在一个卖醪糟的小娘子那里，非说一天不喝十几碗醪糟就心慌难受。"

"哈哈！"明崇俨笑道，"卓主事当真是个妙人。"

卓不凡的确是个妙人，明明是个贪生怕死的鼠辈，却一个人放倒了三名刺客，还硬是护着明崇俨直到茅一川赶来救援。而且他肚子上的伤口极其危险，换成寻常人怕是早就一命呜呼了，没想到卓胖子挺了过来，现在跟没事人似的。

张少白伸了个懒腰，转而问道："天后到底是什么情况？"

明崇俨边走边说："不太清楚，此事大有蹊跷，我感觉和之前洛阳发生的怪事有些干系。"

“你都搞不明白的事情，难道我就能弄明白啦？”

“这可不一定，毕竟我的眼睛瞎了。”

张少白撇了撇嘴，他现在总算搞清楚了状况，原来自己被带进宫里是因为武后患了梦魇的怪病，而明崇俨却对此束手无策，故而举荐他来治病。

面对武后的时候张少白十分拘谨，可一旦离开武后，他的心思便瞬间活泛起来。这可是个天大的好机会啊，如果治好了武后，那么张氏祝由就可以重新名扬天下。而且，张少白甚至可能争取到重查五年前旧案的机会。

明崇俨叮嘱道：“少白你记住，皇宫不比外面，在这里你要注意自己的一言一行，绝对不要犯错，否则就可能引来杀身之祸。后宫更是禁地中的禁地，你进去之后管好眼睛，不该看的绝不能看，明白吗？”

“我怎么感觉你是后宫的常客呢？”

“自古祝由传男不传女，可后宫阴气重，极易发生种种诡事……我这个瞎子自然就成了最好的治病先生。”

张少白叹了口气，开玩笑道：“真不知道应该同情你，还是羡慕你。”

明崇俨也叹了口气，露出一个意味深长的苦笑。

这份“意味深长”，到了后宫之后张少白才算亲身领会。

有人曾说，洛阳后宫的美人比牡丹还多，虽然说得有些夸张，但后宫的规模却也可见一斑。大唐仿照前朝，于后宫设立了六局二十四司，武后掌权之后更是大肆扩充，若是仔细算算，这后宫光是女官就有万人。

刚刚一入后宫，张少白便感觉眼睛已经不是自己的，无论他怎么控制，眼前都是牡丹花般形形色色的女子。抑或是女子太多，以至于无论他看向哪里，都免不得唐突佳人。

明崇俨走得不急不慢，对此早就习以为常，他轻声说道：“之前陛下建了上阳宫，已经迁去了不少人。”

“这都已经是迁走不少宫女之后的情况啦？”

“别大惊小怪的，低头走路就是。”

初夏时节已有几分炎热，故而后宫女子穿着也都清凉起来。毕竟这里不常来男子，所以宫女的打扮也就没什么忌讳。以往即便来人，也不过是太医或是明崇俨，前者大多老气横秋，后者又什么也看不见，没想到这次来了个少年郎，白衣翩翩，长得也俊秀好看，顿时后宫便如同炸了锅一样。

一大一小两个白衣，对女子来说甚是养眼。

胆小害羞的女子赶紧藏了起来，以免被那个陌生男子看到裸露在外的肌肤，稍微大胆一些的则不忙不慌，反而对着张少白指指点点。

张少白上一次受到这种待遇，还是在温柔坊。他微微眯起眼睛，双眼简直无处可放，这后宫到处都是花色映着雪白，最后他干脆大方起来，该看就看。

温柔坊里都是地上的女子，后宫都是天上的女子，比起来也没什么了不起。

而且这里的女子，都不如某个爱穿鹅黄衣裳的小娘子好看。

突然，有个绣球扔了过来，在地上滚了几滚，然后“拦住了”明崇俨的去路。

明崇俨只得停下脚步，不好一脚将其踢开，更不好弯腰捡起，所以有些为难。张少白倒是大大咧咧地将其捡起，一看做工精致，上面的绣图更是美妙。

“明大夫，这是什么意思？”

“找个干净地方放好，不要耽误工夫。”

明崇俨罕见地严肃，继续向前走去。张少白随手将绣球放在一旁，然后赶紧追了上去，开始不停地絮絮叨叨：“这里的宫女都这么放肆吗？”

“大唐盛世，万国来朝。后宫的人也知道这些，所以骨子里透着骄傲，再加上天后心思大多放在朝政上，反而疏忽了后宫的管教，这里也就变得松散起来……说起来这也不是坏事，毕竟不过是一群女子，活得自在些又能怎样？”

有个小宫女正直勾勾地盯着张少白，不料张少白忽然看向自己，还做了个鬼脸，顿时吓了一跳，随后又捂着嘴笑了起来。

明崇俨颇为无奈地叹了口气，为了阻止张少白的胡闹，只好和其讲起了自己初次入宫的场景，转移一下少年的心思。

“我初次入宫时，陛下出了道难题测试，想要看看我是否有真才实学。”

“什么难题？”

“往你的右手边看，那里有座假山，陛下说那座假山每到正午便会传出奏乐之声，实在是太过恼人，让我把此事解决一下。”

张少白依言看去，果然有座假山：“难道是假山会自己奏乐？”

明崇俨继续讲道：“当然不是，所谓怪力乱神总有人为。”

“那你是怎么做的？”

“我画了一道‘惊心符’，于院中将其烧尽，随后奏乐声就停止了。”

张少白苦思冥想了一番，也没想起“惊心符”是个什么东西。

“别想了，天脉三家各有神通，我这一脉擅长的秘符你肯定没听说过。”

“那道符有什么用处？”

“陛下在假山下面挖了条地道，里面藏着几个宫女，每到正午就开始奏乐，其实这是陛下故意刁难我而设的一个局。我用了‘惊心符’后，那些宫女便会突然见到恐惧幻象，故而也就停止了奏乐。”

张少白佩服道：“明兄的祝由之术果然厉害，小弟佩服。”

明崇俨微笑道：“怎么突然改了称呼？”

“小弟在想，明兄既然会这么一手，咒禁科的博士理应由你来当才对。”

“呵呵，别看正谏大夫是个五品官职，但也不过是个虚职罢了。你父亲所在的咒禁科却是统领天下祝由的核心所在，官职虽小却举足轻重，我是万万比不了的。”

“对了明兄，敢问你们一脉的秘符是否外传？”

“传闻你们张家有三道秘法，其中‘望气之法’更被称为术中魁首，敢问是否外传？”

“不传。”

“巧了，我家的也不传。”

张少白翻脸如翻书：“明大夫还是快些带路吧。”

明崇俨哑然失笑：“臭小子！”

前些日子洛阳有人搅风弄雨，害得武后心烦意乱，于是便搬到瑶光殿住了几日。此处挨着九州池，风光颇好，水汽氤氲也极为养人。

两人有说有笑地来了此处，想是武后之前已经下过命令，所以一路畅行无阻，就连瑶光殿也空空荡荡，专门为二人的调查做好了准备。

这瑶光殿装饰可谓极尽奢华，其中有凉亭小池，甚至还建了一座白石小桥，看上去玲珑可爱，别有一番风味。武后休憩之处位于殿内深处，比起外界的奢华显得简朴许多，里面并无太多珠光宝气，反倒更像是寻常大户人家的书房。

明崇俨介绍道：“此处偶尔会被用来批阅奏折，但平时很少住人，所以里面的床榻等物都是新添不久。”

张少白将房间格局细细打量了一番，面色凝重：“你对这里有何感觉？”

“只是隐隐觉得不好，可惜我什么也看不见，所以说不清是哪里不好。”

“屋里放了十数块铜镜，东南西北四角各设烛台，这是为了照明？”

“应该不错，毕竟陛下和天后时常忙至深夜。”

张少白走到房间一角，从袖中摸出个火折子，然后点燃了该处的烛台。此处烛火一亮，顿时映在四处铜镜之中，而铜镜之中的烛光又再度投映到其他铜镜，这般循环下来，整间屋子瞬间亮得如同白昼。

“天后自打住到这里之后，便遭梦魇缠身？”

“也不全是，天后在长安的时候便时常这样，尤其是萧、王二人死后。我还曾经在大明宫做过一场法事，驱散了那二人流连不去的亡魂。但那之后天后仍是心有戚戚，所以时常求着陛下摆驾东都。”

张少白疑惑道：“那在此处惊扰天后的又会是谁？”

“天后说应该是个女子，长发及地，每夜都会双手掐住天后的脖子，口中反复呼喊着‘还我儿来’。”

“还我儿来？天后抢了别人的儿子？”

“也有可能是……杀。”

不知为何张少白忽然想到了前太子李弘，外面一度传言是武后鸩杀了自己的长子，可这完全说不通，如果真是这样，那么掐着天后脖子的人……就是她自己。

张少白深深蹙眉，感觉事情变得尤为棘手，他现在身处皇宫，行事多有不便，而且若是此事不能给武后一个十全十美的交代，只怕自己小命不保。

“我尚且不能肯定，但屋中的铜镜或许有些蹊跷。”

明崇俨问道：“你是指有人在故意用这些东西害天后？”

“也可能是无心之举，毕竟这间屋子本不是用来居住的。”

“有些道理，那你打算如何确认此事？”

张少白试探道：“我能不能在这里留一夜？”

明崇俨脸色一变：“后宫怎可留宿男子，少白休要胡思乱想！”

虽然遭到拒绝，但张少白却仿佛成竹在胸，笑嘻嘻地说道：“天后既然派你陪我调查此事，肯定给了你不小的权限，你少在那里装模作样地吓唬我了。”

“你本就身处险境，如若贸然留宿宫中更是惹祸上身。”

“不入虎穴，焉得虎子。更何况我已经入了虎穴，住上一晚也没什么大不了的。”

“你当真要如此？”

“一点不假！”

明崇俨重重地叹了口气：“好吧，不过明日一早天后定会问询此事，你到时候若是找不出丁点线索，我也帮不了你。”

“富贵险中求嘛。”张少白一口吹熄了面前的烛火，他的眼睛显得很亮，好像那团烛火仍然燃烧在他的瞳孔之中。

能否重查五年前的旧案，就看他如何帮着武后解决梦魇一事了，为此冒些风险也无不可。

日头西下，黄昏匆匆而过，转眼间天色便暗了下来。明崇俨找了个僻静角落打起了坐，一言不发，就连呼吸声也轻不可闻。无聊的张少白试着和他说过几句话，却得不到任何回应，最后只得作罢，转而把瑶光殿转了个遍。面对那些名贵物件的时候，少年强压住心头诱惑，否则真要顺手拿走两件出去卖钱。

出乎意料的是，即便到了深夜，殿外依然无人看守。张少白知道这是武后传递的信息，首先她不担心一个小小祝由能翻起什么风浪，其次她给了张少白充分的自由，若是查不出东西那不如干脆自刎算了，免得脏了她的眼睛。

张少白其实是有些紧张的，毕竟他对梦魇到底从何而来也没多大把握。可是如若他连这个事情都解决不了，那么五年前的案子就更是碰都甭想碰到。

少年心甘情愿地走了一条死路，并且要用尽全部力气从中找到出口。

之前有宫女来过一趟瑶光殿，为二人点燃了殿中各处灯火，但卧房处却被张少白拒绝了。他心头有一个疑惑，需要在黑暗中方能解开。

明崇俨如老僧入定，依旧一动不动，也不知道他修炼的到底是哪脉的祝由术，感觉和张氏祝由截然不同。

屋子里一片昏暗，张少白摸着黑走到窗子旁边，轻轻摆弄了一番，将其推开一条缝隙。

有缕月光顺着缝隙进入房中，刚好照到一面铜镜上，随即铜镜之上的月光又映在另一面铜镜上，如此交替反复，下一刻整间屋子竟处处充斥着月光！

张少白感觉真相已经触手可及，他说道：“明大夫，你快来帮我个忙。”

明崇俨睁开眼睛，缓缓站起身来，问道：“何事？”

“你过来站好就行。”张少白将明崇俨扶到了窗户边，让他的半边身子遮住了月光，顿时屋子变得暗了些许。

接下来张少白做了件胆大包天的事情，他居然大咧咧地躺在了武后的卧榻之上!

明崇俨有种不祥的预感：“少白你在做什么？”

张少白没有答话，因为他早已陷入震惊之中。不知这间屋子是何人设计，床榻的位置视线极为诡异，居然能够看清四周所有铜镜。

此时此刻，明崇俨的上半身躯遮住了月光，于是被月光照亮的铜镜上便出现了模模糊糊的半个人影!

而更可怕的是，这半个人影映在每一个铜镜上面，躺在床上看去就好像被无数鬼魂包围了一般!

“少白，到底怎么了？”

张少白转头看向明崇俨，恍然大悟，原来一切都是月光和铜镜捣的鬼。如果把明崇俨所在的位置换上其他东西，比如一个木偶，就可以营造出更加诡异恐怖的氛围。

可是，这一切到底是谁做的呢?

明崇俨重重地叹了口气，“我感到这间屋子透着不寻常的邪气，可惜我看不见到底是怎么回事，你能和我解释一下吗？”

总算是弄懂了房间布置的古怪之处，张少白解释道：“那扇窗子只要打开一点点，便会透入月光，而月光又刚好照在铜镜上，继而铺满整个房间。可是只要有人在窗边放些东西，便会造出无数恐怖的黑影，将床榻重重包围。在这种情况下，任谁睡着都难免受到影响，然后被梦魇缠身！”

“原来如此，”明崇俨若有所思地点了点头，“这么说来，只要把这些铜镜撤掉就可以了。”

张少白却摇头道：“还不够，铜镜只是小把戏而已，但真正导致梦魇缠身的却是自身。心魔越重，引来的梦魇也就越强烈，我既然受命给天后看病，就不能治标不治本。”

“你有这种想法是对的，可你打算如何治疗天后？”

“找出梦魇的真实面目乃是关键，只有这样才能对症下药，可这事极可能关乎皇室隐秘，恐怕天后不会同意。”

就在这时，一阵脚步声传来。

“我为何不会同意？”

※

下一刻，只见武后在众多宫女的陪同下如众星拱月般款款走来，只不过此时的武后不着粉饰，比起白日的装扮多了一分柔和。有个宫女进了卧房，将四角的蜡烛点燃，随后便弓着身子回到了天后身后。

张少白吓得赶忙滚下床榻，跪倒在地："天后恕罪！"

"臭小子，你若治不好我的病，休怪我两罪并罚！"

两罪并罚？让一个人死上两回吗？

张少白反应过来，武后这是懒得追究自己的不敬之罪。她屏退了左右宫女，让她们去殿外候着，一时间屋内只剩下武后、明崇俨和张少白三人。

武后说道："我把所有都给了陛下和大唐，没什么不可言说的秘密，你不必忌讳这些，有什么招数就尽管施展出来吧。"

明崇俨对张少白说道："之前我已试过'摄魂之法'，可天后魂魄异于常人，难以撼动，所以这个方法是绝对行不通的。而且此法即便可用，怕也没什么大用。"

本以为张少白会因此颇为失落，没想到他反而抬起头咧嘴笑了起来："不瞒天后，我张氏祝由有一妙法名为'入梦之法'，或许有用。"

"入梦之法"，乃是张氏祖传，后由张云清修改完善。说起它的来源，还有一件旧事。祝由流传千年，所用最多的便是"摄魂之法"，可以凭借其分辨谎言、窥探隐秘，甚至达到操控人心的程度。然而"摄魂之法"却有一弊病，那就是它只能让人说出自己知道的事情。

可有些事情却看似已被遗忘，成了"不知道"，其实却依然记得，比如往事，又比如梦境。

张云清就曾遇到过一个这样的病人，此人整日浑浑噩噩，一天要睡上十多个时辰，可醒来之后又完全记不得梦见过什么，明明身体毫无问题，却就是想要时时刻刻睡去。张云清便是为了治他而施展出改良的"入梦之法"，使其想起梦境内容，从而找到了此人嗜睡的原因。他并非身体有恙，而是有邪祟入了梦境，化身成美妙女子，这才令他流连忘返。

如今张少白便要重新布置一下卧房，为施展"入梦之法"做些准备。

武后安稳地坐在床榻上，看着张少白忙前忙后，将四周墙上的铜镜通通摘除，还一个劲地解释说“梦魇都是这些玩意儿招来的”，心中不禁觉得有些好笑，还有一些惆怅。

她对玄学方术并不陌生，早在二十多年前就有两个人曾试着用“厌胜之术”谋害于她。虽然最后并未成功，还因此遭到反噬，但武后每次想起仍有些心有余悸。

世人传言，说武后是个命硬的人，以至于万般邪术都难以伤害。可她不仅命硬，更是铁石心肠，连自己的亲生骨肉都下得去手。所以她为了后宫之主的位置，亲手掐死了女儿安定公主，又为了掌握大权，毒死了太子李弘。

流言蜚语就像看不见的刀枪剑斧，令武后苦不堪言。皇帝嘴上说着不足为信，实际上却渐渐有所疏离。这世上的道理就是这般，三人成虎。到了后来，谁也说不清到底是武后生来就这样地迷恋权力，还是他们说得久了便成了这样。

武后揉了揉透着酸痛的眉心，她已接连失眠好几日，实在是有些倦了。今夜她移驾别处，本以为能睡个清净好觉，可一闭上眼睛就隐约看到那个长发女鬼，实在是睡不安稳，于是干脆来瑶光殿看看张少白在做些什么。

张少白忙碌的身影让她觉得一阵恍惚，仿佛看到了自己最喜爱的大儿子。还记得有天李弘不知听谁说了武后曾险些受“厌胜之术”戕害一事，忽然冒冒失失地冲进宫中，非要仔细检查一下母亲身边有没有奸诈小人留下的诅咒之物。

那种来自骨肉亲情的关怀，是她最为眷恋的一份温暖。

过了许久，张少白总算布置完毕，开始为武后介绍并解释那些稀奇古怪的东西。

“这些黑色的绳子叫作‘清绳’，我把它们交错拴在卧榻顶端，相当于将其织成了一张网。”张少白伸手指了指武后头顶的那张绳网，看着通体漆黑，上面的每一个网眼都仿佛一口深不见底的古井，透着一股摄人心神的感觉。

“梦网上挂了二十四个大小各异的铃铛，它叫‘明铃’。这‘清绳’和‘明铃’组合起来，就成了‘清明网’，一会儿您会在它的帮助下睡个好觉，而且这次会清楚地记住梦境。”

武后打量了一番头顶布置，随后又把目光落在了张少白身上，满是好奇地问道：“早就听搜身的侍卫说你藏了一身破烂玩意儿，还真是不假。”

张少白不好意思地挠了挠后脑勺：“为了混口饭吃嘛。”

“你这个‘清明网’看起来不错，不过还是显得有些小气，若是弄得更大一些或许效果会更好。”

“天后慧眼如炬，不瞒您说，这网本身是有三百六十五个铃铛的，可我实在是揣不下了。”

“罢了，懒得和你废话，你接下来又要弄什么古怪？”

“还请天后躺好。”

武后哼了一声，但还是依言躺下，顿时视线被“清明网”彻底填满。她觉得那张怪网更像是一块棋盘，铃铛则是棋子，乍一看去星罗棋布，恍若置身人世之外。

第十一章 如梦如烟

白衣少年轻推开窗，月光顿时洒满全身，他默默戴上“山鬼”面具，然后脚步轻盈地跳起了舞，只是舞步十分古怪，左右腾挪仿佛暗合韵律，给人一种高深莫测的玄妙感觉。

武后侧过头瞧了几眼，觉得张少白很像只翩翩起舞的大白鸭子，于是便轻笑着转回了头，对着上方的“清明网”怔怔出神。不知为何，一看到那张网便会情不自禁地想起许多往事，网上的铃铛发出细碎声响，就像有人在记忆的长河中扔了一粒石子，溅起一圈又一圈的涟漪。

忽然，那边的少年唱起了歌，声音清澈，曲调悠扬，可词的发音却异常诡异。明崇俨表情惆怅，他同样出身祝由世家，自然知道这首曲子是何来历。它名为“山鬼”，可它的诞生却远远早于楚辞，故而如今已经无人知道它的词是什么意思，据说楚辞中的“山鬼”一词不过是由它音译而来。

所谓祝由，也是祝祷，以“山鬼”祭山鬼，此时此刻张少白所施展出来的，才算得上是最原始、最纯粹的祝由之术。

少年戴着面具，白衣映着蓝脸，他口中吟诵着古老的曲调，踩着玄奥的舞步，却让人异常心安。就连明崇俨也忍不住坐了下来，双腿盘好，仿佛在接受一场洗礼，也仿佛是在追思过去。

躺在床榻之上的武后反应更是明显，她偶尔看向张少白，更多时候则是看着头顶的网。不知不觉中，每一个网眼之中都有了一个山鬼，无穷无尽的山鬼也因此倒映在她的眼中。

余处幽篁兮终不见天，路险难兮独后来。

数息过后，武后终于迷失在这铃声和山鬼的交错声中。

眼前再没有网，也没有铃铛，更无烦人的白衣少年，只剩下一团迷雾。武后知道自己已经睡去，而且如张少白所说那般来到了自己的梦境当中，她要亲眼看一看是谁在她的梦中搅风弄雨，让她始终不得安宁！

正想着，远方忽然传来了呼唤声。

“华姑？华姑？”

武后猛地攥紧拳头，用尽全力控制着自己的表情，虽然表面看上去不显山也不露水，但实际上内心早已掀起滔天波澜。

她有许多称呼，历经了媚娘、才人，再到昭仪、宸妃。可唯独华姑这个名字，已经太多年没有人叫过了。

武后情不自禁地往前走去，渐渐走出了这片迷雾，眼前出现的场景令她倍加伤怀。虽然每次醒来后都会忘记自己梦见过什么，但武后确定这一幕的确就是她的梦境，因为一切是如此亲切和熟悉。

“华姑，你看这朵花好不好看？”

那是一片田野，一大一小两个女孩正在嬉戏玩耍，年长的那个不知从哪儿摘了许多漂亮的小蓝花，正笨拙地往妹妹头上插去。

武后已然松开了手，面色平淡地看着那个年幼的女孩回答说：“好看。”

好看……孩童的声音如铃声一般清脆无邪。

曾几何时，她是那般天真。

后来，年幼的女孩进了朱红色的宫墙，年长的女孩嫁入了贺兰家，两人重逢的时候早已不是昔日脸庞。

田野迎来数次枯荣，其中的女孩也长大成了少女，而后又出落成了女人。

此时此刻武后就像是一个无关的人，旁观着梦境中的自己，以及那位故人。

武后有许多兄弟姐妹，但其中和她关系最好的当属顺娘，两人不仅长得相似，脾气也颇为相仿，故而小时候最是玩得来。可惜后来时过境迁，媚娘和顺娘除了仍是一样的美艳动人，性子上却有了天差地别。

对于顺娘，武后既爱且恨。爱的是她与自己的血脉亲情，恨的同样也是如此。

武顺娘千不该万不该，不该让自己和女儿出现在李治的面前。

其实武后心知肚明，陛下对自己的感情是千真万确，只不过人是会变的，不仅是体态容貌，还有脾气性情。从她插手政事的那天起，她就彻底变成了武后，再没有半点媚娘的影子。所以当陛下看到温柔贤淑的顺娘和天真无邪的贺兰敏月，就好像看到了他梦寐以求的那个媚娘。

而不是武后。

男人梦中烧起的往往是欲火，女人梦中烧起的则往往是妒火。

田野上起了一把无名火，将花花草草烧得干干净净，最后漆黑狼狈的土地上只留下武媚娘和武顺娘四目相对。

顺娘反复地念叨着："华姑……"

武后却一句话都没有说，后宫的生活早就把她打磨得心思如海，她不会说哪怕一句梦呓，因为这可能将自己推入无底深渊。

但她的表情却是沉痛的，世人都说是武后善妒，毒杀了姐姐和外甥女，在他们眼里武后就是一头毒辣至极的猛兽。可没人知道心狠手辣的武后，每一个梦里都是天真无邪的过去。

既然她担负起了女子所不应有的重担，那么做出一些女子不该做的事情也就不足为奇。

武后闭上眼睛深深叹了口气，睁开眼时忽然发现自己不再是那个旁观者，反而变成了和顺娘面对着面的那个自己。

她看着顺娘，纵有千言万语却无话可说。

顺娘状若疯癫，杂乱长发垂及地面，她先是轻喃着"华姑"，突然便不再说了。

武后随之感到一阵窒息。

紧接着，顺娘一把掐住了武后的脖子，声嘶力竭地喊道："还我儿来！还我儿来！"

疼痛感和窒息感是如此逼真，以至于武后忽然有些分不清这到底是梦境还是现实。她挣扎着想要逃离顺娘，却发现身子压根不听使唤。

这就是缠绕她许久不去的梦魇！

张少白施展完了"入梦之法"，颇为疲惫地收起了面具，转而紧张兮兮地盯着武后的一举一动。当他看见武后面露痛苦，并且身子开始变得僵硬，便知道她已经看见了那个梦魇。

于是张少白开始吟诵道："人世凡尘，如镜中花，水中月，望其朦胧，欲求不得……"

未承想，话还没说完，武后居然自行睁开了双眼。

不愧是母仪天下的人，心智异乎寻常地坚定，几乎无法动摇。

张少白赶忙问道："天后感觉如何？"

武后缓缓坐起身来，神色如常："无甚感觉。"

"可否看清了梦魇的真实面容？"张少白见武后脸色一沉，又赶忙补了一句，"若是不能说，草民就不问了。"

武后站起身来，走到窗边，轻声说道："没什么不能说的，她是顺娘。"

张少白一头雾水，不知道顺娘是何许人也，可同样听到的明崇俨却脸色剧变："居然是韩国夫人！"

好不容易知道了梦魇的真实身份，张少白想要趁热打铁，将武后的烦心事一股脑地搞定。可没承想武后却兴致寥寥，她打了个哈欠，问道："接下来你打算怎么治我？"

"无非就是让天后不再恐惧那人，这样一来她在梦中也就不再会影响到天后了。"

"这就没什么必要了，我对她并无恐惧，之前觉得不适只是因为不知她是谁，如今既然知道了，那也就没什么好在乎的，"武后唤了声"来人"，随后便有宫女进来服侍，"我尚且不怕活着的她，又如何会惧怕死了的她。你与明大夫今夜便在此处歇息吧，也叫你自己好生享受一番那个什么清明网。"

说完武后便离开了，如来时一般雷厉风行。

待到人去楼空，张少白收起清明网，也不知道他衣裳里到底有何玄机，居然能装得下那么多的东西。

"不知怎么，我总觉得这件事大有蹊跷。"

明崇俨摇了摇头："既然天后发了话，你我听命就是。"

或许是之前被武后吓到，张少白也不敢去床榻上休息了，转而坐在明崇俨身旁，"韩国夫人到底是谁？"

"武后的姐姐，名叫顺娘。"

"她为何会在梦中对武后说'还我儿来'？难道是武后抢了她的儿子，或者是杀了？"

明崇俨略微沉吟，然后说道："告诉你倒也无妨，传言当朝太子李贤并非武后亲生，而是出自韩国夫人。武后在杀害韩国夫人之后，念其亲情，故而将其子视如己出，抚养长大。”

张少白惊讶得张大嘴巴：“不是吧，这种话也敢乱说！”

“流言自然是真假莫辨，不过梦魇一事还是透露出了许多信息。”

张少白略微一想，顿时回过神来，就连武后本人都梦见了姐姐，而且还被人掐着脖子，喊着‘还我儿来’。这么说来，岂不是当朝太子真的不是武后亲生……

这未免过于不可思议。

张少白猛地摇了摇头，心道不要胡思乱想，这洛阳宫里的事情绝对不是自己该寻思的。想得越多，恐怕死得也就越快。

明崇俨见身旁的少年终于安静下来，也露出一丝释然的微笑：“和皇家的人打交道就是这般胆战心惊，你若是想要重查五年前的案子，便免不了这些。”

“关于太子弘的案子，你知道多少？”

“不多，但也不能说。天后一日不允许你调查此案，我就什么都不能告诉你。”

张少白靠着冰凉的墙壁，叹道：“不是不可说，就是不能说，那我还能做些什么？”

明崇俨忽地说了句薛元超曾经说过的话。

“听天命，尽人事。”

六个字一模一样，但顺序却有所不同。

张少白把身子蜷缩起来，双手揣在宽大的衣袖里，看起来既孤单又狼狈。除了少年自己，没人知道，今日他的一言一行都经过了何等的深思熟虑。武后用那名军卒作为试探，而张少白又何尝不是在寻摸着她的底线所在。

还有看似简单的入梦之法，实则对于心神有着极大消耗。张少白所展现的那段“山鬼”，更是令他疲惫不堪。

不得不承认，武后乃是张少白生平见过最独特之人，她不懂祝由，却仿佛身负无数祝由梦寐以求的神通——读心。张少白觉得自己在她面前就像个赤裸的孩童，毫无秘密可言。

武后对待他的态度同样令人疑惑，先是试探，然后又是纵容。她头一次允许与皇室无关的少年留宿后宫，留宿之处甚至是瑶光殿，但她却又什么也不布置，让张少白不知如何去做。

怀揣着种种疑虑，张少白辗转反侧许久之后方才睡去，可他感觉自己并未睡多久，便被噩梦吓醒。他梦到武后站在自己面前，就那么似笑非笑地看着他，令他毛骨悚然。

少年猛地睁眼，只见天色已亮，而明崇俨正聚精会神地“看着”他。

张少白还未开口，明崇俨便说道：“你醒了。”

“你这样盯着人会让别人很难受，你知道吗？”

“对不住，我只是在想，少白你长什么模样，结果想着想着便出神了。”

明崇俨眨了眨灰白色的眼眸，然后终于转过头去。张少白见状觉得有些同情，于是说道：“这有什么好想的，你听声音就知道我一定长得极为英俊，就是那种空手去温柔坊还能享尽福气的英俊。”

“张家怎会出了你这么一个活宝。”

“都是父亲教导得好。”

说起了张云清，明崇俨的脸色顿时变得严肃起来：“你我同属祝由世家，我也不想见你张家不明不白地沦落至此。此番我将你引荐宫中，就是为了让你找机会重查当年惨案。可是武后心思莫测，如今事情已经走到了这一步，我再也无法帮你了。”

张少白感激道：“多谢，之后的路就由我自己走完吧。”

两人站起身来，拍了拍衣服上的尘土，而后相视一笑，一大一小两个白衣显得颇为洒脱。

※

出乎意料的是，离了瑶光殿后，迎来的不是武后的人，反而是来自东宫的贵人。

此人穿了一袭紫衣，相貌堂堂，身上气质贵不可言。在他的衬托之下，张少白的草根气息显得颇为浓郁，而明崇俨则有所不同，他反倒显得更加出尘。

“你便是进宫治疗天后的祝由先生？”

他一开口，张少白便知道这位贵人就是东宫太子李贤。

“正是，草民见过太子。”张少白表现得不卑不亢，身旁的明崇俨也淡淡行了一礼，似乎并不太在乎这位太子殿下。

李贤问道：“我问你，母亲所患何疾，是否治好？”

张少白答道：“天后遭梦魇缠人，如今应是好了大半。”

“梦魇乃是何物，此事背后是否有人暗中动了手脚？”

张少白刚要开口说话，却被明崇俨抢先说道：“天后只是梦见了韩国夫人，故而心神不宁，夜不能寐。”

李贤微微挑眉：“哦？这么说来并无贼人。可母亲向来坚强，她到底梦见了什么，居然会让她心神大乱？”

呵呵，终于说正题了，张少白心中暗笑道。

明崇俨并未回答，而是问道：“殿下擅入后宫，此事犯了忌讳，有话不如离了此处再说？”

李贤站得笔挺，一动不动，冷声回道：“我只是担心母亲病情，又不好打扰，故而只能找你们问询此事。”

“殿下一片孝心真是让人感动。”

“明大夫不必顾左右而言他，我刚刚的疑问你还尚未解答。”

明崇俨却笑着说道：“治好天后的乃是张先生，是否回答还要看他。”

李贤闻言将目光转回了张少白身上，他的眼神透着一股冷漠，似乎不把任何人放在眼里：“那就由你回话吧。”

张少白微微躬身，不知道昨夜治疗武后的事情能否外传，他给明崇俨使了个眼色，可惜后者是个瞎子，什么反应都没有。

他仔细思考了一番整件事情的前因后果，觉得就算自己不说，事情怕也早晚要传出去，而且自己也因此得罪了当朝太子。而如果自己说了，也无非是看在太子担忧母亲心切的分上，算不上犯错。

于是他说道：“天后梦到韩国夫人扼住她的喉咙，还反复说道‘还我儿来’。至于此事背后是否有人暗中操作，草民尚不知晓。”

张少白无须解释什么，李贤听完之后脸色变得更为阴沉，转身便走，步伐沉重。

少年见状有些心慌，问道：“我是不是不该说的？”

明崇俨只是笑道：“我说过，剩下的事情我帮不了你。”

李贤离去不久，武后便派人来接张少白，至于明崇俨则被陛下传唤走了，应是又犯了头疾。说来有趣，两人明明去的都是贞观殿，却偏偏要分开前行，由此可见帝后二人间隙极深。

仍是昨日进宫面圣的地方，张少白乖乖行礼，听到武后说了句“平身”之后方才站起。

看来今日武后心情不错，她说道：“我昨夜无梦，睡得很是安稳，这算是你的一件功劳。”

张少白赶忙说道：“草民不敢。”

“不过这件事还不算完，我心头仍有一个疑惑需你解答。”

“天后请讲。”

“我夜宿瑶光殿遭梦魇缠身，你觉得这事仅仅只是巧合吗？”

张少白皱紧眉头，忽然有种大难临头的感觉。

“如若不是巧合，那又是谁想要加害我？”武后说完便笑吟吟地看向少年郎，似笑非笑，像极了噩梦中的模样。

※

与此同时，贞观殿后，那扇珠帘的另一侧，李治闭目养神，明崇俨正侍立一旁。

李治忽然问了句没头没脑的话：“明大夫，你觉得我那几个儿子如何？”

“臣不敢妄加评论。”

“此处只有你我二人，你但说无妨。”

明崇俨犹豫片刻，开口答道：“臣以为太子弘英明神武最像陛下，机智聪慧最像天后，三子显有陛下之英明却无天后之玲珑，四子旦有天后之聪敏却无陛下之果断。”

李治没什么反应：“为何独独不说贤儿？”

“臣不知如何去说……太子贤处理政事明确公允，代国期间从未出过差错。”

“却偏偏行事风格既不像我，也不像皇后是吗？”

“回陛下话，是。不过龙生九子，各有千秋，这也不是件什么古怪事情。”

李治又问：“你再用祝由术看上一看，我这几个儿子谁的面相最好？当初你说弘儿命里有煞，果不其然。”

明崇俨又沉思片刻，回答说：“应是四子旦最为尊贵，其次是三子显，再者是太子贤。”

李治听后许久无言，只是闭目养神。

武后也在闭目养神，她在等待一个答案。

又到了生死攸关的时候，张少白的后背早已被冷汗打湿，他苦思冥想着，武后到底又给自己挖了一个什么样的坑？

他紧紧攥起拳头，心想武后所遇的梦魇一事或许并非偶然，甚至可能与宫外发生的牝鸡司晨案与伏龙牡丹案有所关联。那两桩案子的幕后黑手不仅要抹黑武后的名声，同时还要用这等妖异手段惑乱武后心神。

牝鸡司晨案和伏龙牡丹案的凶手是庞先生，而庞先生幕后的势力……极为可能就是东宫！

张少白松开手掌，想起了今早与太子的“萍水相逢”，忽然感到脑海中有道灵光一闪而过。

如果说武后遭梦魇缠身一事也是李贤安排，为何他又要冒着风险来到后宫打探消息，这岂不是刚好将自己推到了风口浪尖之上？而且李贤最为在意的，明显是武后到底梦到了什么，又是因为何事而烦心。

这么说来，太子李贤应该与此事无关。张少白想及此处，双手忽然再度攥紧。

他想起了瑶光殿的布置，那满墙的镜子早在武后夜宿瑶光殿之前便存在了，那便说明镜子一事乃是偶然。但应该有人深谙此道，居然利用镜子达到了伤害武后心神的目的。抑或是，一切都只是巧合而已，刚好那夜的月色和镜子交织在一起，变成了梦魇。

张少白越想发现疑点越多，太子到底在这件事里扮演着何等角色？武后又为何偏偏要去瑶光殿休息？还有明崇俨对待太子的态度为何那般冷淡？

少年隐隐觉得，每一处疑点都对这件事情起着至关重要的作用，不容忽略。

武后丝毫没有觉得不耐，她只是静静等待着张少白的答案，似乎并不在乎张少白如何作答，因为她早已做了决定。

张少白缓缓松开拳头，然后在想到某个关键环节的时候又会猛地攥紧，如此反复数次之后，他忽然眼前一亮。

明崇俨曾经说过，听天命，尽人事。

这话并非毫无意义，其实它是明崇俨给张少白的最后一个提示！

薛元超曾嘱咐过张少白，尽人事，听天命，是要他老老实实破掉牝鸡司晨和伏龙牡丹两个案子，然后静候天命即可，无须急躁。

而明崇俨所说的则是另外一个意思，它指的是破案并不是头等大事，聆听天命才是首要。换言之，或许对武后来说，案子的真相并不重要，重要的是武后想要的真相是什么。

若非想到这一点，张少白险些又将自己扔到了死局之中。

洛阳城就像一块棋盘，若是置身其中，便会看不清各个案子之间的纠葛。所以张少白换了个角度，在脑海中纵身一跃，开始重新审视这段时间以来洛阳城发生的所有大事。

根据已有线索，牝鸡司晨案和伏龙牡丹案很有可能是太子李贤谋划，用来抨击武后。

既然如此，武后是否会对此做出反击呢？在怀疑太子的时候，皇帝和武后也定会对其有所试探。

这般想来，武后的梦魇便有了更深层次的用意。它在对外释放一个信息，那就是太子李贤并非武后亲生，这个流言一旦肆虐，李贤的太子之位便不再名正言顺，甚至岌岌可危。

也是因此，太子才会一早便来打探消息，他也听到了些许风声，并且为此忐忑不已。

张少白偷偷往殿后看了一眼，他记得明崇俨曾从那里走出，说过“陛下已经睡了”，这就说明李治也在贞观殿内，并且留意着武后这边的一举一动。

或许梦魇一事，不过是武后和皇帝联手的一次试探，也可能是一个警告，他们要通过此事告诉太子——你的所作所为我已知晓，早些收手吧。

张少白遍体生寒，发现真相居然这样残酷。宫外的两起案子和宫内的梦魇案，归根结底都是武后和太子之间的争斗罢了。

武后终于等得倦了，她开口问道：“你想通了吗？”

张少白微微张开嘴，却不知道应该如何去说。他既不能说凶手是太子李贤，尽管此事看起来的确像是太子的手笔，但武后想要的绝对不会是如此简单的栽赃；他也不能说凶手就是武后，这种话没人会相信，更是犯了大不敬之罪。

这压根就是一道没法回答的题目。

“怎么，被难住了？”武后的眼中已经有了杀意。

这就叫天意难测，前一刻还对你好生夸奖，后一刻却又亮出了屠刀。这也叫天意难违，武后早就为整件事情敲定了结局，张少白只是其中的一个戏子，事到如今他已经无法改变什么。

或许人在死境中总能爆发出勇气，张少白居然抬头和武后对视了一番。

他说："草民只是来治病的，此番进宫不仅找到了天后遭梦魇缠身的缘由，还用'入梦之法'看到了梦魇的真实面孔，这便已经足够。至于其他，并非草民所擅长，更不是草民能妄加评论的。"

话虽如此，可张少白的眼神中却透着一股"看透一切"的感觉。

很多时候，有些事情可以看破，却不能说破。

张少白只需要知道，一切都是武后安排的一场好戏，明崇俨和自己都不过是其中一环，目的是传递出太子李贤并非亲生的谣言，这就已经足够。他自己心知肚明，却不能说出去让他人也心知肚明。

他现在所能做的，也只有这些——向武后表明自己的态度，即不会将此事真相透露出去。

除此之外，张少白的生死，也不过在武后的一念之间罢了。

武后依然笑眯眯的，实际上心中却全然不似表面上那般平静。她在疑惑，也在犹豫，究竟应该如何处置面前的少年郎。

她和明崇俨联手精心设下"梦魇案"，是为了让李贤自乱阵脚。至于让张少白入局，不过是出于明崇俨的举荐罢了。这枚棋子，在没有利用价值之后理应抛弃，但不知为何，武后总觉得此子仍有可以利用的地方。

她给了张少白一道两难的题目，如果他的回答是"不知幕后黑手是谁"，那就说明此子不堪大用，居然没有发现事情的真相；如果他的回答是"凶手是太子"，那说明他是个没有脑子的，三言两语便被人蒙蔽了心智；如果他的回答是"幕后元凶就是武后自己，或是明崇俨"，那又说明他是个聪明的人，可是聪明的人往往都没有好下场。

其实就连武后自己，也不知道什么样的答案才算过关。

直到张少白与她对视的时候，武后恍然大悟，原来这个难题用言语是无法解开的。想要破解难题，需要的是一颗诚心。

正如张少白所表现出来的那样，洞察因果，又保持沉默。

真知道答案与假知道答案，有着天差地别。武后感到出乎意料，没想到张少白居然用这种方法为自己找到了一条生路。

既然他是个识大体的，或许五年前的案子真的可以被他破解也说不定。武后不在乎五年前张云清到底是不是冤死，但她也想知道究竟是谁害死了自己的亲生儿子，而后又给自己加上了"虎毒食子"的罪名。

张少白可不知道武后心里在想些什么，他只知道自己的小命就攥在武后手里。武后要他死，他就不能活。而武后要他活，他便求死不能。

这种无力感实在是让人不喜，仿佛整个人都轻飘飘的，双脚找不到可以借力的地方。

“皇后，还是莫要捉弄这个年轻人了。”

原本贞观殿充斥着阴暗之感，简直寒入骨髓，可随着这道声音的出现，顿时多了几分和煦之感。那感觉仿佛日头晒化了冬雪，雪水点点滴滴，摸着微凉，细细品味却有暖意。

张少白猛地跪倒，叩头，动作行云流水，一气呵成。

武后赶紧扶住殿后缓缓走出的李治，然后一同坐在龙椅之上，她脸上既有笑意，也有担忧：“陛下感觉好些了？”

李治面如金纸，仿佛戴了一张金色的面具，他没有去看武后，而是把目光落在了殿上的张少白身上：“好多了，皇后无须担心。”

明崇俨之前也跟着皇帝走了出来，如今就站在帝后二人身后，他“看了看”张少白的方向，心道，最险的一关总算是过去了。

自打李治出现的那刻，武后便将全部精力放在了皇帝那头，再不理会张少白以及和少年有关的那些琐事。她满是关怀地打量着皇帝，还轻轻为其揉弄着眉梢。

李治对此早就习以为常，他轻声开口说道：“你治好皇后有功，想要什么奖赏？”

皇帝没说抬头，张少白便只能把头低着，尽管此时此刻他很想抬头一窥真龙天子的面容，验证一下自己的“望气之法”到底是不是出了纰漏。

可他不敢，皇帝给他的感觉虽然温暖，但压迫之意却更甚于武后。

张少白回答说：“回陛下话，草民……也不知道……”

李治微微眯着眼睛：“你不是不知道，而是不敢说罢了。你要的若是荣华富贵、钱财女人，这没什么不敢说的。所以你想要的东西很特殊，甚至可能说出来会引火上身，是吗？”

他说话的声音有气无力，但在贞观殿内却显得极为清晰。或许这就是皇帝吧，李治给人的感觉并不像是一个生病的人，反而更像是一条年迈的老龙。他只是盘身栖息在那里，眼睛也懒得睁开，但你真真切切地知道，那是一条龙！

与其说李治是在和张少白说话，不如说他是在自言自语。

“大唐的官员很多，而且这些年越来越多，仔细想想其中很多人朕连名字都说不出。不是朕自夸，若是放在十年前，大唐所有上得了台面的官员，哪一个朕不是如数家珍？朕记得张云清，他曾经主持过司天祭典，袁道长也和我提起过他，说他本事很大。可惜啊，朕记得他的名字，却想不起他的样子。”

说到这里，李治顿了顿，转头看向武后：“皇后，弘儿的样子，朕也有些记不清了。”

泪水瞬间溢满武后的眼眶，她红着眼睛，摸了摸皇帝额头的皱纹，哽咽着说：“没事儿，陛下就是忘了也没关系，妾身还记得清清楚楚呢。”

皇帝说：“弘儿的右边眼角有颗痣，笑起来左边嘴角很好看，和皇后一样。”

武后说：“是啊，屁股上还有块胎记，其实也没什么大不了，可他就是不喜欢，小时候总哭闹着要想办法去掉。”

“你瞧，你说的这个朕就已经忘了。”

“陛下要打理大唐的江山，您不是忘了，只是事情太多，让您想不起来了而已。”

李治的嘴角有些许笑意，他闭上了眼睛，似乎是在回忆儿子的模样。可渐渐那抹笑意隐去了，他的眉头也逐渐皱紧，就像是一片崎岖的山川。

他有些粗暴地拂去了武后的手，重新睁开眼睛的时候，双眼已是赤红之色。

李治猛地站起身来，大声咆哮道：“我要知道是谁害死了我的弘儿！”

武后失落地跌坐在一旁，神色悲伤。

张少白则几乎趴在地上，连大气都不敢喘。明崇俨以及其他宫女也是一样，全都老老实实跪好，一声不吭。

李治的喘息声极为粗重，其中夹杂着怒火。他喊道：“传茅一川进殿！”

贞观殿里的回音还未散去，依然一袭黑衣的茅一川便走了进来，跪倒在张少白旁边，“臣茅一川参见陛下。”

张少白微微侧过脸看向茅一川，然而后者的跪姿却极为标准，没有丝毫的瑕疵。但茅一川却用嘴型说了一句，“别怕。”

看到这两个字的时候，张少白那颗悬在半空中的心终于有了着落。

李治的怒火仍未平息，他说：“今日起，命茅、张、明三人重查五年前太子弘暴毙一案，若是查无所获，那就给朕提头来见！”

世人总喜欢将年轻时候的李治和先皇相比，觉得他英明神武不如先皇，待到李治老了，又喜欢把他和武后相比，认为武后毫不逊色，甚至略胜一筹。

可是跟着李治多年的臣子却知道，这也是一位上过战场的马背皇帝。西突厥、百济、高句丽，全都由他平定，故而传言他的头疾缘于杀孽过重。

亲手杀过人的天子，和没杀过的，那绝不是同一类人。

李治大怒的时候，就连贞观殿内都散发着不寻常的血腥气息。

许久后，李治的怒火终于平息，他重新坐好，闭目养神，一言不发。

他不说话，但每个人都清楚知道他就在这里，而且处于随时可能爆发的边缘。这份威压，就连武后都为之心生敬畏。

天皇沉默不语的时候，便到了天后开口布置的时候。

武后轻描淡写地摆了摆手，便有宫女将一道手谕传到了张少白手中。张少白恭敬接过，细细看了一番却毫无头绪。

这道手谕只写了两个字："艾娘"。

艾娘？她是谁，和太子弘案又有何瓜葛？

武后说道："带着这道手谕和金钺令箭，你等可自由出入合璧宫。"

张少白仍然一头雾水，但茅一川和明崇俨却已经心领神会，于是叩谢皇恩："臣领命。"

唯独张少白傻乎乎地愣了半晌，方才叩头说："草民……也领命。"

悲伤的氛围被其稍微冲淡，武后忍不住轻笑出声，向着李治说道："陛下，弘儿的案子交给这个糊涂小猴真的合适吗？"

李治的脸上也带着笑意："哦？这人不是皇后挑好的吗？"

"可妾身又有点后悔了呢。"武后笑着摆了摆手，张少白等人便出了贞观殿，又一路急行离开了洛阳宫。

出宫之后，张少白忍不住跳跃欢呼起来。

他终于能触碰到五年前的旧案了，自己定要还父亲一个清白！

茅一川默默看着欢呼雀跃的张少白，只是轻轻擦拭了一下刀鞘上的灰尘，想着接下来恐怕事态会变得更加凶险。

明崇俨似乎察觉到了茅一川的担忧，悠悠叹道："有些时候，鲜血背后的真相需要同样用鲜血，才能洗刷得清楚。"

说完这句话，他忽然想起了温玄机曾对自己说过的那句话。

死劫将至。

第十二章 | 彼采艾兮

上元二年，太子李弘暴毙于合璧宫绮云殿。关于五年前的那桩旧案，仅仅只有这样一句描述。而且自从李弘死后，李治便再也没有去过合璧宫，尽管那里曾是他最为喜爱的一座离宫。

尤其是绮云殿，更成为禁地中的禁地，若无皇帝武后的手谕，无人胆敢靠近。

毕竟李弘的死，是这对夫妇心头一道难以愈合的伤疤。

此番张少白进宫巧破梦魇案，因此获得了帝后二人的信任，这才有机会重查旧案，若是换成其他人贸然提出此事，恐怕现在早被挫骨扬灰。

至于艾娘这个人，茅一川并不陌生，他之前查阅了不少旧案卷宗，早在其中留意到了这个名字。

艾娘乃是太子李弘的乳娘，两人关系甚好，远胜寻常主仆。故而太子成年之后，仍让艾娘陪伴左右。而在李弘离奇死亡之后，艾娘不堪刺激，因此变得疯疯癫癫，她不愿离开合璧宫，就好像太子弘的魂魄仍徘徊在那里一般。

茅一川认为艾娘发疯应该还有隐情，她作为太子弘最贴身且贴心的人，理应在李弘死亡之前发现一些异常。可惜她已经疯了，无论是谁都无法从她口中套出信息，不过现在有了精通祝由之术的张少白，或许此案便有了转圜余地。

武后此番将手谕给了张少白，并说当手谕和金铓令箭同现，方可自由出入合璧宫，其实还有着另外一层用意……那就是让张茅二人互相牵制，免得以权谋私，做出什么有损皇家颜面的事情，同时也为了防止有心之人借此机会暗中兴风作浪。

如此周密的安排之下，如果张少白不能治好艾娘，怕是张氏祝由真要就此断绝了。

查案不能急于一时，三人约好明日一同前往合璧宫后便分头而行。明崇俨回了自家府上，茅一川则打算寸步不离张少白，没想到却吃了个闭门羹。

“谁告诉你我要回家了？”

“不回修行坊你要去哪里，又能去哪里？”

“用你狗拿耗子多管闲事？”

两人一番针锋相对，之前贞观殿里的相依为命已经荡然无存。茅一川按捺着怒火，说道：“你爱去哪里我管不着，只是现在是非常时期，你独自出行怕是会有危险。”

“我又不傻，”张少白执拗道，“我要去济世堂，你非要跟着不成？”

茅一川恍然大悟，心道原来他是不想自己跟去碍眼。于是无奈地叹了口气，转而想到张少白作为张家的最后一根独苗，肯定有所依仗，便也不再强求，两人就此分道扬镳。

总算甩掉了两个无关人士，张少白得以孤身一人，可他却站在原地呆立许久，嘴里还念念有词。

“这案子也不知道能不能破，明日去了合璧宫，说不准就要死在里面……真是不太甘心啊。”

“罢了罢了，今日有酒今朝醉，以后的事情以后再说吧。”

张少白满怀心事地到了济世堂，得知薛灵芝今日没有出诊，于是又改道往别院去了。这一路他犹豫着要不要把自己的事情告诉薛灵芝，想了想还是决定不说，毕竟她之前就受到伏龙牡丹一案的牵连，有时候一个人知道得越多，就越容易遭受飞来横祸。

只希望自己明日可以查明真相，同时保住小命吧。

少年在心中安慰着自己，不知不觉走到了嘉庆坊。自从薛灵芝离开薛家之后，石管家等人也不复往日那般神气，一见是张小先生登门拜访，二话不说就开门迎客了。

“小娘子今日有些疲倦，差不多辰时方才睡醒。”石管家和张少白寒暄了几句，送到后院门口便停住了脚步。他对“天煞孤星”仍是心有余悸，不敢太过靠近，免得再惹来什么祸端。

张少白无奈地摇了摇头，心想这里的下人怎么胆子都这么小，难道他们真以为鬼祟会比人心更可怕吗？

薛灵芝正坐在凉亭里翻看着医经，见到张少白来了顿时面露喜色，主动行了一礼，“先生来啦。”

张少白撇嘴道：“你家下人真是顽固得很，都这么久过去了，怎么还是战战兢兢的模样。”

“毕竟他们会被薛家留在这里照顾我，也算是我的过错。”

“照顾你有什么不好的，这里少了高门大院的钩心斗角，活得才算真正舒心。”

“先生的想法总是与众不同。”

张少白颇为自恋地笑道：“那是当然！”

两人相识已久，薛灵芝也知道白衣少年是故意做出自恋姿态逗自己开心，便颇为捧场地笑了笑，转而说道：“我正打算去济世堂，先生要不要一起去？”

张少白犹豫了一下，他转头望向那棵熟悉的老槐树，还有树后那面生了苔藓的墙壁，一时间百感交集，往日里与薛灵芝经历的种种忽地一股脑涌上心头。

他和她也算是经历过生死险关，也携手看过人情冷暖。少年自打五年前便成了孤孤单单的一个人，遇到一个年纪相仿又兴趣相投的少女难免动心。薛灵芝患的是“双魂奇症”，发病的时候仿佛整个人失了魂，张少白则是孤魂野鬼，要多落魄有多落魄。

两人一个失魂，一个落魄，说起来倒也登对。

张少白露出一丝苦笑，他只能这样安慰自己，毕竟薛灵芝是薛元超的孙女，即便她有着“天煞孤星”的批命，也绝对不是自己所能胡思乱想的。

“唉。”张少白怔怔地看了许久墙头，最后忍不住叹了口气。

薛灵芝看出少年装着一肚子的心事：“要不不去济世堂，像那日先生偷偷带我溜出去一样，只是随意逛逛？”

张少白没想到佳人竟会主动邀约，顿时眼前一亮，随即忙不迭地点起了头。

薛灵芝又伸手指了指墙边的老槐树：“今天我们也翻墙出去吧，总觉得这样子比较有趣。”

“你可真是……现在好不容易没了禁足令，怎么又想要翻墙了？”

“先生不知，翻墙此事对我来说，本身就是乐趣的一部分啊。”

张少白哑然失笑，看着薛灵芝动作灵活，三两下便踩着树枝翻上了墙头，惊讶道：“看你这架势，自己在家没少练习吧？”

薛灵芝坐在墙头，小脸红扑扑的，说道：“嗯，不过只敢上来，却不知道怎么下去。”

“这个我拿手！”张少白也爬了上去，随后翻身跃下，动作轻盈，颇为熟练。

少年站在墙根，看着上面的少女，笑道：“你大胆下来，有我接着你呢！”

薛灵芝稍加犹豫，还是鼓起勇气打算尝试一番。只见她双手用力抠着墙壁，可是双脚却笨拙得找不到着力点，乱蹬两下便又回到了墙头上。她匍匐在墙上，从远处看就像谁家墙头在晾晒被子，既可怜又好笑。

张少白忍不住笑了两声，随后觉得这样有些不太厚道，便强行忍住了笑意："你尽管松手，别怕。"

"我……我不敢。"

"没事，松手吧。"

薛灵芝心想不能让先生觉得自己这般胆小，一咬牙一闭眼便又试着把双脚双腿以及身子垂了下去，然后松开了紧紧抓着墙头的手。

"呀！"下坠的感觉令她不由自主地叫出声来，可随之而来的却不是料想中的疼痛，反而是……一阵羞涩。

薛灵芝落下后被张少白刚好接住，身子完全靠着先生，鼻尖嗅着他身上的清新味道，一下子羞红了脸。

张少白抱着怀中佳人，迟迟不松手，他倒不是刻意如此，而是看着薛灵芝怔怔出神。

不知不觉间，她已变了许多。初见面时她就像一朵养在花园中的娇嫩花朵，让人不忍触碰，仿佛碰一下便会不小心伤害到她。而后她在薛家遭千夫所指，又变成了一只孤孤单单的飞蛾，想要扑火却缺少一分勇气。直到如今，或许是坐堂行医带给了她许多信心，让她如同重生一般，成为一片自由的云朵。

她的柔弱中多了一分坚强，自卑中也多了一分执着。

"先生……"薛灵芝声如蚊蚋。

张少白终于回过神来，赶忙松手，也是脸红不已："哎呀，是我唐突了。"

薛灵芝脸上的绯红仍未散去："没事……我知道先生不是故意的，不过，你刚才在想什么？"

"哈哈，其实我在想如果有一天你的双魂奇症痊愈了，是不是就可以不用叫我先生了，到时候你叫我少白就行。"

张少白嘴上这样说，心中却莫名泛上一丝苦意，因为薛老太爷曾经说过，治好病后他便要远离薛灵芝。

是啊，茅一川说得对，门不当户不对。

薛灵芝却不知道先生在想这些，她只是觉得如果有天自己的病好了，或许就可以……和他走得更近些。

这便是少男少女之间的情愫，柔软得仿佛一根蜘蛛丝，轻飘飘地浮在半空中，想抓在手心里更是千难万难。可一旦这丝结成了网，便又铺天盖地一般，猎物一旦被粘在其上就别想脱身。

过了许久张少白总算开了窍，主动说道："不说那些烦心事啦，好不容易出来一次，你今天想去哪里玩耍尽管说！"

说完还颠了颠宽大衣袖，发出阵阵铜钱碰撞的声响："先生有钱！"

只是少年没说，这些钱都是从你家赚的。

薛灵芝想了想，面带羞涩地说道："上次喝过一种酸酸甜甜的汤……"

"酸酸甜甜的汤，你是说醪糟？"张少白恍然大悟，"好说，今儿要喝多少有多少。"

藏于暗处的五叔看到这一幕，心里仿佛打翻了五味瓶，不是滋味，要知道自己平时找大侄子借钱买酒那叫一个困难，从未见过张少白如此大方的一面。

都说女大不中留，男大也一个德行啊。

※

张少白第一次带着薛灵芝出来游玩的时候，她左瞅瞅右看看，觉得处处都是新奇。可这次出来却有所不同，她只是低着头走路，偶尔偷偷看先生一眼，然后又赶紧把视线挪开。

夏日炎炎，两人好不容易找到了那个卖醪糟的老地方，没想到她家居然搭起了凉棚，看来生意不错。于是便坐了进去，招呼着老板来两碗醪糟。

不得不说，她家的醪糟确实好喝，生意也着实不错。凉棚里坐了不少人，店家居然有些忙活不过来。还好有个胖子见不得店家手忙脚乱，主动出手相助，端了两碗醪糟向着张少白这头走来。

"两文！"胖子没好气地说道，除了卖醪糟的小娘子，他对其他人可没有什么好脸色。

等了半天也没人给钱，胖子这暴脾气顿时上来了，打算开口骂人，结果一看到少年顿时蔫了下来。

张少白和薛灵芝四只眼睛全都闪着精光，似乎对于刑部主事为何来街边卖醪糟深感好奇。

卓不凡皱着胖脸，低声说道："小祖宗，咱不该说的话不说，好不好？"

张少白看了一眼那头忙里忙外的小娘子，哪里不清楚卓不凡的如意算盘，龇牙笑道："啥是不该说的话呀，我说你是刑部主事算不？"

卓不凡急得赶紧用手捂上了张少白的嘴巴，张少白好一番挣扎，用力推开卓不凡的胖手，还呸了两下。

"醪糟算我请客，能不能堵上你的臭嘴？"卓不凡见软的不行，干脆沉下脸来呵斥道。

张少白见状也来了脾气，把手高高举起，大声招呼道："店家店家！"

那边做醪糟的小娘子闻声放下手里的活，向着这边走来，一看是张少白在喊自己顿时笑眯眯的，"张小先生来啦。"

卓不凡顿时如坠冰窟，打死他也想不到，张少白居然和小娘子相识已久。

张少白洒脱笑道："甘姐姐叫我少白就好，何必那么见外？话说回来，甘伯的病怎么样了，以往可都是他忙活这个醪糟摊子的。"

"爹前些日子患了风寒，一直没好利索。"

"这么严重？要不要我去看看？"

"不用麻烦你啦，他就是上了年纪，以前阿爷也是这样，一旦得了病不休养个把月是好不了的。"说完另一边也有客人招呼，甘小娘子便又急匆匆地去了那头，走的时候还瞪了卓不凡一眼，似乎是在埋怨他没有眼力见。

待到甘小娘子离去，张少白转而笑眯眯地看着卓不凡："我给你一个道歉的机会。"

卓不凡不愧是大丈夫，能屈能伸，果断挤出一个笑容："我错了。"

"很好。"

"那您二位喝着，小人先去忙了？"

"去吧。"

卓不凡谄媚的模样实在是令人反胃，张少白也没了捉弄他的心思，赶紧挥手赶人了。胖子离去的时候那叫一个毕恭毕敬，生怕张小先生一个不高兴，再毁了自己的大好姻缘。

薛灵芝一面小口喝着醪糟，一面问道："卓主事怎么会在这里卖醪糟？"

张少白一脸不屑："相中甘姐姐了呗。"

"甘姐姐？我记得上次你带我吃醪糟，店家并不是她。"

"那是她爹，我还给他治过病呢。"

"什么病？"

"这就说来话长了。"

薛灵芝托着腮，笑眯眯地看着张少白，轻声说道："你说吧，我有时间，可以听得完你的故事。"

那一刹那，张少白也不知道是不是自己出了幻觉，他莫名感到眼前的世界开了许多花。天上的云、地上的人、碗里的醪糟、街边的小贩，全都变成了一朵又一朵的花，忽地绽开、盛放，唯独薛灵芝没有，可她一身鹅黄衣裳，在花团锦簇中，却比花更加恬静、秀美。

少年的眸中映着花，少女的眼中藏着星星，两人就像多年未见的知己好友，一路有说有笑，从洛阳城南走到了洛水之畔。

洛水将洛阳城分作两段，皇宫与北城在那边，南城则在这边。当人站在洛水附近的时候，会不由生出一种恍若隔世的感觉，就好像两只脚分别踩在不同的世界之上。

张少白叫了一位船家，两人便在洛水上泛舟而游。

薛灵芝问道："先生还记得漱儿吗？"

"当然记得，你担心他了？"

"不担心，我相信他会活得很好。"

张少白有些惊讶："为什么这么说？我还以为你会想去看看他呢。"

薛灵芝望着洛水两岸的风景："先生，我觉得这世上的每一个人都像是水上飘零的舟，有时相遇可以同行，但到了分岔口难免又要离别。无论男女老少，都是一艘艘孤零零的小船，最后要走到哪里谁也说不清，你也改变不了，唯一能够做的，就是相信他会活得很好。"

张少白莫名觉得有些伤感，似懂非懂地点着头。

"先生，我一直相信，你会活得很好。"

"怎么突然说这些，好像咱俩要永别了一样？"

薛灵芝打了个哈欠，似是有些倦了，她说："只是有些感慨罢了，这些日子见了不少病人，有些治好了，有些却没能治好，所以难免有些乱七八糟的想法。和别人又没法说，便只好和先生说啦。"

张少白回应道："这是难免的事情，我也曾为了无法帮助别人而无比恼火，不过渐渐就会看开。有时候实在看不开了，就安慰自己说，全都是命。"

"其实我和姐姐的分别也是一样，或许死亡只是把她带去了另一个地方。"

"是啊，生死之事谁也说不清的，总不能让已逝之人重新活过来给咱们讲上一讲。"

船夫摇桨的速度不快，小船就那么慢慢悠悠地往前划着，映衬着蓝天白云显得格外惬意。

薛灵芝抬头看着天空，说道："这些天多亏先生陪伴，我感觉自己的病已经好了许多，而且前些日子我还经常见到她。"

张少白一听顿时变得格外认真严肃："你见到兰芝了？"

"没错，有时是在梦里，有时是在白天发呆的时候。"

"那你们有没有聊些什么？"

"每次我都在向她道歉，但她似乎并不在乎这些。她只是自说自话，说着一些我从来没有印象的事情，仿佛她才是这具身体真正的主人。"

张少白点了点头："这就有些奇怪了，我得好好想想。"

两人各怀心事，随着小船缓缓前行。少年想的是双魂奇症，少女却是在后悔，为何又把话题引到了病情上。明明今天应该做一对好友，而不是医患。

忽然，张少白一拍脑门，从怀中掏出一块玉佩递给灵芝，说道："哎哟，瞧我这个记性，差点忘了正经事。"

灵芝接过扶龙玉，只觉得这东西做工极其精美，却不知其含义，于是问道："先生这是什么意思？"

"这块玉佩是我家传之物，有趋吉避凶、安神静心的功效，我可以把它借你戴上一段时间。"

薛灵芝感受着玉佩上残留的体温，有些羞涩："不行，太珍贵了。"

张少白洒脱地摆了摆手，说道："我这是看在咱俩交情上才借给你的，你看之前不熟的时候，我就从来没和你提过这件事。"

话都说到了这个份上，薛灵芝便也不再矫情，悉心收好扶龙玉。奇怪的是，一碰到这个号称具有安神静心之效的宝物，灵芝突然感到一阵倦意来势汹汹，竟是难以抵挡。

“不知怎么回事，突然睁不开眼睛了……”薛灵芝嘴上说着，随后便抱着双腿，将脸埋在了襦裙之中，看起来疲惫不堪。

张少白惊讶无比，突然想起每当薛兰芝取代灵芝的时候，便会出现这种情况，只不过近来已经很少这样：“没关系，累了就睡一下，等你醒过来的时候，我一定还在你的身边。”

少年坐在少女对面，看着她渐渐睡去，然后另一个她随之缓缓苏醒。她的气质由温婉变成冷漠，由柔和变得孤独。

兰芝抬起头向着四周扫视了一番，初时有些茫然，可随后便冷静下来。

她问道：“你想带她私奔？”

张少白解释道：“不敢，只是单纯来洛水泛舟，咱俩倒是有阵子没见了。”

她没有回答，继续问道：“你知道我为什么第一次见你就觉得很讨厌吗？”

“不知道，我从小就招人喜欢。”

“因为我看你第一眼的时候，就知道你靠近我是另有所图。”

张少白眼中闪过一抹歉意。

薛兰芝不屑道：“像你这种心怀不轨的人，是不可能治好她的。”

张少白莫名觉得有些生气，但还是努力维持着笑容：“你一口一个‘她’，如果她是她，那你又是谁？”

“我自然是兰芝。”

“你是薛兰芝，她是薛灵芝，可你为何要占着这具身体，这具身体又到底是谁？”

薛兰芝的表情很冷漠，似乎完全没把这个问题放在心上：“我不在乎这些，只要我醒着的时候，我就是薛兰芝。不过，最近我很难像以前那样醒来，这让我很不开心。”

“这对薛灵芝来说是一件好事。”

“对我来说却不是。”

张少白打了个哈欠，或许是被刚才的薛灵芝传染了吧，他悠悠讲道：“给你说个故事吧，是小时候父亲讲给我的。”

薛兰芝没有出言打断。

“那是很久以前，应该是战国时期吧，有一对父子相依为命，可是有天儿子却死于非命。他们生于乱世，人命如同草芥，死亡对人们来说只是家常便饭罢了，”张少白眼神飘忽，仿佛也去了回忆里面，“父亲无法接受失去儿子的事实，他下定决心要为他报仇，便四处寻找仇家。”

父亲先是杀了一个兵卒，他是杀害儿子的元凶。而后父亲又杀了一对夫妇，因为他们对儿子见死不救。最后父亲几乎杀光了树林里的兔子，是它们将儿子引到了偏僻无人的地方，才会惨遭毒手。

张少白说道：“可即便如此，父亲依然不得解脱，你知道这是为什么吗？”

薛兰芝答道：“因为杀戮与复仇并不能真正解决问题？”

“不，是因为在父亲心中一直认为如果那天自己能够照顾好儿子，便不会发生悲剧。无论他做了多少事，杀了多少人，”张少白叹道，“人最难原谅的，都是自己。”

薛兰芝听后若有所思，她问：“关于我和她的事情，你究竟知道多少？”

“不多，我只知道她对你满是愧疚，即便坐堂行医也只是为了弥补那份遗憾罢了。”

“你嘴里吃的饭，能填饱我的肚子吗？”

张少白无言以对。

“你果然和那些人没什么区别，”薛兰芝的眼神极冷，冷得仿佛可以杀人，“什么狗屁祝由先生，和那些和尚道士一样都是蠢货。”

“没错，我们的确都是蠢货，但我们至少清楚自己是谁，我们知道自己是从哪里来，也知道未来往何处去，而你呢？”

薛兰芝似是被触碰到了痛点，她猛地站起身子：“你怎么就知道我不知道自己从哪里来！张少白，我告诉你，我和薛灵芝不一样，我也是一个活生生的人！我有我自己的想法，也有我想做的事！”

张少白也站了起来：“她现在做的事情，就是你想做的事。”

“可是她做终究不是我做。”

“你错了，你明明就是她，”张少白的声音渐渐变得激动起来，“人死不能复生，是她对你的内疚造就了你，她若是出了事情，你以为你会变成什么？烟消云散！”

“你根本什么都不知道，却在这里自以为是，”薛兰芝气呼呼地瞪着眼睛，大声吼道，“错的人从来都不是我，而是你们！”

说完还不够解气，她趁着张少白愣神的工夫，狠狠地推了他一把。而张少白来不及做出反应，居然真的被她推倒，身子一歪，整个人直挺挺地坠入了河中。

薛兰芝冲他喊道："她是她，我是我，我们从来不是同一个人！你所以为的真相，不过是自作聪明罢了！"

夏日的洛水透着一股温凉感，幸好这片的河水不深，张少白折腾了两下便浮了起来，看样子并无大碍。他眼睁睁地看着薛兰芝催促着船夫越划越远，只能无奈地笑了一笑，然后找个地方狼狈至极地爬回岸上。

薛兰芝的话，让张少白想起了父亲对自己的那句教诲：你不相信的神灵，压根不是神灵。而你所鄙夷的祝由，也压根不是祝由。

张少白觉得自己又犯了老毛病，以为双魂奇症已被自己琢磨透彻，轻易就能治好。却未曾想过，薛兰芝的人生是什么样子，和灵芝的相同之处与不同之处，又有哪些。

薛灵芝长久以来被锁在庭院深深，就像是只笼中的金丝雀。薛兰芝则满身秘密，有许多乞丐叫她"恩人"，而她也有着一段不堪回首的过去。她们到底是不是同一个人，是否某个她的经历其实是妄想出来的？

父亲说得没错，"双魂奇症"，果然可遇而不可治。

茅一川总是嘲弄张少白穿得像只大白鸭子，未承想这人一旦落了水就更像了。张少白回到修行坊的时候天色已晚，他是在洛阳城闲逛了好久方才回去的。

毕竟，谁也不知道，到了明日，他还能否再看一遍这满城芳华。

※

次日，洛阳合璧宫。

自打太子弘死在其中，这里便失去了往日的金碧辉煌，就像是经年累月的壁画没了颜色。这一方面是岁月的缘故，另一方面也是帝后二人的有意为之。既然他们最喜爱的儿子死在了这里，那么合璧宫也就不能再有颜色。

张少白取出手谕，茅一川则亮出金牌。看到了这两样信物，看门的守卫面无表情地收回了挡路的兵器，任由那三人入了合璧宫。至于张少白问的那一句，"请问艾娘所在何处"，他仿佛全然没有听见。

明崇俨叹道："太子弘暴毙之后，不仅你父亲遭了殃，这合璧宫的守卫宫女更是无一幸免。大多丢了性命，剩下的一些也被割了舌头，或是刺聋了耳朵。”

张少白想起了那个纵马洛阳的士兵，还有他那张空空如也的血盆大口，觉得有些不适。

如今的合璧宫更像是太子弘的一座陵寝，除了看门的那两个人，宫内只有零星几个人，而且尽是身躯残破，似乎神智也不太正常。即便如此，茅一川却偷偷叮嘱过张少白“不要乱走”，习武之人对于同类往往有种莫名感觉，他感觉合璧宫里藏了不少高手，但凡察觉到丝毫异动便会立刻出手将来人格杀当场。

若是换了往日，张少白肯定会小心翼翼，生怕一步走错丢了小命。然而到了这合璧宫之后，他反而完全不把茅一川的话放在心上，仿佛已经将自身性命置之度外。他仔细观察着宫内的一草一木，努力挖掘着五年前那桩旧案的真相。

张少白不愿意放过任何一个角落，父亲没能完成的事情，他必须帮其完成。张氏没落的威名，也必须由他重振。

如若做不到，这条性命，不要也罢。

天空不着丝缕云朵，艳阳高照，阳光浩浩荡荡，与合璧宫显得格格不入，这里鬼气森森，院内只有枯树，盛夏不开花也无叶片，只有光秃秃的枝条，长得歪七扭八。

茅一川好不容易找到一个还算清醒的宫女，得知艾娘一直打理着绮云殿，那也是太子弘暴毙的地方。

宫女面无表情地指了个方向，然后便继续低头忙活，她似乎是在做着绣工，眯着眼睛，穿针引线，认真无比……可她的手中却无针也无线。

张少白难以忍受这种古怪氛围，便催促着茅一川快点离开。三人急匆匆地走过数条甬道，脸色都有些阴郁，总算在片刻后找到了绮云殿。

这座绮云殿原本装饰得极尽奢华，即便现在也能从细枝末节处窥见一斑。不过五年的时间过去，这里早已有了翻天覆地的变化。当年为了查案，大理寺几乎将此处掘地三尺，但也未能找到蛛丝马迹。

从那之后，殿内的杂物便被统统搬了出去，只余一座空荡荡的宫殿、几根涂着红漆的柱子，以及几面光溜溜的墙。

这里是天下人的禁地，却也是艾娘唯一的心安之处。

她满头白发，跪坐在冰凉地面之上，仰头看着面前空无一物的墙壁，不知在想些什么。

听说太子弘死后，艾娘就变成了这样，整日痴痴望着墙面发呆，一旦有人遮挡住她的视线或是想要带她离开，就会引得她疯疯癫癫，甚至暴怒伤人。

武后曾来此处见过艾娘一面，之后又反复念着“弘儿”二字失魂落魄地离开了。从那之后她便再也没有来过，但也没有赶走艾娘。

于是艾娘面对着墙壁，一看就是整整五年。

她看得是那样专注，以至于身后出现三道陌生身影都毫无察觉。她的眼神是有神的，似乎墙壁上真的有什么东西，值得她穷尽心神去阅读。

明崇俨虽然看不见，但双脚迈入绮云殿的时候却打了个寒战，眉头也逐渐皱紧，应是察觉到了什么。

茅一川握着刀，冷眼打量了一番殿内布置，可惜却只能看到一片又一片的空无。

只有张少白把目光放在了人的身上，他的心神被艾娘完全吸引。五年前的案子掘地三尺都没能破获，就算现在如何勘验现场也是无用功。

所以张少白心里很清楚，想要破案，就要做一些前人未曾做过的事情。

比如让这个失魂落魄的妇人开口说话。

张少白大咧咧地坐在艾娘面前，仔细打量着这位将一生都给了宫廷的女人。她的头发是雪白的，眼角的皱纹是深刻的，身上的衣物更是浆洗得已经发白。

但仍能从眉眼处隐约看到她年轻时的无限温柔。

张少白遮挡住了艾娘的些许视线，但艾娘的眼神没有半点挪移，她依旧看着前方，双眼中满是故事。她似是看着张少白，实则却是看着少年背后的墙壁。

透过她的眼眸，张少白仿佛看到了很久很久以前的一个场景。

在冷清孤单的皇宫之中，一个妇人怀中抱着婴儿，口中呢喃着古老的童谣故事。虽然李弘是武后的孩子，可或许艾娘才更像是李弘的母亲。

她亲眼看着他长大成人，出落得高大俊秀，身上的帝王之气更是越来越重。每每想到这些，艾娘都觉得自己不枉来人世走了一遭，李弘不仅是大唐的太子，更是她内心深处的……儿子。

所以李弘暴毙而亡的时候，心神受创最为剧烈的人不是李治，也不是武后，而是一个名不见经传的宫女。

看着张少白与艾娘“四目相对”，茅一川轻声说道：“她无论如何就是不肯说话，之前很多人都尝试过，可惜通通无果。”

虽然他说话的声音很小，却还是在空旷的大殿中萦绕了许久方才散去。

明崇俨也来到了艾娘身侧：“一个人不说话的原因有很多，可能是哑了。”

“她没哑，发疯的时候仍能发出声音。”茅一川说。

“那就只能是不想说了。”

“所以她越是这样，人们就越想知道她到底在保守什么秘密，又为何不肯说出。”

张少白摇了摇头，他认为茅一川和明崇俨的看法都是错的，艾娘既不是哑巴，也不是为了保守秘密而不说话。

他说：“早些时候家父曾经遇到过一个病人，也是患上了不能说话的怪病。”

一听说怪病明崇俨顿时来了兴致，追问道：“哦，具体怎样说来听听。”

“其实也没什么大不了的，只是那人突然有天睡醒便发现自己说不出话来，可身体却健康得很。后来父亲给他治病，发现他并不是不能说话，而是不知道如何说话。他的舌头就像是被某种力量打了一个复杂到极致的结，只要将其解开，便能恢复说话的本事了。”

“此话怎讲？”明崇俨觉得云里雾里，不得其所。

张少白故作高深地笑了下，“你们有没有听过一句话，叫作……有口难言。”

茅一川仍皱着眉头，明崇俨却恍然大悟道：“你的意思是艾娘不说话是因为不知道如何将她想说的话说出来，所以只能闭口不言。”

张少白点头道：“没错，合璧宫并非太子弘长大的地方，可艾娘却偏偏要留在这里，这肯定有她的原因。她想要告诉世人什么，但在太子弘死后心神受到重创，无法将心中所想说出来，到最后便只能变得人不人鬼不鬼……即便如此，她的本能却让她留在了这里，等待一个能够找到真相的人。”

茅一川似懂非懂，他不太明白张少白在说些什么，难道这世上还有人会因为不知道如何说话而因此变成哑巴？但他又隐隐觉得张少白说得没错，因为之前已经有太多刑部或是大理寺的人调查过艾娘，可没有一个人说出过张少白的观点。

他们都认为艾娘只是个疯子，仅此而已。

只有张少白在乎艾娘是怎么疯的，又是为何而疯。

或许这就是太子弘一案的命门所在！

明崇俨沉思许久，开口道：“你打算如何助她开口，‘摄魂之法’？”

“恐怕不行，她年纪太大，这些年来神智又不止一次地受过创伤，恐怕经不起这般折腾。”

“用你张家的‘入梦之法’？”

“应该也派不上用场，因为她现在都已经分不清自己是活在现实还是梦里。只要她不想，便会压根听不到外界的声音。”

“那该如何是好？”

张少白没有回答，而是轻轻闭上了眼睛。

由于时间过去太久，他已经想不起父亲是如何治好那个人的，他只是隐约记得，父亲没有跳大神，更没有施展任何祝由之术，他似乎只是做了一件令所有人印象都不那么深刻的事情。可也是因为如此，张少白说什么都想不起来。

日头的偏移，衬托着张少白的沉默。一缕阳光透入绮云殿，照在艾娘面前的墙壁上。就只有那么一缕光，像是一根细针刺入了墙壁上令人倍感压抑的灰黑之色。

明崇俨缓缓走到墙边，伸出一只手轻轻抚摸着墙壁，似乎觉察到了什么，但那灵感刹那间流转消逝，便就再也触碰不到了。

茅一川知道自己在这里派不上什么用场，所以干脆扮演起了门神的角色，细心留意着周围情况。忽然，他听到了几声鸟鸣，顿时紧张地攥住了刀柄，双眼向殿外看去，但并未发现有鸟儿的踪影。

是真的有鸟儿路过，或是有人在暗中捣鬼？

茅一川记得很清楚，这合璧宫阴森可怖，进来的一路上极少看到花鸟鱼虫。

他这边紧张兮兮，明崇俨却笑着说道：“没想到你还会地脉五门的神通。”

张少白不知何时已经睁开了双眼，他缓缓站起身来，拍了拍屁股上的尘土：“算不上什么神通，只是小把戏而已。”

“鸟叫声是你弄的？”茅一川终于反应过来，但仍有些怀疑。

张少白笑嘻嘻地走过茅一川身旁，来到了绮云殿门外，两人之间隔着一道门槛，可门里门外的阳光与灰暗恍若阴阳。

少年说：“不是我，还能是你？”

茅一川按捺着脾气：“你还有多少秘密是我不知道的？”

“那可多喽。”

明崇俨“看”着两人斗嘴，脸上带着笑意，他想起了许多年前，那时他与师门兄弟在一起的时候也是这样，一日不吵闹便浑身难受。

想着想着，一袭白衣仿佛谪仙的明大夫又没了笑意，因为他回忆起了故事的结局。

张少白站在殿外，一副智珠在握的模样。他刚刚施展了一番口技，学的是翠鸟啼鸣，这口技乃是地脉五门当中——兽门的小伎俩，据说他们能够捉到许多珍禽异兽凭借的就是这个。

按理来讲，祝由中的天脉和地脉相互独立，地脉不可擅自修习祝由之术，天脉也应如此。故而天脉中人大多不会口技这类奇技淫巧，将其视为下三流，不过张家五叔来路不正，自然是不在乎这些的。

张少白是个跳脱性子，不爱守着规矩度日，于是也学了这个。家破人亡之后，只剩他二人一明一暗，偶尔用口技给彼此传递信息。

少年深吸口气，抬头看了看明亮晃眼的太阳，心想这么好的天气，怎么这院子偏偏透着一股寒意，真是令人不适。

身处殿内的茅一川视线片刻不离张少白，唯恐他遇到危险。自从三人进入合璧宫之后，茅一川就感觉有目光满含恶意隐于暗处，似是要用眼神将他们千刀万剐。

他盯着张少白的一举一动，看他取出“山鬼”面具遮住面容，不见多余动作，便有一阵婴儿哭声突然传出！

明崇俨愣了一下，转瞬间明白了张少白的治病方法，笑着点了点头。

与此同时，没有人注意到，艾娘的眼神忽然变得更加明亮，左耳更是微不可察地动了一下。

“哇！”张少白学的是隔壁那家婴童的哭闹声，由悄声哭啼到撕心裂肺。他的脸上也逐渐浮现出一抹红晕，由轻松变得吃力。

少年这才意识到，原来婴儿哭啼也是需要力气的，那家孩子能把邻居家母鸡哭到不愿下蛋，这也是门极为高深的功夫。

功夫不负有心人，殿外响着的哭声，就像是扔进古井里的石头，在绮云殿里砸出了一朵又一朵的水花。哭声于殿内回荡不休，艾娘的反应也越来越大，她的拳头越攥越紧，眼球也开始左右晃动，似是要离开那面看了五年的墙壁。

心境如古井无波的艾娘不再淡定，她想着门外是哪家婴儿在哭闹不停，是不是饿了肚子，抑或是找不到了爹娘。

太子弘也曾是那副小小模样，也曾哭闹个没完没了，就连皇后都为之头痛。

艾娘微微侧过头，想要看看殿外。

茅一川自然也察觉到了艾娘的异动，不由自主变得紧张起来，他认为艾娘一定知道五年前那起旧案的些许信息，只要她肯开口，案情就有转机！

然而就在所有人屏息以待的时候，哭声戛然而止。

绮云殿内，冷冷清清，再无半点声响。

艾娘把头转了回去，失落至极。

张少白收起“山鬼”，站在艾娘身后说道：“你还要装聋作哑到什么时候？”

艾娘眼中有泪，泪水填满了她眼角的细纹，挣扎着不愿流下。

“无论五年前发生的事情有多么难以置信，有多么荒唐，你都应该把它们讲出来。

“张开你的嘴，把你藏了五年的事情通通说出口，我会给你一个真相，一个足够让太子弘瞑目的答案。”

泪水落下，艾娘张开了嘴，可是她已经足足五年未曾说话，几乎已经忘记了应该如何出声。

她努力地尝试着，终于发出了一阵嘶哑的声音，这声音如砂石般粗粝，仿佛带着血丝。

太子弘离世已经五年了，她把这五年的悲伤、悔恨融进了自己的骨血，为之愁白了每一根发丝。那个被她视作亲生骨肉的人，曾是她的天和地，可天地崩塌之后，她就再也找不到半分活下去的意义。

张少白发出的那阵哭声，就像是黑暗绝望处的一抹阳光，让艾娘见到了一分生机，也让她早已枯萎荒芜的心神得到了滋润。

那个雷雨交加的夜已经过去了整整五年，从那之后沉默了整整五年的艾娘终于开口说了话。

她说的是：

“弘儿。”

她曾千万遍地想要这样呼唤他，可终究这声呼唤还是没能入了他的耳。但她对他的疼爱，早已入了他的心。

第十三章 杯弓蛇影

那是许多年前的事情了。

“艾娘，艾娘！”仍是孩童年纪的李弘急匆匆地奔向乳娘，看样子似是受了惊吓。

艾娘闻声赶忙放下了手中的活：“殿下慢些，莫急。”

李弘跑得面红耳赤，他气喘吁吁地问：“艾娘，这世上真有鬼神之事吗？”

“都说举头三尺有神明，应是有的。”

“我刚刚去了母亲的寝宫，仔细查看了一番宫中事物。据说有人曾用‘厌胜之术’谋害母亲，于是我把可疑的东西全都烧啦。”李弘面露得意。

艾娘却满脸惊恐：“天后没有怪罪于你吧？”

“那倒是没有，只是母亲似乎很是舍不得其中一尊木雕，我见势不妙就赶紧跑回来了。”

“唉，您啊……”艾娘重重地叹了口气，总算明白太子今日为何这般失态，“可殿下怎会突然想到要做此事的，是不是又有下人胡说八道？”

李弘屏退左右，待到此处只剩自己与艾娘二人之后，方才小心翼翼地说道：“我昨夜偶然看到了一幅壁画……那画上有……”

艾娘瞪大双眼，满脸的不可置信，只因李弘所说之事太过匪夷所思。

他于昨夜在宫中莫名其妙看到了一幅壁画，上面画着一个孩童摔倒在地，还不小心磕坏了玉佩。更奇怪的是，这壁画转瞬即逝，只在墙上停留了数息工夫，随后便消失得无影无踪，李弘揉了好久眼睛，一直以为是自己眼花了。

直到今天早上，他真的不留神摔了一跤，更可怕的是，还刚好摔碎了父亲赏赐的玉佩！李弘这才发觉，原来那幅画里的小人，就是自己。

虽然太子李弘自幼饱读诗书，可他从未亲身经历过这等怪事，难免为此心烦意乱，而且又不敢将此事说与他人听。李弘年纪虽小，却早已通晓朝堂之事，他很清楚，若是有人知道自己撞见这等怪力乱神之事，定会说这是太子失德所致。

他更不能告诉父亲母亲，那只会引来一通说教，没人会轻易相信这般光怪陆离的事情。

除了艾娘。

艾娘果然没有让李弘失望，她随着太子去了昨夜出现壁画的地方，可惜那面宫墙空空荡荡，哪里还有半点痕迹。

李弘有些焦急地说道："艾娘你相信我，我真的在这里看到过壁画。"

艾娘面沉如水："殿下从来不曾撒谎，可这壁画到底从何而来？难道真是鬼神作祟？"

"我要不要把这件事告诉母亲？"

"不行！"艾娘冷声喝道，随即意识到了自己的失态，赶忙赔罪，又说，"现如今正是多事之秋，此事极有可能连累到皇后殿下。"

李弘若有所思地点了点头，想到朝堂之上的唇枪舌剑，认为艾娘说得确实没错。前些日子以上官仪为首的一干大臣，居然联名上谏，目的是废掉皇后。

因为此事，整个朝堂已然动荡不安，李弘看到诡异壁画一事虽小，可一旦流传出去，却很有可能引来滔天大祸。

若是武后被废，那么他的太子之位……怕也不会安稳。

就这样，壁画一事被李弘和艾娘有意无意地隐瞒下来，逐渐淡忘。直到若干年后，壁画于夜里再度出现。

这次上面画的是一个少年被一团黑色雾气包围，面露苦色。李弘认出了少年即是自己，可他不知道黑雾又代表着什么，还未来得及仔细琢磨，与上次一样，壁画转眼间便消失得干干净净。

他同样把此事告诉了艾娘，可二人无论如何都想不出这壁画到底有何意义，又是如何做到神出鬼没。

黑雾的意义在不久后终于显现，李弘身体抱恙，后渐严重，竟是患上了痨瘵之症！原来那黑雾代表着病魔，壁画上的预言又一次准确无误。

可怜这偌大的皇宫，却找不到一个可以求助的人。此时李治已深受头疾困扰，不理政事，只能由太子弘和武后一同接过重任。然而这样一来，李弘与武后之间也因政见不同而渐渐生出了间隙，再不似往日那般亲密。

壁画一事，李弘只与艾娘说过，可也只是说过数次。在他看到艾娘因为此事而倍感烦心，甚至生出白发之后，便再也没有和她提起过这些。

他想着就算壁画能够预言自己的未来，那又如何，该发生的事情终究不能阻止，已经发生的事情也无法逆转，倒不如把它当成一个乐趣来看。

李弘想得豁达，看样子再不把壁画放在心上，可是心胸的宽阔并没能为他换来一副安康的身躯。痨瘵之症痴缠不去，李弘的身体日渐虚弱，虽然已经看过太医，却始终不见好转。

医家说“病来如山倒，病去如抽丝”，李弘却觉得自己是病来如抽丝，抽去的是他的精气神。

这一切，艾娘全都看在眼里，疼在心里。

太子已经长大，变得能够独当一面。艾娘再不是曾经那个可以倾诉的人，她只能静静陪伴在李弘身边，努力用沉默融化他的伤与痛。

一国之政事，武后之威压，让李弘喘不过气来。

绮云殿内，艾娘依然盯着面前的墙壁，仿佛上面画着太子弘的曾经。她说：“弘儿的一生很苦，病魔缠身，母子反目，武敏之还做了那等畜生不如的事情……”

张少白有些疑惑，心道怎么又扯出来一个武敏之。

茅一川摇了摇头，示意他不要追问此事。如今武敏之早已成了一具尸体，重新翻出那桩宫廷秘事对谁都没有益处。

艾娘继续说道：“从那之后，我从弘儿身上看到了一丝死意。我太了解他了，我知道他已经厌倦了这座皇宫，也烦透了无穷无尽的算计。”

“弘儿已经做出了退让，可为何他们还是要步步紧逼，非要将他置于死地？”

艾娘越说越怒，一口心血逆行而上，顺着嘴角缓缓流出。

张少白见状赶忙过去，想要为艾娘诊治一番，却被明崇俨伸手拦住。事情已经说到了关键时刻，不容打断。

艾娘的声音带着哭腔：“为何偏偏此次弘儿没有留在长安监国，而是跟着帝后来了东都？为何还偏偏住在了这合璧宫？我不相信这世间有那么多的巧合，我更不信是鬼神要走了弘儿的性命，他们舍不得……舍不得啊！”

她发疯般咆哮，声音回荡在绮云殿中，混着哭声与怒声，仿佛炼狱。过了许久，艾娘终于平静下来，她的双眼已然无神。

“弘儿，你为何一直没走？”

“你在等我，是吗？”

“下辈子……娘护着你好不好？”

艾娘似是问天，似是问地，也似是在问自己，在问已经离世多年的太子弘。

她自幼入宫，十九岁时当了李弘的乳娘。她这一生没有过爱情，也没有过什么青春，李弘便是她的唯一寄托。

谁也想不到，这个满头白发的苍老妇人，竟不过是四十出头的年纪。

太子弘的离世，这五年的煎熬，已经让她到了油尽灯枯的时候。

她一直没有死，是因为她觉得自己还有一丁点用，不知为何，她就是觉得自己还不到死去的时候。直到今日将壁画的事情讲了出来，她终于舒了口气。

唉……

到时候了。

艾娘的头颅无力垂下，嘴角仍挂着血迹，白发散落，试图遮盖住她已不复美丽的面庞。

张少白推开了明崇俨，跪坐在艾娘身旁，为她擦拭着嘴角，为她拢起头发，轻轻抚摸着她眼角的细纹，还有尚未干涸的泪水。

少年陷入悲痛不可自拔，茅一川和明崇俨不懂少年为何这般痛苦，他们以为是艾娘让他想起了某位故人。

没人懂得张少白的悲伤，长安的那场大火之后，他便一直孤单。

茅一川等了片刻，见少年仍沉浸在自己的情绪中无法自拔，于是开口问道：“按照艾娘的意思，太子弘之死或许与那古怪壁画有关？”

张少白仍低头不语，明崇俨接过话头回答道：“应是如此，不然艾娘也不会为了这件事等了足足五年，她本该在五年前就随着李弘一同离去的。”

“就只为了这么一件虚无缥缈的事情吗？”

“怎么能说是虚无缥缈呢？那壁画是真实出现过的，太子弘也是亲眼看到过的，上面的预言也都一一应验。”

茅一川仍然困惑不解：“可有一点我还是不懂，壁画最早出现的时候，太子弘不愿向外宣扬这等妖异之事，是为了不给武后添乱。可之后已经过去了十几年，他为何不找些奇人异士调查此事？”

说到这里，他顿了一下，方才继续说道：“或者他也可以找咒禁科。可他谁都没有告诉，即便身死之后，知道这个秘密的人都只有他和艾娘。我不明白他为何要这样做。”

明崇俨叹道：“我也想不通。”

大殿陷入一阵难解的沉默之中，最终还是张少白打破了僵局，他说：“目前可以确定的是，壁画有着预言的作用。我想太子弘之所以不愿意让他人知道此事，也不愿意找道士和尚调查此事，是因为这壁画对他有些用处。”

茅一川问道：“能有什么用处？”

“如果壁画预言的不仅只是太子弘摔倒、患病这些事，它同样还能预言其他事情呢？比如一些对太子弘有利的事情。如果是你偶然间掌握了这股力量，你会选择拱手相让吗？”

茅一川似乎没有感受到张少白话里的揶揄之意，而是认真地想了想，然后答道：“我不会允许身边一直存在着这种奇奇怪怪的东西。”

张少白无奈地翻了个白眼，转而对明崇俨说道：“事情的关键在于，反正我是不相信世上存在什么可以预言的壁画，你呢？”

“我也不信，”明崇俨微微一笑，“所谓怪力乱神不过是一层外衣，里面装的永远是某些人的险恶用心。宫中最忌讳魇镇、巫蛊之事，不是因为皇帝怕了这些，真正令人作呕的是，施展这些鬼蜮伎俩之人的深深心计。”

张少白放下怀中的艾娘，从袖中取出一块绢布覆在她的脸上，然后站起身来，意味深长地看着绮云殿内那块最宽阔的墙壁。

沉思许久，他忽然问道：“茅一川，关于太子弘一案的细枝末节，你不会到现在还要藏着掖着吧？”

“不会，既然陛下和天后都允许你重查此案，我定会知无不言。”

“太子弘到底因何而死，竟会引得皇帝雷霆大怒，而且事过多年仍放不下此事？”

虽然嘴上说着知无不言，可这个问题还是让茅一川陷入了难堪。他是少数知道当年悬案真相的人之一，更知道让帝后二人雷霆大怒的根本原因是什么。

“太子弘乃是……惊惧而亡。”

帝后二人说白了也不过是父亲和母亲，他们可以接受一个儿子的离世，却绝对不能接受自己最喜爱的儿子被活活吓死！所以当年陛下才会那般愤怒，不仅让咒禁科的张云清送了性命，更是将这合璧宫的人处死了大半。

没想到张少白听后不见丝毫惊讶，似乎他早已料到了太子死因。

茅一川说道："你方才的问题，有些明知故问的意思。"

"不是明知故问，我只是想要确认一番心中所想。太子弘之死居然会牵连到我的父亲，那便说明皇帝认为此事与巫术有关。"张少白闭上眼睛，又问了一个问题，"太子弘死前身体如何？"

这又是一个皇室机密。"当时太子弘身患痨瘵之症多年，身体始终不见好转，且每况愈下。曾有太医断言，其时日无多。"

"既然患的是痨瘵之症，他身旁是否有人也患上此症。"

"这……我不知道。"

明崇俨开口说道："有，共有五人，都是太子弘的贴身之人。五人中死了四个，只有一个侥幸活了下来，被送出了宫。"

预言壁画，痨瘵之症，惊惧而亡。

这些线索正逐渐还原出太子弘当年死亡的本来面貌。

张少白仍闭着眼："给我具体说一下案情。"

这一刻，茅一川仿佛回到了两人初次联手破案的场景，那次是在大牢外，张少白蹲在地上对着四个茶杯施展祝由之术，而他则负责讲述案情。

收起无关的心思，茅一川开始重新讲起了当年的案子，还将当时刑部、大理寺查到的线索通通说了出来。总而言之，其实当时他们也认为太子被活生生吓死是一件非常诡异的事情，但他们不知道为何太子弘会被吓死，又是被什么吓死，这个案子简直要比无头案更加难查。

无头案的勘查难点在于无法确认死者身份，却可以另辟蹊径，通过调查城中失踪的人口从而判断无头尸体的来源。

太子弘的案子则是给了官家一具被吓死的尸体，但怎么被吓死，为何被吓死却是无论如何都调查不出来的。

就这样，太子弘一案逐渐走入了死胡同，找不到凶手，也不知道杀人方法，就只能将其定为不小心看到恐怖之物，于是惊惧而亡。但帝后显然不愿接受这个结果。

茅一川正滔滔不绝地说着，张少白忽然睁开了眼睛，表情极为严肃。

他说："姚苌。"

不知是不是错觉，明崇俨的眼睛为之一亮。

茅一川却一脸无知，"谁？"

"后秦国主，一位被吓死的皇帝，"张少白扫视了一番绮云殿，身子也随着视线转了一圈，"这位皇帝是被无穷无尽的噩梦吓死的，因为他做了太多的亏心事，也辜负了太多有心人。"

茅一川还是没能理解："你的意思是，太子弘也做过亏心事。"

张少白的视线落在茅一川身上："我以前没发现你这么蠢。"

此刻茅一川很想拔刀，但又莫名觉得心虚。

"既然姚苌可以被噩梦吓死，太子弘为什么不能被壁画吓死？更何况他死的时候身体早就衰弱不堪，恐怕只是小小的惊吓都能将他吓得魂归西天吧。"

至此，茅一川恍然大悟，原来刑部和大理寺之所以查不出东西，是因为少了"预言壁画"这条关键线索。

张少白的目光转向墙壁："我记得太子弘去世那天雷雨交加，电闪雷鸣之下，若是搭配上一幅令人惊恐到极点的壁画，只怕不吓死也难。"

茅一川问："可那幅导致太子弘死掉的壁画，画的是什么内容？"

"我怎么知道，我又没有看过，"张少白眯起眼睛，"不过，如果我是害死太子弘的始作俑者，我会选择用一幅预言他死亡的壁画来吓死他。"

"你是说壁画上的内容，很有可能是太子弘暴毙而亡的场景。"

"没错，太子弘本就对壁画能够预言深信不疑，而且他和壁画打交道的时间应该远比艾娘知道的多。如果壁画突然预言了他的死亡，你说太子弘会不会被吓一大跳？"

张少白微微眯着眼睛，仿佛从空白墙壁之上看到了五年前的那一天，李弘身死之日。

※

那是个雷雨交加的夜晚，绮云殿点了许多蜡烛，可还是透着一股阴森的感觉。

李弘跟随帝后从长安远赴洛阳，身体疲惫不堪，痨瘵之症越来越重，他发出一阵猛烈的咳嗽，觉得异常难受。

刚好雨天湿气重，让他的痨瘵病痛更加煎熬。

他或许也在等待预言壁画的出现，于是早早就赶走了下人，所以绮云殿内只有他一个人。

突然，殿里的烛火被一阵阴风尽皆吹灭！

李弘一阵悚然，刚想开口叫人来重点蜡烛，不料一道闪电刚好划过。借着那一刹那的光亮，李弘在墙上看到了让他终生难忘的场景。

他看到自己躺在冰凉的地上，双眼已没了生机。而在壁画之中，他的身边还有一面墙，墙上画着的……依然是他躺在地上的场景。

死亡，无穷无尽。

这一瞬间，李弘觉得自己的心脏仿佛被一只无形的大手紧紧攥住，那只手越来越用力，最后终于捏爆了掌心那颗脆弱不堪的心。

在他死后，墙上的壁画如同地面蒸发的水汽，转眼间便消失得无影无踪。

张少白回过神来，他认为自己所想已和真相八九不离十，事到如今只差最后一步，可这最后一步如何迈出，他目前尚不知晓。

明崇俨站在墙壁之下，用手轻轻抚摸着它，甚至还用鼻子轻轻嗅着上面残留的味道。

而一直对这个案子束手无策的茅一川脸色忽然一变，他刚刚通过“太子弘是因看见壁画惊惧而亡”一事联想到了某个重要线索。

不过他还没来得及开口，明崇俨便率先说道，“虽然已经过去了五年，但这面墙上还是有些许味道，这里应该显现过壁画。”

张、茅二人俱是一惊，张少白问道：“你知道壁画是如何弄出来的？”

“有些头绪，但不确定，”明崇俨将头转向了张少白，“我之前和你说过，我所在的这一脉祝由擅长符箓。”

张少白难以置信道：“你该不会想说……这些壁画其实都是一道道符吧？”

“不是，但两者有相通之处。老祖宗传下符箓之道为的是治病救人，可里面却有一道符与众不同，它是一道杀符。”

茅一川冷声问道：“杀符？”

“此符名为‘杯弓蛇影’，算是符箓一道中唯一可以害人性命的那个。”

明崇俨话音一落，张少白仿佛真的在空白墙面上看到了一道蛇影，那条蛇用口衔住尾巴，将身体弄成了弓的形状。但它仍在不停地“前行”着，所以这把“弓”看起来就像是一个活物，还透着滑腻之感，令人心生厌恶。

这时茅一川的话语声打断了张少白的臆想：“我听过杯弓蛇影的故事，可我想不通它如何成为一道符去杀人。”

张少白有些不快地说道：“啥都不懂就少说话。”

茅一川气得险些又想拔刀。

明崇俨微笑着摇了摇头：“我接下来所说的话，还望两位保守秘密……因为此事关乎祝由机密。”

张少白直截了当地应道：“没问题。”

茅一川却有些犹豫：“若是陛下问起呢？”

“此事告知帝后二人无妨，只是其他人，就莫要说了。”

“可以，我会信守承诺。”

明崇俨转回身子对着墙壁，负手而立，讲道：“‘杯弓蛇影符’之所以能够杀人，乃是利用光与影令人产生错觉，以至于认为自己患了重病，或是中了剧毒。如此一来中符者便会心神损伤，日夜被担忧缠身，最终伤了性命。

“这预言壁画与蛇影有异曲同工之妙，我甚至从墙壁上嗅到了些许熟悉的味道，或许壁画的始作俑者也懂得祝由之术。”

张少白急切问道：“可蛇影和壁画到底是怎么出现的，为何又能转瞬间消失得无影无踪？”

“此事说来话长，我家老祖早年四处行医，曾去过西域诸国。其中有一国崇拜一教，名为‘摩尼’。摩尼教想把老祖吸纳入教，但老祖执意不肯，于是那摩尼便对老祖施了咒，十分肯定地说，你的魂与身必将安息此处。”

明崇俨抬起头，他虽然什么都看不到，但往事却似乎历历在目：“老祖自然不信，可之后便见到了令他终生难忘的一幕……他偶然间寻到了一处洞窟用来栖身，结果在其中石壁上看到了一幅壁画。画中有一棵树，半边生，半边死，树下有莲花台倒坐，不知何意。

“老祖还没未反应过来，那画上的树忽然脱离了石壁，居然飘浮到了半空中，转眼间便消散得无影无踪。”

张少白震惊不已：“你家老祖确定不是自己眼花了？”

明崇俨笑道：“他若是眼花了，便不会有‘杯弓蛇影符’喽。”

往事不复细说，明崇俨只说老祖是从那里得到了一丝灵感，创出了“杯弓蛇影符”，至于后事则只字未提。他说：“老祖后来得知，那壁画是用极为特殊的颜料绘制而成。那颜料说来有趣，用它绘制的壁画会在风干后消失，即便在阳光下看起来也无异常，可一旦触碰到火光便会再度显现出来。不过只能持续短短数息时间，就会化作飞烟而去。”

张少白恍然大悟道：“太子弘每次看到壁画都在夜里！”

明崇俨点头道：“所以我说这壁画大有蹊跷，它偏偏在夜里出现，又只让太子弘一人看见，然后便消失得无影无踪，应该就是用那种颜料做到的。”

茅一川想到了一个疑点，于是打断道：“可这壁画上的预言又作何解释？”

张少白和明崇俨相视一笑，两人都是祝由先生，自然对预言一事早就心知肚明。张少白兴致不高，但还是硬着头皮解释说：“所谓预言，无非是把即将发生的事情提前说了出来……可是，如果这件即将发生的事情也是始作俑者计划中的一环呢？”

“预言太子弘摔倒，然后真的让他摔倒一事不难，”茅一川依然困惑不解，“可预言里黑雾缠身，然后太子弘就患上了痨瘵之症又如何解释？凶手总不至于还有让人患上痨瘵的手段吧？”

张少白叹道：“画上只说黑雾缠身，可从未说过什么痨瘵！是人就难免患病，就算太子弘患的不是痨瘵之症，也可以说那黑雾预言成真！”

茅一川这才反应过来，惊讶得久久说不出话来。

明崇俨补充道：“当然，或许太子弘患病一事也真的与此有关，毕竟那人是以有心算无心，胜算极大。”

说到这里，太子弘为何惊惧而亡，以及预言壁画因何而来已被张少白和明崇俨联手破解。太子弘之死与怪力乱神之事毫无关系，说白了还是有人于暗中兴风作浪，可此人是谁仍是个谜。

时隔五年，想要找到关于那人的线索简直是难上加难。

空荡阴森的绮云殿中，三人皆为凶手是谁而苦思冥想，艾娘则孤零零地躺在地上，偶有微风吹起绢布一角，露出她的些许面容，显得极为诡异。

张少白想着想着有些心烦意乱，忽然在殿内开始伸展起了胳臂和双腿，茅一川冷冷地瞟了他一眼，没说什么。

少年气喘吁吁地说：“咱们若是就这么回去复命，帝后肯定不会满意的吧？”

茅一川说：“如果提头回去，或许还能留个全尸。”

真是胡说八道，脑袋都已经掉了，那还能叫作全尸？

“可是艾娘透露出的信息就只有这些，光靠这些是不可能找到真凶的。”

“那就把你我知道的事情交代得清清楚楚，然后领死，或许若干年后有人能凭借这些抓到凶手。”

即便到了这种紧要关头，明崇俨仍是不慌不忙、不紧不慢地说道：“少白莫急，你仔细想想，其实那个凶手的身份并不难推测。”

张少白边想边说道：“一方面，能够在宫中做出大量布置，让预言成真，说明他一定是东宫的人，而且是太子弘的贴身之人。另一方面，他或许还懂祝由之术，至少是懂你们‘杯弓蛇影符’的做法……或许他真的和你我是同道中人，所以父亲才会一直说‘不可说’……难道父亲知道他是谁，所以在刻意维护……说不通，说不通啊！”

明崇俨笑道：“说了这么多，你可有怀疑之人？”

“我倒是蛮怀疑你的。”

“这种时候少白就莫要开玩笑了……”

就在此时，茅一川突然说道：“此事倒十分像庞先生的手笔。”

的确如此，之前庞先生的一手血字和龙尸，可谓怪异至极，如果说预言壁画也是出自他手，倒也不算离奇。

只是……

“你这属于倒行逆施，哪有这么查案子的？”张少白反驳道。

“我并非说庞先生就是凶手，可太子弘一案给我一种感觉，似乎它也与九罗有关。你曾给我讲过‘罗’的故事，若我记得没错，他也是被吓死的。”

张少白若有所思道：“应该只是巧合罢了。”

虽然嘴上这么说，但他却莫名想起了艾娘死前说过的一句话。

这世间哪有那么多的巧合！

可是，如果太子弘之死真与九罗有关……那后果简直不堪设想，这将在大唐掀起一场前所未有的风波。

张少白和茅一川心知肚明，九罗和庞先生极有可能与当今太子李贤有所瓜葛。若是最后查出来太子弘的死也是出自九罗手笔，那么此案凶手可谓昭然若揭。

谁能够从李弘的死获取最大的利益，谁就是那个幕后黑手。

真是麻烦，此事该如何向帝后交代?

三人俱是对案情一筹莫展，而且各怀心事。茅一川自然满心都是太子弘一案，明崇俨想的是凶手是谁，是否懂得杯弓蛇影，又是否和祝由术有所瓜葛。至于张少白则想得更加遥远，比起找出谋害太子弘的真凶，他更在乎的是……一把火焚尽长安张家的那个人。

太子弘就像是五年前埋下的伏笔，到了今日方才显露狰狞。

突然，茅一川耳朵一动，听到殿外传来一阵窸窣声响。他猛地冲到门前，只见一道身影向着另外一侧疾掠而过。

那人是谁?为何会出现在这看似荒凉，实则杀机暗伏的合璧宫!

茅一川本想直接去追，但回想起薛府那夜的刺杀，便又停了下来，转而对张、明二人说道：“宫内有人极为可疑!”

张少白急切道：“那你也不能抛下我们自己去追，你若是一走，这绮云殿可就真的只剩下了老弱病残。”

明崇俨却说：“无妨，我和少白随你一起，虽然走得慢些，但也好过待在这里一无所获。”

话一说完，张少白还没来得及开口拒绝，茅一川便率先同意，他走出绮云殿，回头看了眼张少白，眼神中满是威吓之意。仿佛在说，你爱来不来，死活也与我无关。

“少白，我们走吧。”明崇俨微笑道。

张少白颇为无奈地看了眼艾娘尸体，悻悻然跟在后面。

那名神秘人动作虽快，却留下了不少痕迹。茅一川蹲在地上，仔细寻觅着地面上的脚印以及踩踏过的花草，不久就找到了他潜逃的方向。

“应当是个女子，而且穿的是宫鞋。”

张少白觉得有些反常：“不太对劲吧?我怎么觉得她像是在刻意引我们过去。”

“抓到她自然就会弄明白。”茅一川面露不屑，他站起身来，脚下又快了几分，握着“无锋”的那只手也紧了几分。

追了片刻，众人来到了合璧宫的后花园中，只不过此时此刻这后花园里只有些枯树野草，一片萧索凄凉之感。

脚印越来越浅，最后就消失在一座假山旁边。茅一川小心翼翼地绕着假山勘查了一遍，竟在山背处发现了一道仅可容纳一人侧身进入的开口。

茅一川皱起眉头：“应是进了这里。”

张少白打起了退堂鼓，“我还是觉得她是故意引咱们过来，这底下肯定有埋伏。”

可茅一川仿佛没有听到，他拔出“无锋”，直接钻了进去。

明崇俨虽然眼睛瞎了，动作却异常灵敏，他摸了摸此处岩石，确定了开口处的大小，然后也弯腰进去了。

这两人一个是艺高人胆大，另一个则是瞎了多年，对他来讲哪里都是漆黑一片，早已习惯。

张少白孤零零地站在外头，忽然觉得园内的风声仿佛鬼哭，实在瘆人，于是一番纠结之后还是迈出了步子。

没想到进入之后，才发现这假山下面竟是别有洞天！与其相比，薛家别院的那条地道真是再简陋不过。

三人沿着台阶下行，觉得愈发阴冷。最关键的是，阳光已然照射不到此处。

茅一川取出火折子，轻轻吹了两下，借着微小火光继续走了两步，忽然感觉脚下踩了个结结实实。

原来假山下面连通着一处密室，此处阴暗无光，极为隐秘，若不是跟着那个神秘人找到此处，谁也想不到合璧宫里还藏着这么一个地方。

茅一川一手持刀，一手攥着火折子，极其小心地盯着前方。他看到密室中间放着一个盘龙状的烛台，旁边还有一道人影呈跪坐姿势。

“你是何人？”

那人久久没有答话，茅一川终于按捺不住，双脚用力，电光石火间便冲了过去，打算一击制敌。出乎意料的是，茅一川只是碰了一下那个人的肩膀，她便重重地倒了下来，嘴角往外流淌着黑色的血。

“是服毒自尽。”茅一川仔细检查了一番，发现死者正是之前为他们指过路的那名宫女，穿的鞋子也和外面留下的脚印完全一致。

她把众人引来此处是何目的？她的真实身份又到底是谁？

想到这些茅一川心乱如麻，他用火折子将烛台上的蜡烛依次点燃，密室顿时亮堂起来。

随后，密室东侧的石壁上忽然有了变化！

一道道鲜艳至极的颜色如同藤蔓扩散开来，转眼间便覆盖住了整面墙壁，这竟是一幅壁画！

而看到壁画的那一刻，茅一川忽然觉得脑袋嗡的一声，一下子什么都想不起来了。

张少白也是一副目瞪口呆的样子，明崇俨倒是一脸茫然，不知发生了什么事情，为何突然全都没了动静。

数息过后，壁画上的颜色开始蠢蠢欲动，仿佛要破壁而出。茅一川这才回过神来，想到这壁画遇火即现，随后便会消失，于是赶忙弄熄了所有烛火。可惜为时已晚，最后一根蜡烛尚未吹熄的时候，石壁已经恢复成了原来的模样。

明崇俨嗅到了那股熟悉的颜料味道："这里有壁画？上面画的是什么？"

茅一川不说话，但表情十分狰狞，烛光下乍一看仿佛夜叉。

张少白也不肯说，开始装疯卖傻："哎，之前忘记问你了，你家老祖最后到底有没有死在西域？"

"少白别闹！"明崇俨神色严肃，"你们到底看见了什么？"

"你不回答我的问题，我怎么告诉你？"

"唉，老祖回了趟中原，可在大限将至的时候又孤身去了西域，之后就再也没了音信……现在你能说了吧？"

张少白死活不想蹚这趟浑水，干脆哼起了小曲："我啥也没看懂，你还是问棺材脸吧。"

茅一川收刀入鞘，身上的杀气也如潮水般退去。

他宁可自己从未看见过这幅壁画，他也想学张少白那般疯疯癫癫，可他不能……因为那幅壁画的内容太过惊世骇俗。

他不知道太子弘生前见过的那些壁画是否也如这幅一般逼真，人物又是否如这幅一般栩栩如生。

以至于一眼就能认出那人是谁……

"我看到这上面画着……李贤驾着九罗鬼车，似是在追赶太子弘。"

第十四章 医者仁心

张少白一早就料到这个案子是个烫手山芋，可他从未想过此案居然牵连如此之广，隐藏在其背后的真相更是这般扑朔迷离。

那壁画来无影，去无踪，石壁上已然找不到任何痕迹。三人离了阴冷密室，立刻马不停蹄地向着洛阳宫赶去。

一路上张少白仔细想了想壁画的前因后果，发现疑点甚多。比如最后一幅壁画是何时所绘，为何今日方才显露出来？那个死掉的宫女又到底是何身份，她是否早就知道密室暗藏玄机，又为何将三人引了过去？

最关键的是那幅壁画上的内容，它说李贤勾结“九罗”害死了前太子李弘。但细细想来，这个说法本身是不成立的，原因很简单，李贤为何利用壁画害死了兄长，而后又留下这么一个罪证？

此事真是越想越乱。

回到洛阳宫的时候，张、茅二人亮出金铊令箭和天后手谕，于是一路畅行无阻，直到贞观殿外才有一名女官将众人拦下。

她奉武后之名，前来带走张少白。

少年一脸困惑，不明白为何偏偏只有自己特殊。茅一川和明崇俨则瞬间变了脸色，不知是不是张少白看花了眼，有那么一瞬间他甚至以为茅一川要拔出刀来。

但茅一川终究没有，他只是说了一句：“万事小心。”

随后张少白便乖乖跟在女官身后去了另外一边，在七拐八转之后终于来到了一处从未见过的宫殿。

那名女官把张少白带入殿内，然后取走了天后手谕，用烛火烧掉后，便极为恭敬地退了下去。而张少白甚至不用抬头，他只是看到了那条绣着金凤的裙摆，便赶忙跪倒行礼。

“草民张少白叩见天后。”

“免礼。”武后懒洋洋地挥了挥衣袖，虽然整个人看起来极为疲惫，却透着一股山岳般的威压。

张少白直起腰来，小心翼翼地抬头看了武后一眼，不料刚好与其视线相对。

武后没心思管教这个毫无规矩的小猴，淡淡问道：“案子查得怎么样了？”

张少白不敢妄下结论，只好将自己查案的过程详细讲了一遍。出乎意料的是，无论是讲到预言壁画还是合璧宫的密室，都不见武后有丝毫反应。唯独说起艾娘的时候，武后的神情变得有些悲伤。

开始时张少白为此感到些许疑惑，不过随后便回过神来，怕是自己回宫之前，武后就已经知晓了这些事情。

她之所以明知故问，是想看看张少白是否会加油添醋。

幸好少年还算老实。

张少白不知自己此番查案给的答复是否令人满意，心中不免有些忐忑，毕竟他们并未抓住真凶，只是发现了一些线索……以及极有可能是凶手，或者说和凶手有关的人。

他本以为武后接下来会询问一些关于案子的事情，不料武后却没有继续深谈，反而说道：“此案记你一功，说吧，你想要什么奖赏？”

什么？这就给奖赏了？

虽然武后嘴上这么说，但张少白却如临大敌。

“我听闻你视财如命，便赏你些金银财宝如何？”

不知为何，张少白心头忽然生出一种极为不妙的预感，就像五年前，他负气离家出走，不久后便觉得呼吸困难，通体生寒，仿佛整个人都溺在了寒冬腊月的河水里。

那一次，是长安的张府起了大火，且无一人生还。

这一次，又是为何？

张少白心有所感，自己怕是小命难保了。自从进宫面见武后以来，她总共露过三次杀机，第一次是看自己是否不知天高地厚，第二次是看自己是否有真才实学。

而这第三次杀机，或是因为他已经知道了太多皇室秘辛。武后之所以对他多加宽容，甚至允许他破例留宿后宫……其实早就把他当成了一个死人。

少年将额头猛地叩在地上，一言不发。

“唔，不想要这些东西吗？”武后的目光时刻不离张少白，盯着他的每一个动作和表情，“既然如此，那就赏你个一官半职怎样？咒禁博士，你父亲生前就居此要职，便给了你吧。”

少年又狠狠叩了一下，还是不说话。

武后有些恼火：“我宣告天下，你张氏一门乃是祝由正统，张云清追赠忠烈之名。”

少年再叩首。

“唉。”武后的火气忽地烟消云散，她知道下面的那个少年是个人精，他什么都不说，只管磕头，是希望可以激起自己的怜爱之心，饶他一命。

只可惜，一入宫廷身不由己，这话说的不仅是那些不值一提的小人物，身份尊贵至极的人也同样如此。

武后不再提赏赐一事，而是悠悠说道：“明崇俨之所以受到陛下重用，是因为他是个瞎子，身体残缺之人往往最好控制。可你和他不同，有些野马套上马鞍便能用了，有些却不能，所以太过倔强的马儿往往最终都饱了某些人的口腹。

“你嘴上不说，装得卑微，可我看得出来，你心底装的全是傲与恨。可怜的孩子，你知不知道，这两样东西都是要人性命的剧毒啊？”

武后重重叹了口气，她看到少年额头下面隐隐有着血迹……还有泪水，应是磕破了头。她也有些不忍，可也仅仅只是不忍罢了。

她素来不喜欢没有骨气的人，更不喜欢怕死的人。一个人越是怕死，就越能为了活而不择手段，她自己就是这样的人。

所以张少白越是想活，她就越是同情，但也就越不能让他活！

武后闭上眼睛，用仅剩的耐心说道：“想要什么就说吧，我会满足你的所有愿望。”

说完她在心里补充道，除了命。

没想到，张少白说的却是……

“草民……但求一死。”

心如死灰的张少白直起身来，从跪姿转为瘫坐，脸上满是泪水，显得狼狈不堪。他已毫不在乎什么礼数，什么君子之风。

武后重新睁开双眼，其中闪烁着不寻常的光彩，她沉声问道：“为什么？”

张少白涕泪横流，说话口音也含混不清：“第一眼看到艾娘的时候，我就知道……如果我让她开口说话，她也就丢了最后的一口气。”

少年用力咬着嘴唇，费了好大力气终于遏制住了颤抖，挣扎着说道：“我为了查案，害死了我的病人。我用祝由之术让她开口，却也害了她。”

这次，武后陷入了沉默。

张少白似是疯魔了一般，没完没了地哭着，嘴里也止不住地碎碎念着。

“是我害死了她，我杀了人……”

“父亲一定不会许我进张家祖坟……”

“活着还有什么意义，狗屁的祝由之术，不要也罢……”

“灵芝……我不配，我不配啊！”

啪！

突然，武后大声呵斥道：“够了，莫要惺惺作此小儿女之态！”

张少白心中满是死意，已然不懂得何为恐惧，居然厉声反驳道：“你又不是医者，如何懂得医者之心？从我张少白出生那天起，父亲就反复告诉过我，这世上的每一条生命都应该得到敬畏！而我今天却为了你儿子的死，害了一个病人的性命！”

武后气得站起身来，一脚踹翻了书案，笔墨奏章散落一地：“张少白，亏你活了十七八个年头，区区生死都放不下看不开，张家的祝由之术都学到了狗肚子里吗！”

张少白发疯般咆哮着，将心中所有的恨都转换成怒火发泄出来：“我就是看不破生死，我张家满门死得不明不白！我就是看不起那狗屁生死，凭什么太子弘死得凄惨，就要我爹也来陪葬！你儿子是人，我爹就不是人？艾娘就不是人？我娘、小丫、二叔、三叔，都不是人？！我张少白和你们不一样，你们都是铁石做的心肠，所以才能看得破生死！”

话音落下，武后跌回座椅，忽然一阵失神。

发泄过后，张少白也是精疲力竭，坐在地上狼狈如丧家之犬。大殿之中一片狼藉，两个伤心人，默默无言，暗自心痛。

许久后，武后喃喃道：“种瓜黄台下，瓜熟子离离。”

她盯着张少白，表情变得狰狞：“一摘使瓜好，再摘令瓜稀。”

她强忍着泪水，嘶哑着声音，恨不得咬碎牙齿：“三摘犹自可，摘绝抱蔓归。

“宫中传出了他并非我亲生的谣言，他便赠了我这么一首诗。

“弘儿死的时候，我以为自己看透了生死，再不会为之伤心。现在，我的第二个儿子，贤儿，他恨我，我才发现这更让人心疼！我不是铁石心肠，我的心也会痛！

“他是我的儿子啊，是我怀胎十月，辛辛苦苦方才生下来的！生他的那天，我昏过去足足三次，每一次昏厥我都觉得自己再也不会醒过来了，但我一想到我还没能看着他长大，我就硬是活了过来！

“我……我苦苦活到现在，不是为了经受这些！”

武后声嘶力竭地喊道。

最远的别离不过生死，最苦的别离不过骨肉。

※

与此同时，洛阳宫的另一处，贞观殿内。

李治同样痛苦。

他用力地捏了捏眉心处，感觉头颅内隐隐作痛，似是有千万根针想要破颅而出。

“壁画一事，你二人如何看待？”

茅一川和明崇俨并肩伫立于殿下，前者稍加犹豫，随后答道：“臣认为此事乃是有人刻意栽赃，断定太子贤与此事有关仍需证据。”

李治一直紧闭着双眼，脸上的表情除了痛苦，再看不出其他，他说：“明大夫呢，你又作何想法？”

明崇俨恭敬答道：“臣只擅祝由，至于断案，实在不懂。”

“嗯，那朕再问你，你觉得那壁画真是人为？”

“或是人为，但也有可能真是天意，全凭陛下裁决。”

茅一川猛地瞪大双眼，他不理解明崇俨为何要这般回答！如若壁画并非人为，而是真有预言之能……那就说明太子李贤就是真凶。

可是之前在合璧宫的时候，他明明认定壁画与“杯弓蛇影符”类似，定是有人暗中动了手脚的啊！

为何忽然换了说法？

李治微微睁开眼睛，他看着明崇俨，明崇俨也同样“看”着他，一对灰白的眸子透着股诡异感。

“明大夫果然很懂朕的心思。”

“臣不敢。”

“你先退下吧。”

“臣告退。”

如果说当今朝堂是一片装满阴谋的泥沼，明崇俨就像是其中的一朵莲花。他看似生于泥塘，可其实却与之格格不入，身上更是不愿沾染丝毫污垢。

待到明大夫云淡风轻地离去之后，殿内的气氛顿时随之一变。

茅一川说道：“陛下还需保重身体。”

“九罗不除，我心难安，”李治重重地叹了口气，随后罕见地笑了一笑，“此处只余你我君臣二人，你想说什么但说无妨。”

“臣追查九罗多年，但收获甚微，全部收拢起来也不如近日所获之多。九罗鬼车、庞先生，还有薛府的那场刺杀，臣认为他们突然这般活跃，定有所图。”

李治笑道：“是啊，他们图的是我大唐不得安宁，一直如此。”

茅一川继续说道：“只是现在查到了太子贤身上，臣不知接下来应当如何去做。”

“先皇设立金铓阁之时，便说过上至天子尽皆可查，你想怎么做便去做吧，只要能够揪出九罗。”

“领命。”

李治许久无言，走到殿下，轻轻拍了拍茅一川的肩膀：“这些年，辛苦你了。”

茅一川低头应道：“分内之事。”

“可惜啊，金铓阁只剩下你孤零零的一个人，而我又再也找不到其他可以信任的人托付重任。”

茅一川的嘴唇动了动，但还未来得及说话，便被李治打断。

“你想说张少白是个合适的人选，对吗？”

“是。”

“那孩子的一颗心不在大唐，更不在朝堂。他本是乡间田野的一个散人，早就散漫惯了，是不能委以重任的。”

话音刚落，茅一川忽然跪下：“即便如此，臣恳请陛下留他一命！”

李治苦笑着摇了摇头，“这就要看皇后的意思了。”

他的笑容中满是苦涩、无奈。

不知从何时开始，大唐的皇帝也有了这等束手无策的时候。

难道这天，真要变了？

茅一川离开洛阳宫的时候已是黄昏，他走出高大宫门，心中说不出的惆怅。他是金铓阁的唯一传人，肩负着毁灭九罗的重任，现在好不容易找到了线索，他本应高兴，可不知为何心中就是没有半点喜悦之情。

他垂头丧气地走上了天津桥，望着洛水，怔怔出神。

这天津桥横跨洛水，将洛水比喻成天空中的银河，而洛阳宫则是天帝住所，故而取名“天津”。隋末之时，此桥曾被焚毁，而后重建，比往日更加威武壮丽。

就在茅一川沉浸在复杂心思里的时候，突然感觉肩膀被人拍了一下，他顿时回过神来，只见张少白和明崇俨不知何时来到了自己身旁。

“棺材脸，你想什么呢？”张少白大咧咧地笑着，“你在宫里待的时间可不短，我和明大夫没少等你。”

茅一川一双眼睛死死盯着张少白，许久后终于挪开了视线，轻声说道：“你还活着……很好。”

“废话，我不活着，难道还能死了不成？”张少白没好气地骂道。

明崇俨也笑着说：“虽然小命保住了，不过屁股却遭了殃。”

张少白一听到“屁股”两个字便忍不住摸了下，结果疼得龇牙咧嘴。之前他虽然用医者之心打动了武后，侥幸保住了一条小命，可武后却没有放过他那句“但求一死”。

武后说，既然你一心求死，我偏偏让你求死不得。

于是张少白不仅没死，还挨了整整十记廷杖，屁股都快开了花。负责掌刑的女官本事倒也高超，每一杖都打得张少白“欲仙欲死”，却并无内伤，只是屁股有些肿大罢了。

茅一川不再理会那个屁股肿痛的人，转而对明崇俨说道：“我不明白，明大夫为何对陛下说谎？”

明崇俨早就料到他会有此问，于是淡然回答道：“茅阁主在意的是真相，而我则不同。这些日子以来，洛阳城发生的诸多案件已经把水搅和得混浊不堪，抽身而退方能明哲保身。”

他虽然没有把话说得清清楚楚，但茅一川知道，明崇俨指的是太子李贤和武后之间的矛盾风波。

李贤用牝鸡司晨案和伏龙牡丹案污了武后名声，同时分化裴、薛两家与武后的关系。武后则用梦魇一案传出李贤并非亲生的传闻，以示警告。

谁也不知道这对母子接下来还会做些什么，又会有多少无辜的人丧命其中。至于太子弘案在这场争斗中会派上何等用场，更是无人知晓。

茅一川哼了一声，不再多问，但显然有些不屑。

明崇俨不以为然，他是三人之中最早出宫的，之所以久久没有离去，为的就是等一个结果。

温玄机曾经给张少白做过批命，所以明崇俨也想亲眼看看，那道批命是否准确……换句话说，如若张少白今日死在了宫里，那道批命便绝对是大错特错。

然而，张少白“屁颠屁颠”地出来了。

于是明崇俨开始怀疑，或许温玄机的批命是极为精准的。可这样一来，就难免想起他给自己的那个忠告。

死劫将至。

明崇俨无奈地笑了一下，他对张少白说道：“有件事情还需拜托少白。”

张少白赶忙摇头：“太麻烦的事情千万不要找我。”

“呵呵，不是什么麻烦事情。只是明年清明，希望你能代替我去一个地方，稍微祭奠一下那里的亡魂……如果能带些酒过去那就更好不过了。”

“那个地方在哪儿？”

明崇俨轻蹙眉头，犹豫片刻，叹道：“罢了，逝者不可留，不可留啊！”

向来淡定的明大夫仿佛丢了魂一般，摇摇晃晃地独自离去了，路上还不小心撞到了许多人，这样的他才更像是一个瞎子。

张少白看着明崇俨沿着洛水之畔渐行渐远，身影也逐渐模糊消失，说道：“我要回修行坊了，你呢？”

茅一川冷着脸：“同去。”

“你总是来我家算怎么回事？街里街坊会说闲话的。”

“嗯。”

“算了，我屁股疼得厉害，你要是背我回去，我就不和你唠叨这些了。”

茅一川没理他，径直向着修行坊走去，张少白跟在后面，走一步屁股便疼一下，只好气急败坏地喊道：“不背就不背，你倒是慢些走啊！”

※

这边两人一前一后悠悠哉哉，另一边却是孤孤单单失魂落魄。

明崇俨独自走在河畔小道，神情哀伤，忽然希望手头能有一壶好酒，以解忧愁。

他嘴上说着“逝者不可留”，可实际上呢？

那段回忆，那些故人，还是与他纠缠不清，无论在梦里，还是在白日。

明崇俨走得很慢，步子也歪歪扭扭，他的全副心神都放在了往事之中，已然毫无心思留意外界的动静。

他是个瞎子，看不到洛水傍晚的繁华。他不是个聋子，但此时却也听不到周围行人的喧闹。

他的心，已经轻飘飘地回到了那座山。

“十三师弟今日罕见地早早起床，不知道在忙活什么。”

“还能忙什么，小师妹吵吵嚷嚷要柄竹剑，十三定是忙这个去了。”

“唉，咱们里头数他最宠师妹，可是师妹的脾气……”

“用你操什么闲心？师妹可是师父的命根子，疼惜一些也是应该的。”

“你说……命根子？”

“哎哎哎，你胡思乱想了啊，你嘲弄师父也就算了，别把师妹也搭进去。”

话音未落，两位师兄的脑袋上便各挨了一记戒尺，他俩回头，只见师父就站在身后，脸色极为不善。而另外一边则有一个少年背着竹筐，手里拿着一把竹剑，正饶有兴致地看着热闹。

少年背上的竹筐里坐着一个小女娃，双眼极为灵动，只可惜没有双腿。谁也不知这是为何，师父捡她回来的时候便已如此。

方才还意气风发的两位师兄转眼间便成了低头鹌鹑，连大气都不敢出。幸运的是，今日师父并未责罚他们，只因山里来了一位客人。

那个客人的脸又长又白，没有胡须，他身材修长，还披着一条血红色的披风。

师父带着客人进屋相谈，师兄们则偷偷溜走，该看书的看书，该练剑的练剑。明崇俨把小师妹放在身前，这里阳光刚好，然后他坐在地上，取出小刀开始削弄竹剑。

“小明子你怎么不把剑尖削出来？”

明崇俨笑着说：“太危险了，剑这种兵器用不好就会伤到自己的。”

“哼！”小师妹奶声奶气地说，“说了多少遍啦，要叫我师姐。”

“不叫行不行？”

“你不叫我就告诉师父！”

明崇俨满脸无奈：“好吧，师姐。”

阳光下，少年继续低头削剑，女娃则趴在竹筐边缘指指点点，说话的声音奶味十足。不远处有师兄手里捧着书，啃着估计是隔夜的馍馍，蹲在树下读得津津有味。还有个师兄在专心作画，偶尔有风吹过，吹落了鼻尖的一滴墨，师兄便捶胸顿足，恨不得号啕大哭。

这里便是桃源山，是明崇俨的故乡，也是生他养他的那个地方。

这里的每一个人，都是他的血肉至亲。

十一位师兄，一位师妹，还有一位最令人尊敬的师父。听大师兄说，师父是隋朝鼎鼎有名的文人，亡国后便带着自家这条文脉隐居在此。

师父博闻强识，从不强迫门下弟子学习什么，反而是他们喜欢什么，自己便教什么。前面十一位师兄大多学的是琴棋书画，唯独到了十二师妹这里出了岔子，小家伙非要学武。

而明崇俨，他其实并不知道自己想学什么，所以他和师父说，自己想学一个能救人性命的本事。师父听后沉思许久，然后将祝由之术传授给了他。

师父说，肉体凡胎的病痛可以交给医家来治，我教你的是治疗心神之伤的方法。

想到这里，明崇俨一皱眉，竟是不小心划破了手指。

他挤了挤伤口，一滴血珠顿时冒出，由小变大，最后滴落。

小师妹说：“师弟，我不要竹剑了，你别弄啦。”

明崇俨笑着摸了摸女娃的头：“没事儿。”

他继续忙活着手中的剑，小师妹看了一会儿觉得无聊，于是便让别的师兄背着自己去抓蝴蝶了。

明崇俨听着那头的嬉闹声，也跟着笑了一笑。

就在这时，他忽然被一种极为不祥的预感笼罩全身，就像肺里的空气都变得黏稠起来，令人无法呼吸。

他仿佛感到了，整座桃源山的颤抖。

一位师兄猛地冲了过来，将明崇俨牢牢护在身下，而他的背上，插着一根羽箭。

师兄用宽大衣袍将师弟遮得严严实实，笑眯眯地说："不许睁眼，也不许出声，明白了吗？"

"我记住了。"

这一切发生得极快，却又极慢。明崇俨还能感受到师兄的鲜血正从伤口处涌出，然后染在他的身上。

血是热的，师兄的身体却变凉了。

师兄的衣服遮住了明崇俨的眼睛，所以他看不清外面发生了什么，可他还有耳朵。

他听到八师兄的怒吼，可随即便没了声音，他还听到了二师兄的破口大骂，可转眼间也没了动静。

甲胄的声音，马匹的唏律声，混着小师妹的哭声。

明崇俨用力闭着眼睛，给师妹削好的竹剑还攥在手里，他很想站起来，杀光那些不速之客。

可他没有，因为师兄不许，也因为他心中的恐惧。

哭声入耳，仿佛撕扯着他的每一寸血肉，敲碎了他的每一寸骨骼，然后又将碎骨与烂肉揉在一起，让他从此变成了一个烂糟糟的废人！

师父传他医术，但他永远都治不好自己心头的伤。

时光随着心神一转，明崇俨耳畔的哭声忽然消失，再度变成了洛水的喧哗。

不知何时，他已泪流满面。

※

明崇俨此时心心念念的是故乡桃源。

张少白半醉半醒间想的是故土长安。

对少年来说，今天是个大好的日子，简直比成亲更加令人喜悦。他重查了五年前的太子弘一案，为父亲张云清洗去了冤屈。

如果面对武后的时候，他愿意用性命给父亲换一个好名声，那故事就更加完美了。

不过他是绝对不能这样做的，身为张家的最后一根独苗，他承担的重任实在是太多太多。

张少白买了许多酒，拽着茅一川在院子里开了酒宴。棺材脸看起来心情不错，居然勉为其难地跟着喝了两碗。

当然，院外那棵老树之上，也有一位中年男子大喝特喝，心中畅快不已。

“天后说了，要让我当咒禁科的博士，我爹生前当的就是这个！”张少白打了个酒嗝，味道臭烘烘的，“但我没同意，我才懒得当那个破官呢，谁都能欺负欺负。你看看明崇俨，五品的正谏大夫，那才叫气派！”

或许是因为喝了些酒，茅一川的话比平时多了一些：“说是五品，其实却是虚职，没什么实权的。”

“我不管，都是祝由世家出来的，凭啥他的官职比我爹的高！”

“蠢货，你父亲虽然官职不高，却是天下祝由正统。他当咒禁博士的时候，你听谁家敢说自己是正宗祝由？”

“你这话我爱听！”张少白喜滋滋地又给茅一川倒了一碗酒。

茅一川面露为难，显然已经不想喝了。

张少白说：“不瞒你说，我人生第一次喝酒是和我家五叔，后来都是自己偷偷喝一些。我在长安没啥朋友，后来家破人亡了，来了洛阳，更是没有朋友了……你是第一个跟我喝酒的人！”

茅一川将酒一饮而尽。

“痛快！我能重查五年前的案子，也多亏了有你帮忙！”

“你也帮了我许多，如果没有你，之前的案子也不会查到现在这步。”

“一码归一码，薛府你还救过我一命呢！”说着，张少白又给茅一川倒了一碗。

向来天不怕地不怕的金钺阁阁主居然生出了一丝胆怯，茅一川看着那满满一碗澄黄酒浆，忽然觉得一阵恶心。

张少白不高兴了：“你是不是看不起我？”

茅一川立刻回答道：“没有。”

“你不用解释，我知道……世人大多看不起我们祝由，觉得我们不过就是骗子罢了！别看我破了那么多案子，可我知道，武后还是看不起我，她觉得祝由低贱！”

“谨言，不要胡说。”

张少白不管不顾，继续抱怨道：“还有那个薛相，他也看不起我，觉得我和灵芝多接触两次都是败坏了他家孙女的名声！”

茅一川气冲冲地站了起来，端起碗一通猛喝，“我喝还不行吗，你把嘴闭严实点儿！”

张少白“嘿嘿”傻笑了两声，然后突然变得严肃起来，他说：“棺材脸，我告诉你，这个案子还没完呢，我是不会善罢甘休的。”

茅一川强忍着腹中不适：“你什么意思？”

“是谁害死太子弘的我压根就不在乎，我只想知道，为什么在我爹死的那一天，长安张家也着了大火。”

“此事的确古怪，但有一点我可以向你保证，毁掉张家的绝对不是帝后二人。”

“这个我自然知道，如果事情是他们做的，也绝对不会让我重查太子弘的案子……可是，那又能是谁做的呢？”

咣！

张少白摔了个酒坛子，“我家十几口人，怎么可能全被烧死，都是傻子吗？看见大火收不住了，就不知道跑几个出来？”

少年说得没错，长安张家的那场火大有蹊跷。据说着火的那天，张家安安静静，一丁点的声音都没有，就好像府里没人一样。

可等火熄灭了，才发现里面不剩一个活口，全都被烧成了焦炭。

茅一川听得郁闷，又连连喝了好几大碗。

等到张少白又要倒酒的时候，茅一川忽然抓住了他的手腕。

茅一川说：“你想问我什么直说就好，把我灌醉是没有用的。如果有些话不能说，我就算是在梦里也会守口如瓶。”

小心思居然就这么被拆穿了，张少白有些尴尬地笑了两下，然后放下了酒坛。

茅一川又说：“不过在你问我之前，我还有个问题要先问问你。”

“你说。”

“面对武后的时候，你流的眼泪……有几分是真的？”

张少白重新仔细打量了茅一川一遍，发现自己一直以来都小看了他。似乎从第一次打交道开始，张少白就认定茅一川是一个面冷心热，而且没有多少心眼的人。

可是没有多少心眼不是缺心眼，茅一川只是不爱说话，却有一副玲珑心思。张少白的所有盘算，他可以说得上是清清楚楚。之所以不揭穿，是因为两人起码还有利益相同的地方，所以才能合作至今。

张少白没有直接回答，而是反问道："那你觉得，天后跟我念完那首《黄台瓜辞》之后流下的眼泪……又有几分是真的？"

茅一川不屑地笑了下："你也配和武后相提并论？"

"我可没说，我的意思是啊，天后的眼泪是九分假，一分真，我的则是……"

"是九分真，一分假？"茅一川显然不信。

张少白苦笑道："我说是十分真，你信吗？"

这次茅一川自己端起酒坛，斟了满满一大碗酒，"咕咚咕咚"喝了，却洒了大半，相当狼狈。

他不再纠结于张少白的眼泪是真是假，而是主动说起了自己的故事："我是孤儿，我父亲领养我的时候我还不记事儿。

"他说他是金铓阁的人，还说我从今往后也是那里的人，一旦入了此阁，命就不再是自己的了。这命是大唐的，是皇帝的，是黎民百姓的，但唯独不是自己的。"

茅一川懒得继续倒酒，干脆抱着酒坛子喝了起来："我初入金铓阁的时候，里面还有七八个人。后来呀，一个接一个地死，连我父亲也死了，现在只剩下了我一个。"

不善言辞的人终于被酒打开了话匣子，把自己的前半生讲得干干净净。茅一川没经历过什么大事，无非都是些生死之类的小事而已。一个人一旦见多了生死，就难免孤僻，他的那些长辈死得越多，他的话就越少。

到了最后，他只剩下了一把刀，叫"无锋"。

皇帝为了掩盖他金铓阁的身份，给他安排了一个大理寺丞的位置。可惜他当了不久，因为某位侍郎的儿子取笑了他的破刀，便被他暗中使绊子收拾了一顿。

于是他的官场之路潦草收场。

茅一川即便醉了，也依然紧紧攥着他的刀。

他说："传我刀的是我父亲，教我刀法的是老黄。老黄比我父亲死得晚了半个时辰，我父亲死的时候来不及说话，但老黄死的时候跟我说了一句话。

“他偷着告诉我，说我不是我父亲捡的，我其实就是他亲生的！

“我父亲骗我，是害怕自己心软，也怕我俩因为父子之情……忘了自己的命不属于自己，更不属于对方！”

张少白终究是听不下去了，抢下了茅一川的酒坛子，骂骂咧咧地说道：“别说了，我不想听了。”

茅一川不依不饶：“凭啥，自打认识你以来，我事事都依着你，我不管，这次我就是要说！”

“你这人怎么这么没有酒品？以后再也不敢找你喝酒了。”

“呵呵，不喝更好，呵呵。”茅一川傻笑了两声，一下子趴在桌上，再也没起来。

张少白有些担心，于是凑到茅一川旁边探了探鼻息，确定没死之后松了口气。

突然，茅一川含混不清地说了一句：“张少白，我信你了，你别骗我。”

“你指的哪件事？”张少白问道，但发现茅一川似乎说的是梦话，只好长叹一声，“我流的泪是十分真，我没骗你。”

少年端起酒碗向着院外树上的人遥遥示意，又喝了不少。

酒意渐浓，他也终究撑不住，趴在茅一川背上睡了过去，还往上面蹭了蹭口水，蒙蒙眬眬之中嘟囔道：“长……安……”

与此同时，洛水之畔。

明崇俨依然孤单。

他用衣袖擦去泪水，“看”着洛水上的一片繁华，又想起了那个被他亲手折磨致死的高大宦官。

心中的杀意终于平息了许多。

他喃喃自语道：“师兄何苦救我，留我一人独守山门？

“这看似无疆的大唐从来都不是我的家，我的归宿只在桃源。”

明崇俨的身旁人来人往，不知有谁能听到他的呢喃，读懂他的忧伤。

突然，他停下脚步，顿住身形，因为刚好有一道身影撞到了他的怀里。

他的瞳仁依然是灰白之色，可眼白却有无数血丝蔓延开来。

那人慌慌张张连声道歉：“对不住，对不住。”

话音刚落，明崇俨感觉心口先是一凉，随后又是一热。正如当年师兄将他护在身下时的感觉，热的是血，凉的是心。

那人一击毙命，便收回匕首匆匆离去。明崇俨却是脚下一软，身子一歪，“扑通”一声栽入河中。

死亡来临之际，他的双眼闪过一抹久违的光彩，仿佛看到了什么绝美之物。

他用尽最后的力气说道：“桃……源……”

第十五章 | 恶紫夺朱

明崇俨死了，死得悄无声息。

既不像是战场上慷慨赴死的壮士，也不像是舍命平天下的士子。他的死就像一块石头落入了汪洋大海，甚至来不及激起半点涟漪，便被浪花淹没，冲刷去了它仅剩的最后一丝痕迹。

得知死讯的时候，张少白心中久久不能平静。他承认，他从来都没有喜欢过明崇俨，可这是因为同行相憎。明崇俨对他的爱护之心，他却从未忽略过。

是明崇俨推荐他入宫查案，并且帮助他渡过了重重难关；是明崇俨助他重查太子弘案，为父亲，为张家正名；也是明崇俨，口口声声唤他为“少白”。

这份情谊，有始无终。

比起张少白的失落，茅一川则果断得多，带着刀便查案去了。人死不能复生，但总要弄清楚是怎么死的，如果能抓到杀人凶手那就更好不过了。

刑部、大理寺的人联手打捞许久，终于从洛水中找到了明崇俨的尸体。

灰白色的眸子，他即便已经死了，却依然像是一个仙人。

茅一川站在洛水之畔明崇俨身死人亡的地方，怔怔盯着河水，不知心里在想些什么。

至于刑部和大理寺的人，看到茅一川都是恨不得绕道走，唯恐那个棺材脸留意到自己。虽然茅一川已经不是大理寺丞，可余威还在，而且谁都能看得出来，今天他心情格外不好。有两个小吏站在茅一川身后，两人推来推去，但谁也不敢上去说话，看样子是有事相报。

茅一川的目光仍在洛水，嘴里却说：“有事快说。”

其中一个小吏被另一个推了一把，于是只能哭丧着脸凑上去，说道："有人曾在那日傍晚看到明大夫在此处逗留，还看到有个人曾经撞了明大夫一下，然后明大夫就掉到河里了……"

"可否看清那人模样？"

小吏满头大汗："那人披着斗篷，貌似还戴了一张青铜面具，也有可能是皮肤和普通人不太一样……"

茅一川冷声道："什么叫和普通人不太一样？"

小吏顿时吓得说不出话来。

"好了，我知道了。"茅一川见再问不出什么东西，干脆挥手赶人。

他低头看向脚下，隐约还能在这里感受到明崇俨的鲜血，心中怒火更甚。而刚刚小吏所说的"面具"，让他直接想到了庞先生。

茅一川喃喃自语道："傍晚时分，宵禁将至。寻常人都是由北向南走，为何此人偏偏反其道而行之？"

洛水乃是东西走向，将洛阳城分为了两部分，北边是皇宫以及城北数坊，居住的多是达官显贵。南边住的则多是平民百姓，洛阳闻名的南市和东市也都在城北。故而到了夜里，大多数人是从北往南走，早些回家，极少有人从南往北。

明崇俨走过天津桥，沿着洛水往家走去，却被一人迎面撞上。那人应是在此等候多时，不过杀害明崇俨之后又去了哪里？茅一川有种预感，那人在出手之后，一定是装作若无其事地沿着洛水继续走下去。

于是茅一川将目光放到了洛水以北的位置，洛阳宫处。

他微微眯着眼睛，心想宫中梦魇一案，明崇俨曾给太子李贤吃过苦头。而五年前的太子弘旧案也查出了不少玄机，明崇俨更是知道不少。最关键的是，宫中不知何时传出了一些糊涂话，说是明崇俨曾向皇帝进言，说当今太子失德，理应易储。

这般看来，杀害明崇俨一事，太子李贤嫌疑最大。

只是，不知帝后二人会如何处理此事？

※

洛阳宫，贞观殿。

李治并未对明崇俨之死表现出丁点哀伤，他只是觉得自己头痛欲裂，而且无人可医。在人饱受病痛折磨的情况下，难免会“病急乱投医”。

于是张少白被莫名其妙接到了宫中。

可怜少年从未和皇帝有过接触，所以难免紧张，就连说话也是结结巴巴。

武后为李治揉弄着额头，斜了张少白一眼，说道：“当初我心软留你一条小命，现在看来你还是一心求死啊……也罢，今日就遂了你的心愿吧。”

看来武后今天心情不佳，脾气也相当暴躁。

张少白赶忙说道：“陛下患有头疾已经多年，伤痛早已入了深处，草民现在实在是治不了啊。”

“谁让你现在就治病了，只要能让陛下好受一些就行！”

“哦哦，草民明白了，”张少白从袖中取出一根足有拇指粗细的香，“此物名为请神香，有安神止痛之功效。”

武后“哼”了一声：“点上。”

张少白胆战心惊地将请神香点燃，然后插在香炉中，看到其中残余的炉灰时，少年惊讶道：“明大夫之前也用过此香？”

武后点头：“没错，只是此物太过稀罕。而且明崇俨曾叮嘱过，不可随意乱用。”

张少白解释道：“请神香在用量上极为讲究，若是用得多了，怕是会引来一些不好的东西。”

“不好的东西？”武后皱眉。

“比如幻象。”

片刻后，李治忽然咳嗽了两声，武后赶忙问道：“陛下感觉如何？”

李治的声音有些嘶哑：“好些了。”

武后脸色稍缓，又对少年没好气地说道：“你还有什么手段赶紧用，非要等着我催你吗？”

“草民不敢，”张少白有些不好意思地说道，“草民还真有一个方子，是张家世世代代传下来的，据说可以治疗所有病症，百试百灵……”

武后一阵心烦意乱，实在是懒得听少年胡说八道：“算了，来人！”

张少白赶紧提高声音，加快语速：“此药名为‘心诚则灵丸’，虽然做不到药到病除，但服用得久了还是对身体大有裨益啊！”

说完之后，张少白已经一身冷汗。

武后沉吟片刻，说道：“还不把东西拿出来？”

张少白赔着笑脸：“进宫的时候被护卫搜身拿去了……”

“那就给我现做！”

“天后不知，这‘心诚则灵丸’需要七七四十九天方能炼成。”

“你是想气死我吗？”武后忍无可忍，看模样是真的动了杀机。

就在这时，李治虚弱至极地说道：“皇后莫要生气，这孩子没有骗你。”

武后扶着李治起身坐好，满眼都是担忧。李治冲着她笑了笑，转而对张少白说道：“我听茅一川说过，你曾经把山楂丸子卖到了一贯钱。今天，你想卖给朕多少钱？”

张少白解释道：“容草民为陛下解释一番这山楂丸子的妙用。说白了它只是普通的零食而已，并没有治病之效。但张氏祝由用它治好了无数病患，靠的就是那七七四十九天的炼制。”

李治对此深感好奇：“哦？你继续说。”

“患病者最大的心愿莫过于身体康健，患重病者则希望病痛稍缓。其实他们的这些心愿本身就会对病情产生影响，我给他们吃的‘心诚则灵丸’，无非是一个契机，一个引子，让他们真的心愿成真，炼制的时间越久，病人也就越相信这‘心诚则灵’。可是恕草民直言……此药对陛下或许用处不大。”

“为何？”

“陛下虽然饱受头疾困扰，但心愿却始终在大唐，在黎民百姓身上，所以此药无用。”

李治露出一丝笑意：“你这溜须拍马的本事，比明大夫还要厉害啊。”

武后却瞪着张少白，语气依然冰冷：“既然没用，你说出来做甚？”

张少白继续说道：“天后容草民说完，‘心诚则灵丸’对陛下无用，但山楂丸子本身却对陛下有些用处。据草民观察，陛下唇色发紫，乃是典型的‘恶紫夺朱’之相，应是身体闭塞所致。多多服用山楂丸子，可助通气，虽然不能治本，但细水长流，时间久了效果也就有了。”

武后怒道："说什么细水长流，明明就是怕治不好，然后被我处死！"

少年脖子一梗："所谓医者仁心，天后可以质疑我，但不能质疑我祖宗传下来的祝由之术！"

李治看得有趣，不禁笑出声来，"看来这小猴儿和皇后命里犯冲，你一见他就来气，哈哈。"

武后看向李治的时候，眼神盈盈似水，满是温柔："陛下正经一些，事关龙体，妾身不得不谨慎。"

"无妨，"李治问张少白，"你那丸子需要什么材料？"

张少白答道："新鲜山楂、花蜜、甘草……"

李治说道："那就准备一些吧，朕倒要看看你这细水长流是怎么个流法。"

"那草民告退……"

"谁让你走了？去让太医署把东西准备好送过来，朕要亲自看着你做。"

张少白心知皇帝这是依然不信任自己，或许，也有几分找乐子的意思在其中吧。

少年看了一眼那根烧了小半的请神香，说道："陛下、天后……那香该熄了。"

李治闭目养神："去吧。"

武后似乎今日看张少白极不顺眼，骂道："什么香该熄了，我看你就是个穷酸样子，舍不得自己那点宝贝。"

张少白哪敢反驳，老老实实地掐灭请神香，拔出剩下的部分打算揣回袖中。结果感到脖颈凉飕飕的，回头就看见武后正瞪着自己，于是又悻悻然把香插了回去。

一张珠帘，仿佛将帘后帘外隔绝成了两方天地。李治睡意昏沉，武后轻轻为其调整了一个舒适的睡姿，盖好被子，掖好被角，还用手抹了抹他紧皱的眉头。

乍一看，所谓帝后，其实与民间夫妻也没什么不同。

生怕吵醒好不容易睡去的皇帝，武后一言不发，时而看着李治的睡容，时而看向手足无措的张少白。

白衣少年完全不知道自己应该做些什么，又不敢贸然告退，只好站在原地一动不动。

武后的嘴角勾起一抹浅浅笑意，却依然驱不散满面愁容。

因为今天对她来说，是一个与众不同的日子，也注定是一个充满伤心的日子。

这一天本不该来得这么早，可明崇俨的死却促使这一切提前发生。所以武后对明大夫的死没有惋惜，也没有多少悲伤，反而有些恨意。

不久后，太医署的人便把“心诚则灵丸”的制作原料拿了过来，堆在珠帘之外，小山似的一大堆。

张少白行了一礼，用手指了指外面，然后以极低极低的声音说道：“草民去外面做药？”

没想到李治却闭着眼睛说：“不必了，就在这里做吧。”

他好不容易舒展开的眉头复又皱起，似乎是请神香的作用已经退去，于是病痛又一次占据了上风。

张少白自然不敢抗旨，只好在珠帘内外来回忙活。“心诚则灵丸”说白了不过就是加了蜜糖和数味草药的山楂丸子，与其说是药物倒不如说是食物，所以做起来并没有那么费劲。

少年把碾槽放在脚下，槽里放了甘草等药物，双脚踩在蹬轮上，一使劲便开始来回碾磨。同时手里也不闲着，抱着一个大大的捣药钵，里面装的是去了核的山楂。他一只手拿着杵头上下翻飞，看样子极其熟练。

李治微眯着眼，轻嗅着空气中混合着果肉与药材的香味，打趣道：“你们祝由之术也讲究如何制药？我怎么从未听说张云清和明崇俨有这本事？”

张少白忙得一头是汗：“不瞒陛下，草民也只懂这些步骤，至于那些药材怎么采摘，以及什么是好什么是坏，是一丁点都不懂。至于我为啥对这个如此熟练，还多亏了我家小丫。”

“难道你妹妹从小就是个药罐子？”

“不是，她吃这个纯粹是因为嘴馋。”

“哈哈，让你说得朕也有些嘴馋了。”

片刻后，张少白将山楂泥、草药粉末和着花蜜搅在一起，又仔细地把手清洗一番，便开始了“搓丸子”的步骤。

少年问道：“陛下，草民要做多少山楂丸子？”

皇帝说：“多多益善。”

过了约莫半个时辰，张少白面前堆起了足足一笸箩“心诚则灵丸”。

张少白累得头晕眼花，强撑着说道：“陛下……这些够了吗……”

李治却说：“差不多了，接下来你把这些丸子都吃了吧。”

少年的脸顿时憋成了猪肝色。

虽然心中有万般不愿，但张少白知道，这是皇帝对自己仍然不够信任，所以需要用自己来试药。当然，其中应该也存了几分戏弄。

帝王心思，果然难猜。

张少白只能在心里默默叹了口气，然后便开始吃刚刚做好的新鲜丸子。

李治笑了笑，转而对许久无言的武后说道："皇后，差不多到时候了。"

武后却是一副泫然若泣的模样："陛下……"

"你与他走到这一步也不是一天两天的事情，当断则断，不断则乱，大唐必受其害。"

"可妾身……实在是狠不下心。"

"有什么狠不下心的，若他真的输了，只说明他不适合坐在那个位置上。你不是害他，而是在救他，快去吧。"

武后站起身来，眼眶里有泪水转了两圈，随即消失不见，她的脸上也再不见一丝愁苦。

她路过张少白身旁时，捡起了一枚山楂丸子，轻轻咬了一口，面无表情。

武后说："如若这丸子真的可以'心诚则灵'，那该多好。"

说完，她把剩下的一口吃掉，又说："再不济，真是一口毒药，倒也解脱。"

张少白也在往嘴里塞着山楂丸子，目瞪口呆地看着这一幕，连嘴巴都忘记合上。他一直觉得今天的武后有些不太一样，可没想到居然这般反常。

武后掀开珠帘走了出去，李治轻声说道："治大国，如烹小鲜。治小家，亦如是。烹调了那么久，若是再不揭盖，怕是里面就成了一团糨糊。"

张少白似懂非懂，一脸茫然。

李治前所未有地仔细打量了一番少年，看他小嘴吃得通红，嘴边还有些残渣，说道："你也别吃了，拿一个来给朕。"

张少白乖乖照做。

李治又指了指床榻旁，说道："跪下。"

张少白立刻跪好。

李治没有吃山楂丸子，只是放在手里，轻轻地按捏了两下："我听皇后说，你对张云清的死相当不忿。"

少年叩头道："回陛下，是。"

"你不明白为何弘儿死了，你父亲就也要死，是吗？"

"回陛下，是。"

李治叹了口气："你知不知道，张氏祝由在祝由天脉中修的是哪一支？"

张少白听后心中悚然，没想到皇帝居然也知道祝由隐秘，但转念一想之前明崇俨生前一直侍立于皇帝左右，倒也了然。

少年回答道："是扶龙术。"

"是啊，扶龙术，顾名思义，那你觉得你父亲生前，扶的是谁？"李治说完便自问自答道，"朕已是真龙天子，自然是不必扶的，那张云清扶的人又是谁呢，也只能是谁呢？"

张少白终于明白了父亲是因何而死："是太子弘。"

李治把山楂丸子一下扔到了嘴里："你说说看，要扶的人都死了，张云清还活着做甚？"

张少白坐直身体，少年似乎解开了某个心结，整个人的气质焕然一新。他说："草民知道了，我父亲是死于扶龙，不算冤枉。"

李治嚼了几下便将丸子咽了下去："不过你家为何遭难，朕就不知道了，也懒得知道，你想要真相就自己去查。"

张少白真心实意地狠狠磕头道："草民叩谢圣上指点。"

"以后不要自称草民了，你父亲的官职还空着，自己挑个良辰吉日便上任去吧。"

"这……"少年居然有些犹豫。

李治早就料到少年会作此反应："怎么，散漫惯了，不想受人拘束？"

张少白仍旧低着头："草民罪该万死。"

"罢了，就许你带职散漫吧，至于你一身的扶龙术要用在谁的身上，也都随你，"李治打了个哈欠，"去，再给我拿几个过来。"

张少白抬起头，大有春风得意之感："臣领命！"

许是山楂丸子真的有用，李治感觉脑袋舒服了许多，他若有所思地看向东方。

※

东宫。

世人对紫色看法大不相同，一说“紫气东来”，紫色象征着天上的紫微星，贵不可言。另一说紫色介于黑与红之间，乃是杂色，故有“恶紫夺朱”的说法。

李贤显然偏信前者，所以他喜穿紫色。而他的同胞哥哥李弘，则更喜欢朱红之色。

此时，仍是那处幽深宫殿。

李贤站如青松，脸色不悲不喜，意味难说。在他面前，有副赤裸着上身的躯体，背上满是赤红混着青紫的痕迹。

奄奄一息的赵道生趴在冰凉的地面之上，脸上却没有多少痛苦之色，他微微笑着，眼睛也眯了起来，乍一看更像是个无忧无虑的清秀少年。

两人对峙许久，李贤终于说道：“你不该这样做的，你既然自囚于此，就应该有始有终。”

赵道生笑容之中满是阳光，可说出的话却阴冷至极：“他该死。”

“这世上该死的人很多，你为何偏偏揪着他不放？”

“他不该在陛下面前说明允的坏话，更不该伙同武后在宫内四处散播谣言。”

“你应该知道，我并不在乎那些。至于我到底是不是母亲亲生，兄长又是否是我所害，我自己心里清楚得很。”

赵道生仍趴在地上，把脸侧向李贤那头：“可是已经来不及了，陛下说不定什么时候便会驾崩，先下手为强，这就是武后如此急切的原因。”

李贤弯腰，伸出一只手，为赵道生轻轻拨开一缕被汗水打湿而粘在脸上的发丝，“是啊，先下手为强，你在武后用梦魇一事敲打我之前，就已经率先下了手，不是吗？”

幽暗殿内，仅有几盏孤孤单单的烛火，它们仿佛感知到了李贤的心意，左摇右晃，无风自动。

李贤说：“温柔坊的灼灼、薛家的龙尸……这些都是那个庞先生教给你的？可无论我怎么查，都查不出他的真实身份，只知道他和‘九罗’有关。你知不知道？和他在一起等于与虎谋皮，是不会有好下场的。”

赵道生答非所问：“牝鸡司晨分化了武后与裴家的关系，伏龙牡丹分化了武后与薛家的关系，这样一来，待到明允与武后分庭抗礼的时候，便会多些胜算。”

“你就不怕事情败露吗？”

“那又何妨，反正事情都是我背着你做的，到时候我一人扛下就好。”

李贤直起腰来，俯视着那个渺小如蝼蚁般的人：“你还是不够聪明，有个道理你不明白，只要你做了这些事情，就等同于我也做了这些事情。”

赵道生仍面带微笑，他看到明允往前走了两步，来到自己身前，随后他便感到右手传来一阵剧痛。但他没有叫也没有闪躲，这种痛苦与方才的三十脊杖相比不算什么。

李贤踩着赵道生的一只手，继续说道：“我还要再告诉你一个道理，只要父亲还活着，就永远没有我与母亲分庭抗礼的时候。你太急了，在错误的时间做了一连串错误的事，结果就是将你我推入万劫不复的境地。”

赵道生强忍着疼痛，脸上的笑容也逐渐扭曲起来：“武后为了拉拢朝堂众臣，甚至不惜说你并非她亲生，无疑就是说你的太子之位名不正言不顺。五年前的太子弘案，更是莫名其妙地查到了你的头上。明允，不是我太急了，而是如果我们再不反击，那就相当于……等死。”

“明允啊，我没错。”身负重伤的男子忽然冒出一股力气，居然把那只被人踩在脚下的手掌抽了出来，“只要武后活着，我们就是在等死。就算你当了皇帝，也会一直被她死死压制，永远得不到自由！”

“所以你就把我逼迫到了这般田地！”李贤忽地大怒，厉声呵斥，“你把我对你的纵容当成了一柄利器，反过来以此步步紧逼，你就当真以为我不会杀你吗？你当真以为你背地里做的肮脏事情，我就全都一无所知吗？”

赵道生身子用力，挣扎着跪了起来，然后又摇摇晃晃地站起身子，直面李贤，虚弱地说道：“还记得小时候第一次钓鱼吗，你手里捏着红虫，犹豫要不要把它挂在鱼钩上面，是我帮你用铁钩穿过虫子的身体。它挂在鱼钩上的时候，仍是活的，身子扭来扭去，令人恶心。

“可我记得十分清楚，之后你兴致勃勃地挥竿钓鱼，玩得很开心，似乎完全忘记了之前不敢做鱼饵的事情。明允，我还是当初的我，我愿意为你把鱼饵做好，你只管做一个收竿的渔夫就足够了。”

两个男子，一紫一红，似是针锋相对，又似是互诉衷肠。

李贤死死盯着赵道生的脸，怒火来得急去得也快，他叹道：“可吃饵的不是小鱼，而是能让人仰舟翻的庞然大物。”

“明崇俨死的时候，我们就已经没有退路了，”赵道生的笑容中透着残忍和狡猾，“明允，动手吧，我已偷偷在宫内安插了五百死士，只要你一声令下，他们就可以穿上兵甲，为你夺来这个天下。”

李贤却冷笑道：“所以我说你还不够聪明，你小看了庞先生的险恶用心，低估了武后的城府心计……最关键的，你无视了我的父亲，他才是大唐的主人。”

这局棋，李治从未落过一子，他不在棋盘之中，而在棋盘之外。

故而不败。

赵道生不服输道：“可是在绝对的力量面前，任何阴谋诡计都是苍白无力的！”

“你以为那五百死士就足以造反了？收起这个心思吧，如果不造反，起码还能输得体面些，”李贤击碎了赵道生最后的一丝希望，“我已遣散了那些死士，至于你私藏的铠甲也尽数清除。”

听到这个消息的时候，赵道生忽然无力，跌坐在地，许久后终于开口说道：“我和你终究不同，哪怕只有一丝胜算，我也愿意为之一搏。而你则不同，你想的永远都是如何减少损失，坐等着某一日被人蚕食殆尽。”

“如果你也是她的儿子，你就会明白我为何如此，”李贤蹲在赵道生面前，与他四目相对，耐心解释道，“她的反击马上就要来了，只要撑过这一次，我还是太子，我们就还有东山再起的机会。”

虽然嘴上这么说着，但李贤的内心却并不肯定。按理来说，他提早发现了赵道生的计谋，并且撤去了五百死士，这么一来武后一定会扑个空，最后此事也就不了了之。可他就是情不自禁地感到恐惧，觉得事情仍会有出乎意料的变化。

这时，殿外有几缕风吹了进来，殿内的烛火微微晃动，李贤甚至还嗅到了一股不属于东宫的新鲜味道。

他不再理会赵道生，转身离开，双手用力推开大门。

门外“久叩不入”的阳光仿佛积蓄已久，门一打开便赶忙倾泻而下，瞬间将李贤包裹其中。这位孤孤单单的太子，在阳光下看起来颇为刺眼。

而在他的面前，有三位老臣。

在老臣背后，还有无数禁卫，看样子已将东宫重重包围。

李贤心想，你的计谋终究是竹篮打水一场空，武后仅用了一招便破去了你之前的所有谋划。

“殿下，臣等奉天皇天后之命，彻查太子谋逆一案。”

那三位老臣依次是：高智周、裴炎、薛元超。

赵道生辛辛苦苦分化武后与裴、薛两家的关系，不料武后却让他们来查李贤谋逆的案子。这不仅仅是查案那么简单，事已至此，真相变得不再重要。因为在武后看来，如果裴、薛二人查不出太子谋逆，那就说明他们确已偏向太子一侧。而如果他们查出了太子谋逆，便相当于给武后递上了一张“投名状”。

至于唯一的高智周，他是两不相帮的人。

李贤眯起眼睛，轻声叹道：“母亲啊，你究竟要把孩儿逼到何等地步才能安心！”

与此同时，武后将自己关在寝宫之内，她合上了所有窗子，不想见到哪怕一缕阳光。身处昏暗之中，她的手里拿着一块手帕，上面绣着那首《黄台瓜辞》，在心里一遍又一遍地默念。

每念一遍，她就心痛一分，随即心硬一分。

在吩咐高、裴、薛三人彻查太子谋逆案之前，武后做了三件事情。

第一件，派人去香山寺，控制住了一个不伦不类的出家人。

第二件，将薛灵芝送入皇宫。

第三件，让那个藏在东宫的暗线，也就是传递出太子蓄养五百死士意图谋反的那个人，再做一件“小事”。

而这件小事，将奠定胜局。

武后端详着手帕，泪水扑簌簌地落在上面，打湿了一首伤心的诗，她的嘴里仍残留着山楂的味道，却没了甜美，只剩酸涩。

她把脸埋在帕子里，左右轻轻摩擦，喃喃自语道：“贤儿……”

皇宫就像是一块伤心地，东南西北的人全都各怀心思，无一不伤怀。

※

当张少白看到薛灵芝被带到贞观殿的时候，心情颇为复杂，甚至想要带她逃离皇宫。幸好在灵芝身后还跟着茅一川，少年这才松了口气。

李治已经吃了许多山楂丸子，精神头看起来也好了不少，于是便从后殿转到了前殿。他颇为随意地坐在龙椅上，细细打量了薛灵芝一番，然后便让张少白过去，站在她的身旁。

“让朕仔细瞧瞧，这就是薛相家里的‘天煞孤星’？倒是个标致的丫头。”

薛灵芝举止落落大方，丝毫没有失礼之处，不愧是大户人家出身。反倒是张少白一副患得患失的模样，生怕皇帝一不小心相中了灵芝。

白衣少年和鹅黄女子并肩而立，看上去倒也登对。李治将两人的细微表情全部看在眼里，觉得张少白的小心思实在可笑，却并不说破。

他转而问茅一川：“明大夫的案子查得如何？”

茅一川回道：“凶手戴着青铜面具，与之前所说的庞先生十分相似，而且臣怀疑他住在城北，或是……皇宫。”

李治没什么反应，而是又将目光转到了张少白身上：“听说薛相不愿让你给薛灵芝继续治病。”

薛灵芝闻言身子一僵，张少白强忍着扭头看看心上人的冲动，说道：“回陛下，是的，薛相说我对灵芝心怀不轨，让我离得远些。”

李治哈哈大笑，“可是在朕看来，薛相说得一点没错啊。”

说来奇怪，贞观殿里回荡着的是大唐皇帝的笑声，却令人遍体生寒，毫无暖意。

李治就这么饶有兴致地看着三个少年少女，心想他们就是大唐的新鲜血液，他们没有经历过隋末乱世，更不知道玄武门之类的秘史。他们出生的时候天下便是大唐，死的时候也依然会是大唐！

看了一会儿，皇帝便觉得有些眼花。依稀间把白衣少年看成了年轻时意气风发的上官仪，而后又看成了老谋深算的长孙无忌。他还将穿着鹅黄衣裳的女子看成了多情痴缠的武媚娘，将黑衣“黑脸”的那人看成了金銙阁里曾经活着的大好儿郎。

他更是看到了自己的儿子们，已逝的李忠、李弘，还有如今的太子李贤。

到了最后，他的眼中再也没有那些年轻人，徒留一片虚无。

李治重重地叹了口气，随后有个宦官将众人赶出了贞观殿，也不让离去，只叫乖乖候着。

不知为何，今日洛阳宫的空气里隐约透着一股血腥味。

张少白看了眼身旁低着头的薛灵芝，刚刚张嘴想要说话，便被茅一川冷声打断：“噤声。”

绝不要在错误的时间说错误的话，因为那可能夺去你的性命。在最危险的时刻，沉默是保命的最后一剂良药。

薛灵芝感受到了张少白的心意，于是伸手轻轻扯了扯少年的衣袖，给他一个安心的笑容。

今天是个不寻常的日子，无论是对大唐来说，还是对位高权重者而言。张少白生了一副玲珑心思，自然不难从蛛丝马迹中推测出这份不寻常从何而来。

明崇俨之死，在帝后看来无异于坐实了合璧宫密室的那幅壁画。裴、薛两家的案子，加上五年前的太子弘案，终于让他们生出了易储的心思。

张少白等人，不过只是这次斗争中的一枚小小棋子罢了。

武后从不是什么纯良之辈，她将薛灵芝接入宫中，意在以此要挟薛元超，让他在太子谋逆一案中做出明智选择。

李治也不是什么糊涂皇帝，他默许这一切发生，却不出手阻止。这是因为他一旦出手，自己也就成了局中之人，从此身不由己。

而李贤呢？

他到底是否知道赵道生的所作所为，他又在诸多阴谋当中扮演着何等角色？

他是心狠手辣，还是无能无辜？

没人知道，也不重要。

自古成王败寇。

高、裴、薛三人，于东宫马厩搜出五百具本应已被销毁的铠甲，还有一张青铜面具。户奴赵道生主动招认，杀害明崇俨一事乃是太子授意。

太子谋逆案，就此落实。

一时间，东宫血流成河。

李贤没有反抗，他只有一个请求——暂留赵道生一命，之后便神色平淡地随着三位老臣离开了东宫。赵道生孤零零地站着，目送李贤渐行渐远，耳畔满是求饶声和死前的呻吟声。

东宫幕僚该抓的抓，至于宫女宦官则该杀的杀，禁卫的动作很快，杀完人还不忘带走尸体。到了最后，东宫只剩下赵道生一人，他一动不动，脸上表情似哭似笑。

他自言自语道："你是天上的龙，我是地上的虫。如若造反成功，我便是一人之下万人之上。若是造反失败，你被打落人间，倒也无妨……至少你我可以平起平坐，哪怕只有一日，我也心甘情愿。

“明允，你到底知不知道？我抬头仰视你的眼神，永远都带着臣服，而你低头俯视我的情谊，也总是藏着不甘于武后的叛逆。

“可是感情，本应是干干净净的啊。”

赵道生喃喃自语着，不知不觉间思绪回到了很久很久以前。

那是一段他以为自己已经忘记的时光。

村子闹了饥荒，甚至到了易人而食的地步。赵道生能够在那样的情况下活下来，连他也分不清到底是自己命大，还是他吃了许多不该吃的东西。

老天爷发怒的时候，这世道便是吃人的世道。

“九罗”捡到他的时候，赵道生就像是一个怪物，他的脑袋很大，身子却无比瘦小。那时候的他就像是一只嗷嗷待哺的野兽，张嘴只为了食物。

虽然赵道生从那以后终于不再挨饿，但他有时却在怀疑，自己是否从一个地狱来到了另一个地狱。

想着想着，一滴雨水落在他的额头。

天边忽然飘来几朵云彩，越积越厚，遮住了阳光，顿时天色便暗了下来。到了晚些时候，先有几滴雨水轻描淡写地落下，随后雨滴变得密集起来，有如瓢泼。

一场夜雨来得毫无征兆，将洛阳从里到外，彻彻底底地冲刷了一遍。

※

张少白等人仍在贞观殿外候着，只是身旁多了一个打伞掌灯的宦官。可他手里的伞很小，只够遮住自己，反倒显得那三个年轻人更加凄惨。

即便是炎炎夏日，夜雨也带着几分寒意，张少白抹了一把脸上的雨水，视线穿过滂沱雨幕，艰难地落在那座宫殿之上。

外面风雨势大，那里却灯火通明，有对父子正在夜话。

贞观殿内，李治和李贤相对而立，儿子的眉眼和父亲颇为相似，乍一看倒像是年轻时候的李治和年迈的李治站在一起。

李贤与兄长李弘不同，李弘长得更像武后，故而也更得武后宠爱。李贤则只像李治，所以才会有他并非武后亲生的传闻。

但仔细想想不过是场滑稽至极的笑话罢了。

明崇俨的几句话，难道就能决定皇朝走向？

李治看着儿子的眼神，带着七分痛心，还有三分因其不成器的怒意，“你从小就是这副样子，从不主动为自己谋划什么，结果被别人的肮脏心思推着前行。”

李贤低着头，一言不发。

“你的母亲，还有你最亲近的赵道生，正是他们二人之间的斗争，最后把你卷入其中，弄了个粉身碎骨，难道你就没有任何悔意吗？”

“没有。”李贤的回答很平淡，就好像自己从未犯过任何错误，故而没有一丝悔意。

李治咬牙切齿道：“为何要亲手杀了那五百死士，你若是不这么做，至少还能有些反抗的余地。或许皇后查案查得晚一些，你便得手了呢？”

李贤仍是低眉顺眼的模样：“因为孩儿想让父亲知道，我永远不会对血脉至亲大动干戈。”

“为什么？”

“先皇将皇位传位于父亲，也是因此。”

李治的语调越来越冷：“可后来呢？我的那些兄弟姐妹，现在活得如何？”

李贤复又默不作声。

“糊涂！”李治厉声喝道。

“我若真的谋反，难道父亲就满意了？”李贤抬起头看着父亲。

李治同样看着这个颇为器重的儿子：“至少你我父子可以在战场上了结这段缘分，至少你能死得像个顶天立地的男子汉。”

李贤却说：“可孩儿不想死，我明知道赵道生的所作所为而不阻止，是因为我的确在觊觎皇位，不想将其拱手让给母亲。但我不与赵道生同谋，就是因为孩儿怕死，不想在事情败露之后，和他一同奔赴幽冥。”

儿子终于说了真心话，怕死是人之常情。

“不要恨你的母亲，她也怕你走上必死的那条路，所以才会早早动手，为的就是在你犯下弥天大错之前将你阻止。”

“但母亲还是凭空变出了五百具铠甲，给孩儿安上了谋反的罪名。”

李治叹道：“这是你母亲的意思，既然你输了，总要受些惩罚。”

李贤反驳道：“您只说这是母亲的意思，可这次将孩儿带来洛阳又是谁的意思呢？

父亲比母亲更早对孩儿生出了疑心，甚至已经不愿再让孩儿留在长安监国。”

啪！

“放肆！”

李贤扭回脸来，半边脸颊已然红肿，手指印清晰可见。他扶了扶有些歪掉的头冠，发现难以扶正，于是便干脆将其解下扔在地上，瞬间头发散落而下。

无冠，散发，仿佛罪人。

李贤执拗说道：“孩儿说得没错，逼迫我走到今天这一步的，是所有人。父亲的不信任，把我带来洛阳，赵道生因此坐立难安，认为一切都是母亲在背后暗中蛊惑，方才设计对付母亲。之后母亲自然不会坐以待毙，她的两次反击，一次打碎了母子亲情，另一次则将我从太子之位拽了下来。父亲说得也没错，孩儿的确输了，理应受到惩罚。”

李治怒意难消：“所以我才要打你！你明明不是一无所知，却也什么都没做！”

“孩儿能做什么，我不想与父亲母亲反目成仇，也不想与皇位失之交臂。我既不想当一个卑鄙小人，也不想当一具无心傀儡。所以我只能选择旁观，同样地，无论结果如何，孩儿也一并承担。”

此时此刻，李贤执拗的模样和儿时如出一辙。犹记得十多年前，李治心血来潮，曾以一块玉佩测试两个儿子的心性。那块玉佩巧夺天工，弘儿和贤儿俱是眼馋已久，但李治说，玉佩总不能掰成两半，所以只能给一个人。

至于给谁，就看谁能率先逗笑母亲。

那时候武后端坐于皇帝身旁，认真地板起脸来，眼看着弘儿在面前时而做着鬼脸，时而有模有样地学起了老夫子，显得滑稽可爱。李治已经笑得直不起腰，而武后依然强忍着笑意，又把目光转向了次子李贤。

贤儿却只是站在原地，一动不动。

武后问他，为何不动，是不喜欢这块玉佩吗？

李贤的回答是，兄长喜欢，他不愿与兄长相争，但自己其实也有点喜欢，所以不知道应该如何去做。

武后再没说话，而是被李弘逗笑，于是玉佩便落到了弘儿手里。出乎意料的是，随后弘儿就把玉佩送给了弟弟。

那日李贤呆呆傻傻的模样，李治仍历历在目。

这个孩子从书中学到的，是一个“不争”。对盛世大唐来说，不争乃是好事，不争能让百姓过得舒服一些，不争也能让学问流传得更久一些。

李治终于恍然大悟，或许这些年来，李贤从未变过。是自己变了，也是皇后变了。

于是他的怒火终于平息，方才的愤怒咆哮变成了轻声细语。

“我问你一次，你要说实话……弘儿的死到底和你有无关系？”

李贤没有给出“是”或“否”的答案，他回答说：“孩儿那时还是沛王，曾在梦中见过一个戴着青铜面具的奇人。他问我是否想当太子，继承大统，孩儿迷迷糊糊地说了一句……是。之后兄长便突然暴毙，孩儿得知后也曾怀疑是否与我有关，但那毕竟只是一场梦，难以捉摸。”

“可你真的想当太子。”

“只要是生于皇室的孩子，谁不想呢？”李贤反问道，但心里却莫名想起了赵道生，那个既自卑又高傲的人，他只有属于一位帝王，才不会让人指指点点，才能挺直腰板做人。

李治又问：“你虽然有取而代之的心思，但宫中的壁画，乃至弘儿的痨瘵之症，并不是你所为？”

李贤答道：“孩儿说过，孩儿永远不会对血脉至亲大动干戈。孩儿，一直如此。”

血肉至亲，大动干戈。

可是贤儿啊，你知不知道所有皇位，都是这般来的？

李治仿佛忽然间苍老了许多，他挥了挥衣袖，黯然说道：“罢了罢了，削去李贤太子之位，着明日送回长安。”

李贤跪下恭恭敬敬地叩拜道：“孩儿领命。”

然后他便果决地离开了贞观殿，从此与皇位再无瓜葛。

李治背对着儿子，不忍去看他狼狈离去的模样。他心想，“九罗”啊“九罗”，你这个阴魂不散的东西，到底要如何才肯放过大唐？

大唐已经死了一个太子，如今又废了一个，难道要大唐后继无人，才是你的真正目的？

在李治看来，废掉李贤历经牝鸡司晨、伏龙牡丹两起案子，随后武后以梦魇一案警告李贤。真正把李贤推入谷底的，是五年前的太子弘案那张来路不明的壁画。于是李贤有了谋逆的心思，最终也为这份心思所累。

因为，帝后可以原谅太子的一切，唯独除了谋逆。

李治要大张旗鼓地将废太子送回长安，目的有三。

其一，留李贤一命，回长安再行审判。

其二，以李贤为饵，引出在外仍贼心不死的太子势力，彻底断绝他们的谋反可能。

其三，想必“九罗”不会让李贤活着回到长安，因为李贤一旦死在途中，便可说是武后所为，一举毁掉天后名望。

如此一来，大唐更会乱上加乱。

由此可见，这一路之凶险，远超想象。

李贤走出贞观殿的时候，外面雨势渐小，转而吹起了冷风，吹到身上更是冰凉。

他缓步走到张少白面前，没看黑袍的茅一川，也没看一身鹅黄衣裳被雨水打湿，勾勒出曼妙身躯的薛灵芝，唯独盯着张少白看了许久。

张少白想要行礼，但转念想到面前之人已经不是太子，便有些手足无措。

李贤主动开口说道：“你亲眼看过那幅巧夺天工的壁画？”

张少白点头道：“看过，茅一川也看过。”

“你相信壁画上的内容吗？”

“不信，不过是怪力乱神的东西罢了。”

披头散发的李贤笑了笑，虽然狼狈，却又多了几分潇洒：“很好，张少白，你想不想知道是谁一把火烧了长安张家？”

张少白蓦地瞪大双眼，没想到李贤居然会提起此事。

李贤的笑容中透着残忍与嘲弄：“想法子让我活着回到长安，你我在长安重逢之日，我便告诉你答案。”

说罢，已经不再是大唐太子的李贤便拂袖而去，他回到了冷冷清清的东宫。

地面的血水刚好被夜雨冲刷干净，那里有个叫赵道生的人仍在等他。

第十六章 | 生死两茫

张少白的老家种了一棵石榴树。

小丫最喜欢做的事情，就是在石榴尚未成熟的时候……摘石榴。摘下来一个青绿色的石榴，小心翼翼地将其掰开，然后抠出一粒果肉。

塞到哥哥的嘴里。

未成熟的石榴满是酸涩，张少白每次吃了都要挤眉弄眼，但小丫乐此不疲。她用肉嘟嘟的小指头捏起一粒石榴，然后趁哥哥不注意便塞到了他的嘴里，恶作剧得逞之后顿时笑得眼睛都弯成了月牙。

有时候，哥哥会有模有样地将石榴一口咽下，然后惊讶地说一句，哎呀，熟了。

于是小丫便会按捺不住好奇，自己再尝一粒。随后，哭着找娘亲去了。

张少白回到修行坊的宅子之后，做的第一件事，就是看着院里的那棵石榴树。虽然还不到结果的时候，但此时石榴花开得正旺。

既然开了花，结果也就不远了。

茅一川也随他一同回了这里，此时正打着井水，收拾着之前被雨水打湿的一片狼藉。他装作漫不经心地说道："你完全可以不理会李贤的话。"

张少白微微摇了摇头，一阵雨后晚风吹过，院子里的石榴花也在跟着摇头。

怎么可能不理会？

五年前的案子还没破，在张家放火的元凶也尚未找到。尽管张少白此刻完全可以忘记这些事情，过一段崭新的生活。

但他就是不愿意。

他的目光飘向石榴树后的院墙，还有院墙外的星空。他又重重踩了踩脚下的泥土，那里埋着一口钱箱子，曾是他的心头肉。

现在，不是了。

次日清晨，太子谋逆之事传遍洛阳，天津桥还点了一把火，烧的是那五百具铠甲。老百姓全都去了城北，将天津桥围得里三层外三层，就好像那把火烧的不是铠甲，而是大唐曾经最尊贵的太子。

实际上，李贤已经来到了永通门。或许是因为太子之位被废，他今日换上了一袭白衫，头上也未戴冠，只是插了一根玉簪。

虽说他犯了谋逆之罪，可遣送长安一行却丝毫没有将他看作囚犯。一辆普普通通的马车，二十四名护卫，一看就知都是好手。除此之外，驾车之人居然是身穿红衣的赵道生。

乍一看，这一行人反倒像是谁家富家公子驾车出游。

李贤站在马车旁边，回头看向天津桥的滚滚浓烟，眼神中既有落寞，又有解脱。

他迟迟不走，是在等一个和他只有两面之缘的人。虽然缘分尚浅，但他就是觉得那人一定会来。

不出所料，远处有一黑一白两道身影缓缓出现，穿白衣的那个还戴着兜帽，一副藏头露尾的模样。

张少白摘下兜帽，向李贤行了一礼，李贤微笑着接受，然后又回了一礼。

李贤笑着说道：“满洛阳来送我的，只有你们二人。”

张少白亦是笑着：“为了赶来送你，我连天津桥的热闹都没看成。”

“那可真是对不住了，”李贤仔细打量了一番张少白二人，忽然说道，“只是我这马车有些小，坐三个人可能会有些拥挤。”

“你多虑了，我俩没打算跟你一起回长安。”

李贤有些惊讶：“怎么，你就不想知道是谁放火烧了张家？”

张少白咧嘴一笑：“反正按照约定，只要你我在长安活着重逢，你就要告诉我事情真相。”

“可惜，我极有可能死在路上。”

“山人自有妙计，走走走，去你车里说话！”

说完，张少白便主动拉着李贤进了马车，赵道生手持长鞭，笑眯眯地看着茅一川，显然不打算让这个棺材脸也进去。

茅一川冷哼一声，深深看了赵道生一眼便转开了目光。

也不知那两人在车里说了些什么，最后张少白戴着兜帽下了马车。车里伸出一只手来轻轻挥了两下，赵道生一扬手中长鞭，马车便呼啸而去。

此去一别，生死两茫。

看着马车渐渐消失于官道之上，茅一川一拍刀鞘："接下来去哪儿，去天津桥看看热闹，还是回修行坊？"

张少白似是有些低落，或许是因为真相太过伤人，他低声说道："回家吧。"

"那好，我送你一程。"

两人悠悠往修行坊走去，一路上看似寻常，实则处处透着古怪。西边阁楼有个小娘子在对镜梳妆，可为何要打开窗子，抛头露面那是相当不应该。东边卖笼饼的小店换了人，是张从未见过的面孔……还有诸多反常，仿佛整个洛阳城都变得陌生起来。

茅一川目光如电，将这些全都看在眼里，说道："看来有些人想找咱俩算账，真是想不通，李贤的太子之位都已经被废了，现在出手的人又会是谁？"

张少白说："九罗。"

"你说我们是在大街之上迎敌，还是换个偏僻地方？"

"此处会伤及无辜，还是换个地方吧。"

两人继续前行，一面留心周围的刺客，一面找寻着适合交战的场所。只可惜，今日洛阳街道行人众多，一些是去天津桥看热闹的，还有一些则是看完热闹回来的。而且"九罗"也开始行动起来，逐渐收紧包围圈，意在逼战。

到最后，两人找了一处偏僻小巷，此处无行人过往，是个不错的地方。

巷子颇为窄小，仅够容纳一个半人的身子。但茅一川只能选择此处，似是天意，也似是被人引导而来。

自打牝鸡司晨案的时候，他便感觉有只无形大手推动着案件前行，和现在如出一辙。

茅一川和张少白背靠着背，微微抬头，只见数道身影从天而降，个个穿着紧身衣，且以黑纱蒙面。

为首的那人眼睛小而狭长，故而茅一川一眼便将其认出，正是当日在薛府刺杀明崇俨之人！

也是他，险些将卓不凡当场击杀。

那名刺客从天而降，手中利剑直接冲着茅一川而来，看样子是要报那一剑之仇！

茅一川迅速拔刀，一招将其逼退，然后微微皱眉。他发现这条小巷过于窄小，长刀有些施展不开。

这是一场蓄谋已久的刺杀，包括将茅一川引入小巷也在九罗的计划之中。这就是他们的本事，能够悄无声息地引人入局，待到那人回过神的时候方才发现已经无路可退。

但没有退路不代表失败，茅一川侧头瞟了一眼身后，发现有三名刺客正蓄势待发，其中一人蹲在地上，另外两人则分别攀附在左右墙面，手中兵刃都是匕首。

而站在茅一川对面的人则握着长剑，显得格格不入。

茅一川一手握着刀鞘，一手持刀，将刀尖指向对手，眼神中透着锋芒。

在这条小巷，虽然刀施展不开，剑也同样。

想到此处，茅一川忽然掷出刀鞘，虽然刀鞘无锋，却势大力沉，仿佛被其触碰一下便会粉身碎骨。

刺客头领用长剑挡了一下，身子巨震，竟是险些被刀鞘上传递而来的巨力击飞手中兵刃。他只好侧过身子，躲过已经改了方向的刀鞘，眼看着它钉入墙中。

好大的力气！

就在他忙于躲闪的时候，茅一川人刀合一冲了过来，两人“叮叮当当”过了数招，刺客吃了不少亏，赶忙抽身后退。

茅一川稳住身形，拔出墙上的刀鞘，又以方才的姿势重新对准了那名刺客。

突然，刺客头领发出一阵歇斯底里的大笑，他猛地摘下面纱，露出一张满是伤疤的面孔。

他说：“我见过这把刀。”

茅一川眼神冰冷，将手中无锋攥得更紧。

刺客身子用力，居然撑破了身上衣物，而他的皮肤上，画满了诡异图案。茅一川对此并不陌生，之前也有九罗中人作此打扮，他们不是唐人，而是来自异族。

异族人扔掉手中长剑，转而抽出两把月牙短刀，眼神中透着嗜血之意：“我记得这刀的主人，他姓茅，死的时候中了四十七刀。”

他的脸上露出一丝得意，就像是猎人聊起了自己曾亲手猎杀的凶猛野兽。

而见到了杀父仇人的茅一川呢？

他用手里的刀代替了自己的言语和心中的悲痛。

不料异族人手中兵器一换，招式套路也随之一变，居然在巷子里和茅一川打得平分秋色，甚至逐渐转守为攻。

茅一川的刀法本就是大开大合，无奈施展不开，心中恶气也无法释放，打得越来越憋屈。

数招过后，茅一川的手臂挨了重重一刀。

异族人笑道："这刀还你。"

"你们唐人真是有趣，难道不懂得一寸短一寸险的道理吗，居然心甘情愿被逼到这里交战。"

茅一川懒得和他解释，连人带刀再次冲了过去，这次的气势比上一次要更加猛烈！

有死无生！

两人缠斗在一起，异族人身形灵动，左右挪移，让茅一川的刀无计可施。小巷之中他只能施展刺或劈等寥寥数招，可对手却花样百出。

茅一川心思大乱，同时找到了异族人的一个破绽，于是一记横扫便要挥出，却发现无锋的刀尖为墙壁所阻。

异族人哈哈大笑，一跃而起，手中的两把短刀立刻刺向茅一川。

电光石火之间，茅一川收刀，却将刀柄插在了刀鞘之中，随后又握着刀鞘刺出一刀。这一刀出其不意，异族人毫无防备，被其穿胸而过。

一寸长，一寸强！

茅一川收刀，又将刀柄刀鞘分离，紧接着一刀斩下，异族人的头颅也掉了下来。

一刀两断，干净利落。

他瞥了眼地上那颗死不瞑目的头颅，便不再理会，转而看向了身后。

九罗的心思不可谓不毒辣，他们料到茅一川会带着张少白这个拖后腿的一同回去，于是选择半路刺杀。这样一来，只要茅一川抽刀迎敌，便会无暇照顾张少白。

若他想要护着张少白，便难免分身乏术，就算是一身好武功也绝无生还可能。

出乎意料的是，茅一川居然全无后顾之忧地冲向了异族人。剩下的三名刺客眼前一亮，也趁机扑向了手无缚鸡之力的张少白。

可迎接他们的却是……死亡。

※

茅一川杀掉异族人的时候，“张少白”刚好赤手空拳地收拾了三名刺客。

他摘下兜帽，却露出了一张李贤的面容。

他曾贵为大唐太子，也曾上过战场，区区刺客如何杀得了他？

就算虎落平阳，又有谁家的恶犬敢去相欺？

李贤笑着说道：“张少白说了，他去替我一死，要我把当年害死张家满门的人告知于你，然后你再帮他报仇。”

茅一川手里仍握着刀，刀尖上还淌着血，他看向李贤的眼神寒入骨髓，似是恨不得将他也斩杀于此。

他强忍住怒意，说道：“凶手是谁？”

李贤收起笑容，说道：“我从不知道凶手是谁，我只是想让他替我去死，仅此而已。”

他是皇室培养出来的一头猛兽，也是一条幼龙，就算他现在被扒了皮，抽了筋，他也是一条龙！

翻云覆雨对他来说如呼吸一般简单，无声无息地害人性命也是一样！

或许在武后与赵道生的那个局中，李贤是无辜的，却不代表他是无害的。即便他输了，他也可以让一些人去死，为自己出口恶气。

茅一川猜到了张少白的计谋，可没料到李贤是在说谎。

这是个赔本买卖，而且很有可能血本无回。

“少白。”茅一川紧闭双眼，重新睁开眼睛的时候，他对李贤说道：“如果张少白因你而死，我……必将你剥皮抽骨！碎尸万段！”

说出最后四个字的时候，李贤微微变了表情，他知道棺材脸说的不是玩笑话。

金钺阁的人从不开玩笑。

这边小巷厮杀正酣的时候，薛家别院那头有道倩影如往常一般离开家里，但今天她却没去济世堂的方向，而是往洛阳南市那边匆匆赶去。

薛灵芝身上背了个小包袱，看模样像是要离家出走。她去南市买了匹马，随后便骑着马儿冲出了洛阳城，往“李贤”离去的方向，追！

薛灵芝虽在别院长大，少时亦粗学过骑射，不过已多年未曾上马，动作难免生疏，但一想到心头的白衣少年，便咬着牙支撑了下来。

张少白没想到，昨日夜里，贞观殿外，李贤只是对自己说了那么一句话，薛灵芝便推测出了他的决定，并且奋不顾身地向他追来。

薛灵芝纵马狂奔的身影说不尽的潇洒动人。

正如那决心扑火的飞蛾！

与此同时，崤函道。

崤函道起于先秦，西出长安，过函谷关，到洛阳。一路崇山峻岭，风光大好，先皇曾有诗曰“崤函称地险，襟带壮两京”。

赵道生悠然驾着马车，张少白坐在车内，掀开帘子往外看去。一路上两人都觉得有些无聊，故而说起了话，三言两语之后发觉还算投缘。

只可惜，张少白所说之事大多与之前的阴谋有关，而赵道生明显不愿说得太多，总是遮遮掩掩，一副耐人寻味的模样。

张少白无奈道：“就看在我是替你家主子送死的分上，让我当个明白鬼还不行吗？”

赵道生却回道：“你死后明不明白，与我何干？”

“你这人真是心狠。”

“你若是早些认识我，就知道我不仅心狠，而且手辣。张少白，我杀人通常只用一剑，杀明崇俨的时候也是如此。”

张少白面不改色：“你少吓唬我，我家还有个杀人只用一刀的绝世高手呢。”

赵道生抽了一下马儿，冷笑道：“呵呵。”

“有件事我特别好奇，你明明犯了数不清的罪名，帝后二人却没拿你如何，可以想到定是李贤出了不少力。可他费了那么多力气保住了你的性命，却又为何不把你留在洛阳，反而送入了这等险境？”

“原因很简单，是我不想留在洛阳。”

张少白明显不信：“怎么可能，你和他是主仆关系，哪是你想做什么就能做什么的？”

赵道生侧过头来，给了张少白一个笑脸，他的笑容在阳光下显得极为清澈：“明允待我很好，通常我的话他都会听，至少也会听进去一部分。这次我给你当马夫的原因很简单，如果马夫不是我，九罗很容易对马车里的人生疑。他们知道我和明允不会分开，所以我必须在这里，否则你的计划就等于落空了大半。”

白衣少年一听顿时来了兴致，贱兮兮地问道：“能不能告诉我，你和李贤到底是啥关系？”

穿着红衣的赵道生翻了个白眼，可惜张少白没法穿过后脑勺看到这一幕，他说：“要你管？”

张少白不依不饶：“你俩的关系既然这么好，你为何又要害他？”

少年指的是太子谋逆案一事，赵道生在最后突然指认是李贤让他杀死了明崇俨，还故意让人搜出了青铜面具。

赵道生驾着马车：“我的心思，说出来你也不懂。”

“你不说我当然不懂，”张少白穿着李贤的衣裳，头上还插着一根玉簪，“可你说了，我很有可能就懂了。”

赵道生犹豫片刻，自嘲道：“其实也没什么不懂的。”

张少白一头雾水：“我真的不懂啊！”

“如果你有了心上人，但你和他的地位却是天壤之别，你打算如何做？”

“当然是努力往上爬喽。”

“还有一个办法，就是让他变得和你一样下贱。”

张少白疯狂摇头：“这就有点损了啊，我喜欢的那个女子可是宰相孙女，把她变成和我一样的平民百姓要造不少孽的。”

赵道生也在摇头：“说白了你和我是一类人，不论是爬上去还是让他落下来，至少你我都相信一点……平起平坐，才有真感情。”

他曾见过许多卑贱的人，那些人为了攀附高枝完全不在乎什么叫作感情。寒门士子可以入赘大户，然后忘掉家乡的小娘子。温柔坊的姐儿也可以侍奉比自己大上几十岁的老头，把虚情假意做得跟真的一样。

所以赵道生需要一个人，他们可以一同享尽荣华富贵，也可以一同流浪天涯海角，但这一生的路，一定要并肩走完。

至于那人是男是女，他从未在乎过。

张少白斩钉截铁地说：“我懂了。”

赵道生明显不信：“你真的懂了？”

“小时候我认为祝由是世上最难懂的事物，因为爹告诉过我，或许我现在深信不疑的东西，某一天就会彻底推翻。事实上，我对祝由也是如此，来回推翻了数次之后，我发现自己已经不想要弄懂它了，”张少白有些不好意思地挠了挠头，“我家祖宗留的笔记说，祝由之术分三个境界，见山是山、见山不是山，以及见山还是山。”

赵道生冷声道：“我跟你谈感情，你却跟我聊祝由？”

“别急，后来啊，我遇见了一个女子。我跟你说，她的眼睛就像是一池春水，她的眉毛就像是一座远山，她就像是世上最美的风景。看到她之后，我恍然大悟，她就是山，如果山不过来，我就过去。”

“什么乱七八糟的，你是不是太过怕死，以至于吓破了胆子，开始胡言乱语了？”

张少白收起花痴模样，严肃道：“但我曾经恨过她。”

赵道生的身子顿时一僵。

张少白继续说道：“他爷爷曾让我离她远些。说实话，自打做祝由先生以来，我遭受过太多嘲笑，但我大多都不放在心里。可不知为什么，他爷爷和我说的话其实很轻，也很委婉，但我就是觉得难过……后来我知道，我难过是因为我配不上她，所以我开始有点恨她。她若是生于泥瓦那该多好，我和她是青梅竹马，长大后就可以名正言顺地成亲，生一大堆胖娃娃。”

赵道生说：“你不该恨她，你其实恨的是你自己。”

“没错，可是恨就是恨，无论你恨谁，只要你的心里带着一股恨意，迟早会牵连身边的人。人是一张弓，感情就是箭，你可以掌控拉开或是松开弓弦，但你掌握不了箭头的方向。”

“够了！不要再说了。”赵道生终于听懂了张少白的话外音，感觉自己的心脏仿佛被人狠狠捏了一下，难过到无法呼吸。

张少白却不愿闭上那张破嘴：“我和你说啊，其实我之所以被卷到太子和武后的风波里，还是因为一个和你一样爱穿红衣的女子。

“她叫灼灼，死得可谓不明不白。到现在依然如此，我只知道是那个被称为庞先生的人害死了她，但我却不知道庞先生是谁。

“赵道生，你知道庞先生是谁吗？或者说，你就是庞先生？”

赵道生停下马车，周围的侍卫也纷纷停下，不知发生了什么事情。他缓缓回过头，死死盯着张少白那张可恶至极的脸，原本如古井无波的心境已然彻底乱成一团。

张少白是一个很会说话的人，他懂得如何一句一句地走入人心，然后窥探自己想要的东西。他装得“善解人意”，是为了获取信任，这样就可以名正言顺地打探消息。赵道生方才甚至对张少白生出了一丝知己之意，可随后便回过神来，他不是知己，而是个骗子。

少年的眼睛很亮，即便在阴暗的马车里也给人一种干净透明的感觉，让人不知不觉心生好感。

赵道生想到接下来的九死一生，又想到少年很有可能葬身于此，于是又把头转了回去，继续赶路。

他说：“我只是庞先生的一部分。”

张少白接着话头问道：“什么意思？”

“九罗有很多庞先生，他们戴上青铜面具的时候，便是同一个人。”

赵道生说得没错，因为此时此刻在洛阳城中，茅一川便遇到了五个戴着青铜面具的庞先生，个个身手不凡。

又是一场血战。

张少白说道：“所以洛阳城里其实有很多庞先生，他们同时进行着计谋。你赵道生不过是其中一员，负责的是杀害明崇俨。”

赵道生笑意古怪：“是的。”

张少白继续说道：“那五年前的太子弘案呢，那个案子明显是九罗的手笔，与你有没有关系？”

“有，也没有，那桩案子不是普通人能做的。”

少年沉思道：“九罗……到底是什么，又在何方？”

赵道生笑道：“它一直就在你的身边啊。”

突然，马车后方传来一阵急促的马蹄声，赵道生向后看了一眼，嘲弄道：“你口中那个眸如春水、眉如远山的女子来了。”

张少白先是一愣，随即按捺不住内心激动，掀开帘子往后一看，鹅黄衣裳！少年哪还顾得上自己现在是在假扮李贤，赶忙让赵道生停了马车，呵斥周围的侍卫莫要小题大做。

而后，薛灵芝飞蛾扑火般来到了张少白的面前。

“先生。”薛灵芝羞红着脸，就像是做了错事的孩子。

“你怎么知道我在这里……算了，你明知道这里危险，干吗还要过来？”

“上次忘了把这个东西还给先生，”薛灵芝取出扶龙玉还给了张少白，又说，“灵芝还想再确认一件事，我那个‘天煞孤星’的命格，会不会伤害先生。”

张少白收好玉佩，大大咧咧道：“嗨，胡思乱想什么，这种命格只会影响与你亲近之人。”

赵道生斜了张少白一眼，骂道：“蠢货。”

没错，张少白就是个蠢货，十足的蠢货。

反应慢半拍的少年终于回过神来，和面若桃花的女子相对而立，久久无言。

赵道生托腮看着这一幕，喃喃道：“但是……真好。”

他忽然有些不忍。

一颗人心是一颗人心，不忍便是不忍，犹豫便是犹豫，停止便可以停止。无数颗人心却不是无数颗人心，而是一匹脱了缰的意马，一旦奔驰便不会停下。

赵道生虽然有些悔意，但周遭埋伏许久的各方势力却不会后悔，他们不约而同地露出了杀机！

其中有想要浑水摸鱼救走太子的余孽，也有帝后暗中派来保护的侍卫。可杀机最盛的，却是那些来自九罗的刺客。

他们只要杀死李贤，就可以将武后先是毒杀长子，随后又刺杀次子的恶名传遍天下。

大唐，将永无宁日！

除此之外，李贤车驾原本带着的二十四个侍卫也纷纷露出了本来面目，各自怀揣着不同目的，将刀挥向了昔日同袍。

温柔乡，转瞬之间变成了修罗场。

张少白将薛灵芝护在身后，时刻提防着赵道生：“不用那么大费周章，我自裁于此，你们就当李贤死了，但必须放过她。”

赵道生却说：“第一，你没有讨价还价的资格。第二，我什么时候要杀你了？就算是九罗，也不能杀我的明允。”

“可我不是李贤。”

“从你上了这辆马车的时候，你就已经是了！”

说罢，红衣男子抖着长鞭，击退了几个冲向马车这边的刺客，好不威风。

“往山里逃！”

话音刚落，赵道生心头一紧，突然生出一种极为不祥的预感，立刻扯着张少白和薛灵芝退了几步。

而后，一块巨石从山上飞下，刚好砸在了马车之上，若是再晚半步便是车毁人亡！

张少白心想，自己又不是秦始皇，怎么还有人玩起了博浪沙刺秦的一套？

随后，那个扔出巨石的力士看到一击不成，便从山上跳了下来，如天神下凡，就连地面都为之颤动。

取自刺秦之意，力士名为博浪沙。

赵道生自知不敌，大喊："跑！"

三人赶忙冲进了道旁的树林之中，借着茂密树枝阻拦博浪沙的脚步。他身躯虽大，但在深林之中却难以发挥。

落荒而逃的时候，赵道生跑在最前方，张少白则拉着薛灵芝紧紧跟在后面。少年抽空看了一眼灵芝，发现她的脸上没有恐惧，也没有慌张。

有的只是内疚。

灵芝感受到了他的目光，于是用力地攥了攥手，让他放心。

博浪沙的头上可谓"寸草不生"，脚下只穿了一双庞大的破草鞋，跑了没几步便彻底烂掉。他自幼由九罗抚养长大，心智有如七岁孩童，追了许久都追不上，便开始愤怒地狂吼，一时间树林里鸟兽皆散。

赵道生来自九罗，自然对这等人形兵器再熟悉不过，他知道博浪沙的弱点，所以逃跑的时候刻意往树木最密的地方跑去，为的就是激怒博浪沙。巨汉越是愤怒，神志也就越是不清，到最后也就距离众人越来越远。

可他丝毫不敢放松警惕，因为来自九罗的他还知道另外一件事。博浪沙心智不全，每次出动都会有名为"牧郎"的人跟随其后，出谋划策。

然而直到现在，牧郎都没有出现。

不得不承认，与崤函道的手笔相比，九罗在洛阳城布置的刺客要逊色了不止一筹。除了满是文身的异族人，其余刺客都是普通身手，只有那五个戴着青铜面具的刺客伪装成了庞先生，五人行动之间透露着阵法玄机，有些棘手。

但最后也被茅一川豁出一身的伤，通通斩杀。

崤函道烽烟一起，知晓李贤和张少白早已调包的帝后二人也有了动作。洛阳城内的九罗立刻被大肆清剿，李贤更是由一队护卫重新秘密送往长安。相信有了张少白作为诱饵，他此行将会安全不少。

茅一川从小巷杀到了街上，浑身是血，脚下遍地尸体。周围百姓早就吓得逃之夭夭，待到战斗结束之后方才陆陆续续偷看这边，对着那个修罗一般的男子指指点点。

他的黑衣已被鲜血染透，显得更黑。

他手里的刀也不复往日清亮，沾满血迹。

可茅一川没有收起无锋，也没有在大战之后倒下。他望了一眼张少白离去的方向，便又向着崤函道赶去。

生死之交，莫过于此！

博浪沙和牧郎就像是狼和狈，一个强壮，一个狡猾。即便赵道生用尽心思，最后也还是落入了两人的包围圈。当然，张少白和薛灵芝脚力不足也是原因之一。

久久藏匿不出的牧郎终于现出真身，是个瘦瘦小小的中年男子，身手相当灵活，在林间行动极为迅速。他挡住了赵道生的去路，同时博浪沙也气喘吁吁地赶到了众人身后。

赵道生问道："都这种时候了，你还要藏着掖着？"

张少白装傻道："你说啥？"

"你要是没有后手，也敢贸然代替明允过来送死？"

被人一下子戳穿，张少白有些不好意思，但还是扯着脖子喊道："五叔！我快死啦！"

五叔虽然嗜酒如命，当初还因为买酒丢下了大侄子，害得张少白险些烧死，但在关键时刻他从不让人失望。张少白等人逃跑的时候，五叔便一直在暗中追着，如今到了紧要关头，他也没法继续藏身，只好现出身形。

"一会儿我缠住那根柴火棍，你们几个继续逃，但是不要瞎跑，最好找个山洞之类的藏身之地，这山上还有别人。"

说得容易，可后路也被博浪沙堵了个严严实实。

赵道生有些不太对劲，他直勾勾地看着张少白，仿佛那个穿着李贤衣服的人，真的就是他心头牵挂着的明允。

他想起了与明允一起放风筝的日子，也想起了与明允谈天说地的畅快。那个"不争"的男子，不觉间填满了赵道生的脑海。

他摘下张少白头上的玉簪，说道："你不适合这个，戴着跟四不像似的。"

随后，红衣如他，一手持鞭，一手紧攥玉簪，面对着巨塔一般的博浪沙。

是九罗给了赵道生第二次生命，世人往往觉得，谁给了那人生命，那人便应该用命来报恩，这个道理与孝道如出一辙。

但赵道生从来不这么认为，他觉得自己能够活到现在，是因为自己做出了正确的选择。比如在快要饿死的时候吃一口人肉，比如在无处可依的时候选择依附九罗。他当初也可以不这么选择，结果无非是死亡罢了。

“九罗”对他的训练无比残酷，这份痛已经不仅仅是刻骨铭心，而是几乎碾碎了他的五脏六腑。“九罗”传授给他的那些理念同样深深埋在他的脑海当中，比如李唐卑鄙，乃是乱臣贼子，不可饶恕。

对他来说，大多时候活着比死掉还要痛苦。

除非，这一生能与明允相伴。

只可惜，他终究还是害了明允。

赵道生喃喃自语道：“明允，你我此生，两不相欠。”

他一鞭甩出，被博浪沙轻而易举地抓住长鞭，用力一扯，赵道生便飞了起来。他轻盈地落在博浪沙的颈后，将玉簪插入了巨人耳中。

张少白没再看后来发生了什么，拉着灵芝赶紧逃走了。但在即将远离那片战场的时候，他隐约听到了博浪沙的怒吼中夹杂着一声赵道生的痛哼。

从此，李贤身侧再无喜穿红衣的男子。

※

人在逃跑的时候是没有理智可言的，张少白甚至感觉到自己体内的鲜血正在冲击着耳朵，不然为何自己听到的心跳声如同雷鸣。

他带着薛灵芝漫无目的往前逃去，他分不清方向，也无法冷静地找到藏身之地。

毕竟自己只是个祝由先生罢了。

两人往山上跑着，不知何时身后多了一道身影，他穿着白衣，白衣上还有金线作为点缀。最可怕的是，他还戴了一副青铜面具。

虽然张少白记得赵道生说过，九罗有许多庞先生，但他本能地觉得这个人才是真真正正的庞先生。

此人身上透着一股深不可测的感觉，他的脚步不紧不慢，但总能不近不远地跟在张少白身后。

一路直到山巅。

风光绝好的一处山巅！

如果不是被人追赶至此，少年能拉着灵芝的手，好好看一眼美景该有多好。

张少白和薛灵芝终于被逼迫到了退无可退的境地，身后便是悬崖峭壁，下面只有数不尽的树木，还有一条小河。

而庞先生正负手缓缓走来。

身在绝处，两人四目相对，似有千言万语。

薛灵芝说：“先生，对不住。”

她忽然一晃脑袋，又说：“早知道就不该答应她出来寻你！”

“先生，是我连累了你。”

“呸呸呸，明明是你连累了我！”

生死之间，两个灵芝也变得混乱起来，纷纷占据着这副躯体，说着心里的话。

张少白一咬牙，鼓起勇气将灵芝揽入怀中，轻轻拍打着她的背：“别怕。”

灵芝随之变得平静下来。

比起眼看着亲人相继离世，比起背负种种骂名，比起纠缠于阴谋的旋涡之中……死，又有什么值得害怕的？

庞先生停下了脚步。

可张少白却抱着薛灵芝一跃而下。

两人紧紧相拥，张少白呼吸着灵芝身上的香气，看着诸多景物飞速倒退。那些山峰、那些绿树，通通都在以超越常识的方式倒退着。

唯有天依旧蓝蓝，云依旧悠悠。

生死之间，张少白突然觉得时间仿佛变得慢了下来，慢到足够让他重新回顾一生。

他抱紧灵芝，闭上双眼，然后整副心神便来到了一个从未去过的地方。

那是凌驾于云端的山巅。

有人一袭白衣，衣袂飘飘，正端坐于一方棋盘之前，仿佛仙人！

张少白情不自禁地走了过去，坐在那人的对面，抬头一看，方才发现他居然是明崇俨。

明崇俨一手执黑子，一手执白子，正跟自己下得不亦乐乎。

他落下一枚黑子，说道：“灼灼。”

张少白顿时想到了关于牝鸡司晨案的种种。传授灼灼无色天罗舞的人是庞先生，裴彦先所代表的裴家受到牵连。若是案子未被张少白搅和，灼灼死后，天后名声将会因此大受损伤。而后她会查到裴家的头上，并且不会轻易放过裴彦先，因此与裴家交恶。

明崇俨又落了一枚白子，“薛灵芝。”

伏龙牡丹一案，龙尸是庞先生暗中埋下，薛毅所代表的薛家受到牵连。若是张少白未参与其中，薛灵芝难逃必死之局，这样一来，武后与薛元超之间便是不死不休的局面。

一枚黑子，“武后。”

武后不是心思单纯之人，她因两桩案子分别与裴、薛两家决裂之后，定然会怀疑始作俑者是谁。故而她会猜忌到太子李贤头上，并用梦魇一事传出李贤并非自己亲生的谣言，从而让李贤心神大乱。

一枚白子，“李弘。”

五年前的旧案得以重查，无论是谁，都会在合璧宫查到最后一幅壁画，看到李贤勾结“九罗”迫害李弘的一幕。如此一来，皇帝、武后对李贤的信任便会产生裂痕，而这道裂痕，将会由一个人将其放大，以至于最终成了一道深渊。

一枚黑子，“赵道生。”

赵道生于洛水之畔刺杀明崇俨，成了压倒骆驼的最后一根稻草。帝后对李贤的信任就此全无，于是彻查太子谋逆之案。而太子李贤也因之前之事草木皆兵，真的生出了谋反之意，正中下怀。

若是没有张少白，这场惊天迷局本应这般进行，只不过张少白和茅一川的出现，让局面有了些许缓和之地，却没能改变它的结局。

至于为何未能改变结局，是因为张少白入局之后，还有一人担心局面被其破坏，于是也随之入了局。

张少白坐在地上，一动不动，耳畔却响起了赵道生的那一句话。

“它一直在你身边。”

赵道生所说的九罗中人指的并不是自己，而是另有其人。

至于那个人是谁……

张少白抬起头，看着面前仍忙着专心下棋的男人，顿时想通了所有环节。

灼灼背上的血字、薛府的龙尸、瑶光殿的铜镜、合璧宫的壁画，看起来极像是祝由先生的手段。而实际上，也正是如此。

薛府的刺杀、明崇俨对皇帝的那番话语、他在绮云殿的点拨，以至于洛水河畔的死，就是背后推动着局势的看不见的手掌。

“九罗”在洛阳下了一盘很大的棋，而真正引发武后与太子争斗的人却是……

他，用自己的死，完成了一个废太子，甚至还可能毁掉武后的通天计谋！

这就是祝由天脉当中的——“屠龙术”！

棋盘逐渐布满了黑子和白子，明崇俨落下最后一枚棋子之后，微笑着说道：“少白。”

张少白同样看着明崇俨，忽然遍体生寒。

突然，他猛地回过神来，发觉那股寒意来自河水，随后便昏了过去。

山巅之上，庞先生站在悬崖边缘，若有所思地看着下方那一朵溅起的水花。

他伸手轻轻摘下了面具，露出一张沧桑面容，仔细看看居然和张少白有几分相似。他怔怔看了许久，最后发出一声长叹。

“若是死了也算一了百了，可若是不死，唉……”

明崇俨苦心经营的局虽然没有失败，但也不能说是成功。按照他的谋划，当今皇帝李治已是将死之人，太子李弘已死，李贤被废，剩下的儿子皆不成器。至于武后，则会背负着骂名，不得善终。

大唐气数，从此尽无。

可谁也没想到张少白会不惜牺牲自己，代替李贤接下了返回长安途中的这场刺杀，从而坏了明崇俨的一局好棋。

世事无常，果然难料。

生死无常，亦是如此。

张少白和薛灵芝从悬崖跳下，本是必死之局。

可山崖之下的一条小河却给了他们一线生机，或许是爹娘在冥冥之中护佑着两个孩子，他们竟然真的抓住了这一线生机。

身处半空中时，薛灵芝感受着张少白极为用力的拥抱，他的双臂甚至勒得自己有些疼痛。与紧闭双眼一心等死的张少白不同，薛灵芝在生死之间始终睁眼看着面前的人，看着看着，竟将他看成了另一副面孔。

一张和薛灵芝一模一样的脸。

下坠感笼罩全身，她能感到体内的血液正在翻涌，但此时此刻完全无暇顾及这些。因为薛灵芝忽然记起了许多年前的那一天，也是和今日相似的场景。

那天她与姐姐出外玩耍，姐姐不慎失足滑落山坡，结果脑袋磕在一块形状尖锐的石头上，从此再也没有醒来。

时至今日，她终于切身体会到了那天姐姐的感受。

原来人在生死面前，是这般无力。

想着想着，薛灵芝的身体被一片冰冷包裹，她猛地回过神来。

谁也想不到，在生死存亡之际，张少白昏迷不醒，而向来软软弱弱的薛灵芝却睁着眼睛！她心中想着自己当年没能拯救姐姐，这一次便绝不能再犯相同的错误。

正是这样的信念让她撑了过来，没有昏迷在那河水中。

薛灵芝在距离两人落水不远处找了个山洞，然后颇为费劲地把张少白拖了过去，又去外面捡了一些干柴。

她隐约记得张少白的身上总是藏着很多东西，于是便鼓起勇气，把小手伸到了少年怀中，一番摸索之后找到了火折子。真是万幸，这东西还能用。

有了火堆，洞里也逐渐变得暖和起来。灵芝看了看身上湿答答的衣服，感觉异常难受，她仔细地看了看张少白，发现他丝毫没有醒转过来的迹象。

于是便小心翼翼地脱下了衣裳。

火光之中，灵芝忽然扬起一个微笑，纵然不久前两人刚刚经历了一场绝处逢生，但她却丝毫不觉得恐惧，心中反而充满了解脱。

只要张少白没死，就说明“天煞孤星”的批命不准，她从此也就彻底没有了自怨自艾的理由。

至于什么双魂奇症，随遇而安就好。

与此同时，张少白的身子一动不动，但他却仿佛感到自己的魂魄打了个激灵。

他几乎没有睁眼的力气，脑子一片昏昏沉沉，只隐约记得自己抱着灵芝跳下悬崖，最后却坠入了河水之中。

难道说自己已经死了？

不太对劲，死人也能感受得到疼痛吗？

张少白感觉浑身仿佛散架了一般，而且处处疼痛，就像是被人用小锤子把全身上下都敲打了一遍。

忽然，他听到了一阵窸窣声音，一番努力之后，少年终于把眼睛睁开了一条缝。

紧接着，张少白蓦地瞪大了双眼。

薛灵芝正背对着他，褪去了鹅黄衣裳，雪背玉足尽皆暴露在外。

不知是幻觉还是眼花，张少白居然在灵芝的背上看到了一道文身借着火光缓缓浮现：

蛇颈龟背，燕颔鸟喙，凤尾赤翎，身覆灵羽，如火如烟。

此时此刻，张少白莫名想起了温玄机曾给自己下的那道批命：

灵乌萃于玄霄者，扶摇之力也。

（上册完）

优阅文化
服务作者，为作品赋能

不死灵鸟

〈下〉

王健霖——著

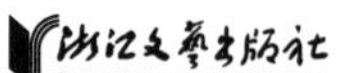

目 录 Contents

序 章 长安难安 001

“我已时日无多，但李唐也是一样，”木易一展胸怀，朗声说道，
“去吧，孩子们，将这未完的局继续下去！”

第一章 秦镜照骨 005

张少白仔细一看，顺口说道：“此方镜广四尺，高五尺九寸，人直来照之，影则倒见。与书上说法不谋而合，难道它就是那个传说中的‘秦镜’？”

第二章 风雨欲来 020

“他身负血海深仇，我又是个不明不白的人，这样的人是没资格谈及喜欢的，”薛兰芝的声音透着诡异，“放我出去，我可以改变这一切，也可以给你想要的一切。”

第三章 普度大会 039

李治的声音有些嘶哑：“这就是朕的长安，朕的大唐。”
他的神情惆怅，带着一丝疑惑：“朕为什么永远都看不够呢？”

第四章 佛土道心 053

“花开花谢乃是自然，人为了活下去也是自然。”
成玄风向着师兄的背影行了一礼，诚恳道：“请教我。”

第五章 灵乌乍现 068

一个道门，乃至整个大唐都寻觅了许多年的秘密，终于被他找到了钥匙。
所以他现在还不能死，绝对不能死！

第六章 陈年蛊事 082

永隆二年的李唐盛世，仿佛到了一个由盛转衰的转折点。
在这样的李唐面前，那个武姓女子显得如此刺眼。

第七章 切肤之痛 096

他最终点下了头，向着铸玲珑说道："我尽力而为。"
铸玲珑抬头看向面前的白衣先生，心头微动，忽然有些懂得了……何为祝由天脉。

第八章 长生丹庐 113

人脉代代相传，只要不曾断绝，世上便总有相信祝由之人。
三脉相辅相成，缺一不可，将祝由凝聚成了一体，再难分离。

第九章 朝生暮死 127

与此同时，还有一个疑惑在张少白心中正不断滋生长大。
"祝由待世人以良善，为何世人却报之以恶？"

第十章 身负玄黄 143

三个月未见，茅一川清瘦了许多，脸颊也陷了下去，显得整个人更加阴沉。
张少白本来一肚子怨气，看到他的模样后就变成了歉意，还有一些心疼。

第十一章 草蛇灰线 157

茅一川听后极为肯定地说道："草蛇灰线，伏延千里。
这世间从来没有无用的线索。"

第十二章 医试风云 170

龙性本淫，喜怒无常。
李治被视为五爪金龙在凡间的化身，秉性也与其如出一辙。

第十三章 **红莲业火** 185

"若你早生个几十年，或是我晚来这世间几十年，一定不会这般寂寞。"

第十四章 **南山烈烈** 201

祝由天脉之中最为隐秘的登龙术传人早已现世，就藏于武后身侧。
而张少白所代表的扶龙术传人与九罗所擅的屠龙术传人，正准备着一场生死决战。

第十五章 **刀剑成冢** 216

"我和你注定不能在一起。"
"就像是冬日的雪注定见不到夏日的风，就像是东海的石注定遇不到西域的沙。"

第十六章 **不死灵乌** 240

只是过去了一个夜晚，这个世道却变得陌生起来。
张少白觉得，如果薛灵芝就是那道批命中的"灵乌"，那么自己就是其中的"扶摇"。

第十七章 **聚散无休** 254

原来世间皆是悲哀人，上演大同小异戏。

尾　声 **遁去的一** 278

他强忍着倦意，说道："不要走……"
"离别，是为了重逢。"少女的声音变得越来越遥远。

序章 | 长安难安

一间冰冷石室，灯火昏黄不定。有位老者端坐于石室中央，膝下只铺着一个蒲团，他神情淡漠，面容无喜无悲。

如果说螳螂捕蝉的时候，它是欣喜而且激动的，那么藏在其后的黄鸟，便应该和老者是同样的，他的心是稳如磐石的，因为他不在局中，却注定是最终赢家。

老者的容貌有些消瘦，满头灰发，最古怪的是，那些发丝的根部居然重新变成了乌黑之色，仿佛老树回春。

他正是当年在长安偏僻处下了一局棋的黑衣。

也正是他布下了九罗迷局，几乎一举颠覆大唐盛世。

世人大多已经忘记了他的名字，木易。

“老师，明崇俨死了。”忽然，有道声音自木易身后响起。那人脚步由远及近，缓缓走来，然后恭敬地行了一礼。

木易的身前高处亮着四团火焰，但在石室中显得无比阴森，仿佛鬼火。他开口说话，声音如沙砾摩擦着金石，令人不由自主地战栗：“我把他从桃源救出来的时候，他的心就已经随着故土一同去了。在那之后活着的，不过是一副叫作明崇俨的皮囊而已。”

弟子戴着青铜面具，他说：“可明崇俨并未完成老师的布局，只是做到了废太子，却没能黜武后。”

“大衍之数五十，我只用四十有九，遁去其一，此乃天意。武后活着并非坏事，这世间反目成仇的夫妇难道还少吗？”木易微微眯起眼睛，眼角的周围有如年轮层层绕绕，“再者，只要那头灵乌没死，这个局就还远远不到完结之时。”

说罢，老者站起身来，忽然自言自语道："太暗了，太暗了，要再亮一些。"

话音刚落，一道藏于黑暗中的身影忽然出现，在石壁上找到一个隐秘机关，点了火。刹那间，那火顺着一道沟壑向上燃去，如同火龙一般盘旋游走了数圈，随后整间石室亮如白昼。

直到此时此刻，这间石室才算露出了它的真实面貌。

它并非昏暗灯光下显得那般狭小，恰恰相反，当光亮驱散了黑暗，方才显现出它的宽广。

以及隐藏在木易面前的一座巨大石雕！

那雕像高大无比，下半部分乃是一辆马车的形状，上半部分则是由颀长脖子连接着的九颗鸟首。鸟喙锋利，眼神中透着诡异。马车细节繁多，其中更是镂空，还置了床榻，应是木易平日居住之所。

真可谓鬼斧神工！

更令人惊叹的是，九颗鸟头的眼眸处点着长生灯，燃烧起来就像是鲜活鸟眼一般。不过此时其中五盏已经熄灭，紧接着方才打开机关的那个神秘身影一跃而上，又吹熄了一盏。

人死如灯灭，现在只有位于中间也是最高处的那颗鸟首，位于左手边与其最贴近和位于右手边与其最远的两颗鸟首，一共三盏灯仍然亮着，仿佛对应着在场三人。

"我已时日无多，但李唐也是一样，"木易一展胸怀，似是在拥抱九罗，他朗声说道，"去吧，孩子们，将这未完的局继续下去！"

※

与此同时，长安城，大明宫。

李治又犯头疾，痛不欲生，而且这痛愈演愈烈，也越来越难以承受。他明明还算不得年迈，可现在却憔悴得有如深秋梧桐，脸色也像是枯黄叶片。

武后看在眼里，疼在心里，赶忙命太医会诊，可惜还是一筹莫展。这么多年过去了，若是他们能够治好皇帝的头疾，早就出手了，哪里还会等到现在。

"一群废物！"武后雷霆大怒，眼看着就要下令处置太医泄愤。

关键时刻，有个名叫秦鸣鹤的人站了出来。说起这人，他虽然姓秦，但实际上却并非唐人。

秦鸣鹤身材高大，棕发碧眼，乃是来自大秦，许多年前沿着丝绸之路来了大唐，就此定居，甚至还娶妻生子，落地生根。

他在医道一途有着独到见解，因此入了太医署，可偏偏也是因此，受了其他太医不少排挤。

他说，陛下的头疾可用放血之法暂缓病痛，若是允许他剃去陛下的头发，看得更清晰一些，或许还能找到根治的方法。

此言一出，就像是一块肥肉扔到了饿犬群中，引得太医们破口大骂，有些更是立刻跪地磕头认错，乞求天皇天后勿要迁怒他人。

武后挑起眉头，显然也处于暴怒边缘："你说的放血之法，到底是何意？"

秦鸣鹤站在众人当中，对叫骂乞求之声充耳不闻，淡定地回答道："须以银针刺破头颅血脉。"

"你可知陛下身躯乃是龙体，不可亵渎？"

"臣知道，但在医生眼中，他不是大唐的皇帝，只是一个病人。"

武后一甩衣袖："放肆！把他拉下去……"

就在这时，李治紧闭双眼，虚弱至极地说道："皇后。"

武后微微一愣，随后跪在李治身旁，目光盈盈，藏着不知多少泪水："陛下！"

他什么都没有说，但她知道，皇帝已经做了决定。他已经再难忍受头疾的困扰，所以即便是违背了老祖宗留下的规矩也在所不惜。

武后赶走了所有人，唯独留下了秦鸣鹤。她一双凤目紧紧盯着那张与大唐人截然不同的面孔，意味不言而喻。

"你在大唐多少年了？"

"回娘娘话，二十年。"

"可有家室？"

秦鸣鹤洒脱一笑："尚有妻儿。"

武后冷声说道："你若是治好了陛下，我许你家人一生平安；若是没能治好……"

秦鸣鹤说："臣但求一死。"

但求一死？

武后心神一阵恍惚，不由得想起了某个少年郎，那时他身处阴谋旋涡之中，可心心念念的，不过是一颗医者仁心。

想及此处，她不再阻拦秦鸣鹤，亲眼看着他取出一根银针，又颇为大不敬地在皇帝头上到处按压，最后在百会及脑刻穴干净利落地刺下。

秦鸣鹤轻轻揉按着那两处穴位，往外挤出血液，同时解释道："按照大唐的说法，陛下这是风毒上攻，放出毒血便会舒服一些。可按照臣家乡那边说法，却又有所不同。"

李治的眉头终于舒展开来，看来疼痛已经退去大半："说来听听。"

秦鸣鹤将大秦治疗头疾的方法说了一番，道理晦涩难懂，但武后却听清了其中的两个字。

开颅。

"陛下，万万不可！"

李治轻轻拉住武后的手，安慰道："皇后放心，朕只是在想，既然大唐的名医治不了朕的头疾，或许大秦的医术会有效果。"

"那也绝对不能贸然行事！"

"这是当然，此事还要从长计议，只是朕每次犯了头疾的时候，都会痛不欲生，甚至难以控制自己。"

说到这里，武后忽然再度想起了那个少年。为皇帝治疗头疾兹事体大，她需要一双眼睛，也需要一枚棋子。

"可惜明崇俨已经死了，"武后眨了眨眼，忽然笑道，"不过有个人倒是值得一用。"

李治其实早就猜到了那人是谁，但还是装作不知，逗弄道："皇后说的人是谁？"

武后也知道皇帝已经知道，但还是装作高深莫测地回答道：

"张少白。"

第一章 | 秦镜照骨

调露二年（680年），废太子李贤，立左卫大将军、雍州牧、英王李显为皇太子，故而改元永隆，大赦天下。

次年立秋，长安永和坊，张宅。

“阿嚏！”张少白忽然感到一阵寒意，情不自禁打了个喷嚏。

屋外有个少女正忙着打扫院子，手里拿着一把大笤帚，一脸不悦地喊道：“张少白你装起病来还有完没完啦！”

张少白推开窗子回复道：“你怎么能说我是装病呢？我是真的病了。”

“胡说八道，自打你从崤函道落水这都过去快一年了，你每天不是咳嗽就是吵吵身子不舒服。”

“这叫病来如山倒，病去如抽丝。”

“那灵芝姐姐过来看你的时候，我怎么没见你有丝毫病态，敢情你是强撑着病痛陪她聊天逛街？笑得跟朵狗尾巴花似的！”

小丫头说起话来又快又凌厉，险些把张少白噎得背过气去，但他也不是吃亏的主，立刻反击道：“少揪着我不放，你从洛阳投奔过来，在我家白吃白喝，我都懒得和你算账。”

屋外的少女正是天天，不过自打灼灼死后，她便更喜欢别人称她为天天，或许是怕想起故人而感伤吧。

天天穿着水绿袄裙，面容姣好，但略显稚嫩，有如含苞待放的花骨朵。她把手中笤帚一立，掐着小腰，满脸怒容地看向张少白：“我是跟着芸娘来长安发展的，才不是投奔你呢，要不是看在你帮我姐姐洗刷冤屈的分上，你以为我稀罕来这里伺候你啊！”

张少白撇了撇嘴，关上窗子走到门口，倚着门框逗着天天：“我看你伺候我是假，等着你的茅大哥才是真。”

天天顿时面红耳赤：“你别瞎说。”

“唉，有了茅大哥，忘了大表哥。”

“啊啊，我要撕了你的嘴！”天天把笤帚往地上一摔，向着张少白冲了过去，显然是恼羞成怒。

张少白学着茅一川的模样摆了个功夫架子，笑嘻嘻道：“你可别以为我病着就好欺负啊！”

就在两人即将“短兵相接”的时候，院门忽然被人推开，发出“吱呀”一声。

一身黑衣、身配长刀的男子看着眼前这一幕，表情有些古怪。

天天赶忙收起了张牙舞爪的姿态，狠狠白了“表哥”一眼，然后小声说道：“茅大哥来了。”

张少白可不觉得尴尬，毕竟棺材脸又不是他的心上人，大大咧咧地说道：“又来一个蹭吃蹭喝的，你俩这是觉得我张家太大了，担心我一个人住不下是不？”

“哼。”茅一川的性子一如既往的冷淡，只是微微向天天点了下头，就当作打过招呼了。

去年他与张少白相识的时候，其实他是有些瞧不起那个白袍少年的。毕竟张少白性子可谓顽劣，嘴上还不饶人，实在说不上招人喜欢。不过二人也算共患难过数次，难免生出几分情谊，所以茅一川也就捏着鼻子认了这个朋友。当初张少白在崤函道遇难，和薛灵芝双双落水，两人被困山谷多日，最终还是茅一川苦苦寻到了他俩。

茅一川想着是自己害得张少白卷入了生死之局，便一定要把他活着带回长安，事了之后，两人之间就算两清。只可惜，缘分一旦纠缠到了一起，那就不是三言两语能解开的喽。

回到长安之后，后者死皮赖脸地寻他帮忙，最后硬是把长安永和坊的张家地界要了回去，还向他借钱重新盖了座宅子。

有时候茅一川会感到后悔，当初若是没找张少白帮自己破案，是否就不会摊上这么个没完没了的麻烦。毕竟他是金钺阁的最后一位阁主，独来独往早就习惯了。但随后他就否定了这个想法，因为若是没有张少白的帮助，洛阳的那些奇案是不可能顺利破解的。

茅一川收拾了一下纷乱思绪，直接冷着脸走进了前堂，过门的时候还刻意撞了张少白一下。他挑了个熟悉的位置坐下，随后天天端来一杯热茶，还有一碟点心。

张少白看着来气，刚想开口说话，没想到却被茅一川堵了回去。

茅一川问："你这病打算什么时候好？"

张少白坐在对面："什么叫我打算，它该好的时候自然就好了。"

"之前陛下三番四次召你入宫，都被你以身体抱恙的借口推了。"

"没关系的，陛下哪会在意我这种小人物。"

茅一川盯着对方的眼睛，语气不善："有些事情躲是躲不过去的。"

张少白挑了挑眉："六年前我爹死后，长安城多少人盯着咒禁博士的位置，想着把我们张家取而代之。这些人可是三教九流啥样都有，下三烂的手段一大堆，我若是频频出现在陛下身边，那就相当于把自己放在了明面上，肯定少不了要受他们刁难。"

"所以你打算知难而退？"茅一川的声音里带着不屑，"也罢，你现在重新修了张宅，过去的事忘了也没什么。"

张少白眯起眼睛，故作高深地说道："你知道什么是最好的'谋'吗？"

茅一川喝了口茶："不知。"

"假如把局势比作一块棋盘，那幕后元凶与我乃是棋逢对手。我若是按照寻常人的想法去落子，他定能看出端倪，我想要赢他便只能另辟蹊径。"张少白也喝了口茶，结果发现是凉水，连点茶叶沫子都没有，心道天天还是一如既往的偏心。

"如果这真的是一盘棋，一百个你也不可能是'九罗'的对手。"茅一川说得并不夸张，要知道金铓阁奉先皇之命成立多年，和"九罗"数次交锋从未占过上风，人倒是死了不少。

张少白不以为然，继续说道："这世间最好的谋就是连你自己都不知道，你接下来会做些什么。这样一来，你的对手也就猜不透你的心思。或者他自以为猜透了你的心思，你便可以选择另外的方法，从而立于不败之地。"

"听不懂，但我也想告诉你一个道理，旧案这种东西耽搁的时间越久就越难查。"

张少白叹了口气："我还在等一个时机，结果等着等着就过去了一年。"

茅一川放下茶杯，杯子和桌面相撞发出一声闷响，然后缓缓站起身来："现在，你要的时机来了。"

张少白仰头看着棺材脸，先是一阵愕然，随后突然说道："且慢！"

茅一川蹙紧眉头，不知道对方又在耍什么把戏。

“我忽然想起来一件大事，等我回来再说。”

说完张少白就急匆匆出了前堂，往后院走去。茅一川看着他离去的背影，极轻微地摇了摇头，其实他此番前来乃是身负皇命。之所以要和张少白闲聊一番，目的是打探一下他的真实想法……如若张少白真的不打算继续调查当年的事情，茅一川不介意帮他伪造一个抱病在床的假象。

可如果张少白仍想查案，茅一川不介意出手相助。毕竟九罗依然逍遥法外，张少白已经惹上了这尊庞然大物，必然会受其报复。

另一边张少白进了间外人从未进过的屋子，他颇为熟练地点了三支香，轻轻吹了两下，然后小心翼翼地将其插入香炉。

屋子不大，打理得十分干净，可谓一尘不染。地上放着个蒲团，对面则是一张很大的供桌，上面除了立有张家列祖列宗的灵位之外，还立着十七个无字灵牌。

而在灵牌之后的墙面，挂着一幅轩辕黄帝的绣图。

张少白叩了个头，低声说道：“诸位死不瞑目，所以孩儿不敢在牌位上刻字。再者，孩儿总觉得万一有人和我一般侥幸活了下来，却被人立了灵牌岂不晦气。只可惜，这都过去整整一年了，还是没人回来，或许那场大火是真的没有留下活口吧。”

他又叩了一下：“孩儿从洛阳回长安，勉强算是入了圣人的眼，留了几分印象。虽然太子弘的案子还没查清，咱家的大火也不明不白，但孩儿相信只要查下去，总会有水落石出的一天。”

他再叩首：“我也知道这期间无比凶险，随时都有掉脑袋的可能。爹总说一切以祝由传承为重，恕孩儿不孝，这次就不听您老的话啦，张家只剩我一个人，如果我不能为诸位手刃仇人，那实在是白活一场了。”

现在明明是晴天白昼，可灵堂却显得异常漆黑，仿佛连光线都可以吞噬。白袍少年站起身来，他是黑屋中的唯一的一缕白，也是张家最后的一条血脉。

张少白深深看了那些灵牌一眼，随后转身离去，随即灵堂仿佛变得更加幽深，唯有香火幽幽亮着，仿佛亲人来自阴曹地府的目光。

在茅一川和天天看来，张少白装了足足一年的病，为的是逃避责任。实则不然，他只是在等待一个机会。世人往往只见螳螂捕蝉的那一瞬间，却不知为了那一扑，螳螂早已在暗中潜伏了许多时间。

张少白回到前院的时候，茅一川就站在门口等他，见他来了便冷声说道：“准备好了？”

“准备好了。”张少白稍微整理了一下衣襟，似乎早已料到了接下来的事情。

只见茅一川站得笔直，极为严肃地说道：“陛下急召咒禁博士张少白入宫面圣。”

※

说起洛阳宫，张少白并不陌生，毕竟他是少数留宿过皇家庭院的外人，甚至还在武后休息的宫殿留宿过。单就这一件事，张少白就算得上是某种意义的“天下第一”了。

不过长安的大明宫就远远不同了，这座宫城位于北郭城外，始于先皇，半路废置，于李治登基之后新修而成，之后李唐皇室便从原本的太极宫搬到了大明宫。张少白从未进过这里，他只知道一个关于大明宫的传闻。

据说先皇初建大明宫之时，曾在工地挖出一面宝镜。当时魏征识出了宝镜来历，说它乃是传自秦国的“秦镜”，传闻用它可以照见人体的五脏六腑，甚至能够分辨忠奸。只可惜宝镜的使用方法早已失传，于是这等宝物只能被悬挂在了朝堂之上，做“秦镜高悬”的说法。

茅一川显然是宫中常客，一路上目视前方，露出腰间金牌，无人胆敢阻拦。张少白则忙着左顾右盼，看得阵阵眼花。

直到紫宸殿前，茅一川做了个手势，忽然停下脚步，随后便有内侍前来引张少白入内。

方才还兴致勃勃的少年郎顿时如霜打了一般，变得蔫头蔫脑，显然是有些紧张。他悄悄看了茅一川一眼，然而后者仰头看天，故意装作没看到。

张少白撇了撇嘴，心道自己有什么好怕的，又不是没见过皇帝皇后。

入殿之后，张少白恭敬行礼，一直乖乖低着头，仿佛要把地板看出花来：“草民张少白叩见天皇天后。”

李治的面前放着一面古镜，正专心致志地研究着，于是没有理会。武后则是瞪了少年一眼，方才说道：“之前召你入宫足足三次，结果你一次都没来，张小博士真是好大的威风啊！”

张少白仍低着头："草民也不是不想来，只是自幼身体孱弱，去年落水后便一直患病在床，实在是不敢入宫，以免害得陛下和您也染上风寒。"

"我懒得和你计较，起来吧！"张少白闻言赶忙起身，武后的声音中略带嗔怒，"你现在好歹也算是咒禁博士了，怎么还是一口一个草民？"

"嘿嘿，草民……臣尚不习惯。"

这时李治一边看着古镜，一边说道："哼，朕只不过说了一句他不必太受官场规矩约束，结果这小子真就一年没去咒禁科上任。"

张少白赶忙告罪："臣知罪，这就去……"

武后说："谁让你这就去了？"

"哦哦，那臣改日再去。"

"唉！"武后叹了口气，轻轻抚着额头，"陛下，不知道为什么，妾身一见他就觉得来气。"

李治微微一笑，看来他今日头疾未犯，故而心情不错："看在那'心诚则灵丸'确实有些效果的分上，朕暂不与你追究。那位乃是秦医师，你先去认识一下。"

张少白抬头看到有个中年男子就站在自己身旁，长得有些特别，不似唐人，也不像胡人。他心中虽然疑惑，但还是率先行礼道："在下张少白。"

秦鸣鹤笑着和张少白见了礼，介绍道："不敢不敢，某家秦鸣鹤见过张博士。"

"久仰大名。"张少白打小就练就了"见人说人话，见鬼说鬼话"的本领，随口就是一句"久仰"，其实自己还是第一次见到秦鸣鹤。

秦鸣鹤的身材比寻常男子高大一些，甚至比茅一川还要高上一些。而且他的头发呈深棕色，与唐人的黑发截然不同，反而和那些胡人有些相仿。

不过最为特殊的乃是他的碧蓝眼珠，干干净净仿佛湛蓝天空，据说只有遥远西方的大秦人才会生出这种瞳色，乃是极为尊贵的象征。

除此之外，秦鸣鹤则与唐人没什么区别，举止也颇有礼数。

秦鸣鹤早已习惯了别人的这种目光，于是解释道："我来自遥远的大秦国，那边人的相貌和唐人不太一样。"

张少白闻言赶忙收回心神："是我失礼了。"

忽然，李治让内侍将方才把玩许久的铜镜送到了张少白手里，问道："你可认识此物？"

张少白仔细一看，顺口说道："此方镜广四尺，高五尺九寸，人直来照之，影则倒见。与书上说法不谋而合，难道它就是那个传说中的'秦镜'？"

"算你有些见识，你家的祝由之术可有相关记载，留有这面古镜的使用之法？"

张少白摇了摇头："臣才疏学浅，不知如何使用。"

"巧了，秦鸣鹤刚好知晓，所以朕才召你来看看。"李治微微颔首，示意张少白将秦镜递给秦鸣鹤。

武后也说道："免得你小觑了天下间的能人异士，会点祝由皮毛便自以为是。"

张少白哪敢顶嘴，老老实实将秦镜递了过去，秦鸣鹤接过后笑着解释道："说来荒唐，在下生来便可透物而视。"

张少白一听惊讶不已，他曾听说过有人具有透视之能，其视线可以穿透遮挡物而直达其后。

"其实此番陛下召我等入宫，为的就是让我看一看陛下的头颅中是否病变。"

一提起李治的病情，张少白顿时变了个人一样，虽然他的年纪和阅历都远远不如秦鸣鹤，但此时此刻气质却丝毫不落下风，两人反而更像是同辈之人在探讨病情。

"结果如何？"

"我能力有限，未能看到，这才又借来了秦镜打算一试。"

"您的意思是，您本就有透视之能，一旦用了秦镜这异能还可更上一层楼？"

"正是此意。"

张少白略微犹豫，先是点头，后是摇头，继而问道："恕我无礼，可您身具透视异能，此事又当如何证明？"

武后听到这里终于有了一丝笑意，问道："怎么，张小博士精通祝由，却从未听说过秦医官的异能吗？"

"回天后话，听家中长辈说过古有名医扁鹊，可辨识疾病于腠理之中，但臣却从未亲眼见识过这等奇人。"

武后转而对秦鸣鹤说道："秦医师可有办法证明？"

直到此时，张少白方才醒悟，原来秦鸣鹤说他有治疗陛下头疾的方法，但武后却对此心存担忧，想必把他召进宫来也是出自武后手笔。

由于李治头疾愈加严重，甚至到了病急乱投医的地步，故而武后也不好直截了当违逆他的心思。于是便把张少白找来，想要用这位祝由先生来探一探秦医师的本事深浅。

秦鸣鹤不慌不忙，说道：“天后不妨试上一试。”

武后转头看向李治：“陛下觉得呢？”

李治脸上表情阴晴不定：“皇后想做什么便去做吧。”

武后笑了一下，随后便命人用玉匣子装了个东西，然后送到了紫宸殿里。她手中托着玉匣，似笑非笑地问道：“秦医官，你能看到这里面装了什么吗？”

秦鸣鹤往前走了两步，先是行礼，然后一对眸子便落在了玉匣之上，仔细看了许久之后回答道：“回天后话，是一根金簪，看模样款式略微有些老旧，似是前朝之物。”

武后微眯着眼睛：“还有什么想说的吗？”

秦鸣鹤聚精会神地看着玉匣，片刻后又说：“簪子上还刻了字，但并不清晰，似乎是一个‘垂’字。”

武后打开玉匣，竟真的从中取出一根金簪，随后将其递给了李治，笑道：“看来秦医官身负异能乃是确有其事，这簪子是幼时父亲赠给妾身的，上面还刻着妾身的乳名。只不过那个字不是‘垂’，而是‘華’。”

李治眼前一亮，呼吸也略显急促：“既然如此，那就快用那‘秦镜’看一看朕的脑袋里到底是什么妖物在作祟！”

张少白始终留意着秦鸣鹤的一举一动，发现他脸上不见丝毫紧张，一片云淡风轻，仿佛自己刚才所做之事不过是举手之劳罢了。

他正盯着秦鸣鹤，忽然感到有道目光同样也在盯着自己，于是张少白眼神一转，竟发现是武后正看着自己。

武后只给了张少白一个意味深长的眼神，转瞬便又挪开了视线。

这是什么意思？张少白只觉得一头雾水，完全不解武后深意。

他正苦思冥想的时候，秦鸣鹤忽然有了动静，只见他手持秦镜左右寻找角度，最终将李治的身影映在了铜镜当中。

随后秦鸣鹤向张少白点了点头，示意其来帮忙拿住秦镜：“有劳张博士拿着秦镜。”

“好说好说。”张少白若无其事地说道，还冲秦鸣鹤龇牙笑了下。

另一边的李治见状坐直身体，看样子有些紧张，于是武后拉住了他的手，并且温柔一笑。

紫宸殿的气氛十分凝重，张少白看着秦鸣鹤的一对碧蓝眼眸，秦鸣鹤则看着秦镜，还伸出手指在镜面上随便涂抹了两下，似乎是有什么东西遮住了他的视线。

片刻后，秦鸣鹤直起腰来，面向李治说道：“陛下，臣在您的头颅中看到了一颗肉瘤。”

李治顿时瞪大了眼睛，厉声问道：“肉瘤？到底是怎么回事，你快仔细说说。”

“那肉瘤约莫有鸽子蛋大小，刚好就在陛下的眉心处，颜色紫红，而且微微颤动。”

李治一听自己的脑中居然有这等异物，既惊讶又恐惧，情不自禁地用手指按了按眉心处，居然真的感到一阵刺痛。

武后见状蹙紧眉头，问道：“如何才能去掉肉瘤？”

秦鸣鹤恭敬答道：“回天后，此肉瘤已经成熟，寻常药石怕是难以起效。”

武后忽然想起了秦鸣鹤曾提起的大秦之法——开颅。

果然，秦鸣鹤继续说道：“若是使用麻沸散以及臣自制的独门工具，再辅以臣的透视之能，臣至少有七成把握能够帮助陛下取出肉瘤。”

李治眉头一跳，显然有些动心。

突然，武后转而问张少白：“张小博士怎么看？”

张少白之前仍紧盯着秦鸣鹤不放，这时才转回头来说道：“臣以为不可。”

武后明显松了口气：“为何不可？”

“祝由之术也对人体做过颇多研究，从肌理到五脏六腑，甚至是脑颅之内。然而这一切都是通过解剖尸体而得，用在陛下身上怕是不妥，更何况陛下千金之躯，与寻常人定然有所不同。”

秦鸣鹤反对道：“医者眼中只有病患，寻常人是病患，陛下也是病患，并无不同。”

张少白针锋相对道：“‘开颅’二字说得容易，你可知道这世间有多少肉眼难见的事物，佛门常说佛观一钵水，四万八千虫。若是给陛下开颅之后，引得这些脏东西进入头颅，那该如何是好？”

秦鸣鹤又说：“行医救人哪有万全之法，我辈中人能做的无非是尽力减少失败的可能。”

“可陛下乃是千金之躯，容不得半点失误，”张少白语速极快，“开颅一事困难重重，暂不提开颅后是否会使陛下再患新疾，就说如何开颅，难道用的还是解剖尸体的铜砭镰吗？”

秦鸣鹤答道：“青铜之物不宜见血，可用我自制的骨砭镰。”

“可就算你是神仙，难道要把陛下的整个头盖骨都掀开不成，万一你看到的肉瘤位置有毫厘之差，这又该怎么办？”张少白盯着秦鸣鹤，看到他的眼眸不由自主地颤抖了一下。

显然，他也没有十足把握。

秦鸣鹤不再理会张少白的无用争论，冲着李治拱手说道：“还望陛下应允开颅之法，这拖的时间越长，肉瘤也就长得越大，只怕病情还会加深。”

张少白也行礼说道：“臣也请陛下三思而后行，此法还需从长计议。”

武后问道：“那你倒是说说怎么个从长计议？”

张少白答道：“再过数日便是七月十五，据臣所知，到时佛门过盂兰盆节，道门过中元节，长安城内更会举办普度大会，引得各方高人前来，不如看看他们是否另有妙法。”

武后轻咦一声，疑惑道：“你怎会知道普度大会？”不过说完之后她便恍然大悟，“我险些忘了，六年前张云清便是在普度大会上一鸣惊人。”

这普度大会出现于贞观年间三藏法师从西域取经归来之时，每六年举行一次，现如今已办了六次。明面上看，七月十五这天既是盂兰盆节又是中元节，所以长安的普度大会也就极为热闹。可从暗里来说，其实这一日乃是各家门派宗教争抢信徒的大好时机，只不过大唐佛道两门最为兴盛，所以每次普度大会到了最后，都成了佛门高僧和道门大能的辩法罢了。

唯独六年前有所不同，被视为旁门左道的祝由出了个张云清，可谓是力挽狂澜。只可惜成名不久便遇到了太子弘一案，受其牵连而亡。

张少白此番提起普度大会，倒也提醒了武后，她转而向李治说：“妾身觉得此法可行，普度大会召开之时慈恩法师也会赶来长安，到时候不妨问问大师的意见，陛下觉得呢？”

李治没有回答，而是揉了揉眉心，略带疲惫地说道：“朕有些倦了。”

武后点了点头，又说：“你等先退下吧。”

“臣告退。”

两人行礼后便离了紫宸殿，待到出了殿门，秦鸣鹤似是早已忘记了方才的争论，笑着说道：“张博士，你我一同出宫如何？”

张少白微笑应允，于是两人便跟着内侍往宫外走去。

※

此时日头西斜，眼看已是傍晚。落日余晖将皇宫映得金灿灿的，仿佛在外面包了一层金纸，更添几分庄严肃穆之感。

带路的内侍在前面一言不发地走着，微低着头，身子也有些佝偻，不知是因为刻意还是早已习惯。

张少白和秦鸣鹤跟在其后，两人并肩而走，保持的距离不近不远、不前不后，仿佛生来便有默契。

谁也没有转头看谁，张少白悠悠说道：“想来给陛下治疗头疾并不是秦医师的真正目的吧？”

秦鸣鹤面不改色，步履也未受影响：“张博士说笑了。”

“我听说大秦人崇拜景教，更听说秦医官来大唐之后可没少宣扬景教的诸多妙处。”

“这是我的夙愿，我想要把家乡的圣火带到东方，这对大唐子民有百利而无一害。”

“但你还需要借助陛下的手将其点燃，所以治疗头疾就成了点燃这把火的引子。”

“这对陛下也无坏处。”

张少白忽然露出个意味深长的笑容，“怎么没有坏处？你现在都要给陛下的脑袋开刀了。”

秦鸣鹤面不改色，“开刀是为了治病。”

“如若陛下的脑子里没有你所说的肉瘤呢，抑或是那个肉瘤压根就不在你说的眉心之处，又当如何？”

“无非是一死了之。”

张少白抬起头看了眼远方，除了宫墙还是宫墙，一眼望不到边：“看来我所料不错。”

秦鸣鹤轻挑眉头：“说来听听。”

“据我观察，你是个极为自信的人，即便是用透视异能为皇帝寻找头疾根源，你的表现也不见丝毫慌乱，这一点极为难得，要知道我当初第一次面见武后的时候可是吓得话都说不利索。”

“你到底想说什么？”

“我的意思是，既然秦医师如此自信，那么我刚才问你的问题，你的答案应该是——我不会错，可你说的却是一死了之，这未免有些自相矛盾，说明你之前说了谎，所以有些心虚。”

“是张博士理解错了，我指的是如若开颅出了问题，陛下自然会一死了之。”

张少白顿时哑口无言。

两人的谈话陷入僵局，直到许久后出了宫，站在朱雀大道之上，张少白方才重新开口：“知道华佗是怎么死的吗？”

秦鸣鹤耐着性子答道：“张博士问的是真相还是民间说法？”

“我就有话直说了，我知道的真相是华佗乃是被曹操处死的，可你知道曹操为什么要处死华佗吗？”

“还请张博士赐教。”

张少白讲道：“华佗说可用开颅的法子取出曹操头内的风涎，所以曹操杀了他。但实际上华佗诊断得丝毫没错，若是按照他的法子做了，曹操起码能多活几年。我曾仔细想过曹操杀害华佗的原因，后来我觉得一种说法的可能性最大。”

“哦？”

“华佗是一个神医，比起医治曹操，他更想医治天下人。而在当时的情况，曹操挟天子以令诸侯，华佗或许会借着治病的借口害死曹操，毕竟他若打开曹操的头盖骨，害死他简直易如反掌。”

张少白自然不会无来由地提起华佗，他话里的话被秦鸣鹤“听”了个清清楚楚、明明白白。

泥人也有三分火气，面对咄咄逼人的张少白，秦鸣鹤终于做出了反击，他说：“第一，我知道的华佗并不是这么死的。第二，他为曹操治病的时候，早就过了挟天子以令诸侯的时候。第三，我不是华佗，陛下也不是曹操。如果你话说完了，就此告辞。”

说罢秦鸣鹤转身就要离去，不料张少白却突然冷笑着说道：“狗屁的透视之能，狗屁的秦镜照骨，你骗得了别人，但唯独骗不了我。”

秦鸣鹤停下身子，侧过脸来，说道："你在宫里的时候就一直在寻我的破绽，这一路上又阴阳怪气说些无来由的话，无非就是觉得开颅一事不足为信。"

张少白的情绪有些激动："没人会觉得这事可信，所以才会让你演了一出透视之能的好戏，借着秦镜的名头，更是坐实了你天赋异能的说法。这样一来你说陛下的头里有东西，他就会多相信几分，对你所说的开颅之法也会更认可些。"

秦鸣鹤转过身子，面对着咄咄逼人的张少白，面色平淡地问道："都说张博士用祝由之术缓解了陛下的头疾，你既然出身祝由世家，却不相信我有透视之能？"

"呵呵，说来巧合，我虽然出身祝由，却偏偏不信这些怪力乱神的东西，"张少白伸出一只拳头，挑衅道，"方才在宫里我就想用我的法子考考你，不过怕你过不了这关犯了欺君之罪，现在你倒是猜猜，我这只手里放的是什么东西？"

秦鸣鹤没有回答，而是问道："那你倒是先说说，我是如何猜到武后在那匣子里放了什么？"

"戏法的答案或许有千千万，我不确定你到底是如何做到的，但我随便就能想到一个能够达到同样目的的法子，那就是买通宫里的内侍，让他们给你暗中传信。"

秦鸣鹤嗤笑一声，只是随意瞥了一眼张少白的那只拳头，一对碧蓝色的眸子仿佛海水，宁静深远。

看了许久，他开口说："你手里什么都没有，但指缝里却夹着一根银针。如果我说你手里有一根银针，你就会把它藏起来，说我错了。如果我说你手里什么都没有，你又会把它露出来，说我错了。"

张少白摊开手，什么都没有，他又伸开食指与无名指，果然在指缝间藏着一根银针。直到此刻，他的内心终于有了些许动摇。

"我知道你不相信我，实话和你说吧，"秦鸣鹤盯着张少白的双眼，"大秦的医术与唐国不同，甚至可以说是天壤之别。在那里用刀开颅不是什么稀罕事情，甚至有些君王还用换血的法子来续命。"

张少白不屑道："这些都是无稽之谈！"

"我当然知道，我更知道有些医术原本的目的就是治死君王，这样才好让权力更迭。可我不同，我只想治病救人，我的透视异能也是真实的，也是因为这个原因家乡才会容不下我。"

"为何容不下你？"

“因为他们不想让我治好那个本该死去的人，可现在我来了大唐，就不会再犯相同的错误。这一次，我一定会治好陛下，用你们唐人的话来说，我这是为了成全自己的医道！”

※

这边两人不欢而散，那边紫宸殿内两人仍相视无言。

李治的脸上隐有怒容，武后的神情平平淡淡。

或许是沉默太久，所以李治开口说话的时候声音有些嘶哑，透着那么一股子杀意：“皇后总是在为难给朕治疗头疾的人，难道是不想朕的头疾被他们治好？”

武后神色不变，情真意切地说道：“妾身对天发誓，这世上再没人比我更想陛下的头疾被人治好。但治好您的法子，必须是万全之法。”

“可这世上哪来的万全之法，朕的头疾治不好，就会死，而朕死后，不成器的儿子坐不稳这个江山，就正好遂了某些人的心意。”

“请陛下相信妾身，今年的普度大会定会找出一个法子，即便不能根治，也能让您的病情好转一些。但是至于开颅之类的法子，还是要谨慎些好。”

李治冷笑道：“为何谨慎，因为它真能治好朕的头疾吗？”

面对这个不讲道理的夫君，武后不见丝毫怒色，而是耐心解释道：“陛下是知道的，妾身曾服侍过先帝。”

提起先帝，李治怒容稍缓，或许是想起了一些往事。

武后继续说道：“先帝晚年也颇受头疾困扰，那时候寻了不少法子治疗。其中不乏道士炼的丹药，妾身至今还记得，先帝吃了那些药丸之后的确精神好了许多，可是脸上的红润却绝不健康，反而像是一个人透支了精气神，硬生生地憋出来了几分好脸色。”

她又说：“而且那时还有位异士进了个方子，说是取八百童男童女的心头血，便可治好头疾，若不是有一干老臣拦着，只怕先帝真就动了心思。”

李治的表情已从愤怒转为了惆怅：“你说得没错，刚刚是我不对。”

武后站起身来，将李治的头部贴在自己的腹部，轻声安慰道：“佛门的高僧、道门的真人，再不济还有大秦的景教，还有祝由天脉。我不在乎它们到底谁是正统，谁又是旁门左道，只要它们能治好陛下的病，妾身就打心底地认可它们。但若是这次普度大会它们没能治好陛下的头疾……”

她悄悄拭去眼角的一滴泪水，忽然话锋一转：“不说这些恼人的事情了，最近妾身听说长安城里出了桩怪事呢。”

李治闭着眼睛：“哦？什么怪事说来听听。”

“据说在曲池坊那边有鬼怪现身，搅和得百姓不得安宁。说来奇怪，长安县和刑部先后派了人去探查，却一无所获，只看到了一些野兽残骸，”武后轻轻抚摸着李治的头发，“想来是头茹毛饮血的畜生吧，只是不知怎么闯入了长安。”

李治说道：“倒也没什么稀奇的，早些时候城南还射死过一头虎。”

“陛下说得是。”

夫妇二人又说了一些话，见李治开始打瞌睡，武后便颇为识趣地离了紫宸殿。她前脚刚走，后脚便有个老太监悄悄进了殿。

此人身为殿中省主官监，掌管天子服御一事，职位称为“太监”。他年岁已老，但满头白发打理得一丝不苟，脚步也悄无声息，每一步迈出的距离都是刚好。他手里端着碗汤药，药呈红褐色，闻起来味道诡异。

“老奴已验过此汤，陛下请用。”

李治“嗯”了一声，接过汤药一饮而尽，随后一直紧皱的眉头终于舒展开来。只有这一刻，他才感觉自己苍老的身躯又重新年轻起来，那恼人至极的头痛也被一扫而光。

第二章｜风雨欲来

严格说来，张少白和秦鸣鹤不仅算是同朝为官，还同属太医署。大唐的太医署设有医、药两部，医部当中又设有医、针、按摩和咒禁四科。

秦鸣鹤乃是针科中人，不过一直备受排挤，所以只是针师这般小小官职。张少白则隶属咒禁科，并且是其中的一把手——咒禁博士。只可惜这位年纪轻轻的咒禁博士性子闲散，居然一直没来上任。

还好咒禁科中人对此早就习以为常，当年太子弘一案牵连到了咒禁科，最终是当时的咒禁博士张云清扛下了所有罪名，牺牲自己保全了诸位同僚。从那之后咒禁博士一职便空置着，似乎谁也不愿接下这个烫手山芋。于是咒禁科变得愈发冷清，好似从太医署中除名了一般，如今只剩下一个垂垂老矣的咒禁师带着几个小徒弟。

老倌姓陈，名当，和张云清算是亦师亦友，只不过年纪更大的他反而更像是徒弟。太子弘一案过后，其余人怀揣着各种心思纷纷离开了咒禁科，或是去了太医署的其他地方，或是干脆离了朝堂。

唯独他没走，独自一人看守着咒禁科，日子过得倒也悠闲。旁人都说他无妻无后，此生也就这样了，懒得折腾。

只是，悠闲往往和清贫做伴，好比那天高云淡最配粗茶淡饭。

又是百无聊赖的一天，陈老倌躺在一把摇椅上，这椅子还是当年张云清找人打制的，也不知是从哪儿得到的奇思妙想。

在陈老倌的周围，还有几个年纪轻轻的小学徒纷纷忙着手头的活儿。其中有个学徒耐不住寂寞，主动找了个话题问道："陈师傅，这几日咱们为了筹办'普度大会'累得活活脱了一层皮，可那大会到底是个啥呀？"

陈老倌闭目养神，感受着早秋的大好阳光，此时的太阳既有夏日余温，又带着秋日凉爽，正是晒太阳的绝佳时候。他仍闭着眼睛，懒洋洋地答道：“普度大会乃是三十多年前三藏法师西域取经归来而创，据说原本只是场普普通通的水陆法会，但他老人家想要借此机会弘扬佛法，于是灵机一动就弄了这么个名头。道门一看这等于给自己下了挑战书，便也只能捏着鼻子参加了。”

“那佛门和道门斗法岂不是好看得很？”

“一般般吧，开始的时候无非是五百僧人对上五百道士，划条界线，开始互相对骂，谁的声音大些就算赢了。直到后来朝廷插手此事，许诺普度大会的胜者可获得一块御赐金牒，这事情才变得好玩起来。”

学徒一听金牒顿时来了兴致：“居然是金子做的，一定很值钱！”

陈老倌冷哼一声：“小家子气，那金牒可不是金子做的，而是朝廷的一份认可。谁得到了这个，就相当于受了朝廷认可的天下正统。”

“您越说我越好奇，都有谁得了这金牒啊？”

“说起来无趣得很，朝廷放出金牒作为赏赐之后，普度大会便多了许多奇人异士，甚至还有不少异族人。不过他们哪里是佛道两门的对手，一个是三藏法师取经归来，正处鼎盛；另一个传承千年，在大唐根深蒂固，还出了袁天罡、李淳风这等惊才绝艳之辈。”

有个学徒一拍脑门，大声说道：“我明白了，其实普度大会就是各个宗派广纳信徒的一个噱头，赢家还能获得朝廷认可，何乐不为！”

其余几人不约而同地翻了个白眼，揶揄道：“你才反应过来啊？”

陈老倌更是连白眼都懒得翻，继续讲道：“掐指算来，普度大会也举办了足有六次，今年这次算是第七次喽。”

“那前几次都是谁赢了？”

“佛门赢多输少，道门输多赢少。”

“您倒是仔细说说。”

陈老倌咳嗽一声，一伸手便有人端茶送水，他润了润嗓子：“第一次自然是佛门赢了，三藏法师取经归来名声正旺，谁能说得过他？之后三藏法师便定下了规矩，这普度大会每六年一次，就在七月十五举行。至于大会比什么，则由上一次的胜者出题。”

老倌饮尽茶水，把杯子往身边随手一放：“不过到了第二次的时候，三藏法师便不参加了，否则道门实在是胜算渺茫。可惜啊可惜，谁也想不到这次居然有尊佛像从地下莫名其妙地破土而出，一时间人人都说这是真佛现世，故而道门不战自败。”

学徒急匆匆地问道：“后来呢？”

“后来道门派出了楼观派、上清派的高徒，总算是赢了两场，可佛门法相宗出了个奇人，还是赢了一场。”

有个学徒扳着手指头算道：“如此说来佛门胜了足足三场，道门则有两场，那还有一场呢？”

陈老倌慨然一叹，脸上神情复杂难说，既有几分豪气又有遗憾。

他说：“还有一场，就是六年前的那场，胜者既不是佛门也不是道门，而是一位祝由传人，也是咱们咒禁科的上一任咒禁博士——张云清。”

学徒们顿时一片哗然：“这么厉害？！”

陈老倌点头道：“当然厉害，那年佛门派了窥基大师，道门更是派了潘师正，结果张云清硬是胜了这二人，夺了金牒，张氏祝由也因此名扬天下。”

多数人不知张云清是谁，但窥基和潘师正之名却是如雷贯耳，他们一听张云清居然胜了这等大师，便觉得此人也相当不一般。

“只可惜，这六年本应是张氏祝由风风光光的六年，可他获胜才没多久，就碰上了……唉，罢了，不说啦不说啦！”

“您倒是说完啊！”

“别烦我，不说了就是不说了！”

说到了伤心处，陈老倌闭口不再说话，躺在椅子上眯瞪着。不过片刻后，他忽然觉察到了一丝古怪，周围聒噪的小崽子们竟然没了声音。

更关键的是，原本晒着他的阳光也不见了踪影。

陈老倌眉头一皱，睁开眼来，刚想看看是哪朵不解风情的云彩挡住了日头，结果就看到了一道有些熟悉的身影站在他身前，正笑眯眯地看着自己。

他越看越觉得心惊，发现这个年轻人的长相居然和那位故人颇为相似，于是情不自禁地问道：“张云清是你什么人？”

张少白俯视着陈老倌，洒脱笑道：“他是我父亲。”

“啥？”

陈老倌打了个激灵，赶忙站了起来，又仔细打量了一番张少白，突然反应过来他身上穿的居然是咒禁博士的官服。

老头正尴尬万分，犹豫着要不要行个礼，张少白颇为“贴心”地摆了摆手：“本官刚去太医署点卯，顺便来咒禁科看看，没想到这里还真是热闹啊。”

这话说得陈老倌老脸一红，至于原本还聚在周围的小学徒早就作鸟兽散，都说新官上任三把火，谁也不想上来触这个霉头。

张少白又说：“还不知您如何称呼？”

陈老倌答道：“属下陈当，乃是咒禁师一职。”

“原来是陈师傅，我有一个疑惑，按例咒禁科应当有咒禁师两人，咒禁工人八人，咒禁学徒十人才对吧，可怎么只见寥寥数人，其他人都去了哪里？”

“张博士有所不知，如今咒禁科不受待见，太医署便减了人头，现在只剩下我一个咒禁师，还有几个小学徒。”

张少白自打进了太医署后，便一直端着架子，装得有模有样。他让陈老倌带着自己在咒禁科逛了一圈，顺带着了解一番现今情况。方才知道，咒禁科现在乃是半死不活的光景，若是按此以往，恐怕过两年被太医署直接裁撤了也不无可能。

两人边走边说，倒也逐渐熟络了起来，陈老倌简单问了两句太子弘的案子，张少白只挑了一些能说的信息告知于他。而后张少白又问起了当年父亲在咒禁科的事情，结果陈当只给了八个字的评价——“大方无隅，大器晚成”。

这算是极高的评价了，可见张云清的确不负祝由正统之名。

待到走遍了咒禁科的三门七巷，陈老倌主动说道：“之前咒禁科群龙无首才落到了如今地步，如今有了人管着，想必能好上不少。”

张少白负手而立，努力装得足够老到：“那可说不准，我这人也是个懒散性子，以后大小事务还要您老多多操心才是。”

这句说完，张少白话锋一转：“不过，当下确有一件大事需要咒禁科准备一番。”

陈老倌一脸疑惑：“什么大事？”

“再过两日便是普度大会，到时候咒禁科也会参加，至于名头嘛……当然是以张氏祝由作为名头了。”

“这恐怕不太合规矩吧？”

张少白的眼睛异常明亮，似是想起了什么事情，他说：“有什么不合规矩的，我爹当年赢了普度大会，然后才被封了咒禁博士。现如今我是咒禁博士，凭什么就不能参加普度大会了。”

陈老倌一脸为难：“这等情况我还从未见过，不过张博士想怎样就怎样吧，想来也没人敢反对。”

身穿碧绿官服的少年龇牙笑了下，他自然不能告诉陈当，这次咒禁科参加普度大会其实乃是圣上授意，而且此次普度大会花落谁家，关键也在于谁能治得了陛下的头疾。不过他既然知道这些，那就算比旁人多了一些天时地利人和，一旦赢了对于重振张家以及咒禁科都是有好处的。

陈老倌又问：“不过您确定我们能帮得上忙？”

张少白伸出一只手，拇指和食指轻轻一搓：“咒禁科位列太医署四科，总该有些财物吧？”

陈老倌顿时老脸一垮：“没有！”

“您说谎的本事可不怎么样。”

“真没有！”

“真没有？您再仔细想想，总该有几件宝贝镇场子才行吧，就像我爹留给你的那把摇椅。”

陈老倌不敢直视张少白的目光，沉默片刻后重重叹了口气：“唉，为了建造此次普度大会的场地，咱们咒禁科出了不少力，上面给的钱不多，所以还要自己搭进去一些……”

张少白咄咄逼人道：“您就说现在还剩多少？”

陈老倌结结巴巴道：“应该、或许……不到两百贯吧。”

张少白猛地一拍巴掌，笑道：“那就先拿一半出来给我用用。”

“这总得要个理由吧？”

“筹备普度大会，为我咒禁科争光，算不算理由？”

谁也想不到咒禁科过了六年没有上司的日子，如今好不容易盼来了一个，结果却是个贪财如命的。陈老倌不敢拒绝，拍着胸脯保证派人把钱送到永和坊去，最晚不超过明天。

之后张少白便心满意足地离开了太医署，也不管这会儿到没到散值的时辰。不过他刚出来没两步，便遇到了迎面走来的茅一川。

张少白揶揄道：“怎么每次我赚了钱，你都能闻着味儿赶过来？”

茅一川说道："听说你今早来了太医署点卯，我估计你是终于决定来此上任，所以过来看看。"

太医署隶属太常寺，在皇宫朱雀门内当差，于是两人边说边往宫外走去，张少白语气不善："你鼻子倒是好使。"

茅一川依旧冷着脸："我的眼睛也很好使，昨天还见你被人踹了一脚。"

张少白顿时怒不可遏："你跟踪我？"

"现在是非常时期，而你又是非常之人，我自然要多留意一些。"

"非常时期的意思我能理解，指的是普度大会，可我怎么就成了非常之人？"

"武后显然对你另眼相看，希望你在普度大会能有所作为，而且一年前你还得罪了九罗，你说你算不算非常之人？"

张少白噘了噘嘴，显然并不想做这个"非常之人"，只可惜身不由己，他既然想要通过普度大会做些事情，就难免沾染上这些因果。

俗话说"富贵险中求"，其实不仅是富贵，比如"真相""自由"等诸多看不见摸不着的事物，往往也如火中的栗子，需历经凶险才可取得。

※

两人并肩离了皇宫之后，张少白寻了个地方脱下官服，换回雪白常服，顿时觉得整个人都自在了不少。他对茅一川说道："来得早不如来得巧，反正你也闲着没事儿，不如陪我去个地方？"

茅一川没有拒绝："去哪儿？"

"到了你自然就知道了。"

于是两人结伴往长安西南方走去，一路上再无言语，显然各怀心事。只不过途经长安西市的时候，茅一川察觉到了一些怪异之处。

长安有东、西两市，东市因靠近皇宫，故而贩售之物大多较为奢侈。而西市则截然不同，这边乃是异族人做生意的地方，南来北往什么样子的人都有。茅一川曾在洛阳南市见过鬼街，据他猜测，长安的鬼街应该就在西市之中。

他本以为张少白要带他去的地方就是鬼街，可没想到张少白走得轻快，丝毫没有停留的意思，仿佛真的只是过路。茅一川悄悄放缓脚步，落后了约莫半个身位，然后极快地扫视了一番周围状况。

虽然只是短短一瞥，茅一川却看到了不少人都在看向张少白这边。其中有一个年轻妇人，手里还牵着个脏兮兮的男孩，看模样不是长安人。除此之外当张少白走过一个杂耍摊子的时候，还有个舞蛇的异族人明显停顿了一下。

茅一川并非多疑，但为金铫阁奔走多年，再加上身为武者的直觉，让他认为那些人确实不怀好意。

于是他追上张少白，并未侧头，只是冷声说道："西市有不少人都在盯着你。"

不料张少白却笑了一下，颇为不屑地说道："早就和你说过，自打我爹死后，这长安城少了人看管，什么妖魔鬼怪都敢出来闹事情。如今我离开张宅，出来抛头露面，这些人自然也就按捺不住，想要出来活动活动拳脚了。"

"他们到底是什么人？"

"你可以理解他们为江湖骗子，是不入流的祝由师，其中有些是道门弃徒，有些修的是野狐禅，他们都觉得自己才是祝由正统，只可惜他们不仅不是祝由，更不是天脉中人。"

"那他们的目的又是什么？"

"张氏亡族，则祝由天脉空缺一席，按理便有一族可以填补位置。"

茅一川握刀的手紧了几分："他们要杀了你？"

张少白不见丝毫紧张："那倒不至于，杀人这等事情他们也做不来，不过用一些下三烂的手段毁掉我的名声，继而毁掉张氏祝由，这向来是他们最擅长的。"

刚说完，方才茅一川留意到的那个妇人忽然跌跌撞撞地往这边跑来，口中还悲切至极地呼喊道："夫君！"

还未来得及闪躲，张少白的小腿便被妇人牢牢抱住，身后跟着个小男孩一脸迷茫。

妇人哭喊道："我狠心的夫君啊，为何抛弃我们母子，你可知妾身这一路受了多少磨难啊！我还以为你是路遇山贼，找了你好久好久，若不是家里实在是活不下去，我也不会带着大宝出来受苦……"

周围人群一见有热闹可看，便纷纷聚拢而来，围了个里三层外三层，对着圈内的张少白指指点点，说什么的都有。

张少白不慌不忙，只是冲着妇人笑道："姐姐真会开玩笑，我哪里有福气娶到你这样的美人儿，你倒是说说你夫君叫什么名字，我也好帮你找找啊。"

妇人不依不饶："你就是我的夫君，你叫张少白，是给宫里做事情的！"

围观人群顿时更加来劲，转瞬之间便为眼前这一幕谱写了一段少年得志始乱终弃的故事。

张少白一拍脑门："哎呀，原来你找张少白啊，那你可找错人了。"

说罢他转头一指茅一川："这人才是张少白，你的夫君！"

茅一川本就冷着脸，此刻脸色更黑更差。

张少白又说："你瞧瞧，他这张黑如锅底的脸，显然是看到你出现了，十分心虚！"

众人一愣，随后变成对着茅一川指指点点，骂道这人不仅抛弃妻子无情至极，居然还用无辜之人替自己做挡箭牌，真是无耻之尤！

年轻妇人也是一愣，片刻后又喊道："不对，你才是张少白！"

张少白反问："你凭什么说我是张少白，我年纪轻轻，一个好好的少年郎，怎么可能会和你有这么大个的孩子？"

妇人刚想还嘴，张少白又说："再说了，假如我身边这位兄台真的是你夫君，你那儿子怎么不过来喊一句爹？"

话音刚落，懵懵懂懂的男孩反应了过来，对着茅一川脆生生地喊了一句："爹！"

妇人脸色剧变，赶忙爬了起来，转身带着孩子打算离开。

张少白又一拍脑门："哎呀，瞧我这个记性，我才是张少白，小娘子莫走，我才应该是孩子的爹啊。"

妇人无暇解释，一心只想离开，却被自己吸引而来的人群堵住了去路。

张少白说："但是孩子管这位叔叔叫爹，那我算是什么，莫不是你做了对不起我的事？"

周围的人已是一头雾水，只有少数头脑活络的反应了过来，看出那年轻妇人其实是在撒谎，但孩子却是无知的，所以被白衣男子诈了出来。

茅一川脸色稍缓，却是极为不屑地说道："连小孩子都骗，张少白你确实有出息。"

"这种时候，你难道不应该和我同仇敌忾，共同唾弃那个骗子才对吗？"

长安西市人多手杂，治安向来不怎么样，所以常有武侯来此巡视。这边围了不少人，很快就引来了那些武侯，场面顿时混乱起来。

“怎么回事，有人聚众闹事？还不赶紧让开！”

拥挤人群中，张少白回头看了眼另一边的年轻妇人，发现她刚好也在看着自己，于是用嘴型说了一句：“放马过来。”

之后他便抓着茅一川趁乱走出了人群，直到离开西市才松了口气。

张少白说：“瞧瞧，假如我真的着了那妇人的道，就会凭空多出来一个结发妻子。到时候我要么背负上骂名，要么真的把她接回张宅，继续受她胁迫。而且这事一旦传到上头，害得我没了咒禁博士一职，他们便会更加放肆。”

茅一川说：“你可以解释。”

“解释不了，你小瞧了这些人的伎俩，他们早就做了万全准备，只为彻底抹黑张氏祝由的名声。”张少白说得没错，这个妇人只是一次试探，那些隐藏于暗处的野猫野狗还准备了更下作的手段。

茅一川也想到了这点，但他突然转而说道：“所以你早就知道西市会有危险，却还是故意带着我过来，目的就是让我……为你挡灾？”

“你说过的，没有过不去的大风大浪，再不济还有朋友帮忙！”

“可我指的是查案和九罗，而不是这些无关紧要的事情。”

张少白辩解道：“什么叫无关紧要，这些人当中也有一些手眼通天者，比如自称轩辕后代的铸氏……若是我所料不错，他们应该也会参加普度大会，争夺那块御赐金牒。你觉得放火烧我张家，最可疑的人会是谁？就是他们。而九罗的诡谲手段，也恰好与这些人有相似之处，怎么能说无关紧要呢？”

茅一川直至此刻方才明白，原来张少白对于元凶是谁早有猜测。他沉寂了足足一年，等的就是今年的普度大会。而这一次他将会成为布局者，从乱象之中找出杀害张氏满门的凶手。

想来他故意和陛下说头疾一事可等到普度大会再议，也是为了让这次的大会更乱。

事态越乱，他便能看得更清。

然而让茅一川担忧的是，事态越乱，九罗的谋划也就越难识破。正如张少白不会放过这次查找真凶的大好机会，那些一心祸乱大唐的人也同样如此。

如此一来，情况正如张少白所说，从他走出张宅的那一刻开始，他便将自己置于危险之中，生死置之度外。而普度大会更是尚未召开，暗波便已汹涌。

两人又走了一段路，张少白刚好停在了一座宅子门前，他伸手想要叩门，却又有些犹豫。茅一川看着身前那人的一举一动，逐渐收起了心头的担忧，因为他忽然想通了一件事情。

以张少白的泥鳅性子，如果没有做好万全准备，是必然不会将自己置于险地的。他现在做的每一件事，就像是在棋盘上随手放了几枚看似无用的子。

而只有到了棋局结束的时候，它们才会展现出真正的作用。

正想着，张少白回头对他说道："你来敲门。"

茅一川冷声："为什么？"

"让你敲你就敲，哪儿来的那么多问题！"张少白说话的模样更像是自言自语，也不知道这座宅子到底是谁的，居然会让他生出这么复杂的情绪。

茅一川觉得有些好奇，于是问道："这里到底是谁家，为何偏偏要我陪你过来？"

张少白叹了口气，表情有些惆怅："这家主人也是你的旧识，姓明。"

在茅一川认识的人当中，姓明的只有一个。

明崇俨。

除了张少白，极少有人知道这里就是明崇俨在长安置办的家宅，自从他"死"于赵道生刀下之后，便再也无人提起。包括皇帝，包括武后，就好像所有人都忘记了那位正谏大夫。

但张少白忘不掉，因为在他和薛灵芝双双坠崖的时候，他仿佛魂魄出窍，天人合一，在云端之上"看"明崇俨下了一局棋。

也是在那个时候，他终于知道明崇俨也是九罗中人，而且牝鸡司晨和伏龙牡丹两案都是由他一手策划。至于他被赵道生杀死，更是严密计划中的一环。

然而至今除了张少白外，尚且无人想到这一点，他们都认为明崇俨只是一位普普通通的正谏大夫，在调查太子弘的案件中惨遭九罗毒手。张少白也没有揭露明崇俨的真实身份，一来是因为没有证据，而且明崇俨似乎和武后关系非凡，贸然说出这个消息说不定会引来祸患。二来则是为了祝由的传承，就像当年张云清含冤入狱，却没有招供出任何祝由中人。无论明崇俨做过什么，既然他已经死了，那么这份业障就应该停留在他的家人之外。

于是明宅得以存留，至于明崇俨留下的唯一血脉更是得到了许多赏赐。

得知面前宅邸乃是明崇俨所有之后，茅一川瞬间明白了张少白为何做此姿态。换作是他，也不知道以何种心情去面对明崇俨的后人。

或许他的妻子在见到夫君故友之后会伤心无比，潸然泪下，或许他的儿子更会心怀恨意，恨眼前人为何没能救了自己的父亲。

张少白说道：“这一年我来过很多次，但每次都不敢敲响那扇门，可能是心中莫名觉得有些愧疚。”

他的愧疚是因为自己和明崇俨同是祝由，如若没有张少白搅局，或许明崇俨并不需要用死亡来完成他的计谋。

茅一川声音冷淡：“我不认为有什么值得愧疚的。”

“那你倒是敲门啊。”

茅一川顿了一下，向来神鬼不惧的他居然也有些许迟疑。

就在这时，大门忽然被人打开了。

看着开门的那个人，张少白觉得一阵窒息，因为那是一个瓷娃娃般的孩子，看模样也就八九岁，眉眼像极了明崇俨。他长得极其漂亮，甚至可以说得上是雌雄难辨，让人分不清这到底是个英俊的女娃还是伶俐的男娃。

孩子穿了一身白衣，颜色微微发黄，或是洗得不够干净，显得有些旧了。而在他的身后，庭院一片杂乱，透着荒凉，看模样已经许久没人打理。不，还是有些打理过的痕迹，只不过打理它们的是个孩童，所以做得并不好。

明崇俨死后，明宅只剩下这么一个孩子孤零零地守着，所以张少白觉得喘不过气，难过不已。

瓷娃娃仰头看着张少白说：“我见过你好几次，你时常站在我家门口，却不敲门，你到底是谁？”

张少白说：“我叫张少白，是你父亲的朋友。”

都说穷人家的孩子早当家，这孤苦伶仃的孩子亦是早熟得很。瓷娃娃转了转眼球，语气颇为不善地问：“可你怎么证明？”

张少白弯下腰来，在孩儿耳边轻声说道：“你父亲修的是屠龙术，我修的是扶龙术。”

瓷娃娃瞪大眼睛，不敢置信地说：“咸天广祝？”

张少白答：“不问来由。”

去年，明崇俨和张少白的第一次相遇，也是通过这八个字互相确认了对方的祝由身份。而如今这一幕，竟是出奇地相似。

孩子忽然像泄了气的皮球，方才刻意装出的强硬姿态荡然无存，他用手背抹了下微红的眼睛，然后便带着张少白和茅一川进了家门。

他在前面带路，后面两个人跟着，心中五味杂陈。

孩子叫作明珪，出生的时候母亲便撒手西去了，他是由明崇俨拉扯长大的。去年家里还有些仆人，但明崇俨在去洛阳前忽然遣散了那些人，只留下了一个老管家，不承想老人却没能撑过去年冬天。

谁也不知道明珪这一年是如何打理明宅的，其中的苦更是无从言说。

孩子的眼睛红彤彤的，但还是强忍着泪水给两位客人递了热茶。张少白低头不语，茅一川则从始至终视线从未离开过明珪。

待到礼数周全，明珪终于坐了下来，他坐的是家主的位置，座椅显得有些大，故而有种滑稽的感觉。

茅一川心情不好，自然是无话可说，只好由张少白开口打破僵局："你父亲的祝由之术，你学了几成？"

明珪一本正经地说道："十成。"

张少白险些一口水喷了出去，有些恼火地说："小小年纪说大话可不好。"

"这话是父亲说的。去年父亲临走前曾考校我一番，之后便说我已经学了十成，接下来要考虑的事情是学以致用。"

"唔，既然他都这么说了，那看来你在祝由一途的确很有天赋。"

茅一川瞥了张少白一眼，其中的轻蔑之意不言而喻。

好不容易鼓起勇气找了个话题，结果才聊一句就被孩子弄得冷了场，张少白一时间也不知道应该说些什么。

这时，明珪忽然有些笨拙地下了座椅，走到张少白的面前。

两人大眼瞪小眼许久，明珪扑通一声跪在地上，张少白吓得赶忙站了起来，伸手就要把孩子拽起来，但居然没能拽动。

明珪说："先生别急，我有话要说。"

张少白手忙脚乱："什么话不能站起来好好说。"

"父亲离家前往洛阳之前，曾交代过，若是他半载后尚未归来，那便应该是不回来了。"

随着明珪的述说，张少白逐渐冷静下来。

明珪继续说道："父亲说，如果他没有回来，要我时刻留意长安城里的情况。若是有官兵来明宅，我就沿着密道逃跑，能走多远就走多远，然后隐姓埋名了此余生。

"可如果来的不是官兵，而是祝由中人，我便要拜此人为师……"

张少白一惊："什么？！"

"刚才弟子已经给先生奉过茶了，您也喝了，这拜师一事应该就算成了吧？"

张少白重新坐了下去，转头看了眼桌上的茶杯，然后端起来狠狠吸了一口。此刻他终于醒悟，明崇俨是个狠心的人，早就想过自己失败之后明家后人的下场，于是为唯一的孩子留了一条生路，无关朝堂，而是祝由。

至于明珪，这的确是个孤苦伶仃的孩子，但也不是表面看起来那么简单。从最开始的试探，再到故作可怜引人同情，稀里糊涂地奉茶拜师，这一切都在他的设计之中。

茅一川忽然说："这孩子有些像你。"

像什么，诡计多端，老谋深算？

张少白暗自腹诽，我和他一般年纪的时候，可是连他一半的机灵劲都没有。心里虽然这样想，但他却说："你可知道祝由的传道弟子意味着什么？"

明珪似懂非懂道："传道授业，自然是学习先生的学问。"

"那只是寻常师生的关系而已，咱们祝由可不太一样。"

"弟子愿闻其详。"

"传道弟子主要任务有两个，其一是传承祝由之术，其二则是完善祝由之术。在咱们祝由一道，先生可能会是错的，而弟子也不是一定不对，所以这传道弟子可不是随随便便就能做的。"

明珪天真道："这么说来，先生就是张家的传道弟子吗？"

张少白说："是，因为传道弟子只有一人，通常都是传给嫡系，而张家这一代能传的人只有我。"

明珪重重叩头道："弟子愿为先生传道。"

张少白没有理会脚边的孩子，转而对茅一川苦笑道："我原本只是想来看看故人之子，没想到却要莫名其妙地收个徒弟。"

茅一川盯着那边的明珪许久，冷冰冰地说了句："此子心术……不正。"

明珪身子一抖，张少白也说道："这话说得太重了吧？"

"年幼时便如此聪慧，若无人教导，后果不堪设想。"

“你的意思是，这徒弟我非收不可了？”

茅一川摇头：“他的确需要一个师父，但你还不够格。”

张少白一听顿时来了脾气：“凭什么？”

“你也是个心术不正的人，如何教出正人君子？”

“哎！你这话我可就不乐意听了啊！”

茅一川说话哪里管别人爱不爱听：“不过当下也没有其他良师可供选择，看起来只好由你暂时做他的师父了。”

不等张少白做出回答，明珪便重重地磕了个头，其用力之大，以至于额头瞬间一片红紫。

张少白神色复杂地看着明珪，语气前所未有的严肃低沉：“拜师如认父，对你我来讲都是大事，这样未免显得太过草率。”

明珪又磕了个头，额头已见血迹。

这个九岁的孩子，竟对自己心狠如斯。

略显老旧的屋子里，茅一川用一双冷眼看着事态发展，表情一如既往地平淡。应是屋外日头忽然高了起来，于是有缕光线射入了屋内，刚好落在一大一小两个白衣的中间，似是天堑，似是鸿沟。

光线这头，张少白说道：“别磕了，如若不合适，你就是撞死在我面前，我也不会收你为徒。”

光线那头，明珪乖乖停下了动作。

张少白问：“我问你，何为祝由？”

明珪答：“上古神医，以菅为席，以刍为狗。人有疾求医，但北面而咒，十言即愈。”

“我问的不是老祖宗眼中的祝由，我问的是你！”

“我……我觉得祝由是真真假假。”

“为何？”

“父亲曾言世间最复杂之物莫过人心，寻常药石治得了身，却治不了心；祝由则不同，它可医心。而我觉得人心复杂之处莫过真假，真情或许比不过假意……”

“你学祝由是为了什么？”

“分得清人心真假。”

“分得清之后呢？”

“我……不知道……”明珪把头杵在地上，眼泪情不自禁地流了下去，滴落在地面的灰土之上，转眼间便不见踪影。

孩子觉得，自己没能答上来这个问题，先生多半是不会要他了。

没承想，一只手跨过了那道光线，轻轻放在了明珪的头上。他不敢抬头，但他知道张少白就蹲在自己身前。

张少白用力地揉了揉明珪的小脑袋：“知道我家在哪儿吗？”

“不知道，但我肯定能找得到。”

“给你一把钥匙，收拾完了这里就去张宅找我，这算是我给你上的第一课吧。中间你要是找错了人家，或者被人贩子拐跑了，我可就不管你了啊。”

“弟子知道了。”明珪的声音止不住地颤抖。

一枚小小的铜钥匙，轻轻落在明珪面前，发出“当啷”一声。

张少白站起身来，忽然一拍脑门，似乎想起了什么重要的事情，于是问道：“对了，有件事情我还没有弄明白。”

“先生请讲。”明珪抬头看向张少白，额头的红肿异常显眼。

“你到底是男娃女娃？咳咳，为师这话也没啥别的意思，就是你长得……比较阴柔，声音又和娃娃一样，实在是分辨不出来……”

不等张少白解释完，明珪极为冷淡地回答道：“弟子是男童。”

小家伙忽然有些后悔就这样冒冒失失地拜了师父。

可惜覆水难收。

日头又动了动，那道光线随之消失不见。张少白极为洒脱地摆了摆手，率先离开了明宅。茅一川紧随其后，离去前深深看了明珪一眼，眼神中带着说不清道不明的意味。

这让明珪觉得有些可怕，他从那个黑衣阎王的眼神中读到了同情，但也读到了警告。

出了明宅之后，茅一川追上前面的张少白，与其并肩而行。

茅一川说：“你似乎有些害怕明珪。”

张少白说：“他和我一样，心中充满了恨意，而且这股恨意都源自父亲的死。就像当初薛老太公对我的那句评语一样，我害怕他的恨会变成燎原的火，不知道最后会烧死哪些无辜的人。”

他把话说得很浅，唯独没说，在张少白自己看来，明崇俨的死和他有着密不可分的关系。他害怕的是明珪是否知道这件事情，若是将来知道了，这份师徒情谊又该何去何从。

“既然如此，为什么不拒绝呢？”

“祝由传承艰难，他已尽得明崇俨真传，我不能放任不管。”

传承，又是传承。这个词几乎让茅一川的耳朵生了茧子，似乎自打他认识张少白以来，后者所有看似匪夷所思的决定，都可以用“传承”二字作为解释。

可他还是不懂，传承对祝由来讲到底意味着什么，对于张家意味着什么。

茅一川又说：“你有事瞒我，明崇俨的死并不寻常。他早在离开长安的时候，就料到了自己会死。”

张少白面不改色：“你也有事瞒着我，不是吗？现如今九罗没有丁点消息，你不去查它，反而盯着我不放，是因为你想用我帮你掩盖你真正要做的事情。”

茅一川脸色微变，随即恢复了正常，他不再说话，算是默认。毕竟金钺阁乃是陛下亲手管辖的秘密机构，有些事情他不能说，也不敢说。就像金钺阁与九罗纠缠多年，到底经历了多少腥风血雨，又像天皇天后到底是真心恩爱，还是貌合神离。

※

这边张少白早就料到茅一川不会继续追问，于是迈开步子继续走了起来，只不过所走方向依然不是永和坊，看来他还有未完之事。

那边明宅转眼间再度变得空空荡荡，令人无限孤独寂寞。明珪保持着跪姿，手中紧紧攥着师父留给他的钥匙，小嘴忽地一瘪，如寻常孩童那般哭了起来，声音之中满是委屈。

“爹……”他曾以为父亲可以活着回来，去年所说的那些话也只不过是随口一提，可张少白的到来，无异于宣告了明崇俨的死亡。

年仅九岁的他便尝到了生离死别的滋味，这样的感觉催人生长。

老天若是有眼，或许也会为孩童的悲痛欲绝感到一丝不舍。但这长安城早就在多方势力的角逐下变成了一方棋盘，既然是棋，就免不了有人落败出局。

当然，也会有新人入局。

这一日，长安南边来了个邋里邋遢的道士，头戴五岳冠，因戴得歪歪扭扭，显得滑稽。他身边还跟着个年轻道人，长得颇为俊秀，唇红齿白，身材修长，令人看一眼便难免心生好感。不过年轻道人却是神情冷漠，与茅一川的冷有几分相似，却又不尽然相同。茅一川的冷是为了掩盖内里的热，而年轻道人的冷却是从内而外，将苍生视为刍狗的冷。最有趣的一点是，年轻道人头上戴的是莲花冠，看辈分反而要高于邋遢道人，不知是道门哪派的活神仙。

这一日，长安西边来了一老一小两个僧人，老和尚长得慈眉善目，眉毛更是耷拉到了眼角，此人一入长安便有无数百姓夹道相迎，正是佛门高僧窥基，如今更多被人称为慈恩大师。而跟在老和尚身边的小和尚看起来不过八九岁，长得呆头呆脑，似乎有些被人群吓到，于是悄悄伸手抓住了师父的袈裟一角。

这一日，长安东边来了一个孤零零的女人，她长得极为艳丽，身材也有如熟透的果子，处处透着诱惑。然而在这份诱惑之外，却有一件略显古怪的宽大白袍遮盖着，白袍上绣着红线，构成了一个不知名的图案。她的穿着与张少白有颇多相似之处，而且更添了几分神秘意味，仿佛那来自遥远古代的“巫”。

这一日，张少白最终来到了一处偏僻府邸，这家的主人姓薛，但这里却并不是薛家的主宅，而是别院。可怜薛灵芝从洛阳回到长安之后，依然没有回到主宅，即便她已经不再相信“天煞孤星”的命格。

对她来说，在长安的日子和在洛阳并无多少区别，就连两座别院也是几乎一模一样，包括院内院外一墙相隔的两棵槐树。

由此可见，薛家人为了这个不祥的女儿，也真是煞费苦心。

如今张少白也是有官职加身的人了，而薛灵芝表面来看又已经分出薛家，所以石管家也不好阻拦，就这么让张小先生直接进了后院。

薛灵芝和往常一般，时而逗弄池塘里的小鱼，时而翻看医书，她的每一天都是这样度过的。

张少白和她四目相对，两人便情不自禁地嘴角上扬，他说：“可惜济世堂没法从洛阳搬到长安。”

薛灵芝微笑道：“没事，我偶尔去病坊那边帮忙，日子也算充实。”

“可你一个小娘子出入病坊，实在是不太方便。”病坊大多建在寺庙当中，主要为穷苦人家治病，张少白这么说倒也没错。

“你若是不想让我去，我不去也是可以的。”薛灵芝微微挑眉，虽然嘴上这么说，但更多的还是想要逗一逗祝由先生。

张少白一听赶忙摆手：“不用不用，你喜欢就好。”

两人相识已久，又在崤函道一同经历了生死难关，如今关系亲近了许多，薛灵芝也不再称呼“先生”，那样显得太过见外。这一年来张少白隔三岔五便会来一次薛家别院，时刻留意着薛灵芝的“双魂奇症”。

说来倒也有趣，自从那次死里逃生之后，薛灵芝很少提起“天煞孤星”一事，病情也逐渐稳定下来，极少发生两副灵魂转换的情况。只不过，与张少白料想中的不同，“双魂奇症”又有了另外一番变化。

以往灵芝和兰芝一人沉睡时另一人清醒，且两者互不知道对方做了什么，醒来时往往一片迷茫。如今灵魂不再交替，却出现了又一种奇妙现象，那就是薛灵芝时常可以听到兰芝在心中讲话，两人居然可以沟通。

感觉就像灵芝和兰芝共同生活在一副躯壳里，区别在于薛灵芝占据着主导地位。张少白为此好生查了一番张家世代行医留下的手记，终于找到了答案——只要薛灵芝能够一直恪守本心，牢牢压制住兰芝，总有一天兰芝会彻底消失，“双魂奇症”也会随之痊愈。

这一次张少白并未在别院久留，留了一封信和一个包裹便离开了，或许是有些话不好当面去说吧。

别院里，薛灵芝拿着东西径自回了房间，她先拆开了信，坐在梳妆台前一个字一个字地读着。

信上的内容不多，先是说了一些无关紧要的小事，比如哪条街坊新开了一家醪糟铺子，味道好得很。然后又说了一些关于“双魂奇症”的事，嘱咐薛灵芝多多休息，切勿动怒，同时告诉她包裹里装了些小玩意儿，中元节那天再打开。

直到最后，张少白说最近有件大事需要处理，一段时日里恐怕不能来别院为她治病了。至于为何不来，主要是害怕牵连到她。就如去年太子贤谋逆一案，任张少白千算万算，也绝对算不到薛灵芝会因为天煞孤星的命格而心生内疚，独自追了过来，结果险些害她丧命。

故而这一次张少白刻意疏离，是为了避免薛灵芝一不小心再入乱局。

读完之后，薛灵芝将信叠好收到了一个匣子里面，之后便对着面前的铜镜发起了呆。

映在铜镜中的那个薛灵芝忽然开口说道：“你很失落。”

镜子外的薛灵芝轻轻摇头：“先生的顾虑是正确的，我只是有时觉得很不公平，他一直都在帮我，而我却不能帮他。”

薛兰芝问：“你喜欢他？”

“他身负血海深仇，我又是个不明不白的人，这样的人是没资格谈及喜欢的。”

薛兰芝的声音透着诡异：“放我出去，我可以改变这一切，也可以给你想要的一切。”

薛灵芝没有因此恼火，只是微笑着取下面前铜镜，将它轻轻扣在梳妆台上，镜子里的薛兰芝顿时没了声音。

她无限温柔地低语道：“灵芝只愿先生平平安安。”

第三章｜普度大会

永隆二年（681年），七月十五，这日小雨淅淅沥沥，长安仿佛被蒙上了一层轻纱，渲染得有些凄凉。

长安城共有一百零八坊，于城内呈棋盘状罗列，从远处看去仿佛星罗棋布。其中城北乃是皇城所在，官宅居多，而城南则地处偏远显得有些冷清。至于城东居住的多是达官显贵，城西居住的则多是富贾和异族商人，故而有“南虚北实，东贵西富”的说法。

众多坊市也是各有特色，比如胜业坊住的多是勋贵，崇仁坊住的多是公主，还有来庭坊住的多是宫廷宦官，基本上都是阉人，也因此多见佛堂寺庙，香火极为旺盛。除此之外最热闹的便是平康坊，那里名妓侠客云集，发生了数不尽的风流韵事。

而在长安这块棋盘的“天元”，即崇业、靖善两坊交接之处，便是此次普度大会召开之地。

至于为何偏偏要在此处召开普度大会，倒也不是无缘无故。崇业坊内有一道观名为“玄都”，靖善坊内也有一寺庙名为“兴善”，两者之间隔着条朱雀大街，刚好是佛道相争的一个小小缩影。

不久前此处便建了一座祭坛，名为“普度”，外侧呈方形，宽数丈，由于朱雀大街本是土路，一遇下雨便泥泞不堪，于是祭坛下方铺了青砖。而内侧又建了个圆形小坛，周围设五色布，如此一来既符合道门“天圆地方”的说法，又暗合佛门“曼陀罗”之意。

今日正好是七月十五，道门过中元节，佛门过盂兰盆节，一时间城内道观寺院讲经之声不绝于耳。而寻常百姓也是纷纷准备了瓜果等祭品，烧金银纸，家里光景较好的更是做了些荷花水灯，又叫“水旱灯”。

故而七月十五的长安看上去好似透着压抑的热闹，也像是带着悲伤的一场狂欢。这是一场生与死共舞的盛会，各人喜悲不尽相同。

就在这极为特殊的一日，佛道两门、祝由天脉、有名或是无名的各门各派，齐聚普度大会。

张少白自然也不例外，并且想方设法地骗来了茅一川同行，可见他确实将普度坛看成了龙潭虎穴。

普度坛外方内圆，外坛不设围栏，有不少长安百姓前来围观。内坛则设有五色布，禁止闲杂人等进入。张少白和茅一川进入内坛之后，便寻了个不起眼的地方站好，静静等待好戏开场。

两人来得并不算早，坛内已有不少高人先至。比如佛门的慈恩大师，身边带着个小沙弥，正坐在蒲团上闭目养神。除此之外还有个怪人颇为惹人注目，他身上穿的衣物好似破布条子缝制而成，举止之间难免露出不少内里“春光”，而顺着布条缝隙往里看去，便会发现他全身上下都是文身。

茅一川微微皱眉，忽然觉得这文身有些眼熟，和去年在洛阳遇到的异族刺客颇为相似。

铸氏女子进入祭坛的时候引来了不少骚动，毕竟普度大会罕有女人参加。不过这人入场之后第一眼看的便是张少白，而且这一看就再也没有移开过视线。

茅一川也留意到了此人，面不改色地嘲讽道：“该不会又是一个你老家的小娘子？”

张少白轻笑了一下，摇头道：“和我是同道中人，应该还有着不小的渊源。你看她的衣服，素白打底，红线点缀，那上面的图案是治鸟，乃是古越国巫祝传承下来的。”

“那她为什么盯着你不放？”

“这叫同行见面，分外眼红。”

“见面眼红的应该是仇人才对。”

“同行和仇人本就没什么两样。”

铸氏女子盯看了张少白许久，终于有了动作，只见她款款走来，步履婀娜，开口说道：“我叫铸玲珑。”

张少白轻拂了一下衣袖，笑道：“咸天广祝？”

铸玲珑亦是微笑道：“莫问来由。”

她的回答与明珪有一字之差，这是有原因的。在祝由的天地人三脉当中，其实说白了只有天脉传承了祝由之术，地脉和人脉更多的只是附庸。而自古以来祝由天脉都只有三家，无论姓氏如何更迭，都只能有三家，且这三家分别传承了扶龙、屠龙、登龙三术。

到了这一代，张家的扶龙术只剩张少白一人，明家的屠龙术只剩明珪一人，至于登龙术传人尚未现世。于是那些被张少白视为不入流的祝由世家便纷纷动了心思，打算取代张家成为新的祝由天脉。

至于为何如此，乃是因为天脉地位尊贵，相当于祝由之中的皇室，他们所能掌控的资源更是庞大无比。就以八字祝语为例，只有天脉中人相见才会说一句“咸天广祝，不问来由”，而那些不入流的世家只能说一句“咸天广祝，莫问来由”。虽然仅有一字之差，但其韵味却是天壤之别。

得到铸玲珑的回答之后，张少白云淡风轻地回了一礼：“张少白。”

铸玲珑笑得美艳，话里却仿佛透着寒光：“听说张家只剩你一个了？”

张少白不改笑容：“是。”

“那姐姐就要好心提醒你一句了，这里可有不少人对你不怀好意哦。你看那个穿着麻衣的大胡子，他叫厉千帆。”

张少白打断道：“什么破名字！”

铸玲珑掩唇一笑，继续说道：“别小看了他，此人来自苗疆，据说和祝由一道有些渊源，近几年闯下了不小的名堂呢。还有那边的佘婆婆，在江南那边素有蛇菩萨的美誉，也不是简单人物。”

张少白顺着佳人指尖看了看那两位同行，随后便将目光转移回了面前这位身穿巫祝服饰的女子身上，问道：“那姐姐你呢？”

铸玲珑妙目一转：“嗯？”

“姐姐是否也对我不怀好意呢？”张少白咧嘴一笑，旁边的茅一川看到这一幕忽然有了动作，双脚错开抓紧地面，显然是随时准备发力。

“弟弟这张嘴……”铸玲珑又是娇滴滴地笑了声，随后突然变了脸，身上杀气有如实质般迸发开来，她伸手抓向张少白，看似只想轻拂少年脸庞，实则却带着杀意。

茅一川轻轻跺脚，双眼紧盯着铸玲珑，要论杀气，这位棺材脸身上的更重。

应是察觉到了茅一川的威胁之意，铸玲珑的手停在了张少白的身前，她脸上再度浮上一抹魅惑至极的笑意：“可真是应该缝起来呢，若是姐姐把你张家取而代之，我一定会这么做的。”

说完她便转身去了另外一边。

张少白似是并不知道自己已在鬼门关前溜达了一次，冲着茅一川没心没肺地笑道：“你瞧她那水蛇腰扭的，一看就不是什么好人。”

茅一川没搭话，仍冷眼盯着铸玲珑，看样子是真的动了杀心。他倒也不是什么嗜杀之人，但喜欢将心比心，他既然动了杀心那便说明铸玲珑刚刚也是一样。

张少白又说：“别看我俩刚才只是说了两句话，暗里的小动作可是不少。她让我看那厉千帆和佘婆婆的时候，想要偷偷对我用‘摄魂之法’，甚至还在我身上留了个小东西。”

一边说着，张少白一边从衣袖上摘下了一根头发丝粗细，通体呈土黄色的“细绳”。茅一川看了那东西片刻，瞳孔忽地缩紧，因为他发现那居然是个活物！

“这叫饕虫，祝由常用此物治疗肠痈，若是普通人沾染此物，怕是有罪要受喽！”张少白把虫子随手扔在地上，一脚踩死，“不过她居然用这些东西来试探我，未免有些太瞧不起人了。”

茅一川看了眼地上，已经不见饕虫踪影，问道：“那你呢？”

张少白挑眉：“什么意思？”

“你不是吃亏的人，她动手脚的同时，你肯定也没闲着吧？”

另一边铸玲珑走了几步，忽然一个踉跄，她本想在与张少白对视之时施展“摄魂之法”，试看能否将其一把拿下。没想到在她看到张少白双眼的时候，却莫名感到一股寒意，随后眼前景象便变得好似上了一层霜，显得极不真实。她当时强装镇定，险些没能按捺住心头杀意，直接动手。

到了此刻，她甚至有些忘记了张少白到底长什么样子，只隐约记得那人很是可恶。她停下脚步，闭眼调整了一番心境，许久后重新睁眼终于恢复正常，然后她便回头狠狠瞪了张少白一眼。

“知道这世上最容易被‘摄魂之法’控制的是哪些人吗？”张少白似是自问自答，“心智不坚者，身虚体弱者，再有就是深信祝由者。换而言之，祝由师本身最易受到‘摄魂’影响，因为自己若要施展此法，就要坚信不疑。”

茅一川似懂非懂地点了点头。

就在张少白和铸玲珑一番暗斗之时，普度坛又来了不少人，其中还有戴莲花冠的道士，看样子佛道两门的关键人物都已经到齐了。

众人之中还有一个乃是张少白的熟人，正是身材高大，长相也与唐人大为不同的秦鸣鹤。

张少白先是有些疑虑，随后便想通了，认为秦鸣鹤是为了在大唐宣扬景教而来，同时也为了证明自己，好让陛下同意开颅一事。

两人视线一触即分，都含着一丝轻蔑。

此时此刻，圆状的普度内坛之中，各色人等分为十几个小群体站好，彼此之间带着深深顾忌。反倒是道门的那对师兄弟和佛门的那对师徒站到了一处，看模样聊得很是投缘。

邋遢道人正是曾和明崇俨下棋的温玄机，他丝毫不改往日洒脱性子，伸手就摸上了小和尚的光头，啧啧赞叹道："手感不错，想必这位就是慈恩大师的高徒了。"

慈恩大师微笑道："劣徒木鱼，还不向温施主行礼？"

小和尚木鱼乖乖行了一礼，不过看模样明显不喜欢有人摸他的光头，正强忍着心头怒火。

温玄机倒也知道适可而止，转而介绍了一下身边的冷漠道人："这是我师弟，成玄风。"

慈恩大师略有惊讶："这位成施主看模样年纪轻轻，竟然和温施主乃是同辈？"

温玄机答道："我这位师弟本事大得很，就是脾气臭了点。"

成玄风冷哼一声，算作答复，看来他对佛门没什么好感，连虚伪客套的功夫都懒得做。

木鱼却又乖乖行了一礼，脆生生地喊道："木鱼见过成施主。"

慈恩大师不以为然，又与温玄机寒暄了两句："当年潘施主在普度大会的一番辩难至今仍令人记忆犹新，佛法乃是'非常道'，这番说法真是有趣。"

温玄机回道："大师所说的'万法唯识，识外无境'亦是惹人深思啊。"

两人对视一眼，然后不约而同地叹了口气，慈恩大师更是悲恸道："只是可惜了他。"

这个他，自然就是当年力压佛道两门的张云清了。

说来有趣，张云清虽然已经身死道消，但普度坛内众人却都在不约而同地谈论着他。慈恩大师和温玄机主要是唏嘘，木鱼是敬佩，成玄风则没什么兴趣，并不觉得那人有何特殊之处。

至于其他人在谈起张云清的时候，说得更多的是此次普度大会由谁来主持。按理来讲，规矩应由上一次普度大会的得胜者来定，可是从没说过若是那人死了又该如何是好。

张少白和茅一川站于一处，心中所想亦是此事，他说：“我本以为陛下许了我咒禁博士一职，顺带着也会把这件事交给我来处理。可惜前些日子我刻意提起普度大会的时候，陛下什么表示都没有。”

茅一川目不斜视，站得笔直，双眼始终看着内坛入口的方向：“皇恩难测，你最好不要在陛下那里耍小聪明。”

“这个不用你说，我也不敢。”

这边正聊着，忽然有个穿了一身暗红官服的年轻男子进了内坛，此人表情严肃，眉心处有“川”字纹，嘴唇极薄且嘴角略微向下，一看就是个性子冷漠的人。在他身后还跟着个眉清目秀的仆人，年纪与他差不多大，穿着灰布麻衣，怀里抱着一把长剑。

这二人一出现，内坛顿时鸦雀无声。

除了张少白，他低声问道：“这人看起来很有来头啊，从哪儿来的？”

茅一川回道：“推事院。”

“不错。”那人耳朵极为灵通，竟是听到了这边的窃窃私语。他双手抱拳行礼，倒颇像是江湖中人：“推事院来俊臣，奉天后之命主持此次普度大会。”

此言一出，方才鸦雀无声的内坛又热闹起来，只是这热闹之中还隐含着许多情绪……比如质疑。佛道两门倒是没什么反应，一来是因为早就听说了推事院的名头，二来则是因为不在乎。

来俊臣没什么表情，眉间的“川”字有股不怒而威的气势。他只是站在普度坛的正中央，对周围人群的低语毫无反应，至于跟在他身后半步的仆人则面带微笑，左顾右盼，似乎对这些人很感兴趣。

张少白又问：“你认识他？”

“不认识。”

“那推事院到底是什么来头？”

茅一川答道：“去年牝鸡司晨、伏龙牡丹两案伤害武后名望，故而武后设立推事院，用于管理民间风言风语，以免再度出现类似事情。”

“原来如此，我说这段时间怎么长安一副风声鹤唳的模样，茶摊的大茶壶都不敢胡说八道了。”

“他们自诩为‘朝外御史’，忙于在民间捕风捉影，”茅一川面露不屑，看样子十分瞧不起这个狗屁推事院，“而且手段极其残忍，落到他们手里不死也免不了掉层皮。”

抱剑仆人龇牙一笑，忽然转头冲着这边赞叹道：“茅阁主真是见多识广。”

茅一川没应声，自然是懒得和这帮恶狗废话，张少白却惊讶道：“推事院连你的真实身份都知道？”

“哪里哪里，比起张博士六岁时候偷看丫鬟洗澡的事情，我们对茅阁主简直是一无所知。”抱剑仆人说罢便转回了头，视线落在自家主子的脚下。

张少白心头一凛，想到推事院乃是天后所设，而茅一川所在的金铓阁则是隶属天皇。但看样子这两者却大有水火不容之势，是否意味着天皇天后之间的关系也是如此？

就在张少白正在心里打着小算盘的时候，那边忽然有了动静。只见一个浑身穿着烂布条的异族人站了出来，冲来俊臣质疑道：“你凭什么主持普度大会？”

显然这一问问到了不少人的心坎儿里，场内传出了不少附和之声。

张少白眯起眼睛，见那人近乎赤裸着身体，脚下也没穿鞋，左手持展兰（铜铃），右手持达克（皮手鼓），再结合他的古怪文身，估摸着应是一位东巴，勉强算是自己的半个同行。

东巴一见有人支持自己，继续说道：“若是佛道两门的高人主持我没意见，可你一个门外汉如何衡量在座诸位的高下？”

来俊臣视线落在那位东巴身上，眼神中不见情感，仿佛看着的不过是一具尸体，他反问道：“你想知道？”

东巴说道：“那是自然。”

“如你所愿。”来俊臣话音刚落，身后的抱剑仆人忽然握紧剑鞘向上用力一抬，一抹寒光随之出鞘，被扔到了半空之中。

抱剑仆人说道：“主人接剑。”

与此同时，慈恩大师闭上双眼，诵了一句佛号：“阿弥陀佛。”

电光石火之间，来俊臣伸手接剑，身形一动，随后又返回原地，将剑重新收回仆人怀中的剑鞘。这一系列举动，几乎都是在一个眨眼的工夫完成，张少白甚至没有看清那人是如何出剑。

紧接着，东巴的脖颈处出现一道红痕，身躯轰然倒地，再无半点生机。

来俊臣负手而立，抱剑仆人则朗声说道：“天后有言，邪魔外道者，格杀勿论。”

至于谁是邪魔外道，自然由推事院说了算。

“苏童！”来俊臣一声轻喝，抱剑仆人顿时闭上了嘴，老老实实地退了下去。然后又有两名身穿皂袍的推事小官进入内坛，抱上来一个木盒，接着抬走了地上的尸体。

来俊臣将木盒置于身前，说道：“盒中有木牌共一百零八块，你等依次来取，切记只可取一枚。”

他刚刚杀了人，所以内坛众人谁也不想先来触这个霉头。最后反倒是小和尚木鱼第一个走了过去，乖乖行礼。

来俊臣脸上浮上一抹笑意，看着木鱼正用力踮起脚尖，把手伸入了木盒顶层的开口，极为艰难地取出来一枚木牌，开口叮嘱道：“拿好，勿要丢了。”

张少白紧随其后，他在木盒前观察了许久才将手伸入其中，又在里面搅和了一通，直到来俊臣瞪了他一眼方才从中取出了一块木牌。

他攥紧木牌，默默回到茅一川身旁，然后仔细看了眼木牌模样便赶紧收了起来。

那木牌做工精细，应是上好檀木制成，周围末端有云纹雕花，中间则刻了三个大字：

永和坊。

若张少白所料不错，盒子里的木块写有长安一百零八坊的名字，只是不知道有什么用处。

待到在场所有人都取了木牌，来俊臣说道：“即日起，请诸位前往各自手中木牌所写的坊市。此次普度大会的第一试名为‘风试’，十五日后，推事院将前往各坊采察，选出数人进入第二试。”

来俊臣快人快语，再不多说哪怕一句话，转身便欲离去。

这时有人问道：“你还没说采察何物，也没说到底要选出几个人来！”

来俊臣没有回答，反倒是名叫苏童的抱剑仆人笑道：“各位都是得道高人，掐指一算不就知道了？”

说完苏童颇为和善地笑了笑，紧紧跟在主人身后离开了普度坛。他的笑容显得天然无害，让满腹疑问的“高人”们一阵无奈。

茅一川不是什么高人，对于“风试”一事更是一头雾水，他给张少白递过去一个充满疑问的眼神，后者则缓缓说道：“这里人多眼杂，回家再说。”

然后这两人也并肩离开此处，临走时茅一川察觉到身后有不少目光冲向这边。其中一道来自铸玲珑，其中满含怨恨，仿佛正诉说着张少白的薄情寡义。至于其他目光的来源他就不认得了，但应该都没抱什么好意。

一路上张少白一言不发，似是在脑海中整理着方才得到的信息，茅一川颇为识相地没有打扰，只是小心留意着周围状况。

棋局已经开始，一着不慎便可能满盘皆输。

※

回到张宅，张少白反手关好门闩，这才重重地松了口气。出乎意料的是，院子里不仅有个前来收拾打扫的天天，居然还有个穿了一身崭新白袍的小童。

不必多说，正是明珪。

天天一见茅一川顿时眉开眼笑，娇滴滴地唤了一声：“茅大哥！”

明珪一见张少白顿时故作成熟，装模作样地行礼道：“弟子见过先生！”

不过茅一川却做了个噤声的动作，张少白更是连点反应都没有，直接寻了个石凳坐上去。天天见状赶忙捂住了嘴，明珪更是心领神会，乖乖蹲坐在先生身边，不敢弄出丁点动静。

张少白忽然仰头看天，自言自语道：“盒子里有一百零八块木牌，被抽走了二十三块，说明此次普度大会共有二十三个人，或者说是二十三股势力参加。”

他从袖中取出那块写有“永和坊”的木牌，仔细端详了一番，确定上面并没有藏着什么玄机，继续说道：“如此看来，其他人所持木牌上写的也是坊市名字，而且各自都被分配到了随机的地方。”

茅一川插口说道：“这些已经得到验证了，来俊臣话里话外的意思也是这样。”

“不！”张少白果断否定，“不仅如此，这里还有更深层次的含义，他刻意把众人在不知情的状况下分配到不同坊市，目的是避免有人早早做好准备。”

茅一川问道：“能做什么准备？”

这时明珪脆生生地答道：“听父亲说，很久之前的一次普度大会上，有一尊佛像莫名其妙地从一座祭坛上钻了出来，被人称为神迹。但这其实是佛门提前做的准备，只要事先在那处埋下佛像，再于佛像下面种上种子，待到种子发芽，便可造出真佛出土的假象。”

天天问道：“万一真的是真佛现世呢？”

“那也和你没啥关系。”张少白没好气地打断道，天天气得一瞪眼，但看到茅一川之后还是收敛了脾气，想着秋后算账，反正“秋后”也不远了。

张少白又说：“第一试在这种情况下公布，必然会打乱很多人的计划。”

茅一川问：“你抽的永和坊……对你来说是好是坏？”

张少白瞥了棺材脸一眼，仿佛在看一个傻子：“这不是废话吗，这里是我张家的地盘，当然是好！”

“那你运气着实不错。”

“运气不错？”张少白冷笑了一声，“你确定这是运气而不是手段？实话告诉你，我不用看就知道秦鸣鹤和铸玲珑肯定能抽到对自己有益的牌子，至于佛门、道门若是想要，也能分到靖善坊和崇业坊，那可是他们各自在长安的根基之处。”

茅一川并不生气，只是觉得这些人确实擅长装神弄鬼，抽个牌子都要耍心机，真是上不得台面。

“我之所以率先去取牌子，就是为了防着铸玲珑先我一步，若是让她拿了永和坊，我可就难受了。正所谓天时不如地利，地利不如人和，我总要把人和占了不是？”张少白又想了一会儿，忽然问明珪：“第一试名为‘风试’，你觉得比的是什么？”

明珪疑惑地看了眼先生，然后皱了皱小鼻子，煞有其事地回答道：“关键就在这个‘风’字上面了，它应该指的不是普通的风吧。”

“这是必然。”

明珪摇头晃脑地想了许久，说道：“《中说》有言，诸侯不贡诗，天子不采风，乐官不达雅，国史不明变。风会不会是‘采风’当中的风呢？”

张少白摇了摇头：“这里的采风说的是歌谣，当年儒家最爱干这些事情，与普度大会应该没多大干系。不过你书倒是读得不少嘛！”

“谢先生夸奖。”明珪有些不好意思地笑了笑，一旁的天天还摸了摸孩子的头，看样子两人已经熟络。

张少白边想边念叨着："采风，采风……这风不是歌谣，却同样出自民间……推事院要采察的，或许会是……"

他突然一拍脑门，发出响亮的"啪嗒"一声："有了，这风指的是风评！"

茅一川眼前一亮，也觉得这个说法比较靠谱。

"普度大会来的都是各门各派的人，若要分个高低，通过辩难太过费力。所以倒不如通过民间风评来定个高下，风评越佳，自然说明水平也就越高！这样一来，各方势力需要在接下来的十五天里努力行善积德，广收信徒。"

师徒二人对视一眼，明珪补充道："或是去其他坊市使些下作手段，搞臭他人风评！"

张少白狠狠搓了搓明珪的脑袋，直到头发乱成鸡窝才停下手来："防人之心不可无，害人之心不可有，记住了没？"

明珪眼神一黯，低头认错道："记住了。"他没有辩解，是因为张少白说得没错，明珪刚才的确生出了用小手段给他人添堵的想法。

这边师徒二人通过三言两语就把事情梳理得清清楚楚，茅一川却还是不明不白。

他问道："我还是不太懂，如果第一试真像你所说那般，那么抽签的时候选择一个合适的地点便至关重要，岂不是你们这些使小手段的人已经占了先机。"

张少白耐着性子解释说："没错，最后能够进入第二试的，想必除了佛道两门之外便是这些使过小手段的人了。"

茅一川又问："你又是怎么抽到永和坊的？"

张少白懒得遮遮掩掩："用手摸的，你以为我磨磨叽叽是为了什么？自然是为了摸清牌子上的字！"

茅一川穷追不舍："可其他人呢？"

张少白一摊手："秦鸣鹤或许用的是他那双眼睛，别人就不知道了，我又不是神仙。"

"难道推事院没有事先想到过这点，任由你们动手动脚？"

"你个死脑筋还是没有转过来，"张少白起身走到茅一川面前，一字一句地说，"第一试从抽签的时候，就已经开始了！"

张少白分析得头头是道，但并不准确。秦鸣鹤和铸玲珑的确利用某种手段选到了自己想要的木牌，可佛道两门却没做任何手脚，其中道门被分到了升道坊，位于长安东南角，可谓是最穷最破的一个地方，更谈不上香火旺盛。至于佛门则分到了永平坊，就在永和坊东边，也不是什么佛门兴盛之处。

这样一来，佛道两门从第一试开始就已经处于下风。只不过，“风试”到底比的是什么尚未可知，或许比的便是“下风”中的风呢？

※

按照长安城的规矩，中元节不设宵禁，日头落山之后百姓依然可以自由行动，祭祀亡者，或是为生者祈福，而坊门关闭的时辰也会推后许多。

大明宫里也新布置了一座祭坛，请了真人祭祀，武后更是请了十二名僧人诵读《往生咒》。这对当今大唐身份最尊贵的夫妇，各自做着令自己心安的事情，只不过李治不久后便犯了头疾，早早离了祭坛，而武后则依然陪着僧人一同念经，念着念着便不小心流了一滴泪水，或许是在思念苦命的弘儿吧。

她抬头看了眼天空，喃喃自语道：“雨停了？”

这场阴雨下了整整一日，仿佛已经渗入了长安城的骨髓，到了夜间便透着凉意。李治披了一件大氅，站在大明宫的墙上看着脚下的城。夜风轻拂过他脸上的皱纹，还不小心吹出了他发丝间藏着的白发。他看到各家各户陆陆续续点起了油灯，也看见坊市之间的道路上点燃了火盆，还看到永安渠、清明渠、漕渠、龙首渠和漕渠纷纷浮上了河灯。

这些灯火如同人间的点点星光，映在皇帝的眼眸之中，于是皇帝的双眼变成了无尽浩瀚的夜空。

李治的声音有些嘶哑：“这就是朕的长安，朕的大唐。”

他的神情惆怅，带着一丝疑惑：“朕为什么永远都看不够呢？”

他强忍着头痛欲裂的感觉，这几乎令他发疯发狂：“不，还不到时候……朕还不能……！”

下一个字即将脱口而出的时候，李治就像被人猛地扼住了咽喉，硬生生把后面的话咽了回去。他当皇帝之前学的第一节课，就是克制！身为帝王，他必须时刻克制自己，保持神秘莫测的天威。

与亲生儿子生离死别的时候他甚至不能流泪伤心，与武后同床共枕的时候他甚至不能梦中呓语。

他是长安城的主人，高高在上，可城中人却不懂他的苦。因为皇帝有皇帝的苦，凡人也有凡人的苦，或许两者永远不能懂得对方。

这时，老太监也缓缓登上城墙，还端来了一碗热汤。李治将其一饮而尽，脸颊浮上一层颇不自然的红色。

※

长安灯火通明，既热闹又凄清，妇人压抑的哭声与幼童响亮的喧闹交织，平康坊传出的曲调婉转中透着忧伤，永阳坊乱葬岗里风吹过枯树的声音仿佛鬼泣。每家每户门前挂的是白灯笼，但掩不住内里的火却是血红，有钱人家火盆里烧的是金银纸，但燃尽之后剩的也不过是一团灰。

张家的大院里，茅一川孤单地抱着刀，眼神罕有的迷离。明珪和天天挤在一起，往同一个火盆里烧着纸钱，但彼此都不知道他或她祭奠的人是谁。

有些人的名字，只是说起都会心痛，所以不能说，哪怕一个字都不能说。

张少白跪在后院的小黑屋里，桌台左右各点了一根蜡烛，却驱不散少年心中的黑暗。他盯着面前十七块无字灵牌，特别是最前面的两块。那上面若是有字，一个该是晏柳苏，一个该是张云清。

他手里攥着扶龙玉，脑海中满是故人的音容笑貌。越想就越是难过，以至于手上力道越来越重，简直快要将玉佩捏碎。

张少白眼含热泪，强忍着哭声，直到有一只手轻轻拍了拍他的肩膀。五叔身上的酒臭比往日更加浓烈，可见今日喝得更多，他什么都没有说，只是深深看了眼那些灵牌，然后便转身离去。

从始至终，两人无丁点交流，仿佛他们一个是张家的光，一个是张家的影。

龙首渠旁，有个小和尚看着河面上的水灯，转头问道：“师父，为何我心中忽然觉得难过？”

师父答非所问：“未知苦处，不信神佛。”

升道坊里，有间破破烂烂的道观，其中积灰早已漫过香火，有个邋里邋遢的道士躺在茅草堆里，大大咧咧地说：“你在看什么？”

另一个干干净净的道士站在道观门前，答道：“我代明月看人间。”

胭脂楼内，来了个美艳无双的女人，她无视周围的异样目光，挑了个靠窗的位置，托腮望向窗外，喃喃自语道：“你到底在哪里呢？”

还有极为偏僻的薛府别院。

薛灵芝想起了张少白留给她的那个包裹，那个只能在中元节打开的包裹。

打开之后，里面放着一盏小巧的水灯，还有一张纸条。纸条上写着：“别写我名字啊”。

张少白还活得好好的，当然不能写他的名字了。薛灵芝心领神会地笑了一下，随后又想了想，在水灯上写下一个名字。她不能出门，也见不到河渠，于是就在院子里的池塘里放了水灯。

池塘太小，水灯飘飘摇摇没多久，就到了……

彼岸。

然而就在她将写有“薛兰芝”名字的水灯放入水面的时候，忽然一阵失神，竟然看到自己的倒影有些诡异。

薛灵芝的表情是哀伤的，倒影却在冷笑。

“奇怪，难道是今天太过劳累，所以有些眼花？”薛灵芝心想自己今日在病坊忙了一天，刚刚只不过是眼花罢了。

不承想倒影中的人却开口说道：“也许在你心里，一直都希望我早点死掉吧？”

“不是的……”

薛兰芝冷笑着：“你对我不只是愧疚，还有嫉妒。因为我不是天煞孤星，没有遭人嫌弃。”

薛灵芝蹲在池塘边，泪水止不住地滴落在水面上，仿佛天空又下起了一场雨。她不停地摇头道：“不是，不是，不是……”

就在这时，薛灵芝心头突然响起了张少白的声音。

少年曾说：“何必呢，自己与自己较劲，到头来伤害的只能是你自己。”

想到这里，薛灵芝猛地回过神来，心中那道不属于自己的声音随之消散。

泪水滴答，不知是不是模糊了她的双眼，池塘水面竟然又映出了一个奇怪的人影。

他戴着青铜面具，与灵芝曾有一面之缘。

薛灵芝吓了一跳，赶忙回头去看，结果发现空无一人。

真的只是虚惊一场？

第四章 | 佛土道心

三日后，升道坊，破落道观。

成玄风站在门前已有足足三日，在此期间他不说一言，不食一粟，原本干净整洁的道袍挂满了尘埃，整个人仿佛冰封了一般。

他的双眼最初是明亮的，却随着日月更迭而逐渐黯淡，到了今天只剩下一缕神光飘摇不散，就像他摇摇欲坠的性命。

成玄风站了三日，温玄机也在后面看了他三日，眼看他终于到了生死边缘，温玄机再也坐不下去，挡在成玄风身前主动问道："你代明月看了这么久的人间，到底看到了什么？"

或许是因为太久没有说话，所以成玄风开口的时候有短暂的失声，清了清嗓子之后方才回答道："我什么都没有看到。"

温玄机面露嘲讽："你瞎了？"

成玄风没有生气："是，我的道心瞎了。"

"这可不是什么好事！"温玄机看起来并不担心，反而有些幸灾乐祸的意味，"你到底为何看不清？不如说来听听。"

"在山上的时候，我以为人间人人向往大道，可是在这升道坊里，我看不到大道，那些人也是一样。"成玄风的声音虚弱无比。

温玄机看着师弟苍白无比的脸庞，又可怜又好笑："你出生在山上，一生从未来过山下，所以不懂。我倒要问问你，你领悟的大道是何物？"

成玄风的语气坚定："无为而自然，自然而长生。"

"那我问你，这升道坊作为长安城中最贫瘠的地方，这里的百姓连明天是否活得下去都尚不确定，又怎会想到长生？”温玄机转过身去，看向道观之外，指着过往之人说道，“你看那卖炭翁，一车炭只换十文钱；你看那边的农妇，一筐菜只换半斗米；你再看那户人家，一只下蛋的母鸡就是宝贝，全靠它为孩子换些学脩……你说你从这些人的身上看不到大道？”

成玄风的语气有了些许动摇：“是，我不懂他们。”

“他们所做的一切都是为了活着，而你活着却是为了追寻大道，两者本末倒置，所以你才会不懂。你就像一个仙人，可以餐风饮露，但他们和你不同。”

“都是人，有何不同？”

温玄机忽然笑了一下，又说：“刚才是我说得不对，应该是你和他们不同。不仅是你，我也曾和他们不同，当年我偷偷逃出宗门，来到山下，结果却遇到了骗子、劫匪，还有一个女人，于是落得个连饭都吃不上的凄惨下场。你想知道在那之后发生了什么吗？”

成玄风神色平淡：“不想。”

温玄机却不依不饶地继续讲了下去，“在我感觉自己马上就要饿死的时候，是一个乞丐往我嘴里塞了一块脏馒头。从那一刻开始，我的道心就已经不见了。”

“所以你堕落到了现在的地步，一大把年纪却只是我的师兄。师父说过，假如你能够恪守本心，现在我应该叫你一声师叔才对。”

温玄机笑道：“本心？我的本心不是道心，我的心是那一口馒头，是那乞丐一瞬间的善念！你知不知道，乞丐往我嘴里塞了馒头之后便生出了悔意，因为他忽然也感到了饿，饿意会掩盖住他的善意！所以他又从我嘴里硬是抠走了那块馒头，但我不恨他，他一瞬间的善意已经足够让我醒来，让我活下去。”

成玄风默然无语。

“我早就不愿再做道门的人，只是身不由己，老头子让我陪你来此次普度大会，只为一件事——在你要死的时候，拉你一把。”

成玄风忽然再也听不到温玄机在说些什么，他脑海中浮现出一个场景，有个乞丐也往他的嘴里塞了一块馒头，然后又要夺回去。于是他咬住了乞丐的手指，用眼神祈求他不要这样做。

乞丐的手指被咬破，鲜血流到了成玄风的嘴里，年轻道人猛地回过神来，发觉是自己咬破了嘴唇，所以满嘴的血腥味道。

他和温玄机同样看向道观外，忽然有灵光一闪而过。

“花开花谢乃是自然，人为了活下去也是自然。”

成玄风向着师兄的背影行了一礼，诚恳道：“请教我。”

温玄机转过身看着年轻的师弟，赞叹道：“老头子眼光不错，你的悟性的确远比我好。当年我走投无路才想到这些事情，而你只是看了看人间便想到了这些。道门讲究虚实结合，你在山上虚得太久，所以需要这里的实。”

※

这边道门两兄弟打破隔阂，携手寻觅道心的时候，那边佛门的师徒也没有闲着，他们并没有留在木牌所写的那一处坊市，而是游走于长安的大街小巷。

木鱼穿的不是袈裟，而是粗布衲衣，上面已经打了许许多多的补丁，这令他颇为自豪。

到了游历的时候，慈恩大师不再领路，反而退到了徒弟身后，只是微笑着跟着木鱼四处走动，脸上的表情也总是带着慈悲之意。

这日木鱼敲开了一户人家的大门，先是双手合十诵了一句佛号，然后便给施主行礼，说道：“阿弥陀佛，施主能否让小僧为您打扫一番庭院，然后施舍小僧一碗水？”

宅子的女主人有些惊讶，但看着小和尚可爱得紧，便也点了点头，任由孩子拿起扫帚抹布开始忙活。

木鱼干活的时候很认真，他擦拭房梁的时候就像在擦拭寺里的佛像，无比虔诚；他清扫地上的灰尘时，就像在努力扫去自己心上的阴霾。

忙里忙外半个时辰，木鱼将院子打扫得干干净净，这才洗干净了小手小脸，重新回到宅子门外，行礼道：“施主可否满意？”

女主人忙不迭地点头，然后赶紧取过满满一碗水，还装了一碗青菜米饭：“小师父辛苦了。”

木鱼只接了清水，却不要饭食：“一碗水便足够了，小僧谢过施主。”

说完，木鱼便在女主人的目光中走远，到了巷子的一处阴凉角落，将清水递给正在此地等候的慈恩大师。

老和尚只是浅浅啜饮一口，便把碗还给了小和尚。后者则默诵了一遍经书，才将碗中水一口一口地饮尽。

而后木鱼将碗放到了那户人家门前，又轻轻叩了三声木门，便悄然离去了。

慈恩大师仍跟在徒弟身后，眼中满是笑意。

许久，木鱼走得有些累了，于是寻了个地方歇下，他问道：“师父，咱们来长安城到底做什么呢？我觉得这里和外面并无不同，只是路好走一些。”

慈恩大师答道：“你脚下踩过的每一片土地，都是佛土。”

“什么是佛土？”

“佛土可生菩提。”

“是可以让众生觉悟的菩提吗？”

“是的。”

木鱼忽然觉得浑身充满了力量，他决定不再休息：“师父，我想再多走走！”

慈恩大师笑着摇了摇头：“现在还是歇歇吧。”

老人的声音温和，却透着不容拒绝的力量，于是木鱼乖乖坐下坐好，只是有些困惑地摸了摸自己的小光头。

他一旦停下脚步，就喜欢思考问题，尤其是对一些事情刨根问底，比如说：“师父，可为什么我走过的路就是佛土呢？”

师父不言。

“师父，如果我走遍千山万水，是不是整个大唐就都是佛土呢？”

师父不语。

“师父，当年玄奘法师走了千万里路，是否那里遍地都是佛土？”

师父笑而不语。

小和尚叽叽喳喳，老和尚眉开眼笑，这幅画面仿佛镌刻在了时光里。

这便是普度大会举办以来得胜最多的佛道两门，一个清静，一个高远。而与他们形成鲜明对比的，是永和坊的张家。

那个被拖入仇恨泥沼中的祝由先生——张少白。

※

三日里，张少白什么事都没有做，像极了道门所崇尚的无为。他只是如往常般混着日子，偶尔治两个慕名而来的病人，就算圆满。

茅一川曾问他，你这般虚度可是因为胜券在握？

张少白笑答，这永和坊谁没承过张家的情，输不了的。

既然张少白笃定自家在永和坊的风评不差，那么便不再需要出去抛头露面，就像秦鸣鹤那般四处游说，同时还要展示惊世骇俗的“异能”，为自己披上一层神秘的纱。

他需要的是提防那些不怀好意的人，以及静下心来去观察，去思考谁最有可能是一把火烧掉张家的罪魁祸首。

反倒是明珪这个当弟子的比师父还要上心，去了不少地方打探消息，气喘吁吁地跑回来告诉张少白：“大家都说有个小和尚正在苦修，貌似是佛祖转世呢，而且道门那边也开始有了动作！”

这日张宅只有张少白一人，他听后缓缓说道：“我知道了。”

“为何咱们一直按兵不动呢，难道真就任由佛道两门压过祝由一头吗？”明珪牛饮了一大碗水，“弟子觉得这样不好。”

张少白不为所动，只是答道：“咱们祝由先于道，早于佛，起于轩辕，延续至今从未在意过胜负。就像乱世中道士下山济世，和尚关门避祸，盛世中道士归隐山林，和尚广纳门徒，这都是为了传承。”

明珪问：“那咱们祝由靠什么传承呢？”

张少白淡淡一笑：“我也不知道。”

明珪顿时小脸一垮：“先生在逗我？”

“怎么是逗你呢，你今年九岁，我十九，都年纪轻轻，怎么可能斗得过那些老和尚、老道士，”张少白的脸上丝毫不见羞愧，“不过你别担心，等我想通了，肯定会告诉你的。”

明珪轻轻叹了口气，心道，还说不定谁先想通了然后告诉谁呢。

突然，门外传来一道苍老的声音：“老身可以告诉你，祝由传承千年靠的是隐忍。”

这声音源自一名老妇，听起来阴柔至极，仿佛一条滑腻腻的小蛇游走到了他人的耳朵里，令人不知不觉生了一身鸡皮疙瘩。

张少白搓了搓有些发麻的胳膊，站起身来，冲着大门那边说道：“本以为你们还能多忍耐一些时日，多做几天的缩头乌龟，没想到这就忍不住了。”

门外的老妇一把推开木门，现出身形，冷笑道：“张家小儿，可真是好大的口气！”

此时仍是白天，张宅外面也有行人穿梭，可不知为何，老妇人挡在门口的时候就像一朵乌云遮住了阳光，让张宅顿时显得阴沉下来。

张少白笑道：“想必您就是佘婆婆了，据说您在江南一带有‘蛇菩萨’的美誉，这可有点不合祝由的规矩啊。”

“菩萨虽是佛门美誉，但老身所作所为倒也符合，用不着你来说三道四。”

张少白瞥了一眼院外槐树，树叶已然微黄，但仍可隐约看见一道身影，想必五叔正在上面休息，于是心中大定。

他转头对明珪教训道：“我今儿给你上节课，你听好了，知道祝由天脉和那些支脉有何本质区别吗？”

明珪摇头道：“先生请讲。”

“天脉对轩辕祖师常怀感恩之心，认为一生所学都是祖师授予，故而用这些学识帮助他人得来的财物、名望以及福报也都属于祖师爷的。而支脉则不同，他们往往把自己视作人间神明，以为自己无所不能，心比天高。”

佘婆婆手里拄着根蛇头拐杖，穿着褐色布袍，身形佝偻，腰间系着一条“蛇”腰带，颜色水绿，看起来仿佛活物。她用拐杖敲了敲地面，怒道：“我用祖师之术治病救人，为何不能自傲？你天脉过得清汤寡水，便要天下祝由都如你们一般？”

张少白摊开手，微微耸肩：“我可没说过这样的话，你们爱怎么过就怎么过，互不干涉即可，可显然你们并不满足啊。”

“天脉三家如同一潭死水，是时候换换了。而你们张家又是唯一现世的，且家道中落，难道不该让出位置吗？”

“可我还没死，只要我张少白还有一口气，我就是张家，我就是天脉！”

佘婆婆一声怒喝：“无耻小儿！”

这一喝有如黄钟大吕响彻心头，不知是用了什么法子。明珪吓得躲到了先生身后，张少白则一动不动，一本正经地讲道：“咱们祝由天脉有咸天八法，分别是望血、摄魂、堪舆、言灵、厌阴、鬼使、朝阳以及一道失传许久的秘法。这位老婆婆刚刚施展的就类似言灵之法，如佛门诵读佛经可安人心，她的声音和言语则可令你生惧。”

还有些话张少白没有说，天脉三家不仅精通咸天八法，还各自修习了一些秘法。比如张家将望血升为望气，将摄魂升为入梦；而明家则将厌阴升为镇魂，且颇擅符箓。

张少白视线转回佘婆婆身上，但仍是对明珪讲道：“当年我父亲也曾在林中修习言灵之法，最终以一嘘声压制林中蝉鸣。所以说这位婆婆的火候还是不够啊！”

佘婆婆闻言气得又敲了一下拐杖。

张少白笑道：“婆婆既然来了，为何不愿入院一叙？”

佘婆婆冷哼道：“你这院子里藏了不少怪东西，老身可不会以身试险，倒是你小子，若是真有胆量不如出院与我见上一见！”

“您来找我就是为了斗嘴？真是无趣。”

“斗嘴？”佘婆婆的双眼一瞪，瞳孔骤然缩紧，成了一道竖纹，有如蛇瞳，“大错特错，老身今日找你是为了斗法！”

斗法，这个词用在祝由身上未免显得有些不伦不类。只因其中的“法”字，它可以是道法，也可以是佛法，却很少是祝由之法。

张少白轻轻摇头，笑容中透着一丝苦意：“非要如此？您都一大把年纪了，就一定要和一个小辈过不去吗？”

佘婆婆咬牙切齿道：“你哪里是什么小辈，和你们天脉比起来，我佘氏才是真正的小辈！”

“可我张少白不愿以大欺小怎么办？”

“那就由不得你了！”

佘婆婆突然提起拐杖重重往地上一敲，随即用宽大袍袖遮住了面庞，口中念叨着一些古怪咒语。与此同时，一股诡异至极的氛围在张宅悄无声息地蔓延开来，明珪脸色微微发白，小手用力抓住了师父的衣角。

张少白却没有任何反应，只是用脚尖在身边画了个圈，说道：“好吧，你若能让我离开这圈半步，就算我输。”

佘婆婆冷哼一声，用力一甩袍袖，原本枯槁不堪的面容已被一张面具覆盖。面具通体褐色，有蛇鳞纹，两边脸颊处更有两只好似眼睛的花纹，透着一股子凶险味道。

明珪虽然身负屠龙之术，但他尚且年幼，哪里见过祝由先生之间的斗法，目不转睛地盯着场内变化，既好奇又害怕。

张少白一见对方使出了真本事，表情也随之变得严肃起来，他看向佘婆婆的双眼处，发现那里已经变成了一对蛇瞳。

紧接着，他的耳边听到了蛇吐芯的嘶嘶声!

明崇俨曾经讲过“杯弓蛇影符”的故事，张少白至今记忆犹新，那道符是利用一种遇光便会消失的颜料绘制而成，它迷惑的是人的双眼。而佘婆婆现在所用的术法，欺骗的则是人的双耳。

不，不仅是双耳，还有触觉!

张少白感到脖颈一凉，仿佛有条蛇缠绕住了自己的脖子，蛇躯逐渐用力，他便开始呼吸困难。

“有点意思。”张少白开口赞叹道，他冷眼看向佘婆婆，并且从怀中取出了一块面具。面具通体幽蓝，隐有流动之感，额头生有两只小角，正是张家的传家之宝——“山鬼”。

当山鬼面具遮住张少白面容之时，他的气质顿时天翻地覆，变得无限神秘，白衣飘飘有如仙人。

如果说蛇纹面具令人感到的是惊悚，那么山鬼面具令人感到的就是恐惧。

佘婆婆也不例外，从她看到山鬼的那一刻起，心底最深处的恐惧便被勾了起来，不停地翻腾着。她想起了幼年第一次上山捕蛇，却不小心遇到了一条蛇王，与其对峙了足足两个时辰。

那两个时辰对她来讲如同两载春秋，因为她稍有不慎便会被蛇王一口咬死!

张少白与佘婆婆之间的一场对峙，就像是一场胆量之争，谁若是先扛不住内心恐惧，便难免退步。

只不过此情此景若是在不信鬼神的人看来，反倒像是两个人在大眼瞪小眼。比如茅一川，他若是在场，怕是感受不到丝毫凶险。

有阵秋风刮过，树叶沙沙，还吹落了不少。两人僵持不下之时，佘婆婆摸了摸拐杖的“蛇头”，下一刻那拐杖的“蛇头”处忽然张开了嘴。她又取出一只婴儿拳头大小的藤杯放在蛇口下方，接住了从蛇口中流出的蛇涎。

“请用!”佘婆婆将小杯向着张少白那头用力一扔，瞄着他的胸口，准头极好。

后者则轻描淡写地用手接下，认真看了看杯子以及里面的蛇涎：“没什么颜色，就是不知道味道如何？”

就在此时骤变突生，藤杯之中竟蹿出来一条小蛇!

张少白不慌不忙，淡淡将手中藤杯倒转，其中蛇涎落了一地，那条腾空而起的小蛇也随之烟消云散。

幻术，小道尔。

不过就在蛇涎坠落地面，渗入泥土之后，明珪忽地发出一声惊叫。

张少白回头一看，只见又有条小蛇盘着身子，正冲向自己这边吐着芯子，显然不怀好意。这条蛇的鳞片呈黑白环状，蛇首呈三角状，蛇眼凶恶。

“先生！我怕蛇！”明珪吓得险些哭了出来。

张少白却笑道：“你怕它，却不知它其实更怕你。”

说罢，张少白便弯腰伸手抓蛇，明珪赶忙扯住先生，奈何人小力气也小，只能眼看着张少白的手距离怪蛇越来越近。

可奇怪的是，那条蛇却迟迟不肯攻击，反而还做出了退后的架势。在张少白那只手即将触碰到蛇身的时候，更是吓得转头就跑。

张少白重新直起腰来，笑道：“老人家真是玩得一手虚虚实实的好戏法！”

那条小蛇转眼便逃得无影无踪，佘婆婆冷声道：“放心，那蛇无毒。”

“蛇无毒，人心却有毒啊。若不是事先准备了一些雄黄粉，只怕今天便要着了你的道，”张少白拍了下手，只见手上有些鲜黄粉末簌簌掉落，“不过如今你出完了招，便该轮到我出招了。”

张少白吟诵道：“勾魄摄魂，五鬼拍门。”

话音刚落，佘婆婆便觉得身后多了一些“东西”，她低头看向地面，突然发现除了自己的影子之外，竟然还多了一个细长鬼影。

张少白又拍了下手，那鬼影便一分为二。

佘婆婆感到心头用力一跳，仿佛自己已经置身于一个无法抽身离去的泥潭。不仅如此，她还嗅到了一股淡淡酒臭，不知是从何而来。

再拍手，鬼影由二化三。佘婆婆想要转身逃离此处，却发现身子僵硬，就连转头都难以做到。

再再拍手，鬼影由三变四。若是此刻有人能够触碰到佘婆婆的身体，便会发现她像一块石头般冷硬，双眼中的恐惧也越来越深。

待到最后一拍响起，佘婆婆亲眼看到地上的影子已经足有六个，其中一个是自己，剩余五个则是不知来路！紧接着她便感到背后被人用力推了一下，身子不由自主地往前走了两步，竟险些一头栽进张宅！

老人家再顾不得其他，赶忙摘下面具，回头一看，空空如也，哪里有什么鬼影。她又脱下了外衣，细细翻看着背后，竟然真的在上面找到了一个巴掌印。

手印虽然不甚清晰，但指节分明。

佘婆婆倒吸了一口冷气，满脸不可置信地看向张少白，看到少年也摘掉了山鬼面具，脸上仍挂着笑意。

而他的双脚，仍在圈内一动未动。

张少白表情似笑非笑，声音森然："六年前张宅曾起了一场无名火，冤魂众多，婆婆可知缘由？"

佘婆婆不由自主心中惶然，再不敢看那人双眼，低声说道："老身……不知。"

※

升道坊。

道门修行讲究一个财侣法地，而如今身为天之骄子的成玄风，貌似只占了一个"法"字。兜里空空如也，破道观漏雨漏风，师兄温玄机又是个不着调的，在这种情况下，他想要寻回或是稳固一颗道心简直是难上加难。

温玄机曾说会教他虚实相合，只是这几日来，所谓的"虚实相合"，不过是帮着东边的老汉推一车炭，顺手为路过的菜园淋一瓢水……成玄风原本不懂的那些依旧不懂，但他还是选择相信师兄，并未半路反对，执意回去过神仙日子。

直到一日，他笨手笨脚帮助一户穷苦人家修复篱笆的时候，道服后心处不小心被划了一个大口子。

那户人家有个尚未出阁的小娘子，见状赶忙在屋里翻箱倒柜，终于找了一块还算干净好看的布子。她站在成玄风身后，脸上一片绯红，甚至连脖子根都好像涂了一层胭脂。

哎呀，穷苦人家哪里用得起胭脂？

小娘子缝得又慢又精细，最后打了个漂漂亮亮的补丁。

那位来自山上的神仙子弟，极其严肃地向小娘子行了一礼，然后便洒脱离去了。只是这份洒脱背影，和以往比起来多了一分落荒而逃的意味。

温玄机嘲笑道："心动了？"

成玄风面无表情：“是道心动了。”

他的道心动了，是因为他在长安最为贫瘠的地方见到了人性最原始的善意。

然而事情还没完，当天夜里又发生一件“小事”。小娘子家里养着一只名为“小红”的下蛋母鸡，却不知被哪个天杀的半夜盗走了。

小娘子哭得梨花带雨，两只眼睛肿成了胡桃大小。反倒是尚且年幼的弟弟一脸茫然，显然并不知道小红对家里意味着什么，对他又意味着什么。

成玄风得知此事之后没有什么反应，只是和师兄说了一句有事要忙，随后便不知去向。

温玄机正和一个豁牙老农吸溜着稀饭，懒得阻拦，他就是用屁股也能想到，那位天真如白纸一般的师弟定是去抓贼了。

山上来的道人还是有几分真本事的，从小娘子家的鸡窝循着踪迹，没多久便找到了那个偷鸡贼，只是没想到还是个熟人。

小贼也是住在升道坊里的，父母死得早，家里只有他一个人，平日里靠帮着商户搬货维持生计。或许是馋得发疯，于是便在夜里偷了只鸡解馋，待到成玄风找到他的时候，那只鸡早就进了肚子，就连鸡骨头都没剩几根。

那个小贼啃完了烤鸡，心满意足地睡去，连梦里都在咂巴着嘴。成玄风心头一股怒意上涌，自腰间拔出一柄短剑，剑尖直指贼人。

可他却迟迟没有下手，或许是因为不忍。他不忍小娘子家里丢了鸡，也不忍小贼因为吃了只鸡而就此丧命。就在这时，小贼的肚子忽然发出一阵响声，那是饥肠辘辘的声音。

这就是小贼的人间，即便摒弃了道德偷鸡来吃，却依然免不了饥饿的人间。

成玄风叹了口气，收起宝剑回了破道观，看见温玄机还没睡。

成玄风说：“身上有钱吗？”

温玄机答：“有点儿。”

“借我一些。”

“这可不行，借钱总要拿些东西来抵押，这是天经地义！”

“你要什么？”

“把你的莲花冠借我戴戴。”

成玄风犹豫不决，因为莲花冠在道门乃是身份的象征，且辈分极高，哪能轻易抵押于人。

温玄机又说：“等回了山上，你把钱还我，我就把莲花冠还给你，没什么大不了的。”

成玄风仍在犹豫，他觉得后心处的补丁不知为何隐约有些发烫，烫得他有些难过。所以他还是摘下了莲花冠，郑重其事地递给师兄，换来了寥寥十几枚铜钱。

之后他身影如风，又一次不知去向。

次日小娘子家的鸡窝多了一只通体雪白的母鸡，她早晨醒来看到母鸡之后，便抱着它找到了成玄风。

她说：“谢谢你。”

成玄风没有说话，只是有些好奇，为何小娘子会知道是自己买了只鸡塞进她家鸡窝。

小娘子似是看穿了年轻道士的疑惑，轻笑道：“小红之所以叫小红，就是因为它身上的羽毛是红色的。”

成玄风脸色微红，小红的“红”。

与此同时，永平坊。

慈恩大师和木鱼在长安城里兜兜转转，最后回到了这个地方。这里毗邻永和坊，虽然两者都不是什么富裕地界，但比起升道坊还是要强上不少。

木鱼如往常叩响某户人家的房门，略微等了片刻，房门忽然被一个男人打开了。男人长得五大三粗，而且面红耳赤，一看就知道此刻心情不佳。

可怜木鱼还没来得及说话，那男人便骂骂咧咧把门重重关上，让小和尚吃了一记结结实实的闭门羹。

其实他这一路来长安，也没少吃闭门羹，所以心里并未觉得难过。只是这一次又与以往有所不同，木鱼并未转身离开，而是怔怔地站在屋门外，一动不动。

慈恩大师在约莫五十步开外的地方休憩，看到木鱼执拗的模样，微笑着叹了口气。

不久后，那户人家的房门再度打开，之前气冲冲的男人再度出现，一下子便撞倒了门口的木鱼。但他甚至懒得回头看上一眼，脚步如飞，不知急匆匆地要去向哪头。

木鱼被撞了个腚蹲儿，痛得龇牙咧嘴，他站起身来揉了揉屁股，然后拍了拍衲衣上的灰土。

这时，屋里的女人看到了屋外的小和尚，口中大呼着：“孩子，我的孩子！”

她恍如地狱中爬出的恶鬼，猛地向木鱼扑去，而小和尚则吓得一动不动，被其紧紧抱在怀中，几乎喘不过气来。

之前木鱼停在屋外不愿离去，就是因为听到了屋里的骂声。他从骂声中得知男人好赌，还为了赌资卖了孩子，他这次回家是为了取走房契。

而这个可怜的女人，早在失去孩子的时候就已经变得疯疯癫癫。

疯女人仍在哭号个不停，木鱼诵了一句佛号，有些艰难地说道："施主……能否……让小僧……"

可惜女人生怕木鱼跑了，抱得极紧，结果小和尚连话都说不利索。

过了许久，疯女人终于清醒了一些，停止哭闹，她松开了木鱼，又仔细看着孩子的面孔，神情有些疑惑。

奇怪，我的孩子怎么会是个小光头?

木鱼不好意思地笑了笑，扶着疯女人回了院子，随后便捡起地上的扫帚开始清理院里的落叶。这一次，他不要一碗水，也不要一口饭，只想帮女施主打扫一番这个千疮百孔的家。

他把叶子和积土扫成了一个小丘，堆在院子的东南角，又劈了一些柴火，堆在院子的西北角。做完这些的时候，日头已经西斜，男人哭丧着脸回了家，身后还带着一群凶神恶煞。

木鱼知道，男人定是又赌输了，那些人是来夺走这栋房屋的。

疯女人一见夫君回来了，便笑嘻嘻地迎了上去，一个劲儿地说："你快看，咱家的孩子！"

男人只是冷冰冰地推了她一把。

木鱼见到此景，眉头忽地一跳，再难抑制心头怒火。他用力挥着手里的大扫把，三两下便将那些不速之客放倒在地，就像是清理垃圾一般扫了出去。

忽然，有只手拦住了木鱼，正是慈恩大师。

老和尚摇了摇头："这样不好。"

木鱼抿着嘴唇，将扫帚放回原处，转身向疯女人行了一礼，随后便跟着师父离开了这户人家。

行走在路上的时候，木鱼问："师父为何拦我？"

慈恩大师只是说道："药医不死病。"

木鱼若有所思，喃喃自语道：“佛度有缘人……”

※

转眼间，十五日之期已到，推事院开始寻访长安各坊，以风评选出数人晋级普度大会的第二试。

秦鸣鹤、铸玲珑、厉千帆，这三人在各自木牌所写坊市之中风评极佳，至于佛门的那对师徒，可谓满长安交口称赞，已经无须考核。除此之外还有个佘婆婆也颇具名望，只可惜不知为何生了一场大病至今未愈，只好退出。

来俊臣带人抵达升道坊的时候，天色突变，一阵大风伴着大雨猛然袭来。

成玄风和温玄机正在破道观之中休息，不料大风刮过，随后豆大的雨点轰轰然坠落，击打在这破道观的每一寸屋瓦之间，力道极重，竟是把房身打得摇摇欲坠。

屋外雷雨阵阵，屋里也好似下了一场暴雨，温玄机再也寻不到一个可以躺着的舒服位置，只好起身开始修葺房顶，寻了些破瓦片遮住孔洞。

相比之下，成玄风则显得无所事事，他仍在原处打坐，头顶刚好被砸出了一个小洞，雨水倾灌而下，已经将他彻底打湿。这时的他觉得自己和这座破道观已经合为一体，他的道心也如破道观一般千疮百孔。

这些日子里他做了许多事情，也曾有过许多感悟，但还是没能找到自己想要的答案。至于能否晋级普度大会的第二试，他早已不再放在心上。

就在他神游物外的时候，忽然发觉头顶的雨水已经消失不见了。成玄风睁开双眼，抬起头来，只见破漏屋顶处有个小娘子正笑吟吟地望着他。

对视只有短短一瞬，随即那个破洞便被小娘子补了起来。

成玄风心中一震，他赶忙站起身来，走到屋外，只见升道坊的街坊们不知何时都来了这里，手中拿着工具，帮忙修理这间早已无人祭拜的破道观。

升道坊既然有道观，就说明曾经有人来此拜祭，他们需要相信一些神道。而后来道观变成了破道观，则说明人们已经不再相信神道，或者说是因为他们的祭拜没有得到反馈，于是这里便破落了。

而如今，因为成玄风身处破道观，这里又有了新的变化。

雨水之中，成玄风想到了《道德经》中的“上善若水”，破道观般的道心也随着街里街坊的修理而变得完整起来。

升道坊中得升道。

来俊臣看到这一幕，心中已有定论，于是便带人去了下一个地方——永和坊。

与之前寻访过的坊市不同，永和坊中透着一股不寻常的感觉。就像与张少白在普度大会上初次相遇的时候，白袍少年也给了他与众不同的感觉。

雷雨来得急，去得也急，只留了一地落叶和泥泞。

来俊臣看到大雨刚停，永和坊里的老百姓便纷纷重新开门，忙活起了手头的事情。有个小孩迫不及待地出来玩泥巴，结果被母亲揪住耳朵，骂了两句，便乖乖洗手回屋读书。还有个老者淋湿之后受了风寒，咳嗽了两声，身边便有儿子递来一碗热水，往里面放了道前些日子求来的符咒，符咒入水即化，老者赶忙趁热喝下，咳嗽顿时好了不少。

不知为何，永和坊的人和其他坊的人并无不同，都是长安人，吃的也是饭，也有生老病死，但这里的人就是多了一分从容。

来俊臣细细问了许多人家，终于找到了答案。

永和坊的人之所以从容，是因为这里有一户人家姓张。

张家不在长安的那六年，永和坊的人便不从容，因为一旦有了大病小灾，再也没人出手相助，而看病请郎中的花销实在是让人捉襟见肘。最关键的是，坊中时常出现的闹鬼传闻，也没人可以镇压，所以难免人心惶惶。

可现在不同了，张家又有了主人，是个脸上总是带着笑意的英俊少年。

来俊臣没有去敲张宅的门，而是用朱笔在册上写下了最后三个字。

第五章 | 灵乌乍现

这本写有晋级六人姓名的册子，最终到了武后手中。

一处宫殿，武后将册上姓名细细看了一番，眉头微皱，只有看到最后的“张少白”时眉间阴霾稍减。

她随手将册子放在一旁，问道：“除了慈恩大师和张少白，其余人都是什么来路？”

来俊臣跪于殿下，身子几乎匍匐在地，即便是回答问题的时候也丝毫不敢抬头：“回天后话，道门的成玄风来自楼观派，素有‘出生即半仙’的美誉；铸氏玲珑来自东海，算是祝由的一支；厉千帆同样出自祝由，主要在苗疆一带活动，擅长巫蛊之术。至于秦鸣鹤，他精通医术但不敬鬼神，应是为了宣扬景教而来。”

武后又问：“你觉得，他们之中谁会对陛下的病情有益？”

“微臣不敢妄下断言，仅凭风试上的一面之缘来看，这六人都有些手段，或许都有益处。”

“都有益处……”武后琢磨了许久，说道，“主要盯着佛道两门的动静，至于其余人可随你处置安排。”

说完之后，武后略加犹豫，补充道：“张少白此人你不可多作干涉，朕倒是有些好奇，他这次又能搞出多大的名堂。”

自打武后代替陛下打理政事以来，在朝野的威望愈重，于是也开始自称“朕”，与皇帝平起平坐。

来俊臣叩头道：“微臣领命，只是臣尚有一事不明，这第二试该如何安排？”

武后忽然轻笑道：“曲池坊那边准备得如何了？”

“已准备妥当。”

“既然如此，第二试就定为‘药试’，让他们去寻出那只厉鬼吧。这一过程中表现上佳者，可晋级最终的殿试。”

前不久曲池坊便传出了此地闹鬼的消息，据说附近百姓家里常有鸡鸭猫狗甚至是人消失不见，最后只能找到一些骨骸。第二试的关键便落于此处了，只是为何取名为“药试”，却是除了武后之外，无人知晓。

就此，第一试结束当夜，推事院将晋级的六组人请到了普度坛。待到众人抵达之后，来俊臣方才带着抱剑仆苏童现身，他说话一如既往地干净利落。

“本官奉天后之命，将诸位请来普度坛，乃是为了第二试的事情。”

在场众人一听便反应过来，此时此刻出现在普度坛中的人都已晋级了第二试，于是纷纷留意起了其他人来。

张少白也不例外，他双眼扫视了一番，发现晋级之人和自己料想中的丝毫不差。

他看着别人的时候，别人也在看他。茅一川站在一旁细心留意着每一道眼神，努力解读着其中意味，比如好奇、敌意，甚至是杀机。

来俊臣继续说道：“诸位可曾听说曲池坊出现了一只厉鬼，喜好生啖血肉，初时只向家畜下手，可近来却有人接连失踪，应是与此事有关。”

慈恩大师诵了声佛号，表示自己听说过，并且带着徒弟留意过此事，只可惜没有找到丝毫线索。其余人等这些日子则忙于风试，还是头一次听说曲池坊厉鬼的传闻。

“天后有令，第二试名为‘药试’，比试重点就在这只厉鬼身上。”

厉千帆忽然开口打断道：“但厉鬼只有一只，在场的却有六人。”

来俊臣答非所问：“无妨，诸位尽力就好，至于谁能晋级第三试，还是由推事院裁定，相信这次不会再有人对此抱有疑问。”

想起那个被一剑封喉的东巴，厉千帆不再说话。

来俊臣见在场之人再无疑问，转身便走。落后了半步的苏童却一拍脑门，转头补充道：“对了，我家主人忘记说啦！此次药试仅有三日，每日戌时诸位都需来普度坛互通有无。三日后若是厉鬼被抓了，咱们就商定谁入第三试，可若是没能抓到，想来……应该会有一些不好的事情发生吧。”

说完，苏童冲着张少白这边笑了笑便也离去了。

张少白一头雾水地说道：“这人有毛病？”

茅一川冷哼道：“推事院是武后的人，既然武后都对你多加留意，他们也会如此。”

蹊跷的是，这边两人有一句没一句地闲聊着，这期间普度坛竟无一人离去。

这让茅一川有些疑惑，不过随后他便找到了答案。因为佛道两门正低声说些什么，厉千帆和铸玲珑更是不知何时凑到了一起，窃窃私语。

张少白说道：“人多好办事，若是两两一组结为盟友，晋级第三试之后再翻脸，胜算会多上不少。”

茅一川问道：“那你不打算找个人来结盟吗？”

“我？”张少白盯着茅一川看了许久，直到后者感到有些不适之后终于压低声音问道，“我问你，你对曲池坊的厉鬼知道多少？”

茅一川身为金铊阁主，消息极为灵通，甚至超过了刑部和大理寺，他微不可察地点了点头：“知道一些。”

张少白咧嘴一笑：“这就好了，这事儿说白了就是破案嘛，有你在我还发愁什么。至于结盟什么的，更是完全没有必要。”

话虽如此，可在场众人也的确无一人来寻张少白结盟，可见这位祝由天脉实在是不讨人喜。

过了片刻，性情孤僻的秦鸣鹤看清了现今局面，率先离去，背影极为洒脱。佛门师徒紧随其后，接着道门也有了动静，不过温玄机却并未急着离开，反而来了张少白这头。

顿时剩余人都将目光有意无意地转向这边。

没想到温玄机走到张少白面前，做了个伸手欲打的动作，吓得张少白赶忙退了两步。

温玄机笑道：“你小子懂不懂长幼尊卑，看到我也不主动过来问好，上次来普度坛我就想抽你了！”

张少白却没什么好脸色：“像你这种江湖骗子，我和你没话好说。”

“我怎么就成了骗子？”

“三年前，你给我做的那道破批命！”张少白在心里补充道，还有薛灵芝的那道“天煞孤星”，你这老道可是害惨了不少人啊。

“我这些年做过的批命没有一千，也有八百，哪里还记得给你做的批命是个什么东西。不过啊，我做的批命可从来都没错过。”

温玄机说的这话也不算吹牛，当初他说明崇俨死劫将至，结果明崇俨真就死在了洛水之畔。只不过温玄机没有算到，明崇俨其实算是“死”在了自己的计划当中。

张少白骂道：“你骗了我那么多钱，还指望我现在对你笑脸相迎？”

温玄机说道：“哟呵，你这么说我倒是想起来了，那句批命其实是我从《淮南子》中随手摘的。”

张少白脸色黑如锅底，从来都是他到别人手里“骗钱”，哪里受过这等屈辱，若不是那时年幼，一不留心上了算命先生的当……他越想越来气，懒得再和温玄机说话，带着茅一川掉头就走。

待到离开了普度坛，茅一川终于说道：“温玄机在长安颇有名气，听说他做的批命很少出错。”

“如果他真有那么厉害，掐指一算不就找到那头厉鬼了。”

“你现在心很乱，可以不急着说话。”

张少白叹了口气，边走边说：“唉，温老道给我的那道批命实在是太过玄乎，到现在我也没搞懂到底是什么意思。而且，我每次看到这个人，都觉得他的眼神极其不舒服。”

茅一川的面部抽了几下，主动换了个话题：“关于药试之事，你现在打算怎么做？”

张少白伸了个懒腰：“又不急于一时，先回家睡觉！”

茅一川看了眼身边白衣，知道张少白最为在意的事情并不是普度大会的金牒，而是那个在张家纵火之人。因为在张少白看来，那人既然趁机毁掉了张家，必定也会在这次普度大会上一举夺走张家的所有名望。

这边白衣黑衣一同回了永和坊，那边道门的师兄弟却在普度坛分道扬镳，温玄机认为晋级第二试可喜可贺，一定要喝点小酒庆祝一下，最好还要再去一次平康坊，这可是长安城夜里最为诱人之处。

成玄风对此毫无兴趣，独自一人回到了升道坊的破道观。这破道观在街坊们齐心协力地一番修葺之后，已然显得干净了不少，起码夜晚不再会有星光从屋檐的破洞上落入屋里。

年轻道人的道袍已经破旧不堪，后心处的补丁更是无比显眼。他先是在蒲团上打坐了一个时辰，随后便觉得有些倦了，干脆和衣沉沉睡去。

道门中人睡觉讲究一个“内观”，通俗来说便是沉下心思向内观测，看一看自己胸腹之中的精气神。成玄风之前便看到体内有一座破道观，而如今破道观却焕然一新，显然他已经找到了想要的大道。

然而他不知为何突然感到心头一紧，蓦地睁眼，刚好见到月光之下有一道剑影向着自己挥来。

成玄风躲闪不及，一下子被那柄利剑刺了个通透，幸好他事先有所察觉，避开了心脏之处，这才和死亡擦身而过。

刺客一身黑衣，脸上戴着一个怪模怪样的青铜面具，若是张少白看到这个面具，定会识出这正是当初“庞先生”的装扮。刺客见一击不成，眼神中有一丝惊讶转瞬即逝。他动作极为迅速，将剑身从成玄风的身体中用力拔出，随后便又是一剑刺出。

既然一剑没能杀死，那就再来一剑，这对刺客来说只是再普通不过的事情，所以他的动作显得颇为熟练。

可成玄风久居山上，哪里见识过山下的血雨腥风，他先是有一刹那的失神，等到回过神躲避的时候又被第二剑划伤了肩膀。年轻道人强忍着剧痛，提起一口气来，竟是一下子撞破了破道观那原本就不算牢固的墙壁，逃之夭夭。那刺客眼神极冷，附骨之疽般追在成玄风身后。

成玄风自幼被当作道门传人培养，不仅精通道法，武艺同样不俗。故而身受重伤却逃得极快，竟是隐隐有要甩开身后刺客的迹象。只可惜，空气中弥漫着的血腥气味，让他始终无法彻底摆脱追杀，而且自身因为失血过多变得愈加虚弱，精神也不由自主地开始恍惚。

最恐怖的是，每当他逃到分岔路口的时候，都会有一个同样戴着青铜面具的神秘人挡住某个方向，一言不发，也不出手阻拦。

直到最后，与其说是成玄风逃到了一处偏僻宅院，倒不如说他是被逼到了这个地方。他背靠着冰凉墙壁，气若游丝，简直虚弱到了极点。

成玄风感到双眼发花，逐渐看不清周围景象，只能用力一咬舌尖，借着最后一丝清醒，翻过了身后的高墙。随着身体“扑通”一声摔在地上，他终于彻底昏厥过去。

可是他坠落之处刚好挨着宅院里的一处居室，住在里面的人睡得极浅，忽然听到了一声类似沉甸甸的麻袋摔在地上的声音，于是便醒了过来。

那人悄悄推门走进院中，月光照亮了她的面孔，竟然是薛家的“天煞孤星”——薛灵芝！

这些日子以来，薛府下人依然无比畏惧天生不祥的主子，所以薛灵芝居住之处十分安静，尤其到了夜里，没有一个仆人愿意主动靠近这边，生怕一不留神便被主子“克”死。

薛灵芝对此不以为然，反而乐得清静，只是偶尔会想念那位祝由先生，毕竟他算是自己唯一的友人。所以屋外传来声音的时候，她首先想到的便是张少白，只有那个人最喜欢翻薛家的墙头，还曾经带着自己“离家出走”。

然而当薛灵芝看清墙角处那道昏迷不醒的身影时，却情不自禁地皱紧了眉头。

那人躺在血泊之中，脸上满是血污，看不清面容，但能够确定绝对不是张少白，这让薛灵芝顿时紧张起来。

“这可如何是好？”薛灵芝蹙起眉头，一时间有些手足无措，不知应该如何处理那个不速之客。

就在这时，那个年轻道人在昏迷的情况下又吐了一口血，其中还混有一些血肉碎块，看来是内脏也受了创伤。

薛灵芝见状叹了口气，心想自己总不能见死不救，无论如何还是先帮他一把，至于之后如何就等之后再说。就在这时，她忽然听到院外传来极为轻微的脚步声，想必是有人循着踪迹追到了这里。

于是薛灵芝轻手轻脚地走到那人身旁，想把他挪到其他地方，不料成玄风身子极重，挪动起来十分费劲。她将成玄风的一只胳膊绕过自己的脖颈，同时将他上半身的重量大多压在自己的背部。

或许是成玄风在昏迷之际感受到了有人试图挪动自己，他稍稍清醒了半分，双腿下意识地用力，总算是勉勉强强站了起来。

薛灵芝咬紧牙关，将成玄风挪到了假山那头，把人藏在了一个缺口处，这才松了口气。

成玄风的血沾染到了薛灵芝的轻薄衣衫之上，月光之下，薛灵芝身上触碰到血迹的肌肤忽然有了一些变化。

正如一年前，薛灵芝和张少白双双落水，她好不容易将张少白弄到一个隐秘山洞，结果身上也沾了一些血迹，让张少白看到了那终生难忘的一幕。

而此时此刻，成玄风在一阵恍惚中微微睁眼，他并未看清救命恩人的面容，而是先看到了一只鸟首。

那只灵鸟的头部正倚着女子的脖颈，鸟眼在月下透着诡异。女子肌肤雪白，灵鸟其色火红，两者相融相依，难分彼此。

仿佛薛灵芝就是那只灵鸟，而那只灵鸟也就是薛灵芝。

成玄风原本极为轻缓的呼吸声变得粗重起来，因为他想起了山上看到过的那些典籍，其中《山海经》曾提到过一种灵鸟——看守着长生不老药的灵鸟。虽然他从未见过那等神物，可不知为何，他看到那只灵鸟的时候偏执地认为它就是书上记载的那只不死灵鸟。

薛灵芝的全副心思都放在了院外的脚步声上，并未留意成玄风的异常，待到那脚步声消失不见之后，她才发现成玄风已经睁开了双眼，正直勾勾地看着自己。

成玄风一言不发，脸上的血污让整个人显得仿佛疯魔。

薛灵芝感到有些恐惧，但还是鼓起勇气说道："我去屋里给你拿些伤药，你用后就赶快走吧。"

说完，她便转身离去，而成玄风从始至终视线从未离开过薛灵芝，眼神中透着前所未有的狂热。

身处这等绝境之中，他莫名想起了温玄机曾给他讲过的那个故事。温玄机说，在他差点饿死的时候，有个乞丐往他嘴里塞了一口馒头。可是紧接着乞丐便后悔了，又把他嘴里的馒头硬生生抠了出来。

那个女子虽然救了自己，可她是否也会后悔呢?

想到这里，成玄风挣扎着站起身来，又想到女子背上的文身，心头仿佛被人点了一把燎原之火。

一个道门，乃至整个大唐都寻觅了许多年的秘密，终于被他找到了钥匙。

所以他现在还不能死，绝对不能死!

薛灵芝拿着伤药回到假山这边的时候，发现那个来路不明的道人已经离去。她心思一转，便想到那人一定是不信任她，这才悄悄离开。

这样倒也好，免得她烦心救完人之后又该如何。薛灵芝看了眼宅子那头，见没什么动静，想来石管家和仆人并未留意到这边，便开始收拾院子里的一片狼藉，以及自己身上的血污。

她本就被人看成天煞孤星，若是再不明不白地惹上其他事情，恐怕未来日子只会难上加难。

收拾妥当之后，薛灵芝重新躺回床榻，却心绪难平，久久不能睡去。

“把这副身子彻底交给我，我能满足你的所有愿望，”她脑海中有道声音响起，“你想要的自由，你喜爱的山山水水，还有张少白，我都能给你。”

薛灵芝心想：“你总说把这一切给我，但你又是谁，你明明就是我啊。”

她紧闭双眼，用力摒弃脑海中那些不切实际的想法，尽量让心情平复下来。可她努力许久却毫无作用，她此时此刻的心乱如麻，仿佛预示着什么。

可惜，那个唯一能帮助她的人，正在长安的另外一处……

饱受煎熬。

※

清冷的月光之下，张少白觉得身体莫名发热，好像体内有异物在各处游走，将他折磨得近乎疯癫。这已经不是第一次发生这种情况了，准确来说，普度大会的第一试开始之后，他的身体便开始这般，这期间他也花了不少心思寻找病根，可病情还是愈发严重。

最为恐怖的是，精通祝由的张少白居然完全没有觉察到是谁向自己下了毒手，他怀疑过铸玲珑在自己身上还留了其他东西，也怀疑过是否佘婆婆当时也藏着暗招，不过这些都只是猜测，多日过后早已无从证明。

但是，这也为他提供了一条至关重要的线索。

自打张少白愿意走出张家大门的那一刻起，他便将生死置之度外，以自身作为诱饵，主动勾引那些对张家不怀好意的人露出马脚。

如今他中了招，刚好说明的确有人暗算于他，而这种神不知鬼不觉的手段，极可能与六年前的那场大火有关。

张少白皱着眉头，轻轻推开窗子，看向月亮的眼神中满是感伤。忽然，有道身影挡住了他的视线，站在窗外对他说道：“你本就有隐疾在身，如今又伤上加伤，是不想要命了吗？”

“如果能查出那场火的真相，这条命不要也罢。”

五叔勃然大怒：“胡说八道，你若是死了，张氏祝由的传承就断了！”

张少白却说："我和老爹他们不一样，我从来都不在乎什么传承，我只在乎这一世能不能活得问心无愧。再说了，当年离家出走的大伯说不定还没死呢，可以让他开枝散叶啊。"

"不要提起张怀璧那个大逆不道的叛徒，你是二哥的儿子，和他绝不一样！"五叔看着张少白的惨白面容，怒火顿时烟消云散，"唉，不说了不说了，和你唠唠叨叨了这么多年，你什么时候听过我的话？"

"那是五叔疼我，"张少白露出一个孩童般的笑容，转而说道，"之前我用摄魂之法试探出了佘婆婆的深浅，也确定她和大火无关。那么还有铸玲珑和厉千帆二人，其中铸玲珑也与我算是暗中交过手了，就剩下厉千帆神神秘秘。说实话，我感觉凶手就在他们当中。"

五叔喝了口酒，刚想说些什么，突然听到旁边不远处传来"吱呀"一声，转眼间便溜得无影无踪。

明珪迷迷糊糊地走到了刚才五叔站着的位置，看着窗子里面的张少白，轻声说："先生怎么还不睡啊？"

张少白揶揄道："你这是半夜起来开闸放水？挺好，免得尿床。"

明珪小脸通红："才没有……我就是做了个梦……梦见了我爹。"

张少白叹了口气，又看了小徒弟许久，见他没有离开的打算，于是说道："进来一起睡？"

"哎！"明珪脸上又有了笑意。

一夜过后，日头初升，张少白拨开压在身上的宝贝徒弟，轻手轻脚地出了门。他与茅一川事先并未有过约定，却不约而同一起到了曲池坊。

曲池坊位于长安东南角，虽说地处偏僻，却有着城里难得一见的好风光，只因曲池便是修建于此。早在大隋时期，这里就建了一座皇家园林，名为"芙蓉园"，之后长安易主，芙蓉园侥幸得以存留。

茅一川赶到这边的时候，比张少白略微晚了一步，刚好看到一袭白衣的祝由先生就站在坊门处，神游物外。

他伸手拍了一下张少白，后者吓得一个激灵，转过头来没好气道："你这人走路怎么没声！"

"只是你没听到罢了。"茅一川转而问道，"你居然一反常态一早来了这边，莫不是对第二试有了想法？”

张少白摇头道：“没有，只是越想越觉得此番普度大会有些不太寻常。”

茅一川眼前一亮：“怎么说？”

“三言两语我也说不清楚，还是查案要紧，先过了药试再说吧。”

随后，两人似是闲逛一般在曲池坊内走走停停，与其说是查案，张少白反倒更像是出来逛街游玩。不过这人生了一张巧嘴，能说会道，一见到坊中老人便凑上前去套起了近乎，顺带着打听最近曲池坊发生的那些怪事。

情况与茅一川之前了解的差不太多，大概是半个月前，曲池坊便出现了丢失牲口的怪事，而后怪事愈演愈烈，居然又平白无故地丢了几个大活人。更可怕的是，还有人在偏僻处找到了一些骨骸，上面的血肉则被啃食得干干净净。一时间曲池坊人心惶惶，以为是有厉鬼作祟。

说是厉鬼，张少白自然丝毫不信，在他看来所谓厉鬼更有可能是一头凶兽，或是一个……活人。他脚步不停，四处走访，搜寻着那些大同小异的说法。最后，他寻了个清静凉快的地方，折了根树杈子便蹲在地上写写画画。

茅一川看了许久，终于发现张少白画了一幅曲池坊的地图，不过并不详尽，只把主要的巷陌勾了出来。他倍感好奇，于是问道：“你这是要做什么？”

“这叫‘堪舆之法’，我要用它探一探厉鬼方位。”

“堪舆？祝由居然还懂这个？”

“俗世有风水，人心也有风水，两者算是大同小异。”张少白的态度颇为不耐，茅一川见状也不自找没趣，只是用心去看，至于能看懂几分那就说不准了。

画好曲池坊后，张少白又捡了几枚石子放在手心，说道：“这世间万物，皆有规矩。”

茅一川不确定他是不是在同自己说话，所以没有接茬。果然，张少白自顾自地继续说了下去：“日升月落，这是规矩，冬暖夏凉，这也是规矩。‘规矩’二字，看似简单，却有天地至理，堪舆说白了就是窥探这些规矩的一个法子。”

说完，张少白往茅一川那头扔了颗石子：“听懂了没？”

茅一川微微一愣：“懂了一些。”

“笨，我的意思是，既然世间万物都有规矩，曲池坊的厉鬼便也不例外！”

茅一川倒也不生气，此情此景让他想起了去年和张少白第一次联手破案的时候，那时他仍将其视为骗子，没想到这位看起来极不靠谱的祝由先生居然真就凭借几滴血破了案。

张少白苦思冥想了一番，然后把手中石子依次摆在了图中各处。茅一川仔细一看，便发现那些石子的“落脚之处”刚好是发生过丢失家禽家畜，以及有人走失的各家各户。

只不过，这些地方杂乱无章，看起来似乎没有丝毫逻辑可循。

张少白重新拿起树枝，轻轻画了几道线，将那几枚石子连了起来。随后他停笔犹豫，皱紧眉头，又画了四条线将所有石子圈定其中，他说：“此为矩。”

茅一川也眉头深皱，不解其意。

张少白手中树枝再动，这次画了许多大圆小圆，他说：“此为规。”

规矩已成，曲池坊的地图被弄得乱七八糟，但看上去却仿佛有了一丝头绪。张少白用手指按住其中一点，说道：“人往往不自知，其实自己就像是拉磨的驴子，无论如何走都在规矩之中。”

茅一川瞳孔忽地一缩，他发现张少白指尖所在之处，与地图上各枚石子的距离刚好一致。他隐隐觉得这并非巧合，忍不住开口问道：“那头厉鬼就藏在这里？”

张少白站起身来，拍了拍屁股上的尘土：“差不多。”

“我看方位似是芙蓉园那头，不如这就过去？”

“不急，先找个地方休息一下。”

茅一川虽然着急破案，但看到张少白脸色极差，还是不由心软，乖乖找了一处茶摊歇脚。不料他俩落座之后，居然听到了一个极为有趣的传闻。

说话的人是此地的大茶壶，平时就喜欢说些杂七杂八的东西引人来此喝茶。这人说他曾经亲眼见过那头厉鬼，只可惜天色已晚，没太看清。

张少白扔过去一枚铜板，一边喝茶一边问道：“仔细说说，那厉鬼长什么样子。”

大茶壶颇为娴熟地接住铜板，嘿嘿一笑，讲道：“看背影是个魁梧的，估计是个男子，头发很长，而且都拖到了地上。”

“在哪儿看到他的？”

“这个嘛，”大茶壶欲言又止，直到又接住了一枚铜板，这才笑嘻嘻地答道，“就在曲江池边，挨着芙蓉园，那厉鬼走过的地方留有水渍，说不准还是只水鬼哪。”

张少白和茅一川两人相视无言，心中俱是一震。

茅一川再也按捺不住性子，放下茶碗起身便走，张少白也赶忙喝尽了碗底剩下的那点茶汤，跟了过去。

每次涉及查案之类的事情，茅一川的动作可谓风风火火，就好像只要稍微差个一时半刻便会和真相失之交臂。没过多久他便到了芙蓉园外，又过了一会儿张少白方才气喘吁吁地追了上来。

芙蓉园乃是皇家园林，看守森严，厉鬼自然是不可能潜入其中的。不过这芙蓉园只将部分曲江圈在其中，还余下大半在宫墙之外，如果那头厉鬼真的藏身水中，便只可能是这个地方了。

而此处，刚好就是张少白用堪舆之法找到的那一点！

茅一川迅速沿着曲江边上仔细探查了一番，的确找到了不少线索，比如有一处较为隐秘的低矮水岸，在那里发现了一些骨头，其中大部分是鱼骨。看样子厉鬼的确藏身于此，至于为何挑了这么个地方，估计和芙蓉园里养着的锦鲤不无关系。

张少白向来懒惰，属于能躺着绝不站着的人，他站在茅一川身后不远处，看到棺材脸有所发现，便开口问道："喂，你找到什么啦？"

茅一川答道："鱼骨。"

张少白反应极快，瞬间想通了关键："没人会闲着没事来这里捕鱼吃，仔细想想只能是那头厉鬼了。"

茅一川眯起眼睛，仔细打量了一番附近景物。曲池坊之所以叫作"曲池"，便是因为它紧紧挨着曲江池，而说起这曲江池，更是大有讲究。

他自幼长在金钺阁，知道不少长安的隐秘之事，其中一件，便是整座长安城都是根据乾卦而建。长安城内有六条土坡，分别对应着乾卦中的六爻，根据爻辞不同，长安由南向北依次做皇家园林、寺庙道观、市场、朝堂、皇宫以及禁苑用处。

长安地势东南高西北低，然而按理来讲西北属于天门，象征皇权，理应势高。为了改变风水，只好在东南开凿池沼，刻意降低地势，如此一来便有了曲江池。而后此处更修建了芙蓉园，开通黄渠与其相连，使得曲江池变成了一半位于芙蓉园内，一半位于园外的水地。

张少白看了看平静水面，忽然说道："你说厉鬼到底是个什么东西，武后又为何将第二试取名为'药试'？"

茅一川反问："你觉得呢？"

“它嗜食生肉，这并非活人习性，但大茶壶却说它是人形，且头发极长……总归来说，肯定不是什么鬼魂，至于武后是如何想的嘛，我是一点思路都没有。”

“既然如此，倒也不用思虑太多，把它抓住不就一清二楚了。”茅一川是个不会说谎的人，他目光闪烁，显然还知道些什么，却不愿告诉张少白。

张少白自然看了出来，但没有追问。

两人又在此处徘徊了一阵，没有见到丝毫异常，想到之前的传闻中厉鬼大多是夜间行动，便决定等到夜里再来查探。待到夕阳西下，净街鼓响起，曲池坊各家各户纷纷回了自家宅院，街道顿时空荡下来。

推事院事先早已打点过上下，参与普度大会者只要出示第一试抓取的木牌，便可以无视宵禁，故而张少白和茅一川才能在夜间肆无忌惮地行动。

出乎意料的是，当他二人重新回到曲江池畔的时候，传闻中的厉鬼没找到，却在一棵树下看到了奄奄一息的厉千帆。

张少白心中颇为疑惑，他记得厉千帆之前曾与铸玲珑结盟，怎会到了这里，又落得如此下场?

茅一川却没想那么多，赶紧伸手试了试厉千帆的鼻息，确定他只是昏倒之后便用力掐了片刻人中。

“唔……”厉千帆总算醒转，但眼神迷离，费了半晌工夫才总算是真正清醒过来。

茅一川冷声问道：“此处发生了何事？”

厉千帆虚弱答道：“我与铸玲珑乃是为了‘药试’而来，并且在这里发现了厉鬼踪影。”

前来普度大会争夺金牒的人算是藏龙卧虎，张少白能够通过堪舆之法找到这里，其余人也有各自妙法寻到线索。

茅一川见厉千帆想要起身，便伸手扶了一把，后者艰难地站了起来，靠着树干，继续说道：“我们找到厉鬼的时候，他刚好从水里出来，看模样和寻常人无异，只是身上衣物极为破烂，人也十分邋遢。”

“那你是如何晕倒的，厉鬼又去了哪里？”张少白站在厉千帆对面，问道，“还有铸玲珑，她为何不在此处？”

面对张少白一连串的问题，厉千帆显得有些迷糊，他说：“我也有些记不太清了，只记得看到厉鬼不久后，应是有人忽然偷袭……晕倒前我隐约看到铸玲珑追着厉鬼往那边去了。”

说罢，他伸手指了个方向。

茅一川顺着方向往那边看了一眼，随后又转回头来看着张少白，不知在想些什么。

张少白笑着摆了摆手：“你尽管去追那头，这边就交给我吧，厉千帆受的伤不知是轻是重，我帮他简单处理一下。”

既然张少白都这么说，茅一川也就收起对他的担忧，轻轻点头后便风一般地追了过去。

待到茅一川已经走远，看似虚弱的厉千帆忽然笑了起来。

他双眼紧紧盯着张少白不放，笑声越来越狂放，眼角甚至有泪水渗出，流入了脸颊的浓厚胡须中。

就像是一头终于捉到了猎物的凶兽。

厉千帆说道：“你不该让他留你一人在此。”

第六章 陈年蛊事

祝由，早年称之为“巫”，意为通晓天地诸多神秘。天脉传承的咸天八法囊括了医术、风水、玄学等方方面面，这是祝由；苗疆流传千年的蛊术，其实也是祝由。

厉千帆本不是苗疆人，而是生在中原的一个医师，只是自古医毒不分家，久而久之他便走入歧途，对毒产生了更为浓厚的兴趣。他想要学会祝由天脉的诸多妙法，却求之不得，于是去了苗疆，娶了一位当地女子，还学了蛊术。

而在他所炼制的蛊毒当中，最为奇妙的一种叫作饮脂蛊。

张少白与厉千帆相对而立，静静看着对面那人状若癫狂，极为平淡地问道：“是你在我身上动了手脚？”

厉千帆脸上的笑意透着残忍：“不错不错，原来你已经觉察到了，我还以为你要做一个莫名其妙的冤死鬼呢。”

“准确来说，十几天前我就知道自己中了某人的阴损招数，只是那招数实在太过隐秘，所以我无法确定它到底是蛊，抑或是其他的什么东西。”

“饮脂蛊的滋味不太好受吧，它最喜欢夜间觅食，而它的食物就是你的血肉。”

张少白闻言感觉体内又传来了又痒又痛的感觉，有些不适地扭了扭脖子，叹道：“的确不舒服，但还远远不到生不如死的地步。”

厉千帆从怀中掏出一个巴掌大的青铜香炉，说道：“这里面的香料可以引得蛊虫狂躁无比，等我点燃了它，你就知道什么叫作生不如死了，哈哈！”

“如果你只是想要让我体会生不如死的感受，那就大可不必，”今晚月色昏暗，所以张少白的面容显得晦暗不清，他说，“因为六年前张家的那场大火，就已经足够了。”

厉千帆的笑声忽然停了下来。

张少白轻声说道：“这些年来，我一直在想是谁害了我张家。想来想去，我认为凶手只有两种可能：一是觊觎张氏祝由地位，想要取而代之；二是想要张家的某样东西，比如……咸天八法。”

说到“咸天八法”的时候，厉千帆眼前一亮。

张少白继续说道：“不过有一点我可以确定，如果他的目的是咸天八法，那他当年绝对不会成功。”

“为什么？”

“因为咸天八法作为天脉隐秘从来都是口耳相授，怎会记录在书册之上？”张少白嘲讽道，“所以我知道那人在六年前竹篮打水一场空，一定还会继续寻找。只要我这个张氏后人现了身，他就会想方设法地接近我。”

厉千帆的表情变得狰狞起来，“胡说八道，我曾亲眼见过一本记录有咸天八法的书册，一定就藏在你们张家！”

张少白冷漠道：“那你这些年恨不得将张家掘地三尺，可否找到？”

“现在还没有，但我相信，很快就会找到了。”厉千帆往香炉屈指一弹，居然有一粒火星顺着指尖射入其中。

随后，有股古怪香气从香炉缝隙中流露而出，仿佛有形之物向着张少白缠绕而去。

嗅到那股气息的瞬间，张少白感到背部有一指甲盖大小的部位猛地一跳，随后便是撕扯血肉的剧痛。更为可怕的是，这疼痛居然还在体内移动，而痛感前所未有地清晰。

“说吧，咸天八法到底藏在哪里，或者你亲口传授给我，如果我心情好些的话，或许也会让你好受一些。”厉千帆捧着香炉，瞪大双眼，极为享受他人饱受折磨的痛苦模样。

张少白跌坐在地，只是双眼仍死死盯着那个杀人凶手，他感觉一股热流正涌上自己的头部，蔓延至眼珠的每一处。谁也想不到在这生死存亡之际，张少白居然施展出了望气之法。

他与厉千帆四目相对，但看的却不是对面那人的外貌或是血肉，他看的是更加虚无缥缈的东西。

那是一团灰白颜色的气，其中夹杂着无数漆黑斑点。

望气之法作为张氏祝由最为玄奥的一门学问，能够在武后身上看到五爪金龙，更能在薛灵芝身上看到两个灵魂。这说明它不会犯错，通过它看到的气息，必定有所指代。

而厉千帆的气所代表的，正是沉疴旧疾。

张少白强忍着剧痛，开口说道："你快死了。"

厉千帆居高临下，看着那位曾经高高在上的天脉传人："快死的人是你。"

"你想要咸天八法就是为了治疗自己的隐疾，这些年来你用毒药，甚至是蛊术为自己续命，却也留下了许多病症，"月色的掩映之下，张少白的眼睛仿佛黑珍珠般，透着一股深邃的明亮，"这些病症爆发的那日，就是你的死期。"

厉千帆往香炉吹了口气，里面的火苗顿时燃得更旺，释放出的香味也更加浓郁："就算你知道这些又有什么用？"

"当然有用，我知道了你想活，但你却不知道我不怕死，"张少白笑得凄惨，"厉千帆，我不会传授你咸天八法，虽然我会比你死得早些，但你也会在不久后因病而亡，只要不救你我就算报了满门的仇。"

说完，张少白忽然呕了一口黑血出来。

他本就身虚体弱，张云清教他祝由之术最初也是为了自医，可如今旧疾加上新患，那饮脂蛊带来的痛苦又远超想象，此时张少白已是命悬一线。

厉千帆用手掩住香炉，不得不承认张少白的确抓住了他的命门。他不想死，否则这些年的努力就尽数付之东流了。

"只可惜，张家的那场大火并非出自我手，"厉千帆忽然无比诚恳地说，紧接着又开始笑了起来，"我并不是你苦寻多年的元凶，但我确实知道那夜发生了什么。"

张少白先是质疑，随即就变成了震惊。他看得出来，厉千帆并没有说谎，可如果他说的都是实话，那张家的大火又是怎么回事？

厉千帆蹲下身子，笑眯眯地说："交出咸天八法，我就告诉你事情真相，如何？"

他盯着张少白的眼珠，觉得有些恼人，忽然很想把它们抠出来，于是伸出了手。

眼看着那两根手指距离自己的眼睛越来越近，张少白情不自禁地闭上眼睛，无奈叹道："好。"

厉千帆闻言停下了动作，不过他没有留意到，就在张少白闭眼的一瞬间，空气仿佛停止了流动，那个烟气蒸腾的香炉也好似凝固了一般。

"其实我曾和张云清有过一面之缘，我知道他就是张氏祝由的传人，所以求他救我。但你知道他是如何回答我的吗？他说我害人无数，已是邪魔外道，不配以祝由相救，”厉千帆的指尖微微上行，落在了张少白的额头眉心处，“那时我想尽了一切办法，都没能从你父亲手中找到咸天八法，不得不说，他的心性和道行都远在我之上。

“不过啊，再厉害的江湖先生也不可能斗得过庙堂，他终究还是死了。他死在洛阳的那天，我就知道张家再也没人可以阻挡我，于是那天我向长安张家下了毒手。”

张少白用力压抑着心头怒火，眼皮止不住地跳动，额头上也隐有青筋暴起。

厉千帆见状心中更加愉悦，他收回手来，继续说道：“没了张云清的张家其实和普通人家没什么区别，我也知道张宅肯定藏有玄机，贸然进去要吃苦头，只好在饭菜里下了眠蛊。顾名思义，这种小东西对人体无害，只会让人沉沉睡去。

“所以说，我其实并没有想过伤害你的家人。我只是想让他们乖乖睡去，然后我就可以在张宅搜寻我想要的咸天八法。”

张少白攥紧拳头，几乎是从牙缝里挤出了一句话：“可你没有找到，一怒之下就放火烧了张家？”

“我的确这样想过，却不敢这么做。因为我担心咸天八法的确就藏在某个地方，若是毁在大火之中，岂不是自己坑了自己。不过就在那天夜里，还有另外的人在张宅放了一把火。”

“他……是谁？”

“不知道，我只隐约看到他戴着一个面具，估计也是个和张家有仇的孤魂野鬼吧。而且他所制造的火焰十分特别，闻起来有股古怪香气，烧起来也有燎原之势，”厉千帆笑道，“现在你明白了吗，我并非灭你满门的元凶，那个放火的人才是。”

张少白仍闭着眼睛，嘴里传出“咯咯”的声音，就像是他咬碎了自己的牙齿。许久后，他的心情终于平静了一些，说道：“这些年来我一直在想，那天到底发生了什么，为何家中燃起大火，却没有哪怕一个人逃离火场。如今，我终于找到了答案。”

厉千帆眼睛笑得眯起，“既然你已经知道了真相，那我要的咸天八法呢？”

张少白默不作声。

“我早知道你个小滑头一定不会信守诺言，”厉千帆取出一个小巧瓷瓶，拔掉了瓶口的木塞，“既然饮脂蛊不足以让你开口，我便只能出此下策了。”

瓶口打开之后，有一只小虫迅速爬了出来，被厉千帆用指尖捏住：“这个叫化尸蛊，和饮脂蛊不同，它会把你吃得干干净净，只剩下一副骨架！”

化尸蛊只有麦粒大小，通体黑色，乍看上去并不觉得恐怖。然而，瓷瓶之中并非只有一只化尸蛊，而是密密麻麻数之不清。

厉千帆耐着性子问道："我再给你一次机会。"

张少白闭着眼，神情淡漠，仿佛已将生死置之度外。

厉千帆再不多言，忽然站起身来，在张少白头顶上方将瓷瓶倒置，顿时里面的蛊虫倾泻而下，全部落在了张少白的头上。

蛊虫一遇血肉便无比兴奋，迅速蔓延开来，用尖锐口器咬开皮肤，向着里面钻去。

"让我看看你能撑多久，我曾亲手杀过一个人，他在化尸蛊的啃食之下支撑了足足十息时间方才求饶。"

出乎意料的是，张少白甚至连表情都没有丝毫变化，他只是轻声说道："事情真相我已了解，你有杀人放火之心，却不敢做，只是恰好有人替你做了。但若不是你用眠蛊害得张家众人长睡不起，他们便不会全部死于火中。"

厉千帆说："我可以保证，他们死的时候没有任何痛苦。"

虫子已经覆盖了张少白的面容。

张少白说："祝由传承不易，故而同行之间即便有再大矛盾，也不会伤及性命。这是祖师爷定的第一条规矩，我父亲之所以会受太子弘一案牵连而死，多半也是因此。"

厉千帆说："可张云清对我见死不救，我不管什么祝由传承，他就是该死。"

虫子钻入了张少白的衣服里，向着身体的每一个角落钻去。

张少白又说："若你体内顽疾痊愈，再无后顾之忧，你会想做什么？又是否会为自己害死那么多人而感到后悔？或者说，你能否放下屠刀，浪子回头？"

厉千帆说："不会，我这一生从不后悔，更谈不上回头做一个所谓的好人。"

说完，厉千帆忽然觉得有些奇怪，因为他看到那些化尸蛊已经进入了张少白的体内，却没有将他啃噬成一个骷髅，反而如同泥牛入海，再也没了动静。

他心头蓦地生出一种不祥的预感。

张少白的声音空灵而遥远："厉千帆，我给了你三次机会。遗憾的是，你一次都没有抓住。"

话音落下的瞬间，张少白睁开了双眼，瞳色漆黑如浓云夜色，不见丁点星光。

厉千帆痴痴看着那对眼眸，不知为何就此失去了一切想法，他什么也不想去想，就像是所有心神全被吸入了那眼中的黑夜之中，永生永世再难逃脱。

而随着张少白睁开双眼，空气再度流动起来，香炉内也有香气重新溢到外面。只是这一次，有如实体的香气不再飘向张少白，而是厉千帆。

时间就像倒流了一般，重新回到了不久前的某个时刻。张少白坐在地上，厉千帆则蹲在身前，伸手指着他的眼睛。

只不过，就在厉千帆的指尖，刚好有一只蛊虫顺着胳膊爬了过来，一口在指头咬了个小口，然后钻入了血肉之中。

天上，挂着一个弯弯的月亮。

地上，放着一个空空的瓷瓶。

张少白不耐烦地拨开了面前的手指，厉千帆随之轰然倒下，借着月色可以看到，他身体大半已有骨骼露出，其上更是覆盖着密密麻麻的蛊虫。

为何会变成这样?

只有一直在暗中相护的五叔看到了刚刚的那一幕，那极其诡异的一幕。

厉千帆在和张少白说了几句话之后，取出了一个瓷瓶，将其打开，不知为何却将里面的东西尽数倒在了自己身上。而在香炉的作用之下，那些蛊虫如同发了疯一般地蔓延开来。

张少白不言不语，默默看着面前的半个仇人逐渐死去。之所以说是半个仇人，因为他只下了无害的蛊，却没有放火。而放火的那人，才算是真正的杀人凶手。

他不由自主地流泪，体内的饮脂蛊仍在作祟，可它带来的疼痛却远远不如内心的煎熬。

“祝由待世人以良善，为何世人却报之以恶？”张少白显得既可怜又狼狈，“爹，孩儿不懂。”

这时，香炉上的一缕烟仿佛化成了张云清当年的模样。

他悠悠说道：“终有一日你会发现，你在山的这边看到的善也许是山那边的恶，你在心中无比坚定的对也许是他人无法接受的错，而你所以为的祝由也许还远远算不上是祝由。”

张少白泣不成声，向着父亲那头跪了下去。

可惜烟中人影一闪即逝。

张氏祝由的最后一个传人，重重叩头，且叩下之后久久没有抬起。他泪流满面，虚弱至极的心神终于再难支撑，身子一歪便晕了过去。

五叔俯身抱起张少白，将他挪到了另一棵树下，离得厉千帆稍微远些，以免成了那些虫子的下一个食物。

“唉……”五叔重重地叹了口气，“和你爹一个性子，心事太重。”

就在这时，他忽然听到身后传来一声佛号，顿时惊得一身冷汗。

“阿弥陀佛。”

五叔迅速回头，只见一个慈眉善目的老和尚就站在自己背后，目光正落在张少白的身上，眼神中似有千言万语。他攥紧拳头，脚下暗中发力，正想着要不要一拳打死这个来路不明的老和尚，不料和尚却用一句话打消了他的这个念头。

慈恩大师说道：“若是贫僧看得不错，张小施主应有恶疾缠身。”

“他中了蛊。”

“不，真正让他有性命之忧的不是蛊，而是另一种病症。”

五叔不知道慈恩大师来历，更不知他是敌是友，但他居然能够看出张少白的隐疾，便说明有可能也懂得治愈之法，一时间心中满是挣扎。

慈恩大师缓缓向着这边走来，说道：“可惜，贫僧也是头次见到这病，多半是治不了的。”

五叔纠结道：“请问大师名讳？”

“贫僧法号慈恩，六年前曾与张云清有一面之缘。”慈恩大师一边说着，一边和五叔擦肩而过，五叔想要伸手阻拦，但终究还是没有出手。

五叔追问道：“大师真的一点办法都没有吗？”

慈恩大师仔细查看了一番张少白的状况，答道：“他这是先天气虚之症，病在出生前就患上了，能够活到现在已实属不易。若不是祝由最擅移精变气，将精血转为元气填补不足，他怕是早就死了。不过即便如此，他这身子依旧像千疮百孔的破烂屋子，一旦遇了刮风下雨就会痛苦不堪。”

他口中的“刮风下雨”当然不是真正的刮风下雨，而是喜怒哀乐，就比如张少白方才得知真相后的大悲。

又仔细看了片刻，慈恩大师说道：“此处阴冷，还是换个地方吧。”他见五叔有些犹豫，又说，“你若是不放心，也可以带他自行离去，贫僧断然不会阻拦。”

话音刚落，忽然从另一方向也传来了脚步声，五叔脸色一变，向着慈恩大师行了一礼，然后施展轻功消失不见。

慈恩大师随之转身看向那边，只见一人黑衣带刀，应是看见了这边状况不对，正飞奔而来。

待到离得近了，茅一川毫不客气地挡在张少白与慈恩大师之间，握刀之手拇指用力，将刀身弹得出鞘，看架势随时准备出手。他冷声说道：“还望大师给我一个解释。”

慈恩大师面不改色，仍是一脸笑意：“贫僧也是为了‘药试’而来，刚巧查到了这里。”

茅一川将信将疑，他依次打量了一番厉千帆的尸骨处、慈恩大师，还有依旧昏迷不醒的张少白，最后决定先带他离开此处。

慈恩大师不再多言，只是跟在茅一川身后，离开曲江池畔不远后，有个小和尚屁颠屁颠地跑了过来。

木鱼脆生生地说道：“师父师父，您事情办完啦？”

慈恩大师摸了摸木鱼的后脑勺，笑着摇头道：“嗯，今日的晚课做完了吗？”

“做完啦！”木鱼看到了茅一川和他抱着的张少白，好奇道：“这两位施主是怎么了？”

“再诵读十遍《楞伽经》吧。”

“啊？”木鱼惊讶地瞪大眼睛，但还是颇为听话地背诵起来，“我常说空法，远离于断常……生死如幻梦，而业亦不坏……”

慈恩大师随着爱徒一同诵道：“若了境如幻自心所现，则灭妄想、三有、苦及无知爱业缘。”

师徒的诵经声如流水般浸润着夜晚的长安城，就连张少白也仿佛听到了阵阵佛音，不仅眉头得以舒展，身体也随之放松下来。

茅一川感受到了张少白的异样，便看了一眼，见他不似昏迷，反倒更像是沉沉睡去，于是心中担忧烟消云散。

他知道这是慈恩大师有意相助，虽然心中感激却不好意思说出，只好放缓步子，刻意等了等人小步子也小的木鱼。

一行人就这样一同到了普度坛。

※

夜间的普度坛点了许多油灯，零星分布于坛内各处，暗藏玄机。除此之外，晚风轻轻吹动悬挂着的五色布，布条飞扬，透着古怪。

来俊臣带着抱剑仆早就来了此处静候，他身子站得笔直，双眼微闭，似是闭目养神。一旁的苏童则嬉皮笑脸，左顾右盼，也不知道是发现了什么有趣之处。

这晚温玄机来得最早，但来得匆匆，去也匆匆，只说师弟成玄风生死不明，破道观中发现不少血迹。但生要见人死要见尸，不然他也没法和山上的老头子交代，于是主动退出了此次普度大会，一门心思寻人去了。

来俊臣对此并不感到惊讶，在他看来，若是第二试开始之后，六人都能完好无损地晋级下一场比试，那才是大有反常。

在那之后来到普度坛的是秦鸣鹤，他一如既往地沉默，找了个角落就独自待着去了。

又等了许久，最后是茅一川一行人姗姗来迟。至此，除了已经身死道消的厉千帆和追查厉鬼下落不明的铸玲珑，参与药试的其余众人总算是尽数到场。

来俊臣淡淡地看了张少白一眼，随后便收回目光说道："按照规矩，诸位此时需要互通有无。当然，如果有人想要独占鳌头，什么都不说也是可以的。"

慈恩大师面带微笑，主动说起了自己查到的线索，其实和张少白发现的大同小异，无非就是厉鬼和曲江池有关，所以他才会也在夜晚寻到了池畔。

见到慈恩大师率先开了口，茅一川也不好意思藏私，便将自己查获的信息通通讲了出来。他向着厉千帆所指的方向追了很久，但一直没有发现铸玲珑和厉鬼的行踪，故而猜测或者是铸玲珑已经得手，或者是厉千帆说了谎。

两人说完之后，来俊臣将目光转向了秦鸣鹤，后者却完全无动于衷，一副事不关己高高挂起的模样。

慈恩大师脾气最好，主动开口问道："秦施主没有任何发现吗？"

秦鸣鹤虽然高傲，但对慈恩大师还是颇为尊重，回道："不瞒大师，我并没有各位的神通，只是在曲池坊逛了一天，什么都没有发现。"

这边正说着，苏童却蹦蹦跳跳地来了张少白那头，他想要伸手扒开祝由先生的眼皮看看，不过被茅一川的凶恶眼神制止了。

苏童悻悻然道：“只是晕过去了？”

茅一川“哼”了一声，当作回复。

苏童嘻嘻笑道：“可我感觉他是命不久矣的样子啊！”

茅一川冷眼扫向来俊臣，极不客气地说道：“管好你的狗。”

来俊臣面不改色，继续留意慈恩大师和秦鸣鹤的对谈。苏童挨骂之后反而更加兴奋，嘴巴不停地说着，“真的，你看他面露黑气，这可不是正常人该有的脸色啊。”

就在这时，张少白忽然睁开眼睛，悠悠说道：“你还会看面相？”

苏童吓了一跳，“活过来了？”

张少白有些费劲地坐起身来，笑道：“阎王爷嫌我肉少，就把我放回来了。”

“你这人说话可真有意思，阎王爷又不吃人，怎么会嫌你瘦啊！”

“是啊，阎王爷不吃人，推事院却喜欢吃人，”张少白似笑非笑地看着苏童，“你说对吗？”

苏童自己也不知为何，忽然被张少白看得一阵心虚，仿佛那人的眼光可以直视人的内心深处，将那些藏着的秘密看得清清楚楚。

张少白在茅一川的搀扶下站起身子：“小子，你的话实在太多了，要多学学你那位主子，少说话多做事。”

苏童罕见地没有顶嘴，而是乖乖回到了来俊臣身后，脸色阴晴不定。来俊臣也懒得追究，而是主动问道：“既然醒了，就仔细说说厉千帆的事情吧。”

张少白一脸坦然：“他想用蛊害我，结果遭到反噬而死。”

来俊臣眉头一皱，“就这么简单？”

“就这么简单。”

这时慈恩大师主动附和道：“贫僧可以为张小施主做证，他此时体内还藏有一只蛊虫尚未取出，怕是有性命之危。”

来俊臣听后陷入沉思，身后的苏童则嘲讽道：“这可真是有意思了，这药试才刚刚开始，道门的天才就下落不明，多半是死了。紧接着又死了厉千帆，是不是明后两天还要再死几个？”

他话锋一转：“不过死多少也没人在乎，我家主子只在乎这场比试是谁抓住那只厉鬼。你们与其忙着钩心斗角害人性命，倒不如学学铸玲珑，说不定她现在已经得手啦。”

苏童向来牙尖嘴利，他这一番话说完之后，在场众人脸色都有些不善。

“走吧，留在这里也没什么意思，”张少白虽然醒转过来，但之前受过的折磨令他倍感虚弱，“我有些事要和你说。”

茅一川心领神会，跟着张少白一同离开了普度坛，不过刚走了没多远，他便突然停下了脚步。

原来是秦鸣鹤追了过来。

这个大秦人身材高大，且瞳色碧蓝，到了夜晚看上去更有种诡异感。只见他停在张少白的身前，仔细将其打量了一番，说道：“我能帮你取出那只虫子。”

张少白微笑道：“我都快要忘了，你的眼睛可以找到我体内的蛊虫。”

秦鸣鹤说道：“可惜你现在依然不愿相信我有这种异能。”

“不是我信不信的问题，就算我信了，你会愿意平白无故救我一命？”

“当然不愿意，我要你助我取得药试的胜利。”

“你倒是做得一笔好买卖。”

秦鸣鹤神色诚恳：“不过丑话说在前面，我的眼睛毕竟不能真的把你看个通透，所以寻找虫子的时候你肯定要吃很多苦头。”

张少白面露嘲讽：“可我什么时候说过同意了？”

“你不要命了？”

“要，当然要。可我就是不想求你帮我治病。”

“我不需要你求我，你我之间只是做了一笔交易。”

“秦鸣鹤，我就有话直说了，”张少白忽然感觉背部一阵疼痛，不禁疼得弓起了腰，但他随后还是咬着牙站直了身子，“第一次见面的时候，我就知道你看我不顺眼。刚巧，我也不喜欢你。”

秦鸣鹤的脸上浮上一层愠色：“我只是不喜欢你的轻浮，这不是一名医者应该有的性子。而你不喜欢我，是因为你觉得我是个骗子，或者你压根就是在嫉妒我有着神医扁鹊拥有的异能。”

张少白咬着牙说：“这并不是最主要的原因，我真正不能接受的是你提出的开颅之法，一个人的生命何其珍贵，怎么能用这种方法。”

“我说过，我很有把握用此法治好皇帝的头疾。”

“可我恨的就是你有把握做此事，你既然能有把握给活人开颅，那你之前做过多少次类似的事情！”张少白厉声说道，“你擅长的开颅，到底是用多少条人命堆出来的！”

秦鸣鹤的脸色变得阴郁起来：“医学的前进必然伴随着牺牲，而且我的手艺是用大秦人的死刑犯练就的。”

“所以我说你我医道不同，我认为医者应有一颗仁爱之心，任何时候都不能牺牲他人性命。”

“我用将死之人练习救人之术有何不可？”

“若是按照你的说法，神农大可不必亲尝百草！”

“你的想法愚昧至极！”

“没错，我的确愚昧，我只知道任何生命都应该得到尊重。医者的双手可以沾满鲜血，但医道却不能！”

“够了！”秦鸣鹤极其粗暴地打断了张少白，转身便走，对于之前的交易再也不提。

这两人就像天生的对手，每一次相遇都会不欢而散。

随着秦鸣鹤逐渐走远，张少白忽然身子一歪，幸好一旁的茅一川扶住了他。

“你应该让他帮你治病的。”茅一川感到张少白身子很凉，而且脚步也极为虚浮，不禁有些担心。

张少白并不在意，只是在茅一川的搀扶下往家的方向走去，他边走边说道：“厉千帆和张家的大火有关，张宅着火那日，是他下了眠蛊害得所有人沉沉睡去，所以才没有一个人能够逃出火场。”

“什么！”茅一川大惊。

“不过，那把火并不是他放的，而是另有其人。”

“是谁？”

“厉千帆也没看清，只说那人戴着一个面具，而且那火很特别，带着一股异香。”

虽然厉千帆没说那面具是什么样子，但茅一川却瞬间想到了庞先生以及九罗！

张少白的声音中透着恨意：“我父亲死于太子弘案，而太子弘案是九罗一手谋划。如今看来，张家的大火多半也是九罗放的，可我不明白……张家到底哪里招惹到了他们？”

※

与此同时，长安皇城，大明宫。

虽然已是深夜时分，御书房仍是灯火通明。李治扶额而坐，双眼微闭，面前桌上铺着厚厚一摞奏折，有些已用朱笔做过批示，有些则尚未打开。

武后轻手轻脚地走进书房中，来到李治身后，先是用手摸了摸他的额头，然后悄声说道："陛下既然乏了，不如早点歇息吧。"

李治闻声睁开眼睛，重重叹了口气，却不说话。

两人夫妻多年，早就心意相通，武后哀伤道："陛下在担忧郝处俊？"

这郝处俊贞观时入朝为官，一辈子兢兢业业，可惜今年已是七十有五，恶疾缠身，前些日子辞官告老回家养病，但听说状况极差，说得难听些便是离死不远。

"唉，处俊一片忠心赤诚，虽然说话直了些，我也有些反感……可突然朝堂上少了这么个人，我反而觉得有些不太适应。"

"是啊，郝开府那张嘴的确伤人。当初陛下只是提了一句想要退位于我执政，他便引经据典一顿说道，妾身那时可是听得颇为下不来台啊。"

李治兴许也是想起了往事，轻笑一声，又说道："在这满朝文武当中，他是为数不多真心为我考虑的人。即便有些时候，他也知道有些话说出口来，便难免惹我生气。其实我也曾对他动过罢官的心思，只不过看他一大把年纪，这才收了想法。"

武后见李治心情好了些，便伸手收拾起了桌上的奏折，想让他早点歇息，以免犯了头疾。

这时，李治却说："记得十数年前，有个僧人曾进献灵药，说是可以延年益寿。"

武后身形微微停顿了一下，随后又恢复如常，她说："妾身记得那僧人名叫卢伽逸。"

"对对对，就是这个人，我可是险些就信了他的话，以身试药。多亏处俊劝了下来，皇后可还记得处俊是如何劝阻我的？"

武后答道："郝开府说，先帝曾诏令僧人那罗炼制丹药，用了不少灵药怪石，花了整整一年时间才炼好。结果先帝服用过后病情便急转直下，那会儿大臣请求杀了那罗示众，可惜有些人觉得这么做会让外族人耻笑。说来可笑，此人和先帝之死有关，最后却没有受到处置。"

李治说道："那只是做做样子，大唐的脸面当然重要，但这僧人的下场却也凄惨，只是你不知道罢了。"

"先帝逝世时妾身自顾不暇，哪里还有心思留意那个僧人最后怎么样了，"武后正说着，忽然话锋一转，"不过僧人和僧人也有很大区别，妾身觉得慈恩大师就与那些招摇撞骗之徒截然不同。不如陛下抽空召见一下，或许他能有办法治疗陛下的头疾呢？"

"呵呵，如若慈恩真有你说的那么厉害，六年前怎会输给了张云清？既然张云清对我的头疾都束手无策，慈恩多半也是如此，"李治忽然也话锋一转，"更何况皇后已经说过，此次普度大会优胜者便可进宫面圣，不如你我安心等个结果吧。"

武后闻言看向李治，两人四目相对，目光似在交锋。之前夫妇二人似是围绕郝处俊的一番闲聊，其实却处处藏着锋芒。

一个是病入膏肓的皇帝，一个是位高权重的皇后。即便两人年轻时恩恩爱爱，到了此时也不免心生间隙。一个或许是害怕她按捺不住，对九五之位有非分之想。一个或许是担心他病急乱投医，做下后悔之事不得善终。

永隆二年的李唐盛世，仿佛到了一个由盛转衰的转折点。太子李忠、李弘，还有李贤或死或废，而现今太子李显性情懦弱，难堪大任，乍一看去李唐已是后继无人。

在这样的李唐面前，那个武姓女子显得如此刺眼。

第七章 | 切肤之痛

白露一过，夜里便渐渐凉了下来。

昨夜张少白回到张宅之后便忽然发了病，先是浑身发烫，整个人神志不清，紧接着还呕了一口血出来，看样子是饮脂蛊又在作祟。

茅一川不忍离去，就在床边守了好几个时辰，等到天色微亮的时候，他双眼微微泛红，眉头依旧紧皱。天天和明珪看到张少白的模样之后也是一夜无眠，但又帮不上忙，只能默默着急。

“爹……娘……”张少白不知梦见了什么场景，口中发出梦呓，其中还夹杂着似是抽泣的声音。

茅一川见状脸色更加阴沉，虽然张少白只与他说了厉千帆是受了反噬而死，说得云淡风轻，但他却知道那过程一定凶险万分。

自从认识张少白以来，茅一川始终觉得他是个滑头小子，能出七分力气就绝对不出十分。甚至有些时候，茅一川一度认为张少白是故意装成弱不禁风的模样，为的是勾出对他心怀不轨的宵小之徒。

可是直到此时，他方才肯定张少白确实是身虚体弱。如此说来，当初张少白为了帮他查九罗的案子而四处奔走，也真是冒着不小的风险。

“唉。”茅一川向来是心中有再大的苦也绝不出口抱怨，今天却破天荒地叹了口气。张少白身中奇蛊，昨夜请了几位医师过来看诊，但什么都看不出来。想来也是，就连张少白自己都解决不了身上的蛊毒，寻常医师又能派上什么用场？

棺材脸苦思冥想许久，越想脸色越黑，看着简直黑如锅底。终于他牙一咬，做了个决定，然后就把张少白背了起来，向着张宅外面走去。

明珪一听到这边有动静赶紧追了出来，想要跟着一同出去，却被天天一把拉住，只好满腹担心地问道：“您要带先生去哪儿啊？”

茅一川只是冷声答道：“能救他的地方。”

日头渐渐升起，各坊市的门也陆陆续续打开。茅一川找了辆马车，就这样带着张少白去了薛府别院。

其实他与薛灵芝并没有什么交集，他只是在暗中护着张少白的时候顺便关注了一下那个女子，也是因此得知她精通医术。不知为何，他隐隐觉得这次薛灵芝一定可以治好张少白，于是便来了这里。

当然，其实治好张少白把握最大的人，应该是秦鸣鹤。只可惜张少白与其医道相悖，说什么也不愿意求他帮忙。

茅一川对此颇为惊讶，他从不知道向来惜命的张少白竟也有着这样的一面。

抵达薛府别院之后，开门的依旧是石管家，他一看那人乃是曾经有过一面之缘的棺材脸，便赶忙将人请进了府里。

这时薛灵芝刚好准备去病坊行医，看到茅一川背着张少白来了后院，心中顿时大乱。

茅一川说道：“他中了蛊，需要救治。”

薛灵芝虽然慌乱，但在危急时刻还是尽力保持着镇静。由于时间紧迫，她没有让石管家准备一间厢房，而是直接将张少白安置在了自己的闺房里，还让府里的下人送来了热水、火炉等物。

此时此刻她也顾不得什么男女之防，用手抓着张少白的手腕，摸了许久脉搏：“脉象极为虚弱，再不治好恐怕会有性命之忧。”

茅一川站在床边，面色凝重道：“他体内藏着一只‘饮脂蛊’，你有办法将其取出吗？”

“饮脂蛊？我似乎在书里见过这个名字……”薛灵芝仔细回想了一番，决定先将张少白的病情稳定下来，然后再去查阅根治之法。她取出一盒银针，看着张少白忽然一阵为难。

“怎么了？”

“麻烦你将他的衣物脱掉。”薛灵芝脸色通红，仿佛可以渗出血来。

茅一川对此却丝毫不觉得尴尬，三下五除二便将张少白的上衣脱了个精光，还把他摆成了趴在床榻上的姿势。

薛灵芝心中既是担心，又是害羞，她闭上眼睛深深吸气，心想：一直以来都是少白在悉心帮我治病，如今轮到我来帮他，绝对不能出现差错。

她缓缓呼气，再度睁眼的时候，脸上的红色已经尽数褪去，眼中也闪着不一样的神采。此时此刻薛灵芝已经彻底抛去了所有杂念，眼中只剩下张少白这个病人。她要做的事情也只有治病救人，仅此而已。

茅一川看着薛灵芝的转变，心中不由发出一声赞叹。

薛灵芝打开针盒，用手指轻轻拈着其中一根，另一只手则在张少白背部各处用力按了按，发现有些部位触感奇怪，就像是那层皮肤下面竟是空的一般："这虫子应是以膏脂为食。"

茅一川不通医术，只能默不作声。

薛灵芝神情严肃，开始落针，这期间竟没有眨过一次眼睛。若是张少白醒着看到这一幕，定会赞叹一句："腠理之微，随气用巧，针石之间，毫芒即乖，神存于心手之际，可得解而不可得言也。"

待到银针落尽，薛灵芝已是满脸汗水，她舒了口气，说道："你在这里守着他，我去查找医经，有事便来喊我。"

说完她便风风火火地离开了这里，前去书房查阅医经。温玄机早年曾住过这座别院，当年他留在薛家为薛元超治疗疾病，在这里住了很久，故而留下了不少医书。

薛灵芝虽然强作镇定，但难免还是有些手忙脚乱，她循着印象翻找着医书，随手将无用的扔到了脚边。若是以往爱书如命的她，是绝对不会做出这种事情的。

六年前薛灵芝曾在上元节见过一次张少白，那时人来人往，但她却能记住少年面孔，更能在六年后将其认出。可见薛灵芝从小便记忆非凡，所以她坚信只要自己觉得见过"饮脂蛊"这个字眼，那便绝对没错。

脚边的书越来越多，逐渐堆成了小山，薛灵芝却丝毫不见疲惫，仍在不停翻找着。

只是，她心中难免焦急，这份急切悄无声息地唤醒了藏在体内的另一个自己。

薛兰芝的声音忽然在心头响起，"你想救他？"

薛灵芝手上动作不停，心中回答道："我绝对不会让他就这样死去。"

"可你为什么要这么做？"

"他帮过我许多，若是没有张少白，我现在还被囚禁在别院当中，痛苦不堪。"

“所以你是要报答他。”

“也不仅仅只是报答，他对我来讲是个十分重要的人，所以无论如何我都要救他。”

薛兰芝声音幽幽：“可你有没有想过，或许他会落到今天这般境地，都是因为和天煞孤星太过亲近了呢？”

薛灵芝不为所动：“姐姐，我已经不再相信那道批命了。即便相信，我也不再对它束手无策，假如真的是我害了少白，那我现在就更要救他。”

“救他，救他，救他，你一直这么说，可你实际上连自己都救不了。”

“是的，我救不了自己，就像他也救不了自己。但我确信他能救我，而我也能救他。”

薛兰芝疑惑不解：“为何会有这样的想法呢，一个个自身难保的人却想着拯救别人？”

薛灵芝说道：“姐姐你也不是一样吗？当年你我在山坡上玩耍，我一不小心险些失足滑落，是你拉了我一把，结果自己却不小心跌了下去。”

“你想起来了？”

“我从不想忘，更不敢忘。”

薛兰芝忽然陷入沉默，许久无言。

“在你左手的方向，往下看第二排，应该有一本《伎术医卜》。”薛灵芝心头忽然再度响起兰芝的声音，她赶忙依言翻看书架，果然在那里找到了一本名叫“伎术医卜”的书，书页旧黄，仿佛碰一下就会碎掉。

薛灵芝拿着书，却丝毫想不起来自己何时看过它。如果她真的从未见过这本书，那兰芝又是从何得知呢？

兰芝应是感受到了妹妹的疑惑，又说道：“应是在这里见过，你找一找吧。”

“谢谢姐姐。”

薛灵芝收回心思，开始小心翼翼地翻看起了《伎术医卜》，果真从中找到了饮脂蛊的描述，并且得知此蛊一旦入体，便会不断向内蚕食。治疗方法有二：其一，饮脂蛊生养之处不出七步必有草药可以克制，服用该药便可驱赶蛊虫；其二，饮脂蛊贪吃，嗅到香气便会躁动，露出行踪。

可是如今草药必定是找不到的，能够引得蛊虫躁动的香气，又会是什么呢？

薛灵芝返回卧房的时候，张少白已经醒来，可惜背上扎了不少银针，只能继续光着身子趴在床上。

“少白你醒了？”薛灵芝见状面露喜色，“现在感觉怎么样？”

张少白的声音里满是虚弱，不过更多的则是羞涩：“还好，不过你能不能帮我把针拔了，我好把衣服穿上。”

“恐怕不行，我现在用银针延缓你体内精血流动，同时也能减少蛊虫对你的伤害。如果拔了针的话，你的病情会迅速加重。”

“算了，都听你的吧……反正现在我是你的病人。”

薛灵芝点了点头，强压下心头羞意，把方才自己从书中找到的治疗之法说了出来。可惜张少白听后也对此束手无策，更想不出有什么替代之法。

茅一川对医道一窍不通，他想了想，终于做了个艰难的决定：“我去求秦鸣鹤！”

话音刚落，张少白便用尽力气骂道：“不许去！就算我死了都不许你去求他！”

薛灵芝皱眉道：“少白……”

张少白虚弱地咳了两声，讲道：“你们不知道，秦鸣鹤的一身医术源于‘牺牲’二字，这是他的医道，也是我最为唾弃的医道。假如我受其恩惠，被他治好，就等于是我认可了他的法子，这还不如让我去死。”

茅一川摇头道：“我没法理解。”

薛灵芝却点头道：“我明白了，你总说祝由中人不愿沾染因果，也是因为如此……我尊重你的想法，也会尽全力救你。”

张少白艰难地侧过头来，看了眼薛灵芝，又看了看茅一川，挤出一个笑脸：“谢谢你们，只不过生死有命，倒也不必强求。”

“我取来了一个东西，你看看有没有用？”就在这时，一道声音忽然从房顶传来，随后有道身影出现在门外。

那人穿得邋里邋遢，腰间挂着个大酒葫芦，正是常年藏于暗处的张家五叔。可如今张少白命悬一线，他也只好主动现身。

五叔扔过来一个香炉，说道：“这个炉子是厉千帆的宝贝，里面还剩有一些香料，点燃之后可以吸引蛊虫。”

茅一川一把接住香炉，将信将疑道：“你是谁？”

五叔没有回答，身影一闪即逝，张少白答道：“他是我家五叔，你大可放心，他绝对不会害我的。”

茅一川虽然心中仍有疑惑，但忽然想起早在洛阳的时候，就发现张少白身边似乎一直有人跟着。只是那人身法太过高明，又藏得极深，故而茅一川始终无法抓到他的马脚，只好认为是自己想太多了。

薛灵芝更是没有丝毫怀疑，毕竟她在崤函道就知道了五叔的存在。她直接取过香炉，先是打开闻了闻里面的香料，觉得不似毒药。她说：“我觉得可以试试。”

张少白曾经说过，他觉得薛灵芝和自己是同一类人，但具体是哪里相似却说不清楚。如今他终于明白，原来两人最像的地方便是对医道的理解和对治病救人一事的尊重。

当薛灵芝决定施展医术的时候，她的神情无比严肃，再也不见往日的忧愁与怯懦，仿佛换了一个人，一个既不是薛灵芝也不同于薛兰芝的人。

看着这样的薛灵芝，张少白不再说话，决定将自己的身家性命尽数托付。

茅一川同样没有阻拦，只是轻声问道：“可有需要我出力的地方？”

薛灵芝看了眼他腰间的刀，说道：“你会武功？”

“嗯。”

“那你的手够不够快？”

“极快。”

“很好，”薛灵芝将张少白身上的银针通通收起，然后又取出了一柄柳叶大小的锋利小刀，又点了根蜡烛，将柳叶刀放在火上烤了烤，“如果香炉里的东西有用，虫子必定会有所反应。一会儿我会尽力找到它的踪迹，然后下刀切口，你需要在看到虫子的时候将其抓出。”

茅一川重重点头：“明白了。”

“那你先把手清洗干净吧，最好清洗到掉了一层皮的程度。”说罢，薛灵芝便点燃了香炉，一手轻拂张少白背部，一手持刀，眼中仿佛含着精光，“动作要快，要稳。”

这句话她既像叮嘱茅一川，也像在提醒自己。

香炉点燃后散发出几缕青烟，不知是不是里面香料不足的缘故，这次的香味淡了少许。不过与上次一样，香气似乎与蛊虫有着看不见的联系，竟然自行往张少白那边蔓延过去。

薛灵芝神情严肃，双眼紧紧盯着香气轨迹，同时用手掌抚摸着张少白的背部，努力寻找着蛊虫的迹象。

茅一川把手洗得通红，随后便来到薛灵芝对面站好，等待出手抓蛊。这期间他不经意看了薛灵芝一眼，发现她全神贯注，连呼吸声都低不可闻。

突然，薛灵芝左手用力一按，紧接着指尖触碰之处隐隐有个圆滚滚的东西浮现在张少白的背后，并且开始快速移动起来。

蛊虫应是嗅到了香气，所以变得极为狂躁，痛得张少白忍不住哼了一声。

薛灵芝原本还有些怀疑香炉的作用，此时见它有用，便又把香炉贴近了背部一些，果然看到那虫子活动得更加剧烈，甚至在背部顶起了一个小包。

“准备。”薛灵芝冷声说道，一手猛地用力叩下，刚好将蛊虫紧紧固定在了一处血肉之中。而她的另一只手则持着柳叶刀在该处划了一刀，速度不快不慢，力度也颇为均匀。

随着刀尖移动，张少白背部的皮肤向两侧分开，鲜血也从伤口处涌出。茅一川俯下身子做好准备，眼睛微眯着，努力从中寻找着蛊虫。终于，他从一片血肉模糊中隐约看到了一丁点黑色。

几乎眨眼的工夫，茅一川出手如电，食指和中指竟是直接塞入了伤口之中，一下子便将那只蛊虫抓了出来，随手扔在地上。

饮脂蛊通体黑色，背覆甲壳，不过指甲盖大小。它身上沾着血，掉落在地之后仍未死亡，居然又挣扎着翻了个身，想要重新飞入张少白体内。

不过，茅一川看清其长相之后便一脚踩死了它，还颇为解恨地碾了两下。

薛灵芝并未留意那些，她只是在蛊虫取出之后立刻拿来一块棉布，还往上洒了些药粉，然后用力按在了伤口处，鲜血顿时止住。

背部被人开了一刀实在太痛，这时张少白再难忍住，终于发出了杀猪般的号叫：“吼啊！”

薛灵芝随手放下柳叶刀，擦了擦额头上的汗珠，露出了一个如释重负的笑容：“没事了。”

茅一川见张少白叫声中气十足，便也不再担心，主动向薛灵芝道谢：“多谢薛医师出手相救。”

他主动叫薛灵芝为薛医师，可见比起薛家小娘子的身份，此时茅一川更为认可她的医术。

薛灵芝笑着摇了摇头，她很喜欢别人称呼她为医师：“分内之事。”

张少白仍不停地叫唤着，就好像喊得大声一些便能疼得少一些。茅一川实在是听得心烦，便主动离开薛家别院，继续追查“药试”一事去了。

于是屋中只剩下张少白和薛灵芝，气氛变得有些微妙。

张少白不好意思继续喊疼，嘟囔道：“这次真是多亏了你。”

救完人之后薛灵芝再度变回了往日羞涩怯懦的模样，小脸通红：“如果不是五叔拿回来那个香炉，我也没有办法的。”

“嘿嘿，等我多买两壶好酒犒劳五叔，当初他把咱俩从崤函道救出来，我就说要请他喝长安最好的酒水。”张少白转而问道，“对了，那只饮脂蛊呢？”

薛灵芝看了眼地下的虫子尸体，说道：“被茅一川一脚踩死了。”

“哎哟，可惜了可惜了……”张少白一副肉痛的模样，不过这时他也的确在肉痛。

“留着它有什么用？”

“这你就不懂了，医书上只说是药三分毒，却没说是毒也三分药啊。”

薛灵芝煞有其事地点了点头：“你说得也有几分道理。”

张少白侧过头看着薛灵芝，颇为享受此时此刻的宁静，连背部伤口的疼也被他忽略了大半。

“我这段时间没来看你，是害怕像在洛阳的时候，不小心把你带入那些阴谋诡计之中。”

“我明白你的想法，但你也应该知道我的想法……我并不害怕那些事情。”

“崤函道咱俩九死一生，就算你不怕，我却害怕再发生一次类似的事。”

薛灵芝温柔地取下张少白背部的止血布，又换了一块新的，然后用布条缠绕身体一圈，将其固定。

她想起前天家中闯入的不速之客，便说道：“就算你努力保护我，不让我受你牵连，麻烦事也还是会自己找上门来。”

张少白疑惑道：“什么意思？”

“前天夜里有个受了重伤的道士翻墙进了我家，我本想帮他治伤，不过他只是歇了歇便偷偷离去了。”

“你可记得他的长相？”

“脸上满是血污，看不太清，不过应该不难看。”

张少白追问道：“跟我比起来呢？”

薛灵芝有些羞涩：“应该没你好看。”

张少白喃喃道：“一个道士，又没我好看，估计是那个失踪不见的成玄风。不过他怎会碰巧到了你这头？真是奇怪。”

“先不要想那么多啦，好好休息一下吧。”薛灵芝包扎好伤口后，起身便离开了房间，“少白，我不想一直拖累别人，能够用医术帮助你，我觉得很开心。”

薛灵芝前脚刚走，五叔便神不知鬼不觉地进了屋子。

“薛小娘子还真是让人刮目相看。”五叔一边说着，一边仰头喝了一大口酒。

张少白翻了个白眼：“麻烦把那个香炉扔出去，闻着恶心。”

五叔依言收起香炉，又说：“你这次可是欠了人家一个大人情，啧啧，不好还啊！”

“麻烦的是他们都已经知道了你。”

“没办法，如果不是我把香炉送了过来，你现在怕是已经死得不能再死喽。”

张少白说：“灵芝倒是没啥，而且她早就知道你，不过茅一川就说不定了……”

五叔说道：“你不信任那个小子？”

“不，我把他当成可以托付性命的那种朋友。但他的秘密太多，又和皇室牵连得太深，算了，不说那些有的没的。”

“呵呵，这样才对嘛，年轻人何必装得老气横秋。”五叔临走的时候还打了个酒嗝，简直臭不可闻。

张少白叹了口气，恨不得把脸埋到床底下。

※

与此同时，茅一川离了薛府别院之后，孤身一人入了皇宫。进宫后他从怀中取出一块牌子悬于腰间，一路畅行无阻，径直去了内廷深处的玄元庙。

此处乃是李治于乾封元年（666年）追谥老子为玄元皇帝而建，位于禁宫之内，高踞北邙山顶。庙宇门前伫立有高大铜柱，意为勾连天地之气。门户之上雕有大山大河、日月星辰，有护持李唐江山之意。

茅一川被内侍引入庙里的时候，李治身穿道袍，刚好饮尽了一碗汤药。他面向老子画像，看了许久，忽地叹道：“还是不像，还是不像啊……”

茅一川恭敬跪倒，说道：“陛下既然不满意，不如另寻一画师再绘制一幅。”

李治摇头道：“找不到啦，大唐屈指可数的画师全都画过，可朕就是不满意。不过说来倒也有趣，朕曾为此事问过黄冠真人，他说能够令朕满意之人将在永隆年间出生，可就只有这么一句话，朕上哪里找去？”

茅一川赞同道：“的确，而且此人就算真在永隆年间出生，能够绘制壁画也要再长大些。”

“是啊，不说这些了，朕让你查的那件事情如何了？”

“回陛下话，武后将那人藏于曲池坊，设为普度大会的第二试，意图借他人之手将其公布于众。不过，目前他似乎被一个名叫铸玲珑的女子带走，下落不明。”

“下落不明……武后也不明吗？”

“臣不知。”

李治双眼微阖，深深吸了口气，然后缓缓吐出：“绝不可让此人现身，一旦见到，迅速杀之。”

“臣领命。”

“退下吧。”

茅一川闻言站起身来，躬身退出玄元庙，随后便离开皇宫继续探查药试一事，四处寻找那只厉鬼。

从昨晚得到的线索来看，厉千帆和铸玲珑也去了曲江池畔，而且遇到了厉鬼。只不过两人之间的联盟关系一触即破，最后只剩下铸玲珑一人去追，而厉千帆则装作重伤留在原地等待张少白上钩。

茅一川身为金铓阁之主，知晓许多常人所不知的隐秘之事，关于厉鬼他也知道一些，只不过事关帝后二人，所以不能告诉张少白。他心中一清二楚，药试为何取名为“药试”。他也知道，那头厉鬼绝不可能逃得过铸玲珑的追捕。

可为何至今铸玲珑也没有现身？

只有两种可能。其一是有人从中作梗，害得铸玲珑没有抓住厉鬼。其二是铸玲珑另有打算，故意藏了起来。

茅一川重新走了一遍曲江池畔，沿着厉千帆所指方向又追了一次，但还是没有发现任何踪迹。心道铸玲珑不愧是祝由中人，藏匿行踪确实有一手，假如她自己不愿现身，其他人想要找到她是极难的。

“若是他在此处，不知会用什么法子。”茅一川情不自禁地想到了张少白，祝由先生对付同道中人向来很有一套，说不定他会有办法。

只可惜张少白此时病重在床，茅一川实在是不忍打搅。

※

事与愿违的是，茅一川没有主动找张少白帮忙，却有另一个人主动找到了薛府别院。

这人穿着一件宽大的黑色斗篷，将面容身材全部笼罩其中。他步履轻盈，行动起来有如幽魂，以至于进入别院的时候石管家丝毫没有察觉。他随手扔出一些奇怪粉末，便让别院里的下人变得浑浑噩噩，甚至主动为他指明了张少白的所在之处。

薛灵芝正在后院望着池塘怔怔出神，隐约听到身后传来一阵窸窸窣窣的脚步声，她迅速回头，然后便被神秘人一把扣住了脖颈，呼吸极为困难，险些直接昏厥过去。

神秘人声音嘶哑，分不清男女：“张少白在哪儿？”

薛灵芝用力从喉咙处挤出了三个字：“不知道……”

“休要骗我，我知道他就在这里，”神秘人手臂一勾，将薛灵芝锁在自己怀里，在她耳边轻声说道，“有些人身上带着一股臭味，无论离得多远都能嗅到。”

说罢，他双目一扫，目光就落在了张少白所在的那处病房。

然而，那间病房里的人似乎早就有所预感，居然主动打开门，站在门口看着这边。

张少白身穿白衫，咳嗽了两声，视线从薛灵芝转到了神秘人身上：“你要找我？”

神秘人发出一阵瘆人的笑声：“既然知道我的来意，就乖乖跟我走吧。”

张少白一动不动：“你先把人放了，然后带我走不就行了。”

“不行。”

“我和她两个手无缚鸡之力的人有什么好怕的，而且这里又不是张宅。”

神秘人讥讽道：“张少白，别以为我不知道你的小心思，唯有面对你，我绝不会做无把握之事。因为我很清楚，你绝对不会将自己真正置于险境，说不定现在这个院子里就有人时刻准备着将我当场格杀。”

张少白笑得仿佛天真少年：“你想得太多啦！”

“这样吧，我数到三，你主动亮出后招如何？不然，我就只能杀了这个小娘子了。”

“喂，她可是当朝宰相的孙女，你若是伤了她肯定吃不了兜着走。”

“话说得没错，可你会眼睁睁地看着我伤害她吗？”神秘人早就看破了男男女女之间的那些小心思。

张少白笑意收敛。

神秘人说道：“一。”

薛灵芝看了张少白一眼，发现他刚好也在看向自己，一时间心中思绪千回百转。

“二。”

薛灵芝挣扎着说道：“别听他的……”

“三！”

就在神秘人说出“三”的时候，张少白忽然喊了一句：“五叔！”

随后五叔出现在了张少白身旁，表情颇为无奈。

张少白挤出一个笑脸，语气却是森寒：“把人放了，我和你走。”

神秘人“哼”了一声，意味深长，一来是对张五叔有所忌惮，二来则是有些后怕。如若张少白不在乎薛灵芝的性命，恐怕自己今天真是凶多吉少。

他锁住薛灵芝的喉咙，身上不知不觉浮上一层冷汗：“那你先过来换人，如何？”

张少白看样子反倒比神秘人还要淡定，大大方方地走了过去，说道：“放人吧。”

神秘人眼看张少白距离自己只有一臂距离，顿时心生一计，打算一击重伤薛灵芝，免得张五叔空出手来追杀自己。

不料张少白又开口说道：“若是她身上少了一根汗毛，别怪我不客气。”

神秘人怒上心头，突然一把推开薛灵芝，随后将张少白笼罩在自己宽大的斗篷之中，翻墙而逃，身影向着远处疾掠而去。

张五叔紧随其后，结果刚刚追出去，忽然发现周围景象已是变了模样，有如海市蜃楼一般，难辨真假。他这才反应过来那个神秘人乃是有备而来，早就事先设计好了逃跑路线，并且在路线上设置了障眼法。

但这“海市蜃楼”乃是祝由之术制造而成，与鬼街大隐隐于市用的是同一种手段，说明神秘人多半也是祝由中人。

“可恶！”五叔虽是张家人，却并非正统传人，故而对祝由只是略懂皮毛。他费了好一番工夫才终于破了障眼法，可惜神秘人早已不见踪影。

薛灵芝紧接着也追了出来，看着空荡荡的街道，忽然觉得一阵天旋地转。她今日为张少白治病本就费了不少心神，刚刚又被人挟持，惊魂未定，两者相激竟是险些昏倒。

她知道自己派不上什么用场，更不可能追上五叔和神秘人的脚步，只能极其失落地蹲在地上，一时间不知如何是好。此时，她的心中满是内疚，觉得若不是自己被神秘人挟持，张少白有着五叔的保护一定不会落入恶人手中。

一直以来都是张少白在不遗余力地帮助自己，一直如此，从未变过。

今天自己好不容易找到机会报答张少白，结果最后还是连累了他。

自己欠他的越来越多，何时才能还清？为何自己偏偏又是如此无能，简直像一个废人？

不，还不如一个废人，自己还是个克死了许多人的“天煞孤星”！

薛灵芝陷入悲伤自责无法自拔，就在这时，心中再度响起那个熟悉的声音。

“既然你什么都做不到，不如把身体交给我吧。”

薛灵芝紧闭着眼睛摇了摇头。

“如果我能救出张少白呢？”

这句话就像一道惊雷重重砸在灵芝心头，让她久久回不过神。

过了许久，薛灵芝重新睁开双眼，眼神已有了天翻地覆的变化。她不再是灵芝，而是兰芝。

与此同时，神秘人开始逃得很快，可随后步伐便逐渐慢了下来，最后带着张少白赶到了一个隐秘处，随手将其扔了进去。

张少白站稳脚步，神色一如往常。他先是打量了一番周围环境，只见屋子里面摆放着不少棺材，估摸着是间棺材铺子，又叫凶肆。随后他又看向神秘人，挑眉说道：“全长安的人都在找你，结果你却在这时候主动找上了我。”

神秘人脱掉兜帽，露出隐藏在其中的姣好面容，她皮肤极白，嘴唇红艳，整张脸上好似涂了一层浓厚胭脂，若是在夜晚看到定会觉得她三分像人，七分像鬼。

张少白又说：“看你这副人不人鬼不鬼的模样，似乎不太妙啊。”

铸玲珑整理了一下鬓角发丝，说道：“所以才要抓弟弟你过来帮忙啊。”她声音中透着憔悴，但语调一如既往地轻佻。

“姐姐要我帮忙直说便是，何必这般大费周章。”

“人心隔肚皮，若不是此刻你小命攥在我的手里，我可不敢相信你的那张臭嘴。”

“听起来姐姐对我很有偏见？”

“普度坛内你神不知鬼不觉就对我下了摄魂之法，我当然要对你防备一些。”

张少白此时只披了一件外衣，背部伤口又是新添，冷风一吹顿时打起了寒战，苍白面容之上也浮上了一抹极不自然的红晕。

铸玲珑见状嘲讽道：“饮脂蛊的滋味不好受吧？姐姐可早就提醒过你，要小心厉千帆。”

张少白随之笑道：“我只是受了轻伤，他却是连性命都丢了。话说回来，你与厉千帆昨夜也追到了曲江池畔，凭的是真本事？”

“能够避开茅一川的耳目，跟踪你找到厉鬼消息，这当然是真本事。”

“那姐姐你做人可真不厚道，找到厉鬼之后又暗算了同伴，打算自己独享……”

张少白话还没说完，忽然吓得噤声，只是嘴巴仍张大着，显得十分滑稽。只因他看见铸玲珑脱去了宽大斗篷，露出原本的巫祝服饰，可是在她身体上却出现了不少青紫色的斑块，看上去颇为恐怖。

“我也不想这样，只是没想到半路出了岔子，”铸玲珑面露苦色，“那厉鬼压根不是什么鬼怪。”

张少白说道：“这我自然知道。”

铸玲珑反问：“那你可知道他实际上是个药人？”

“药人？”张少白一脸震惊，对于药人，祝由中人并不陌生。顾名思义，药人指的是以身试药的普通人，只不过此举有违人伦，故而很多年前便被视为禁忌。

一瞬之间，张少白忽然想通了诸多关键，原来第二试名为“药试”乃是因为他们要抓的其实是个药人。而推事院事先早就知道此事，可他们为何不先抓住药人，而故意将其留在曲池坊？这其中必然藏着不可告人的秘密。另外，铸玲珑既然找到了药人，又为何不立刻上报推事院，而是藏在这么个破烂地方。看她身上的黑斑，似是中了剧毒，这毒又是从何而来？

张少白心思一转，忽然问道：“你和那个药人是什么关系？”

铸玲珑早就料到张少白会想到关键处，说道：“不急，我先带你看看他。”

说罢，铸玲珑开始挪动周围的棺材，动作大大方方，似乎完全不怕张少白看破玄机。只见凶肆中共有八口棺材，原本是呈两列规则摆放。不过在铸玲珑一番布置之后，棺材分别处于东、东南、南、西南等八个方向，而且每口棺材挪到正确位置的时候都会发出机栝弹动的声音。

祝由之术极少涉猎奇门遁甲，咸天八法对此也少有记载。而铸玲珑先前用海市蜃楼困住五叔，如今又摆出这么个奇怪阵法，可见铸氏祝由确有不凡之处。张少白看了许久，心中略有端倪，开口问道：“八门金锁？”

铸玲珑一面继续调整棺材方位，保证毫厘不差，一面回应道：“算你有点见识。”

“居然能想到在凶肆利用棺材布置一个简化过的八门金锁阵，之前是我小看你们铸氏祝由了。”

“过奖。”铸玲珑将八口棺材布置完毕，回到了阵法中央处，脚尖在地上“摸索”了一阵，最终在一块毫不起眼的青砖上微微用力踩下。

张少白心头一紧，虽然表面看来那八口棺材毫无变化，但张少白却隐隐觉得其中多数暗藏杀机。

铸玲珑幽幽说道：“所谓八门，休、生、伤、杜、景、死、惊、开。八口棺材分别对应着八道门，只有生门才毫无危险，其他的棺材里面都藏有毒药机关。”

她伸手牵着张少白的手腕，带他走到了其中一口棺材前，然后用力推开了沉甸甸的棺材盖子，只见里面空无一物，想必这个就是生门了。

张少白愣了一下，停住脚步说道：“活人入棺可不是什么好兆头。”

铸玲珑也不啰唆，直接掐住张少白的脖子用力往棺材里塞去。可怜张少白本就虚弱，一头就栽了进去，他刚想开口骂人，却见到铸玲珑也钻了进来，还顺手又合上了棺材板。

棺材板严丝合缝地关好，里面不见一缕光线。张少白在这一片漆黑之中，忽然感到身下传来了些许动静，紧接着背部一空，整个人便坠了下去。他吓得一手抓紧旁边的铸玲珑，惹得她发出一声轻笑。

“本以为你是个天不怕地不怕的主，没想到也有胆小犯怵的时候。”

话音未落，张少白眼前再度有了光亮，身子也重重摔在了一个草垛之上，虽然没什么大碍，但伤口处却在隐隐作痛。

他忍着疼痛站起身来，发现自己身处棺材铺的地下，此处竟是别有洞天，四周点着不少蜡烛。

铸玲珑丝毫不理会龇牙咧嘴的张少白，径自往前走去，边走边说道：“这间凶肆算是铸氏在长安唯一的家产，棺材铺的老板也曾受过我家恩惠。不过之前你爹活着的时候，我们受到天脉震慑，极少有人敢来长安，这间凶肆也就没怎么用过。”

走了五六步，她伸手掀开面前的一道布帘，露出藏于其后的一间密室。其中放有不少食物、酒水，以及一张老旧床榻。而床榻之上，还躺着一个衣衫破烂的人。

他身形高大，须发极长，与传闻中那头厉鬼的形象不谋而合！

铸玲珑走到药人身前，用手绢蘸了些酒水，轻轻擦拭着药人的额头。

张少白见到此情此景，忍不住再次问道：“你和他到底是什么关系？”

这次铸玲珑终于给了答案，她说：“他是我的兄长，名为铸无方，是铸氏这些年来最具天赋之人。可是他在六年前参加普度大会，之后就没了音信，我们都以为他死了。”

张少白恍然大悟：“所以你这次来长安的主要目的就是寻找铸无方，不料却在‘药试’中阴错阳差遇到了他。”

铸玲珑轻轻点头道：“或许这就是天意吧，两年前铸氏中人感染了一场怪病，族中男丁几乎死绝，侥幸活下来的也都过了耄耋之年。若是想要维持铸氏血脉不断，兄长便成了唯一的希望。”

铸无方肤色青紫，双眼紧闭，似乎正陷入噩梦之中无法自拔。没人知道他为何沦为药人，但铸玲珑知道他这些年一定受尽了苦头。曾经的铸无方心志坚定，意气风发，经历多年折磨之后却变成了人鬼难辨的模样，甚至连自己是谁都不知道。

铸玲珑又说：“可我找到他的时候，他压根不认得我是谁，整个人就像一头毫无理智的凶兽。所以我只能下咒让他昏睡过去，然后把他带到了这里。”

张少白主动走到床榻一旁，仔细观察着铸无方：“你自己都救不了的人，凭什么觉得我就一定可以？”

“你不是祝由天脉吗？咸天广祝，不问来由，难道你会眼睁睁地看着一个病人就这么死去？”

“可他体内不知道沉积了多少年的毒，如果我猜得没错，你只是触碰了他的身体便染上了剧毒，害得身上出现了许多青斑。说实话，这种程度的毒性，我也没有把握治好。”

铸玲珑突然跪倒，衣裳勾勒出一道悲伤身影，声音中也透着凄凉：“求你救救兄长，铸玲珑愿一生侍奉先生左右！”

其实铸玲珑的年纪不大，如今只不过是个二八年华的女子罢了。她与张少白有很多相似之处，一个背负着血海深仇，一个关系着血脉延续。所以张少白看着面前女子的时候，为她感到些许同病相怜，但也仅此而已，他对她只有一丁点的可怜之意，至于别的就丝毫没有了。

毕竟张少白不是色欲熏心之徒，他心里清楚得很，当下自己的小命都攥在铸玲珑的手里。若是不给铸无方治病，或是治不好，他都难逃一死。至于方才铸玲珑为何耐心为张少白解释了许多疑惑，比如八门金锁阵，又比如铸无方对于铸氏的意义，这些都属绝密，她之所以告诉张少白这些，是因为在她看来张少白已经不可能活着离开这间棺材铺子了。

这时铸玲珑重重磕了个头，发出一声闷响，在密室中回荡开来，就像是她在不停地叩首，不断地恳求。

让张少白的心微微有些动摇。

他忽然想起了自己的小妹，假如他也变成了和铸无方相似的处境，假如小妹还活着，她应该也会像铸玲珑一般苦苦求医吧。

若是抛去一切阴谋阳谋，若是不顾所有善恶对错，张少白扪心自问，他是否会对一个将死之人袖手旁观?

医者仁心不许他袖手旁观，张氏百年传承下来的谆谆教诲也不许!

此时此刻，张少白只把自己当成一个医者，而铸无方只是一个普通病人，再无其他。

他最终点下了头，向着铸玲珑说道：“我尽力而为。”

铸玲珑抬头看向面前的白衣先生，心头微动，忽然有些懂得了……何为祝由天脉。

第八章 | 长生丹庐

其实早在上古时期黄帝创立祝由术时，并未有天脉一说。当时祝由即“巫”，随着时间流逝，祝由术先后经历了医术、方术以及道术之分，使得原本的祝由之术式微，几近灭绝。究其原因，乃是因为祝由术中的诸多神秘遭到破解，难免被人另作他用。

为了保住祝由术的最后一丝神秘，有一奇人将祝由术分为天、地、人三脉。天脉掌握着咸天八法，地脉又分符、金、兽、甲、奇五门，人脉则是曾受惠于祝由之术的芸芸众生。此举一出，地脉中人只知施展祝由之术所需材料，却不知其中妙法。天脉虽懂妙法，但施术却也离不开地脉。

更重要的是，人脉代代相传，只要不曾断绝，世上便总有相信祝由之人。这样一来三脉相辅相成，缺一不可，将祝由凝聚成一体，再难分离。至于天脉其后为何又分出了扶龙、屠龙以及登龙三术，这与皇权更替有着密不可分的关系。

张氏祝由起于汉代张良，年岁久远，张少白作为最后一个传人，他不仅掌握着咸天八法，更有着张家人的独特气质——仁心。

这便是祝由天脉与不入流支脉的最大区别！

就算铸玲珑以性命相要挟，只要到了治病救人的时候，张少白就仿佛变了个人，对于自己的坚持，寸步不让。

他列了个方子，里面林林总总写了数十种东西，所需分量有多有少，而且其中大部分名字古怪，就算是大唐最好的医师也不一定认得出是什么东西。

把方子递给铸玲珑之后，张少白也懒得啰唆，只说了一句：“东西务必丝毫不差，没见过、没听过的那些你去鬼街寻一寻，应该能够凑齐。”

铸玲珑仔细看了一遍方子内容，发现其中大半自己从未听闻，心道天脉果真深不可测，自己之前还是有所小觑。随后她重新穿上斗篷，叮嘱道："我劝你不要动歪心思，更不要试着破解八门金锁阵。"

张少白的心思全都放在了昏迷的铸无方身上，说道："我是不会做这些事的，但别人能否找上门来就说不定了。更何况你这次出去买药也难免露出踪迹，推事院和茅一川都有各自的寻人本领，比狗鼻子还要灵敏。"

"这个不用你来担心，你全力救人就好。"话音一落，铸玲珑便离开了这间密室。

随着她的离去，张少白感到一阵轻松，紧绷着的神经也终于随之舒缓下来。他细细查看了铸无方身体各处，还伸出一根手指摸了摸，可惜刚一触碰到对方皮肤便觉得极为难受，仿佛毒气瞬间便要蔓延到自己身上，只好作罢。

"身受这种程度的剧毒居然还能不死，这个叫铸无方的还真是体质不凡。"张少白不禁感叹道，他之前对铸氏早有耳闻，据说他们来自东海，不算是中土一脉。如今看来铸氏确有不凡之处，铸玲珑和铸无方这对兄妹不仅身负祝由之术，而且武艺也颇不一般。

铸玲珑能够从五叔眼皮子底下带人逃脱，虽说占了以有心算无心的天时地利，但也可见轻功极好。而铸无方身受药人苦痛多年，却能抵抗毒性而不死，且身材仍能看出以往的雄壮，估计也是个练家子。

手头没有药材，张少白一时间也拿药人没什么办法，干脆寻了个舒服角落一屁股坐下。他感到背后伤口仍泛着疼痛，奈何自己没法处理，只好咬牙忍着。

待到冷静下来，他便开始思考自己的处境以及关于药人的种种。张少白若是记得不错，长安城的凶肆并不多，而其中有一间就建在西市。之前他被铸玲珑带到这里的路上，也隐约听到周围人声吵闹，所以此地应该就是西市了。

不得不承认铸玲珑生了一副玲珑心思，居然想到藏身闹市之中，长安西市虽人多眼杂，却不失为一个上好的藏身之地。可惜的是，铸玲珑需要按照方子出去采买东西，只要她现了身就难免留下踪迹，更何况张少白还在那张方子里藏了小小玄机。

至于药人，张少白隐隐猜到了事情的轮廓，目前可以确定的是，普度大会乃是由武后一手设立的局。从表面上来看，她用"风试"为李治选拔能够治病的人才，可又将药人作为第二试，显然另有所图。而武后所图到底是什么，还要从药人处开始追究，比如他试的到底是什么药，又是谁的药？

张少白苦思冥想许久，忽然一拍脑门，叹道："这世上值得武后如此大费周章去暗算的人，除了他还能是谁？”

密室之中只点了油灯，不见丝毫外界光亮，故而不辨日夜。不过铸玲珑回到密室的时候身上带着一股寒意，想必外面天色已晚，夜深露重，冷意颇浓。

铸玲珑将方子上记录的东西一样一样取出摆好，方便张少白取用，语气不善道：“若是让我发现有哪样东西无用，或是被你藏了暗招，我就直接取你性命。”

张少白面露讥讽：“先去把糯米混着红豆煮熟，七分米三分豆，记得柴火要用花梨枝。”

铸玲珑说道：“你若是饿了可以吃我带回来的干粮。”

“谁说这是用来吃的！”张少白眼睛一瞪，“少废话，想救人就赶紧去做，还有赶紧把干粮给我拿过来。”

铸玲珑虽然有些恼火，但毕竟有求于人不好发作，只能依言去做。所幸方子里的东西她已全部置办齐全，免去了出外奔波之苦。

她在这边煮制糯米的时候，那边茅一川终于回到了薛家别院，却不见张少白和五叔踪影。薛兰芝将张少白被人掳走一事原原本本说了一遍，茅一川握刀之手攥得极紧，显然是动了怒火。

茅一川问道：“薛医师可有线索？”

薛兰芝说道：“虽然我没能看清她的长相，但她的身材不算高大，而且靠近后能够嗅到一股香气……我觉得她应是一名女子。”

茅一川听后一惊，率先想到的便是铸玲珑。为了印证心中所想，他即刻动身去了普度坛，赶到后发现坛内只有慈恩大师带着木鱼，依然不见铸玲珑。晋级药试的六人，在第二天就已经莫名其妙消失了一半，成玄风生死不知，厉千帆殒命蛊虫，如今又丢了个张少白。不仅如此，推事院来俊臣迟迟不来，等了许久之后才有个下属前来告知众人，厉鬼在铸玲珑手中，若是想要通过第二试便要找出她来。

至此茅一川终于肯定绑走张少白的那人一定就是铸玲珑！

昨夜张少白身中蛊毒，茅一川便照顾了他一夜，未曾合眼，今夜又为了找他四处奔走，身体早已疲惫不堪。即便如此，他仍然不愿停下脚步休息，因为他知道张少白的处境是何等凶险。

他早就知晓药试之所以取名为“药试”，乃是因为厉鬼不是厉鬼，而是药人，他还知道这药人原本被囚禁于一个叫作“丹庐”的地方，只是后来不知为何丢失了。可是这些事情关乎帝后二人，故而他只能保密，从未向张少白透露过半分。

月色茫茫且泛着寒意，在长安中寻找一个白衣祝由先生如同大海捞针。茅一川站在一处城墙之上，登高望远，眼中的长安一百零八坊就像一块棋盘，街尾巷陌就像一根根线。这座城里每个人都是棋子，而棋手则是那高高在上，不可直呼其名讳之人。

※

煮米的锅子冒着热气，一只手掀开锅盖，看到里面的米豆已经煮烂，便将整个锅子端到了一旁，等着变凉。

张少白又从火堆中取了些花梨枝烧成的灰烬，一把扔到了锅里。铸玲珑见状眉头一跳，不知道白衣先生到底在鼓捣什么玄机，难道他只是想糟蹋粮食，顺便折腾自己？

“关于铸无方的事情，你还知道些什么？”张少白对旁边传来的不善目光并不在意，用一把生锈的银勺开始搅和，将糯米、红豆以及花梨枝灰掺到一起并且反复用力按压，将它们弄成了一锅糨糊。

铸玲珑不说话，但她显然知道些什么，只是刻意不说。

她不说，张少白却主动说了起来：“我之前仔细查验过他身上的毒，其中主要是丹毒，还夹杂着不少乱七八糟的毒性。所以我很好奇，他到底是在什么地方遭受到了这种折磨？”

铸玲珑终于开口说道：“具体怎样我也不知，我只知道普度大会绝不像表面看上去那样简单。”

“嗯，此次普度大会背后有武后身影，必然藏着不可告人的目的。”

“不仅如此，我说的是每一次普度大会！”铸玲珑眼中藏着恨意，映在瞳孔中的那盏灯火摇曳着，仿佛被愤怒的风吹得不得安生。

张少白对此来了兴趣，追问道：“说说看。”

“我家兄长失踪之后我偷偷来长安查过多次，发现每次普度大会结束之后，都会有人仿佛人间蒸发，与兄长的情况如出一辙。而且有人在刻意遮掩这些人的下落，甚至还做出了他们中多数已经回山归隐的假象。”

“比如？”

“孙思邈的爱徒刘神威，于十二年前失踪，我从长安查到的消息是他回了终南山。

然而我专门为此去了一趟终南山，得知刘神威的确回来过一次，但偷走五石散的药方之后便不知去向了。”

张少白讥笑道：“孙老神仙一直把五石散的药方藏得严严实实，世人都以为它是神药，却不知这东西服用过量对人体害处极多，所以老神仙才会藏着掖着。”

铸玲珑继续说道：“所以我怀疑那些失踪的人其实并没有死，而是藏在了某个地方做一些见不得人的事情。我的兄长也是如此，他天生体质奇佳，常年药浴，故而百毒不侵。”

“这样的一个人，用来试药简直再好不过……按照你的说法，因普度大会丢失的人有制药的，还有试药的，看来始作俑者的目的就是让他们研制药物了。”

“没错，而大唐能够有此手笔，恨不得将天下名医异士掳走制药的人，只有一个。”

张少白和铸玲珑心知肚明，却都没有说出那个人的名字。

※

与此同时，远在大明宫的李治用手扶额，显然又犯了头疾。今日他已将批阅奏折一事交给了武后，想要偷个清闲，不料额头反而更痛。

痛得他简直想要自己用刀劈开头颅，看看里面到底是什么东西在兴风作浪！

幸好有个老太监及时递来了一碗红褐色药汤，李治将其一饮而尽，顿时觉得舒服了些。

他放下药碗，问道：“丹庐那边有无进展？”

老太监答道：“回陛下话，药人丢失之后，进展缓慢。”

李治眼中掠过一抹杀意，说道：“朕此生杀伐无数，平突厥、灭百济、屠高句丽，所以他们总说是朕杀孽太重，才会患上头疾难以痊愈。但若是真的如此，头疾不除，朕也不在乎多杀些人。”

老太监跪倒道：“陛下息怒。”

李治说道：“若朕死了，丹庐中人通通夷三族！”

说完他仍不解气，一把将面前药碗摔个粉碎，吓得老太监匍匐在地，久久不敢抬头。

李治龙颜大怒的时候，混着红豆、花梨枝灰和糯米的锅子终于凉透，张少白又搅了搅，对铸玲珑说道：“这药你也要用，可以祛除不小心沾染上的毒素。”

铸玲珑闻言走近锅子，用银勺舀了一口，张嘴打算试药。

结果却被张少白一手打掉了勺子，他笑道：“你是饿死鬼投胎吗？”

铸玲珑眼睛一瞪，怒道：“你到底什么意思！”

“没什么意思，只是这药是用来外敷的，不能内用。”张少白说得云淡风轻，但表情却得意扬扬，显得极其欠打。

铸玲珑虽然生气，但还是按捺住了怒意，端着锅去了铸无方那边。她也不在乎男女之防，直接脱掉衣裳，露出身上黑斑，将糯米浆敷在该处。

张少白回头看了一眼，赞叹了一句“羊脂软玉，好看好看”，然后便另起炉灶，往里放了山楂混着十数种药材，开始熬汤。

大约一个时辰过后，铸玲珑抹掉糯米，看到身上黑斑果然淡了许多，这才放心为兄长上药。不过铸无方做了多年药人，全身上下都是剧毒，只好用糯米浆涂遍全身，乍一看有些吓人。

这时正在火堆旁打着瞌睡的张少白睁开眼睛，看了眼快被熬干的药汤，赶忙将剩余的汤汁舀了出来。一共两碗，略少的那碗由铸玲珑服用，多的那碗则是给铸无方的。

这次铸玲珑没有犹豫，直接将自己那碗山楂汤喝得干干净净，然后又用小勺开始给兄长喂药。

张少白嘲讽道：“这次不怕我在药里动手脚了？”

铸玲珑一边喂药一边说道：“这叫用人不疑，疑人不用。”

张少白冷笑道：“呵。”

待到铸玲珑喂完了汤药，才神色复杂地看着张少白，说道：“把上衣脱了。”

张少白一听反而更是紧了紧上衣：“你想干什么？”

铸玲珑已是身心俱疲，无奈道：“你背上的伤在往外渗血，我帮你重新包扎一下。”

张少白说道：“你终于记起我也是个病人这件事情了。”

铸玲珑不耐道：“到底包不包？”

“包包包！”张少白赶忙就坡下驴，干净利落地脱下上衣，把后背朝向那头。

身穿巫祝服的女子面容带着倦意，她眼神复杂，动作轻柔，轻轻取下了张少白背部原本包扎的布条，随后又拿来了一些新的。但奇怪的是，她忽地停下了动作，迟迟不肯包扎。

张少白感到一阵寒意，于是问道：“怎么了？”

话音刚落，他便感觉身后被温香软玉环绕，只见铸玲珑从后抱住了张少白，俏脸泛红。她额头轻抵着男子背部，嘴唇距离他的伤口只有一寸不到。

铸玲珑说：“我说过，只要你治好兄长，我愿意给张家做一辈子的奴仆。”

张少白浑身僵硬，鼻尖满是女子香气，背部更是能够感到身后之人的柔软。但他并未心猿意马，反而更加谨慎，他说：“这不是还没治好吗。”

“那你能否认真一些，让我见识一下天脉的真本事呢？比如……咸天八法？”铸玲珑的手依次掠过张少白的胸口、肚脐，甚至还有腹部。

“当然能！不过治病讲究一个循序渐进，我就是想用咸天八法也要找个合适的时机啊！”

“我不懂什么是咸天八法，所以你糊弄我，我也不会知道。”铸玲珑在他耳边吐气道，惹得人发痒。

“我怎么敢糊弄姐姐你呢，我现在对铸兄用的就是‘朝阳之法’，只是要先将他体内毒素祛个七七八八才好施展！”张少白一身冷汗，急忙解释，“我发誓，以后治病我再也不戏弄你了好不好，好姐姐，放过我吧，我还是个病人啊！”

“呵，饶你一次，但若是让我发现你心思不正……”说罢，铸玲珑双手环在张少白胸前，不知从哪里缓缓取出一根丝带，她抓住丝带两端，忽然猛地往后一拽，险些将张少白弄得人仰马翻。

她的动作变得粗暴起来，而且干净利落，转眼间就把伤口重新包扎了一遍。

张少白感到身后暖意消失，立刻穿好了上衣，一副害怕被人糟蹋的模样，惹得铸玲珑不再看他，因为再看两眼就会忍不住动手打人。

不过，张少白却是故意做出这副姿态，惹人嫌弃。他心知肚明，自己方才算是在鬼门关前逛了一个来回。铸玲珑身为祝由支脉，之前还曾经和厉千帆结盟，说明她也是和其一样觊觎天脉的人。

而她若想要取而代之成为天脉，得到咸天八法乃是必要条件。只是后来她误打误撞找到了亲生兄长，便将这个想法压了下去，觉得能够救活兄长才是要紧事。然而就在刚刚，她看到张少白只用了两招便将兄长体内的剧毒轻易压制住，便又对咸天八法动了心思。

如果能够救活铸无方，还能得到咸天八法，铸氏不仅可以传承下去，甚至还能成为天脉！

可惜，人心不足蛇吞象，太过贪心的人……往往不会有好下场。

张少白眼神渐冷，他知道此番自己若要安然脱身，必须借助外力。

希望五叔和棺材脸能够聪明些，尤其是茅一川，他蠢了足足小半辈子，脑袋也总该开窍一次了吧？

※

然而棺材铺外月落日出，繁星隐去，茅一川还是没有开窍。

这一夜他就像行尸走肉，无论如何都想不到找寻张少白的关键。或许是因为关心则乱，他越是担心张少白的安危，思路就越是混乱。

前所未有的无力感笼罩着茅一川，他知道当下局面如果僵持下去，帝后二人恐生变化，而最为恐怖的杀机也在该处。他愤怒至极地将无锋连刀带鞘插入身前脚下，只想大吼一声，将胸中抑郁之气通通喊出。

就在此时，在他面前的街道尽头，一抹阳光刚好出现，霎时间所有景物仿佛全都蒙上了一层金色的薄纱。

阳光有些刺眼，茅一川便闭上眼睛，开始重新思考整件事情，然后突然发现了一个被自己忽略掉的关键之处。

铸玲珑用计带走张少白，应是为了天脉。茅一川之前是这样想的，但他忽然醒悟，铸玲珑藏起药人迟迟不肯现身，肯定有其原因。而她若是真的为了天脉，大可以在药试一事过后再现身，为何偏偏要在这种时候铤而走险？

这说明她带走张少白一事，与药人有关。

想及此处，茅一川眼看天色已亮，应是快到卯时了，便立刻动身赶往大明宫。不过他这次进宫不为面圣，而是直接找到了伺候皇帝多年的那位老太监。

昨夜李治动了怒，睡得也比平常晚些，故而醒得也晚，至于政事则全都交予武后打理。茅一川虽然没有见到武后，却能想到那个武姓女子在朝堂之上自称为“朕”，且朝臣称呼其为“天后”的场面。

老太监一直守在陛下寝宫，听闻茅一川进宫便早早出宫等待。

“陛下仍在休息，茅阁主不妨晚些再来。”老太监眉毛雪白，脸色也白得透明，显得脸上皱纹有如刚下过的春雪被风吹出了褶。

茅一川先是行礼，随后说道：“此番入宫不为陛下，而是来寻公公。”

老太监面不改色，问道：“所为何事？”

“我想进入丹庐查找‘药人’一案线索。”

“按理来说，茅阁主奉命调查此案，提出这个要求确实合情合理，”老太监眉毛一抖，“可陛下有令在先，任何人不可出入丹庐。”

茅一川转而又问：“那公公能否将‘药人’的真实身份告知于我？”

老太监想了片刻，说道：“他于六年前来到长安，普度大会后被秘密捕捉，这人天生百毒不侵，是上好的药人苗子。至于他的名字，应该是……铸无方。”

“他姓铸？”

“没错。”老太监轻轻颔首，下一刻只见面前的黑衣男子如风般转身离去，不知如此着急，是要去做些什么。不过这些就不是老太监应该操心的事情了，他抖了抖衣袖，迈着极富规律的步子重新回到了寝宫之中，静静等候陛下醒来。

茅一川查案多年，经验丰富，只是和张少白在一起的时候显得略微“笨”了些。但这并不意味着他真的是一个笨人，恰恰相反，只要让他抓住某件事物的一丁点线索，哪怕它藏得再深，都会被茅一川连根拔起。

他一面急匆匆地离开皇宫，一面思考药人一事。先是想到药人姓铸，肯定与铸玲珑有血缘关系。然后便推测出了张少白被掳走的真实原因，给药人治病。

只有血脉亲情，才能让铸玲珑放弃普度大会！

药人身中剧毒，神志不清，行动起来多有不便，所以铸玲珑等人多半还在城内。虽然尚无藏身之处的线索，但既然要给人治病，就一定会出来采买药物。

茅一川心思转得极快，身随心走，转眼间便跑了起来，目标是薛家别院。他不通医术，所以此事还需要一个帮手。

没想到，薛兰芝已在门口恭候多时。

薛兰芝看到茅一川来了，便淡淡问道：“找到人了？”

“还没有，找人一事还需薛医师帮忙。”

薛兰芝毫不犹豫地说道：“好！”

“多谢。”茅一川向面前女子深深作揖，他行走江湖多年，见过不少武功高强或是心思深沉的奇女子，但能够让他发自内心感到钦佩的，薛灵芝还是头一个。在他看来，薛灵芝虽是一个弱女子，但比起张少白更像是正统祝由天脉传人，既有医术也有仁心。

只不过茅一川隐隐觉得今日的“薛灵芝”比起昨日有些不同，却又说不清楚到底是哪里不对。

两人结伴而行，速度难免变慢。薛兰芝在得知铸玲珑和药人的关系之后，推断张少白若要救人，肯定会在药方上动手脚，而且会故意开出奇怪药物为难铸玲珑。如此说来，他们只需要探查一下长安产业最大，药物品种最齐全的几家医馆即可。

重点是东市的鸿德堂，此处乃是长安贵人治病抓药的地方，东市又是权贵之人聚集之地，故而此处药物最全。

茅一川也是这样想的，当下推事院以及参与普度大会的众人都在寻找铸玲珑，她露面次数越多，破绽也就越多，故而最好的法子就是找家医馆一次性将所有药物购置齐全。

结果不出所料，两人当真在鸿德堂找到了线索。得知昨日黄昏时分，有个穿着黑袍、声音古怪的男子来抓过药，而且七七八八抓了许多，其中有些连药堂学徒都不识得，最后还是请了坐堂医师帮忙才堪堪找齐。

茅一川亮出刑部身份，他那块金牌识货的人知道是金铫阁，在普通人看来则与刑部有关。那个年纪轻轻的学徒一见牌子便知道面前的黑脸阎王身份不一般，赶忙帮着回忆细节，只可惜铸玲珑此人极为谨慎，并未将药方留在鸿德堂。而小学徒一天要抓不少药，对那方子的内容实在印象不深。

他接连说了五六味药材名称，薛兰芝通通将其记了下来，在心中反复默念，却是毫无头绪。

“再仔细想想。”茅一川取出一块成色极佳的玉坠放在学徒面前。

那学徒顿时眼前一亮，不过却不敢伸手去拿：“我再想想，我再想想……”

其实此时若是张少白在场，施展一番“摄魂之法”，多半就能让学徒想起大半药方。但这话又是一句废话，若是张少白此刻就在这里，还要什么药方？茅一川心中想道，随即摇了摇头，发觉张少白已经成了自己破案的一大助力，而且是不可或缺的那种。

但是没了张少白，并不代表茅一川就没有别的法子了，他深知“有钱能使鬼推磨”

的道理，于是说道：“仔细想想，只要你尽力了，这块玉就是你的。但你若是想要骗我，就休怪我刀下无情了。”

学徒一听看了看玉坠，又看了看茅一川腰间的刀，艰难地咽下口水。

这时薛兰芝心想，铸玲珑出身祝由，肯定也懂药理，所以张少白不会把线索藏在明面，比如藏在药方的字中，或是发音……因为这种手段必然瞒不过铸玲珑。

若要藏，就要找铸玲珑都不懂的地方，那里才最为保险。

想到这里，她对学徒说道：“寻常药材不用想了，你就想想那些你不认识的药材吧。”

小学徒闻言看向薛兰芝，忽然一阵脸红。薛灵芝自幼便被关在别院，极少出门，家里的下人对她也是避如蛇蝎。但其实她长得很美，任何人第一眼看到都难免生出一些惊艳之感，随后又觉得极为耐看。

薛兰芝对这种眼神有些不适，但她不羞不恼，反而露出一个极为妩媚的笑容，又补充了一句：“有劳了。”

在财色的双重诱惑之下，药堂学徒几乎使出了吃奶的力气去回忆，终于想到了一些细节，只可惜那些药材生僻到有些连字他都不认识。

“霹雳果……”

薛兰芝轻声纠正道：“应是薜荔果。”

“还有地骷髅……”

薛兰芝点了点头，“补肺益肾的药材，民间常叫其气萝卜。”

学徒又结结巴巴地说了几个，其中有些发音古怪，就连薛兰芝也不知道是什么东西，不过当她听到一味叫作天浆壳的药物时，忽然神色一变。

茅一川问道：“有发现？”

薛兰芝没有回答，而是闭上眼睛仔细想了许久，然后开口问学徒说：“可否记得每一味药抓了多少分量？”

药堂学徒面露为难，心想这东西谁能记得住啊。

薛兰芝又说：“不必记得具体分量，你只需要想一想，天浆壳所取分量是否与其他药物有所不同。”

学徒一拍脑门，说道：“这个我倒是有印象，其他药物大多都是抓一分，或是半钱，唯独天浆壳这味药是要了三根，而且必须要带根的天浆壳，这东西通常都是去根炮制的，我可是找了好久带根的天浆壳。”

听到这里薛兰芝心中已有答案，她对茅一川说道：“张少白开的方子大多益气补肾，且有祛毒疗效，而玄机就藏在天浆壳这味药里。他刻意要三根，就是为了显得和其他药材不同，给我们留下线索。”

茅一川一头雾水：“可天浆壳又有什么含义？”

薛兰芝用指尖轻捏眉心，解释道：“此物各地都有生长，所以名字也千奇百怪，长安这边管它叫天浆壳，可是据我所知，有些地方更习惯把它叫作……麻雀棺材。”

“麻雀棺材？”

“之所以叫这个名字，是因为它的果实形状和大小都和麻雀类似。”薛兰芝话锋一转，“如果张少白真的把玄机藏在了天浆壳这味药材当中，那他现在的藏身地一定和‘棺材’二字有关！”

“他在凶肆！”茅一川恍然大悟，立刻转身离开了鸿德堂，并向着身后的薛兰芝说道：“长安的棺材铺子不多，我需要挨个探查一遍，你不妨先回别院等候消息。”

薛兰芝想起昨日铸玲珑利用自己要挟张少白一事，知道接下来的事情自己难以插手，而且她好不容易“出来”一趟，也有不少想做的事。于是干脆洒脱离去，刚刚还在结伴查案的两人就此分路而行。

只是这二人心中记挂着张少白，故而一直没有发现有人在暗中跟踪。那些人的跟踪手段极其高明，为了避免被茅一川看出马脚，这期间还更换了数次面孔。

其中有个人也进了鸿德堂，此人耳力非凡，竟然听清了薛灵芝和茅一川的所有谈话。在得知铸玲珑的藏身之处乃是凶肆之后，他便立刻一字不落地汇报给了上面。出乎意料的是，最终得到这个消息的人，居然是来俊臣。

与金铤阁相比，推事院最大的优势便是人手众多。来俊臣一番布置之后，便将手下分成数组，分别赶往不同凶肆，而且他也带人选了一处作为目标。

※

此时此刻，铸玲珑尚未察觉自己的行踪已经败露，更不知道始作俑者就是面前的张少白。

二人为铸无方治了整整一夜的病，方子里的药已经用了大半，虽然铸无方仍未醒来，但这期间却呕吐了数次，与之前用过的糯米浆一同盛放在一个木桶之中，味道腥臭刺鼻，估计还含有剧烈毒性。

除此之外，密室中到处弥漫着汤药的苦涩气息，仿佛空气都变得黏稠起来。张少白熬完最后一碗药汁之后，严肃说道："喝完这碗药后，我就要施展咸天八法了，你在一旁看着不要出声。"

铸玲珑虽然喜欢戏弄张少白，但经过一夜忙碌之后早就没了心思。她点头应了一声，然后便伸手去接药碗。

不料张少白却仰头将碗中药汁一饮而尽，眉头皱得极紧。他往外长长吐了口气，解释道："我身虚体弱又受了伤，担心一会儿撑不下去，所以要用这碗汤吊一口气上来。"

铸玲珑抿起嘴唇，神色恼怒，也夹杂着些许歉意。她亲眼看着张少白为给兄长治病，忙活了不知多少个时辰，心中不免有些感动，于是轻声说道："多谢……"

可惜那个人却不领情，反而还说了一句，"噤声！"

张少白先是用力闭上双眼，重新睁开的时候眼神有了天翻地覆的变化。他的瞳色漆黑深邃，但瞳孔中却透着一抹精光。

"咸天广祝，不问来由。"他的瞳孔越来越亮，仿佛他看着的不是铸无方，而是一团火焰。

张少白取出事先准备好的毛笔以及一碗黑褐色药汁，用笔蘸着药汁开始在铸无方的身体上写字。从双腿到腹部，又从双臂到胸膛，他所写的咒文透着一股圆融意境，但字体应是源自上古，故而铸玲珑看不太懂。

过了大约半个时辰，铸无方全身上下密密麻麻写了不知多少字，包括他的眼皮、耳朵以及下身私密处。张少白在他眉心写下最后一个字后，疲惫至极地扔掉了毛笔，然后又取出了一根银针。

他实在是太累了，以至于持针的左手都在微微颤抖，但他还是强撑着将针刺入了铸无方头顶的神庭穴，接着用拇指和食指轻轻搓动银针，同时说道："日出瞳昽，气如朝阳。"

又过了约莫一炷香的时间，就在张少白精疲力竭，打算抽出银针放弃治疗的时候，铸无方的身体突然有了反应，仿佛体内的气血被头顶的银针激活，瞬间沸腾了起来。

功夫不负有心人，铸无方身上的咒文就像有了生命一般，跟随着他的呼吸轻轻起伏。他的手指微微屈起，眼皮也开始颤抖。

终于，他缓缓睁开了双眼，最先映入眼帘的，就是面前满脸担忧的女子。他的眼中先是闪过一丝疑惑，随后就化成了两行泪水。

他嘶哑着说道："小妹？"

铸玲珑已是哭得梨花带雨，激动喊道："哥哥！"

虽然已经过去了六年有余，但只要在兄长面前，铸玲珑就依然是那个少不更事的小丫头。她一下子扑到哥哥怀里，大声哭泣起来。

"小妹……小妹……"铸无方也是激动不已，紧接着感到头部传来一阵剧痛，仅有的一丝理智也随之开始动摇。他的眼珠有血丝正迅速蔓延开来，仿佛下一刻就会重新变成曲池坊的那头厉鬼，只剩兽性而丧失人性。

铸玲珑完全沉浸在兄长苏醒的喜悦当中，并未注意到这些异常，幸好有张少白开口提醒道："情况不妙。"

"怎么了？"

"看他模样又要发疯，你赶紧想办法把他弄晕过去。"

铸玲珑听后一愣，赶忙擦干泪水，虽然心中有千般不愿，但看到兄长痛不欲生的模样还是狠下心肠。她从腰间解下一个香囊，用力按压在铸无方的口鼻处，同时口中念念有词，听起来应是东海那边的方言。

数息过后，铸无方便昏迷过去，呼吸平缓均匀。

张少白小心翼翼地拔出银针，赞叹道："你们铸氏也算有些本事，至少比只会玩虫子的厉千帆强多了。"

铸玲珑神色哀伤，转而问道："你方才用的就是朝阳之法？"

"没错，可惜铸无方中毒太深，想要让他彻底恢复神智起码需要数个月的调养，甚至可能更久。"

"你会一直帮忙吗？"

张少白极其虚弱地笑了笑："只要你别再说什么在张家为奴为婢的话，也别再觊觎咸天八法，我就考虑一直帮下去。"

铸玲珑轻轻抚摸着兄长的脸庞，目光转到张少白那边，挤出了一个笑脸："那就一言为……"

话还没说完，她忽然神色剧变，双眼直勾勾地看向石壁上方！

第九章 | 朝生暮死

密室空旷，即便呼吸都有如风声。故而头顶处传来的脚步声也十分清晰，就像一记又一记闷雷砸在心头。

“你果真在方子里藏了玄机！”铸玲珑心思同样玲珑，一下子就猜出肯定是张少白动了手脚，眼中杀机顿显。

张少白有些不好意思，点头道：“不过你放心，茅一川那人面冷心善，我会说服他一起帮忙治好你兄长的。再者说，就凭他的脑子肯定破不了八门金锁阵，你倒不如去帮下忙，免得他被机关伤到，有损和气。”

铸玲珑神色渐冷，听着上方传来的杂乱脚步声，说道：“可是你那个朋友带了不少人来，一点都不像是易与之辈。”

“这不可能，他向来独来独往……”话说了一半，张少白脸色忽然变得惨白，终于反应过来，“不对，来的人不是茅一川，而是……”

两人同时说道：“推事院！”

张少白骂道：“这棺材脸什么事都办不好，明明给他留的线索怎么会引来了推事院！”

铸玲珑满是杀气地盯着张少白，“我还真是小看了你，没想到你居然和朝廷的走狗勾结到了一起。”

“你听我解释，我的本意真不是引来推事院。”

铸玲珑掏出一柄匕首，泛着寒光，眼看就要动手杀人。

张少白赶忙又说：“且慢，当务之急是想想如何救你兄长。你若是杀了我，他身上的毒可就没人能解啦！”

“杀了你之后我便会再杀了他，总比让他重新变成药人要好。”

“难道你想铸氏血脉就此断绝吗？”张少白急忙解释着，“相信我，我真的无心害你和铸无方，只要事情还有一线生机我就会帮你！”

血脉……

铸玲珑忽然陷入沉默，仿佛一座冰冷雕塑。

张少白松了口气，安慰道：“咱们也先别急，既然推事院都能找到这里，我估计茅一川也可以。而且上面还有八门金锁阵，说不定来俊臣他们连这个迷阵都破不了，更谈不上找到下面的密室。”

铸玲珑神色稍缓，她知道张少白说得没错，凶肆中的八门金锁阵藏得极为隐秘，需要将八口棺材移动到正确方位才能开启阵法。而且开启阵法之后，还有七口棺材会暗藏杀机，只有一口棺材能够通往此处。

如果推事院中没有精通奇门遁甲之人，一定找不到这里的。

只可惜事与愿违，推事院中虽然没有能够破解阵法的人，但铸玲珑却也漏算了一个人。

“啊！”

上方忽然传来一声凄厉至极的惨叫！

铸玲珑咬紧牙关，说道：“林伯。”

此人早年曾受过铸氏恩情，一直对铸氏忠心耿耿，负责打理长安的这间棺材铺子。铸玲珑来到此处之后便将凶肆歇业，还让林伯回家休息一阵子，没想到却还是被推事院找到了。林伯虽然不知道八门金锁阵的生门在哪儿，却知道如何移动棺材开启阵法。

张少白叹道：“这下坏了，这世上就没有推事院撬不开的嘴巴。”

惨叫声接连不断，在密室中回荡开来，仿佛鬼哭狼嚎。

“不会的，林伯就算是死，也不会背叛铸氏的。”

“那是你没见过推事院的手段才会这么说。”

“你见过？”

“没有，但我听人说过。”张少白想起棺材脸曾经说过的那些刑罚，吓得浑身一抖。

这时，惨叫声戛然而止，紧接着便传来重物摩擦地面的声音。

铸玲珑攥紧匕首，身形一动，只见她身法轻盈，就像一片白云拂过密室周围墙面，竟是吹熄了所有油灯蜡烛。

张少白知道她这是在准备拼死一搏，问道：“这密室就没有其他通道吗？”

密室陷入一片伸手不见五指的黑暗，看不清铸玲珑的神情，但能从她的语气中听出一抹决然：“没有，这里是天子脚下，怎会有暗道那些东西，这间密室只不过是做夏日避暑之用罢了。”

“这么说来，是无论如何都逃不出去了。”

铸玲珑冷声道：“事到如今，只能赌一次你的那个朋友，看他能否及时赶到。在此期间我会尽力拖延时间，可如果我不小心死了……”

张少白打断道：“铸无方是我的病人，我一定会治好他。”

“记住你的话。”

她的语气中终于多了一抹暖意。

张少白又说：“或许结果没你想的那么差呢？”

铸玲珑反问道：“别再抱有任何侥幸了，难道现在你还没有想通所有事情吗？”

怎会想不通呢，张少白早就看透了一切。他知道这次普度大会就是武后的一个局，她抓来了药人又将其设为第二试，目的是借他人之手将此事公布于众。至于为何如此，乃是因为药人身份不一般，而且关乎一个极大的秘密，这个秘密又多半与李治有关。

在这个局中，铸无方只是一个工具，而且待到没有利用价值之后，无论是武后还是李治都不会留他，只有死路一条，所以他绝对不能落入推事院手里。

外面又传来了惨叫，这次的声音不是林伯，而是其他的人。看来推事院已经开始尝试着破解八门金锁阵了，而他们破解的办法，就是把机关挨个尝试一遍。

佛门有言，“一力降十会”，果不欺人。

铸玲珑身为铸氏祝由传人，身负各种技艺，即便在黑暗的环境中，她也可以有如在白昼中行动。张少白只听到她脚步轻盈，片刻便去了另一个方向，并且向着这边轻声说道：“一会儿有人下来之后，你就开口喊救命。”

张少白知道她这是要声东击西，点头答应道：“我知道了。”

说完铸玲珑便再不言语，连呼吸声都收敛起来，几乎不可觉察。她心知自己和铸无方的死活其实与张少白无关，他也不一定就会真心实意地帮助自己，但是此时她已经别无选择，只能寄希望于张少白信守承诺，帮助铸氏保住最后一丝血脉。

难道老天真要彻底毁掉铸氏？先是降下了男丁通通死亡的诅咒，现在又要将我也置于死地。铸玲珑心中想道，但攥着匕首的手反而更紧，她信祝由，却不信命。

无论如何，铸氏传承都不能断！

张少白现在虽然什么都看不到，但心思却复杂无比。他同是祝由中人，懂得铸玲珑那份为了传承不惜牺牲的心思。他还曾经有个疼爱至极的妹妹，也懂得铸玲珑和铸无方之间的兄妹之情。

可惜世事古难全。

一声闷响传来，密室上方的入口终于被人打开。屋外的月光顿时照进了密室，原来此时已是夜晚。

不过月光本就黯淡，又是穿过凶肆再照入的密室，已经所剩无几，故而从外面来看依然是漆黑一片。于是片刻后有人往里扔了一盏灯笼，顿时照亮了附近，只是仍没有照出铸玲珑的身影。

张少白见状开口喊道："有人吗，救命啊！"

随后有个身影一跃而下，刚好落在灯笼旁边，火光映出他的面容，是张陌生面孔。结果他双脚还没站稳，便被一刀抹喉，而且尸体压在灯笼上面，将其掩盖熄灭。

铸玲珑一击即退，重新隐于密室角落，不露声息。

就在密室重归黑暗的那瞬间，又有个人持剑从入口冲下，只是张少白已然看不清发生了什么，只听见几声利器相撞的声音。其中还夹杂着一声女子冷哼，应是铸玲珑吃了亏。

张少白也不知道自己应该做些什么，只能扯着脖子喊道："救命啊，救命啊！"

"聒噪。"密室入口现出一道身影，手中抱着剑鞘，隐约从面容可以看出是苏童。他正把守着入口，那么可知此时正与铸玲珑激战的人便是来俊臣了。

假如不是借着密室的地利，恐怕铸玲珑早就败下阵来。然而来俊臣即便在黑暗之中也能不落下风，可见其武功的确高超。

张少白心思复杂，想要帮助铸玲珑却又怕因此得罪了推事院，而若要他帮助推事院又绝无可能。所以他只能急得跺脚，心想茅一川怎么还不到，在这种时候谁的拳头大谁就是道理啊！

铸玲珑身子轻盈，在密室中借着四周石壁反复挪移，就像一片暗藏杀机的云朵，攻势飘忽不定。只是来俊臣剑法高超，将周身防守得滴水不漏，并且挑准机会突然抓住了铸玲珑的衣裳下摆。

她穿的巫女服侍本就宽大，此时被人抓住一角难以脱身，她只好一刀斩断该处抽身闪躲，接着就是一剑掠过铸玲珑方才停留过的位置。

张少白想了想，忽然喊道："大家都是自己人，怎么还打起来了？"

苏童讥笑道："既然是自己人，怎么二话不说就杀了一个呢？"

"误会，那是误会。"

"张少白，实话和你说吧，如果和铸无方在一起的只有铸玲珑，或许我还会考虑留她一命，"苏童话里有话，"可是既然这里还有一个你，那她就没有半点活下去的价值了。"

他说得没错，这场药试还需要有个人将药人公布于众，假如没有张少白那个人就是铸玲珑。可现在有了张少白，推事院便会毫不犹豫地痛下杀手。

张少白喊道："你信不信我现在就自杀，到时候你们还是要留铸玲珑一命！"

苏童哈哈大笑，"那你倒是死一个给我看看！"

"好，你别后悔……啊！"张少白发出一声惨叫，然后便再无声息。

苏童面露不屑："就凭你个贪生怕死的东西，也配用命要挟我？"

然而张少白突然无声无息，就像真的死了一般。苏童虽然确认那个胆小怕事的祝由先生绝对不会自尽，但鏖战正酣的来俊臣却因此有刹那失神。

就在这一瞬间，铸玲珑一脚将放在角落的木桶踢了过去。来俊臣什么都看不见，只能本能地用剑抵抗，不料却被木桶中的污秽物泼了一身，顿时空气中满是腥臭味道。

张少白忍不住出声骂道："喂喂喂，不死也要被熏死了啊！"

"自寻死路！"苏童虽然仍面带笑意，眼中却透着一股凶光，这次他点了根火把扔进了密室之中。

熊熊火光一现，铸玲珑的身影也被照出。满身污秽的来俊臣如若疯魔，向着那边就是一剑，速度奇快无比，铸玲珑躲闪不及便被一剑刺穿了腹部。

她捂着腹部闪到张少白身前，用力咬着嘴唇，苦苦支撑。

这时苏童也跳入密室，笑眯眯地站在来俊臣身旁，然后用手扇了扇风，面露嫌弃。

张少白捏着鼻子说道："我会把药人一事抖搂得满长安人人皆知，你放我俩一马如何？"

苏童冷笑着摇头："不行。"

“那你想怎样？”

苏童笑道：“铸玲珑，只要你杀了张少白，药试的优胜者就是你，我家主人也会留你一命。”

好一出反间计！

张少白闻言看向铸玲珑：“喂，你不会相信他的鬼话吧？”

铸玲珑默不作声，吓得张少白心头狂跳，毕竟他和铸玲珑没什么交情，女人又是翻脸如翻书，谁也保不齐她会不会突然就改了心思。

火光映着苏童的脸，露出一口白牙，他说：“我数到三，你若是不杀了张少白，我家主子就要杀你了哦。”

“一。”

这种情况之下，铸玲珑对战来俊臣，绝无胜算。

“二。”

她手中匕首翻手一转，朝向了身后的张少白。

“三……”

铸玲珑突然如飞蛾扑火般冲向了面前的来俊臣！

张少白瞳孔一缩，只见来俊臣一剑穿过铸玲珑的胸膛，然后用手掐住她的喉咙，将其挂在半空，又缓缓抽出了宝剑。

“当啷”一声，铸玲珑手中的匕首掉落在地。

来俊臣表情狰狞，随手便将铸玲珑扔在一旁。她重重摔在地上，口中往外吐着鲜血，双眼直勾勾地盯着张少白这边，仿佛在说：

“记住你的话。”

“张少白，记住你的话。”她很想开口，却没了说话的力气。

苏童大笑道：“这下好了，张少白你不用死啦。”

另一边，茅一川查了几间凶肆无果之后，终于乘着月色赶到了西市的这间棺材铺子。他还未进门，便嗅到了一股淡淡的血腥味。

待到推门进入，他看见地上躺了不少尸体，大部分穿着推事院的衣服，看模样是中了机关暗算而死。除此之外，还有一位奄奄一息的老人躺在地上，他半边身子血肉模糊，竟是被人活生生撕去了皮肤！

茅一川挑起眉毛，半跪在老者身旁，问道：“这里发生了什么事？”

林伯一只眼睛已经被人戳瞎，半边嘴唇也被削掉，露出血红色的牙龈和被血染红的牙齿，他用最后一丝力气说："杀……我……"

茅一川站起身来，眸中一片凄凉，满是被怒火焚烧过后剩下的荒芜。他手起刀落，林伯终于没了气息。

但黑衣白刀的人并没有收刀入鞘，而是一眼看向一口棺材底部的空洞入口。

他手握无锋一跃而下，刀锋直指密室之中的来俊臣！

此时，苏童刚好说完了那句"张少白你不用死啦"。

来俊臣虽然中了铸玲珑的暗算，但身手依然灵敏，反手便接住了茅一川的含怒一刀。只不过，这一刀来势汹汹，势大力沉，竟是险些将来俊臣手中宝剑斩断击飞。

两人一触即散，一刀一剑对峙不下。

茅一川几乎是从牙缝里挤出了一句话："你，想让谁死？"

杀意顿时弥漫，笼罩了整间密室，甚至是整间凶肆。怒意盎然的茅一川就像一头黑衣恶鬼，不似人间之物。

苏童吓得打了个寒战，感觉自己仿佛被一头猛兽牢牢盯住，这种感觉实在令人不喜。他收起嬉皮笑脸的模样，干脆躲在了来俊臣身后，说道："阁下是想向天后宣战？"

茅一川解下腰间挂着的刀鞘，随便扔在一旁，然后改了个双手握刀，双足呈八字错开的姿势。张少白自打认识棺材脸以来，还从未见过他如此认真应战的神情，由此可见他是动了真火，而且来俊臣也的确是个强敌。

苏童见他不回话，又开口说道："只不知阁下是代表金钺阁违逆天后，还是代表……当今圣上？"

这话就有些诛心了，显然推事院并不愿与金钺阁发生冲突。

茅一川却不肯善罢甘休，冷声说道："第一，我不配代表陛下，你也不配代表武后。第二，我这一刀不为陛下出，也不为自己出，只为了那个惨死在你等手里的老人而出！"

苏童恍然大悟，说道："至于吗，不过是只蝼蚁。"

"你可以披着推事院的皮肆意踩死一只甚至一群蝼蚁，但你不能拔掉它们的腿脚，又用各种法子让它们求生不能。"

说完最后一个字，茅一川持刀猛地冲向了来俊臣。只见他刀势凌厉，刀法大开大合，转眼间就是三记重击劈下，一时间来俊臣竟被牢牢压制，只能苦苦抵挡，毫无反抗之力。

高手过招，胜负向来只在电光石火之间，来俊臣心知自己若是一直被动只能落败，于是一个翻身躲开刀锋，一手持剑格挡，另一只手则甩出了一枚暗器。

那暗器钉子模样，长约一指，一端刻着镂空骷髅头。

茅一川反应极快，居然侧头一甩，将那枚来势汹汹的钉子咬在了口中。同时他手中长刀不停，继续劈砍，来俊臣甚至无力抵挡，只能不断退后。

而他一旦退后了第一步，也就从此没了气势，又退了第二步，第三步……

直到来俊臣感到背后撞上了一片石壁，触感冰凉，他终于再无退路。这时茅一川又是一刀劈下，他只能将宝剑举在头顶身前，抵挡攻势。

所幸茅一川并无杀人之心，他出的每一刀都更像是在发泄愤怒，故而也没有变招，就那么一刀又一刀地劈在来俊臣的剑上。

七刀过后，来俊臣手中一轻，宝剑断成了两截。

苏童赶忙喊道：“住手！”

茅一川应是心头怒火已经发泄干净，终于恢复了理智，他收回即将砍在来俊臣脖颈处的无锋，说道：“你不该这么弱的。”

来俊臣背靠着石壁，努力维持着站姿，但口中却开始不断吐出黑色的血。他盯着茅一川，咬牙切齿道：“我……不服。”

火光照在来俊臣的身上，映出他脸上的黑斑，与当初铸玲珑身上的如出一辙。

张少白见状回过神来，心想原来是铸玲珑泼的那一桶污物起了作用。那些污物大多来自铸无方，里面满是剧毒，普通人沾染了肯定要遭不少罪。若是没有茅一川，来俊臣倒也可以压制毒性，等到事了之后医治一番也就无碍了。

但偏偏来了个茅一川，大战之后害得来俊臣毒性攻心，回天乏术。

苏童跑到来俊臣身旁，此时他家主子已经无力支撑，贴着墙壁滑坐在了地上。苏童想要伸手摸一摸他的脸庞，但看到黑斑之后便收回了手，表情复杂。

他似乎有恨意，但那恨意却不是针对茅一川，而是一种恨铁不成钢的感觉。

战局已定，张少白终于松了口气，说道：“真正害死他的人，是铸玲珑，他还是小觑了祝由中人。”

苏童仍低着头，火光映着他的神情，时而哀伤，时而狰狞。

茅一川见状站在张少白身前，如一尊铁塔护卫着身后的人，唯恐推事院还有后招。

过了许久，苏童终于转身回头，脸上再也不见哪怕一丁点以往的可恶笑意，他恶狠狠地说道：“居然害死推事院的狱官，茅一川你罪不可恕。”

张少白说道：“害死他的人现在就躺在那头，你别血口喷人！”

“你说，天后是相信你呢，还是相信我？”

“相信你又如何，就算茅一川真的杀了个推事院的人，也完全可以列出几十种理由，又能有多大的罪？”

苏童恨道：“可他杀的不是普通人，而是推事院的狱官！”

张少白忽然露出一个意味深长的笑容：“何必呢？来俊臣你活得好好的，你可以欺骗我们，但如果事情真的闹到天后那里，难道你还敢欺君不成？”

“苏童”哑口无言，茅一川神情疑惑。

张少白继续说道：“你早知道普度大会有丧命之危，于是故意找了个人和你互换身份，若我猜得不错，死的那个人才是苏童，他是你的抱剑仆人，而且武艺高超。”

“苏童”依然不说话，但脸部却不禁开始抽搐起来。

“你这人的确狡猾，早早给自己找了个替死鬼。不过啊，你不该那么多话，从普度坛第一次看见你的时候，你的话就太多了。最关键的是，方才进入密室与铸玲珑苦战的时候，若你真的是苏童，便应当由你以身犯险，而不是让他先你一步冲下来，却留你一人作壁上观。”

来俊臣再也忍不住，咧嘴露出了一个大大的笑容。他就像一头笑面虎，看似笑得真心，实际不知心中藏了多少龌龊念头。

他重重踢了一脚苏童的尸体，笑着骂道：“真是个废物，居然就这么死了。”

说罢他又向着张少白这边抱拳行礼，说道：“重新认识一下，推事院来俊臣见过二位。”

来俊臣的笑容如春风拂面，张少白却通体生寒。他不怕一腔热血的莽夫，也不怕坏到骨子里的真小人，却唯独害怕这种两面三刀之徒。

来俊臣笑道：“这次的确是金钺阁技高一筹，我会将今日之事全部禀报天后。不过我还要再问最后一遍，铸无方此人，阁下打算如何处置？”

茅一川回道：“陛下自有安排。”

“原来如此，那我就先走一步了。既然第二试就此结束，看来要等到第三试的时候再和两位见面了。”来俊臣盯着张少白看了许久，特意向他说了一句：“后会有期。”

他用力一跃便离了密室，看身手比起已经死掉的苏童只强不弱，之前应该是在故意示弱。

茅一川随之收刀入鞘，问道：“你没事吧？”

张少白叹了口气，“我倒是没事，只是可惜了她。”

这个她，指的自然是铸玲珑。

张少白跪坐在铸玲珑身旁，伸手探了探她的鼻息，又检查了一下她身上的伤势，发现一剑穿透腹部，另有一剑穿心致命，已经无药可医。

铸玲珑脸上满是血污，她用力睁着眼睛，瞪着面前的白衣先生，想要说些什么，却不知从何说起，也无力说。

张少白似是自言自语地嘀咕道：“我这人说一不二，只要我还活着，铸无方就不会死。”

茅一川闻言眉头一跳。

奄奄一息的铸氏女子双眼微微眯起，眼角竟然荡漾着一抹笑意。她用力动了动一只手，又张了张嘴，似乎想要说些什么。

“唉……”张少白主动打开铸玲珑的手掌，发现她攥着一只带血的香囊，应是想要交给铸无方。然后他又俯身将耳朵贴在铸玲珑嘴边，努力地听着她的话语。

只听她断断续续地说着：

“若有……来世……愿为张家……”

愿为张家如何？张少白心想。

她说了最后四个字：“赴汤蹈火。”

铸玲珑头部一歪，眼睛最终看向病榻那边的兄长，然后眼中最后一抹神采如冬雪遇见了春光，蓦然消融。

张少白心中难过不已，在他看来，铸玲珑虽然算不上是个良善之辈，却是个爱恨分明之人。而且她算是为铸氏传承牺牲了自己，这份勇气更是令人敬佩，至少张少白不能肯定自己一定会做出同样的选择。

与此同时，还有一个疑惑在张少白心中正不断滋生长大。

“祝由待世人以良善，为何世人却报之以恶？”

张氏祝由的悲剧源于太子弘案无端受到牵连，接着又遭了歹人毒手，一人下蛊，一人放火，故而满门只剩张少白一人活着，再无其他活口。铸氏祝由的悲剧源于铸无方被捉做药人，接着族中又仿佛中了诅咒，男丁接连死去，到最后只剩下了一个铸无方。

张少白不知道铸氏是否利用祝由之术作过恶，但他确定张氏从未有过。所以他的疑惑越来越重，难道真的是好人不长命？

那些关乎皇位走向的阴谋，那些妄图长生的欲望，难道就一定要牺牲他人来成就吗？而且，难道牺牲了他人就真能成功吗？

他找不到这个问题的答案，他只是莫名想起了六年前的那场大火。

一场大火，将张家烧得干干净净。尚且年幼的张少白跪坐在张宅门口，哭着用手拢着地上的灰，有些是亲人的骨灰，有些则是这座宅子的灰烬。

唉，若是这世上只有爱，没有恨，只有情，没有仇，那该多好。

他努力从回忆中抽离，轻轻擦拭了一下眼角，随后便看到茅一川正站在铸无方身旁，手指轻轻顶出半寸刀锋。

“铸氏只剩他一个人了，他为陛下做了整整六年药人，吃尽苦头，就算没有功劳，也有些苦劳的吧？”

茅一川低下头，反问道：“你已经知道铸无方的身份了？”

张少白回答道：“原本只是有所怀疑，不过连你都要动手杀他，那说明真正要他死的人是陛下无疑。”

“既然知道，就不要拦我。”

“我可以不拦着你，但你要回答我三个问题。”

茅一川明明可以不理会张少白的胡搅蛮缠，直接抽刀杀人，但他就是下不了手，直觉告诉他不要着急，至少要听张少白把话说完。

于是他冷声说道：“什么问题？”

“第一个问题，陛下是否暗中捉了不少人，目的是研究长生不老之药？”

“知道这些事情，对你没有好处。”

“茅一川，我已经卷进了这场纷争，如果你不告诉我，或许某一天我便会死得不明不白。可你若是告诉我，我起码能当个明白鬼。”

茅一川叹了口气：“陛下在宫中设有丹庐，铸无方便是从那里逃出来的药人。”

张少白点了点头，又问道：“第二个问题，武后是否知道丹庐的存在，或者说，她是否同意陛下暗中行此有伤天和之事？”

“陛下的确有意相瞒，但现在来看武后肯定早就有所察觉。”

“所以说武后兜兜转转就是为了让陛下放弃丹庐，不要寄希望于那些偏方秘法，然而陛下认为武后是故意阻拦，且想要利用铸无方一事将丹庐公布于众，这样一来朝野上下必定震动，武后声望将会更上一层。”

茅一川说道：“差不多。”

张少白又说：“第三个问题，你是否认同陛下的做法？”

两人忽然陷入了长久的沉默。

火把发出轻微的“噼啪”声，将空气中的污秽味道烤焦，变成了一股更加复杂也更加难闻的味道。但茅一川却仿佛丝毫嗅不到这股气息，他心中某个不为人知的脆弱之处开始有些动摇，这令他感到两难。

沉默许久后，他说：“金钺阁只听命于陛下，从不去判断对错。”

张少白追问道：“我问的不是金钺阁，而是你。”

茅一川紧皱着眉头，低声说：“我不知道。”

“我把你视作可以托付生死的友人，但我不会同意你出手杀害铸无方。”张少白查看了一番铸无方的情况，随后顺便挡在了床前，“事情可以有更好的解决方法，杀戮只是最下等的那种。我认为陛下在丹庐一事上已经铸下大错，绝不能错上加错。

“所以铸无方不能回到丹庐之中继续做药人，也不能死在你的手里。陛下只是担心武后借题发挥罢了，我们只要将铸无方藏起来，或是让他远离长安，别人自然都会当他死了，”张少白一步一步地劝说着，“既然他的死毫无意义，你又何必做这个恶人？”

茅一川感到双肩一沉，原来是张少白正用力拍着自己的肩膀，他抬头看着面前的祝由先生，说道：“这是欺君。”

“只要你同意，我可以想办法让你晕过去，这样一来所有罪责可以由我一人来扛。我会趁着事发之前逃跑，反正我跟着父亲行走江湖许多次，还蛮喜欢那种生活。”

“不行！”茅一川果断拒绝。

“既然如此，你的本心还有皇帝的命令，你会选择哪个？”

今夜凶肆死了许多人，不过棺材铺子最不缺的就是棺材。茅一川忙活了整整一夜，终于将那些尸体装进棺材，然后又依次运到了城南的乱葬岗。这期间他没有向刑部寻求帮助，只是默默低头做着自己的事情。

张少白有伤在身无法帮忙，便率先一步去了乱葬岗等候。这期间他被巡夜的官兵拦住数次，幸好带着推事院在第一试所分发的木牌，这才得以放行。

长安人在夜里是不会来乱葬岗的，据说这里时常闹鬼，而且来过这里的人往往都会患上疾病。张少白自然是不相信这些的，在他看来，乱葬岗不过是个阴气较重的地方，任何人来到一个满是尸体的地方都会觉得不安。

待到棺材全部运来之后，张少白取出事先备好的火油，将其倒在棺材之上，随后点燃。

茅一川叹道："无论你怎样大费周章地布局，都不可能瞒得住帝后二人。"

张少白看着面前的熊熊烈火，仿佛又回到了六年前的那个夜晚，他冷冷说道："自古皇帝皆多疑，就算你真的杀了铸无方，他也会只信七分，仍有三分怀疑。不过现在时局非常，陛下和武后之间因为药人一事生出嫌隙，只差一步便会撕破脸皮……所以我要赌一次，赌他们二人都会对药人装作不知，只有这样才能维持那表面的一团和气。"

茅一川沉默半晌，忽然开口说道："张少白，洛阳的事情是你帮了我，回到长安之后我刻意接近你也是为了借你的手调查铸无方的事情，算我对你有所亏欠。这次我会亲自保下铸无方的命，此事与你无关，就算是我对你的回报吧。"

说罢，一阵冷风忽地吹来，茅一川的身子居然在微微摇晃。自从两日前张少白中了蛊，茅一川便日夜奔波，从未合眼休息过哪怕一刻，就算是铁打的身子也经不起这番折腾。他感觉脑袋昏昏沉沉，终于再难支撑，身子一歪便要倒下。

幸好张少白及时扶住了虚弱至极的茅一川，他也不知道茅一川到底是否真的昏了过去，自言自语道："亏欠？你欠我的只是人情，我欠你的却是命。"

※

普度大会的第二试由一场火做了个了断，来俊臣离开凶肆之后，便急忙赶入宫中禀报此事。他本以为自己必定会受到重责，不料武后脸上却不见丝毫恼怒神色。

她仿佛事不关己，轻飘飘地说了一句："嗯。"

来俊臣战战兢兢道："晋级第三试的人选还需天后做主。"

武后面露不耐："还做什么主，六人已经死了一半，剩下的就都晋级第三试吧。至于第三试是什么内容，朕还没有想好。"

来俊臣年纪轻轻便能身居高位，自然极其擅长察言观色。他毕恭毕敬地离开宫殿之后，并未急着离开，而是在殿外自愿受罚，主动请求武后的贴身女官赏了自己四十鞭子，抽得背部鲜血淋漓，可谓触目惊心。

之后他又跪下重重叩了几个头，这才狼狈至极地离开。

在来俊臣走后，女官赶紧打来一桶水将地上的血迹清洗得干干净净。这时武后缓缓走了出来，神色隐晦，不知心中在想些什么。

女官恭敬问道："是否杀之？"

"不必了，既然是个懂事的，就暂且留他一命吧。"武后看了眼逐渐亮起的天色，又说，"摆驾玄元庙。"

"臣领命。"

武后坐在华贵车辇之中，想到陛下这些日子经常在玄元庙中修道，应是头疾频发所致。她忽然感到一丝悔意，心想自己利用药人大做文章，这一步是不是走得太急了些？但这个念头很快便被她抛到一旁，因为她认为自己所做之事，并没有错。

她亲眼看到先皇晚年做了许多糊涂事，全是为了追寻那虚无缥缈的长生。所以她不想李治重蹈覆辙，当然，或许在她的内心最深处，还藏着另一个连她自己都不愿承认的原因。

毕竟这世上每个人都无法抗拒权力的诱惑，尤其是皇权。

车辇行进的速度不快，为的是让玄元庙的李治有所准备，不过当武后进入庙堂的时候，还是嗅到了一股淡淡药味。

武后如往常一样跪坐在皇帝身侧，看他正盘腿打坐，闭目养神，于是轻声说道："慈恩、张少白和秦鸣鹤晋级了第三试。"

李治面前香烟袅袅，他连眼皮都懒得抬起，说道："我已经说过，普度大会一事全权交由皇后打理。"

"可有些事我不说，就怕陛下误会。"

"如果你说的是药人一事，我想你我之间并没有什么误会。"

武后看了眼墙壁上的老子画像，叹道："妾身只是不想陛下走上一条不归路，害得您一世英名毁于一旦。"

李治不予理会，自顾自地说："不少人都盼着我早点死掉，可惜我偏偏不想如他们所愿。我才是真命天子，区区生死为何不可掌握？"

“陛下，您变了。”

“皇后又何尝不是。”

数十年过去了，这两人最初也曾不顾一切地爱过对方，只是这恩爱却随着时间渐渐腐朽，变成了如今的猜疑。其实李治不得不去猜疑，因为他失去了一个又一个儿子，在任何人看来，此事最大的受益者都是武后无疑。

武后也想专心做好一个皇后该做的事情，但早在李治因为头疾而将政事托付与她的时候，她的心中便有一粒种子不可遏制地发了芽。这其实是个很简单的道理，当一头羊偶然间吃了一口肉，然后发现自己并没有死，而且觉得肉远远比草要好吃得多，那么它便再难回头去吃草了。

欲望，才是真正将二人分隔开来的鸿沟。

李治不愿说话，武后则是无话可说，夫妻二人只好沉默相对。

再难回到从前。

※

天亮之后，长安城门伴着鼓声缓缓打开，顿时人来人往好不热闹。来俊臣离开皇宫之后，便一直守在东门，至于他为何在此，还是因为胸中有口恶气难以咽下。

他认为张少白一定不会杀掉铸无方，并且城门一开就会将其送出长安。所以他想来这里碰碰运气，如果刚好能够抓住铸无方，那么武后的计谋就不算失败，自己也可将功赎罪。

来俊臣双眼盯着过往行人，终于看到张少白坐着一辆马车到了城门前，他先是翻身下车然后又嘱咐了车夫两句，看来车里载的定是铸无方了。

他懒得和张少白纠缠，于是暗中跟着马车出了城，待到走了一段距离之后才突然发难。然而当他打晕车夫，看到车厢内空无一人的时候，脸色简直比锅底还黑。

中计了。

另一边，在西城门有个身材高大的男子不慌不忙地出了城，他脸上的胡子已被刮得干干净净，乍一看更像个江湖中人。

当别人都以为铸无方逃离长安之后一定会回到东海的时候，张少白却偏偏要让他往西边去。

至于之后的路是生是死，全靠天意。

有风吹起铸无方的衣衫一角，露出腰间挂着的香囊，上面满是血污，曾是铸玲珑的贴身饰物。香囊随着他的步伐一摇一晃，仿佛这对兄妹历经重重磨难后终于重逢，从此相依为命。

第十章 身负玄黄

弹指间三个月匆匆而过，事实证明张少白所料不错，帝后二人的确无人追究铸无方的生死，普度大会一事也暂且搁下，于是祝由先生终于休息了一段时间。

张少白把日子过得舒舒服服，大唐却是风云变幻，发生了不少大事。最大的一件莫过于裴行俭大破匈奴，年号由永隆改为开耀。其次是老臣郝处俊因病去世，临终前为皇帝留了“莫服丹，莫放权”一句话，据说陛下听后脸色格外难看。

至于第三件则是钦天监夜观天象，发现“荧惑守心”之异象——天象告变，国必有厄，轻则有旱涝之灾，重则有战乱之危，甚是皇帝崩殂。

或许真是“荧惑守心”之故，今年长安的雪水少得可怜，只在大雪时节撒了稀稀拉拉一些雪花，不知是否意味着明年将有一场大旱。

张少白身子本就虚弱，早早就换上了冬衣，将一件雪白色的狐裘披在身上，即便如此仍时不时“哈”出一口热气，搓着手心。

过去了整整三个月，他后背的伤口已经愈合，药人一事也算善始善终。可不知为何，张少白还是隐隐觉得哪里不对，就好像有一场风波正在长安深处酝酿，等候时机爆发。

近来天天忙着帮助芸娘，据说她们在平康坊盘了块不错的地界，硬是在长安开了家玉脂院的分院，里面的小娘子一个赛一个水灵。张少白倒是提过想要过去看看，顺便帮忙定定风水，免得招来邪祟，可惜被天天一口拒绝。

茅一川这段时间再也没有来过张宅，身为金铓阁之主的他不愿犯欺君之罪，所以一人将所有罪责扛了下来。没人知道陛下到底是如何惩罚他的，但他多日不来张宅，这让张少白觉得罪罚肯定不轻，心中祈祷着棺材脸安然无恙。

虽说少了两位常客，不过张宅多了个小徒弟明珪，整日叽叽喳喳，故而依然不得清静。张少白有时心血来潮会考他一些问题，其余时候更多则是让其自学成才。其实也不是他不想用心去教，只是他如今未到及冠之年，自己都只是个半大少年，如何做得了先生？

而且比起祝由之术，他认为教会明珪如何做一个堂堂正正的人，更为重要。

除此之外，张少白最为记挂的人，便是薛灵芝。

三个月前薛灵芝曾帮助张少白取出饮脂蛊，而后兰芝更是帮助茅一川发现了药方中的线索。可那天她回家之后，病情便迅速恶化，转瞬间就回到了一年前的模样。

据说兰芝占据身体之后，做的第一件事就是在长安城四处闲逛，结果不巧刚好遇到了父亲薛曜。

薛曜还是原先那副性子，见到女儿之后没什么好脸色，依旧是冷言冷语。可薛兰芝却不是薛灵芝的性子，几句话便顶得父亲险些犯了旧疾。

之后这件事情又传回了薛家，薛元超听后雷霆大怒，一气之下又给薛灵芝下了禁足令，禁止她擅自离开。这样一来，张少白这段时间费尽心力做的那些治疗全都成了无用功，薛灵芝一下子就被打回了原状。

这期间张少白也去过几次薛家别院，可惜每次都被石管家拦在门外。久而久之他也就不再坚持，心知这背后定是薛元超的手笔。薛老太爷不愿自己的孙女也被卷入满是阴谋的旋涡，只是谁也不知道，薛灵芝背后的那只“不死灵乌”，早已被某个心思深沉的人看到。

不知会引来怎样的苦果。

“先生，听木鱼说普度大会一结束，他和师父就要离开长安啦。”明珪不知怎么认识了木鱼，两人年纪相仿，故而一拍即合，现在已经成了“至交好友”。

张少白坐在院里观雪，手中捧着个暖炉，难得惬意。他颇不在意地说道：“走就走呗，若是舍不得以后可以常去寺庙看他。”

明珪坐在先生旁边，说道：“我倒是没有舍不得，这第三试迟迟不比，他多半要在长安城里过年了。先生，到时候能不能把他请过来玩啊？”

“不行。”

“啊……那我就带他去我家玩好了。”

张少白一脸不爽：“你小子天天和对手的徒弟厮混在一起，真是伤透了我的心。”

明珪赶紧露出一个讨好的笑容："先生宽宏大量，哪里是那种斤斤计较的人，区区普度大会，您要是用上真本事，哪里还有其他人什么事？"

"你这马屁功夫倒是越来越精进了，难怪茅一川说你心术不正。"张少白弹了徒弟一个脑瓜嘣，不响，但是很疼。

明珪捂着头说："时候不早了，我该去找木鱼啦，饭菜都在锅里，先生饿了就自己热着吃吧。"

说完小徒弟拔腿就跑，生怕溜得慢了便被先生抓在家里读书。张少白看着明珪逃出张宅，重重反手把门关好，笑着摇了摇头。慈恩大师和木鱼的落脚处距离此地不远，就在旁边的永平坊，所以也没什么好担心的。说白了明珪也不过是个孩子，能在长安有些朋友也是好事。

不过片刻后，突然响起了一阵"有气无力"的敲门声，似是有些心虚，所以不敢用力。

张少白一猜就是明珪忘拿了什么东西，想要回来取又怕挨骂，于是便冷着脸去开门，一边还骂骂咧咧道："跑得快有什么用，还不是要回来任我收拾……"

话越说越没力气，最后的几个字几乎已经听不清了。因为张少白面前站着一个人，她穿着毛皮夹衣，外面覆着一层最爱的鹅黄色。冬日暖阳下乍一看去，她脸颊的两团红晕透着令人无酒微醺的醉意。

她仰头看着面前男子，软糯糯地叫了一声："少白。"

张少白终于回过神来，赶忙把人请进宅子，又往街道两侧打量了一番，迅速关紧大门。

"你不是被禁足了吗，怎么溜出来的？"张少白问完之后便自己想到了答案，又说，"翻墙？"

薛灵芝颇为羞涩地点了点头。

两人便坐在院中石凳上，虽然许久未见却丝毫不觉得生疏。

张少白将暖炉塞到薛灵芝手里，又问道："我去过几次你家，不过石管家没让我进门，还说薛家给你找了新的医师。"

薛灵芝低头皱眉，答道："是。"

"有用吗？"

"没有，而且我的'双魂奇症'反而变得越来越严重了。"

关于此事张少白早就做过分析，他解释道：“这种情况算是意料之中，毕竟那些人不了解你的病情，也就无法对症下药……对了，你是何时发现病情恶化的？”

薛灵芝愁容满面：“你被铸玲珑掳走那日，姐姐说她有办法救你，从那之后我就再度变得嗜睡起来。”

张少白想了想，分析道：“我明白了，之前我让薛家撤去对你的禁足令，让你重返自由，为的就是让你能够做些自己喜欢的事。换种说法，当你的身心沉浸在某件事情当中，你的灵魂就会变得十分稳固，兰芝也就无法鸠占鹊巢。也是因此，兰芝再也没有占据过你的身体，只能偶尔在心中与你沟通。

“然而铸玲珑利用你要挟我，将我掳走，所以你认为是你牵连了我。这样一来就像是你的心中生出了一道缝隙，便让兰芝有了可乘之机。”

薛灵芝补充道：“不仅如此，其实能够治好你体内的饮脂蛊，也是姐姐的功劳。”

“这是为何？”

“是姐姐帮忙找到了那本记载有饮脂蛊的古书，我只是对饮脂蛊有些印象，而姐姐却记得它的准确位置。”

张少白听后心神大震，没想到兰芝居然知道薛灵芝所不知道的事情，这到底意味着什么？她明明只是薛灵芝头部受创之后出现的一个“灵魂”，按理来说她只是这副身体的附庸，怎会有着连薛灵芝都没有的记忆？

薛灵芝是个聪慧的女子，除了给张少白治病一事之外，其实她还发现了不少“双魂奇症”的疑点。但此时此刻她已经不想说那些事情了，她只想“活”下去。

“这几个月以来，我经常无来由地困顿，睡去之后便会为梦魇所困，而且梦境极为真实，就像是亲身经历过的一样……说实话，我觉得自己越来越不像是自己，我也不再是薛灵芝，而是兰芝。”

张少白担心不已：“那你现在感觉如何？”

薛灵芝说道：“很累很累，仿佛下一刻我便会被她取代……其实我这次偷偷跑出来，也是害怕以后再也见不到你了。”

她的说话声很轻很轻，就像雪花落地的声音，这让张少白感到一阵怜惜。

但张少白还是安慰道：“别怕，既然有我在，就不会发生那种事情。而且有件事其实你一直没有搞懂，就是你和兰芝的关系。”

薛灵芝面露疑惑：“我和她？”

“虽然表面来看你和她是两个灵魂，但其实说白了还是同一个人。只是因为某种缘故，你体内的三魂七魄分成了两副，但你俩并不是你死我活的关系，反而是共生才对。”

“可她并不是这么想的，她曾经说过，我是她，她却不是我。”

“谁是谁这种问题可不是三言两语就能说清楚的，先不要急着下定论。”

张少白一边安抚着薛灵芝，一边施展出了“望气之法”。自从经历了厉千帆和铸无方两次生死难关之后，他终于可以熟练施展这种张家独门术法，虽然仍未达到当年张云清的高度，但也与之相差无几。

这次他在薛灵芝的身上看到了玄黄二色，以腰际为界，其中玄色沉在底部，黄色则悬于高空。不过此时玄色如烈火煮沸般蒸腾不停，正逐渐蔓延向上方，将原本黄色所占据的多数地方夺了过来。照此看来，若是任由玄色继续上行，不久后便会将所有黄色驱逐出去。

张少白忽然想起多年前，父亲曾在上元节见到过薛灵芝，还对自己说了她的情况。他隐约记得，父亲那时说的是……

“她身上有玄黄两种颜色萦绕不散，且玄色被黄色牢牢压制。”

而现在玄色仿佛挣脱了压制，彻底变了模样！

可惜去年的时候张少白仍未掌握“望气之法”，时灵时不灵，故而一直没向薛灵芝施展。他估摸着原本薛灵芝体内的玄色是被黄色压制着的，只是因为几年前她落水头部受创，心神动荡，这才使得玄色得以挣脱。

不过在张少白的治疗之下，明明薛灵芝病情已经稳定，玄色也被控制，为何这会儿突然变成了这副模样？

薛灵芝见他皱眉沉思，也不出言打扰，只是静静看着他的模样，心中有莫名情绪正在蔓延。一直以来她对张少白都抱有复杂情感，其中夹杂着友情、感激，还有几分好感，这段日子以来噩梦连连，把她折磨得像一个病入膏肓的人，总想着重温一下之前的美好事物。

所以她才会鼓起勇气逃出薛家，来张宅这边看上一眼。

张少白想了许久，终于开口说道：“能和我讲讲你都梦到了什么吗？”

薛灵芝回答道：“都是一些陌生的场景，偶尔还有一些陌生的面孔。说来奇怪，我对他们有种熟悉感……但其实我从未见过他们。”

“在梦里你是什么模样？”

“似乎是六岁。”

“这就怪了，你脑中怎会毫无来由出现一些从未有过的记忆？”

一旦治起病来，张少白便会将全副心思倾注其上，他苦思冥想着，忽然一手攥拳砸在另一只掌心之上，发出“啪”的一声。

张少白说道：“先不去管那些事情，我先用法子让你好好睡上一觉吧，这些日子你肯定遭了不少罪，不如休息一番再做打算。”

薛灵芝有些犹豫：“可是……”

“没事，你就安心随我来吧。”

薛灵芝担心的是家里人迟早会发现自己偷跑出来，到时候一定会找到张家，而她若是留在这里太久难免连累他人。

张少白却对此毫不在乎，他将薛灵芝领到了自己的卧房，有些不好意思地说道：“家里住的人不多，也就我这间屋子适合治病，要委屈你一下了。”

薛灵芝努力装作镇定，但通红的耳朵根以及蔓延上了一层胭脂色的脖子还是暴露了她的慌乱。

“你去那边躺好，接下来的事情不用担心，一切交给我就好。”

若是其他人对薛灵芝说一句这样的话，肯定会吓跑佳人，不过张少白却是个例外。薛灵芝和他相处已久，十分了解他的脾性，更知道他在治病的时候严肃认真，于是也不矫情，脱掉外衣便躺了上去。

就连她自己都为此感到脸红，一个未出阁的小娘子居然躺在了一个男人的床榻上。

“罢了，这个我还能存在多久都说不定，何必在意这些呢。”薛灵芝心中想着各种理由安慰着自己。

张少白在这方面简直是一根木头，他毫无觉察，而是开始在床榻附近布置起了清绳和明铃。到最后清绳结成了一张巨网，上面则挂着足足九十六枚铃铛，它们以一种规则的方式悬挂在床榻周围，刚好将薛灵芝包围其中。

他曾对武后施展过此法，只是那时身在皇宫之中，所带东西也不齐全，而这一次则不同，整个张家都是他作法的场地，可谓天时地利两者皆有。

薛灵芝看着这番布置不免有些心慌，她与张少白之间隔着密密麻麻的绳网铃铛，明明近在咫尺，却仿佛又离得极远。

张少白在那边问道："你准备好了吗？"

薛灵芝说道："我还有个问题没说。"

"什么问题？"

"你身上的伤好了吗？"

张少白脸色忽然红了起来，他颇不自然地咳了两声，答道："早就好了。"

薛灵芝露出笑容："那就好。"

说罢，她便躺了下去，轻轻闭上双眼。鼻尖萦绕着张少白的气味，让人觉得心安。

张少白见状也掏出山鬼面具扣在脸上，双脚踩着玄奥步伐，整个人既像在跳舞，又像喝醉后乱摇乱晃，但总归透着一股神秘美感。

"余处幽篁兮不见天，路险难兮独后来。"

随着张少白唱起了《山鬼》，屋内铃铛竟随着他的语调声一同叮当作响，而且响声富有规律，密集却不杂乱，清脆却不恼人。

薛灵芝初时感觉铃铛声距离自己很近，而后又逐渐飘远，那歌声也自下而上飘向空中，仿佛是仙人从遥远山巅所吟诵。她的思绪也情不自禁地随之远去，整个人进入了一种半睡半醒、半思半忘的境界。

"山中人兮芳杜若，饮石泉兮荫松柏。"

伴着歌声，她就此睡去。

但张少白却丝毫没有放松，因为他知道接下来才是真正的难关。

果然，下一刻薛灵芝突然再度睁开了双眼，甚至还坐了起来。她看着那边故弄玄虚的张少白，眼中满是冰冷："怎么，终于不做正人君子了？"

张少白摘掉面具，微笑道："只是觉得很长时间未见，甚是想念。"

"是啊，自打去年崤函道落水之后，她便一直将我牢牢压制着。"

"可为何你最近又能出来了？"

"这你应该问她，而不是问我。"

"问你就等同于问她，你我都心知肚明，你和她本就是同一个人，无论如何都撇不清关系的。"

薛兰芝冷笑道："可我凭什么告诉你，让你帮她一起欺负我吗？"

张少白耐心道："这不是欺负，无论你俩怎么折腾，都只有一副身躯，若有一日身体折腾坏了，你和她都将失去依靠。"

“死了倒也清静。”

“不，你才不舍得死。你帮助了许多人，甚至那些乞丐都叫你‘恩公’，这说明你珍视每一个生命，这样的你怎会甘心就此死掉？”

薛兰芝的眼中满是恼火。

张少白继续说道：“你身上有太多秘密，你不说我也不知道，但我也不会主动去问，因为我压根就不在乎。在我看来你只是一个病人，我要做的事就是把你治好。实话实说，你的这副身子在这三个月里被你俩不停使用，已经到了崩溃边缘。”

“所以你就要我一直被她压制，凭什么非要如此，凭什么不是她受我压制？”

张少白一时竟无言以对。

薛兰芝说道：“我已经受够了她那副懦弱性子，这次无论如何我都不会让着她了。”

“即便身体崩溃也在所不惜？”

“如果你不想让她死掉，就要想办法让她受我压制，这样一来这副躯壳起码还能保留下来。张少白，你总不想有朝一日看着自己心爱的女子变成了一具尸体吧？”

张少白眼神渐冷：“我做不到。”

“不，你能做到。之前她能稳稳压我一头，是因为她心中总是惦念着你，这份牵挂给了她力量。只要你粉碎她的这份念想，后面的事就不用你来管了，”薛兰芝眼看着张少白陷入犹豫，又补了一句，“不然的话，她的死全是你的过错。”

张少白之所以犹豫不决，是因为薛兰芝说的道理并无过错。医者与病人最怕情感纠缠不清，多了因果牵连，会让病情变得剪不断理更乱。

薛兰芝咄咄逼人道：“用不着你花心思去治，只要你愿意远离她，我自会保证我与她都会安然无恙。”

“可这终究是你的想法，而不是她的。”

“就算如此，你又能如何？”

“是啊，我能做些什么呢……你学了铸玲珑的那一套，不惜以灵芝的性命相要挟，句句话都戳在别人心头，仿佛在你看来世间情爱之事都是肮脏之物，不堪入目。你口口声声你和她不是同一个人，也从来不会顾及她的感受，我的确不明白，你明明是在自己为难自己，何苦来哉？”张少白怅然叹道，随后用手指轻轻弹了一下面前的铜铃。

一只铃铛作响，有如一颗石子坠入水面，顿时其余铜铃也如涟漪般荡漾开来，纷纷发出清脆响声。

身处清明网中心的薛兰芝为之一愣，忽然发现眼前的张少白已经消失不见，自己也不再是坐在床榻之上，而是身处云端。

“这是……什么妖法？”她惊讶地用双手四处摸索，却发现周围一片虚无。

紧接着《山鬼》再度响起，薛兰芝看到远处山顶有个白衣先生戴着幽蓝面具，正翩翩起舞。她觉得无比恼人，却无法闭上双眼，因为她的身体已经完全不听自己使唤。

现实之中，张少白轻声哼唱着古老歌谣，薛兰芝则痴痴傻傻地看着他，仿佛走丢了魂魄。

张少白知道自己永远说不过兰芝，因为他心中有愧。人往往如此，有情便想着自己应该让对方事事如意，于是难免生出愧疚。

可这并不意味着他真的拿薛兰芝没有法子，入梦之法不仅是个使人轻柔睡去的法子，同样也可以强迫醒着的人陷入睡眠。正如佛门既有菩萨低眉，也有金刚怒目，咸天八法不仅可以救人，也可操控他人。

待到薛灵芝终于真正睡去之后，张少白拨开重重绳网走到了她的身前，轻轻为其盖上被子。他痴痴看着她的睡容，说道：“我到底该拿你如何是好？

“父亲总说医者难自医，现在看来不仅难以自医，还难医身边的人。我本想等到将我家案子查个水落石出的时候，再与你好好相处，可惜世事总是不遂我愿。

“在我看来无论灵芝还是兰芝，其实都是你，就像我们祝由总说的那句话‘不容己，何容天地’。你能容得下天地，为何却容不下自己？”

张少白与她说了许多话，许多清醒时两人不敢去说的心里话。他也知道“双魂奇症”本就世所罕见，治疗起来更是难上加难，不比治疗陛下的头疾容易多少。但越是难，他就越不愿意放弃，此中缘由有很多。

他曾想利用薛灵芝攀附薛家，为张家翻案，故而他心中有愧。崤函道薛灵芝豁出性命来找自己，甚至舍命相救，故而他心中有情。两人朝夕相处多日，无话不说，有如故交知己，故而他心中不舍。除此之外，身为祝由先生的张少白也是真的想要治愈“双魂奇症”，这算是见猎心喜。

可是当所有理由揉在了一起，就变得乱七八糟，到最后已经分不清哪一个才是关键。

张少白是个聪明人，习惯了用一双冷眼去看世间，所以他能看到许多茅一川看不到的东西。唯独事情落到了自己头上的时候，他突然变得迷茫起来。

薛灵芝身上的秘密实在太多，按理来说她生在宰相府里，应该如长安那些大家闺秀一般，平平安安地长大，每个人的经历也都像同一副模子刻出来的。可她却因为“天煞孤星”的批命落得了远居别院的下场，又在落水后出现了另一个自己。

最蹊跷的是，她身上为何会有一幅不死灵乌图？

那日张少白在山洞中看到文身的时候，险些以为是自己眼花。因为他出身祝由，自幼通读奇经异志，所以一眼便知那灵乌代表着什么。

它为何会出现在薛灵芝背上？薛灵芝一个久居深闺的小娘子，怎么会和这种事有所牵连？

张少白为此头痛不已，也是因为这件事情，他回到长安之后守口如瓶，甚至没和薛灵芝提起过此事。

说白了张少白不过处于个比少年略微成熟些的年纪，多少人穷尽一生都没能弄懂情情爱爱之事，何况是他？

张少白伸手想要触碰薛灵芝的脸庞，但最后还是收回了手。他希望时光能够有所停留，哪怕只有一瞬都可以，因为他也不知道为什么，当自己眼中装着她的时候，就会觉得心安，而不见的时候就会觉得心悸。

沉沉睡去的薛灵芝若是醒着，她便会说，自己也有同感。

或许这就是年轻男女都会有的一块心病吧？

又看了几眼，张少白终于依依不舍地离开卧房，重返前院打开了门。他往左右打量了一番，然后在街角处看到了一辆车辇，便径自走了过去。

驱车的人是个豁牙老仆，当初伏龙牡丹一案张少白和茅一川怒闯薛府，算是与他打过交道。

而这样说来，能让此人做马夫，车里那位的身份也就昭然若揭了。

原来张少白敢于让薛灵芝留宿张家，是因为之前开门时不仅看到了灵芝，还看到了这辆不属于永和坊的马车。

张少白向着车辇行了一礼，说道：“晚辈见过薛老太爷。”

车里的人淡淡说道：“进来说话吧。”

老仆低头掀开布帘，张少白随后躬身而入。车厢不算宽敞，他便只能跪坐在薛元超对面，脸上带着晚辈应该有的笑容。

薛元超的模样并未有什么变化，只是脸上皱纹更深了些，毕竟他如今升任中书令，又是太子李显的左庶子，政事不可谓不忙碌。

老太爷和张云清算是故交，所以教训起张少白丝毫不留情面："你小子到底用了什么手段，把我孙女勾引到了你这破落宅子！"

张少白厚着脸皮笑道："您老过奖。"

"哼，去年在洛阳，我孙女险些被你害死，这些事情老夫都还没找你算账。"

"您若是想着秋后算账，现在就是'秋后'了。"

"让我和你算账，你还不配，"薛元超气得直瞪眼睛，"我问你，灵芝的怪病当下是什么情况？"

张少白收起笑容，严肃道："比去年还要糟糕，长此以往身体必将崩溃。"

薛元超似是早就料到有此答案，又问道："我再问你，另一个疯疯癫癫的人到底是谁，她是否也是我的孙女？"

"当然是了。"

"可老夫的孙女怎会变成那样？"

"她的确也是您的孙女，只不过却是另外一个叫作兰芝的孙女，"张少白话锋一转，"其实我这次也想向您打听此事，薛灵芝会变成这样或许与身世有关，而最了解她身世的人，自然就是您了。"

薛元超听到"兰芝"二字之后脸色一僵，显然有难言之隐。

张少白看出了这点，追问道："难道薛灵芝的身世真有蹊跷？"

"这算是薛家的秘密吧，不过若是与她的性命相关，倒也不是说不得，"薛元超习惯性地眯起眼睛，用手轻轻抚弄着胡须，"只是你记住，接下来你听到的事情，绝对不许向外透露半个字。"

老太爷说话的语气不重，但张少白却有千钧压顶之感，赶忙点了点头。

薛元超这才讲道："其实灵芝和兰芝的幼年并不是在薛府度过，而是随着她母亲在娘家长大。"

"什么？"张少白一脸惊讶。

"唉，当年我被罢官流放，没想到长子薛曜在途中结识了一名乡野女子，甚至还与其私订终身……那时我心中满是朝堂之事，也就没怎么理会过此事，没想到家中其他人却一直不愿接受那名女子，竟然将她赶出了薛家。"

张少白说道："想来她那时已有身孕。"

薛元超叹了口气："后来听说她诞下两个女娃，薛曜虽然生性软弱，但一听自己有了女儿便转了性子，非要将妻女通通接回来。奇怪的是，那边却突然断了书信往来，也就没能找到她们。

"直到四年后，在薛家人几乎已经将她们遗忘的时候，温玄机忽然带着两个女童找到了薛府。我看到孩子第一眼的时候就肯定她们是我的孙女，因为她俩的眉眼简直和薛曜小时候一模一样，那一刻我心中忽然满是歉疚，觉得自己对不起她们母女三人。"

张少白皱起眉头，低声念道："温玄机？"

薛元超已经沉浸在回忆中无法自拔，他继续讲道："听温玄机说，他也是偶然间路过一处山村，刚好借宿在一户人家。结果那夜那户人家的女主人因病去世，临终前将两个孩子托付给了他，希望他能将孩子送到薛府。"

之后的事情张少白曾听灵芝讲过，与此时薛元超说的差不多。由于薛元超早年流放途中患了疾病，曾受过温玄机搭救，故而温道长这次送回两个孩子之后便留在薛家小住。

只是张少白没想到，温玄机这一住就是四年之久。这期间由于灵芝和兰芝自打出生便身虚体弱，或许是在娘胎里落下的病根，温玄机便传了两个孩子医术，顺便帮着她们调理身体。

除了这些，还有一件张少白不知道的事情。

传说一胎双生有违天道，故而往往一个聪慧，一个痴傻，甚至早夭。灵芝和兰芝也是一样，兰芝从小就有着过目不忘的本领，在医术上更是天赋异禀。而灵芝就显得愚笨许多，而且还被温玄机说是"天煞孤星"，会给家里引来无尽灾祸。

张少白摇头叹道："温玄机好人做到底就足够了，何必多此一举。"

薛元超惆怅道："是啊，后来灵芝为此吃了不少苦，薛曜的妻室也因此处处刁难。为了让她过得好些，我只能将她安置在别院中，免得在家受人欺负。"

"恕我直言，您这么做也不是什么好法子，反而害得她这些年吃了不少苦。假如她没有被软禁在别院，或许兰芝也就不会因此身亡。"

"你是祝由先生，难道你就不害怕'天煞孤星'吗？"

"既然您老人家这么害怕'天煞孤星'，现在为何又要为了灵芝奔波？"

"她毕竟是我的孙女。"

“这就是我不喜欢高门大户的原因，明明是个亲情淡薄之地，偶尔心血来潮的关心都成了让人感动的理由。”

薛元超盯着面前的年轻人，倒也不生气：“她一日姓薛，便是我薛家的人。她生在高门大户是她的悲哀，但也是她的福气。”

张少白也知道自己刚刚有失礼数，努力平复心情之后说道：“实话和您说吧，灵芝的病恐怕全天下只有我能治好。”

“为何？”

“因为我了解她的过去，也能理解她为何变成现在这样。最关键的是，我不信命！”

薛元超再度仔细打量了一番张少白，他的眼睛虽然混浊却仿佛能够看破人心。而张少白也丝毫不觉得心虚，他的确对薛灵芝有爱慕之心，但想要治好她的那颗心也是真实的。

看了许久，薛老太爷忽然觉得有些倦了，他想起当年家里因为门不当户不对之事赶走了薛灵芝的娘亲，是否如今又在因为同样的理由赶走薛灵芝倾心的男子？

如果当年的事情是一个错误，如今薛家是否要一错再错呢？

薛元超疲惫地闭上了双眼，问道：“你如何看待当下时局？”

张少白答道：“帝后二人貌合神离。”

“普度大会出了‘药人’这码事，虽然陛下和天后都有意将此事揭过不提，却还是漏出一些风声。在我们这群老臣看来，此事无非是陛下想要长生，而天后不想，所以两人才会有此冲突。”

“其实天后或许做得没错，陛下离了丹庐也并非坏事。”

“此事是好是坏并不重要，重要的是，大唐的江山或要易主了。”

张少白眉眼低垂：“这种事情不是我能妄自揣摩的。”

薛元超轻笑道：“小家伙嘴上这样说，恐怕心里却不是这么想的吧？我和你一样，我也想知道如何才能让薛家渡过难关。我培养长子薛曜入朝为官，将来也好继承我的衣钵，又让次子薛毅当了东宫舍人，为的是有朝一日新帝登基，若是不喜我们这干老臣，起码我还能在朝堂上留个种子。”

说完他自嘲道：“可我没想到太子人选换了又换，天后权柄更是越来越重。”

张少白说道：“所以您又将薛灵芝禁足，是怕她在此紧要关头遭人利用。”

“你知道就好，”说完薛元超轻轻拍了两下手掌，“我希望这段时间你不要去别院打扰灵芝，等到时局稳定我自然会还她自由。”

张少白不甘心地说道：“可是她的性命之危，您就全然不在意了吗？”

“在意，但我更在意整个薛家的安危。”

这时车外的老仆人掀开了布帘，显然是在送客了。

“唉！”张少白行了个礼，便离开了车厢，只是在离去前他又问了一句，“温道长将灵芝送回薛家的时候，除了‘天煞孤星’的批命，可还说过其他的话？”

车里的人想了一会儿，回答道：“没有。”

张少白应了一声，随后便转身回了张宅。他方才多嘴问的最后一句话，其实是在打探薛灵芝背上文身一事。那文身十分隐秘，而且只有在特定情况下才会出现。

从薛元超的反应来看，他似乎对此毫不知情。

“真是奇怪。”张少白满腹疑问地走进卧房，结果发现早已人去楼空。

他伸手摸了摸床榻，上面还残留着薛灵芝的体温，看来她走了没多久。至于为何这般匆匆离去，想来是因为不想给先生招惹麻烦吧。

张少白心中有些失落，颇为丧气地收起了清绳明铃。

就在这时，外面再度响起了开门声，张少白心中一跳，赶忙迎了出去，以为是薛灵芝去而复返。

然而来者却是个黑脸的。

三个月未见，茅一川清瘦了许多，脸颊也陷了下去，显得整个人更加阴沉。张少白本来一肚子怨气，看到他的模样后就变成了歉意，还有一些心疼。

他知道茅一川定是因为铸无方一事遭受了许多折磨，帝王之怒岂是那么好受的？

第十一章 | 草蛇灰线

如果说曾经的茅一川给人的感觉像是一把出鞘的宝刀，那么现在的他则更像是装着宝刀的鞘。

也不知他这段时间到底经历了什么，居然会生出这等翻天覆地的变化。他的身形消瘦了许多，脸颊处也微微塌陷下去，就连原本穿着合适的黑袍也变得有些空荡，显得整个人的气质更加阴郁。

张少白略微愣了一下，居然觉得棺材脸变得有些陌生，心中也生出了那么一丝畏惧。不过这种情绪转瞬即逝，他很快就嬉皮笑脸地走到茅一川面前，拍了拍他的肩膀，甚至还捏了捏他的脸，打趣道："你到底遭了多少罪，怎么变得人不像人鬼不像鬼？"

茅一川的眼神中满是冷漠，只在看到张少白的一袭白衣时方才有了些许久违的暖意："没什么，只是被关了三个月。"

"关在哪里？"

"丹庐。"

"陛下居然这么狠心，他不会拿你试药了吧？"

"没有，只是一间暗无天日的屋子而已。"

茅一川嘴上说得云淡风轻，张少白却是不寒而栗。他难以想象一个人被关在一片黑暗之中足足三月会是什么感觉，若是换成自己，就算不死也要疯掉。

张少白语气中带着歉意："是我连累了你。"

茅一川并不领情："与你无关，是我自己不认同陛下的做法，也不认为铸无方是该死之人。"

不得不承认茅一川虽然受了不少苦，但他还是生平头一次按照自己的意愿做事。放走铸无方的时候，他觉得自己不是金钺阁的人，更不是陛下手中的刀，而是真真正正的茅一川。至于当时他为何会做出那种决定，或许是因为和张少白相处得久了，所以心中便有了一个想要为自己而活的念头吧。

“无论如何，这次我都欠你一份人情，”张少白依然觉得内疚，于是说道，“如果你查到有关九罗的事，尽管找我，我一定鼎力相助。”

没想到茅一川却说：“先不急承诺帮我，张少白，你还是想想自己如何渡过接下来的难关吧。”

“什么意思？”

“药试过后，仅余慈恩、秦鸣鹤和你存活，武后为了避嫌已主动放权不再打理普度大会。故而陛下有命，尔等需一同参加第三试——医试。”

张少白经历过风、药二试之后，对于普度大会的套路已十分了解，一听第三试名称便将此次比试的关键猜出了大概：“陛下是要我们三人比拼医术？”

茅一川点了点头：“是。”

“可我三人的医道风马牛不相及，这可不好比啊。”

“太医署寻了三个患有绝症之人，你们三人将分别医治其一，至于最后输赢就要看太医署的人如何评断了。”

张少白一听面露不屑：“这种比试实在说不上公平公正，而且我本身也算是太医署的咒禁博士，岂不是近水楼台。”

茅一川冷哼一声：“你想多了，陛下早料到这一点，所以另选了一名咒禁师暂时替了你的职位。依我看来，假如这次你表现不佳，恐怕咒禁博士一职也就永远与你无缘了。”

“啥？”张少白顿时目瞪口呆，“看来陛下对我……还是颇有怨气啊。”

“不仅如此，药人一事武后也对你略有微词，只是没空抽出手来教训你而已。”

张少白的脸皱了起来，苦兮兮地说道：“这第三试我能不能主动认输？”

“不能，太医署已经找好了病人，我此番前来就是为了带你去参加‘医试’。”

“假如我现在一头撞晕自己呢？”

“撞晕怕是不行，撞死倒是一了百了。”

张少白一副愁眉苦脸，想着怎样才能来一招“金蝉脱壳”。就在这时，门外忽然传来了一阵狗吠，紧接着有个把自己裹得严严实实的少女自行推开大门进了张宅。

少女个子不高，五官透着灵气，一看到茅一川便把眼睛笑成了月牙，不是天天还能是谁。

“茅大哥，好久不见！”这声喊得简直甜掉了牙。

茅一川只是点了点头作为回应，张少白则把目光放在了天天牵着的那条黑狗身上。那狗长得平平无奇，只是寻常的土狗罢了，通体黑色，按照民间说法可以辟邪。

张少白说道：“你来也就算了，还牵着条畜生算什么事？”

天天和张少白说话的时候可就没那么客气了：“这是我收养在玉脂院的小狗，平时用来看守后院。”

“那你牵它过来干什么？”

“前两天它咬了个想要擅闯后院的登徒子，据说那人有些背景，我就赶紧带着老黑出来避难了。”

张少白扑哧一笑：“它叫啥，老黑？你可真会起名字！”

天天也不羞恼，坏笑道：“它还有姓氏呢，我家狗子的全名叫做张老黑。”

一个张少白，一个张老黑。

张少白一下子来了火气，开口骂道：“我什么时候多了这么个狗兄弟，不行，你必须把名字给我改喽！”

天天吐了吐舌头：“凭什么老黑要改名，你咋不改呢？”

“我……我今天打死你们两个畜生！”张少白明显是动了真火，随后抄起暖炉就要砸向天天，结果老黑一看主人受到威胁也开口汪汪大叫。

霎时张宅便热闹了起来，这种感觉还真是久违了。

最终张少白也没有扔出暖炉，不知是舍不得还是害怕真的砸伤天天。茅一川则肩膀轻轻耸了耸，似乎是在忍着笑意。

片刻后，他主动打断了张少白和天天的对峙：“别闹了，随我一同去普度坛吧。”

天天也拍了老黑狗头一下，让它停止叫唤：“这都过去三个多月了，普度大会还没完事？”

张少白如丧考妣：“唉，你要不走就帮我看家吧，明珪走时怕是没拿钥匙。”

“好嘞！”天天翻脸如翻书，又换了个明媚笑容，“茅大哥再见，平时注意保重身体啊，我看你又瘦了不少，实在不行我天天给你做饭送去刑部吧。”

茅一川没有应声，只是扯了扯嘴角，就当他是露了个笑脸吧。

就这样，两人离了张宅之后并肩去往普度坛，途中张少白聊起了普度大会的事。

他说：“这次大会死了不少人，总觉得有些蹊跷。”

茅一川目不斜视，边走边说：“成玄风生死不明，厉千帆算是死于你手，铸玲珑则是死在了武后的计谋之中，仔细说来也没什么蹊跷。”

“可我就是觉得哪里不对，这段日子九罗实在是太安静了。”

“这点确实有些奇怪，其实陛下当初除了命我调查药人一事之外，也要我留意普度大会中是否藏有九罗中人，没想到却一直毫无线索。”

张少白又说：“还有那个给我张家放了一把绝命火的人，也是毫无头绪。”

茅一川安慰道：“别急，只要我们耐住性子，那些人迟早会露出马脚。”

“对了，还有件事一直没和你说，这三个月又没见过你，我都险些忘了，”张少白忽然想起了薛灵芝曾和自己说过的那件事情，“薛家别院曾闯入一个身受重伤的道士，算是灵芝救了他一命吧，不过这人后来悄无声息地走掉了，我觉得他多半是成玄风。”

茅一川眉头一皱：“成玄风居然没死？奇怪，那么温玄机又找到他没有，为何这两人至今仍无消息？”

张少白推测道：“事出反常必有妖，我倒不是怀疑那对道门师兄弟，但成玄风究竟是被何人刺杀，此人又为何要杀成玄风，或许就是通往真相的关键线索。”

他嘴上这么说，但其实心中已有了一种猜测，只是没有证据，所以不说。而茅一川也是一样，且和张少白想到了一处。

两人相视一眼，没有说话。

※

前些日子长安终于下了场雪，可惜稀稀拉拉，落在地上很快便化掉融到了泥土里，如今已没留下多少。虽说并无雪水，可长安人一到冬天还是变得懒惰起来，能不出门便尽量不出，仿佛是在养精蓄锐等待来年春天。

不过有两个地方依然热闹，来往人群可谓络绎不绝。一个是崇业坊的玄都观，另一个则是靖善坊的兴善寺。

其中玄都观乃是道门在长安的根脚，温玄机如果真的找到了成玄风，多半便在这里养伤。不过他俩迟迟没在普度大会现身，或许又有另外一番遭遇也说不定。

兴善寺则是佛门静地，寺庙分为前后，前寺用来供奉，后寺设了病坊，多是给穷苦人治病，之前薛灵芝便是经常来此帮忙，还因此小有名气。

由于普度坛就设在崇业坊和靖善坊的交界之处，所以难免受到那一观一寺的影响，经常有不少人围在祭坛外向里窥伺。

而近日普度坛在闲置了三个月之后，终于重新开启了内坛，来者大多穿着官服，乃是太医署的医师。出乎意料的是，推事院应是收到了天后之命，再无一人靠近此处。

少了来俊臣的那份威压，如今的普度大会更像是一场学问之争，总算是变得正常了些。

张少白来到普度坛后，仔细一看，发现太医署不仅派来了医、针、按摩、咒禁四科和药部的博士，甚至连太医丞和太医令也尽数都在。他心思一转，便知道陛下极为看重此次医试，想要借此机会看看慈恩大师和秦鸣鹤到底有几分真本事，又能不能治好他的头疾。

至于张少白嘛，他治疗头疾的方子只有一副心诚则灵丸，想来陛下对他已不抱期待。

“听说张小博士前些日子遭歹人毒手，不知现在身体可好些了？”一个身着绿色官服的中年男子笑着走来，看模样与张少白颇为熟稔，但其实两人只有数面之缘而已。

张少白行了一礼：“下官已好多了，多谢周太医挂念。”这个周太医名叫周澹，身居太医令一职，乃是张少白的顶头上司。

“如此甚好，这次‘医试’还希望张小博士大展身手，为我太医署争光啊。”

“不敢不敢，秦医师医术精湛，此等重任还是托付给他比较妥当。”

提起秦鸣鹤，周澹顿时面露不屑：“一个从穷乡僻壤逃难到大唐的人，能有几分真本事？如果给人开膛破肚就能治病，可真是没了天理！”

看来太医署上下对秦鸣鹤都颇有微词，认为他那一身医术并非正道。话说回来，大唐境内任何医者在得知秦鸣鹤的医道之后，都不会点头认同，即便是隐居在终南山的孙老神仙也不会例外。

其实原因很简单，中原医术认为自己源自神农，由其尝遍百草才得医道雏形。随后又有轩辕将医术发扬光大，与岐伯论医道著《内经》。经历千百年的打磨淬炼之后，如今大唐的本土医术受儒、道影响，不仅讲究“君臣佐使”，还讲究一个“天人合一”。

所以大唐的医者认为“身体发肤，受之父母”，不到非常时刻断然不会做出削发、断指等行为，更不可能将病患开膛破肚或是敲开他的头颅。

张少白和秦鸣鹤第一次见面便如水火相遇，也是因此。要知道医道相悖，无异于杀父之仇。

幸好当今大唐国风开明，若是换成其他时候，恐怕秦鸣鹤早就丢了性命，哪里还能参加什么普度大会，甚至走到了最后一试。

周澹又与张少白闲聊了几句，看到慈恩大师带着木鱼进入普度坛后便主动迎了过去，与其攀谈起来，还伸手摸了摸木鱼的光头，害得孩子又露出了那副想要生气又苦苦忍耐的表情。

在场太医大多三五成群，唯有秦鸣鹤显得格外孤单。他一如既往挑了个僻静角落站好，还打起了盹，不知是胸有成竹还是故弄玄虚。

张少白看了他一眼，想到秦鸣鹤身具透视异能，心中不禁有些复杂。假如他的异能确有其事，那么陛下是否颅中真有肉瘤，取出便能治好？

这时，茅一川忽然悄悄碰了一下张少白，低声说道："东南方向，有个老人一直在看你。"

张少白回过神来，依言看向东南侧，发现那边乃是咒禁科众人，而一直盯着自己看的人正是陈当。不过眼下陈当所着官服比以往高了一阶，看来现在是他暂时替代了咒禁博士一职。

陈当没有说话，只是依旧看着张少白，微不可察地摇了摇头，不知是什么意思。

张少白心想此人乃是父亲故交，应该对自己并无恶意，那么他刚才的举动多半是在提醒。难道说，这次医试也和药试一样，暗藏玄机？

太医署众人和参加药试的三人已经尽数到齐，周澹啰唆了几句无关紧要的话，然后终于说起了正题。

第三试名为医试，顾名思义，比拼的乃是医术。不过这比试的方法却有些特别，太医署并未选用寻常病症当作题目，而是挑选了三个身患绝症的病人。

最有趣的是，这三个病人患的全部都是头疾，每逢病发颅内时而如有千万根针刺痛，时而如有鼓槌重重敲打，简直痛不欲生。

周澹摸了摸胡须，说道："这三人从表面看来症状相同，不过说来惭愧，太医署事先花了不少功夫，也没能治好他们。所以还需三位各展神通，能治好自然最好，若是治不好我等也会在治疗过后，根据病人的精气神来做出评价。"

秦鸣鹤一对碧蓝眼珠显得尤为诡异，他问："怎么治都可以？"

周澹亦是微笑道："怎么治都可以。"

"很好，我没有问题了。"

周澹点了点头，转向张少白和慈恩大师问道："两位呢？"

慈恩大师诵了声佛号，说道："贫僧自当尽力而为。"

张少白也摇了摇头，不过他总觉得周澹看向自己的眼神有些奇怪，似乎有些……幸灾乐祸。

太医署的人都怎么了，一个比一个古怪？张少白心中满是疑惑，想着也可能是自己太过敏感？

周澹示意下属将三名病人带进内坛，不久后便有一个老人、一个中年男子以及一个妙龄少女相继入内。

"按理来说，'药试'表现上佳者可以优先选择病人，"周澹话锋一转，"不过陛下有令，为了确保公正，此次将由病人选择医师。"

张少白闻言不禁露出一个苦笑，心道这是陛下在报自己私自放走药人的一箭之仇。那三个病人年纪有着天壤之别，治疗难度自然也完全不同。就说那位老人家吧，看他眼神恍惚，脚步虚浮，恐怕大限将近，谁摊上了他就几乎已经宣告落败。

至于那个为了公正而想出的法子，不过是个幌子罢了，如果自己所料不错，最难啃的骨头肯定会主动选择自己。

这时周澹对病人说道："你们可以去找各自选择的医师了。"

出乎意料的是，最不被看好的老者竟然率先选择了慈恩大师。

慈恩大师面不改色，笑意透着慈悲之意，轻柔说道："可否将左手借贫僧一用？"

老人家颤颤抖抖地伸出胳膊，慈恩大师顺势为其把脉，脸上神色如古井无波。随后他又翻看了老者的上下眼睑，安慰道："施主不必太过忧虑。"

另一边，那个身材矮胖的中年男子则选择了秦鸣鹤。与慈恩大师的望闻问切不同，秦鸣鹤只是盯着病人看了许久，害得男子出了一身冷汗。

这样一来，最后的妙龄少女便"只能"选择张少白了。或许在外人看来，张少白这次算是捡了个大便宜，毕竟少女看起来是三个病人当中病情最轻的一个。

然而张少白却丝毫不这么认为。

周澹眼中的那抹幸灾乐祸、陈当有意无意的提醒，以及陛下刻意更改的医试规则，这些汇聚在张少白的脑袋里，让他隐隐猜到了自己所面临的困境。

“如果三位没有疑问，就可以带着病人回到自家住所了，待到七日后再来普度坛一分高下。”

张少白心中腹诽道，莫名其妙让我给个黄毛丫头治病，我倒是满肚子疑问，可惜压根找不到机会说啊。

周澹见没人说话，便笑着道了声别，带着众多太医离开了普度坛。慈恩大师和秦鸣鹤也带着各自病人相继离去，木鱼临走时还特意向张少白这边道别，想来应是看在明珪的面子上吧。

到最后只留下张少白一行人仍站在原地，他堆出一个大大的笑脸，凑到茅一川身边谄媚道：“茅大阁主，您老人家知不知道陛下这次葫芦里卖的是什么药？”

茅一川冷着脸说：“我是真的不知，毕竟上次我帮你放走了铸无方，陛下对我已不再如往日那般信任。”

“这么说来，我还真是搬起石头砸了自己的脚。早知如此我就应该把铸无方交给陛下，还能领份功劳。”

“可是这样你就真的得罪了武后，恐怕小命难保。”

“唉，开玩笑的，你当真干什么。”张少白换了个亲切笑容，转向旁边不知所措的少女，问道：“你叫什么名字？”

少女结结巴巴道：“我……您叫我莲儿就好。”

张少白倒也不客气：“那好，莲儿你和我说说你的病情吧。”

莲儿身材消瘦，脸色发黑，所穿衣物也显得有些破旧，一看就是贫苦人家出身。她想了想，说道：“我从小就患上了一种怪病，每逢四季交替，或是下雨打雷就会觉得头疼无比。爹娘为我找了不少医师，也请过祝由先生，可他们全都治不好我。”

“我知道了，”张少白不再继续追问病情，“这样，你先去我的住所吧，就在永和坊那边。我先去给你抓些药材，还要再准备一些东西。”

莲儿眼前一亮：“您已经知道如何治我了？”

张少白回了个故作高深的笑容。

“那我这就去永和坊等先生。”莲儿转身离去，不过她并不知道自己的一举一动都在茅一川的监视之下，临走时眼中的那抹意味深长更是被其看了个清清楚楚。

待到莲儿走远，茅一川便说道：“她有些古怪。”

“当然古怪，她靠近我的目的可不单纯哦。”

“怎么说？”

张少白分析道：“陛下并不是随随便便就找来了三个病人，他们除了全都患有太医署治不好的头疾之外，其实还另藏玄机。比如选择秦鸣鹤的那个中年男子，他的身材、脸色，甚至相貌都与陛下有几分相似，想必所患头疾也是如此。”

茅一川醒悟道：“秦鸣鹤极有可能使用开颅之法治疗此人，陛下是想借机看看效果。”

“没错，至于另外一名老者，他的病情无疑是病人之中最糟糕的一个。而陛下安排他选择慈恩大师，是想看看慈恩的医术到底高明到了何种程度。假如慈恩真能治好老者，或是减轻老者病痛，陛下也会对其刮目相看，认为如果自己的头疾无法治愈，能够有慈恩缓解疼痛也是可以的。”

听张少白把其他两个病人分析透彻之后，茅一川问道：“那你呢？陛下对你是何用意？”

张少白揉了揉眉头皱起的川字纹，无奈道：“陛下明知我治不好他，所以干脆没了试探我的意思。我原本以为陛下为报药人之仇，肯定会把最难治的老者安排给我，却不想反而给我一个看起来最好治的莲儿。”

“所以说莲儿身上肯定另藏玄机。”

“希望是我多虑了吧，”张少白苦笑道，“不过药人一事过后，陛下不杀我就已经算是皇恩浩荡了，这第三试他必定不会让我轻轻松松过关。”

茅一川性子向来直爽，并不擅长推演人心当中的弯弯绕绕，不过由张少白稍加点拨之后便迅速想到了许多线索：“莲儿虽然穿着打扮似是平民，但她的双手皮肤细腻，有些反常。”

“还有她的步伐，虽然她努力伪装了走路姿态，但每一步的距离却都刚刚好，一看出身就不一般。”

“看来莲儿多半是宫里派来的女官，”茅一川叹道，“这可如何是好？”

“只能走一步看一步了，”张少白摆了摆手，说道，“不说这些了，先随我去一趟鬼街吧。”

茅一川心中有些疑惑，但没有说，他知道张少白做事向来有自己的章法，问了他也不一定说，说了自己也不一定懂，所以不如安心陪在他的身旁，保证他安全无恙即可。

※

长安的鬼街位于南市，所用障眼法与洛阳鬼街如出一辙。两人来到南市之后，张少白只是略微找了找，便在一棵树上看到了一个鬼脸印记。而在那棵树后刚好有一条幽深小巷，看起来阴森恐怖。

由于上一次众人在洛阳南市进入鬼街的时候，张少白曾让所有人闭上双眼，并且扶墙前行。故而这次茅一川率先走到巷子口，闭眼扶墙，说道："我在前面引路吧。"

张少白却笑了起来，问道："你这是干什么？"

茅一川重新睁开眼睛，疑惑道："在洛阳的时候，你……"

话还没说完，张少白便捧腹大笑："哎哟，想起来了！洛阳那次我是故意戏弄你和天天的，两个小傻蛋扶墙往里走的模样可是滑稽得很啊！"

"你！"茅一川还记得当初进入洛阳鬼街的时候，很多人看向自己的眼神都有些奇怪，原来竟是因为这个原因。

张少白见他气得快要拔刀，赶忙收起嘲笑，一本正经道："我的错我的错，这次不捉弄你了。"

他站在巷子口，从怀中取出一块巴掌大的铜台，台子四四方方，上面刻有八卦、星宿等纹路。最显眼的是在铜台中央，还有一条拇指大小的铜鱼，不知有何作用。

"这东西叫司南鱼，"张少白轻轻拨弄了一下铜鱼，说道，"等到铜鱼停下的时候，鱼嘴所指方向便是南边。"

等了片刻，司南鱼终于停下，鱼嘴刚好对准了那条幽深小巷。张少白仍托着铜台，率先向前走去："走吧。"

茅一川虽然心中仍有怒火，但还是按捺着性子跟了过去，结果一走进巷子之后忽然觉得天色一暗，仿佛置身于另一个奇幻世界。

张少白边走边说："传说有人曾在沙漠中见到大海，将其称为'海市蜃楼'，鬼街所设的障眼法与其便有异曲同工之妙。具体如何做我没法与你细说，不过这地方对人没什么害处，若是有人不知情误入此地，多半会稀里糊涂地原路返回。"

正说着，茅一川感觉张少白越走越歪，眼看着就要撞到墙上，于是他出口提醒了一句。不过张少白毫不在意，只是低头看了眼司南鱼，坚定地向着鱼嘴方向继续前行。

说来倒也蹊跷，眼看着张少白就要撞墙，可他偏偏就是撞不上，仿佛周围的景色都是虚幻的，只有他脚下的道路才是真实的。

两人又走了数十步，面前忽得豁然开朗。直到此刻，茅一川终于明白了“障眼法”的含义，想必这条路肯定藏有玄机，让人分辨不清方向，所以若是有人闭着眼走，或是有司南鱼这种东西相助，反而可以走出小巷。

长安的鬼街和洛阳的没什么不同，依然鬼气森森，里面的人也大都遮着面孔。张少白这次直接戴上了山鬼面具，随手扔给茅一川一块手帕，让他遮住面容。

茅一川依言照做，紧紧跟在张少白身后，路上发现周围行人全都有意无意地避开了这边。他们害怕的当然不是自己，而是那个“山鬼”面具。

之所以如此，是因为鬼街之中不少人都来自地脉五门，分别是符、金、兽、甲、奇。而这五门乃是天脉的附庸，故而对天脉中人极为尊重，一看到张氏祝由独有的“山鬼”面具便会给予方便。

张少白此次来到鬼街，也是为了地脉五门而来。多年前张家毁于一场大火，只留下一抹异香，从那之后张少白便委托地脉中人打探异香到底来自何物。这一查就是六年，前些日子终于从鬼街传来消息，有人貌似寻到了关于异香的线索。

说起地脉五门，每一门都有着独特技法，对于天脉也有着不可替代的地位。符门擅长符箓，明氏祝由一脉与其往来最多；金门擅长奇珍异石，石菇粉的配方便是他们独有；兽门则与咸天八法的鬼使之法有关，如佘婆婆所养蛇类大多出自兽门之手；甲门则喜爱搜罗兽甲人骨，制作法器，张家所传的龟甲就是甲门所制。

而其中最为奇妙的，还是当属奇门。此奇门与奇门遁甲中的“奇门”有所关联，却又不尽相同，奇门中人喜爱搜罗世间怪谈，以及古怪事物。他们所收集的诸多“神秘”，正是祝由术的根本所在。这次找到异香线索的，就是奇门中人。

张少白在鬼街寻了一阵，终于找到了一盏写有“奇”字的绿色的灯笼，便带着茅一川走了过去。此处的店家是个枯瘦如柴的中年男子，长得文质彬彬，乍一看更像是个书生。

书生一看“山鬼”面具，便知道了来者身份，他也不说废话，直截了当地讲道：“张先生可知《博物志》？”

张少白答道：“不甚了解。”

书生似乎早就料到对方会这样回答，不紧不慢地说：“据《博物志》记载：名山大川，孔穴相向，和气所出，则生石脂玉膏，食之不死。”

“你们找到了？”

“死了一些弟兄，总算是找到了这书中的石脂，不过无论怎么看这东西都和长生不老扯不上关系，”书生取出一只瓷瓶递了过去，继续讲道，“从表面来看石脂就像是褐色浆液，但它与水完全不同……水可灭火，石脂却可以生火。”

张少白打开瓷瓶，往掌心倒了少许石脂，发现它有些黏稠，而且还散发着一股特殊味道。最关键的是，这味道居然让他觉得有些熟悉。

刹那间，他仿佛又一次回到了六年前的火场。当时张家已经成了废墟，空气中满是灰烬味道，但他一辈子都忘不了那抹隐藏在灰烬中的异香。

张少白眼前一亮，干脆倒了大半石脂在地上，然后用火折子点燃，发现果真可以点着，而且火势比起寻常火焰要更加旺盛，火光也更为炽烈。

待到石脂燃尽，空气中余下的气味，正是当年嗅到的味道。

张少白问道：“从哪里找到的？”

书生回答：“高奴县。”

张少白点了点头，抱拳道：“奇门诸位弟兄的这份恩情，张少白记下了。”

书生却颇为洒脱地笑了笑：“那倒不必，只希望张先生莫要让天脉没落，不然我们地脉五门也难免跟着遭殃。”

说罢，两人也不再继续客套，张少白带着瓷瓶转身往鬼街外面走去。茅一川听得一头雾水，终究还是忍不住开口询问缘由。

张少白心想放火烧掉张家之人多半和九罗有所关联，便将事情原原本本地讲给了茅一川。

他说：“这抹异香是当年那场大火唯一的线索，那场火来得又急又猛烈，按照厉千帆的说法，几乎是眨眼间便成了滔天大火。如今看来，石脂应该就是放火那人的秘密手段了，可惜只靠这一个线索还远不能把他揪出来。”

茅一川听后极为肯定地说道：“草蛇灰线，伏延千里。这世间从来没有无用的线索。”

“其实有件事情我想问你很久，只是之前觉得张家的大火和九罗没有多大关联，所以才一直没说，”张少白叹道，“我曾经以为父亲的死是受到太子弘案的牵连，后来才知道放火烧了张家的元凶很有可能就是九罗中人，而害死太子弘的也是九罗中人。这样一来我就搞不懂了，张家到底哪里得罪了九罗？”

茅一川心知自己已经瞒了张少白太久，于是也说了一些九罗秘闻：“我也觉得奇怪，据我所知，九罗早在先帝时便已经存在了。这些年来大唐暗中与它的争斗从未停止过，而且九罗之中大多都是奇人异士，对付起来十分困难。”

“奇人异士？”

“其中有些是隋朝余孽，亡我大唐之心不死。还有一些则是隐太子的幕僚，玄武门事变之后不愿为先帝所用，便也入了九罗。”

茅一川有些惆怅地说起了往事，其中有些是他从陈年案宗里看到的消息，有些则是自己亲身经历。就比如十多年前的那场决战，他亲眼看着众多前辈与九罗同归于尽，其中还有他的父亲。

那时候金铫阁可不像如今这般人丁稀少，它与九罗争斗多年，早已暗中发展成了一股不逊色于刑部或是大理寺的力量。其中能人异士颇多，而且还在九罗中安插了一枚暗子，起到了至关重要的作用。

然而没人想到，在金铫阁之中同样也有着九罗的暗子。于是那年的决战双方都以为对方是落入了自己的圈套之中，倾巢出动想要将其一网打尽。最终的结局便是两败俱伤，金铫阁只剩下茅一川一个人，而传闻中九罗有九位手段通天的“天血尊者”，也在那一战死了五个。

从那之后，九罗突然销声匿迹，再无音信。

茅一川继续讲道：“也是因此，陛下没有重新招纳人才进入金铫阁，而是留我一人独自支撑。回想起我成为阁主的那年，差不多与你现在一般大吧。”

之后的事情张少白便知道个七七八八了，九罗隐匿多年，看似平静，实则却在暗中谋划着另外一场风暴。最终太子弘死于预言壁画，凶手逃之夭夭，而后明崇俨设局离间武后和太子贤的关系，使其反目成仇，如此一来巍巍大唐居然再无明君可继承江山。

只不过在这其中，张家为何成了牺牲品就无人知晓了。

张少白回到张家的时候，看见莲儿就站在门口等候。他见状不禁有些心力交瘁，灭门惨案尚未查清，九罗暗中兴风作浪，灵芝病情恶化不知如何才能治好……而偏偏此时，帝后二人又出了一道难题给他。

他在长安就像身处雷池，一步走错，便会万劫不复。

第十二章 | 医试风云

医试仅有短短七日，想要在这弹指即逝的时间里治好太医署都束手无策的病症，可谓难如登天。然而慈恩大师从未表现出一丝慌乱，他不在乎七日之约，也不在乎输赢胜负。此时此刻，他只在乎患有头疾的老人能否活下去。

《佛说骂意经》有云："作百佛寺，不如活一人。"

比起前几次的普度大会，佛道两门划下楚汉边界，各自在两岸喋喋不休，想要争论明白是非对错，慈恩大师反而更加欣赏这次医试。

他将老者好生安顿在永平坊的宅落之中，又去药房抓了所需药材，行事之熟练更像是一名医师，而非得道高僧。说来倒也有趣，慈恩年轻时最喜欢的就是四处行医，以"佛医"之名吸纳了不少善男信女，只是后来得传"唯识妙法"，这才不得不放下医术，专心修习佛法。故而张少白身上所患隐疾，除了张家人再无他人知晓，却能够被慈恩一眼看破。

慈恩大师不仅精通望闻问切，更是精通君臣佐使的配伍之道。单论医术而言，或许普天之下也只有道门的孙思邈略胜慈恩一筹。

至于如何治疗头疾，慈恩也有上好对策。在他看来，其实佛法本身就是一种医术，其中"佛"为医师，"法"为药方，"僧"为看护，"众生"为病患。而如今，他既是僧人，也身兼佛法，一心只为治好患病老人。

慈恩所用佛法分为两种，其一为"净身法"，其二为"涤心法"。前者乃是利用药石之力祛除疾病，功成之后病人身体洁净如新生婴童。后者则是利用佛法洗涤心灵，使其六根清净，从此不再受病魔所扰。

这法子说着玄乎，其实在张少白看来有着更加简单的说法。无非前者治病，后者治心，佛医之所以能够治愈众多病人，就是因为它善于双管齐下，而非只用一碗汤药解决问题。从这个角度来说，佛医与祝由算是有不少相同之处。

佛门医术讲缓不讲急，慈恩大师一面以汤药配合针灸治病，一面讲述佛法。被头疾折磨得生不如死的老人随之渐渐好转，他觉得疼痛减轻了不少，尤其是听到那些高深佛法的时候，自己虽然一知半解，但整个人却恍若新生。

老人的头疾其实早在年轻时候便出现了，家里为了给他治病也花了不少银钱。不仅找过赤脚医生，也还找过祝由先生，只是可惜所遇之人大多都是骗子，到最后病没治好，日子反而过得一团糟。

大唐虽然设有太医署，但本土医术其实尚未普及，许多号称医师之人甚至不懂何为药理，只知道用偏方给人治病。老人就曾经听信了一个偏方，乃是从西域传来的法子，说是可以将自己的病痛转嫁到他人身上。他为此用尽积蓄，妻儿一怒之下也分家离去，结果到最后头疼还是一如既往。

可是慈恩大师不同，他不图钱财，也无意让老者拜入佛门。他只是想让对方知道一些道理，比如善恶循环，凡事有因便会有果。既然头疾是恶果，那么结出它的因又是什么呢?

或许是某日农耕后浑身臭汗，却不慎受了一道夜凉风；或许是自身性格恶劣，害得家宅不宁，整日恼火；或许是不懂医理，病急乱投医导致病上加病。也可能是，三者皆有。

与慈恩的治疗方法相比，秦鸣鹤可以说是截然相反。

这个来自大秦的异国医师不在乎因果，更不会讲那些关于人生的大道理。他只是让病人坐在自己面前，然后便开始用一双眼睛仔细去看。

秦鸣鹤曾打开过许多动物的头颅，比如猴子、牛羊。之后他也打开过死刑犯的头盖骨，对头颅内的东西了如指掌。所以当他仔细查看过中年男子的头部之后，很快便确认病因源于他的颅内藏有一道“风涎”，只要将其取出便可痊愈。

传说神医扁鹊生来就有着“透视”异能，目光可穿过皮肤直接窥见五脏六腑。而扁鹊原名秦越人，于是不少人认为秦鸣鹤或许是扁鹊之后，所以两人才会有着相同的异能，却不知此秦非彼秦。

秦鸣鹤懒得解释这些，只要是有利于他行医传教的事情，就算是再不愿意他也会咬牙忍下。他可不是张少白那样的年轻人，身在大秦时的经历教会了他忍辱负重，所以他向来认为自己是世上最有耐心的人。

为了一个机会，他可以用上一生去等待。

这段时间借着普度大会的名头，长安坊间流传着一种说法：秦鸣鹤医术高超，能治本土神医治不了的怪病，还有人说他是神仙转世，天生便带着神通。

后来流言越传越离谱，甚至还和当今圣上联系了起来，也不知是宫里的哪位往外放出消息，说秦鸣鹤将用开颅之法治好陛下的头疾，真乃当世神医，扁鹊再世。

流言就像是旱田的野火，一旦点燃就不可收拾，很快便传到了长安的四面八方。

武后当初设下推事院就是为了控制民间流言，但此事并非针对她，故而她不好插手。后来这些话传进了皇宫，没想到李治听后不但没有不悦，反而对开颅之法更加动心。

一个病入膏肓、饱受折磨的人，往往已经失去了分辨真假的能力，只要有一丝生的希望，他便会紧紧抓着不放。

秦鸣鹤知道自己终于等来了这个机会，只要他能治好面前的这个中年男子，那么陛下就会同意让他开颅。因为这个病人的各方各面都像极了当今圣上，可见他其实是陛下出的一道难题。

他的脸上逐渐浮上一抹笑意，这笑容来源于自信。他的碧蓝眼珠透着一股妖异，在无数次查看过病人的头颅之中，终于找到了风涎的位置，从而确定了开颅方案。

秦鸣鹤取出一个布袋，解开珠扣，抓住一端用力一扯，顿时布袋如画卷般铺展开来，露出里面的器具，数量有二三十种，大多透着锋锐之感，似刀又似剑，形状各异。他努力按捺住内心的冲动，决定慢些动手，毕竟多一分小心就少一分失误。

中年男子看着那些刀具，心想推事院的刑具也不过如此吧，于是吓得脸色惨白，不知道自己选择的医师到底是要治病，还是要杀人。他看着步步向着自己逼近的秦鸣鹤，终于害怕地闭上了眼睛。

紧接着传来的不是疼痛，而是一阵清凉。病人用手一摸头部，这才发现自己已被剃成了光头。

真是有趣，慈恩大师治病不用剃度，秦鸣鹤治病却将病人头发剃得干干净净。

※

这边两人争分夺秒拟好治疗方案的时候，永和坊的祝由先生那里却是毫无动静。

那日张少白回家之后，拜托天天给莲儿在院里安排了一个住处，同时嘱咐明珪暗中监视她的一举一动。除此之外，每到白昼时分，张少白便会与莲儿相对而坐，自顾自地吃茶看书，却一言不发。从日出到日落，仿佛这样的水磨功夫就可以治好头疾。

可怜莲儿完全不知道张少白葫芦里卖的是什么药，心中也因此颇为忐忑，这样的情况持续了足足两日。

第三日，莲儿终于忍不住开口问道："张先生到底在看什么？"

张少白不紧不慢地喝了口茶，慢悠悠地说道："没看什么，我只是在等你说话。"

"莲儿不懂先生的意思。"

"虽然我没能治好陛下的头疾，但寻常人的身体是安康或是抱恙，我还是能看出来的，"张少白放下茶杯，终于说到了正题，"就算你把脸色涂得再差，或者眉头皱得再苦，假的终究是假的，就像病人装不了健康，你也同样装不了病。"

莲儿摇头道："我可以对天发誓，绝对没有欺骗先生。"

"何必呢，好好一个小娘子非要用毒誓祸害自己。我可是花了足足两天的工夫去确定你的病情到底是真是假，恐怕现在慈恩和秦鸣鹤都快要把人治好了吧。"

莲儿听后本想继续否认，但一看张少白那双仿佛洞悉一切的眼睛便忽然没了继续撒谎的念头。她的脸色就像是有滴墨汁落入水池，黑色渐渐蔓延，整个人的神情也随之一变："你是什么时候看出来的？"

说出实情的时候，莲儿情不自禁地松了口气，其实这两日对她来说极其煎熬。张少白从早到晚都不说话，只是默默地盯着她看，这让她极其紧张，生怕一不小心露出马脚，而且还要时不时装成头疾发作，甚至暗中服用一些毒药使自己表现得更像是一个病人。

不料张少白忽然扑哧一笑，"其实我也不确定你到底是不是装病，所以前两天故意晾着你，今天再借机糊弄一下，谁想到你就这么不打自招了。"

"你！"莲儿气得瞪大眼睛，"简直可恶至极！"

张少白用小指掏了掏耳朵，毫不在意道："没事儿，不止你一个人这么认为。"

此刻莲儿终于明白为何天后给自己下令的时候，还说了一句"凡事多个心眼"，原来她是早就预料到了张少白的狡猾难缠。

"不瞒你说，这两天我是茶不思饭不想，没日没夜地琢磨你到底打算怎么坑我，"张少白吹了吹手指头，"可我真没想到你居然这么狠，若是我真用祝由之术给你治病，又是摄魂之法又是朝阳之法，结果最后你来一句'其实我的病是装的'，到时候张氏祝由真要名声扫地喽。”

其实张少白还是把下场想得不够凄惨，在太医署看来，等到普度坛一决胜负的那天，他们将会彻底戳穿张少白江湖骗子的身份。到时候可不仅是声誉受损那么简单，甚至有可能被说成是欺君之罪，后果可想而知。

如今既然看穿了莲儿的阴谋，张少白说道：“你可真是给我出了一道难题啊。”

莲儿不复往日的可怜少女模样，身上透着一股贵气，只有宫里的人才有这种感觉。她神情冷漠道：“既然你知道我是装病，大可以告知太医署，或许第三试便算你赢了呢。”

张少白轻轻摇头道：“我可没那么傻，天皇天后故意设局害我，其实是为了出气。如果不让他俩出口恶气，我才真的要倒霉了。”

“一边是张氏祝由，一边是你的小命，你到底选择哪个呢？”

“暂时还没想好。”

莲儿忽然勾起一边嘴角，冷笑道：“既然如此，不如我帮你想个法子？”

张少白早就料到莲儿来意没有表面上那样简单，说道：“等你这句话好久了。”

“天后有令，命你破坏秦鸣鹤的治疗。只要你能做到，药人一事既往不咎，我也会助你顺利通过医试。”

“说来说去，天后还是不愿意让秦鸣鹤给陛下看病。可我不过是个手无缚鸡之力的祝由先生，恐怕做不来杀人放火这类事情。”

莲儿笑意深沉：“又没有让你杀了秦鸣鹤，你还可以想想别的法子，比如……”

张少白果断摇头拒绝道：“不行。”

“为何不行？只要你神不知鬼不觉地杀死秦鸣鹤的病人，陛下就一定不会相信他的开颅之法。”

“假如此时此刻是天后亲口命我这样做，我同样会拒绝，而天后也知道原因。”

当初张少白为了调查太子弘一案，在明知可能害死艾娘的情况下依旧设法逼她讲出往事，结果害得其油尽灯枯而亡。那次张少白心生死意，甚至当面与武后发生冲突，所以武后其实心里清楚，张少白绝对不会做出戕害病患的事情，这是他作为祝由先生的底线。

莲儿并不惊讶，神情平淡道：“天后早就料到你会这样回答，所以还交代了几句话，让我转告于你。”

“什么话？”

“第一句是……”莲儿说了一半忽然站起身来，将门窗关严，然后轻飘飘地走到张少白身前，玉指轻解罗裳。

张少白本着非礼勿视的念头，闭上眼睛说道：“第一句该不会是枕边话吧？”

莲儿已经褪去衣裳，她的身材其实并不算瘦弱，反而是丰腴饱满，凹凸有致。只不过这些日子她为了装作病人，刻意将自己饿瘦了不少，故而现在看起来还带着一丝病态。她手里攥着一柄短匕，泛着寒光。

可惜张少白死死闭着双眼，一缕春光都没看到。

莲儿说：“天后说，好歹让你死前尝尝女子滋味。”

张少白咧嘴笑道：“算了吧，如果我真的和你鱼水之欢，从此还不任你宰割？早就听说宫里不少女官颇擅床第之术，我可不敢以身犯险。美人计对我没用，你还是穿好衣服直接说第二句吧。”

莲儿发出一声轻叹，幽怨道：“真是个狠心的人，你可知天后的第二句话说了什么？”

“你不说我上哪里知道？”

“天后说，假如你不愿出手，我也没必要活着回宫了。”一边说着，她一边将手中匕首顶在自己的脖颈处。

锋利匕首仿佛只是捅破了一层窗纱那样简单，刀尖刺入皮肤少许。她强忍着疼痛，发出一声闷哼，令人听着不寒而栗。

“我求你，求求你救我一命。”莲儿的声音带着哭腔。

然而张少白依然不肯睁开双眼，他嗅着空气中的女子体香，其中还混杂着淡淡血腥，说道：“苦肉计对我同样没用，如果你真的想死，用刀刺穿心脏会痛快些。切记不要在身上随便乱划，失血过多而亡可不舒服，到时候你会感觉全部血液流向体外，然后会无比地冷，冷到你后悔自己的所作所为。”

“张少白，你不仅心狠，而且恶毒，”莲儿满脸愤恨地放下匕首，她还没有傻到真要自杀，“像你这种人肯定会不得好死！”

“喂，你这么说就过分了啊！”

莲儿随手将匕首扔在地上，又捡起衣裳重新穿了起来，她说：“其实天后并不想伤害你，只要你能处理掉秦鸣鹤，从此以后我就是你的人了。”

张少白笑得像一个心中满是阳光的少年郎：“这种话不久前也有人对我说过，可惜后来她死得很惨。还有，假如我害得秦鸣鹤落败，等同于彻底站在了天后那边，你所说的‘你是我的人’，其实是天后安插在我身边的暗子罢了。”

“你倒是看得透彻，不过天后还有最后一句话，你要不要听？”

“已经听你说了这么多啦，也不差最后一句。”

“事成之后，天后将助你抓住张家纵火之人。”

张少白突然睁开双眼，脸上笑意凝固，眼中透着令人窒息的威压。莲儿衣服尚未穿好，急忙用手掩住胸前，用力扯了扯衣襟。

张少白一字一句地问道：“天后知道凶手是谁？”

莲儿有些紧张地答道：“不知，但只要天后愿意出手帮忙，这世上就没有她做不到的事。”

整整六年，距离那场大火已有整整六年，只有张少白自己知道，这两千多个日日夜夜，他是如何被那段记忆折磨得体无完肤。他甚至想过自我了断，总也好过孤孤单单一人活着，就像是一只无家可归的鬼魂。

但他还是坚持了下来，比起放弃，他更想要的是真相。

不得不说，武后的第三句话，才是真的对张少白有着莫大诱惑的撒手锏。可惜，张少白神情忽然放松，脸上也再度挂上笑意：“有句话你说得不对，这世上还有许多天后做不到的事。比如她不敢直接杀掉秦鸣鹤，因为这样一来陛下的怒火将彻底倾泻在她的身上。至于烧了我张家的那个浑蛋，我更想亲手把他揪出来。”

莲儿摇了摇头：“愚不可及。我从小出生在渔村，在我们那里流传着一句话，当风暴来临，除了大地，没有哪艘船能够让你活下去。”

“陛下还活着，武后便不是大地。而且就算那件事真的发生了，张家就是我的大地，我不需要依附谁而活着。”张少白看莲儿又要说话，便开口打断道，“是不是接下来又要说我狂妄自大？让我算算，这么一会儿你说了我多少坏话……狠心、恶毒、愚蠢，还有狂妄。按照你的说法，我可真不算是好人。”

“不，我不会再和你动怒了，”莲儿已经穿好衣裳，只是脖颈上的那道伤痕十分显眼，她说，“就让你再蹦跶几天，等到了普度坛，我会亲手将你最引以为豪的张氏祝由撕成粉碎！”

“很好，那这几天请你老实一些，最好不要做出什么奇怪的事。”张少白起身离开，走到门口的时候，他又不咸不淡地补充了一句，“实不相瞒，我已经厌倦了这些阴谋诡计。所以在我彻底沦为笑柄之前，我不在乎做些从未做过的事，比如害人，或是杀人。”

按理来说莲儿侍奉武后多时，早就见识过了天后之威，可她现在看着张少白的背影却止不住地颤抖起来。

怎会如此，那不过是个即将成为笑话的祝由先生而已啊！

但莲儿无论如何就是按捺不下心头恐惧，她觉得张少白是真的动了杀机。

就像是被逼急咬人的兔子，也像是发了火气的泥人。

※

转眼间，七日之期已到，众人如约齐聚普度坛。

自打风试抽签过后，参与者死的死，伤的伤，普度坛还从未像今天这般热闹过。张少白、慈恩和秦鸣鹤分别带着自己的病人，太医署的令、丞以及诸多博士也是尽数到齐，可见对医试极为重视。不过有些奇怪的是，今天木鱼并没有跟着师父一同过来，据说是害了风寒不宜走动。

太医署之所以这般殷勤，是因为今日普度坛还来了两位意料之外的客人。虽说是意料之外，但其实却在情理之中，毕竟此次普度大会就是为了他而办。

李治和武后，两人皆穿着便装，竟是出了皇宫，沿着笔直的朱雀大道来到了长安的天元之地，也就是普度坛。这一路上护卫自然不少，普度坛更是被围了个水泄不通，往日里看热闹的长安百姓也被通通驱散。

对此张少白并不觉得惊讶，他早有预感陛下会亲自看看病人情况，顺带着还要看看自己是如何被戏弄到身败名裂。

茅一川守在陛下身后一步之内，看样子他已经知道了陛下的计划，所以心情极差，看向张少白的时候眼中透着急迫。一边是君王，一边是挚友，他一时间也不知道如何才能两全。

医试原本由周澹主持，如今陛下皇后现了身，他便极为恭敬地退居末位。

今日李治穿着一身月白长衫，上纹金龙、凤凰、麒麟等祥瑞，乍一看并不起眼，可细细看去便会发现精美异常。武后打扮得不如往日那般华贵，而是简单素雅了不少，这样一来反而显得整个人年轻了许多，恍若回到了二八年华。

这二人所行之处，太医纷纷让出道路，恭敬守在两侧。李治手里把玩着一颗暖玉雕刻而成的“冬石榴”，面带笑意，缓缓走到了张少白等人身前，主动伸手扶起了行礼的慈恩大师。

“朕此番来得突然，诸位不必多礼。”

众人齐声答道：“谢天皇天后。”

李治轻描淡写地挥了下手，顿时普度坛安静得落针可闻：“周澹。”

太医令赶忙出列：“臣在。”

“你等该做什么就做什么吧，皇后觉得呢？”李治微微侧过脸来看向身旁的武后，两人看起来极为亲近恩爱。

武后轻轻挽着李治的臂膀，笑道：“妾身都听陛下的。”她虽然也有自称为“朕”的一面，权势滔天，几乎已与皇上平起平坐，但在这微服出访的时刻，她变成了再普通不过的结发妻子，一心只想把夫君照顾妥当而已。

李治点了点头，随后带着武后去了内坛北侧的高台，拾阶而上，坐在早就备好的舒适胡椅上。

周澹见状朗声说道：“按照‘医试’规则，请三位病人上前来吧，接下来将由太医署对各位进行一番检查。”

说是检查，其实是看头疾到底治到了何种地步。

话音一落，由慈恩治疗的那个老人主动上前，看他精神矍铄的模样，和七日之前简直判若两人。而秦鸣鹤的病人就没有那么幸运了，开颅治疗过后他至今尚未醒来，只能由太医抬了过去。

轮到张少白的时候，莲儿深深看了祝由先生一眼，便也满怀心事地去了。

太医署众人分为三部分，各自负责一名病人，又是号脉又是询问病况，一时间好不热闹。之前看起来一只脚已经踏进棺材的老者现在脸色红润，说话声也铿锵有力，大字不识几个的他居然能时不时讲出一句佛经，实在是令人惊讶。老人年近花甲，头疾已经无法彻底治好，如今依然偶有病发。但头疾发作时的疼痛感已大不如前，若是再诵读几句佛经，更能再舒服几分。

被秦鸣鹤开颅治疗的中年男子就没有这么幸运了，自从两日前开颅，他被麻沸散迷晕过去之后，直到现在也没能醒来。不过经太医诊断，发现其面色、呼吸等体征全部正常，表面来看其实与正常人已无区别，只是那颗秃头以及上面的可怖疤痕显得有些刺眼。

这么看来，莲儿算是病人当中最为耀眼的那个，因为她看上去与普通人毫无差别，甚至还要更加健康一些。太医署装模作样地看了一番，极为肯定张少白的医术，认为莲儿已经彻底痊愈。

周澹一听顿时笑道："张小博士果然医术高超，只是不知你是如何治好这头疾之症的，又能否说出来与各位分享一下呢？"

张少白神色平淡，看不出喜怒哀乐。他即便不看，也能感受到茅一川此时的焦急，但他还是一本正经地说道："小小头疾而已，用祝由之术治好还不是手到擒来的小事。"

武后发出一声冷哼，杀意森然。李治却不生气，反而听得津津有味，仿佛真的认可了张少白一般。

周澹问道："冒昧地问一句，你到底用了什么法子？"

"简单得很，吃饭喝水睡觉，一样不落。该出恭就出恭，想行房就行房，都别憋着。"张少白此言一出，坛内气氛变得古怪起来，原本在场众人都等着看他的笑话，谁想到祝由先生却说出这等粗鄙之语。

不过张少白毕竟是个识时务的，话锋一转便讲起了一段完全虚构的治病经历，比如他是如何施展入梦之法，又是如何引出莲儿头颅中的恶鬼，将其驱除。

"不瞒诸位，我与莲儿脑袋里的恶鬼大战了足足七日，可真是费了不少心血啊！寻常人肯定是看不见恶鬼的，不知道它长得多么恐怖，但我却能看得清楚，它长着一张血盆大口，两只眼睛比铜铃还大，就跟夜明珠似的，一到夜里就幽幽发亮，看着那叫一个瘆人……"

说着说着，张少白还问了一句莲儿："你还记得我和恶鬼搏斗的那次吧，是不是特别凶险？"

莲儿麻木地点了点头，轻声说道："记得。"她看见张少白这般忽然心里莫名一阵难过，这种感觉或许是源于内疚吧，逼着一个明白人装疯卖傻实在是没什么意思。

众太医没人打断张少白，都暗自憋着笑意，生怕打断这场好戏。

张少白越说越来劲，甚至开始手舞足蹈起来："我张氏祝由有一段秘传舞蹈，名为'山鬼'，可以驱赶世间大小妖怪，不如今日我就跳给各位看看？"

武后闻言不禁回想起了那段玄奥神秘的舞蹈，也想起张少白曾用其帮助自己，于是冷声喝道：“够了！若是张氏老人看到你这副丑态，还不让你活活气死？”

“天后不必挂怀，草民家中只剩我一人，没人会笑话我的。”

“放肆！”武后怒火更甚，眼看就要下令处置张少白。

不料这时李治却开口说道：“皇后何必动怒，既然他已经看破了你我的计划，却还是愿意扮丑逗咱们开心，便应当领了他这份心意才是。”

“陛下……妾身也不知为何，越看他越生气。”武后气的是张少白不知好歹，按照她的如意算盘，假如莲儿成功说服了张少白，那么此时张少白应该直接戳穿莲儿装病一事。可他事实上却在装疯卖傻，便说明他不愿对秦鸣鹤下手。

然而李治的心思却截然不同，他捉弄张少白让其出丑，算是为他私自放走铸无方一事略施惩戒。如果张少白已经识破了陛下的计划，却依旧愿意上钩，便说明他是个懂事的少年，愿意牺牲名声以表忠心。这样一来，李治心中对张少白的怨气反而少了几分。

周澹见帝后二人有些尴尬，便主动站了出来，朗声说道：“张小博士说得头头是道，可惜却连病人是真是假都没能分清啊。”

张少白装作慌乱道：“什么？苍天可鉴，我明明治好了病患的头疾啊！”

“可你的病人压根就不是病人，更没有什么头疾，这只是对你的一场考验罢了。”

这时莲儿也附和道：“没错，其实之前我一直都在装病，可张少白这个骗子从未识破。”

“这……”张少白无言以对，表情十分精彩，其中有一分惶恐，一分装腔作势，还有一分悔不当初。

李治见状龙颜大悦，哈哈大笑。随后众多太医也笑了起来，秦鸣鹤同样轻蔑地笑了笑，心想那人不过是个江湖骗子罢了。

慈恩大师没有笑，而是双手合十诵了声佛号。茅一川也没有笑，他把牙齿咬得咯吱作响，似是恨不得将一口牙尽数咬碎再吞到肚子里。武后更是没有笑，她不仅感到愤怒，还有些悲哀。

在这个世上，傻子不会捉弄傻子，聪明人捉弄傻子是为了取乐，聪明人捉弄聪明人则是为了保持自己的权威。但总而言之，践踏他人的尊严只能带来短暂的欢乐，紧接着便只剩下惆怅。

李治脸上的笑意突然不见，坛内笑声戛然而止。

他嘴唇轻启，只说了一个字：“滚。”

张少白如蒙大赦，赶忙退到了普度坛的一处不起眼的角落，躲在柱子后面。陛下没说“滚出去”，所以他还不能离开此处，只能无力地靠着那根柱子，仿佛它就是自己的唯一寄托。

可是眼泪还是不争气地流了下来，白衣少年气呼呼地擦去泪水，此时他觉得委屈、不甘，但并不后悔。如果只是受些嘲笑，就能留住东海铸氏一脉，这样值得。

李治用力揉了揉眼眶，隐约觉得头疾正蠢蠢欲动，忽然心头涌上一股暴戾。他的目光落在莲儿身上，低沉道：“你方才说，其实你没有头疾？怎么，难道你喜欢装病？”

“陛下息怒！”莲儿赶忙跪下，狠狠将头磕在地上。磕了一下她仍没有停止，而是继续不停，第二下，第三下……直到第十一下的时候，她的额头鲜血淋漓，且感觉脑中如一团糨糊，又痛又晕。

可是陛下没有说“够了”，那么她便只能不停地磕头，直到昏死过去，整个人气若游丝，也不知还能否苏醒过来。

武后面不改色，心知陛下这是在借着莲儿敲打自己，让她不要在普度大会上暗做手脚。

李治冷声道：“你们要知道，朕每次头疾发作之时，也是如这般痛不欲生。”

周澹一听率先跪倒，身后众太医紧随其后，说道：“臣等无能，臣等有罪！”

“罢了，朕今日来这里不是为了兴师问罪的，”李治眯着眼睛，眼珠一片混浊，“希望慈恩大师和秦医师不要让朕失望。”

龙性本淫，喜怒无常。李治被视为五爪金龙在凡间的化身，秉性也与其如出一辙。

慈恩大师看着两个侍卫将莲儿拖走，眼神中透露着不忍。但他还是努力收起了这份心思，转而向陛下讲道：“贫僧治疗头疾只有两法，一为‘净身法’，一为‘涤心法’。不过这两法都不能将头疾根治，只能减缓病痛。就像这位姓曾的老人，他的头疾如今依然会时不时发作。”

秦鸣鹤听后面露不屑道：“既然治不好又何必拿出来卖弄？陛下，臣的开颅之法可将头疾根治，走的是一劳永逸的路子。”

周澹显然更为偏向慈恩大师那边，开口为难道：“可你的病人仍在昏迷当中，尚且无法断定他的头疾是否痊愈。退一步说，即便头疾痊愈了，也无法保证是否有其他的病症出现。”

“你们可以再仔细看看，他现在的样子和寻常人陷入熟睡并无差别，呼吸也十分平稳，说明已无头疾困扰。”

“无论你怎么说，既然他没有醒来，就无法证明你的法子有效。”周澹和秦鸣鹤针锋相对，一时间场面显得有些奇怪，反而慈恩大师成了置身事外的那个人。

李治低声问道：“周澹是皇后的人？”

武后面上仍带着笑意，轻声回答道：“不是，不过妾身早就听说秦医师和太医署有些矛盾。”

“哦？原来如此。”李治神色阴晴不定，也不知他是否相信了武后的话。

台下周澹和秦鸣鹤的争吵愈演愈烈，从医术到医道，两人俱是寸步不让。直到慈恩大师开口打断了二人：“不如让贫僧试试能否唤醒这位病人？”

周澹愣了一下，心想这个老和尚怎么这般不识抬举，难道看不出来自己是在帮他吗？秦鸣鹤则是显得毫不在意，因为他不认为慈恩可以做到。

唯有待在不远处的张少白知道，这一局，慈恩多半是要赢了。

只见慈恩一手拨着佛珠，一手放在病人额头上，口中念念有词，声音虽然不大，却如乳燕还巢那般，在整个普度坛中盘旋几圈之后，最终落在了病人眉间心上。

这便是佛医的精妙之处，其中蕴含的道理极深，绝非表面看上去那般浅显。那些佛经并非大唐文字，不知源于何处，但诵读起来的时候却可以和人的精神产生共鸣。所以它不仅可以安抚心神，同样也能唤醒心神。祝由天脉所传的“言灵之法”，也与此颇有相似之处。

正所谓“言出法随”，慈恩说的每一个字，落在一些人的耳中都仿佛带着一股力量。当然，秦鸣鹤是什么都感觉不到的，因为他只相信自己的眼睛。

张少白偷偷瞧了一眼皇帝的神色，在他看来，普度坛里的大多人都只在乎这场比试的胜负，慈恩大师例外，他在意的是病人的安康。但是他们所有人都忘记了一件事，陛下来到这里并不是为了见证谁是第一，谁是第二。他的目的是治好自己的头疾，至于其他的都是无关紧要的小事。

秦鸣鹤所医治的病人迟迟不能醒来，这本身就已经落了下乘，因为皇帝绝不会亲身涉险，让自己也落入相同窘境。虽说秦鸣鹤为此准备了一番说辞，想要试着说服陛下相信开颅之法过后一定会昏迷一段时日，其实对身体并无损害。可是如果慈恩大师能够唤醒病人，那么情况就会变得不一样。换而言之，治疗陛下的主动权反而会落入慈恩大师手中。

大约小半个时辰过后，在场众人感到有些不耐烦的时候，那个病人终于悠悠醒转。

接下来，李治果然十分激动，让太医赶紧看看病人的头疾如今是何情况。最终得到的结果是病人除了有些虚弱之外，并无其他感觉。尤其是之前困扰他多时的头疼，如今更是不翼而飞。

张少白看到这一幕，知道接下来陛下定会让慈恩与秦鸣鹤两人联手，想办法治好自己的头疾。

果不其然，李治站起身来，激动道："秦医师的法子虽然有效却也有弊病，所幸天不亡朕，慈恩大师刚好能够解除这个弊病，两位果然是朕的福星啊！"

秦鸣鹤眼前一亮，显然十分认同这个方案，虽说他并不认可慈恩大师的医术，但只要陛下同意开颅就已经足够。

张少白扯了扯嘴角，心道，慈恩大师必然不会同意。

事实证明他又一次猜对了结果，慈恩大师说道："回陛下，虽然贫僧能够唤醒此人，却无法保证同样能够唤醒陛下。"

李治脸色一滞："大师这是什么意思？"

"请陛下听贫僧一言，佛门将人的头颅视为精气神所在，更是六根之关键。故而在贫僧看来，开颅一事是万万不可的，方才那位施主能够醒来，也是自身运道使然。"

"朕乃真命天子，运道还不如区区一介平民？"

"陛下运道当然远超此人，可也因为您是大唐天子，故而容不得丁点意外，"慈恩大师不紧不慢地说道，"恕贫僧直言，当今大唐国力强盛，万国来朝，乃是陛下所建不世之奇功。然而在这等强盛之背后，陛下的双手也沾满了鲜血，更是在阴谋的旋涡中轮回不止。"

李治强忍着愤怒："难道大师也和那些人一样，认为朕杀孽过重？"

"不，贫僧从未这样想过。虽说杀孽会成因果缠身，但陛下所作所为都是为了大唐，所以此因并非真正结出头疾恶果的元凶。"

李治脸色稍缓："那朕为何患上头疾？"

慈恩大师答道："是陛下的本心。"

"此言何解？"

"陛下心系天下苍生，本性乃是良善之人。故而陛下杀人时便会不忍，因此自责；

陛下见民生疾苦便会难过，恨不得代其受过；陛下头痛时便会担忧大唐将来如何，如此循环不止。”

这一席话句句说在皇帝心头，李治听后重新坐下，皱着眉头不知在想些什么。张少白听后也在心中暗自赞叹，不愧是佛门大能，拍马屁都比自己清新脱俗。

李治沉思片刻，又问：“那大师打算如何治朕？”

慈恩微笑道：“贫僧希望陛下能随我修行一段时日，远离烦忧，陛下的心中矛盾也就消失，头疾自会减轻。”

“可是……大唐离不了朕，朕也离不了大唐。”

“这是因为陛下与大唐命运相连，两者乃是一体。所以假如陛下受头疾侵扰，大唐亦是病入膏肓。”

这两人话里有话，李治听来首先想到的便是大唐江山无人可继的窘况，太子李显虽说从未犯过大错，但心性不足实在是不堪重用。若是自己能多活几年，可以借此良机好生教导。

只是这样一来，武后又当如何？

李治眉头越皱越紧，他不是没有想过废后一事，但这些年武后操持朝政井井有条，若是没了她，恐怕大唐立刻就会陷入不妙境地。

他越想越觉得可恨，为何老天不能给自己一个长生不老的机会，他还有太多抱负没有施展，大唐的疆土也还远远不够辽阔。就算不能长生不老，难道让自己远离头疾也是奢望吗？难道自己要像父亲一般，最终在病痛的折磨之下撒手人寰？

秦鸣鹤看破陛下心思，扑通跪倒，说道：“臣愿以性命担保，必定治好陛下头疾。”

武后厉声喝道：“放肆！你的性命怎配与陛下相比？”

李治攥紧拳头，咬牙切齿道：“倘若朕执意要用开颅之法，你有几成把握？”

慈恩脸上笑意不改，但说出来的话却颇为强硬：“假如陛下一定要用开颅之法，贫僧会立刻一头撞死在这里。”

“大师何苦如此？”

“既然贫僧不能说服陛下，只好以死谢罪。”

李治虽被慈恩大师以性命相要挟，却没有多少怒意，可见他心里已经有了答案。

第十三章 红莲业火

祝由天脉分为扶龙、屠龙以及登龙三脉。屠龙术与杀伐有关，明崇俨修的就是此道，故而能够设局分化武后和太子贤的关系，从而酿出一场血腥镇压；登龙术向来神秘，传闻此术可使凡人生出一身龙气，得登大宝；而张少白所习的扶龙术最擅辅佐一道，譬如揣摩帝王心思。

他能够从帝后二人的深沉心机中屡屡逃生，凭借的也是这个。

张少白此时虽然置身事外，却将李治的想法分析得头头是道，他深知陛下爱惜性命，渴望长生，这是每一个帝王的最终追求。可是当他头疾发作的时候，痛苦难免会使人失去理智，从而令他做出许多平日里绝不会做的决定。

比如创建丹庐，还抓了许多能人异士研制长生不老药，甚至用活人试药。

秦鸣鹤胆敢提出开颅之法，就是因为他抓住了陛下的这个弱点，认为自己总有一天能够说服陛下。可慈恩大师完全和秦鸣鹤相反，他的治病法子不用冒险，也明确告知病人无法根治，但只要用了他的方子，绝无性命之忧。

两者相比，身为帝王的李治自然更倾向于后者。

就在张少白想得出神之时，鼻子忽然不由自主地动了动，仿佛嗅到了什么古怪气味。紧接着他猛地回过神来，又用力吸了两下，觉得这味道有些熟悉，应是前不久刚巧闻过……

想起来了，这正是石脂的气味！

这是怎么回事，为何普度坛会出现这个味道？

张少白心乱如麻，先是怀疑自己是否太过敏感，然后又觉得一切并非巧合，到最后他莫名想起了两个字，“九罗”。

奇门的那个书生曾说，石脂燃烧后生有剧毒，且火势遇水更旺。水火一旦相遇，便如烈火烹油，威力简直可以地裂天崩。

这话虽然有些夸张，但张少白曾亲眼见过张宅在大火过后烧得一丝不剩，故而瞬间就对这股味道生出了警惕之心。

他向着左右仔细打量了一番，却并未发现可疑之处，只是石脂的味道就像一片乌云笼罩在普度坛上方，也遮盖住了他的心头，几乎让他喘不过气。

忍了片刻，张少白终于决定赌上一把，向陛下出言预警。不过这样一来，如果并未有大火燃起，他怕是真要吃不了兜着走了。

没想到还没轮到张少白开口说话，一股东风便吹进普度坛，顿时一股大火席卷而入，火势滔天。正如奇门书生和厉千帆所描述的那样，此火一旦燃起便势不可当，且难以寻找火源。

李治正与慈恩大师攀谈，不料异变突生，瞬间周围涌来许多护卫，将帝后二人围了个里三层外三层。茅一川一见火焰也想到了石脂，于是提议此地不宜久留，如今长安天干物燥，且这火不是寻常之物，一时间绝难熄灭。

普度坛早已乱作一团，众人如一窝蜂般向着外面跑去，有些人不小心沾染上了火星，瞬间衣裳便被点燃，发出凄厉哀号。

不过即便身处这等绝境，李治仍是不慌不忙，他身为大唐帝王，这等场面早已习惯，毕竟大唐的举世无双可不是平白得来的。他不知不觉地攥住了武后的手，身边有诸多侍卫以阵法结队保护，跟随着人群向外走去。

自打普度大会举行以来，九罗显得异常安分，谁想他们竟是在养精蓄锐等待时机。今日帝后二人微服出宫，来的地方是普度坛，而九罗竟早就在此地做了埋伏，可见皇宫之中必有奸细！

随着火势越烧越旺，普度坛已经化作一片火海，伴随着滚滚浓烟，好似佛门所说的人间炼狱。而且在火焰吞吐之中，还有不少身影迎着火势冲来，身穿特制黑衣，竟然沾染火焰而不燃。

“有刺客！”茅一川率先看到了那些与众不同的身影，其他人都是往外跑，而他们却是向着坛内冲来，其中必有玄机。众护卫听到他的喊声，随即阵法一变，众人抽刀迎敌，刀光清澈，乍一看这阵法就像一朵由无数宝刀组成的莲花。

而九罗刺客也尽数变成了不惧死亡的魔鬼，毫不犹豫地冲进了火海莲花之中，转眼间便被剁成碎块，又在火焰的焚烧下变成了焦炭。

茅一川心神紧绷，终于将帝后护送到了门口，随后他心思一颤，突然想起了张少白，但他却无暇抽身回去救人。

在护着帝后二人突破火海包围后，他们与普度坛外的军队会合，开始往皇宫走去，毕竟谁也不能确保九罗是否还有杀招暗藏。“你可千万不要有事啊！”茅一川咬紧牙关，心中暗自祈祷。

可惜事与愿违，张少白正身陷火海之中，眼看就要支撑不住。他这辈子与火有缘，孽缘，张家毁于大火，故而他心中对火极其畏惧。

去年在薛家的时候，他就险些被活生生烧死在屋里，而这次的情况要更加糟糕。石脂燃烧后的气味浓郁至极，张少白每呼吸一次便会嗅到这股味道，然后脑海里就会浮现出当年张家的惨状。

他并不是为这片火海所困，而是为自己的心魔所困。

至于心魔为何而生，乃是因为一件六年前发生，只有张少白自己知晓的事情。

张家毁于大火那天，张少白曾与母亲晏柳苏大吵一架。原因说来老套，不过是少年想要出去玩耍，结果却被母亲拦下。

其实仔细回想，张少白仍记得那日母亲神色忧郁，或许她对张云清在洛阳遭遇不测早就有所预感吧，毕竟夫妻同心。

可尚且年幼的张少白却不知道父亲已经暗中下了牢狱，被一杯毒酒赐死。更不知道随着张云清的离世，多少魑魅魍魉全都盯上了张宅，有人是在觊觎咸天八法，还有人则是想要将张家满门全部杀光。

那日晏柳苏终究没能拦下张少白，因为她不忍告诉孩子自己在担心什么，生怕孩子听后承受不住。母亲虽然生气，却还是拜托张五叔在暗中保护，还许诺一定备上一桌好酒好菜等着他们回家。

谁承想，这一分别就成了永别。

最终张少白被五叔提溜着回家的时候，眼前只剩一片废墟。

那一刻，他跪在废墟之中，双手用力攥着地上的灰烬，多希望自己没有负气离家。假如他没走，五叔便也不会走，或许张家就不会出事。

就算他和五叔改变不了结局，至少也能一同死在火中。

至少……也能……死在火中！

这句话从此成了他的心魔。

张少白用力吸了口气，然后发出一阵撕心裂肺的咳嗽，他觉得自己今天是一定出不去了。

就在此时，一只苍老却有力的手扶住了他的臂膀。

“勿要放弃。”火光中的慈恩仿佛化身佛陀，令人心安。

张少白愣了一下，随后忽然想起了许多人和事。比如茅一川和薛灵芝，比如放火元凶和九罗，这一刻仿佛有一股生机顺着慈恩的手蔓延向少年全身，终于驱散了他心头的死意。

慈恩大师微微颔首，用力抓住张少白的手腕便向外扯去。他只是一名普通僧人，既不像成玄风身怀绝技，也不像茅一川武艺高强。但在绝境之中，他却是最有毅力之人！

“噼噼啪啪”，普度坛的每一寸都被火焰焚烧着，发出阵阵声响，眼看着随时就要倒塌。一老一少身处火场当中，虽然想要逃跑，一时却难以分清方向。

张少白用衣袖掩住口鼻，灰头土脸道：“是我连累大师了。”

慈恩大师仍不放弃，他解下身上的七宝袈裟，用力一挥，便将两人笼罩起来。话说这袈裟又叫锦斓袈裟，乃是当年玄奘西行之时先帝所赠，传说可以水火不侵。今日一见，火焰落在袈裟之上，竟然真的无法将其烧透，只能在表面留下一块黑色印记，果真不凡。

“这里不该是你我的葬身之地，少白，静下心来，想想办法。”慈恩大师虽苦苦支撑，语气却一如既往的柔和。

张少白皱紧眉头，心想慈恩一大把年纪尚且振作，自己绝不能拖他后腿。于是少年开始苦思冥想起来，突然一拍脑门，从怀里掏出了“司南鱼”。

之前他脑中满是仇恨与遗憾，竟是忘了还有这等宝物可以帮助自己分清方向。他双手掐住小鱼腹部两侧，用力一搓，铜鱼便转了起来，停下之后鱼嘴对准的方向正是南边。

张少白记得普度坛的大门乃是开在鱼嘴相反的北边，便赶忙和慈恩往那头跌跌撞撞地逃去。一路上看到不少昏倒在地的太医或是护卫，其中还有些尸体已经彻底与火焰融为了一体，散发着一股难闻的臭味。

慈恩大师看到那些人心生怜悯，却没有出手相救，因为他深知此时救一人尚有一线生机，救数人则彻底没了逃出去的机会。眼看着就要到了门口，老和尚一咬牙，用力撑起袈裟，和张少白相互扶持着往外面冲去。

就在普度内坛彻底被火焰吞噬，房梁再难承重，终于倒塌之时，张少白和慈恩终于冲了出来，两人极为狼狈地摔倒在地上，模样要多凄惨有多凄惨。

“咳咳……”张少白用力咳了几下，想要将肚子里的烟尘全部吐出去，然后忽然又忍不住笑了起来，“哈哈……咳……哈哈！”

慈恩大师转头看着少年，眼中满是慈爱之意，亦是咧嘴笑了两声。

无论如何，死里逃生总归是一件快事!

不过，慈恩大师只休息了短暂片刻便站了起来，说道：“恐怕纵火之人的目标并不是陛下。”

“这场火和寥寥几个刺客，都很难成功杀死陛下，所以九罗肯定还有其他不可告人的目的，”经他这么一提醒，张少白也回过神来，推测道，“难道说他们真正的目标，是有可能治好陛下头疾的人？”

慈恩并不知道九罗，但他认为张少白说的应该没错，“他们虽然杀不死陛下，却可以杀死你、我以及秦鸣鹤。”

张少白摇摇晃晃地站起身来，说道：“假如真是这样，那你我二人的劫难才刚刚开始。”

刚说完，张少白便生出一种极为不祥的预感，仿佛自己被凶兽盯上，随时都有可能遭到它们的袭击。慈恩大师深有同感，两人对视一眼，便开始继续向外逃亡。

由于普度坛着了一场大火，之后又有许多护卫保护帝后二人回宫，所以坛外街道一片狼藉。可是这样一来，官兵全都忙于护着帝后，竟让张少白找不到可以求助之人。

最可怕的是，张少白感觉暗中有人正搜寻着自己和慈恩大师，若是找不到安全的藏身之处，迟早会被其抓住。而且九罗中人遍布大唐，当初还有人假扮里正找寻藏身张宅的天天，所以并不是每一个陌生人都能信任。

福无双至，祸不单行，在这极为糟糕的境况中，慈恩大师坚持着走了几步，忽然脚下一个踉跄，身子一歪竟是险些摔倒在地。幸好张少白手疾眼快，扶着他艰难走到一处隐秘墙根下。

慈恩大师面如金纸，呼吸声也变得微弱下来。张少白仔细察看了一番，发现慈恩背后被火烧伤了一大片，且后肋处还有撞伤的痕迹，应是两人撑着袈裟逃跑时被砸伤的。没想到老和尚竟咬牙坚持了下来，一声不吭。

张少白鼻子一阵发酸，他记得火场之中慈恩是何等悉心维护自己，如果他没有将袈裟的大半都遮盖在张少白身上，绝对不会伤得如此严重。

“好孩子，别哭，”慈恩背靠着冰冷墙壁，深深吸气，努力平复着情绪，“你不必感到内疚，贫僧救你也是有事相求。”

“您尽管说，我一定做到！”

慈恩虚弱地笑了下，说道：“自打玄奘法师归来，佛门中兴，总算有了与道门抗衡的底蕴。但是，大唐崇尚的依旧是道门，而非佛门。”

张少白乖乖跪坐在慈恩身旁，仔细听着他说的每一句话，想要把它们牢牢刻在心里。

“可惜我佛门分成大小无数派别，始终无法齐心，故而这些年来除了在普度大会上出出风头，实际上还是不如道门势大。不过这次普度大会，没想到武后居然主动找上了佛门，至于为何，聪慧如你一定能猜得到吧。”

张少白先是想了想，恍然大悟道：“我明白了，武后要您为陛下治疗头疾，方法却是让他远离朝堂，这样一来武后和佛门算是互利互惠，达成双赢局面。”

慈恩微微蹙眉，说话变得有些费力：“是啊，可是这样一来佛门便与武后牢牢捆绑在了一起。”

张少白不想让慈恩说太多话，以免伤势更重，于是开口说道：“看样子您并不想这样，因为佛门与道门相同，都不应该成为某股朝堂势力的附庸。佛与道，本应纯粹。”

“除此之外，还有另外一个原因，也是你父亲张云清曾冒着极大风险告知于我的。”

“什么原因？”

“张云清曾说，大唐国祚将有十数年的断层，且武后身负五爪金龙。”

张少白瞪大双眼，一直以来他只知道后面半句，而且自己也用“望气之法”亲身验证。可是对于前半句话，他却一无所知。

慈恩大师说道：“作为这道预言的回报，我承诺当你遇见生死难关时，一定会出手相救。”

“父亲……”张少白听后有些伤感，没想到父亲竟然为自己留下了这样一道伏笔，果真在关键时刻救了他的性命。

慈恩大师脸色越来越差，但依然硬撑着一口气，讲道：“如果大唐将有翻天覆地之变化，我最担心的事情就是佛门能否明哲保身，譬如这次普度大会，怎么做既能满足武后的要求又不会惹来陛下厌恶。”

张少白越听越难过，因为他已经猜到了慈恩的选择：“您在普度坛配合武后，提出了自己的治疗之法，故而武后心里已经领了佛门的情。接下来您将会以死脱身，这样又不会让陛下生疑，只会觉得可惜。”

“若你早生个几十年，或是我晚来这世间几十年，一定不会这般寂寞。”

张少白终于明白，原来慈恩早就给自己铺了一条死路，而九罗的刺杀只不过刚好成全了和尚的计划。换而言之，无论九罗是否出现，慈恩都会想一个办法杀死自己。

因此今日慈恩才没有带木鱼前来普度坛，他不想让徒弟亲眼看到师父死去。

看破了这些因果，张少白对慈恩既是亲近又是敬重，问道：“我能帮您什么？”

慈恩的眼神变得有些涣散，他明明在看张少白，给人的感觉却仿佛在看另一个人，他说：“木鱼的身世很不寻常，而且，他是一颗‘无漏种子’。”

“‘无漏种子’？”

“他是唯识宗的无上瑰宝，但我死后，恐怕佛门会有人对木鱼不利，所以……我希望你能够在木鱼需要帮助的时候，伸手帮他一下。你无须为此付出太多，只是举手之劳便可。”

张少白没有想到，佛门当中竟然也有许多龌龊事，就像是祝由支脉觊觎天脉，佛门诸多宗派同样也在眼馋身为“无漏种子”的木鱼。他虽然不懂那究竟意味着什么，却能够感受到慈恩对木鱼的重视。

就像是张云清始终将儿子视为比自身生命还要重要的传承之道。

张少白重重点头：“我张少白对轩辕祖师发誓，只要木鱼有难，我便一定会出手相助！”

慈恩脸上笑意更浓，“话已说完，你我的缘分也尽了。少白，快快逃命去吧。”

张少白顽固道：“不行，我绝对不会把你留在这里！”

“假如你所说的九罗真要杀光所有可能治好陛下的人，那现在你我能活一个便活一个，不然就彻底输在了他们手里，”慈恩的说话声越来越轻，渐渐低不可闻，“逃吧，无论如何都要活下去……”

“大师？大师！”张少白微微用力摇晃着慈恩，见他已经闭上眼睛，心知自己再不逃难免会被九罗一网打尽，到时候才真是辜负了慈恩的一番苦心。

少年能做的最后一件事情，就是把七宝袈裟抚平，将其工工整整地穿在和尚身上。

做完这件事，他忍着心痛转身往远处逃去，跑了数十步后还是忍不住回头瞧了一眼。

竟隐约看到慈恩大师盘腿而坐，双手合十，额头低垂，身上袈裟宝气四溢，法相庄严。

※

与此同时，普度坛外某处安静所在，秦鸣鹤竟然同样死里逃生，此时身边还站着一个戴着青铜面具的神秘人，看穿着打扮正是曾经惊鸿一现的庞先生。

秦鸣鹤望向普度坛燃起的火焰，苦笑道："只要慈恩死掉，陛下定会允我为他开颅，事成之后你能否放掉我的妻儿？"

庞先生亦是笑道："可惜我并不想你治好皇帝。"

秦鸣鹤脸色一变："你这是什么意思？"

"实话告诉你吧，大唐如今岌岌可危，形势更是乱不可言。与其治好皇帝，倒不如在开颅的时候使些手段，让他直接死掉。当大唐彻底陷入混乱，你能得到的便会更多。"

"这不可能，这样一来我们一家人绝无生机！"

"唉，世人大多眼光狭隘，胆量不足，果然屠龙之事只能由身负'屠龙术'之人来做；"庞先生发出一声叹息，"着实可惜了你这一双天赐的好眼眸啊。"

话音落下，一柄尖刀便刺穿了秦鸣鹤的心脏，他瞪大碧蓝之色的眼眸，双手紧紧抓着庞先生的衣袖，挣扎着说道："放了我的……妻儿……"

紧接着，尚未死透的秦鸣鹤眼睁睁看着两根手指距离自己的双眼越来越近，然后刺入眼眶，活生生地抠出了眼珠。

庞先生取出一块手帕擦了擦眼珠和手上的血迹，说道："既然你长了一对可以透视的眼睛，怎么就看不出我在骗你呢？两个已经死了的人，放了又有什么用。"

他将那对眼珠收好，笑道："接下来，就只剩下张家的那个余孽了。"

"张家？余孽？"突然有道声音在庞先生身后响起，那人身上还带着一股酒味，"这么说来，张家的大火就是你放的？"

庞先生戴着青铜面具，故而看不清他的表情，但从他的语气中却能感到一丝故人重逢的……"喜悦"，他转过身对张五叔说道："是啊，只不过逃了两只老鼠。"

“老你娘的鼠！”五叔将腰间酒壶用力扔向庞先生，不过庞先生看来也是个武艺高强之辈，轻描淡写地一挥手便将酒壶打了回去。

下一刻，张五叔的铁拳重重砸破酒壶，身影不停，誓要与面前仇人一分生死！

只是这满含怒意的一拳却是打了个空。

张五叔惊出一身冷汗，发现庞先生原本站立之处只剩一股烟雾，竟是不知何时动了手脚。更为可怕的是，五叔还发现自己置身于一片阵法当中，周遭景色变得朦朦胧胧，仿佛无端起了一场大雾，而且雾中还有许多人影影绰绰。

“不过是个野种罢了。”庞先生的声音响起之时，一道身影擦着五叔背后而过，幸好张五叔躲闪及时，只在背后留下了一道不深不浅的伤痕。

张五叔忽然心乱如麻，因为脚下阵法似曾相识。如果他记得没错，自己年幼时候曾见过张家老太爷施展此法，人在阵中恍若幽灵，乃是上等的障眼法，名为……厌阴。

※

与此同时，张家仅剩的唯一“余孽”正努力逃跑，可无论如何都摆脱不掉那股给人暗中窥视的感觉。更糟糕的是，他出生时就患着的气虚之症在一番折腾之后终于爆发。

张少白痛苦地捂着胸口，觉得双腿越来越沉重，心道如果继续跑下去，恐怕没死在九罗手上，也要死在自己手里。

随着他的步伐放缓，那股不安感距离他也越来越近，张少白对此束手无策，只能在心里埋怨几句五叔。不过埋怨归埋怨，张少白更多的还是担心，毕竟他和五叔一直以祝由秘法暗中联系，只要两人距离没有超过十里，五叔便一定能够找到张少白。

可是现在五叔这么久都没有现身，说明他一定是受到了那场大火或是九罗中人的阻拦。

身处绝境之中，张少白决定铤而走险，主动放弃藏身在巷道内，转而去了坊市中最为热闹的街道。虽然那里极可能有九罗的眼线，但也可能会有愿意伸出援手的人。

祝由先生的白衣染着一层黑灰，看起来落魄无比，他缓缓走在街上，感觉身边传来数道不怀好意的目光。走着走着，他便想起了明崇俨的死法，他就是在拥挤人潮中被捅了一刀，死得不明不白。

难道自己也要落得相同的下场？这可不太合适啊，毕竟明崇俨的死是为了完成自己的计谋，可他张少白若是就这样死了，却是十足的亏本生意。

少年低着头又往前走了一段距离，忽然发现有人挡住了去路。

“终于忍不住要动手了吗？”张少白苦笑着抬起头，结果一看挡在身前的人竟是笑眯眯的来俊臣。

“张少白，算你命大。”曾用“苏童”之名隐瞒身份的推事院之主来俊臣，怀中抱着一柄长剑，目光穿过张少白，落在了少年身后的数道身影上。

他说：“近来长安到处传言秦鸣鹤可以用开颅之法治好陛下，我奉命调查流言源头，这么说你会不会相信我？”

张少白虚弱道：“比起九罗，你就是说你能用嘴放屁，我都相信。”

“狗嘴吐不出象牙的东西，快滚吧，打起来我可护不住你。”来俊臣本就在张少白手里吃了不少亏，看他极不顺眼。但来俊臣身为武后心腹，至少还能分得清轻重缓急，当下便拔出剑与张少白擦身而过。

那几个九罗刺客见状也纷纷现身，亮出兵刃，开始围攻来俊臣。

“你要是没死，算我欠你一个人情。”张少白无暇回头去看战局，强撑着身体加快脚步，这次有来俊臣吸引九罗视线，他便打算找个僻静地方藏起来，直到事情结束。

不料他还是小瞧了九罗此次杀他的决心，甚至可以说比起刺杀皇帝，九罗在杀害张少白一事上安排了更多的人力，即便有慈恩和来俊臣先后分担了不少压力，可他还是感到背后有目光如附骨之疽始终跟随。

张少白越逃越是心慌，病痛也愈渐加深。他心想自己再这么逃下去肯定小命不保，于是路过一个茶摊时向摊主要了一碗热茶，又多给了几枚铜板。摊主一见客人大方，顿时乐开了花，赶紧就去忙活了，不过等端上热茶的时候却发现客人已经不见。

原来张少白只做了片刻停留，感到危险逐渐逼近，便从茶摊穿行而过，刚好躲进了后面的小巷。这里堆积了不少杂物，倒是个不错的藏身之地，他躲在一堆麻袋堆成的杂物后面，感到喉咙一痒，险些忍不住咳出声来。

不过他还是及时用手捂住了口鼻，只发出“扑哧”一声轻响，紧接着他放下手，看见掌心全是鲜血。

“真是糟糕，也不知五叔现在怎么样了。”张少白靠在墙上，忽然听到一阵脚步声从附近传来，不能确定来者是普通百姓还是九罗，但为了慎重起见，他还是轻手轻脚地将藏身地转移到了墙角后面。

片刻过后，果然有人一把推倒了麻袋。张少白冷汗涔涔，连大气都不敢出，他不用露头去看，只用耳朵听便知来者不善。

可有一点让他颇为疑惑，那就是九罗到底通过何种手段找到了他的行踪？偌大一个长安城，难道他们还能在每一处都布置眼线不成？

张少白正苦思冥想，不经意抬头一瞥，刚好看到一只乌鸦就停在旁边房檐之上，他忽然觉得这只鸟很有问题。

咸天八法当中有一“鬼使之法”，其实操纵的不是鬼，而是飞禽走兽。这些生灵经过教化之后，便可帮助主人暗中做些事情。比如佘婆婆的蛇擅长偷袭，张家曾经也养过一只灵猴，颇通人性。而这只乌鸦，或许便是九罗最厉害的眼线。

是它一直跟着张少白，并且引人来追！

只可惜张少白想到这些的时候已经太晚，他现在被堵在这里不知该往何处逃窜，乌鸦那黑溜溜的眼睛又始终盯着这边。他弯腰捡了一根木棒，然后施展出地脉兽门的口技，学的正是野猫。他原本想着死马当活马医，没想到乌鸦听后居然真的振翅飞起，在空中盘旋了两圈，往另一个方向飞去。

而随着乌鸦离开，那道由远及近的脚步声也随之停下，稍作停留之后便渐渐走远了。

张少白松了口气，心道：幸亏我平时学了这些杂七杂八的东西，不然真要死在这里。死里逃生之后他倍感疲惫，居然两条腿都在打战。

不知为何，张少白那颗高悬着的心刚刚落了一半，便重新悬了起来，仿佛在提醒他这里仍不安全。这是他当了多年祝由先生练就的本能，有时候人的身体会欺骗自己，但心却不会。

巷子里的风，带着一股腥气。

张少白眼皮一跳，转头看向墙角那边，只见一个人正倒退着露出身形，他应该就是跟着乌鸦追踪到这里的九罗杀手。只是这会儿的他看起来极为恐惧，似乎正面对着一个更加可怕的事物。

突然，一只手掐住了杀手的脖子，用力一扭后随手扔在了地上。然后那只手的主人缓缓前行，转过身来，面对着张少白笑道：“原来小野猫藏在这里，我的手下脑子还真是生了锈，居然会被你这种拙劣技巧糊弄过去。”

这个人戴着青铜面具，身穿藏青长袍，上面绣有星辰日月、麒麟凤凰，正是庞先生。而在他的肩膀上，还落着一只乌鸦。

张少白知道自己已经无路可逃，干脆不再考虑，而是直面庞先生问道：“你是祝由中人？”

庞先生答道：“咸天广祝，不问来由。”

“屠龙术？”

“你说呢？”

“看不出来，我本以为明崇俨才是屠龙术传人。”

“是谁告诉你屠龙术只有一个传人的？”

“扶龙术只有我一个传人，所以我觉得屠龙术也是一样。”

“愚蠢，扶龙自然只需一人，若是有两人，迟早要互相争斗不休，还扶什么龙。但屠龙就不一样了，只要能毁掉大唐，谁都可能身负屠龙技。”

张少白疑惑道：“可是我不明白，如今大唐国泰民安，你们这些人为什么非要改朝换代？难道就为了施展一下屠龙术？”

庞先生一动不动，却透露着一股磅礴气势，他回答道：“世间既有扶龙，就会有屠龙，还会有隐藏在不可知处的登龙。因为你我都是炎黄子弟，所以难免对龙有所偏执。”

“按照你的意思，等你们九罗屠龙之后，岂不是又成了新的扶龙之人？”

“可以这么说，你我本就是阴阳两面，只是立场不同罢了。”

张少白又问道：“可你为什么偏偏追着我不放，有这力气还不如直接杀了李治更为直截了当。”

“一国之天子若是那么好杀，这世道早就乱了。而且所谓屠龙，讲究一个剥皮、抽筋、去骨，最有意思的莫过于拔掉它的逆鳞，与这些相比，直接一刀砍掉龙头实在是太过无趣。”

“你们九罗，可真是不怕风大闪了舌头。”

庞先生也不恼怒，笑道：“哈哈，和你说这些只是想给你一些时间积攒力气，不然跑起来可不够快啊。”

张少白无赖道：“我不跑，反正也跑不过你们这些飞檐走壁的人，我说什么也不跑了！”

“那可不行，你知不知道我等了这么多年，就是想看看你今日的惨状。”

“听你的意思，咱俩还有旧仇？”

“张少白，其实你可以不死的，可惜你做错了一个至关重要的选择。”

“反正我现在也要死了，能不能告诉我是哪里错了？”

庞先生动了动嘴唇，不出声地“说”了三个字：“薛灵芝。”

张少白脸色剧变，不知道庞先生说的话是真是假，但假如薛灵芝真的受他牵连，那么他张少白便说什么都不能坐以待毙！

少年牙一咬，心一横，掉头就跑。

而庞先生就不紧不慢地跟在后面，似乎颇为享受这种猫抓耗子的感觉。

他一边走，还一边悠悠哉哉地念道：“沧浪之水清兮，可以濯我缨。沧浪之水浊兮，可以濯我足。”

张少白心中腹诽：你也配念这首《沧浪歌》？

可怕的是，庞先生的声音距离张少白不近不远，永远都是一个距离。似乎无论张少白逃到哪里，都无法甩脱这个神神秘秘的人。

而且，身为祝由先生的张少白今日也被麻雀啄了眼，居然身中“鬼打墙”而不知，踉踉跄跄走了许久都没能出了这条巷子。

原来他就像庞先生的玩物，翻手为生，覆手为死。

两人又这般拉扯了一会儿，庞先生突然停下脚步，说道：“罢了。”

张少白听到这两个字，顿时身上汗毛全都奓开，然后发疯般向前冲去，结果中了障眼法的他一不小心便重重撞在了墙上，跌坐在地，简直眼冒金星。

就在这电光石火之间，一道身影来得极快，带着决然之意与庞先生撞在一起。

庞先生得意道：“我还以为你会放弃他！”

那道身影浑身是血，已经看不出衣裳颜色，他一言不发，只是与庞先生缠斗在一处。张少白头晕目眩，他用力揉了揉眼睛，一眼便看出了那人是谁。

“五叔……”张少白张口说道，可声音微小。

张五叔没有回头，面对大敌他无暇顾及其他。此时此刻他只想为张少白搏出一条血路，即便自己死在这里也在所不惜。

“噗”，一柄利刃穿过了五叔的腹部，他没有喊痛，而是还了那人一记拳头。

“咔”，庞先生的肩膀传出骨头碎裂的声音，他愤怒地抽出匕首，然后又一刀刺了下去。

这两个人，完全是在以命换命。

不知道张五叔在厌阴之法吃了多少亏，他一只眼眶空洞洞的，还在不停往外流血，左边耳朵也少了半个，脸上身上更是有数不清的伤痕。那些伤口深浅不一，有些只是皮外伤，有些却是深可见骨。

可是即便这样这个汉子也没有倒下，他很清楚自己应该做什么，更知道自己要做什么!

“咣”，他的拳重重砸在庞先生的脸上，青铜面具虽然没有掉落，却被打出了裂痕。

这一拳，像极了好多好多年前他打过张老太爷的那一下子。

那时候张五叔还是屁大点的孩子，老太爷教他练武，他总是学不会。学不会就会挨打、挨饿，害得他一肚子火。

或许是愤怒使他开了窍，终于有天他一拳头砸在了老太爷脸上。那时名叫张黑子的他吓得瑟瑟发抖，心想自己这下犯了大错，该不会被赶回街上当乞丐吧。

没想到张老太爷却哈哈大笑，揉了揉红肿的脸庞，又掏出个精致的小酒壶喝了一口，骂道：“还行，虽然有点傻，但是不孬。”

张黑子可不傻，他能听出好赖话，不服气道：“我才不傻，也不孬！”

老太爷把酒壶塞到了孩子手里：“瞧瞧，这还说自己不傻呢，我啥时候说你孬了？算了算了，越说越乱套，你不孬倒是喝口给我看看！”

张黑子哪肯服输，仰头就是一大口。

张五叔突然吐了一大口血。他心想，我喝张家一口酒，今天便还您一口血。

记忆又飘回了十多年前，张少白骑在五叔肩膀上玩，笑得像是池塘里撒欢的野鸭子，而且嘴里的牙还缺东少西，十分不美观。

这孩子笑着笑着，忽然尿了一泡。五叔被浇了一身，也不生气，只是憨憨地笑了几下。

张云清一看就不乐意了，说道：“老五你别这么惯着他！”

紧接着晏柳苏又骂了张云清一句：“就知道嘴上说说，有个屁用！”她一把将张少白从五叔肩膀上揪了下来，扒下裤子，露出小白屁股就是一顿抽。

五叔想要护着，但又不敢违逆嫂子，只能在旁边一个劲说：“别打了，别打了……唉，轻点儿，轻点儿……”

张云清看着五叔，说道：“既然这么喜欢，怎么不找门亲事，自己生个孩子？”

五叔愣了一下，他盯着那边的张少白，心疼道：“我这条命是老太爷给的，这辈子只留在张家……再说了，少白虽然不是我儿子，但在我眼里也差不多了！”

可张五叔眼前的少白，渐渐变成了那张可恶的青铜面具。

他一把抓住对方，心中满是愤恨地一头撞了上去，此时此刻他多么想破口大骂，可惜舌头也被割掉了大半，实在是骂不清楚。

七天前，张宅的一个普通夜晚，五叔喝了不少酒，翻墙进了院子。他看见张少白屋里的油灯还亮着，便轻手轻脚地走了进去。

看到孩子趴在桌上，表情凄苦，眼角还有泪痕。

五叔将他挪到了床上，铺上被子，掖好被角。还听到张少白梦呓着：“爹……娘……”

“别怕，张家的仇，五叔陪你一起报。”

不知是不是张少白在梦中听到了五叔的话，眉头居然真的舒展开来。

张五叔见状“嘿嘿”笑了两声。

当下，张五叔突然也“嘿嘿”笑了两声，他不知从哪儿来的力气，居然将一只手插入了庞先生的胸膛。

即便此刻，他身上也又添了几道新伤。

庞先生咬牙切齿道：“你就是条野狗！”

张五叔说不出话，只能在心里想道：野狗可不如我，老太爷没收留我的时候，老子靠的是从狗嘴里抢吃的才活下来。

庞先生没想到自己会被一个野种弄得这般狼狈，他猛地用力推开张五叔，又看了那边的张少白一眼，心想今日便放你一马，即便我不取你性命，帝后也不会留你。

然后他便用最后一丝力气逃窜而去。

这时天色是真的已经黑了下来，张黑子瞪着仅剩的一只眼睛，看庞先生真的跑远了，这才轰然倒下。

张少白旧疾发作，又有新伤，已是提不起丁点力气。他只能挣扎着爬到五叔身边，看着那个伤痕累累的男人。

五叔仍瞪着眼睛，用力看着张少白，似是想要把他刻在心里，才好下辈子再来找他。

张少白的泪水扑簌簌地往下落，摔打在五叔的脸上，为他洗去一些血痕。

张五叔没了舌头，更没了生机，临死前，他张大嘴想要说些什么。

张少白知道，他想说的是一个“张”字。

张少白的张，张云清的张，张黑子的张。

从此真的孤单一人的少年，抱着五叔，身子微微摇晃，就像是年幼时母亲抱着自己唱着摇篮曲那般。

他说：“前阵子天天非要给一条狗取名叫张老黑，我气得想要揍她。他们都以为，因为我叫少白，所以不喜欢狗叫老黑。

“其实啊，都不对，我生气是因为我的五叔叫张黑子，那条狗怎么能取和我五叔相似的名字？

“张黑子，你要是现在醒过来，我就给你买一辈子酒喝。

“五叔，你能不能别死，我不想……一个人。”

那是大唐开耀元年的冬天，一个很不起眼的日子，一个既不是白露也不是冬至的日子。

那一天，张氏祝由，只剩张少白一人。

第十四章 南山烈烈

岁将暮，时既昏。寒风积，愁云繁。

长安这夜下了场雪。

张少白怀中仍抱着五叔，感觉着他的身子越来越冷，自己脸上的泪水也结成了霜。少年低着头，双眼迷离，口中轻声唱着一首古谣：

“蓼蓼者莪，匪莪伊蒿；哀哀父母，生我劬劳。蓼蓼者莪，匪莪伊蔚；哀哀父母，生我劳瘁。”

他悲伤的不仅是五叔的离去，还有张云清和晏柳苏，还有张家上上下下数十口人。少年一心想要查明真相，更想复仇，可他从未想过，有一天在这复仇的路上，他会失去最后一位亲人。

他头一次对复仇一事产生了动摇，心想如果自己没有执着于此事，而是跟着五叔云游各地，为他养老送终，是不是才是最好的安排？

“南山烈烈，飘风发发。民莫不穀，我独何害？南山律律，飘风弗弗。民莫不穀，我独不卒！”

风雪仿佛将他的无尽悲伤镀上了一层银边，他的眉眼结着霜，嘴唇冻得发紫。他好像已经快要失去知觉，但仍然不停地唱着这首《蓼莪》。

张少白眨了眨眼，忽然发现，原来人血可以比雪还冷，原来雪不仅寒冷，还可以将人烫伤。

他却不知道，当人觉得雪水变得滚烫，往往意味着死亡。

就在这时，一道呼喊声从远方传来，那是一个女子的声音，其中满是焦急担忧。她不停地呼唤着：“张少白……张少白……”

张少白一动不动，心想是谁在喊自己呢？是已经故去的娘亲，还是传说中的山鬼？偏偏令他没想到的是，喊他的是一个活生生的人。

或许是张少白命不该绝，有两个人一先一后找到了被风雪掩埋的他。

薛灵芝跪在张少白身前，用手抹去了他脸上的霜雪，一看到他的模样，便不停地流起了眼泪。她说了许多话想要安慰少年，可他始终喃喃自语，完全没有理会外界的声音。

茅一川则站在张少白身后，他心乱如麻，不知应该如何安慰，只能解下黑色裘衣，披在了少年身上，可是张少白没有任何反应，就像是一只被寒风冻僵的麻雀。

薛灵芝不再说话，她知道此时此刻任何言语都显得无力，唯有安静才能抚平悲伤。她试着用力扳开张少白抓着五叔的手，然后颇为费力地将五叔挪了出来，他身上的伤痕已被霜雪遮盖，显得不再那么骇人，反而透着一股安详。

“五叔放心，以后我们会照顾好少白的。”灵芝曾经见过五叔，知道他心中牵挂的是什么。她脱下斗篷盖在五叔身上，颇为留恋地看了最后一眼，然后遮住了他早已僵硬的面容。

就在那一刻，张少白的眼睛忽然动了一动，念了千百遍的《蓼莪》也随之停下。

“别怕，你还有我。”薛灵芝的双手捧着张少白的脸庞，努力融化着那些由泪水结成的冰。

风雪长夜，少年少女相互依偎，总算显得不再那么孤单，那么凄凉。

“让我看看这是谁？哟呵，原来是张小先生，怎么模样这般狼狈？”一道声音不合时宜地响起，今夜来到这里的第三个人是怀中抱着宝剑的来俊臣。

看来张少白其实并不寂寞，即便没了五叔，也有不少人仍在心中想着他。

只不过这个人的嘴巴比较臭，说话也颇不中听，来俊臣走近后看到地上还有一具尸体，笑嘻嘻地问道：“除了秦鸣鹤之外，居然又死了一个，这个倒霉鬼是谁？”

回答他的是利刃出鞘的声音。

茅一川的脸色比风霜还冷，刀尖直指来俊臣心脏，幸好后者及时用剑鞘抵住，这才没有落得一个透心凉的下场。不过无锋来势汹汹，力气非凡，来俊臣居然被它顶得往后退了两步。

这人一旦后退，便再难停下。茅一川双手攥着刀柄，脚下开始狂奔起来，来俊臣则只能一退再退，直到身子撞在墙上方才停下。

刀尖仍抵着剑鞘，剑鞘则贴着胸膛，隐隐传出骨骼碎裂的声音。

“茅一川你想做什么？”

“杀你。”

来俊臣脸上再无丝毫笑意，他知道茅一川是真的动了杀心，假如自己刚才反应慢些，只怕真就不明不白地成了刀下亡魂。

“我错了，是我不该乱说话。”堂堂推事院之主赶紧服软。

茅一川没有理会，手上力气反而加重。

来俊臣面红耳赤，眼看就要支撑不住，又说了一句：“之前你不在的时候，我救了张少白一命。”

此言一出，胸前顿时一松。

“若是我在，一定不会这样……”茅一川放下刀来，神情自责，紧接着他突然发出一声怒吼，手中利刃重重劈在来俊臣身旁，在墙上留下了一道深深的伤痕。

来俊臣叹了口气，说道：“这算是什么事，秦鸣鹤不仅死了，还被人挖了一对眼珠，慈恩大师也已圆寂，只留下一囊袈裟……呵呵，就算你不杀我，恐怕这次我也活不了。”

茅一川没应声。

“我先回宫复命去了，本来想让张少白帮个忙，看他这副样子不说也罢，”来俊臣轻轻摸了摸胸口，将衣物抚平，又说，“若是有机会，真想和你痛痛快快地打上一场，可惜啊可惜。”

来俊臣逐渐走远，茅一川也随之回过神来，意识到九罗的刺杀虽然失败，但这场风波并未过去，真正的杀机反而才刚刚开始。

据说陛下在宫中犯了头疾，雷霆大怒，已经杖杀了与普度大会相关的十余人。九罗明目张胆犯下滔天罪行，如今却没有抓到幕后黑手，那么想要平息陛下的愤怒就需要有人牺牲。

他缓缓走到张少白身前，忍不住开口打断了他的悲伤：“随我入宫吧，早些去或许还有一线生机。”

张少白不应声，薛灵芝却是反应过来：“能不能带他逃离长安？”

“普天之下，莫非王土，逃离长安又能去哪儿，离开大唐吗？”

薛灵芝说：“我可以陪他一起走，总能找个没人的地方躲起来。”

听到这句话张少白终于有了反应，他不想牵累任何人，摇了摇头，嘶哑着喉咙说道：“我要……进宫……”

茅一川闻言背起张少白往皇宫方向走去，临行前他看了一眼巷子那头，然后对薛灵芝说道：“五叔有劳薛医师送到张宅。”

※

薛灵芝知道自己无法劝服他们，只能点头应允。待到那两人走远之后，有个豁牙老仆驾着马车出现在巷子口，他翻身下车，急匆匆地走到了薛灵芝身旁。

他恭敬说道：“由老仆来吧。”

薛灵芝施礼道谢，问道：“祖父在车里？”

“是，小娘子不妨先去车里叙话，这尸体老仆自会处理。”

“好。”薛灵芝心中有些忐忑，没想到祖父居然一直跟着自己，不过想到茅一川会放心留她和一具尸体在此，说明早已觉察到了。

有些心虚的少女掀开帘子进了车厢，顿时暖和不少，里面薛元超正昏昏欲睡，一看到孙女这才有了些精神头。

他问：“你是兰芝还是灵芝？”

薛灵芝坐在祖父身边，回答道：“离开别院前是兰芝，离开之后是灵芝。”

“孩子，你不该来的。”

“张少白对我有恩，我不可能装作不知，”薛灵芝看祖父脸上没有怒意，又说，“而且祖父没有派人拦我，也算是默许了吧。”

薛元超眯眼看着孙女，发觉她和薛曜长得有四五分相似，越看越是心疼：“最近时常梦到一些往事，甚是不喜，总觉得似乎薛家要有大事发生。”

“祖父还要好好休息才是。”

“灵芝，祖父为你寻了一门亲事，”薛元超闭上眼睛不看孙女神色，“张少白这次在劫难逃，勿要再想了。”

薛灵芝听后眼中涌动着泪花，声音也有些颤抖，她问：“少白他真的……祖父能救他吗？”

薛元超反问道：“这种时候你不在乎自己将要嫁人，反而想的还是那小子？”

“只要他能活着，灵芝不在乎出嫁一事。”

“你这是在要挟祖父？”

“灵芝不敢。”灵芝咬紧嘴唇忍着哭声，她知道祖父并不在乎张少白的死活，他只在乎薛家的存亡。因为他有不好的预感，所以就想将家中的天煞孤星送到别处。

薛元超重重叹了口气：“唉，真是孽缘啊。”

话音刚落，马车便动了起来，去的是永和坊张宅。

※

另一边，茅一川背着张少白，走得不算快，雪花落在两人身上，远处看去仿佛成了同一个人。

茅一川说：“或许薛灵芝说得对，你应该离开这里。”

张少白说：“我走了你怎么办，她又怎么办？”

“我可以说你被九罗抓走了，生死不明。”

“可来俊臣已经看到了我，这条路行不通的。”

“我刚刚应该一刀杀了他的，可没想到他曾救你一命。”

“你不必感到内疚，至少你在我冻死之前找到了我。”

“我本可以来得更早一些，”茅一川抬头看了眼皇宫的方向，已经能够隐隐看到那道高高的宫墙，他说，“若是要离开的话，现在还来得及。”

张少白摇了摇头，说道：“放走铸无方就已经害惨了你，这次我是不会走的。”

“张少白，这次进宫恐怕真的有去无回，你确定你要去吗？”

“明明是你要带我去，怎么变得这般啰唆？”

茅一川知道他心意已决，用力将背上的人往上托了托，让他趴得更舒服些：“我只怕你一心寻死。”

张少白趴在他的肩头，虚弱道：“不会的，我还有太多事没有做，而且现在又多了一件。”

“什么？”

“五叔的债，我要从庞先生身上亲手讨回来。”

“你能这么想，我很高兴，”茅一川是个不善言辞的人，他说，“只要我活着，就会帮你。”

张少白心中既是悲伤又是感动，他虽然失去了最后一个亲人，但薛灵芝和茅一川对他的不离不弃，却成了他的又一份支撑。

所以他决定要活下去，只有活着，才能不辜负所有人。

大雪铺满皇宫的时候，此地对张少白来说已经变得与坟墓无异，但他还是毅然决然地去了。

这夜的皇宫和往常不太一样，它太过安静，而且是死寂般的安静。宫里没人说话，宫女、内侍全都紧绷着脸，即便大雪未停，他们却全部出来扫雪。由此可见，比起在宫内侍奉主子，在天寒地冻的外面受苦反而要更轻松一些。

张少白去的地方名叫“紫宸殿”，乃是皇帝内宫，前殿用于召对问政，后殿则用于歇息，朝堂群臣都以入阁为荣。偏偏今日，再无人有这等想法。

原因无他，至今为止，每一个被召进紫宸殿的人都被拖出来杖毙，死状凄惨。其中最惨的莫过于刚刚当了几日咒禁博士的陈当，因为普度坛乃是咒禁科所建，点燃大火的石脂早已埋下多时，故而陛下认为他是九罗奸细，于是百般酷刑加身，陈当死时身上已经没有一块完整的地方。

茅一川背着张少白赶到的时候，已有十九人先后毙命，可见此处不是平步青云之地，而是地狱黄泉。茅一川放心不下，想要一同入殿，不料却被老太监拦在殿外。

头发已是霜雪白的太监轻声说道：“茅阁主留步。”

茅一川微眯着眼睛，显然犹豫着要不要违抗皇命，这时张少白主动为他做出了选择，他说：“不用担心，我自有办法保命。”

说罢，张少白便自行进了紫宸殿，他已经不是第一次来这个地方了，所以心中并无忐忑之意。在他看来，只要能够证明自己对帝后而言还有用处，小命自然可以保住。

至于这个用处是什么，他也大致心中有数。

不过，少年人辛辛苦苦维持住的镇定在看到匍匐在地上，已经不成人形的来俊臣时，还是不禁有些动摇。

这只武后的头号走狗，居然会落得这等下场，可见陛下之怒已经到了不惜撕破脸皮的程度。

张少白不敢抬头，入殿之后便跪下磕头行礼，且久久不敢将头抬起。而他身边的来俊臣仍在遭受着杖刑，他疼得早已分不清身上是血水还是汗水，却一声不吭。

许久过后，杖刑结束，那两个执杖的内侍也恭敬地退着离开宫殿。陛下终于缓缓开口，他的声音嘶哑，仿佛喉咙里藏着血，“张少白，你可知罪？”

张少白恨不得将头杵进地里，“臣知罪，九罗动手之前臣便已经有所觉察，却碍于陛下之威不敢说出。”

“你应该知道，朕所说的罪可不是这个。”

“臣知道，如今慈恩大师和秦鸣鹤全都出了事，唯独臣安然无恙，所以乍一看我反而最有嫌疑。”

李治和武后分别坐在龙椅两端，面前桌案一片狼藉，摔碎了不知多少东西。此时武后面无表情，貌似下定决心不再理会眼前这些烂事，陛下则痛苦地闭着眼睛，显然正受着头疾折磨。

他问张少白：“难道不是这样吗？”

张少白悲伤道：“回陛下，不是。臣也是死里逃生，其中还多亏来推事救了一命，而且我在张家的最后一个亲人也死在了今夜。”

“这么说来，你不仅无罪，而且无辜？”

“臣不在乎这些，臣只是想让陛下相信，我一心想要治好陛下的头疾，从未算计过其他东西。普度大会对我而言也不过是个揪出放火烧掉张家元凶的机会，仅此而已。”

李治眯着眼睛看向张少白，见他一身落魄，于是问道：“可你如何证明？”

“陛下愿意相信，自然就会相信。”接着张少白又问道，“臣可否取些东西出来？”

李治没有应声，算是默认。

然后张少白从怀里摸出了一根“请神香”，还有一粒“心诚则灵丸”，都是曾经减缓陛下病痛的东西。

李治见到之后脸色稍缓，张少白与太医署的那些废物不同，他虽然没能根治陛下的头疾，但起码有过一些作用。但是即便张少白不是废物，他却还有一个不得不死的理由。李治故意不说，就是想要看看那个少年对此作何解释。

在张少白之前，没有任何人知道陛下到底为何而怒，以为他只是因为九罗刺杀而恼羞成怒，所以全都死得不明不白。

张少白却不一样，他入殿之后通过来俊臣的惨状和武后的沉默便找到了事情关键。身处生死关头，他不想再花心思去装饰言语，直截了当地说道：“陛下认为是天后害死了秦鸣鹤，不想让他为您开颅。”

李治听后舒了口气，他向身边的武后说话，却没有转头："终于有人敢说这句话了，至于之前的冤死鬼，可没人敢在皇后面前说这些啊。"

武后面色不变，眼睛看着腕上挂的一串珠子，依然不说话。

没想到张少白又说道："但臣认为秦鸣鹤之死与武后无关，而是九罗的计谋。原因是我与慈恩大师逃离普度坛后，又遭到了许多刺客的伏击，其数量甚至远超行刺陛下的那些刺客。臣也算是和九罗打过交道，知道他们不会贸然做无把握之事，行刺陛下本就是不可能成功的，但他们依然做了，说明这只是九罗的障眼法。"

李治没有开口打断他，示意他继续讲下去。

"九罗行刺陛下是假，杀害慈恩大师才是真。而且臣发现九罗动手的时机非常特殊，刚好是陛下您选择慈恩大师治疗头疾，拒绝开颅之法的时候。按理来讲九罗早就在普度坛布置了石脂，随时可以点火，为何偏偏要在这个时候引发乱象？是因为他们知道秦鸣鹤已经输了，只有杀死慈恩您才会重新考虑开颅之法。"

张少白心思转得飞快："这么说来，九罗也想要陛下选择开颅之法，那么秦鸣鹤就很有可能是九罗中人，开颅治疗只是一个障眼法。假如您真的同意，他随时可能将您置于死地。"

"假如你说的没错，秦鸣鹤真的是九罗中人，那九罗又为何要杀他？"李治听后没什么反应，"哦，朕知道了。朕刚刚打死了一个刑部主事，他的说法很有意思。认为九罗此番出手不仅为了刺杀朕，同时也为了杀害秦鸣鹤，从而分化朕与皇后的关系。朕觉得他说得有些道理，但还是处死了他，你知道为什么吗……因为没有证据。张少白，你说的那些，有证据吗？"

"没有。"

"可朕却有武后想要杀死秦鸣鹤的证据啊，比如那个莲儿。"

"恕臣直言，臣以为天后若是真想杀死一个人，不必如此大费周章。而且坊间传言秦鸣鹤乃是扁鹊转世，可为陛下治疗头疾，也是九罗的惯用手法。"

武后听完终于缓缓开口说道："总算有个人愿为妾身说句公道话了。陛下，妾身承认药人一事是我不对，但我还不至于用这么蠢的法子去杀一个医师。"

李治说道："说来说去还是推测，朕不想要推测，朕想要的是铁证如山。"

武后道："那您大可以打死来俊臣，看他死前会不会承认是他杀了秦鸣鹤。"

张少白重重磕了一记响头，说道："陛下不可，来推事为了救臣一直与九罗苦战，不可能有机会杀害秦鸣鹤。”

来俊臣已被打个半死，从牙缝里挤出一句话：“臣……绝没有杀害秦鸣鹤……”

“好，很好！是朕冤枉了皇后，全部都是朕的错！”李治勃然大怒，站起身来大声吼道，“你们一个个，全都想朕早点死掉！等朕死了，你们就立刻换了主子，是不是？”

武后仍端坐着，看向李治说道：“陛下冷静一些。”

“冷静？你要朕如何冷静！这世上能为朕治疗头疾的人，全都莫名其妙地死了，是你们不想朕活！皇后，你以为朕不知道你与佛门的那些勾当吗？大错特错，朕全都知道！”

“既然陛下知道，就更应该知道妾身不会害死慈恩大师。而陛下当时又已经选择了慈恩，我又何必多此一举呢？”

李治眼中满是血丝，状若疯癫：“因为朕受够了九罗，无论什么事都是九罗做的，却偏偏无法将其一网打尽！朕的弘儿，还有贤儿，全都毁在了他们手里，可是到了最后，受益最多的人是谁？是谁在朕改换太子之后，接手了东宫大半政事！”

“是我，”武后语气平静，此时此刻她坐在龙椅上反而更像是一国之主，“可我又能怎么办？陛下头疾缠身，太子不堪重用，大唐名为天朝之国，四周却有多少人虎视眈眈？如果我死了能让大唐更好，我愿意当场自尽！陛下，我愿意向您发誓，假如有一天我的死对大唐有好无坏，那我绝不多活哪怕一天！”

帝后二人从未这般争吵过，更从未在臣子面前说过这些。他们之间的和睦，是大唐乃至周边无数国家的美谈，而在今天，一切都被撕破，露出了血淋淋的一面。

“皇后，你以为我不敢杀你？”

“敢！如何不敢？这世上有谁是陛下不敢杀的人？”

武后看似轻飘飘的一句话，却狠狠砸在李治心头。是啊，这世上有谁是他不敢杀的人呢，当初身为半壁江山的长孙无忌，不也被他杀了？

但是现在，偏偏就是有一个人杀不得，碰不得。只能任凭这人在李唐与九罗斗个你死我活之后，坐收渔翁之利。

不过他杀不得武后，却能杀其他人，任何人！

李治一甩袍袖，骂道：“将这两人拖出去杖毙。”

来俊臣没有喊饶，似乎早就接受了这个结果。张少白则鼓起勇气抬起头，直勾勾地看向帝后二人，眼神一变，开始施展“望气之法”。

他即便是死，也要确定一件事情。现在他有了答案，陛下和武后身上各有一条五爪金龙，不过大小气势各不相同。最令他心惊的是，武后身上的龙气比上次看到时更加浓郁，身上的盘龙也隐隐有种按捺不住，想要一飞冲天的感觉。

张少白正看着，有两个内侍将他架了起来，往外拖去。

少年拼尽力气喊道：“臣有办法将九罗一网打尽！”

李治不为所动，眼看着内侍就要将张少白和来俊臣全部拖出紫宸殿，处以极刑。

张少白又喊道：“祝由有‘扶摇之法’，可救陛下！”

此言一出，李治终于说道：“停手。”

白衣少年挣脱左右，冲上前去说道：“既然九罗喜欢散播流言操纵民意，借此祸乱朝纲，臣也可以在长安散布我能治好陛下头疾的消息，九罗为首那人和祝由大有关系，一定知道‘咸天八法’当中一直藏着绝密法术。只要我将‘扶摇之法’可治陛下的消息散播出去，那人必定将信将疑，他不相信我的医术，却会怀疑‘扶摇之法’是否真能治好陛下！”

李治问道：“那‘扶摇之法’到底能不能治好我？”

“臣不知道，而且臣也压根不会。此法早已失传，只是‘咸天八法’当中的一个名字罢了。”

李治显然对此失望透顶，他抬起一只手，轻轻摇了摇，示意内侍再将这两人拖下去。

不料这时却有另一只手抓住了陛下的手，武后站在他的身边，恳求道：“陛下真愿意和我就此互相猜忌？”

李治犹豫了一番，还是没有抽出手来。

武后又说：“妾身觉得张少白的法子可行，九罗得知有人能够治好陛下之后，一定会倾巢而动。我们可以借此机会将其一网打尽，您对妾身的怀疑也就不攻自破。退一步来说，如果张少白失败了，到时候再杀他也不迟。”

“皇后……当真与此事无关？”

“陛下一试便知。”

李治怒气已经消了大半，他冷哼一声，拂袖离去，留下一个烂摊子给武后收拾。武后目送陛下去了后殿，主动问张少白说：“你到底藏着什么小心思？”

张少白咬牙切齿道：“庞先生杀我五叔，毁我张家的人也多半是他。此仇不报，枉为人子。”

“可你又有多少把握呢？假如你真的引来了九罗，结果却不是对手，那么下场可想而知。”

“臣现在只有三分把握，但只要做些事情，把握便会更大一些。”

武后走到张少白身前，看着面前的少年，他长得十分清秀，喜穿干干净净的白衣，如今遭了大火之后却灰头土脸。武后想起了自己的儿子们，心中一横：“我不能帮你太多，否则就像是你我联手演了场戏糊弄陛下。但九罗这般陷害于我，我也不会什么都不做，来俊臣！”

趴在地上奄奄一息的来俊臣应声道：“臣在。”

“想活吗？”

“回天后话，臣想活。”

“从今日开始帮助张少白剿灭九罗。”

“臣领命。”来俊臣暗中攥紧双拳，只想赶快揪出九罗痛快地厮杀一场。

武后又问张少白：“现在有几分把握了？”

张少白说道：“四分。”

武后重重拍了两下手掌，随后有个女官赶忙走来，恭敬道：“天后有何吩咐？”

“给他千贯金，宫内宝物随意取用，你负责操办此事。”

“臣领命。”女官仔细看了张少白一眼，将他的模样牢牢记住，对其说道：“您有任何需求都可以告诉下官。”

武后再问：“几分把握？”

张少白点头道：“五分。”

“好！”武后身上气势突然一变，哪还有一丝一毫女子姿态，简直和大唐之主没什么不同，她笑道：“这世上从来没有什么万全法，五分把握已经够了。张少白，朕给你足够的时间，但朕希望……你不要令朕失望！”

张少白跪在地上冲武后磕了个头，又冲着后殿磕了个头，大声说道：“臣必不负陛下所托！”

说完少年站起身来，恨意化作薪火，重新给予他力量。

张少白扶起来俊臣便离开了紫宸殿，看到茅一川依然在外面等候。

张少白说道：“我有事求你。”

茅一川接过虚弱至极的来俊臣，说道：“我说过，我一定会帮你。”

“多谢，这一次……我定要给九罗一个终生难忘的教训。”

※

皇宫终于渐渐平静下来，原本弥漫着的那股肃杀氛围也渐渐消散。武后和陛下一人在前殿，一人在后殿，两人许久没有说话。

武后心知，陛下仍不相信自己。于是她也不去哀求，而是回到了自己的寝宫，在那里有一个全身上下都笼罩在黑袍中的神秘人已等候多时。

这个人身材高大，看体型应该是个男子，说话声音如高山清泉，闻之悦耳，心生甘饴。

武后对这人的态度十分恭敬，她说：“让先生久等了。”

神秘人说道：“不敢，不知陛下怎样了？”

“犯了头疾，而且不愿与我说话。”

“无妨，待到张少白揪出九罗，陛下自会和您和解。”

武后叹了口气：“不瞒先生，有时我真的会感到一丝后悔，是否当初不该这样。”

“您不必后悔，这一切都是为了大唐，为了天下苍生。”

这个被武后称为“先生”的人，来历神秘，世上知晓他真实身份的人或许只有武后一人。他于六年前横空出现，成为武后的心腹之人，暗中为其出谋划策。

比如一年前九罗设局分化太子李贤与武后关系，并且侮辱武后名望，还离间武后与朝中三位老臣的关系。正是此人献了一计“拨乱反正”，令三位老臣前去调查太子贤谋逆一案，并且偷偷放置了五百具铠甲坐实此事，使武后成为那个局中最大的受益者。

而这次普度大会其实也是此人手笔，是他从丹庐中偷出了铸无方，想要借着普度大会将此事公布于众，以此逼迫皇帝。也是他献计使武后与佛门结盟，试图让慈恩大师获胜，并且为陛下治疗头疾。

只不过计谋终究只是计谋，从来不会一成不变。就像张少白所说，这世上最好的谋，就是连你自己都不知道下一步要做什么，一旦对手以为你要走哪步而设法阻拦，你便可选择另外一条。

武后沉默许久，总算将心情平复下来，又问：“先生的‘登龙大计’，还差多少？”

神秘人闻言抬起头来，露出兜帽之下的……一副“面具”，他笑道：“天后莫急，天后莫急。”

面具呈赭红色，看似玉质，其形状似猫头，双耳尖尖，却生有鸟喙，且整张脸上雕有“潜龙在渊”之象。

此物名为“鸱鸮”。

谁也不知道，祝由天脉之中最为隐秘的登龙术传人早已现世，就藏于武后身侧。

而张少白所代表的扶龙术传人与九罗所擅的屠龙术传人，正准备着一场生死决战。

※

张少白回到张宅的时候，明珪和天天早就等得心急如焚，院里还放着一具棺材，里面装着五叔尸身。除了这二人之外，还多了一个小小木鱼。

他手中捧着师父曾用的七宝袈裟，面色无喜无悲。

张少白蹲在木鱼身前，轻声温柔道：“我向慈恩大师承诺过，以后会照顾你。”

木鱼诵了声佛号，乖巧道：“那倒不必，师父也曾嘱咐过我，非遇难关不可来寻张施主。”

“可如今你师父昏迷不醒，听太医署的人说，他多半是醒不过来了……你岂不是刚好遇到了难关？”张少白以为小僧人是在不好意思，于是又说，“你不必觉得不好意思，今日是慈恩大师救了我一命，而且我也有一位至亲离世，所以我能理解你的苦楚。”

不过下一刻，张少白便发现自己其实并不能理解木鱼的苦楚。

木鱼说：“人生即人生，从无苦楚。小僧谢过施主美意，但是我另有要事需做。”

“什么事？”

“师父说过，我脚下踩过的每一片土地，都是佛土。而佛土，可生菩提，”木鱼躬身行礼，见过张少白之后便打算离去，他说，“待到一日大唐处处可见菩提，众生可得菩提，小僧才会停下脚步。”

原来身边有慈恩大师和无慈恩大师的木鱼，也是两个木鱼。

他不仅是师父身边的天真小沙弥，更是佛门的“无漏种子”，天生六根清净，不染尘垢。

明珪眼看着朋友走远，已经忍不住哭出声来，但他没有出言挽留，因为他早就知道留不住。

这两个孩子，俱是早慧之人。

张少白有些惊讶，没想到木鱼竟会做出这种决定，身旁的明珪讲道：“先生不知，木鱼命运坎坷。他生在一个供奉佛门的小村落，不过出生时母亲难产而死……而他的父亲因此不再信佛，用斧头毁去了村中所有大小佛身。村里的人自然不许，于是便又烧死了木鱼的父亲，若不是慈恩大师刚好经过那个地方，木鱼恐怕也会被活活烧死。”

张少白恍然大悟，为何慈恩大师说佛门恐有人会加害木鱼，同时更感慨于这对师徒的不平凡。

木鱼生于礼佛与毁佛参半的家庭，如今能够保持初心，实属不易。

小和尚渐行渐远，忽然一阵冷风吹来，或许是他觉得有些冷了，便打开袈裟穿在身上。

那一刻，他身披宝光有如佛身。

见到此情此景，原本心中既怒且悲的张少白受其感染，终于平静下来。受先天气虚之症折磨许久的身体，也随之有所好转。

他走到五叔所在的棺木旁，颇为留恋地看着里面的人。

天天为五叔擦去了血污，还在脸上涂了胭脂，乍一看居然像是……他还活着。明珪则为五叔换了一身新衣裳，干干净净。

据说木鱼在等候张少白归来的时候，一直为五叔诵读往生经。

生前孤孤单单，死后却有这等待遇，想必五叔也一定心满意足了吧。

不，不对，还少了一些东西。

张少白从一棵树下取出一坛老酒，乃是张云清许多年前埋在此处的。那场大火没能毁了它，但张少白想留个念想，所以迟迟不肯让五叔开坛享用。

他将酒水倒在葫芦里，放在五叔手边，还忍不住碰了尸体一下，发现触感冰凉。

是啊，他是真的死了，再也不会醒过来饮酒了。

张少白恋恋不舍地看着五叔，说道：“我知道庞先生就是当年放火的人，石脂也是他的善用把戏。我还知道去年把我和灵芝逼下悬崖的人也是他，算起来他已经‘杀’了我足足三次。

“第一次是张家所有人为我挡灾，第二次是灵芝帮了我，第三次则是慈恩大师和五叔你救了我。就算我张少白真的是个废物，也不能被他这么欺负，你说是不是?

“祝由天脉重在传承，他身负屠龙术却要对张家赶尽杀绝，既然如此我又何必继续在意什么狗屁传承。我与他再相见的时候，不是扶龙一脉断绝，就是屠龙一脉灭亡！”

张少白忽然摇了摇头，冲明珪笑了笑：“不对不对，扶龙和屠龙都还有你这颗种子。这样正好，我可以放开手脚大闹一场。”

明珪看着先生的笑脸，却不禁心生寒意。

夜雪在这时忽然停了，白雪映着月光，深夜却不漆黑，人间恍若火烧的白昼。

张少白抬头看着绯红色的天空，眼中因此一片血色。

他默然无声，恨与怒全部藏在心中。

因为只有绝对的平静，才能浇熄销魂蚀骨的暗火。

第十五章 | 刀剑成冢

那日过后，一段流言传遍长安。

据说张氏祝由有“扶摇之法”，乃是千年不传之秘，而如今张少白为了给陛下治疗头疾，不得不施展此术。传闻此术一旦施展，便需要活祭整整四十九人的性命。

妖术，真乃妖术！

但人们还有所听闻，那就是张少白原本也不想做这伤天害理之事，可是普度坛那场大火过后陛下大怒，欲取其性命。祝由先生这才不得不出此下策，以治好头疾来换自己一条性命。

流言就像是春天的柳絮，洋洋洒洒飞得哪里都是。九罗自然也有所耳闻，庞先生得知此事之后枯坐于一处山巅，陷入沉思，久久不见声响。他脸上的青铜面具险些被张五叔打碎，如今上面布着密密麻麻如同蛛网般的裂纹。

他知道所谓“扶摇之法”必定是张少白的一出计谋，为的是引他出手，只不过这次可不像在普度坛那般，九罗完全占据上风，接连刺杀数人。假如这次庞先生真的去找张少白，那便彻底落入了他的圈套。

可是庞先生身为祝由中人，精通咸天八法，自然也听说过“扶摇之法”。他不能确定张少白是否真的不会此法，毕竟他能够多次死里逃生，说不定真就藏着这么一手。所以庞先生又有一些担忧，万一张少白真的治好了李治呢？

九罗的精妙棋局岂不是落了一场空？

这些年来九罗处处设计陷害李唐，不料今日却被一个小小祝由先生摆了一道。

张少白明显是做了一个局，明确告诉九罗，你必须来，也只能来。

庞先生终于将前因后果想了个通透，发出一阵极为畅快的笑声，他感慨道：“好，好，好！

“不愧是张家最后一个孽种，果然有些意思！既然你一心寻死，那我就陪你玩玩。”

这时一道身影出现在庞先生身后，悠悠说道：“上次是你以有心算无心，都没能置他于死地。这一次却是他以有心算无心，恐怕你凶多吉少。”

庞先生惨笑道：“我死了岂不是正好圆了你的棋局，你应当高兴才是。”

“实在是高兴不起来，九罗中人所剩无多，若是再少了你，可真是无趣得很啊。”

“怎会无趣呢，至少你能亲眼看到那一幕，而我或许就看不到了。”庞先生往山间远处望了一眼，仿佛那里面藏着美妙景色。看了许久，他忽然拂袖转身下山，同时说道：“魑魅魍魉，借我一用。”

那道身影笑道：“会还吗？”

庞先生说：“多半不会了。”

随后有三人随着庞先生一同走下山去，其中一人身如铁塔，但少了一只耳朵，正是曾经被赵道生重创的大汉博浪沙，又名“魑”。还有一人身材瘦小，走起路来悄无声息，长得尖嘴猴腮，正是牧郎，又名“魍”。

最后一人则身披羽毛，脸上画着奇异脸谱，身材修长，双手留有细长指甲，名为寒鸦，又名“魉”。

不过为何只有三人，却唯独少了一个“魅”？

庞先生心中笑道，你以为自己稳操胜券，殊不知一切都在我的掌握之中。

其实他还不够了解张少白，那个少年从来不知道什么叫作稳操胜券，为了迎接九罗的到来，他无论做多少准备都觉得不够。

所以九罗一日不现身，他便再添一些杀机。

张少白将张宅分为了“生门”“池院”“明堂”“死祠”四道关卡，恨不得对九罗倒屣相迎。

少年有自信，在长安永和坊张家，他不会输给任何人。

※

三日后，一个月黑风高之夜，庞先生来到了张宅，为的是杀一个人。

他看着张宅大门，不由有些感伤，心想自己已经多少年没有来过这个地方。即便经过一番破而后立，这扇门却还是老样子，想必张少白为了还原张家花费了不少心思。

真是个有心的孩子。

庞先生脸上的青铜面具在黑夜中透着一股莫名诡异，身后藏着的数道身影更是恍若恶鬼。若是寻常人看到这一幕，怕是要吓得直接昏厥过去。

但守在门口的来俊臣不会，他只是露出了一个天真无邪的笑容，乍一看真是个俊秀男子。

推事院之主身穿暗红官服，黑暗中看起来仿佛鲜血染成，他怀中抱着一柄长剑，脸上笑意极为诚恳。只有他自己知道这段日子他到底受了多少委屈，张少白阴了他两次也就罢了，算自己技不如人，可你九罗算是什么东西？

真以为这天下没人治得了你，你想怎样就能怎样？堂堂天后，也是你能惹得起的吗？

来俊臣笑道：“诸位若想进门，还要先过我这关。”

庞先生讽刺道：“呵呵，不过是条恶犬罢了。以前是武后的狗，现在又为张家看门。”

“没错，我的确是狗，但狗也分三六九等。不巧得很，咬人的狗不叫，我正好就是这类。”来俊臣横剑胸前，一手缓缓拔开剑鞘，随手扔在地上，“来吧，让我看看你们到底有什么本事。”

一阵风忽然掠过庞先生身旁，拂起他的衣衫一角，仔细一看原来不是风，而是一个人。那人手中匕首刺向对方双眼，结果被来俊臣轻易用剑挡住。

不过来俊臣还未来得及反击，那人见一击不中，即刻退去，只留下了一片羽毛飘飘摇摇落下。

他看了眼羽毛，讥笑道：“原来是只不知从哪儿来的野鸡。”

紧接着，来俊臣脸上笑意凝固，因为在他留意羽毛的瞬间，寒鸦竟以一种不可思议的身法转移到了他的头顶，手中匕首用力刺下，眼看就要将大好头颅刺中。

只可惜，这满含杀意的一招落了个空。

来俊臣身法同样诡异，只见他身子一仰，体内发出一阵骨骼响声，竟然将头部和上身弯到了腰部。而他手中的剑也没有闲着，径直向上一刺，直冲寒鸦心口。

匕首长度不如宝剑，寒鸦心知这一击又落空了，于是一只手抓住剑尖，借着那股力度轻飘飘地飞起，挥手扬下了无数羽毛。

来俊臣视线被羽毛所阻碍，却不见丝毫惧色。他直起腰来，手中宝剑在羽毛中连刺十数下，每次都与匕首撞在一起，同时嘲讽道："掉毛还掉上瘾了？"

推事院最自豪的就是酷刑，这群"朝外御史"想了不少法子将人屈打成招。故而来俊臣最了解的就是这些花里胡哨的招式，更何况他本身就是个不按套路出牌的人。

若是寒鸦与来俊臣一对一，不消一炷香的工夫必定就会败下阵来。不过此时九罗可不止来了他一人，只听博浪沙发出一声怒吼，随后便如发疯的公牛一般急速冲来，若是被他撞上恐怕不死也要丢了大半条命。

来俊臣只得放过寒鸦，侧身避开，可是这样一来反而把张家大门暴露在了敌人面前。

而博浪沙的目的也并非撞死来俊臣，刚好就是那扇大门。

一扇破旧木门，即便门上贴着门神，也起不到丁点阻拦作用，博浪沙轻而易举地撞破木板，一头冲进了张家大院。

奇怪的是，此时院内起了一片大雾，竟然看不见里面光景。博浪沙进入之后好似被雾吞噬，不知去向。

庞先生见状冷笑一声："'厌阴之法'？你以为这就能拦得住我？"

说罢，他带着牧郎往门内走去，不料来俊臣丝毫没有出手阻拦的意思，反而眼睁睁看着他们二人进入张家。

之后来俊臣小袖一抖，三只尖端为骷髅模样的锥状暗器射向寒鸦，同时他又往身前撒了一把神秘粉末，那东西一到空中便忽然燃烧起来，呈幽绿颜色，有如鬼火。空中的黑色羽毛一遇此火便纷纷烧了起来，转眼间便烧了个七零八落。

没了黑羽掩护，寒鸦心头一紧，勉勉强强地躲过了致命暗器。可他还没来得及松口气，一柄利剑便穿透了他的胸膛。

"张少白给的东西果然好用。"来俊臣一剑接着一剑不停刺出，转眼就将寒鸦捅成了一个破烂筛子。随后生性谨慎的他仍不放心，转手一剑砍下了寒鸦头颅，这才放心收起剑来，重新回到门口处。

此时张宅虽然已经没了门，但来俊臣就像一尊代表着"有死无生"的门神。他要守在这里，保证九罗中无一人能够活着出去。

突然，大雾深处传来一阵铃声！

来俊臣听后身子不由自主地晃了晃，他想起张少白的叮嘱，便取出两根事先准备好的布条，将耳朵堵得严严实实。

可惜博浪沙毫无防备地冲进张家，他可不知道里面藏了多少杀机，更不知这铃声乃是来自清绳明铃，入梦之法，听不得。

当大汉听到铃声的时候莫名觉得一阵困意上涌，很想立刻躺倒睡去，而且雾气包裹着他的身体也颇为舒服。就在他失神的刹那，一抹寒光闪过。

下一刻，博浪沙身首分离，他仍维持着站姿，鲜血却从脖颈断口处喷涌而出！

庞先生缓步走来，看到尸体之后默默摇了摇头，没有说话。大雾乃是由“厌阴之法”造出，并不能维持太长时间，他静静等了片刻之后雾气便散得七七八八，现出了一道身影。

此人身穿漆黑曳撒，上文飞鱼，头戴幞头，腰系蹀躞，肩上还披着一条披风。他手持一把长刀，掌心抵着刀柄底部，刀尖则拄在地面，看起来就像是从阴曹地府而来的阎王。

茅一川拄刀而立，双眼死死盯着庞先生，金钺阁无数条性命积攒而成的怒火，今夜全在刀尖！

一滴来自博浪沙的鲜血顺着刀锋缓缓滑下，他一刀只斩了一人还远远不够！

即便是庞先生见到此人，也不由赞叹道：“我记得你，没想到你一人便撑起了金钺阁。”

可惜茅一川对此毫无反应。

夜风吹过，到了张宅里莫名打起了旋，仿佛此地藏着一股未知力量。庞先生知道茅一川心志坚定，于是干脆放弃出言相激。

他稍稍退后半步，牧郎则向前半步，手持一根竹笛，只不过他的长相略显猥琐，无论怎么看都和手中兵器显得不太和谐。

牧郎将竹笛一端指向茅一川，做了个“死”的口型。

然后他只见到一条黑龙向着自己扑来，一柄刀携着风雷之力斩向了他的面庞！

好快的刀！

牧郎见状双脚用力一踏，整个人往后飞去，同时将竹笛搭在嘴边，吹起了一段无名小曲。曲调阴森诡异，带着不祥气息，居然隐隐能够伤到他人心神。

除此之外，在他吹奏竹笛的时候，还有许多细小铜针从笛孔中溅射而出，密密麻麻，而且针尖泛着幽绿颜色，一看便知淬有剧毒。

茅一川身形一停，转手解下披风用力挥动，仿佛在身前形成了一道密不透风的墙，将那些暗器通通拦了下来。

可是他这么做视线难免受阻，牧郎心知杀人良机已经出现，他一拍笛子，其中一端便现出一件兵刃。随后他持笛如剑，直指那领披风！

在牧郎看来，茅一川忙于阻挡暗器，绝对接不下自己这招。不料当他刺穿披风的时候，却发现后面有道人影一闪而逝。

“糟糕！”牧郎心中凛然，只好临时变招，他收回竹笛身形急转，想要退后几步。

没想到退回去的只有身体，却没有头颅。

他的头，在半空中略作停留，然后如果子熟透落地一般，重重摔在地上，滚到了庞先生脚边。

庞先生颇为嫌弃地将其一脚踢开。

茅一川解下了披风，站在庞先生身前摆出一个刀架，身子微微躬起，刀背轻放手臂。然后刀锋一转，冲向面前的生死之敌，而在刀锋之后，还有一双比它还要更冷更锋利的眼神。

“有意思。”庞先生发出一声赞叹，随即身形掠向茅一川，他手上戴着一副金丝手套，刀剑不入，竟能与茅一川交战而不落下风。

两人“噼里啪啦”过了数十招，其中险象环生，稍有不慎便只有死亡一途。不过有一点庞先生并不知道，那就是茅一川这人嗜武成痴，越战越是兴奋。

他视身上伤痕如无物，刀势愈演愈烈，恍若一尊从阴曹地府而来的煞神！

“喝！”茅一川又是一刀重重劈下，庞先生不敢直掠其锋，只能用金丝手套稍作阻挡，然后退开。

不料寻常刀剑难以划伤的金丝手套却被这一击斩出了一道长长的裂痕，庞先生看着掌心伤口，心中极为震惊。

若是放在数月之前，庞先生尚有自信能与茅一川战个平分秋色，可是不久前张家的杂种临死前以命换命，在他身上留下了不轻的伤。所以他现在忽然有些胆怯，生出了惧战之心。

不过能够解决问题的，并不是只有“战”，还可以是“谋”。

庞先生侧头转向茅一川身后，茅一川心有所感，知道那里有人出现。但是张宅中人都被张少白事先安排好了去处，为何又会有人现身于此。

难道是后院出了事情?

在这不容得丝毫分心的关头，茅一川还是忍不住回头看了一眼，只见一抹绿色站在那边，面色惊恐。与此同时，庞先生化身清风，猛地冲向那边，看来是知道自己杀不了茅一川，便想随手掳个人质。

茅一川哪能让他奸计得逞，提刀挡在庞先生与天天中间，倾力一刀逼退了庞先生。

紧接着，一柄刀穿透了茅一川的胸口，刀刃细长，弧如弦月。刀的主人也不恋战，一击即退。

庞先生大笑道：“我还以为你不会现身了，魅。”

茅一川用力捂着胸口，所幸那一刀距离心脏处还有毫厘之差，所以并未直接致死。他微微侧身，想要亲眼确认心中所想。

难道她，真是九罗?

庞先生摘下破烂的金丝手套，随便一扔，然后向着明堂那边走去。茅一川竭尽全力打算出手阻拦，那道水绿身影却率先挡在了面前。

天天满脸泪水。

茅一川咬牙切齿道：“怎会是你？”

“茅大哥……”天天似是实在不忍去看心爱男子的惨状，便用衣袖遮住了眼睛。

“难道从‘牝鸡司晨’一案开始，就是你在刻意引导我与张少白？”

风声呜咽，天天答非所问，幽幽叹道：“剑师公冶曾铸有两把宝刀，一雄一雌，本是天生一对。其中一把叫‘无锋’，另一把则叫‘有情’。我初次见你时，就知道你和你的刀，都是我和‘有情’命中注定的另外一半。”

茅一川紧绷着脸，眸中却不经意流露出了一丝哀伤。这段时日，他已经习惯了有人呼唤自己“茅大哥”，还酷爱往面里加葱花，吃得久了，倒也觉得滋味不错。不知是她厨艺变得精进，还是自己已经渐渐熟悉了她的味道。

可是，为何偏偏是她?

原来她手上的茧子并非敲鼓练就，而是千万次的挥刀得来。

天天又说：“我叫天天，与灼灼都是九罗所养的孤儿。不过我很喜欢你们叫我天天，尤其是你。我也很感激张少白，我知道他是真的将我当作妹妹疼爱。

“可是啊……”泪水好似无穷无尽地滴落，虽然她遮住了脸，却能看到衣袖之下仿佛落了一场小雨。

身材娇小，天真开朗的少女一边哭着，右手持着归于刀鞘的有情，缓缓上移，举到了脸庞高度。而她的左手，一边遮挡着泪水，一边握住了刀柄。

“我和你注定不能在一起，就像是冬日的雪注定见不到夏日的风，就像是东海的石注定遇不到西域的沙。”

天天松开右手，刀鞘滑落，刀身如月光倾泻，随后她将右手也放在了刀柄上。双手持刀画了个半圆，衣袖却一直挡在面前。

直到她将刀锋竖在身前，指向茅一川的时候，终于露出了一张梨花带雨的脸庞。

刀光映在少女眸中，将万种柔情尽数化去，染成了浓郁杀意。

茅一川看着面前变得有些陌生的天天，放开胸口刀伤，也举了个双手持刀的架子。他侧身站立，双腿微蹲，将刀横在眼眸之前，刀尖直指天天。

那是两把有着相同来处的刀，本应生死相依，如今却成了不共戴天的仇人，势要分个你死我活。

拿着无锋的人心中未必无情，拿着有情的人心中未必无锋。

茅一川还记得初次见到天天的时候，那是一个极为普通的夜里，并未觉得她有何与众不同。只是今夜回想起来的时候，却发觉那时的她早就刻在了内心深处。当时，身穿水绿袄裙的少女就像一颗刚刚成熟的青梨，透着少许酸涩，更多的却是甘甜。

天天生于九罗，却是其中极为特别的一个，比起周围的死气沉沉，她就像一只笼中青雀。所以当她离开九罗的时候，才发现原来天真才是自己的本性，而笑才是她最爱做的事情。于是她的目光落在了不爱笑的茅一川脸上，心想你为何不愿意笑呢，那明明是世上最美好的事情啊。

茅一川不喜欢笑，是因为自囚于悲痛过往。

天天喜欢笑，是因为放眼于心喜未来。

茅一川不爱说谎，天天却谎话连篇。茅一川向来喜静，天天却聒噪不停。茅一川忠于李唐，天天却来自九罗……

茅一川……天天……

除了手中的刀，他们好像并无相似之处。

可为何刀剑相向的时候，却在心痛？

不，他们不该这样。

一声无人能够听到的“啪”。

这对心中都有着莫名情愫的男女，不约而同地斩断了那份不可企及的奢望。

他们不再是昔日友人，更不是可能的恋人，而只是不死不休的敌人。

茅一川持刀突刺，胸口的伤并未让他的动作慢下来，反而好像更快。天天则一动不动，如守株待兔的猎人，待到那人身影靠近之后便会一刀劈下。

他和她的动作都很快，他知道自己不可能全身而退，这一击只能以伤换伤。她也知道这一刀自己避无可避，或许同归于尽也是不错的归宿。

无锋可以穿过她的心脏，有情可以斩下他的头颅，这何尝不是一种浪漫？

天天忽然想到了中元节那天，自己想起姐姐便哭了起来，茅一川在一旁笨手笨脚地安慰自己。心中想着这一幕，少女莫名换了心思。

生死同袭，并不是她所认同的浪漫。

所以她的刀没有落下。

但茅一川的刀却已经来不及停下。

就像是一片柳叶被春风吹起，拂过少女心口，也像是有人在她胸前种了一朵红色的花。有情和无锋终究没有生死相向，它孤孤单单地落到了地上，发出最后一声哀鸣。

而茅一川从未像现在这般心慌意乱，他觉得自己做了一件这一生都无法得到原谅的事情。天天曾有两次机会可以杀死他，第一刀刻意避开了心脏，第二刀则压根没有落下。可是他却抓住了唯一可以杀死天天的机会。

向来刀不离手的他，居然慌乱到松开了无锋。此时此刻，天天满含柔情的目光，远比真正的刀更加锋利，因为它割痛的是人心。

天天身子往前倒下，刚好落在茅一川的怀里。她在男子耳边轻声说话，就像晚霞对太阳的呢喃。

“茅大哥……忘了……天天……”

少女闭上双眼的时候，茅一川感觉心尖一颤，随后这股颤抖的力量蔓延到了他的手上，他的眼神之上。

他不由自主地抱住了天天，眼中的一泓清泉随之掀起滔天巨浪，不小心溅出来了一颗泪滴。

※

当这滴泪水落于地面，庞先生终于走入了明堂。

这个对他来说，已是久违多年的地方。

即便当年旧事已经折磨他多年，可庞先生身处明堂的时候还是不由自主地一阵恍惚，许久之后才回过神来。他发现屋子里的“雾气”比外面更浓，且夹杂着请神香的味道，不由在心中感叹张少白可真是下了血本，居然舍得将一两千金的宝贝这样使用。

假如只是单纯使用“厌阴之法”造出的雾气，其实并不能将庞先生怎样。但加上请神香之后事态就变得不同了，尤其庞先生之前还被茅一川在手心留下了一道深可见骨的伤口，即便他再怎样遮挡，也难免会让伤口沾染到请神香。

有一件事只有祝由天脉才知道，那就是请神香一旦遇血，药性将会变得更烈，毒性也随之更加浓郁！

庞先生用力揉了揉眉心，发觉自己已经受其影响，不仅开始出现幻觉，思绪也变得纷乱。他打量了一番视线所及之处，想起这个地方养育了张家许多人，有张少白，更有张云清、五叔，甚至还有张家的老太爷，实在是令人不喜。

而且在他看到端坐于正前方那把椅子上的身影之后，心头更是有怒火瞬间点燃。

为何你会出现在这里，你明明死了才对！

那道身影穿着一袭白衫，剑眉星目，眉心有淡淡的川字纹，眼中流露着一股悲天悯人的感觉。庞先生记得这张脸，这是他最讨厌的面容。

它的主人名叫张云清。

庞先生心知张云清早在六年前便死了，而且绝不可能有假，不然他怎会容许外人一把火烧掉张宅。既然如此，那么这个人就一定是假的，是张少白用某种法子造出的幻象。

想到这里，庞先生走到“张云清”面前，结果发现自己往前走了几步，与那人的距离却毫无变化，仿佛一直在原地打转。

“雕虫小技。”这个与祝由天脉有着莫大渊源的人，一眼便识破了这个障眼法，他从袖中取出一张符箓用火一烧，焦味瞬间便冲散了之前的怪味。

紧接着，明堂就像一幅被水打湿的画卷，上面的景象遇水便晕染开来，渐渐露出了隐藏在其下的真实面貌。雾气散尽，屋里的一切事物终于变得清晰起来。

最大的区别，就是坐在椅子上的“张云清”变成了一幅画像。

庞先生将其取下，随手撕成两半扔在地上，笑道：“来来来，让我看看你还有什么把戏。”

话音刚落，一阵铃铛声忽然响起，带着一股勾魂摄魄的力量。庞先生听后猛地低头，只见自己脚边就有一根细绳，而在细绳另一端则系着一个铜铃。

正是他在取下画像的时候不小心触碰到了这根细绳，于是一个铃铛响起，又引发了其他铃铛发出声音。这声音初听有些嘈杂，可其中却藏着一些韵律，让人越听就越是着迷。

正是张氏祝由独有的“入梦之法”！

张少白也知道庞先生乃是祝由天脉，寻常的“摄魂之法”必然对其无用，于是大费周章在张宅以清绳明铃布下天罗地网，更是借助宫里的力量连夜打造，将铃铛数量增加到了三百六十五枚。这等规模的清明网一旦发作，威力甚大。

而且为了保证此法有效，他还一口气点燃了相当数量的请神香，若是换成寻常人嗅到这股气息，恐怕早就神志不清，不昏迷个数日休想清醒过来。

博浪沙就是因为受其所惑，才被茅一川钻了空子一刀斩下头颅。然而说白了“池院”仍不是真正杀机所在，此时此刻的“明堂”才是。

这些铃声仿佛无穷无尽，从四面八方传来，不留任何死角。庞先生心头一凛，发觉事态有些不太对劲，似乎自己破去“厌阴之法”后，仍然身处幻觉之中。

他猛地想起一件事情，弯腰捡起被自己撕成两半的画像，竟发现画中人居然消失得无影无踪。这到底是怎么回事，难道自己又一次中了“厌阴之法”？

庞先生取出一张符篆故技重施，结果发现这次明堂并无任何变化，画像也依旧是一片空白。不过当他抬起头的时候心头却是一惊，原来在那把椅子上又出现了一个“张云清”。

不对，他并不是张云清。庞先生仔细一看，发现那人虽然也穿着白衫，气质也与张云清有几分相似，但总归来讲两人还是有许多不同。

两人一个站着一个坐着，一高一低，四目相对。

张少白声音空灵，说道：“你终于来了。”

庞先生嘲讽道：“祝由的真本事你没学会几分，故弄玄虚倒是学了个十足。”

“虚虚实实本就如阴阳相生，只不过你看到虚的时候，我看到的却是实。”

“那你倒是说说，你看到了什么？”

“我看到了……你的名字。”

庞先生的面容虽然隐藏在青铜面具之后，但他的身子忽然变得有些僵硬，甚至停止了呼吸。

原来明堂并无杀机，而是张少白对庞先生的一次试探。他想要亲眼看看，那人是否认识张云清，又是否有恨意，结果答案显而易见。

张少白之所以要这么做，是因为他记得五叔临死前说的那一个字——“张”。最初他以为五叔是放心不下自己，想要说的是“张少白”三个字，抑或是他心中惦念张家，故而说的是给了他姓氏的“张”字。可后来少年恍然大悟，五叔很少说废话，绝不会在将死之时说一些没头没脑的东西。

所以五叔很有可能是没有力气把话说完，他要说的是一个人名。

那个人与张家有着滔天怨恨，身负祝由之术，最关键的是，他的名字中还有一个“张”字。

张少白没日没夜地想了很久，终于从脑海中搜刮出了一个被自己早已忽略的名字，也是张老太爷曾亲手从家谱上烫掉的一个名字。

少年的目光仿佛能够穿透青铜面具，他站起身来，缓缓将手中的“山鬼”面具扣在脸上。此刻青铜与山鬼相对，仿佛祝由天脉的一场宿命。

庞先生一动不动，只是默默看着面前的少年，胸中忽然有股莫名情绪从心脏蔓延到全身，就像是血脉相连。

张少白的头逐渐靠近庞先生，他说：“你不知道，六年前的那场大火之后，我会时常想起你的名字。我想着如果你还活着，我便在这世上又有了一个亲人，可我没有想到，你反而取走了我仅剩的唯一依靠。

“五叔死后，我无时无刻不在等你。我为了迎接你做了数不清的准备，比如这满屋子的请神香，比如清明网……我甚至赌上了自己的性命，因为假如你不是我猜测的那个人，那么明堂的布置也就毫无作用。

“幸运的是，你没有让我失望。你认得画卷里的张云清，你对明堂也有旧情，你在这里的回忆越多，这里对你的桎梏也就越多。我说得对吗？”张少白一个字一个字地说道，“张……怀……璧！”

最后一个字脱口而出的那一刻，张少白将满腔恨意化成了用力的一撞！他将额头重重撞在了庞先生的额头处，原本就已经满布裂痕的青铜面具应声碎裂！

庞先生无言无语，立刻伸出手抓向面前的张少白。不料少年身影急速后退，只留下了一面“山鬼”。

张少白声音幽幽：“或者，我应该叫你一声……大伯？”

庞先生脸上青铜面具碎落一地，他神情复杂，痴痴看着手中的山鬼。在他脸上有皱纹如刀割，但眉眼仍能看出与张少白有许多相似。

几十年过去了，他终于摘下了九罗赋予他的伪装，回归于真实之中。

不过张怀璧很快就从伤感中抽离回来，他笑着说道：“原本以为你我叔侄重逢，场面会更感人一些。”

张少白亦是笑道：“当然感人，我还给你准备了无数大礼，难道你的心中就没有丝毫感动吗？”

这两人就连笑容都有七分相似。

“感动，相当感动。我先是受张黑子重创，然后又在茅一川手下遭了殃，紧接着我的侄子还在明堂布下了天罗地网，烧了满屋子的请神香，甚至不惜自残也要和我一叙重逢之情，”张怀璧随手将山鬼面具扔向张少白，不料面具一到半空中就变得朦胧起来，转眼间竟是没了踪影，他感慨道，“说实话，你和张云清一点都不像，他从来不屑用这些阴谋诡计，你反而更像我一些。”

“你这话我母亲听到一定不会开心。”张少白笑得没心没肺，一扫之前的忧郁气息。

张怀璧摇了摇头，先是叹了口气，然后用力一咬舌尖，喷出一口鲜血。他用疼痛换来了短暂的清醒，发现眼前景象开始摇摇欲坠，好似一颗石子落入池塘，打碎了水中月。

原来不仅画像是幻觉，刚刚的情景也是幻觉，只有张少白的那一撞才是真的。

张怀璧终于回归现实的时候，却不感到丝毫轻松，因为他发现明堂还是那个明堂，可自己周围不知何时布满了清绳明铃，就像一张蛛网，而自己就像一只被其困住的小虫，无处可逃。

张少白就在前方不远处，他笑着笑着就没了声音，像是被人一把扼住了喉咙。

“怎么不笑了？”张怀璧不敢妄动，他深知入梦之法的厉害之处，更知道自己吸入了大量请神香，甚至还有不少香气透过伤口侵蚀进了血肉之中。如果他不小心触动清明网，引得铃铛连环作响，恐怕又要回到幻觉之中。

张少白没有回答，而是反问道："你放火的时候，知不知道里面的人中了眠蛊？"

"你想听真话，还是假话？"

"真话。"

"知道。"

张少白深深吸气，努力平复着心中的滔天骇浪："如果……我是说如果，那天没有厉千帆下蛊，你会怎么做？只是单单放把火，还是也有别的法子让他们无法逃出火场？"

张怀璧没有丝毫犹豫，回答道："放火自然是为了杀人，想要毁掉一个没有张云清的张家，简直易如反掌。"

"为何这般心狠？"

"你不是我，不知道张家是如何负我。"

"除了祖父选择我父亲传承天脉之外，还有什么恨？"

"很多很多，没人知道我为祝由的传承付出了多少。"

张少白言辞犀利，就像一把刀子直插心脏："没错，我不知道你为祝由牺牲了多少，但我知道你为了谋害太子弘，不惜自残进宫去做他的贴身内侍，之后你又故意染上痨瘵之症，借此机会逃离宫中。这么看来，你为九罗也牺牲了不少。"

张怀璧没有否认，而是洒脱一笑："你还真是喜欢戳人痛处。"

张少白看着面前的可恶笑脸，他却没有丝毫笑意，反而更加难过。因为那张脸不仅和自己有相似之处，还更像张云清。

屋子里弥漫着请神香的气息，即便张少白事先做了准备，还是难免受其影响，眼神变得有些飘忽。他望着故人，想着父亲，眼神变得越来越混浊，其中还浮现出了缕缕血丝。

恨意正腐蚀着他的一切，同时他也在努力让自己不要沦为仇恨的傀儡。

至少，他不想成为下一个张怀璧。

张怀璧问道："你想怎样处置我？"

张少白闭上眼睛，说道："假如你有半点悔意，我想……我多半不会将你怎样。"

"可惜我丝毫不为当年的事感到后悔，那么，你会杀了我吗？"

张少白没有急着回答，而是仔细想了许久，好像内心深处正有不同的念头发生争斗，各自想要占据上风。最后他语气肯定道：“不会。”

张怀璧有些惊讶：“我害死了你的至亲，你却不想杀了我为他们报仇？”

“我不是这个意思，”张少白重新睁开眼睛的时候，眼神已经恢复了一片清澈，他说，“我不会杀你，但别人却可以。”

张怀璧的笑意如轻烟散去，仿佛此时此刻的他才真正露出了内心，他的冷酷，以及他的……六亲不认。他死死盯着张少白，好像将他看成了张云清，也看成了张家许许多多的人：“如果我是你，我也会这样做。借他人之手杀自己的仇人，不沾因果，不留业障。”

张少白摇头道：“你还是不懂我的意思。”

“哦？”

“在我眼中，你这种人算是死有余辜，所以无论你是怎么死的，都只能说是死在你自己手里，怨不得他人。”

张怀璧说道：“这话就显得有些牵强了。”

“无所谓牵强与否，你只需要知道一点，今日你注定不可能活着离开张宅，而且没人会因为你的死而感到惋惜。”

“张少白，你是不是认为如今你是这张宅的主人，掌握着我的生杀大权，因此所有事情都会按照你的想法进行？”

张少白面无表情地反问道：“难道不是吗？”

“是啊，你觉得我现在为清明网所困，看起来真是插翅难飞了。即便我已经找到了这张网的命门所在，奈何它却在阵外，无法破去。”

“既然如此，就应该和我坐下来好好聊聊，聊一聊张氏祝由的传承一事。”

张怀璧的眼神中透着轻蔑：“可是这些都是单纯的‘你以为’，我可从来没有觉得自己已经输了。”

就在张家这对叔侄对峙不下的时候，后院厢房发生了另一件事情。

原本天天和明珪被安排待在这里，无论外面发生什么事情都不许出去。然而不久前天天悄悄离开，不知去向，这样一来屋里只留下明珪一人，让他心惊胆战。

虽说明珪乃是屠龙术传人，但他毕竟只是个孩子，独自一人待在屋里难免胡思乱想，越想就越是害怕。所幸那只名为“张老黑”的黑狗一直留在屋里陪他，这才让他忍住了心头惧意。

突然，黑狗竖起耳朵，似乎听到了什么声音，然后张口咬住明珪的裤腿，拖着他往屋外走去。

“小黑你把嘴松开！”明珪心中牢记先生叮嘱，不愿出门，可耐不住黑狗不断拉扯，不禁疑惑道，“你是不是感觉外面发生了什么事情，所以才想拉我出门？”

黑狗居然像是听懂了人话，张嘴叫了两声，又继续往外拉扯明珪。

“好，我信你一次。”明珪想了想，一来觉得独自留在屋里实在害怕，二来觉得黑狗或许真的知道什么，比如先生正处于危难关头，需要自己相助。于是他取出防身用的匕首，小心翼翼地藏在衣袖里，然后跟着黑狗出了厢房。

黑狗继续引路，一人一狗竟是不知不觉来到了明堂的后门处。明珪记着张少白的警告，不敢擅自入内，没想到黑狗却直接蹿了进去。

孩子犹豫片刻，咬了咬牙，也迈出了那至关重要的一步。

张少白千算万算，也没有算到他原以为固若金汤的张宅，居然漏洞百出。先有天天实际身份为九罗中人，后有黑狗冲入明堂，停在张怀璧身旁大声吠叫。

平日里看起来憨憨傻傻的黑狗，今日却变得颇具灵性。它居然避开了清明网上的所有铜铃，钻到主人身边，显然对张怀璧更为亲昵。

既然天天是九罗潜伏在张宅的暗子，又怎会无端带回来一条普普通通的狗？

张少白看到黑狗的时候眼中掠过一丝慌乱，恍然大悟，原来它是“鬼使之法”养出的灵兽，随后他又看到明珪竟然也进了明堂，那丝慌乱便有如迎风便长的野草，瞬间密密麻麻。

他还未来得及呼唤明珪，只见明珪视线正与张怀璧相对，神情木讷。

“不要看他！”张少白大声喊道，然而已经晚了。

接下来的一系列事情发生得极为迅速，以至于他完全来不及出手阻止。

先是张怀璧一刀杀死黑狗，狗血喷洒一地，请神香一遇污秽之物，效力大打折扣。紧接着明珪找到了清明网的那根“命门”，用匕首将其斩断，顿时天罗地网散落一地，铃声杂乱，再无引人入梦的能力。做完这件事之后他便怔怔站在原地，双眼无神，就像一只木偶。

只是眨眼的工夫，形势天翻地覆，张怀璧将沾满狗血的匕首扔到黑狗的尸体旁边，此时张少白对他来说就像一头待宰羔羊，毫无还手之力。

张少白知道明珪不小心中了“摄魂之法”，赶忙将他一把扯到自己身后，生怕张怀璧再施展出什么恶毒手段。

张怀璧见状微微挑眉，说道：“知道你的杀父仇人是谁吗？”

张少白闻言身子一僵，心知这句话并不是问他。而明珪就躲在他的身后，正透过臂弯的缝隙看向那个人。

“如果没有他从中作梗，明崇俨便可顺利分化武后与太子的关系，不需要牺牲性命去完成计谋。所以说，就是他害死了你的父亲，更是在你父亲死后，装成善人收你为徒。”

张少白急切道：“明珪，别听他的话，事情没有那么简单！”

“可怜的娃娃，居然认贼作父，明崇俨若是泉下有知一定会对你极其失望。堂堂屠龙术传人如今成了扶龙术的徒弟，还认了杀父仇人做先生。”

明珪紧皱眉头，默默举起了匕首，寒光冲向先生的后心处。不知他此时的杀意，有几分来自“摄魂之法”，又有几分出自本心。

张少白感到了背后那道透着寒意的锋芒，却无计可施。

“想想他的险恶用心，他亲手害死了明崇俨，又装作善人收你为徒，就是想要将你养大，仇人之子却视仇人如父，他心里一定颇为痛快吧。”

“明珪，杀了他，只有杀了他，你父亲才能安息于九泉之下，”张怀璧的双眼就像黑色旋涡，正将明珪卷入深渊，“明珪，杀了他。”

到了这生死关头，张少白却没有丝毫反抗的念头。他不想转身夺走明珪手里的匕首，也不想冲向张怀璧与其拼个你死我活。他仿佛已经认命，自己当初一时兴起收了一个孤儿为徒，如今却成了可能杀掉自己的尖刀。

虽然如此，他心中无怨无悔。因为再有千百遍，他依旧会收明珪为徒。

明珪紧紧握着匕首，刀尖距离先生越来越近，眼看就要插入其中。然而他却忽然一阵恍惚，似是感受到了面前人的心意。

那是烙印在孩子心头的一幕，破落明宅，一道光线将师徒二人分开，恍若天堑。

最终，张少白伸手摸了摸孩子的头。

那是无父无母的明珪，心如死灰之后重燃的第一缕温暖。

明珪张开嘴巴，轻声说道：“初次见先生的时候，先生问弟子‘为何要学祝由’，我回答说‘为了分清人心真假’。现在弟子依然分不清那些，但有一点弟子心中十分清楚。”

“当啷”一声，他突然扔掉了手里的刀，“先生对我的好是真，至于其他的事情是真是假尚不清楚，可弟子有天一定会亲自弄清。”

温暖融化了冰霜，明珪眼神恢复如常，小手抓着先生衣袖，说道：“世间对错，我自会去看，看错了也有先生打手心，轮不到你个外人多嘴！”

张少白心中极为感动，但刻意装出内心毫无波澜，然后将徒弟挡得更严实些。

张怀璧没有料到区区一个孩童居然能够挣脱自己的“摄魂之法”，不由一阵愣神，或许是眼前这对师徒生死相依的模样勾起了他的某些回忆。

沉思良久，张怀璧重重叹了口气，模样竟是肉眼可见地老了一分。

“为什么？”他问道，“扶龙与屠龙两不相容，你们本不应成为师徒，而是生死仇敌才对。”

张少白回答道：“天脉三家说白了全都是祝由，传承不易，所以更应携手共渡难关。在我眼里没有什么门户之分，明珪既是屠龙术传人，也可以是我的传道弟子。”

“难怪当初明崇俨对你极为欣赏，甚至还说你虽然技艺不精，但若论心胸和一颗仁心，却是百年来难得一见，”张怀璧话锋一转，“可是假如有天你有了孩子，又会如何对待明珪？扶龙术自古只传一人，到时候你该如何抉择？”

张少白没有丝毫犹豫：“我只有明珪一个弟子，同时也希望我的孩子能够不受祝由传承所累。”

“说得轻巧，但你知道老家伙当年是如何对我吗？”

“知道一些，祖父先是选你作为天脉传人，还将‘扶龙玉’传给了你，后来却又转了心思。”

“我和你爹都是他的亲生骨肉，最终也难逃这等残酷命运。”

“祖父这么做自有他的道理。”

张怀璧怒极反笑：“有什么道理？我哪里不如张云清？”

张少白神情伤感道：“祖父曾经和我说过，你小时候养过一条狗，可后来这条狗不小心跑错了地方，落到了一个屠夫的手里。”

张怀璧被这段话勾起了些许回忆，叹道：“那也是条黑狗。”

“你为了给它报仇，用祝由之术将屠夫弄得疯疯癫癫。”

“难道我做得不对？黑狗对我来说与亲人无异，我没有杀掉屠夫已经算是仁至义尽。”

“祖父不认为你做错了，但是这件事情却让他看清了一个人的心性。你的心里只有私情，并无大爱，所以才会对屠夫出手。祖父说那家人一共五口全靠屠夫养着，在屠夫疯掉之后，妻子卖掉了女儿，两个儿子一个落草为寇，还有一个死于病疫，”张少白摇了摇头，说道，“而且祝由之术绝对不能用来害人，这事是你犯了忌讳。”

张怀璧双眼一瞪，骂道：“说来说去他还是觉得是我错了！”

“不！”张少白大声打断道，“像你这样的性子若是肩负祝由传承，将来只会让你痛苦不堪，祖父是为了保护你才转而选择了我爹！”

“有何为证？”

“祖父从未将扶龙玉传给我爹，而是交给了我！”张少白取出扶龙玉，将其用力掷出。

张怀璧伸手接住，神色复杂，这块玉佩对他来讲颇为熟悉。自打他出生之后，张老太爷便将扶龙玉放在襁褓之中作为陪伴，还为儿子取名为“怀璧”，可见对其期望之深。

张少白字字句句戳人心头，他说：“我爹一生受过无数委屈，其中不少甚至来自那些被他亲手医好的人。但他从未抱怨过哪怕一句，他不饮酒，也极少发怒，可我知道这不是真正的他！我见过他在夜里抱着娘亲哭泣，我知道他也觉得难过，想过得洒脱一些，但他为了张家传承，永远维持着毫无瑕疵的家主形象！这些事，你能承受得住吗？”

“既然他如此伟大，当年扶龙一脉遇难之时，为何牺牲的不是他张云清，而是我的妻儿？”

张少白想起当年旧事，只能无言以对。

张怀璧却身影一闪，一把揪住张少白的衣襟，凶狠说道：“你知不知道，当初死的本应是张云清？”

说起那桩陈年旧事，其实张少白当时年幼，也是不甚了解。他只知道那件事与李治长子——李忠有关，那人乃是李治的第一个太子，可最终却被贬为庶民，更受上官仪一案牵连被诬谋反，死得不明不白。

张氏扶龙术，也为此付出了极为惨重的代价。不仅嫁入东宫的女儿张灵筠身死，而且所扶之人再难化龙，可谓一败涂地。

“我可以不去传承什么破烂祝由，我也可以为了保护张家而死，可你为什么？为什么偏偏要牺牲她们？”张怀璧声嘶力竭地吼着，“既然你只在乎传承，那我就偏偏要毁掉这一切，不仅张家，还有李唐，我要这辛苦得来的天下太平，尽数东流！”

张少白平静地看着面前状若疯癫的男人，觉得此刻的他终于显得不再陌生，而更像是一个活生生的人，张家的人。至少他终于将心中恨意宣泄出来，可是即便如此，张少白却不会原谅他，因为做过的事情无可挽回，上演过的悲剧也无法转悲为喜。

他平淡说道：“你有没有想过祖父当年收回扶龙玉的时候，为何却不处置你？扶龙术自古只传一人，既然他选了我爹，那么就应该废掉你的一身本事。你肯定以为祖父没有对你下手，是因为他心中有愧。”

张怀璧愤恨道：“不然呢？”

“恰恰相反，祖父算准了以你的性子总有一天会离家出走。包括你加入九罗，又学了屠龙术，或许这一切都是祖父的安排。”

“这不可能！”

“只要你还活着，张家的血脉就没断。归根结底，你这一生还是没能走出祖父的安排。”

“够了！”张怀璧大声喝道，然后神色忽地一变，攥着扶龙玉的那只手也有黑色的血顺着伤口不断涌出，“你在扶龙玉上下了毒？”

张少白微笑道：“如果你不是张怀璧，一定不会中这招。”

张怀璧想要用力掐断张少白的脖子，却发现自己已经没了力气，只能松开那只抓着少年衣襟的手，无力地跪在地上，就连呼吸都显得无比艰难。

“我说过，你会死在自己手上。”

他的确说过这句话，但没人想到这句话的意思竟然是扶龙玉上淬有剧毒。

张怀璧变得极其虚弱，只能听着少年的碎碎念。张少白蹲在大伯面前，轻柔讲道：“我学了好多年的祝由术，可惜从未学过如何杀人。幸运的是，这些年有很多人教会了我这些，赵道生、佘婆婆、厉千帆，还有铸玲珑和苏童，多亏了他们，我才能迈出这一步。也多亏了你，让我成为自己曾经最鄙夷的那种人。

“我也很想堂堂正正地击败你，单纯用祝由之术让你为当年犯下的错付出代价。可是后来我发现自己对你的恨，远远超出了想象，每当我想起五叔，我就只有一个念头……那就是杀了你，无论用什么法子。”

“呼……”张怀璧强撑着身体，可是胸口有五叔留下的伤、掌心有茅一川留下的伤、之前吸入的请神香，以及“扶龙玉”上的毒药却交织在了一起，毫不留情地摧残着他的身体。他深深呼吸，用力说道：“那可真是对不住了。”

“你对不住的不是我，而是整个张家，”张少白笑着笑着，忽然开始流泪，“当然，张家也对不住你。”

张怀璧抬眼盯着面前的白衣少年，想要提起一分力气将其击毙，结果刚抬起手掌身子便一个趔趄。他双手拄地，看样子终于放弃了反抗，叹道：“是我输了。”

“比起认输，我更想听你说一句，你错了。”

“这句话，这辈子我都不会说。”

“没能听到这句话实在是遗憾至极。张怀璧，真希望你能重新站起来，也还藏有其他后手。毕竟我也一样，这局棋若是下到这里就草草了事，实在是不够过瘾。”

张怀璧显然不信，他露出一个不屑的笑容：“你还能有什么把戏？”

张少白语气凝重道：“至少还有三种法子能够杀了你，而且我还在祠堂为你留了一份最贵重的礼物，可惜你却没机会看了。”

“不如说来听听，我总觉得你嘴里没有几句实话。”

“我又不傻，万一等我说完之后，你又突然逆转局势，我岂不是对你再没办法。”

“我都已经这样了，你还是不放心吗？”

张少白缓缓站起身来，身子轻轻摇晃了一下，他说：“像你这种人，只有死了，才能让我安心。”

就在此时，茅一川拄着刀出现在了明堂门前。他一身杀气，心口处的刀伤狼狈不堪，还透着几分哀伤。

张少白走了过去，问道：“可以把无锋借我一用吗？”

茅一川直接将刀递了过去。

无锋对从未习过武的张少白来说显得有些沉重，所以他只能拖着刀行走，重新回到了张怀璧身后。

张怀璧无力回头，他说：“可惜你我叔侄相认，只不到半个时辰就又要分别。”

张少白说道：“我从小连只鸡都没有杀过，不知道什么样的死法痛苦最小。当初张家的人算是在睡梦中被活活烧死，应该没遭什么罪，所以我希望你也能死得舒服一些。”

“既然不会杀人，对你来说砍头应是最好的法子了。免得你刀刀刺在不是要害的地方，我要流不少血才能凄惨死去。”

“好，我就用这招。”

“身为你的大伯，我从未教过你什么东西，临死前能圆了这个心愿倒也不错。”

“不急，我出生时便被人说一副破烂身体，注定活不过而立之年，或许过不了多久我就去下面找你们了。”

张怀璧低着头，笑容中透着前所未有的真诚：“孩子，你不懂。人这一生最有力的武器，便是自己的生死，正所谓欲学‘屠龙’，先学‘屠己’，明崇俨便深谙此道。无论对你来说，对张家死者来说，还是对我来说，死亡都不是终结。”

张少白费力抬起无锋，流着泪水，他的泪从方才开始便从未断过。这泪来自六年的恨终于得偿所愿，也来自张家从此之后只剩一人的无尽苍凉。

他说道：“我记住了。”

第二句话，则是对明珪说的：“闭上眼睛，不要看。”

明珪闻言乖乖闭上了双眼，张怀璧也是一样。

这一瞬间他的思绪突然飘向了一个很远很远的地方，那里有他的妻子，还有他的女儿，更有张家的男女老少。他所渴望的这些事物，一半毁于命运，一半则毁在他自己的手里。

所以他在临死时心中只剩下说不出口的遗憾。

突然，张怀璧感到眼前一亮，那些身处彼岸的人竟然向自己伸出了双手，仿佛在呼唤自己快些过去。

妻子说，从此以后你不必那么辛苦，我会帮你一同承担。

女儿说，说好要带我去东海看鲛人的，父亲可不许食言。

张老太爷说，怀璧，吾儿。

还有大仁大义、五叔，甚至还有幼时养过的那条黑狗。他们通通看着自己，眼中没有仇恨，只有春雨冲刷过后的一片清澈。

张怀璧情不自禁地笑着，仿佛真的与妻子经历了一生之久，仿佛真的带女儿去了遥远的东海，仿佛……

可惜。

只梦到这里。

张少白的泪与刀一同落下。

溅起的鲜血如同怒放的曼珠沙华。

六年了，整整六年的仇与恨，终于在今日做了一个了断。

无锋掉落在地，张少白的身子摇摇晃晃，眼看着就要倒下。明珪和茅一川见状想要出手相助，却看到张少白摇了摇头。

此时的少年没有如释重负的感觉，反而有如泰山压顶，竟然直不起腰来。他将张怀璧的尸身放在早已为其准备好的棺材里，一颗头颅更是摆得端端正正。

然后他便孤孤单单往祠堂方向走去，步伐趺趺撞撞，失魂落魄。

※

这注定是一个伤心的夜晚。

茅一川趺坐在地，如木头人一般沉默，胸口的刀伤不算致命，伤他最深的是天天的死。只有来俊臣不见丝毫惆怅，能够亲手覆灭九罗，他的心中只有欣喜，甚至还想过要不要顺便一剑宰了茅一川，岂不是更加痛快。但他终究没有出手，而是帮着明珪一同收拾起了张宅里的一片狼藉。

待到太阳再次升起之时，张宅一如往日生机勃勃，再不见半分昨夜的腥风血雨。

明珪担心了先生整整一夜，也忍了整整一夜没有去祠堂打扰，如今他站在祠堂门口，却少了一分推开门的勇气。

直到有一只手帮他推开了门，霎时屋外的阳光倾泻而入，驱散了祠堂内的无限黑暗，映出了白衣少年的身影。

以及他的一头花白头发。

茅一川见状叹了口气，明珪则是震撼到无法言语。

张家祠堂，原本有十七块无字灵牌，如今上面却用血写下了姓名。

此时此刻，以轩辕黄帝为背景，诸多灵位仿佛全部化成了幽幽魂魄，深深看着跪在祠堂的那个人。

明珪小心翼翼地唤道：“先生？”

张少白向着面前灵位重重磕了个头，然后站起身来，将怀中的最后一块灵牌放好。

他转身看向明珪和茅一川，笑意与屋外的和煦阳光融为一体，仿佛重新变回了那个潇洒少年。他微笑道："没事了。"

六年，整整六年的日夜折磨，最终化成了一句轻描淡写的"没事了"。

说完张少白便走出了祠堂，颇为贴心地扶着茅一川，不过嘴里却没什么好话，无非是说他武艺不精，不然怎会伤成这样。

明珪却没有急着离开，而是有些疑惑地看向那最后一块灵牌，只见上面写着一个熟悉的名字：张氏长子怀璧。

第十六章｜不死灵鸟

只是过去了一个夜晚，这个世道却变得陌生起来。

有些人孤孤单单地死了，再也听不到她银铃般的笑声，他也不会再用手段搅弄风云。整个长安仿佛都随之变了模样，风中也少了一丝阴谋的气息。

而变化最大的，莫过于张少白。

直至今日少年终于彻底褪去青涩，甚至成熟得略显“老气”。就比如他那一头转为花白之色的发丝，乍一看仿佛古稀之年，憔悴有如秋季里落光了叶子的柳枝，一碰就会断掉。

再比如他的气质，也与以往有着极大区别，只不过这份变化只有与他十分熟悉的人才能察觉得到。曾经的张少白心中满是仇恨，即便脸上带着笑意，行事也极为洒脱，可还是透着几分刻意。

全然不似如今这般自然，他的笑容多了些恬淡，眼神也变得宁静下来……可是，他的孤独似乎也变得更深了。

来俊臣看到这副模样的张少白时先是惊讶，随后便笑着说道：“你可是欠我一个大人情啊。”

张少白低着眉眼，似乎在看脚尖的一块青石，说道：“先前你在普度坛外救我一命，而后我在皇宫为你谋了一条生路，算是两清。至于昨夜的事情，你大可不必过来，留在宫里承受天后的怒火。”

“唉，我是说不过你，”来俊臣话锋一转，“既然九罗事了，我想带着庞先生的头颅回去。”

张少白闻言抬眼看向来俊臣，不冷不淡地说：“你应该已经知道，庞先生，姓张。”

不知为何，来俊臣在被这道视线盯住的时候居然有些心虚，心中更是生出一丝惧意。他忽然想到即便茅一川身受重伤，已经没了出手的力气，但自己却依然身处张宅。

原本他认为张少白和明珪两个谁也不能够阻拦自己带走张怀璧的头颅，可现在却再也没有这个想法。因为他隐隐有所预感，假如自己非要这样做，张少白一定有办法让自己死在这里。

然后对武后说一声，来俊臣已与九罗同归于尽。

短短一瞬间，来俊臣想了许多，最终决定放弃头颅，笑眯眯地离开了张宅，再不愿多待哪怕一刻。

张少白披着一件雪白大氅，头发披散着，仿佛上面落了一层雪。他对茅一川说道：“这个人狡猾得很，恐怕当不来友人。”

茅一川脸色蜡黄，站姿也不似以往那般笔直，但他腰间依然系着无锋，刀不离人。除此之外，就在无锋的旁边，还多了一把名为“有情”的新刀。

“有情”比“无锋”要短一些，也窄一些，故而两把刀绑在一处的时候，就像是一对男女相偎相依。

他看着来俊臣离去的方向，说道：“从昨夜到刚才，他起码动过三次杀机。”

“若是他真的按捺不住，想要杀了你我泄愤，咱们就只能这么不明不白地死了？”

“不至于，他要真敢动手，我起码能保你一命。再者说，你也不会坐以待毙，不是吗？”

张少白笑嘻嘻地凑到茅一川身边，虚情假意地扶着他的一条胳膊，说道：“不比不知道，一比才发现你这个棺材脸才是我真正的至交好友啊！”

茅一川颇为嫌弃地将胳膊抽了出来，说道：“我们也该去宫里了，免得多生事端。”

“慢些也无妨，就让来俊臣去领个头功。本来杀了自家亲人我心里就不太舒服，若是再用大伯的命换来荣华富贵，想来我会更加难过。”

“这你就想多了，在陛下看来我们都是将功赎罪之人，无罚便是奖赏。”

跟在陛下身边多年，茅一川自是更加了解帝王心性。其实在张怀璧死后他也松了口气，金钺阁追查九罗已有数十年，昨夜不仅除了魑魅魍魉，更是斩了庞先生，想来九罗现在已是半死不活。

这样一来，大唐又能多些太平日子。

可是，九罗并不能完全熄灭陛下心中的火，普度大会中人仅剩张少白一人生还，现今无人能够治疗他的头疾，这会让他更加愤怒。

※

事实证明茅一川所料不错，当众人赶到紫宸殿的时候，并未有人道一句恭喜，反而肃杀气氛比往日还要更加浓烈。

原因很简单，李治刚刚犯了头疾。

来俊臣来得最早，将整件事情通通讲了一遍之后并未得到任何回应。只有武后淡淡说了一句：“去一旁候着。”

之后来俊臣便低眉顺眼地乖乖站好，连大气都不敢喘。而武后则走到陛下身边，为他轻轻揉弄着额头，叹道：“陛下终于愿意让妾身靠近了。”

李治闭着眼睛，哼哼唧唧地说道：“既然九罗死了，便说明普度大会那桩事确实与皇后无关，之前是朕冤枉了你。”

“唉，此次九罗大费周章地害死了慈恩大师和秦鸣鹤，虽然他们也为此付出了代价，可到最后还是个两败俱伤的局面。”

“皇后，你说这世上真就没人能治好朕的头疾吗？孙思邈隐居深山，朕派了多少人过去也没能找到，好不容易有了一个秦鸣鹤，结果又是这么个下场。”

武后叹道：“如今我们也只能相信张少白了，他的法子虽然不能根治陛下的病，但起码能够遏制病情恶化。”

李治亦是叹道：“可朕不甘心。”

就在这时，一直守在紫宸殿外的老太监匆匆进来禀报，张少白和茅一川已到。李治轻轻点了点头，随后老太监才放那二人进入殿内。

武后看到张少白的模样，不禁有些心酸，主动说道：“听说庞先生其实是你的大伯，当年张家的大火也是他放的？”

张少白恭敬答道：“回天后话，是。”

“你亲手杀了他？”

“是。”

武后坐在陛下身旁，情不自禁地攥住了他的一只手，哀伤道：“可怜的孩子。”

张少白却微笑道：“天后不必为臣伤感，六年前的大仇终于得报，其实在臣心中喜还是远远大于悲。”

武后欣慰地点了点头，对李治说道：“陛下，您看普度大会现今只剩下张少白一人活着，不如就将御赐金牒给了他吧，也算是对张家有些补偿。”

她说到“补偿”二字的时候，李治眉心一跳，显然关于张云清之死，帝后二人也都带着一些愧意。

不过李治却没有直接奖赏张少白，而是问道：“朕想知道一件事情，‘扶摇之法’到底是什么？”

张少白答道：“回陛下，‘扶摇之法’早在数百年前便失传了。不过据臣所知，此法能够肉白骨活死人。”

“你……当真不会？”

“臣确实不会，坊间传言不过是为了引出九罗而杜撰。”

李治闻言心中生出怒火，不过一看张少白的憔悴样子便按捺下了自身火气。他也知道这个少年于昨夜经历了太多事情，现在不好苛责。

可他就是觉得不甘，自己贵为天皇，为何不得身体安康，为何不能长生不老？

千百年来所有皇帝都没能迈过的那道生死关，李治同样也没能跨过。九罗之存亡与自己的生死相比，显得微不足道。

陛下沉默不语，张少白便眼观鼻，鼻观心，不出半点声响。武后则自始至终一直看着面前的少年郎，发现他变得沉稳了很多，少了以往的几分狡猾，看起来越来越像是张云清。

这便是传承，即使张云清早在六年前就已经死了，现在却有一个与他极为相似的人活着，这对张云清来说何尝不是一种长生不老？

只可惜在九罗的算计和皇室的无情覆辙之下，李治最喜爱的儿子都未能守住太子的位置，其中大多还丢了性命。所以他永远不会拥有一个和自己颇为相似的后人，由其来继承大唐的江山。

也是因为这个理由，李治越是头痛，就越是胆战心惊，更是无数次从睡梦中惊醒。他害怕自己一旦死了，便再也无人可守住这片盛世大唐。他心里其实也清楚，只要武后还在，结果便不会如自己梦中那般糟糕。

可武后所掌控的大唐，还会是李氏的大唐吗？他想不通，更想不开，因而不想死，更不敢死。

至于张少白此人是赏是罚，他已经不在乎了。

武后见陛下迟迟不语，刚想开口赏赐张少白等人，不料老太监居然又悄无声息地走了进来，在陛下身旁耳语一番。

李治的神色随之一振，不知听到了什么消息。

他急切道："快请，快请！"

武后心思一动，之前张少白进宫求见的时候，陛下只是淡淡地点了点头，可当下却极为激动，可见求见之人非同一般。

张少白与武后想到了一处，而且他还猜到陛下之所以这般失态，说明来者必定和他的头疾有关。

可是能够治疗头疾的人大多死了，还会有谁能让陛下如此激动？

当老太监将那个人请入殿内的时候，张少白瞳孔一缩，转头看向了茅一川，而后者脸上的震惊之色丝毫不亚于张少白。

就连天塌都能面不改色的茅一川居然都会这样，乃是因为他们看到了一个本应死去的人。

这个人早在普度大会的风试之后下落不明，当时推事院费了好大力气也没能找到此人，于是断定他已经死了。

没想到他却在今时今日出现在了皇宫之中。

成玄风穿着道袍，头戴莲花冠，身形比起以往清瘦了不少，却衬托得身上仙气更重。

武后一见此人，惊讶道："你是成玄风？"

"道门楼观派成玄风，拜见天皇天后。"成玄风做了个道稽，声音中透着疲惫，不知这些天来遭受了多少苦难折磨。

武后问道："你不是已经死了吗，为何又活了？"

成玄风答道："贫道那日遭刺客袭击，虽然身受重伤但侥幸逃脱。之后师兄温玄机找到了我的藏身之地，不料那刺客也一同寻到，为了救我，师兄已命丧刺客之手。"

"刺客乃是何人？"

"贫道不知，只记得他戴着一个青铜面具。"

张少白一听便知道门遇难多半也是出自九罗手笔。他在心中发出一声叹息，心想好好一个普度大会，居然死了这么多人，不仅有佛门的慈恩大师，就连道门的温玄机都未能幸免。

还好九罗已经尽数伏诛，再也掀不起什么风浪了。

武后又问："既然你还活着，这段时日为何迟迟不肯现身，又去了哪里？"

"师兄临终前有所叮嘱，故而我不敢贸然现身，害怕再度引来刺客。而我此番前来，则是为了普度大会一事，虽说贫道未能参加第二试与第三试，但在逃亡时却偶然遇见一番机缘，此事与陛下关系颇大，我思前想后还是觉得不可藏私。"

武后还想问些什么，却被陛下开口打断道："你所说的长生不老之法，到底是什么？速速道来！"

在场众人一听俱是震惊，只有张少白除外。他早料到陛下的失态会与治病方法有关，但当他听到成玄风所说之事，突然眉头深锁，身子更是僵硬无比，仿佛遭了一记晴天霹雳。

只听成玄风说道："《山海经》云，有巫山者，西有黄鸟。帝药，八斋。黄鸟于巫山，司此玄蛇……陛下可曾听说此典故？"

李治微微眯起眼睛，他苦心寻觅长生不老药多年，对这些颇为熟悉，说道："那是自然。"

"此乃前人于千年前撰写，看似光怪陆离，然而道门却认为天帝之药的传说并非空穴来风，"成玄风悠悠说道，"数百年前，有位奇人曾发现了传说中的巫山黑水。此事张少白也应有所耳闻，因为发现此地之人正是祝由中人。"

张少白神情木讷，显然也知道此事，且另有隐情。

成玄风继续说道："之后道门也派人去了巫山，并且发现了一个隐秘山洞，多半就是当年天帝藏药之处。不过当时灵药已经不见踪影，只留下了几幅石刻。"

李治急切道："上面讲了什么？"

"石刻说昔日黄鸟渐渐年老力竭，不再是玄蛇对手。它担心自己死后，玄蛇会偷吃帝药，于是便将帝药藏到了其他地方。"

"这……到底是什么意思？"

"道门有前辈曾对此做过细致解读，认为玄蛇并不是蛇，黄鸟也不是鸟，而都是一个个活生生的人。只是当年天帝崩逝，黄鸟玄蛇也因此起了争执，一人想要将帝药据为己有，另一人则遵守帝命，认为不可，”成玄风神情平淡，仿佛所讲之事与他毫无干系，“道门虽说经历方仙术、黄老术之变，对黄鸟的探查却从未停止，最终在三仙山找到了新的线索。原来黄鸟带着帝药离开巫山之后，又化身为‘灵乌’，将帝药的秘密代代相传。”

李治眼睛忽然一亮，说道：“朕曾听闻‘不死灵乌’的传说，说是灵乌现身之处便有长生不死之药，难道与成道长所言有关？”

成玄风点头道：“陛下所言甚是。这‘不死灵乌’其实乃是黄鸟之后，族人背上文有‘灵乌’，说是灵乌，其实却是藏有长生不老药的宝图。道门曾找到过身覆灵乌之人，只不过此人宁死不愿透露秘密，自杀而亡……说来蹊跷，此人一死，身上的灵乌图便也随之消失，再也无法显现出来。”

李治又问：“成道长既然说到‘不死灵乌’，莫不是已有线索？”

成玄风答道：“贫道曾亲眼见到一人身覆灵乌。”

这时张少白终于按捺不住，主动开口说道：“长生不老药的传说数不胜数，真真假假无人能分辨得清。所谓‘不死灵乌’，或许只是个虚构出来的传闻而已，假如他们真有帝药，岂不是全都长生不死？”

成玄风摇头道：“并非真的长生不死，曾有人误入一处隐秘之地，发现其中居民寿命甚长。”

张少白问：“那这个人可还记得隐秘之地究竟在哪儿？”

“此等洞天福地自然设有障眼法，他出来之后便再也找不到重返那里的路了。”

“说白了不都是些无法证明的事情，有何意义？”

“传说经历千年，我等身为后人自然难以理解，但它既然能够流传下来，便说明其中一定藏着一条真实脉络。”

“恕我无法赞同。”

李治突然说道，语气森然：“朕何时问过你的想法？朕只想知道到底有没有灵药能够治好头疾……甚至是长生不老！”

张少白赶忙低头不语，心知自己无法说服陛下。因为慈恩大师和秦鸣鹤死后，陛下再无治疗头疾之法，所以即便再如何虚无缥缈的传说，都会成为他当下的救命稻草。

更何况，就连张少白也在小时候就听说过“不死灵乌”的传说，张云清更是亲身调查过此事，希望能够寻到帝药治好儿子的先天气虚之症。不过到最后张云清也没能找到不死药，此事只好作罢。

而张少白明明自己也相信“不死灵乌”一事，却还是要出言否认，乃是因为一个人，一个对他来讲至关重要的人。

李治问成玄风：“你看到的灵乌后人，是谁？”

这一刻张少白忽然很想一拳打死成玄风。

成玄风答道：“中书令薛元超之孙，薛灵芝。”

“原来如此，”李治深深看了张少白一眼，仿佛已经看透了他的心思，然后衣袖一抖，说道，“传薛灵芝进宫觐见！”

※

与此同时，薛灵芝仍被软禁在别院当中，这段时间家中对她下了禁足令，更是挑了个良辰吉日准备将她嫁出去。

据说答应迎娶灵芝的人家不是什么达官显贵，只是个普通官宦人家，他家小郎曾去兴善寺礼佛，不小心误入病坊偶遇专心治病的薛灵芝，故而一见钟情。

虽说他家门槛比起薛家要低了不少，但长安里谁不知道薛家有个天煞孤星，就算娶了她就能平步青云，也要掂量掂量自己的命是否够硬。因此实际敢于向薛家提亲的大户人家几乎没有，便让这个小户人家占了“便宜”。

薛灵芝没有丝毫反抗的念头，她知道虽说自己名义上已被赶出薛家，但从洛阳到长安她时常抛头露面出外行医，还是给薛家带来了许多风言风语。即便有祖父护着，家里的那些小娘子们却不会善罢甘休。

若是可以将她嫁出去，这才算是皆大欢喜。

只不过，她此时此刻的不反抗，却不代表真就接受了这门婚事。在薛灵芝看来，自打姐姐离世之后自己一直都是孤孤单单，活着这件事实在是没什么意思。

可她还想等一个人，她想知道若是那个人知道自己即将嫁人，会做出怎样的决定。到时候，薛灵芝自然会有新的打算。

想到这里，薛灵芝变得有些忧伤。那个人已经很久没有来过薛家了，不知他是否从亲人离世的阴影中走了出来。

他现在的处境已经足够艰难，自己实在不该给他再添烦恼了。

然而无论如何薛灵芝都想不到，敲开别院大门的人，不是提亲的那户人家，也不是张少白，而是来自皇宫。

她去年也曾莫名其妙被带入洛阳宫，后来才知道是有人想利用自己的安危要挟祖父。那么这一次呢，难道又是如出一辙的手法？

一辆马车载着薛灵芝匆匆进了大明宫，路过宫墙的时候，有风吹起窗帘一角，少女怔怔地向外看去，只见天蓝蓝云悠悠。同时心中莫名一阵惆怅，她有一种预感，仿佛自己再也看不到这样惬意的天空。

那扇无数人想要进入的宫门，其实对很多人来说，与阴曹地府无异。

这也是张少白不愿让薛灵芝进宫的缘由。

他跪在地上，无声地哀求着，然而陛下却对他视而不见。在李治看来，张少白明知“不死灵乌”却迟迟不说，乃是犯了死罪，自己没有杀他已是仁至义尽。

去年崤函道落水的时候，张少白就看到过薛灵芝背上的文身，当时心中惊骇不已。一方面是惊讶于薛灵芝怎会与灵乌一族扯上关系；另一方面则是纠结于既然自己知道了这件事，又该如何处置两人关系。

在此期间张少白甚至想过自己能否借助薛灵芝的力量，找到传说中的帝药治好自己的病，这样一来也算是圆了父亲遗愿。

可到最后他还是没能狠下心来，决定装作从来不知道这件事情，更不会将其告诉李治换取荣华富贵。

只是张少白没有想到，有些事情就像是命中注定，即便自己不说，却有别人来说。

薛灵芝和薛元超相继进宫，被一同带入了紫宸殿。灵芝进宫第一眼便看到了变化颇大的张少白，心中就像响起了一记无声惊雷，竟突然有些心慌意乱。

她没有担心自己的安危，想的全是他为何变成了这样，是不是受了谁的欺负？

另一边，看样子薛元超是真的对“不死灵乌”一无所知，更不知陛下为何召见自己与孙女灵芝，故而也有些忐忑。

薛元超恭敬行礼，说道：“臣薛元超见过天皇天后。”

薛灵芝亦是乖巧行礼，举止得体，毫无瑕疵。

李治脸上带着畅快笑意，叹道：“爱卿免礼，朕此次召你入宫乃是有事相求啊。”

薛元超说道：“陛下有事但可吩咐。”

“此事还与你的孙女薛灵芝有些关系。爱卿可知，薛灵芝身藏‘不死灵乌’

之秘？”

“这……”薛元超一脸疑惑，看了看自家孙女，说道，“臣着实不知。”

李治的笑意逐渐凝固，说了句“事情的前因后果还请成道长仔细讲讲”，随后成玄风便将“不死灵乌”一事详细讲了一遍。

不料薛元超听后不以为然，笑道：“陛下，灵芝自幼长在薛家，若她真与灵乌一族有关，臣不会不知。”

李治似乎已经确定薛灵芝就是自己的救命良药，冷硬道：“是否有关，一试便知。”

成玄风见李治看向自己，便主动说道：“其实贫道也不知如何让灵乌文身显现出来，不过……”

李治问道：“不过什么？”

成玄风转向薛灵芝，却不敢看她的眼睛，似是有些心虚。他的声音微微有些颤抖，说道：“那日我遭刺杀误入薛府，是薛小娘子将我转移到了隐秘处。若我记得没错，薛小娘子曾不慎染上血污，或许文身显现与此有关。”

李治听后又问张少白：“你呢，你又是如何知道薛灵芝身负不死灵乌的？”

张少白将头抵在地上，沉默不语。茅一川则站在他的身边，心中满是纠结，他想着若是陛下非要治罪于张少白，自己该当如何。

是亲眼看着他死在这里，还是舍命杀出一条血路？呵，皇宫哪里是那么好逃脱的，只说那个老太监，自己倾尽全力都不是对手。

这时武后忽然雷霆大怒，骂道：“放肆！张少白你知情不报，本就犯了欺君之罪，难道现在还要有所隐瞒？”

薛灵芝攥紧双拳，终究是情难自禁，转头看向了张少白。其实她也不知道自己和那个“不死灵乌”能有什么关系，可是听陛下话里的意思，张少白却是知道这些的？

难道自己真的身负秘密，而且张少白还知晓此事？

武后厉声喝道：“你以为陛下真没有办法撬开你的嘴？你若是乖乖说出来，或许对你和她都是好事，可你若是一直装聋作哑，信不信我现在就将你杖毙于此！”

张少白无动于衷，即便武后表面看来像是呵斥，其实却是在暗中点拨，可他就是不愿将薛灵芝的秘密公布于众。

直到薛灵芝主动对他说道：“说出来吧，我明白你心里的难处，无论结果如何，我都不会怪你。”

张少白感到一阵心痛，他咬紧牙关，想了许多种可能，最终却找不到能够让薛灵芝安然无恙的法子。陛下为了治病不惜设置丹庐，薛灵芝既然与长生不老药有关，极有可能也会落入丹庐，那才是人间地狱。

现在若要将她救出已是毫无可能，自己唯一能做的，就是陪她一同去地狱走上一遭。

想到这里，少年咬牙切齿道：“成玄风说得没错。”

李治闻言用力一拍双手，发出一阵爽朗大笑，说道：“好，好，好！薛爱卿，可否借薛灵芝为朕一用？”

薛元超恭敬问道：“臣还是不太懂‘不死灵乌’到底是何物，但只想确定一件事情，就是它能否治好陛下的头疾？”

李治笑道：“不仅可以治好头疾，甚至可能长生不老。”

薛元超看似面色如常，但其实内心早已做过千般算计。这还是李治头一次将自己想要长生不老的事情告知朝堂老臣，之前不说，乃是因为帝王苦求长生大多一无所获，且劳民伤财，故而臣子听闻必定不会同意。

可是这次李治却将真实想法坦露出来，无疑是在敲打薛元超，“最好不要违逆朕的旨意”。

薛元超不相信世间会有长生不老之法，他的眼神轻飘飘地往武后那边看了一眼，两人刚好四目相对，似是刹那间交换了许多念头。

从武后之前呵斥张少白的言辞来看，显然是站在陛下那边。但在薛元超看来，其实武后也不相信“不死灵乌”的传说，她之所以不阻拦陛下，乃是因为慈恩大师身死，如今陛下大有病急乱投医的模样，任谁阻拦都不会有好下场。

“不死灵乌”，就像是一个只有濒死帝王才会相信的故事。但是倒也有趣，历朝历代道门都扮演着相同的角色，在相似的时机为帝王描绘一个长生不老的梦。

因此只要帝王想求长生，道门便不会衰落。

薛元超又看了一眼孙女，想到若是灵芝真与“不死灵乌”有所牵连，必定难有善终。原因很简单，假如最后没能寻得帝药，那么薛灵芝就是犯了欺君之罪，到时候没人能保住她的性命。即便是薛元超，也会为了不让薛家有所牵连而主动放弃这个血脉至亲。

或许在李治看来，只要寻到长生不老之法，薛灵芝便是功臣。可在其他人看来，这却是一条注定死亡的道路。

薛灵芝也想到了这点，她默默低下头，再也不想牵累他人，但又在期盼着那么一丝奇迹。

或许祖父怜惜自己，会为了自己而拒绝陛下？

她心中无限慌乱的时候，兰芝的声音不合时宜地响起："不要有任何奢望了，你对薛家来说只是一枚随时可以抛弃的棋子。"

事实，当真如此？

薛元超亲口给出了答案："一切全凭陛下做主。"

听到这句话的瞬间，薛灵芝感觉内心深处仿佛传来了什么东西碎裂的声音，她没有流泪，但心里却在滴血。兰芝的笑声回荡在脑海之中，仿佛是在嘲笑她那些不切实际的想象。

都说自古帝王家最是无情，却不知寻常人家也可铁石心肠。

她恍然大悟，无论自己如何努力，对薛家来说终究只是一个"天煞孤星"。她甚至不是一个可有可无的人，而是一个最好是"无"的灾星。

薛灵芝眼神渐冷，感觉兰芝正蠢蠢欲动，想要彻底占据这副身躯。

她想要不顾一切地死在这紫宸殿，她想要亲手毁掉自己的性命！既然自己的出生本就是一个错误，又何苦一错再错！

就在她死意已决的时候，一只熟悉的手轻轻拍了拍她的肩头。

紧接着，她看到了一双温暖如初的眼眸。

只听张少白对李治说道："既然陛下心意已决，臣愿一同调查'不死灵鸟'。"

李治的声音中透着嘲讽："怎么突然又想通了？"

"臣只有一个请求，就是调查期间让臣寸步不离薛灵芝。恕臣直言，此人患有'双魂奇症'，性情不稳，若是无人看守，恐怕会自寻短见。"

既然已经撕破了自己苦寻长生不老之法的面皮，李治也不再云里雾里地说话，直接说道："丹庐自有办法让她活着。"

说是活着，其实更像是求死不能。

张少白劝说道："可陛下明明可以让她乖乖献出所有秘密，又何必多此一举动用丹庐呢？"

没想到这时成玄风也附和道：“张博士所说不错，破解文身秘密需要薛小娘子配合，还是不要节外生枝的好。”

此时李治找到了一线生机，心情大好，便也不再为难张少白，说道：“既然如此，‘不死灵乌’一事就由成道长来主持吧。”

不料成玄风却拒绝道：“贫道恕难从命。”

“这是为何？”

接下来成玄风忽然朝着薛灵芝跪倒在地，重重叩首说道：“薛小娘子好心救我，我却毁掉了恩人的平淡生活。可我做这些也实在是迫不得已，道门追寻‘不死灵乌’多年，终于有了新的线索，我绝对不能装作不知。”

接下来他说的话更像是喃喃自语：“师兄说，他在山下游历之时曾极度落魄，险些活活饿死。是一个乞丐往他嘴里塞了口馒头这才活了下来，虽说后来乞丐反悔了，又将馒头从师兄嘴里抠了出去。

“我曾想过，假如我和师兄是相同处境，或许我会为了求生而咬断乞丐的手指，混着馒头一同咽下去。所以我才会不顾恩人死活，擅自将秘密告诉了陛下。我自幼长在山上，‘道门’二字对我来说远比生死更加重要。”

成玄风一边说着，一边摘下了头上的莲花冠，取出那根尖锐发簪，抵在心口处。

“薛小娘子此恩之于道门，有如天高海深。成玄风此生无力回报，只盼用这条性命换得小娘子喜乐安康。”

话音刚落，那只持着发簪的手稍一用力，簪子便刺入了心脏处。

成玄风身子一歪栽倒在地，从始至终都没敢看薛灵芝哪怕一眼。归根结底这也是个可怜的人，他不谙人情世故，心中只有道门兴亡，所以只能用一死来减轻心中愧疚。

薛灵芝显得手足无措，幸好张少白偷偷抓紧了她的手，示意她不要慌乱。

武后则重重叹了口气，说道：“慈恩大师因为妾身命丧九罗之手，成玄风又因家门道义难两全自戕于此。陛下，或许长生之路，真的是坎坷难行。”

然而李治却不为所动，这时的他与以往判若两人，仿佛他眼中只剩下两种人，一种是能够助他得到长生的人，一种则是无用之人。

死人自然是无用之人，不值得为其哀伤。

他心中想的是既然成玄风已经死了，那么当下最适合负责“不死灵乌”之事的便只剩下张少白一人。

可是此人却与薛灵芝有私情，不可托付全部。

这可如何是好？

李治想了片刻，突然唤道：“荀让。”

须发尽白的老太监随后现身，恭敬道：“老奴在。”

“将张少白和薛灵芝带去丹庐，严加看管。以三月为限，朕要你等破解‘不死灵乌’之秘。若有差池，提头来见。”

“老奴领命。”

张少白听后松了口气，虽说他对找寻帝药一事也没什么把握，但起码能有三个月的喘息时间，或许真就可以找出一条生路。

紫宸殿内，众人各怀心思，不再有任何异议。成玄风身死道消，却为道门兴盛赢来一线可能。薛元超虽有卖女求荣之嫌，却更得陛下恩宠。武后看似与此事无关，却有从中渔利之机会。

张少白和薛灵芝相视无言，其中一个眼中满是安慰之意，一个则满是歉意。

只不过，这两人眼中俱是不见丝毫悔意。

“灵乌萃于玄霄者，扶摇之力也。”

张少白觉得，如果薛灵芝就是那道批命中的“灵乌”，那么自己就是其中的“扶摇”。

第十七章 | 聚散无休

“长安夜，月明明。月明明，水波漫漫。水波漫，闻啼声声。闻啼声，盼长安。长安夜，月又明明……”

“少白，你唱的是什么？调子有些奇怪。”

“我也不太清楚，只记得很久以前听父亲哼过，从那之后就会时不时地想起。”

“真好。”

“你是说我唱得好？”

“我是说你父亲很好，至于你唱得怎样，一般般吧。”

“一般就够了，我又不是以卖唱为生。”

“嗯，可我说的是一般难听。”

天色未亮时，少年少女攀上高大屋檐，并肩坐在房顶上，身边还伴着一只檐兽。檐兽本应威严，此时却显得乖巧可爱，仿佛被人刷了一层名叫“温柔”的木漆。

那日之后，荀让将这两人带到了芙蓉园，说是暂住，实则软禁。出乎意料的是，此处竟然就是陛下暗中设立丹庐之地，故而其中防卫森严，只要进了里面，怕是连只麻雀都飞不出去。

张少白在这里见到了许多只闻其名未见其人的熟人，比如孙思邈的爱徒刘神威，又比如前次普度大会于长安失踪的潘姓道人。无疑这些人都被陛下拘禁于此，研制医治头疾之法，炼制长生不老之丹药。

得知薛灵芝身上藏着“不死灵乌”的秘密之时，这些人状若疯癫，恨不得一拥而上将其撕成碎片好好研究，想着早日破解长生之谜自己便能离开这座牢笼。

不过在荀让面不改色地诛杀了三人之后，终于再无人胆敢贸然靠近“灵乌”。

张少白知道三月期限一到，自己和薛灵芝多半会陷入死局之中。人一旦到了山穷水尽的时候，反而变得洒脱起来，心性也不似以往那般别别扭扭。

他将灵芝视为自家小娘子，哪里肯让别人摸索，于是调查“不死灵乌”之事便主要落在了他的肩上。

张少白提起沾染鲜血可让文身显现，荀让听后只问了一句“鲜血指的是畜生的血，还是人血”，得到答案之后便去忙了一阵，随后提来一桶新鲜血水。

寻了一处偏僻房间，将不相干的人通通赶出去，最终屋内只剩下张少白、薛灵芝以及荀让三人。少年这才让灵芝褪去衣衫，露出背部，然后小心翼翼地往上刷着鲜血。

屋中顿时满是令人作呕的血腥气息，薛灵芝嗅到之后胸闷难忍，但想到身后的人乃是张少白，这才觉得好受了些。鲜血刚刚涂到背上的时候还带着一股暖意，不过随后便凉了下来，仿佛正透过皮肤向内渗入。

紧接着，一头火红色的灵乌逐渐显现出它的本来面貌，蛇颈龟背，燕颔鸟喙，凤尾赤翎，身覆灵羽，如火如烟。

灵乌的头盘绕在薛灵芝的颈部，仿佛一直暗中守护着这个孤单的人。

就连侍奉过两位皇帝的荀让在看到灵乌文身时，也不禁瞪大双眼，屏住呼吸，生怕自己弄出的动静稍大便会惊走这等神迹。

然而待到血迹干涸之后，灵乌图便随之消失。短短时间根本不足以破解上面的秘密，于是接下来的时间里，无数次地沾染鲜血使灵乌图显现，便成了薛灵芝的主要任务。

所幸这期间有张少白悉心守护，不仅为灵芝擦拭背上血迹，当有外人察看灵乌图的时候，更是眼睛都不眨地死死盯着，生怕被人占去了便宜。

久而久之，荀让也摸透了这对苦命鸳鸯的性子，心中莫名生出一股悲凉之意。自古以来，少男少女之间的情愫最是动人，这两人相互依偎，张少白始终不越雷池半步，薛灵芝初时羞涩后来也逐渐适应，但脸上总是挂着两团化不开的红晕。

在荀让看来，若是没有张少白舍命陪伴，薛灵芝一旦落入丹庐之手，下场将会无比凄惨。她会活着，但绝不会像现在这般活着。或许丹庐的那些疯子会剥下她背上的皮，或许还会用她试药，看看灵乌血脉是否也有奇效。

还好，有个心思通透的张少白守在身边，才能将那些疯子统统赶走。

只可惜，这对璧人多半活不过三月之后。念及此处，荀让对他俩的看守便宽松了许多，只要不离开芙蓉园，随便他们做些什么。

张少白也知道只要灵乌的秘密没被解开，那么薛灵芝便会性命无忧，于是想尽办法逗她开心，做一些从未做过的事情。

就比如今早守在屋檐上，静静等待日出。

少女等着等着有些困了，便歪着头依偎在少年肩头，看着他花白头发的末梢，觉得既心疼又幸福。

张少白一动不动，只是看着极远处那道线越来越亮，边缘泛着一抹赤色。

他不后悔陪伴灵芝来到这里，但也不想让灵芝死在这里。这些天他试着与外界联系过，明珪和茅一川都借着不同名义为他送过一些东西，然而有荀让那只老狐狸盯着，哪怕有一丁点可疑的东西都被他收走烧毁了。

到最后他只能告诉外面一声，一切安好。

忽然，张少白轻轻拍了拍灵芝的脑袋："快看，太阳出来了。"

灵芝闻言睁开双眼，往远处一看顿时不由自主地张开了嘴，发出一声惊叹。

张少白的眼中却没有日出时曲江池的美景，他只是转过头看着心中极为喜爱的女子，仿佛此时此刻他眼中装着的就是最美的景色。

然而下一刻，薛灵芝忽然眼神一变，同样转过头看着张少白。

她已变成了兰芝，自从那天薛元超彻底将她遗弃之后，她便时常这样。

薛兰芝说："真是好手段，若我是她，恐怕也免不了要对你动心。"

张少白眼神不变，温情如水："怎么就看不够呢？"

"看吧，反正也没几天可看了。"薛兰芝也知道自己当下的处境，懒得和那个人多费唇舌。

"既然你也知道时日无多，难道就不想把病治好，清清爽爽地过上一段时间？"

"当然想，可惜你压根就治不好'双魂奇症'，"薛兰芝翻了个白眼，"就算你能治好，那也是你自以为是的治好。"

张少白微笑道："那就还是算了，只要你和灵芝都能开开心心，这病不治也罢。"

薛兰芝有些惊讶："你真是这么想的？"

张少白挑起眉毛，忽然又开始哼起了曲儿："长安夜，月明明……闻啼声，盼长安……"

"装神弄鬼。"兰芝嘟囔了一句，将视线转回了那边的美景，神情惆怅。她应是想起了什么，却又无处可说。

※

这样的日子过得说快不快，说慢也不慢。

之后丹庐来了个颇善丹青之道的人，将灵乌图原原本本地临摹下来，总算还了灵芝一些自由。

之后丹庐众人研究许久，总算有了一些眉目，断定那幅灵乌图其实是一幅山水地貌图，画的是藏有帝药之地的模样。

之后他们推断出了几处地点，天南地北哪里都有，便急忙传书动用大批人马前去勘察。

不知不觉，开耀二年（682年），元日已至。

芙蓉园虽然依旧是老样子，但攀上屋顶就能看到长安人家全都挂起了幡子，有风一吹便舞动起来，煞是好看。

大明宫那边也是热热闹闹，应是在含元殿开着大朝会，凡是有头有脸的皇亲国戚和朝臣全都盛装出席。想来陛下今年有了长生不老作为盼头，心情也当不错，或许会多饮几杯吧。

这天子时一过，薛灵芝便早早睡下，应该是想起了薛家所以有些难过。张少白则笑嘻嘻地找到了太监荀让，见面便拱手说道："福延新日，庆寿无疆。"

即便知道张少白不怀好意，可今日乃是新年元日，该有的礼数可不能废。荀让亦是颇为敷衍地拱了拱手："福延新日，庆寿无疆。你有话赶紧说，我没空与你唠叨。"

张少白满脸堆笑："好不容易过个节，咱们这里也太冷清了吧？"

"陛下整日受头疾所困，丹庐中人谁敢过节？也就你活腻了，胆敢有这种想法。"

"我毕竟和他们不一样，他们或许能活，我俩却多半要死。"

荀让一听脸色稍缓："说吧，你到底想怎样？事先说好，出去那是绝无可能。"

张少白笑道："不用那么麻烦，您能不能给我找些爆竹？我就是想热闹热闹。"

"唉……罢了，在这儿等着。"荀让稍加犹豫，可一想到这芙蓉园布着天罗地网，任他祝由天脉手段如何厉害，也绝对无法逃脱，就还是心软应允了此事。

可惜，老太监只找来了两根爆竹，乃是一根长竹竿上挂着许多短小竹节的模样，看着有些寒酸。

张少白接过爆竹，撇了撇嘴。

荀让大怒：“咋了？还嫌少！”

“不敢不敢。”少年嘴上说着，表情却依然嫌弃，怕是正腹诽着堂堂太监居然连爆竹都只能搞到两根，实在丢人。

荀让强忍着上去踹他两脚的冲动，看着张少白走向薛灵芝那边，然后发出一声叹息。

张少白敲了两下门，说道：“出来，给你看个好东西。”

屋里没声，估摸着是在装睡。

他又说：“你不出来我就进去了啊。”

还是没动静。

“反正我给你治病的时候，你睡过我的床。你给我治病的时候，我也睡过你的榻。没啥不好意思的，我这就进去了。”

一双手忽然将门拉开，有人骂道：“张少白你还要不要脸？”

张少白一愣神，问道：“兰芝？”

薛兰芝一脸愤愤地走出屋外，说道：“废话，她又开始思念那狗屁薛家了，真是烦人。”

“想那些多没意思，你看我都懒得去想爹娘五叔他们，”张少白将手中爆竹递了过去，“来来来，放爆竹玩。”

薛兰芝只取了一根，问道：“你从哪儿弄的？”

张少白答非所问，“都拿去，都拿去。”

“不是咱俩一人一根吗？”

“是你和灵芝一人一根。”

薛兰芝闻言脸色微变，眼中的冷漠也有所动摇，她说：“没必要，我和她放一根就够了。”

张少白也不矫情，点燃了之前准备好的柴草，待到火舌吞吐极为旺盛，便将爆竹挂了上去。

竹节被火焚烧，发出“噼噼啪啪”的响声。声音虽然不大，却在寂静的芙蓉园里显得十分清晰。

张少白悠悠讲道：“据说先人进山的时候也会放爆竹，为的是吓跑山鬼，以免染上霉运。”

“山鬼？是你戴的那个面具？”

“不是，会被爆竹吓跑的山鬼名叫‘魈’，长得丑陋无比。我家的山鬼却是‘九歌’中的，长得美貌无比。”

薛兰芝一脸鄙夷，“都是些没人见过的东西，你却说得津津有味。”

张少白不以为然地笑了笑，“你懂什么，虽说有些鬼怪的确是人虚构出来的，却也不是空穴来风毫无意义。”

“能有什么意义？”

“大山一到夜里充满危险，人进去难免觉得恐惧，于是这份恐惧就成了‘魈’。当然也有人认为大山是一处神秘存在，其中还可能有美人栖息，于是就有了我家的‘山鬼’。”

“按照你的说法，岂不是‘不死灵乌’其实也只是那些渴求长生之人，为自己亲手打造的一场大梦？”

张少白的瞳中映着噼啪爆竹，花白发丝显得沧桑，他轻声叹道：“谁说不是呢？”

“你说什么？”

“我说我想喝屠苏酒，吃胶牙饧。”

“就知道吃吃吃，馋死你算了。”

爆竹声响，各人怀揣各人心思。薛兰芝盯着火焰看了半晌，眼神渐渐变得柔和，她悄悄将目光放在了身边的祝由先生身上，应是灵芝重新醒了过来。

荀让守在不远处，抬头看看漆黑的天空。芙蓉园内，有些人听闻爆竹声后潸然泪下，他们已被困在这里不知多少寒暑，与骨肉至亲分别太久，难免伤感。

※

与此同时，茅一川和明珪守在已被打扫得干干净净的张宅里。

明珪正小心翼翼地擦拭着灵位，茅一川则翻来覆去地擦拭着两把宝刀。

曾经的热闹不再，只留一地凄凉。

元日过后，一切如常。直到开耀二年的早春，伴着一匹快马闯入了芙蓉园。

浑身呈汗血色的宝马一到地方便歪头栽倒，粗重地喘息数次之后便再无声息。

马儿之所以急，自然是因为赶马的人更急，要知如今与三月之期只剩数日光景。

之前丹庐中人终于破解灵乌图，将藏有帝药之地锁定在少数几处位置，然后派了不少人前去勘察。结果发现其中多数都是荒山野岭，掘地三尺后也不改一片荒芜，唯独有一处地方与众不同。

此地位于都畿道，属济源县地界，更是“四渎”之一——济水的发源地，且北边与太行山相连，乃是上好的风水宝地。

除此之外，调查此地的探子还深入太行山，居然真在山间深处找到了一个不知名的村落，名为长生地。小村当属世外桃源，竟不知外界是何年月，不过其中居民寿命极长，过百岁者占了一半，约有数十人。

荀让得知此事后仍存着三分疑惑，毕竟大唐取代隋朝之后，不少隋朝遗民不愿归附，纷纷隐居山林，自立隐秘山门，明崇俨曾经便是其中之人。这些地方虽然神秘，却和长生不老没多大关系。

他将此地消息告诉了张少白，希望他能帮忙拿个主意。不料张少白望着济源方向瞧了许久，脸色越来越差，最后甚至出了一身冷汗，整个人仿佛被水从头到脚洗了一遍。

“你看到了什么？”荀让问道。

张少白心有余悸道：“没什么，只是没想到世间居然还有这等山水。”

“你在说谎。”

“不是我故意向太监隐瞒，只是我看到的事物说出来也没人会信，反而会引来灾祸。”

“此事关乎陛下安危，你不说也得说。”

“唉，我以‘望气之法’看那边，以洛阳为天元，周边风水剧变，居然形成了世间罕见的葬龙之地。”

荀让听后也是惊讶无比：“葬龙地？”

张少白用衣袖擦了擦额头汗水，解释道：“顾名思义，是个对龙不利的地方，稍有不慎便会命丧于此。”

荀让脸色极差，眼中隐约透着一股杀气：“张少白，有些话可不能乱说！”

“乱说？那个地方葬着无数龙子龙孙，难道是我眼睛瞎了不成，在这里与你胡说八道！”

就在两人僵持不下的时候，有道身影缓缓行来，所经之处安静无声。

他说：“你说得不错，那里的确是一处葬龙之地。死葬北邙，这句话可不是一句戏语。”

荀让一见来人，赶忙伏地行礼，噤声不语。张少白紧随其后也行了一礼，却忍不住劝说道：“自东周起，有十数位君王葬身此地，臣以为陛下此行绝对不可！”

李治今日身穿便服，他将政事全权交予武后处理，总算落得一身轻松，就连头疾来的次数都比以往少了许多。而且又得知长生不老之法有了眉目，心情大好。

因此有心思与张少白说上几句废话：“你只知那边是葬龙地，却不知帝王为何要葬在那里。”

张少白紧皱眉头：“这……”

“绝处未必不能逢生，葬龙之地未必不能龙腾，”李治负手走到张少白身边，看了眼少年的一头白发，心思复杂，“起来说话吧。”

张少白乖乖站起身来，劝说道：“陛下，臣既然愿意入局，便早已将生死置之度外。臣也可以不阻拦陛下前去葬龙地，可是此行是真的凶险万分，还望陛下三思啊！”

“你小子嘴里就没有一句真话，还说什么将生死置之度外，”李治拍了拍少年肩膀，叹道，“不必劝了，朕意已决。”

“要不……陛下先派一队人马过去仔细探探，若是能找到帝药便速速带回。”

“蠢货，徐福是如何对嬴政的？朕又怎会犯相同的错误。”

“可是……”

李治见张少白急得脸色通红，心知他多半是真在担心自己的安危，倒也有几分感动，说道：“朕此行会带走薛灵芝，你若是害怕，可以选择留下。至于之前的事情，朕不再与你追究，张家也还是从前的张家。”

张少白不见丝毫犹豫，果断摇头道：“既然陛下要去，我就也去。”

“说得好听。”

“陛下听臣说一句肺腑之言，若是李唐不再，张氏扶龙术也会随之灭亡。臣不知道其他人是怎么想的，但臣是真心希望陛下能够安康。”

李治不冷不淡地笑了两声，“你这番话，可是藏了不少玄机啊。”

的确如此，张少白结合“望气之法”所见，已将大唐国祚看得清清楚楚。现今李唐无人能够继承江山，武后又大权在握，天下大势一触即乱。

而这“乱”的引子，无疑系在李治的生死之间。

“不用再说了，朕自有打算。你既然想要跟着，就自己机灵些吧。”

李治兴致已无，再没心思废话，负着手缓缓离去，似是打算临行之前好好看一看这座长安城。荀让赶忙跟在身后，直到将陛下送出芙蓉园方才止步。

这位伺候了李唐一辈子的老奴感觉自己的一颗心悬在半空，不知为何，他觉得今日的陛下比起以往有所不同。

似是想开了一些事情，也像是做了些不为人知的决定。

所谓皇帝，乃是以江山为棋盘、以众生为棋子的棋手，这世间很难有人能够将他的心思揣摩清楚。

棋不能逢对手，也是一种寂寞。

※

一间装有九罗石雕的隐秘暗室之中，有对师徒相对而坐。

徒弟说道：“师父，李唐的人已经打探到了长生地。”

木易微笑道：“世间终究没有哪个帝王，能够破解‘屠龙术’的‘长生不死之法’。”

那座九罗雕像如今只剩两盏长生灯仍亮着，其余七盏已全部熄灭。

“我们接下来要做什么？”

“等。”

※

大明宫，武后处理完如小山般的奏章之后，颇为疲惫地回了寝宫。

身负登龙术的神秘人已恭候多时，说道：“听闻陛下打算带您同去东都，留太子在长安监国。”

武后揉了揉有些酸痛的眉心：“是啊，而且这次命中书令薛元超兼户部侍郎一职，辅佐太子显。”

“陛下仍不信任您。”

“他不信我，可臣子也不会信任沉迷长生之道的帝王。无论结果如何，输家都不会是我。”武后转而又问，“先生的登龙大计如何了？”

佩戴着“鸱鸮”面具的神秘人笑了一声：“不急，不急。”

※

东宫，此地之主依次换了太子忠、弘、贤三人，最终落在了太子李显手中。

这个年纪轻轻的东宫之主，脸上仍带着一分尚未褪去的青涩之气。

他手里攥着一封父亲传来的密信，悉心讲了监国时的关键之处，可他看后却并未记在心上，而是一把火将其燃成灰烬。

李显悠悠叹道："若我事事都像兄长那般，如何活得下去？"

他刻意装作愚钝，与三位兄长相形见绌。

藏拙，亦是求生之道。

※

金钍阁，茅一川已经很久没有来过这个地方。

此地不设灵位，与九罗交战而死的那些人也没有留下名字，时间过得久了，茅一川已经将他们忘得七七八八。

看守李唐盛世多年，他习惯将事情往最坏的方向去想，所以这一次他的想法与张少白不谋而合。

甚至，还要更糟。

茅一川站在空荡荡的金钍阁内，发了一阵呆，然后转身洒脱离去。

来时彷徨，去时果断。

※

最后，芙蓉园，张少白牵着薛灵芝的手望向曲江。

薛灵芝将头倚在少年肩膀上，轻声说："留在长安，我会照顾好自己。"

张少白微笑道："实在是放心不下，恐怕你刚一走我就开始吃不下饭，没几天就活活饿死了。"

"我是认真的。"

"我也是认真的。"

薛灵芝闭上眼睛，将一滴泪水封锁在眼眸之内，叹道："我欠你太多了。"

张少白咧着嘴，轻轻摸了摸少女的头："那就好好活着，以后全都还给我。"

※

开耀二年（682年），二月十九日，皇孙重照出生满月，大赦天下，改元永淳。

永淳元年之初，帝后同赴东都洛阳，太子显留长安监国。这年关中大旱，两京之间竟有死者相枕于路，甚至发生了吃人之事。

天下大乱，已现征兆。

皇帝车辇只在洛阳停留了短短数日，而且还将天后留下打理政事。武后苦苦哀求，想要一同前去长生地，却被李治笑着拒绝。

他说得云淡风轻："皇后就当朕是出去逛逛，用不了几日就会回来。"

武后也知道自己劝不住陛下，转而找到了张少白，见面就是一番威胁，言辞犀利："若是陛下有个好歹，你也不用活着回来了。"

张少白是个油盐不进的性子，哪里吃这一套，笑着回应道："知道了。"

话里话外，都颇为敷衍。

武后深深呼吸平复怒意，说道："我知道你在担心什么，我可以向你承诺，只要陛下活着回来，无论是否得到长生不老之法，我都会力保你与薛灵芝性命无虞。"

这才让张少白的表情认真了些："天后放心，就算您不说，我自然也会拼尽全力护着陛下。"

"我听闻，你说洛阳乃是葬龙之地？"

"是，此事陛下也知晓，但看起来并不在意。"

"你对自己的话有几分把握？"

"不好说，洛阳虽是葬龙地，但陛下所要去的长生地要更往西北一些，或许那边山水不同，气运也就不同。"

武后重重叹了口气，不再多问，径自离去。临行时背影透着一阵萧索之意，似乎她距离那把龙椅越近，自己也就越寂寞。

到头来，已是分不清这世间到底是权势更好，还是真心实意的枕边人更重要。

而在张少白看来，亦是分不清武后的话是真是假，到底是要自己护着陛下，还是暗中加害陛下。所以他对刚才的谈话不以为然，而是思索着其他的求生之法。

此去长生地，他只有一个目的，就是为薛灵芝开辟一条生路。

至于他自己的死活，反倒显得没有那么重要。横竖都是一个早夭的命，多活几日和少活几日也没什么区别。

但求无愧于心。

李治前往长生地所带人马不多，仅有百余名护卫。一来是深山老林人多反而不便行事；二来长生不老之法一旦现世必定引得人人眼红，谁也算不准人心几何，说不定到时会发生什么事情。

过了济源地界，又走了数十里便要开始登太行山，只能放弃车辇。就连李治都下车亲自登山，莫看他如今患有头疾，看起来时常是一副虚弱模样，可他年轻时却在马背上立下不少功劳，登泰山封禅的时候也是走得毫不费力。

茅一川和荀让两人护在陛下左右，至于原先牢牢看守着的张少白和薛灵芝反倒无人理睬。毕竟已经探查出了长生地的准确位置，带着这两人过来只是备不时之需，而且此地山高水远，就算他俩胆敢半路逃脱，多半也是个惨死荒野的下场。

没想到张少白不仅没有逃跑的打算，还颇有游山玩水的兴致，携着薛灵芝的小手一边前行，一边对周边景色指指点点。茅一川一直在暗中留意这边，想着若是张少白有所行动，自己也好出手相助，却不料那个人只记得谈情说爱，好似完全忘了正经事情。

待登到太行山高处，张少白往下一看，只见山下有片形似灵鸟的水域，心中顿时更加笃定，灵鸟图所言非虚，此地确实与传说有关。

薛灵芝亦是看到此景，将信将疑道："难道说这世上真有黄鸟，真有帝药？"

"谁知道呢，反正那些都并非你我所求，走一步看一步吧。"

与张少白的事不关己不同，李治心中却是澎湃不已。他本就将性命寄托在了"不死灵鸟"之上，如今看到这等奇景更是振奋，催促着众人快步前进。

按照探子的指引，众人翻过几座山坡，又穿过一座密林，眼前忽地豁然开朗。

任谁也想象不到，太行山深处竟然隐藏着这样一个不起眼的小村落。此处乃是山脉中罕见的一处平地，东边有条瀑布，下成小溪，西边通往山林，其中野兽颇多，南边则是一片桃林，桃花开得煞是好看。

至于北边，紧挨着山崖石壁，下面建有许多房屋。此时春光明媚，家中老人都坐在门口，手中拿着一个颇大的竹筒，把嘴凑在其中一端吞云吐雾，表情颇为享受，不知这是在做什么。

此地罕有人至，故而村民忽然看到一大批陌生人时难免有些惊慌，其中年轻力壮的更是纷纷取出粪叉锄头，摆出一副拼命的架势。

李治示意护卫不必太过紧张，让荀让过去打探情况。

经过一番交谈之后，村民终于放松警惕，纷纷继续忙活起了手头的活计。荀让归来之后，简短讲道此地有块石碑，上面写有“长生”二字，所以这个村子就取名为长生村。

长生村看起来颇为原始，不过其中老人穿着隋朝服饰，说的话也是大隋雅言，沟通起来并无多大困难。如此看来，此地多半是隋朝遗民的隐居之地，只不过他们阴错阳差地挑了个风水极佳的地方，才能活到现在。

薛灵芝偷偷问道：“这个地方真能使人长生不老？”

张少白撇嘴答道：“自己看看不就知道了，不老肯定是假的，不然哪来那么多老头。至于长生嘛，应该还是有几分道理，此处山好水好，若是无病无灾，倒的确是个适宜隐居的地方。”

说着说着，他发现薛灵芝十分紧张，脸色也极差，便又问道：“你怎么了？”

薛灵芝紧皱眉头，“我……我总觉得自己好像来过这里，只是仔细想却又想不起来。”

这时，荀让打听到长生村中有一圣地，村民能够长命百岁全要归功于时常去该处祭拜。而那圣地就在山崖石洞之中，据说里面道路七弯八绕，十分难走，稍有不慎便会迷失方向。

李治稍加思索，提出以后可让人带来一些山下的物资，村中一个胆子较大的老头一听便同意带人进洞了。毕竟此地与世隔绝，其中村民大多淳朴，更猜不到来者的真实意图。

由于山洞极为狭小，难以容纳多人进入，所以李治又将护卫留下大半，在村中时刻监视周围情况。

张少白看到那边李治带人进了山洞，安慰道：“别怕，我们跟上去。”

只是进入山洞之前，张少白忽然觉得脊背发凉，好似暗中有道目光一直窥探着他这边，令人不寒而栗。

少年眉头一皱，料定此地绝不简单。可是李治一意孤行，已经进入其中，自己也随之没了回头路。

莫说荒郊野岭一对少年少女难以求生，两人能逃得出护卫之手都是难如登天。

事已至此，张少白只能攥紧灵芝的手，互相给予对方一些勇气，然后就一同走入了那个黑漆漆的山洞。

忽然一阵风吹入村庄，透着一股奇怪味道，而后这些风便停在了洞口处，竟隐约泛着七彩霞光。

可惜，急于进洞的众人并未看到这情景，只以为自己距离长生不老又近了一分。

或许所谓的长生不老，其实也可以说是永恒的死亡。

走了许久，领路的老头身影忽然吞没于黑暗之中，仿佛从未出现过。李治等人纷纷举起火把，却找不到老头的丁点踪影，而且随着老头消失，山洞中随之传出阵阵巨响，就像这个山洞其实是一头巨兽，终于在此刻苏醒过来。

茅一川和荀让牢牢守在陛下两侧，寸步不离。他们早就料到寻求长生绝不会一帆风顺，所以并未太过惊慌，稍作整理之后便按照兵法排布将李治保护得极为周全。

唯有张少白和薛灵芝像是两个局外之人，在轰隆声中显得有些孤单。

张少白眯着眼睛仔细打量一番周围，叹道：“坏了，这山洞其实是一座世所罕见的大阵。”

薛灵芝性子虽然怯懦，不料到了绝境当中反而变得极为冷静：“我们该怎么办？”

“之前我就怀疑过，所谓‘不死灵乌’其实是一个故意引陛下前来的局。这样的话，陛下绝对不能在这里出事，否则我无论如何都没法保住你的性命。”

“可是我只希望你能活着。”

山洞之中的轰隆声越来越大，就像是这座阵法终于运转起来，显露出了它最为狰狞的一面。

张少白发现脚下有些异样，低头一看，只见地面居然四分五裂，开始沿着某种玄奥规则自行移动起来。随着地面移动，又有无数道沟壑纷纷出现，由窄及宽，往里一看深不见底，掉下去多半会粉身碎骨。除此之外，更有雾气从沟壑中涌出，遮盖视线，让人即便举着火把也难以看清身前情况。

少年将灵芝搂在怀中，悉心保护：“我们都会活着。”说罢，他便掏出司南鱼，极为小心地寻找出路所在。

另一边，保护李治的兵阵随着地面裂开而变得破碎不堪，还有护卫一不留神跌入沟壑之中，只留下一声呼喊。

茅一川横刀护着李治，荀让则在一旁问道：“陛下？”

李治咬牙道：“继续往里走。”

“是！”

无人胆敢忤逆皇帝旨意，只能硬着头皮继续前行，可是越往里走就发现越是机关重重。山洞中并没有刺客，他们所面对的单纯是这座山本身的杀机。

茅一川莫名想起了张少白说过的许多话，尤其是关于障眼法的那些，于是心想此处会不会也设有障眼法。可无奈的是，即便他想到了这一点，却依然没法子破解。

他只能眼睁睁地看着周围的护卫越来越少，纷纷被分隔到了山洞的不同方位，不知是死是活。

然而，李治从始至终都没有过一丝慌乱，只管面无表情地往前走着，仿佛前方就有长生不老的通天大道。即便是荀让为了救他而被卷入一处机关之中，被莫名闭合的石壁活生生挤压致死，他也仍然面不改色。

他贵为天子，此时心中只有长生不老。太上忘情，所以他心中也无情。

茅一川紧紧跟在李治身侧，时刻准备以性命相护，可他的心里却在惦念着张少白的安危。说来奇怪，这时他想的不是自己，不是皇帝，而是张少白。

希望他能安然无恙吧。

脑中这样想着，身前远处突然传来一阵轰鸣，由远及近，来得极快。茅一川虽然看不清，却知道那多半是块滚石，于是迅速寻找附近的藏身之处，结果只找到了一个仅能容纳一人的缝隙。

说时迟那时快，他一把将李治推入其中，自己则抽刀抵抗滚石，然后便被一股巨力直接撞飞。

茅一川感到全身上下各处骨骼如碎裂般疼痛，心中不由生出一丝嘲讽。真是蠢货，人力怎么可能挡得住天灾？

这嘲讽的语气，像极了张少白。

※

李治与滚石擦身而过，重新钻出缝隙，继续向内走去。他的眼神透着坚毅，似是为了长生不老而癫狂，却又像是心知肚明自己所求，所以才能走得毫无退意。

最终，他在山洞之中又找到了一处矮小洞口，弯腰走入，眼前别有洞天。

这是一间石室，其中石壁上附着一条火龙，将里面照得灯火通明，露出那座长有九颗鸟首的九罗雕像，以及枯坐于雕像之下的老者。

老者身形枯瘦，仿佛一根随手便可掰断的木柴。而且他的头发半白半黑，在火光下看起来极为妖异。

随着李治进入这间石室，他身后忽然有道石壁轰然落下，将入口死死封住。

木易的面前放着一个无人使用的蒲团，他摊开手掌冲向那里，说道："我终于等到了你。"

李治神情不改，即使他明知已无后路可退，依然不见慌张，或许这就是一国之主的底气。

他坐在木易面前，说道："我也终于找到了你。"

木易显得有些失望："你和我想象中的很不一样，我本以为你会觉得愤怒、失落，可你却显得很平静。"

李治低眉道："失望自然是有的，至于惊讶却不会。我早就将此行的所有结果想了一遍，最后发现无论怎么想都绕不开九罗。"

"既然你知道这是九罗的阴谋，为何还要过来？"

"因为我知道九罗的手段，所以希望你们真的可以找到长生不死之法，然而你们却让我失望了。"

"不愧是大唐之主，居然能将我们这群无家可归的人，当成你的棋子来用。"

"怎能说是无家可归，无论是隋朝遗民，还是隐太子一脉的后人，只要活在大唐，就都是我的子民。"

木易一拍大腿，赞叹道："好胸襟！"

他转而神色一变，眼珠向外凸出，凑到李治面前问道："你是如何料到这些的？"

李治不为所动，说道："你们先是害死了所有能够可能治好我头疾的人，然后又故意死在张少白手中，装作九罗已经覆灭。这一切都是为了让我在得知'不死灵鸟'之后，难以放弃这根唯一的救命稻草。"

"我以为九罗布的这个局天衣无缝，结果却被你轻易识破。"

"我毕竟是一个病人，身处局中反而看得更加清晰。"

“既然如此，想必你也不是空手来的。”

“那是自然，在我死去之前，总要为后人彻底除去九罗才行，否则实难心安。”

此时山洞之外，毒瘴迅速迷倒了众多护卫，村民纷纷上前补上一记致命伤。然而又有无数兵卒从山林中现出身影，将长生村里的活口屠戮得干干净净。

木易重新坐好，叹道：“与你对弈着实有趣，即便受着长生不老的诱惑，你依然没有落下任何一颗无用的棋子。”

李治说道：“你呢，你的目的又到底是什么？费尽心思将我引来，只是为了与你说话？”

“李唐前后有三个太子或死或废，这是你父亲当年手足相残埋下的祸根。而今只要你死在这里，大唐从此气数全无。”

“恐怕不会如你所愿。”

“这世上根本没有什么长生不老之法，你可以看看我油尽灯枯的模样，若不是为了见你一面，恐怕早就死了。所以说啊，即便你侥幸离开了这个地方，又能再活多久呢？”

“你不懂，我虽然没有合适的儿子继承江山，却还有一个野心勃勃的皇后。”

“她的李唐，还会是李唐吗？”

“我想这个问题已经很久很久，最后发现我只能选择相信她。”

“真是可悲，堂堂一代帝王，最终却要把希望寄托在一介妇人身上。”

李治露出一丝嘲讽的笑容：“何必这么说呢，假如杨广身边能有一个这样的妇人，大隋何苦亡国？”

提及此事，木易气质一变，说道：“那在你看来，大隋到底是因何亡国？”

李治说：“在于失了民心。”

木易问：“为何就失了民心？我王重振华夏，尽废五胡乱华之后中原乱象！一统南北分裂的是我大隋，定科举、建进士，削士族、提寒门的是我大隋，开拓运河与丝绸之路的是我大隋，灭交趾、林邑诸国的是我大隋，创下三百年从未有过之气象的更是我大隋！为何就偏偏失了民心？”

“只因这些功劳都属于杨广一人，而非隋人。”

“李唐又有何不同？”

“并无不同。”

“那岂不是李唐迟早也会灭亡？”

“那是自然。”

木易问：“为何谈及此事却能面不改色，你难道不怕吗？”

李治答：“怕，却不像你那样害怕。”

“这是为何？”

李治忽然抬眼，视线直逼木易，一字一句地说道：“一、如今李唐未亡，朕为何要像你这般畏畏缩缩？二、即便李唐亡了，朕早已将‘大唐’这两个字融入所有唐人的血液之中，这就叫作传承！就算是千百年过后，无论那时是何国号，只要他们想起大唐，都会认同自己曾是唐人！”

说罢，他朗声大笑：“想来可笑，到时却无人会自称隋人！”

木易仿佛一瞬间变得更加苍老，也更加瘦弱。但他没有认输，而是说道：“可你却要陪我死在这里了，我会先你一步死去，只留你一人守着我的尸体，直到你也慢慢死掉。我……终究还是屠了龙……”

李治缓缓站起身来，打量了一下四周，并未看到其他出路。

“不用找了，断龙石一旦放下，这里再无出路，”木易露出一个惨笑，“大隋啊大隋，我已竭尽所能，勿要怪我。”

李治拔出佩剑，剑尖直指木易，说道：“你到底是谁？”

“还能是谁，一个姓杨的孤魂野鬼罢了。”

“既然如此，朕允你以沙场的方式去死。”一道剑光，干净利落。

木易的头颅随之落下，同时石室内莫名生出一阵怪风，吹熄了九罗雕像最中央的那盏灯。

李治将佩剑上的鲜血擦拭干净，然后将其收起重新放好，重新与无头的杨姓老人相对而坐。头颅之中传来阵阵剧痛，但他强撑着没有倒下。

九罗雕像之上，最后一盏长生灯。

亦是摇摇欲坠。

※

与此同时，在山洞底部，张少白正带着薛灵芝寻找去路，不料却越走越深，渐渐彻底迷失了方向。

直到一个身影出现在两人面前，这才终于迫使他们停下了脚步。

张少白手里举着火把，好不容易才看清了那人的长相，然后便惊讶得久久说不出话来。

那道身影，也就是木易的徒弟，笑着说道："怎么？一段时间不见，见我就像见到了鬼一样。"

张少白结结巴巴道："你是……温玄机？"

那人笑眯眯地打量了一番张、薛二人，说道："灵乌萃于玄霄者，扶摇之力也。"

薛灵芝先是一愣，随后竟然轻声唤道："师父……"

"哎。"温玄机笑着应声，一如往日潇洒不羁。

此刻张少白心思急转，他先是想到"不死灵乌"不仅是一个为了引来皇帝的阴谋，更是九罗以张怀璧之死作为障眼法而暗中布下的天罗地网。继而又反应过来温玄机其实也是九罗中人，可见成玄风见到"不死灵乌"以及将这件事禀报陛下都是在他的引导之下完成。

紧接着他想到了阴谋源头，不禁一身寒意，难以置信地说道："你居然在二十年前就设下了'不死灵乌'的局。"

温玄机赞叹道："能够想到这一点，着实不错。"

张少白想到灵芝曾说觉得长生村有些熟悉："难道说……灵芝在被送回薛家之前，就是在这里长大的。"

"不仅如此，她体内还流着义成公主的血。"

说起义成公主，张少白并不觉得陌生。因为那位公主年轻时远嫁突厥，在大隋灭亡后居然说服突厥出兵伐唐，可谓刚烈至极。不过传闻义成公主最终死在了李靖刀下，不知是真是假，否则又怎会在大唐留下血脉。

温玄机继续说道："她的母亲乃是义成公主的外孙女，九罗早年曾想利用其设置'不死灵乌'之局，不料她离开此地之后居然与薛曜那个废物真心相爱，最后还落得一个凄凄惨惨的下场。"

薛灵芝显然并不知道他说的这些往事，震惊道："我母亲的身上也有灵乌图？"

"什么灵乌图，不过是九罗刻意制造的一段传说罢了。自古皇帝都难免追求虚无缥缈的长生之道，既然他们喜欢，我便遂了他们的意。"

张少白总算将整件事梳理清楚，说道：“你们本想用灵芝的母亲设局，结果却意外失败，于是就有了在两个孩子身上动手脚的心思。先是挑选一人文下灵乌图，然后又将她们送回薛家，养在薛府，等到合适的时机再将‘不死灵乌’揭露出来。”

少年因为愤怒而情不自禁地颤抖：“而且最初你所挑选揭露此事的人，其实是我。你的那道批命，给我埋下了靠近灵芝的种子，只是我最终没有用这个消息换取荣华富贵，于是你又选择成玄风作为新的人选。”

温玄机问道：“你很生气？”

“我当然生气，你们为了设‘不死灵乌’的局，将多少人蒙在鼓里，又牺牲了多少条性命！我知道九罗与大唐有着不死不休的仇恨，可其间那些死去的人却大多无辜！”

比如慈恩大师，比如成玄风，再比如秦鸣鹤。

“你错了，没有人生而无辜，只有命中注定，”温玄机的眼神变得有些迷离，声音中也透着哀怨，“清儿与我青梅竹马，自幼便在这里长大，最后却为了九罗大计而不得不牺牲，这就是命中注定。薛灵芝和薛兰芝乃是清儿之女，背负着义成公主的血脉，这就是为复仇而生，她现在所选择的道路，才是正途。”

“狗屁！全是狗屁！”张少白一面破口大骂，一面挡在薛灵芝身前，“少用那些胡说八道掩盖九罗的丑恶心思！”

温玄机的眼神从远方归来，他向着薛灵芝伸出了一只手，说道：“该回家了。”

“就算回家也是跟我回张宅，实在不行那也是去薛府！”张少白阻拦着，却发现薛灵芝的神情有些反常。

她的表情满是悲伤，还有一丝厌世，一丝解脱。

张少白喊道：“不要去！”

然而温玄机的那句“回家”仿佛带着某种力量，薛灵芝听后就像丢了魂魄一般，居然开始真的往对面走去，任凭张少白如何阻拦，她也还是止不住地向前用力。

温玄机继续劝说道：“回来吧，离开那个对你一无所知的人。李治已经死在了山洞密室，从此大唐再无你的容身之处，只有回到这里你才能得到解脱。”

话音刚落，薛灵芝顿时变得癫狂起来，发疯般想要离开张少白。

张少白使出浑身力气抱紧薛灵芝，他知道灵芝本就心神不稳，又突然间听到了自己的身世真相，难免陷入失控局面。

温玄机看着眼前一幕，讥讽道：“治了这么久的‘双魂奇症’，最后也没能治好，张少白，你也该放手了。”

薛灵芝眼中满是泪水，她不住地挣扎着，觉得脑海中的两个自己无比混乱，都想要夺走这副身体。而且她越是想要控制自己，就越是崩溃，仅存的理智也在一点一滴地破碎。

她的眼前再也没有什么张少白，所处之地也不是什么山洞，而是一片桃花源。此刻她只想彻底抛弃那个令人厌憎的薛家，回到母亲身旁，那里才是能够让她心安的地方。

于是她猛地用力挣脱张少白的束缚，行尸走肉般向前走去。

张少白险些被推倒在地，先是愣了一下，然后回过神来，似乎在犹豫有些话是否应该说出口。

最后他终于下定决心，大声喊道：“薛兰芝，你给我停下！”

薛灵芝的身影居然真的随之一停!

“其实我早就知道，你才是这副身体真正的主人，薛灵芝则是你内疚的化身。但我不知你的童年到底经历了什么事情，为何你要装成薛灵芝的模样活到现在，”张少白眼中情意真切，“你俩本就是双胞胎，所以久而久之你就真的把自己当成了薛灵芝，活了许多年。直到四年前，你不小心落水头部受创，这才让真正的你苏醒过来。只是在所有人看来，苏醒的兰芝反而成了邪魔外道。”

薛兰芝背对着张少白，微微侧过脸庞，神情哀伤道：“那年妹妹被软禁在薛府别院，我便与她约定时常互换衣物，由我代替她去受罪。而我俩上山踏青那天，其实跌落山坡意外身亡的人，是灵芝。家里人都说灵芝是天煞孤星，不知要克死多少人，可是那天我才发现原来自己才是天煞孤星，不仅出生起就抢走了灵芝的许多，更是还要夺走她的性命。”

张少白说道：“可是内疚从来都不会让人变得好受，只会昼夜不停地煎熬。自从你决定装作灵芝活下去之后，这所有事情就像是打了一个死结，再也解不开了。”

“我只能这么做，灵芝是因我而死的。”

“正因为你这样想，所以你所亲手塑造的灵芝才会觉得你是为她而死。她一次次地折磨自己，一次次地出外行医，其实都是为了弥补心底的那份愧疚，她以为这是妹妹对姐姐的愧疚。却不知，到头来却是姐姐对妹妹的无声哭泣。”

薛兰芝看着张少白，忽然扯了扯嘴角，苦笑道：“所以说，我是个无药可救的人。”

张少白说道："不，你精通医道，心地善良，你也有你想要的生活，这样的你绝不是个无药可救的人。还记得你为我取出'饮脂蛊'的那天吗，是你帮助灵芝找到了那本医经，我才能因此活下来。"

"可那是灵芝对你的好。"

"说到现在你怎么还不明白，你早就成了灵芝，灵芝也成了你，你们本就是同一个人啊。你们做的每一件事，都是姐妹一起想做的事！"张少白说着说着忽然有眼泪顺着脸庞流下，"而真正害你们变成如今这样的罪魁祸首，就是九罗！"

薛兰芝亦是满脸泪水，她扭回头去，不愿再看张少白。

一直以来，张少白日夜想着两件事情，一件是张家的那场大火，另一件则是"双魂奇症"。如今他终于得到了关键线索，瞬间就把前因后果分析得清清楚楚，他说："是九罗想要利用你们来做'不死灵乌'的计谋，选择将灵乌图文在早慧的姐姐身上。也是他们在你和灵芝四岁的时候，让你们与娘亲骨肉分离，由温玄机送入了薛家！温玄机表面上说是给薛老太爷和年幼体弱的你俩调理身体，甚至还传了医术给你们，其实却是在监视你们的一举一动，以便让计划顺利进行下去。"

"我知道，这些事情我全都知道，"薛兰芝泪眼婆娑，已是看不清面前的温玄机，"有件事我从未告诉过任何人，其实出生起的所有事情，无论大小我都记得清清楚楚。或许老天真的太多东西给了我，因此苦了灵芝……我记得他们在我背上文下灵乌图的时候，也记得温玄机与祖父说的每一句话。"

张少白哀伤道："或许，就连灵芝的死其实也在九罗的算计之中。当你和灵芝渐渐长大，有时还会互换身份，温玄机忽然发现就连他都难以分清你俩。为了避免事态失控，他刻意给了灵芝一个'天煞孤星'的批命，让她被送到别院，与你分离。

"可是在那之后，你与灵芝依然时不时互换身份，所以温玄机觉得，只留下身负'不死灵乌'的那人才最稳妥，便设计害死了灵芝。"张少白看向温玄机，眼中怒火简直恨不得化作实体将那人烧个干干净净，"温玄机，我说得对吗？"

温玄机脸上笑意不改，仿佛事不关己："不愧是天脉传人，你所说的，一字不差。"

说罢他转而看向薛兰芝，又说："既然你记得所有事情，就更该知道这里才是你的家。'不死灵乌'的计谋已经完成，你终于可以回家了。"

"事到如今你还在装什么好人！兰芝不要过去！"

可是，即便薛兰芝终于找到了一个真正懂得自己的人，她却依然向着温玄机那边走去。就像是她身体中的血脉不愿放过她，一定要她回到家乡。

张少白想要过去阻拦，不料薛兰芝越走越快，最后居然跑了起来，她猛地冲向面前的温玄机。

神情决绝！

此时少女觉得自己前所未有的清醒，她清楚记得自己就是兰芝，但也记得身为灵芝之时经历的每一件事。

她记得初次与张少白见面，他绑着一头辫子，看起来疯疯癫癫，丝毫谈不上可靠。

她记得初次与张少白见面，她摔了满屋的东西，只为与他演一场驱鬼成功的好戏。

她记得那次与张少白一同翻墙出去游玩，遇到了险些被马撞死的漱儿。

她记得那次与张少白一同回家之时，他蹲在墙根等着自己踩着他的背部翻上墙头的滑稽模样。

她记得两人泛舟于洛水之畔，眼前一片繁华，相约走遍大江南北，多看些山河风光。

她记得两人泛舟于洛水之畔，她一脚将他踹入河中，然后一走了之。

薛兰芝想起了灵芝的一切，也记得两人共有的一切。

此刻的她一如当年崤函道，一人一马不顾一切地追赶着张少白，与他一同面对重重险关。她不仅要证明“天煞孤星”的批命全是胡言，更要亲手抓住属于自己的幸福。

少女一边跑，一边露出了藏在袖中的匕首。那东西本是用来防身，以备不时之需，现在她却要用它杀人。

杀一个，不得不杀之人！

如乳燕还巢，薛兰芝撞入了温玄机的怀中，手里利刃更是刺入他的身体，只可惜距离心脏处差了一分。

温玄机没有料到当年任由自己操控命运的孩童，如今已经长成了能够伤害他的人。他紧紧扣住薛兰芝的双肩，看着她的面孔，说道：“每当我看到你俩，就会觉得既思念又愤怒。你的眼睛像极了清儿，可你的其他却更像薛曜！

“我们终究都是可怜人，生来注定要为九罗付出一切，李唐不是我们所能生存的天下，只有毁掉它你我才能找到回家的路。”

温玄机手上突然发力，一把将薛兰芝推倒在一旁，然后一寸一寸地拔出胸口匕首。他面目狰狞地看向张少白，说道：“结局已经注定，不如你也留在这里陪葬吧。”

说了许多无用的废话，看了一出与己无关的好戏，温玄机终于觉得厌烦了。这些年他所压抑的那些情感，总算随着亲眼看到那些生离死别得到了释放。

原来世间皆是悲哀人，上演大同小异戏。

邋遢道士终于露出了他的真实面容，再不见丁点戏谑，而是一个满是悲伤的表情。

他持刀步步逼近张少白，想要为“不死灵乌”这出戏刻下一个圆满的结尾。

然而张少白却不慌不忙地说：“祝由传承之道，在于以真心待人。我以真心待人，他人便以真心待我。只要如此，世间祥和，一片太平，传承……不断！”

“不断”二字落下之时，一道身影姗姗来迟，出现在张少白的身后。

张少白侧身让路，那人则持着宝刀向前，刀锋与匕首撞在一处，难分高下。

茅一川之前遭滚石撞击，已是受了不少内伤，而温玄机也被兰芝刺了一刀，故而算不得全力出手。

两人一触即分，随后俱是用尽全力再度挥起手中兵器。

而且，温玄机的另一只手也在偷偷发力，暗藏杀机。不愧是身兼道门、屠龙术的不世奇才，若论杀人，他比起张怀璧只强不弱。

山洞之中光线昏暗，茅一川一时大意，未能注意到温玄机的另一只手。结果无锋斩断匕首的同时，他的腹部也遭了一记重击，顿时一口血呕了出来。

温玄机得势不饶人，双手如蝴蝶上下翻飞，转眼间便在茅一川身上打了十数下，更是将他手中宝刀一掌拍落。

即便如此，茅一川也并未倒下！

他的身体随着坠落的无锋一同打了个旋，然后将持刀左手搭在了另一把刀的刀柄上。

至少他还“有情”！

茅一川身形一转，有情随之出鞘！此刀比起无锋略显短小而且细窄，温玄机并未料到他会藏有此招，一时不慎便被一刀自下而上狠狠划过。

他的脸上有道血痕浮现，渐渐扩大，生机断绝之时，他喃喃自语道：“清儿……”

张少白终于松了口气，问道：“棺材脸，你怎么会找到这里？”

茅一川收刀而立，背影如渊停，如岳峙，他说：“我已有两次将你丢失，绝不会有第三次。”

尾声｜遁去的一

明崇俨死于洛水，尸体被打捞上岸时神情安详，依然如谪仙落世。其子明珪跪在张氏祠堂，一人守着张、明两脉。

铸无方已向西边走了很远，所经之处风土人情与大唐极为不同，唯一不变的，是他腰间悬挂着一只香囊。

木鱼亦是走了许多的路，一步一个脚印，虽然暂未生出菩提树，但他相信总有花开蒂落的一日。

成玄风的尸体被送回了道门，道门以真人之礼相待，纷纷叹曰，道门可保百年兴亡。

秦鸣鹤最终与妻儿葬于一处，尸身烧成灰烬，装在盒内，交由丝路上的商队带回大秦。

生死之事，来时轰轰烈烈，去时如古井无波。

仿佛天下人全都有了一个归宿。

唯独她没有。

薛兰芝跌坐在地上，背靠着冰凉石壁，面前是向她伸出手的张少白。一如那年她在薛府受人冤枉，他也是这般维护自己。

张少白说："别怕，还有我在。"

此时已经分不清她到底是薛灵芝，还是薛兰芝，抑或是两者已经融为一体，"双魂奇症"也随之痊愈。

总之，她看了张少白很久，摇头说："我会害了你。"

她拉着少年的手站了起来，又说："这次，该换我帮你了。"

张少白一脸茫然，不懂薛兰芝的意思。

薛兰芝说："我知道李治在哪里，只要他还活着，你就性命无忧。"

说完，她便向着洞穴幽深处走去。既然她能记得尚是婴童时的事情，就也不会忘记在这山洞之中其实还有一条密道，通往那处九罗最神秘所在。

狡兔尚有三窟，何况九罗？

直到一处仅能容纳一人通过的狭窄通道出现在三人视野之中，薛兰芝终于停下了脚步。

她说："去吧，大唐的皇帝应该就被困在其中。"

茅一川率先探身而入，张少白却迟迟不肯入内，而是怔怔看了她许久，没头没脑地问了一句："你要去哪里？"

"你在胡说什么，我当然会在这里等你。"

"你骗人！"张少白一把抓住了兰芝的手，用力之大似是要将两只手融为一体，"无论是灵芝还是兰芝，都不擅长说谎！"

薛兰芝没有挣脱，只是语气平静道："少白，我是义成公主之后，又与'不死灵乌'有着莫大关系……无论如何，我都不可能活下去。"

"不，只要救出陛下，你我就算护驾有功……"

"一个没了长生不死之法的帝王，眼里哪还会有什么功劳，恐怕此时在他眼中，全天下的人都已经成了罪人吧。"

"那我们就一起离开这里！"

"你背负着张氏祝由的传承，即便真的和我一同离开，也多半不会开心。"

"不是的，我不在乎什么狗屁传承，我只想和你在一起！"

"人总是不知满足，当有天你习惯了有我的日子，还是难免会因为祝由传承而自责。我不想看到那样的你，也不想成为让张家没了传承的罪人。"

当情愫织成一张情网，身处其中的少年昏头昏脑，少女却愈加清醒。

薛兰芝情不自禁地抚摸着张少白的脸庞，说道："相濡以沫，不如相忘于江湖。"

张少白的泪水打湿了少女的指尖："我……"

"嘘，别再说了。"少女将一根手指轻轻按在少年的唇上，然后凑上前去，吻了一下。

那味道像极了一颗咬破的莲子，初时甜美，到了芯处又极为苦涩。

少女羞意泛上脸庞，变成一片晚霞般的红，她忽然问："灵芝和兰芝，你到底喜欢哪一个？"

少年显然已经头脑发蒙，一时间竟不知如何回答，向来伶牙俐齿的他结结巴巴地答道："都……都喜欢？"

"真是个多情种子。"

"可你们本就是同一个人啊。"

少女将少年拥入怀中，在他耳边轻声说道："等到有一天，我想通了所有，当世间不再有灵芝和兰芝的分别，我就会回来找你。"

少年感受着肌肤处传来的暖意，忽然一阵倦意涌上心头，眼皮也开始不由自主地想要闭合。

他强忍着倦意，说道："不要走……"

"离别，是为了重逢。"少女的声音变得越来越遥远。

张少白终究还是没能抵抗住那股倦意，沉沉睡去。薛兰芝将他靠着石壁，然后那个害得张少白睡去的幕后之人出现了。

他戴着"鸱鸮"面具，声音一如既往，清澈高远："走吧，我会带你离开这里。正如你所说，总有山水重逢之日。"

薛兰芝已经知晓神秘人的身份，于是乖巧地点了点头，只是临行前颇为留恋地看了张少白一眼，想要将他的模样深深刻在心底。

神秘人无奈笑着，心叹年轻儿女，最是情长。

然后他俯身将一粒圆溜溜的东西塞入了张少白的口中，轻声说道："世上确实有灵药，可惜不能长生不老。"

话音落下，他便带着薛兰芝消失得无影无踪。

张少白仍在昏迷之中，不知刚刚发生了什么，更不知为何发根处居然隐隐有黑发开始生出，与花白发丝混在一处，显得极为诡异。

※

这一觉，好似过了许多个春秋。

醒来时，已是不知岁月。

从长生地归来之后，张少白便时常发呆，即便是面见陛下也是如此，就像是呼吸都可能让他丢了魂魄。

“张小博士？可听到朕在说什么？”李治手指轻叩书桌，笑眯眯地说道。如今的他只有五十四岁，但神情憔悴，双眼混浊，乍一看却像是花甲之年。

张少白猛地回过神来，赶忙告罪：“听到了，陛下刚问……刚问……”

“朕让你说实话，你觉得朕还有多少时日？”

“不足两年。”

没想到李治听到这等大逆不道之语，却丝毫没有怒意，而是怅然若失道：“只剩两年……张少白，朕再问你，你张氏祝由的扶龙术还算不算数？”

张少白答道：“只要臣还活着，自然就作数。”

“既然如此，你接下来要扶的龙是谁？”

“太子李显。”

“朕最不成器的儿子，你却选择了他？”

“臣，自有道理。”

此时张少白头发已尽数转为黑色，身穿白衣，乍一看真是仙风道骨。而他的双眼也与以往有所不同，仿佛两颗泛着宝气的珠子，看得深了仿佛里面装着一泓清澈泉水。

他用“望气之法”看到了大唐的国运，自然也就做出了自以为正确的选择。

殿外，有个黑衣黑脸的人腰佩双刀，忽然抬头看了眼天。

这是，大唐的天空。

（全书完）